教育部人文社会科学研究青年基金项目
"民国词社——沤社研究"（15YJC751033）

湖州师范学院配套资金（KYR18046B）

资助出版

马强 著

民国词社
沤社研究

生活·讀書·新知 三联书店

Copyright © 2024 by SDX Joint Publishing Company
All Rights Reserved.
本作品版权由生活·读书·新知三联书店所有。
未经许可，不得翻印。

图书在版编目（CIP）数据

民国词社沤社研究/马强著. —北京：生活·读书·新知三联书店，2024.8
ISBN 978-7-108-07680-9

Ⅰ．①民… Ⅱ．①马… Ⅲ．①词（文学）—诗词研究—中国—民国 Ⅳ．①I207.23

中国国家版本馆 CIP 数据核字（2023）第 118627 号

责任编辑	李　荣　陈丽军	
封面设计	刘　俊	
责任印制	洪江龙	
出版发行	生活·讀書·新知 三联书店	
	（北京市东城区美术馆东街 22 号）	
邮　　编	100010	
印　　刷	江苏苏中印刷有限公司	
版　　次	2024 年 8 月第 1 版	
	2024 年 8 月第 1 次印刷	
开　　本	890 毫米×1240 毫米　1/16　印张 27.5	
字　　数	404 千字	
定　　价	128.00 元	

序

中国文人历来就有结社的传统,留下诗社、词社的文字材料也非常多,但若以1948年这样一个时段计,民国时期形成的词社以及相关文字材料估计超过以往。其原因除民国词社数量确实比较多之外,距离当下近,文字材料容易保存恐怕是最主要的一条。民国词社有不同类型,但究其本质来说,主要就是一种文人雅集,因此创设一般都比较随意,也比较简单,除了个别有政治倾向,规模也较大的词社,大部分就是朋友间倡议一下,或一起吃饭作个约定,然后就定时或不定时地选题分韵,作词吟咏。其实历史上的词社大部分也差不多,从《红楼梦》里描写大观园里结诗词社的情景看,基本上也是如此。但这种随意设立的词社,绝大部分都湮没在历史的长河中,不要说社集,甚至连痕迹都来不及留下。相比之下,民国词社留下的文献资料就要多得多。当时比较大的词社,因为有名家参与,资金相对宽裕一些,一般都刊刻了社集,有的社集还保存了社员年齿录,或社员通讯录等,有的社团甚至还会单独刊刻同人录等,资料十分齐全。小一点的词社不一定刊刻社集,但成员的词作往往会在当时的报刊上发表,或者收录在自己的个人别集中,也会不同程度地留下词社活动的痕迹。除了这些社作,民国词人还会在他们的回忆录、撰写的序跋或其他文章中谈到民国词社的活动情况,由于不少民国词人在1949年以后还生活了很长一段时间,这类资料的数量也不少。此外,民国报刊中有关词社的消息、照片、广告等材料也留存不少。因此民国词社的直接材料和间接材料均十分丰富,这为后世的研究提供了很大的便利。

从民国词社的性质和活动情况看，与历史上的词社并没有太大区别，从某种程度说，其实就是晚清词社的一种自然延伸。但民国毕竟和历史上其他朝代不同，所处时代已逐渐进入以城市化、工业化为特征的现代社会，这对词的创作以及词社活动都会产生明显的影响。首先，由于交通工具的改善，人们出行更加便利，词社的空间局限少，活动范围变得更大，活动也更频繁。民国词社的活动场地有些是在社友的家中，如聊园词社多在谭祖壬家中活动，由其家人掌勺设宴，称之为"谭家菜"，每月一集；须社则多在郭则沄、林葆恒、陈曾寿等社友的家中，每月三集，更加频繁。参与者虽同在一个城市，但如果不借助汽车等现代交通工具，来回也不方便，对于一些年老的社友，更是如此。上海春音社的活动，就常常用赵尊岳的汽车接送朱彊村。有的活动则是在室外，如天津须社就在水西庄、李园等地举办过活动。上海春音社走得更远，据王蕴章在《春音余响》中回忆，社事最盛时，"曾约间一二月为近足之游，故昆山之行、鸳湖之行、吴门之行，皆命铸啸侣，特雇画舫，尽一日之乐。谒刘墓一集，尤兴会飙举"。不借助于现代交通工具，这些远足活动就很难举办，至少不能经常举办。当然，此类活动古代也有，但要讲便捷的程度以及活动的频次，与民国时期是无法比的。因此，民国词社活动的规模、频度以及活动地点的选择等，都带有时代的特征。

其次，由于现代报刊的出现以及机器印刷业的快速发展，民国词社的社集出版更加快捷，社作的发表也更加容易。民国时期，机器印刷已十分普遍，这为词社社集的刊印提供了极大的便利。与传统的印刷术相比，现代化的机器印刷在时间成本和经济成本上都有一定的优势，因此晚清以后，采用铅印技术的书籍不断增多，逐渐成为主流。词集作为一种传统文化的载体，客观上讲，采用传统的印刷技术更适宜一些，但实际情况正好相反，采用铅印或石印的词集越来越多。这些词集在版面设计上与传统的刻本看上去差不多，也有版心、边栏、界栏、象鼻、鱼尾等古籍印版符号，但实际上采用了铅印或石印技术，很好地解决了古籍传统与印刷便利性的问题。一些大型诗词文社的社集，如南社的社集就采用铅印技术，一集一集地连续印下去，十分方便，也十分快捷。与南社一样，一些知名词社的社集也采用了现代化的铅印技术，如民国十年（1921）出版的《瓯社词钞》、民国二十二年（1933）出版的《烟沽渔唱》、民国二十二年（1933）出版的《沤社词钞》、民国二十五年（1936）出版的《如社词钞》、民国二十九年（1940）出版的《午社词》等等。除了铅印，有的小型词社出于经济等原因，甚至还会采用更加简单方便的油印技术。这些现代印刷技术的运用，为社集的出版节省了时间，变得更加简单和方便。与中国历史上的词社相比，民国词社出版的社集更多，也更及时，这不能不说是时代的特征。除了社集，由于报刊业的发达，尤其是《词学季刊》《同声月刊》《青鹤》等文学类刊物出现，还为社友的社作发表提供了新的园地，这在中国历史上也是从未有过的。

再次，伴随现代学校和现代报刊业的出现，民国词社出现了新的类型，即校园教学型词社和报刊型诗词文社。从历史上看，以师生创作为主，带有教学、传承性质的诗词合集也是有的，但结社性质的不多，而且从规模上来说，一般也比较小。到了民国时期，随着现代学校的建立，以师生为主体的校园教学型词社开始逐渐出现。这些词社或大或小，设立的目的也有所不同，但全部依托现代学校，以学校师生为主要成员。其中比较著名的有东南大学的潜社、中央大学的梅社、上海正风文学院的因社、河南大学的夷门词社等等，另外上海光华大学的潜社和上海暨南大学的莲韬词社等也比较有特色。这些词社有的以诗词唱和以及词艺切磋为主，有的则以教师辅导学生诗词创作为主，还有少数的以词学研讨为主，如上海暨南大学的莲韬词社。总起来说，这类校园教学型词社在培养词学人才，繁荣词的创作方面均起到了重要作用。至于报刊型诗词文社，更是民国词社的一大特色。这类诗词文社共同的特点是办有连续出版的刊物，以此联结社友。社团与刊物的结合比较紧密。比较著名的如南社与《南社》、越社与《越社丛刻》、希社与《希社丛编》、同南社与《同南》、虞社与《虞社》、慎社与《慎社》、东社与《东社》、沧社与《沧海》、醒旧诗文社与《射南新报》、新社与《新社草刊》等等。这类社团一般都是综合性的，刊物连续出版，编选社友的作品。刊物主体包括诗、词、文三部分，有的还有一些笔记、小说等，都是旧体形式。民国时期还有一种依托报刊，以函授为主的特殊诗词文社，属于传统结社与现代学校的结合体。此类社团虽然影响不大，留下作品也很少，但更有时代的特点。

民国词社资料丰富，时代特点鲜明，但遗憾的是，时至今日，尚未受到学术界真正的重视。现有的研究成果很少，而且主要是一些粗线条的宏观考察，以民国词社全景式扫描为主。但即便是菜单式的全景展现，依然有不少遗漏和讹误。真正静下心来研究一个词社，还原其真实面貌，或者深入分析民国词社特点、价值、成因的成果，目前还比较少。相比之下，马强的《沤社研究》以一个词社为对象，对其作深入、彻底的研究，在选题和研究思路上都有独到之处，是目前民国词社研究中比较扎实的成果。

马强是华东师大毕业的博士，在读书期间，就对民国词社很感兴趣，并最终将沤社研究作为学位论文的选题。他希望在充分搜集、梳理史料的基础上，彻底弄清沤社的真实情况，并以此为标本，探讨民国词社、民国词人、民国词集、民国词学的相关问题。应该说马强的设想很好，也很有意义，但真要做好并不容易。沤社虽然是著名的民国词社，有社集《沤社词钞》存世，但有关词社的成立情况、每一次社集的活动地点、准确时间、参与人物以及具体创作情况，依然有许多不清晰的地方，需要发掘一手材料加以考证。另外沤社社友各自的创作情况和词的结集情况，尤其是他们词学倾向和词学活动情况，也都需要作深入细致的考察。只有把这些问题弄清了，才能全方位地揭示沤社的真实状况，并对其产生的历史背景和创作倾向作出合理的解释，对其在民国词坛的地位与影响给予恰如其分的评价。这些工作均有不少难度。好在马强非常用功，也非常刻苦，经过近两年时间的努力，基本上解决了上述难题，交出一份令人满意的答卷。毕业后，他到湖州师范学院工作，继续从事民国词社的研究，并以博士学位论文为基础，成功地申请到了教育部人文社会科学课题，对沤社作进一步的研究。与学位论文相比，他的课题成果在深度上有所加强，在广度上也有所拓展，其中最明显的一点就是将沤社放到中国词学现代化转型的大背景下重新加以审视，学术视野更加开阔，对问题的思考也更加深入。我们认为，这是目前沤社研究最全面，也最深入的成果，必将对民国词社的研究，乃至民国词的研究起到一定的推动作用。现在书稿要出版了，他近8年的心血终于有了回报，我由衷地为他高兴。希望马强以此为新的起点，在学术的道路上越走越远。

朱惠国
于沪西云瓶斋

目　录

001　　　　绪论

008　　第一章　清末民国诗社、词社交游与沤社之形成

008　　　第一节　沤社与"清末民初宋诗派"的联系
017　　　第二节　沤社与民国诗社的联系
023　　　第三节　沤社与民国词社的联系
027　　　第四节　沤社与民国诗社词社的互动

033　　第二章　沤社的成立、社集与成员考述

033　　　第一节　沤社的成立
037　　　第二节　沤社社集
044　　　第三节　沤社成员述略

053　　第三章　《沤社词钞》考察

053　　　第一节　《沤社词钞》之内容
059　　　第二节　《沤社词钞》之艺术特征

| 062 | 第三节 《沤社词钞》之词题词序探讨 |

| 068 | **第四章 彊村及其门人的创作** |

068	第一节 朱祖谋词研究
077	第二节 林鹍翔《半樱词》《半樱词续》
083	第三节 杨铁夫《抱香词》《双树居词》
095	第四节 叶恭绰《遐庵词》
104	第五节 龙榆生《忍寒词》《葵倾室吟稿》

| 113 | **第五章 散原门人的创作** |

113	第一节 许崇熙《沧江诗馀》
118	第二节 袁思亮《冷芸词》
124	第三节 陈方恪《彦通词》
136	第四节 袁荣法《玄冰词》

| 145 | **第六章 沤社其他词人的创作（上）** |

145	第一节 潘飞声词研究
158	第二节 程颂万《美人长寿庵词》《鹿川词》
167	第三节 夏敬观《唊庵词》
174	第四节 冒广生《小三吾亭词》
180	第五节 林葆恒《瀼溪渔唱》与周庆云《梦坡词》
192	第六节 洪汝闿《勺庐词》与刘肇隅《阏伽坛词》

| 199 | **第七章 沤社其他词人的创作（下）** |

199	第一节	王蕴章《秋平云室词》
204	第二节	吴湖帆《佞宋词痕》
212	第三节	赵尊岳《珍重阁词》
221	第四节	黄孝纾《匑厂词》《东海劳歌》

228	**第八章**	**沤社词人创作从传统向现代的衍变**
228	第一节	文学传统向现代衍变概述
231	第二节	沤社词人创作从传统向现代的衍变

245	**第九章**	**沤社词人对倚声之学的研究**
245	第一节	龙榆生的倚声之学研究
252	第二节	夏敬观与袁荣法的倚声之学研究
259	第三节	冒广生的倚声之学

268	**第十章**	**沤社词人编纂词选研究**
268	第一节	沤社词人的唐宋词选研究
294	第二节	沤社词人的清代词选研究
304	第三节	沤社词人的地域词选研究

318	**第十一章**	**沤社词人词话理论研究**
318	第一节	夏敬观词话研究
330	第二节	王蕴章词话研究

336	第三节　赵尊岳词话研究
353	第四节　冒广生、郭则沄、叶恭绰、周庆云词话研究
363	**第十二章　沤社与民国词学现代转型**
363	第一节　民国前期词学概论
369	第二节　沤社与民国词学现代转型
378	**结语：沤社在民国词坛的意义**
381	附录一：沤社词人汇评
401	附录二：沤社词人年表

绪　论

一、民国词社及沤社

　　文人结社,由来已久,其中诗社最为繁荣,而词社实脱胎于诗社。北宋是词社的萌芽期,雅集以单次集会形式为主,没有围绕固定主题展开反复唱和,没有明确的结社意识,留下来的作品不多。南宋理宗至宋亡,大批词人聚集临安、会稽等地,频繁集会,一起讲声律、论词艺,引领词坛朝着专业化、精深化方向发展,并有社刊结集,标志着词社完全成熟,是词社的凝定期。[1] 元明词社罕闻。清代是词社的成熟期和繁荣期,清代词社在数量和分布上,在立社的自觉性上,在社集内容的丰富性上,都远超前代。[2] 清末,虽国事颓废,但词人结社之兴不减。1887年,郑文焯、易顺鼎在吴中成立吴社,端木埰、王鹏运组织"薇省联吟""城南唱和";1891年,程颂万在长沙成立湘社;1895年,刘炳照、郑文焯、夏孙桐、缪荃孙等在苏州结鸥隐词社;1900年,朱祖谋、王鹏运等人在北京组织"庚子唱和"[3]。清末的词社兴盛直接促成了民国词社的繁荣。

---

[1] 彭文良《两宋词社的发展历程》,《西南民族大学学报(人文社会科学版)》,2016年第5期。
[2] 万柳《清代词社研究》,南开大学博士论文,2010年,第16页。
[3] 陈水云《中国词学的现代转型》,北京:社会科学文献出版社,2016年,第254页。

民国词社总数达数十个之多①，主要集中在北京、天津、上海、南京等地，如北京有聊园词社，天津有须社，上海有春音词社、沤社、午社，南京有如社。除却这四个重镇之外，地方词社也不绝于缕，如1916年后的数年间，成都创锦江、春禅等社；1920年，宜兴创白雪词社；1921年，温州创瓯社；1927年苏州创琴社，1929年创六一消夏词社，1931年又创消寒词社；1935年，福州创寿香社；1947年，青岛有掘社等②。民国词社不仅数量众多，且较之以往有了一些新变化："从词社酬唱活动的方式看，由于交通工具的改善，人们的空间距离大幅度缩短，文人间的交往更为频繁和便捷。这使词社酬唱这种中国文人传统的传播方式具有了新的特点：词社数量多，词社活动频繁，而且词人结集的规模空前。"③

民国十九年（1930），夏敬观、黄公渚在上海倡立沤社，社员共二十九人，以东南地区词人居多，如浙江籍词人朱祖谋、林鹍翔、周庆云、姚景之；江苏籍词人冒广生、王蕴章、吴湖帆、陈祖壬、赵尊岳；福建籍词人林葆恒、郭则沄、梁鸿志、黄孝纾；广东籍词人杨铁夫、潘飞声、叶恭绰；还有少量安徽、天津、江西籍词人。沤社词人每月一会，每次以社员两人轮流主持，题各写意，调则同一，并将二十次社集之作合刊为《沤社词钞》。

沤社作为民国重要词社，有学者将其列为民国三大词社（沤社、声社、午社）之一，认为"这三个词社持续十余年，几乎将海内著名词人都联系起来，由于他们的努力，晚近词坛的创作又掀起了中衰后的复兴"④。具体而言，沤社成员与民国时期的众多诗社与词社都有着广泛的联系：沤社词人夏敬观、梁鸿志、冒广生、朱祖谋、龙榆生、许崇熙、陈祖壬、袁思亮、袁荣法、陈方恪、郭则沄、林葆恒、黄孝纾、潘飞声、程颂万与清末民初的宋诗派有着密切

---

① 参见曹辛华《民国词社考论》（词学国际学术研讨会论文集，2008年），马大勇《近百年词社考论》（《文艺争鸣》，2012年第5期）。
② 查紫阳《民国词社的传承以及发展》，《名作欣赏》，2010年第29期。
③ 朱惠国《民国词研究的回顾与展望》，《清华大学学报》，2010年第6期。
④ 陈谊《夏敬观年谱》，合肥：黄山书社，2007年，第294页。

的联系；沤社词人周庆云、潘飞声、程颂万、夏敬观、王蕴章曾加入淞社；周庆云、潘飞声曾加入希社；王蕴章、潘飞声曾加入南社；袁思亮、夏敬观、周庆云、潘飞声、陈方恪、叶楚伧、林葆恒、杨铁夫、林鹍翔、郭则沄、黄孝纾曾加入春音词社；林葆恒、夏敬观、郭则沄、姚鹓雏、袁思亮、黄孝纾曾加入须社。关于沤社成员与民国诗社、词社的联系，后文将有细论。

沤社词人创作与社集刊物《沤社词钞》在民国词创作中有特殊位置。沤社社刊《沤社词钞》流露出民国前期词作中的感伤思潮。《沤社词钞》的感伤大致有黍离之悲、穷愁之嗟、伤春之叹、哀悼之思四类，这与民国前期春音词社、须社有着一脉相承的感伤基调。沤社成员大多有词集问世，如朱祖谋的《彊村语业》、程颂万的《美人长寿庵词》、冒广生的《小三吾亭词》、吴湖帆的《佞宋词痕》、杨铁夫的《抱香词》、洪汝闿的《勺庐词》、赵尊岳的《珍重阁词》等，他们个体的创作历时较长，内容风格均各具特色。同时，与沤社成员新老并存的年龄结构相应，他们各自的创作在内容风格上也都体现出了不同时代的差异。

除了丰富的创作之外，沤社词人的词学研究在研究方法和观念上也体现出了传统向现代的转变。"填词守四声与协律的讨论"是民国时期词社词学观念更新的重要标志，[①] 冒广生、龙榆生力图从理论上破除四声对作词的束缚。除了对传统声韵之学的研究之外，龙榆生与叶恭绰等人还进行了新体乐歌运动。在词话的内容与写作方面，夏敬观《忍古楼词话》、郭则沄《清词玉屑》仍然是传统的笔记体写作方式，内容也多是随感，而至王蕴章《词学》、赵尊岳《填词丛话》，系统性与逻辑性则大大加强，具备了现代词学研究的特点。在词选编纂方面，朱祖谋《宋词三百首》被公认为传统词选的收官之作，而龙榆生的《唐宋名家词选》则是现代词选的典范之作。

最后，沤社成员身份较多样化典型地体现了民国词社成员的代表性。[②] 在

[①] 陈水云《中国词学的现代转型》，北京：社会科学文献出版社，第263页。
[②] 同上，257—258页。

年龄结构上新老并存，可分为老中青三代。老派词人多数曾在前清任职，如：朱祖谋曾任广东学政，杨铁夫曾任广西知府，姚景之曾任南昌知府等。中年词人有许多在民国从政，如：梁鸿志任段祺瑞政府秘书长，袁思亮在民国初年任国务院秘书、印铸局局长；且中年词人的职业也较多样化，除了从政的以外，还有报人、画家等。年轻成员多出身于封建官僚家庭，但同时他们又接触了新时代的文化，接受了新派的教育，如：陈方恪年轻时曾入上海复旦公学学习，而其祖父陈宝箴曾官湖南巡抚，父亲陈三立曾任吏部主事。

综上所述，沤社词人与民国诗社、词社有着广泛的联系，沤社的唱和活动是民国词社唱和活动的重要组成部分。沤社词人的个体创作时间较长，且师承各异，又生活在特殊的历史时期中，因此，老派词人与新派词人的创作呈现出明显的差异。民国是传统词学向现代词学转型的时期，沤社正好处在这一特殊历史时期之中，沤社成员的词学研究受到了传统词学与现代学术的双重影响，他们的词学研究，在一定程度上展现了传统词学向现代词学转型的轨迹。因此，研究沤社对于深入探讨民国词学有着积极的意义。

二、研究现状

民国词与民国词学是当前词学界的研究热点，词社作为民国词坛的重要组成部分，学界却关注不多。现有对民国词社研究的文章多是宏观层面的[①]，对民国重点词社的研究较少[②]。目前，学界对沤社的研究主要分为两方面：一方面是对沤社的整体研究，如前文所列对民国词社的宏观研究文章。另一方面对沤社社集进行较深入考察，何泳霖在年谱中对沤社的二十次社集作了考察；王纱纱不仅对沤社的二十次社集时间、地点作了考察，还对沤社成员作了一一介

[①] 曹辛华《民国词社考论》（《词学国际学术研讨会论文集》，2008年）、袁志成《民国词人结社综论》（《玉林师范学院学报》，2011年第6期）、查紫阳《民国词社的传承以及发展》（《名作欣赏》，2010年第29期）、马大勇《近百年词社考论》（《文艺争鸣》，2012年第5期）。
[②] 有华东师范大学2017年博士论文《春音词社研究》，2013年硕士论文《午社研究》。

绍；林立对沤社各个成员分别参加的社集和社作作了统计。①

（一）沤社成员的个案研究

与沤社整体研究的萧疏相比，沤社成员的个案研究要繁荣很多。学界对他们的研究大致可以分为以下几种情况：1. 沤社词人词学著作与词集的出版，如朱祖谋②、龙榆生③及赵尊岳、夏敬观、冒广生、叶恭绰、黄孝纾、袁思亮、袁荣法、程颂万、陈方恪④；2. 沤社成员生平资料的考订，如朱祖谋、龙榆生、夏敬观、冒鹤亭、叶恭绰、周庆云、陈方恪年谱⑤；3. 沤社成员的词学研究，学界在沤社词人个体研究方面已经取得了不少成果，其中，朱祖谋、龙榆生、夏敬观、赵尊岳、叶恭绰是研究热门，对朱祖谋和龙榆生师徒二人的研究更是重中之重，尤其是在探讨宏观词学发展和二十世纪词学发展的论文与专著中，均对朱祖谋的校词成就最为推崇，并将他看成是传统词学的终结者，而

---

① 主要有：何泳霖《朱彊村先生年谱及其诗词系年》（《华学》第六册，上海古籍出版社，2008年），王纱纱《彊村词人群体研究》（南京师范大学博士论文，2009年），林立《沧海遗音·民国时期清遗民词研究》（香港中文大学出版社，2012年）。
② 朱孝臧《彊村丛书》（上海古籍出版社，1989年）、《彊村语业》（《续修四库全书》，上海古籍出版社，2002年）；白敦仁《彊村语业笺注》（巴蜀书社，2002年）。
③ 龙榆生《龙榆生词学论文集》（上海古籍出版社，1997年）、《忍寒诗词歌词集》（复旦大学出版社，2012年）。
④ 赵尊岳《赵尊岳集》凤凰出版社，2016年；夏敬观《忍古楼词话》（《词话丛编》，中华书局，2005年）、《汇辑宋人词话》（《历代词话续编》，大象出版社，2004年）、《映庵词评》（《词学》第五辑）；冒广生《冒鹤亭词曲论文集》（上海古籍出版社，1992年）；郭则沄《清词玉屑》（《词话丛编续编》，人民文学出版社，2010年）；林葆恒《词综补遗》（上海古籍出版社，2005年）；叶恭绰《全清词钞》（中华书局，1982年）、《广箧中词》（人民文学出版社，2011年）、《遐庵词》（《遐庵汇稿》，上海书店影印《民国丛书》第二编，1990年）、《遐庵词话》（《历代词话续编》，大象出版社，2004年）；黄孝纾《欧阳修词选译》（作家出版社，1958年）、《崂山集》（《中国近代史料丛刊》，文海出版社，1966年）；袁思亮《冷芸词》与袁荣法《玄冰词》（《中国近代史料丛刊续编》，文海出版社，1974年）；程颂万《程颂万诗词集》（湖南人民出版社，2009年）；陈方恪《陈方恪诗词集》（江西人民出版社，2007年）等。
⑤ 马兴荣《朱孝臧年谱》（《词学》第十四、十五辑）、张晖《龙榆生先生年谱》（学林出版社，2001年）、陈谊《夏敬观年谱》（黄山书社，2007年）、冒怀苏《冒鹤亭先生年谱》（学林出版社，1998年）、潘益民《陈方恪年谱》（江西人民出版社，2007年）、遐庵年谱汇稿编印会编《叶遐庵先生年谱》（《北京图书馆馆藏珍本年谱丛刊》，第199册，书目文献出版社，1999年）、周延礽《吴兴周梦坡先生年谱》（《北京图书馆藏珍本年谱丛刊》，第188册，书目文献出版社，1999年）。

视龙榆生为现代词学的开创者之一①。

  最近一些年，沤社词人个案已经成为了硕士论文的选题，目前已有硕士论文对赵尊岳、郭则沄、叶恭绰、冒广生、程颂万、陈方恪、潘飞声、林葆恒②等人进行了专题研究。除了硕士论文之外，学界还有诸多论文对以上几位词人做了不同角度的研究。陈水云《叶恭绰论词及其对现代词学的贡献》(《北方交通大学学报（社会科学版）》，2003 年 9 月）一文，侧重探讨了叶恭绰与现代词学的关系。彭玉平《论民国时期的清词编纂与研究——以叶恭绰为中心》(《南京大学学报》，2009 年第 2 期）一文，将叶恭绰编纂《全清词钞》《广箧中词》与叶恭绰对清代词的反思以及他的新体乐歌尝试联系在一起进行了分析。姜波《〈广箧中词〉的编选特色与词学意义》(《学术研究》，2010 年第 9 期）一文，专门探讨《广箧中词》，认为它坚持常州派方法解词，彰显了彊村派的词学特点，同时也关注了其他词家。傅宇斌《赵尊岳词学目录学述论》(《中南大学学报》，2011 年 12 月），从目录学的视角对赵尊岳的明词文献整理进行了分析梳理。马莎《杨铁夫〈清真词选笺释〉论探》(《文学遗产》，2011 年第 6 期）一文以《清真词选笺释》为研究对象，指出杨铁夫的词学思想受到了朱祖谋和陈洵的影响，受陈洵的影响则体现了岭南词学传承的特点。詹杭伦《潘飞声〈论粤东词绝句〉说略》(《西华师范大学学报》，2010 年第 1 期）一文对潘飞声的二十首论词绝句进行了逐一解读，潘飞声的论词绝句，每一首论一位词人，所以作者采用词人介绍、作品解读、文献考索三个步骤进行解读，最后对潘飞声论词绝句的写作技巧进行了总结。

---

① 如：胡明《一百年来的词学研究：诠释与思考》，《文学遗产》，1998 年第 2 期；刘扬忠《二十世纪中国词学学术史论纲（上篇）》，《暨南学报（哲学社会科学版）》，2000 年第 6 期；谢桃坊《中国词学史》，成都：巴蜀书社，2002 年等。
② 昝圣骞《晚清民初词人郭则沄研究》（南京师范大学硕士论文，2011 年），杨韶《赵尊岳词学研究》（河南大学硕士论文，2007 年），廖勇《叶恭绰的词学文献贡献》（湘潭大学硕士论文，2009 年），余咏梅《冒广生词学思想初探》（中山大学硕士论文，2012 年），印兴波《程颂万诗词研究》（南京大学硕士论文，2009 年），朱尧《清遗民词人林葆恒研究》（苏州大学硕士论文，2017 年），刘进进《陈方恪词研究》（安徽大学硕士论文，2018 年）。

近一些年来，在以民国词学和民国词为整体研究对象的著作中也可以看到对沤社词人词学与词作的研究。如：曾大兴《20世纪词学名家研究》（中华书局，2011年）对20世纪20位词学名家进行了研究，其中包括沤社词人朱祖谋、夏敬观、龙榆生。该书对三位词学家并未作全方面的探讨，而是选择某一方面作深入研究：在论述朱祖谋部分，着重探讨了朱祖谋与20世纪词坛梦窗热的关系；在论述夏敬观时，着重探讨其《〈蕙风词话〉诠评》与《映庵词评》以及《映庵词》；对龙榆生的研究，则重点探讨其声调之学。李剑亮《民国词的多元解读》（浙江大学出版社，2012年）对周庆云、陈方恪的词作了分析，主要侧重于周庆云与西溪相关的词学活动和陈方恪的题画词。罗惠缙《民初"文化遗民"研究》（武汉大学出版社，2011年）探讨了沤社词人周庆云在上海组织的遗民文学活动"晨风庐唱和"，肯定了周庆云的领袖作用，并且探讨了"晨风庐唱和"诗歌的遗民倾向。陈水云《中国词学的现代转型》（社会科学文献出版社，2016）对沤社词人王蕴章、龙榆生在词学现代转变中的作用进行了探讨。

综上所述，我们可以看出，学界对沤社的社集与成员的考察取得了一定的进展，但是还有一些问题并未涉及，还需要继续深入的研究。首先，沤社的成立并不是一蹴而就的，它是民国时期各个诗社、词社不断发生、重组形成的，它与民国诗社、词社有着广泛的联系，梳理出沤社与它们的渊源对于全面研究沤社有着重要的意义。其次，《沤社词钞》共有二百八十四阕，遗民的黍离之悲只是其中的主题之一，还有诸如穷愁之嗟、伤春之叹、哀悼之思等多样化的主题，这些主题以及《沤社词钞》的艺术特色，都还需要深入探讨。再次，学界对于沤社词人的研究虽然已经取得了一些可喜的成果，但是这些成果主要集中于热点词人，还有许多名气较小但亦有研究价值的词人，对于他们的研究目前还处于空白阶段。造成这方面的主要原因是基础研究的滞后，关于这些词人的资料还没有被整理出来，如洪汝闿、姚鹓雏、谢抡元、袁思亮、袁荣法、黄孝纾等。所以，对沤社成员的词学研究还有很大开拓空间。

第一章
清末民国诗社、词社交游与沤社之形成

1911年，辛亥革命的爆发宣告了清王朝的覆灭和封建制度的结束，同时也产生了一个新的群体——"遗民"。从民国初年的遗民形态来看，可分为两种：政治遗民与文化遗民，政治遗民以复辟为目的，文化遗民则热衷于传承文化，他们常自发结成各种诗社、词社，如北京的寒山诗社，上海的超社、逸社、淞社、希社、春音词社等。随着时间的流逝与人员的变动，这些诗社、词社不断发生着重组，但他们始终有一个共同的吟咏主题，即"黍离之悲"。

沤社就是一个以遗民和遗民后人为主要成员的词社。沤社的成立并不是一蹴而就，它是清代遗民在辛亥革命后一系列诗社、词社的延续。沤社中的一些成员在清末便开始参加结社吟唱，至民国后更是频繁加入各种遗民诗社、词社。因此，梳理沤社成员在参加沤社之前与民国其他诗社、词社的渊源关系，是了解沤社成立背景不可或缺的重要环节。

第一节 沤社与"清末民初宋诗派"的联系

对于传统诗歌而言，民国与晚清一脉相承。晚清诗坛最大诗派当数"同光体"，"同光体"是陈衍在《沈乙盦诗叙》中最先提出的。陈衍曾叙述自己和沈曾植初次相见的情形："初投刺，乙盦张目视余曰：'吾走琉璃厂肆，以朱提一流购君《元诗纪事》者。'余曰：'吾于癸未、丙戌间，闻可庄、苏戡诵君诗，相与叹赏，以为同光体之魁杰也。同光体者，苏戡与余戏称同、光以来诗人不墨守盛唐者。"①

由于"同光体"代表人物陈三立、郑孝胥、沈曾植、陈衍、陈宝琛活跃在清末民初诗坛，故有研究者称为"清末民初宋诗派"。②他认为崇尚宋诗的"同光体"在清末民初时期并不是一个单纯的诗社群体，而是几个文人群体的结合："事实上，以宋诗派人物为主在大江南北形成了几个文人群体，如陈衍、郑孝胥、陈宝琛、梁鸿志等结成的辛亥诗社；陈三立、范当世、俞明震、夏敬观等在南京结成的诗人群体；陈三立、沈曾植、沈瑜庆在上海结成的超社、逸社。这些群体建立于乡缘、地缘、亲缘和共同的文学宗趣等基础上。……可见清末民初宋诗派文人群体虽未有明确的诗社，但却借助这些地方性诗社和雅集活动跨越时空连接在一起，构成了一张涵盖南北的关系网络。"③他还列出了宋诗派的人物名单：陈三立、陈衍、夏敬观、沈瑜庆、陈曾寿、沈曾植、黄濬、郑孝胥、李宣龚、陈衡恪、陈宝琛、胡朝梁、何振岱、黄懋谦、张元奇、罗惇曧、梁鸿志。④笔者认为此说符合本文的历史语境，故沿用，以"清末民初宋诗派"代替"同光体"，探讨沤社词人与"清末民初宋诗派"的关系。

一、沤社中的宋诗派成员

沤社成员中有一部分是宋诗派成员，他们可分为两组：一组是陈三立的门人许崇熙、陈祖壬、袁思亮、袁荣法、陈方恪，另一组是夏敬观、梁鸿志与冒广生。

---

① 陈衍《陈石遗集》，福州：福建人民出版社，2001年，第507页。
② 参见杨萌芽《清末民初宋诗派文人群体研究——以1895—1921年为中心》，复旦大学博士论文，2007年。
③ 杨萌芽《清末民初宋诗派文人群体研究——以1895—1921年为中心》，复旦大学博士论文，2007年，第83页。
④ 杨萌芽《清末民初宋诗派文人群体研究——以1895—1921年为中心》，复旦大学博士论文，2007年，第134页。

许崇熙（1873—1935），字季纯，号沧江，湖南长沙人。连年科举不第，清季湖北提学使高凌霨曾聘其为司记室。民国时许崇熙曾任民国政府监察院副院长。著有《沧江诗文钞》八卷，内有《沧江诗馀》两卷。

陈祖壬（1892—1966），号病树翁、逋翁，江西新城（今黎川）人，沤社词人。咸丰时兵部、吏部尚书陈孚恩之孙。先拜桐城派马其昶学习古文，后又拜至陈散原门下，为"陈门三杰"之一。

袁思亮（1880—1940），字伯夔，号蘉庵，须社、沤社词人。两广总督袁树勋之子。1903年中举，民国初年曾任国务院秘书、印铸局局长。师从陈三立，为"陈门三杰"之一。著有《冷红词》《蘉庵文集》《蘉庵诗集》。

袁荣法（1907—1976），字帅南，号沧州，一号玄冰，一署晤歌庵主人，晚署玄冰老人，沤社词人。袁思亮从子。后去台湾，为台湾"行政院"参议。著有《玄冰词》。

陈方恪（1891—1966），字彦通，斋号鸾陂草堂，江西义宁（今修水）人，沤社词人。陈三立之子，陈寅恪弟。做过《时报》《民立报》编辑，在暨南大学、持志大学任过教职。后因生活所累，在汪伪政府任职，曾在抗战中与军统合作，获得过嘉奖。1949年后受到党和政府的照顾，任《江海学刊》编辑。今人编有《陈方恪诗词集》《陈方恪年谱》。

夏敬观（1875—1953），字剑丞，号吷庵，室名忍古楼。江西新建人，沤社词人。光绪二十年（1894年）中举，光绪二十七年（1901年）为内阁中书，后为三江师范学堂提调，复旦公学、中国公学监督。民国时任浙江省教育厅厅长，后参与叶恭绰主持的《全清词钞》编纂。夏敬观一生著述颇丰，著有《汉学师承表》《忍古楼文》《清世说新语》《忍古楼笔记》《忍古楼诗》《忍古楼诗话》《吷庵词》《词调溯源》《忍古楼词话》等。

冒广生（1874—1959），字鹤亭，号疚斋又号鸥隐。江苏如皋人，沤社词人。光绪二十年（1894年）举人，曾任刑部、农工商部郎中。民国时历任财政部顾问、浙江海关调查员、全国经济调查会会长，后任《广东通志》总纂，30年代曾在上海任《青鹤》杂志主编，后任中山大学教授。1949年后备受礼遇，被聘为上海文物保管会顾问。撰有《小三吾亭词话》《疚斋词论》《四声钩沉》《小三吾亭词》《小三吾亭文甲集》《小三吾亭诗》《如皋冒氏词略》等著作，今人辑录《冒鹤亭词曲论文集》。

梁鸿志（1882—1946），福建长乐人，沤社词人。毕业于京师大学堂。民国时，任职国务院，后投靠段祺瑞，任段祺瑞执政府秘书长。抗战时期，任汪伪政府高官，1946年在上海被枪决。著有《爰居阁诗》。

第一组中，许崇熙、陈祖壬、袁思亮是陈三立的得意门生，其中许崇熙的诗颇似陈三立的风格。袁思亮在《沧江诗集序》中说："吾师义宁陈先生，以诗古文辞巍然主坛坫，为大师数十年。……长沙许君季纯，为诸生时才名压其曹，肄业两湖书院，亲炙吾师讲席，为高第弟子也。……吾独以为能承吾师之教，善学吾师之诗者，莫许君者也。……"① 陈祖壬文章为陈散原欣赏，陈散原常令他代笔应酬之类的序文和寿文②。而袁思亮与陈三立交往最为密切，陈三立《散原精舍诗文集》有许多写给袁思亮的诗。袁荣法是袁思亮之子，他也经常随父亲与宋诗派人员交往。陈方恪是陈三立之子，自然也经常随散原老人参加宋诗派成员的聚会。

第二组中，夏敬观与梁鸿志都是"以宋诗派人物为主在大江南北形成了几个文人群体"中的人物。夏敬观与宋诗派人员，尤其与宋诗派核心人物陈三立、郑孝胥的交往密切：

> 1903年1月20日，李宣龚邀饮于石坝街一枝春西菜馆，座有郑孝胥、俞明震、缪荃孙、陈三立、陈锐、徐乃昌等。
>
> 1906年9月，赴南京，借宿陈三立家中。
>
> 1907年4月19日，先生至上海访郑孝胥；9月25日，先生寄诗一首给郑孝胥。

---

① 袁思亮《蘉庵诗集》一卷，《近代中国史料丛刊续编》203册，台北：文海出版社，1974—1982年，第52页。
② 陈巨来《记陈病树》，见《安持人物琐忆》，上海：上海书画出版社，2011年，第141页。

1908年4月28日,郑孝胥与陈三立访先生南京寓所。

1913年2月21日,先生与李宣龚、诸宗元邀郑孝胥、朱祖谋、陈三立、俞明震等宴于先生家中。①

他们之间的诗词唱和也很多,如夏敬观有词《雨霖铃·丁未早春偕陈伯严俞恪士陈仕可出城南登雨花台旷望时薛次申顾石均物故厝柩于安隐寺感旧怀人太息久之因用柳屯田韵谱此以志斯游》②。陈三立也有多首诗回赠夏敬观,如《晴坐贻剑丞》《园居次和剑丞》等。③从他们交游的诗词中可以看出他们互相称誉,彼此推崇。

冒广生在近代诗坛也有一定地位:"鹤亭为周畇叔甥,诗境俊爽,清韵并茂。所谓何无忌酷似其舅也。晚年与闽赣诸家通声气,诗益苍秀。曾见其《后山诗注补笺》,向往所在,略可识矣。"④他早年便参加了陈衍的辛亥诗社⑤,亦遍交宋诗派成员⑥。

二、沤社老派词人与宋诗派的联系

这里的老派词人是指朱祖谋、潘飞声、程颂万、郭则沄、林葆恒。

朱祖谋(1857—1931),字古微,号沤尹,又号彊村,归安(浙江湖州)人,沤社词人。光绪八年(1882)举人,翌年成进士,改庶吉士,授编修。光绪三十年出任广东学政,因与总督不合,引病辞官,卜居苏州,辛亥革命后,

---

① 陈谊《夏敬观年谱》,合肥:黄山书社,2007年,第19、24、27、32、70页。
② 陈谊《夏敬观年谱》,合肥:黄山书社,2007年,第28页。
③ 陈三立著,李开军校点《散原精舍诗文集》,上海:上海古籍出版社,2003年,第178、179页。
④ 汪辟疆《光宣诗坛点将录》,《汪辟疆诗学论集》(上册),南京:南京大学出版社,2011年,第106页。
⑤ 杨萌芽《清末民初宋诗派文人群体研究——以1895—1921年为中心》,复旦大学博士论文,2007年,第84页。
⑥ 参见杨萌芽《清末民初宋诗派文人群体研究——以1895—1921年为中心》,复旦大学博士论文,2007年,第57、58页。

以遗老自居。著有词集《彊村语业》三卷,诗集《彊村弃稿》一卷,编有《彊村丛书》《湖州词征》《国朝湖州词录》。门人龙榆生又汇编《彊村遗书》。

潘飞声(1858—1934),字赞思、老兰,号兰史、剑士、独立山人,广东番禺人。其先伯祖潘仕成曾编刊《海山仙馆丛书》,其父潘光瀛曾著有《梧桐庭院诗词钞》,有十二子,潘飞声是长子。潘飞声十四岁学诗于何藜青,光绪二十五年(1899)远游海外,在德国柏林大学教学三年后回国,后移居香港,任《华字日报》《实报》主笔,居港逾十三载。晚岁终老沪上,曾参加南社,为"南社四剑"之一。

程颂万(1865—1932),字子大,一字鹿川,号鹿川田父、十发、十发居士、十发老人,湖南宁乡人。他在晚清时对时局新学颇为热心,为张之洞所器重,曾充湖广抚署文案。在全国率先创办私立湖北中西通艺学堂、攻木局,又曾任湖北自强学堂、方言学堂提调,兼管湖北洋务局学堂所。他自己还兼英、俄、日、德、法五堂的汉文教习,学识渊博。程颂万致力于教育与实业活动以外,积极参加词社,曾参加湘社,晚年在上海参加沤社。他擅长书法,著作极丰富,诗集有《鹿川诗集》《鹿川田父诗》《鹿川近稿》《石巢诗集》《楚望阁诗集》《斋诗录》《蛮语集》等。词集有《美人长寿庵词集》《鹿川词》,今人编为《程颂万诗词集》。

林葆恒(1872—1951),字子有,号讱庵,福建侯官(今福州)人,须社、沤社词人,藏书家,林则徐侄孙。宣统元年(1909)以道员分发直隶,民国前期先任天津中国银行分行行长,后创办实业公司。著有《瀼溪渔唱》《讱庵藏词目录》,辑有《闽词征》六卷,《词综补遗》。

郭则沄(1882[①]—1947),字啸麓,号蛰云,别署龙顾山人,祖籍福建侯官,须社、沤社词人。前清时官至浙江提学使,曾任民国国务院秘书长,交游至广,是清末民初政坛活跃人物。著有《龙顾山房全集》《十朝诗乘》《清词玉

---

① 按郭则沄《旧德述闻》卷四(民国二十五年蛰园校刻本)"不肖以光绪壬午生于台州",又《沤社词钞》之《沤社词集同人姓字籍齿录》为光绪壬午生,为1882年。《中国文学大辞典》等书记为生1885年,有误。

屑》《南屋述闻》《竹轩撦录》《旧德述闻》等。

朱祖谋早在民国以前便与宋诗派成员李宣龚、郑孝胥、夏敬观有交游："（1909年2月4日）至日辉帐房，使贞贤赴厂。与拔可、子仁、古微、剑丞、慧亮、郑季明等饭于雅叙园。"① 入民国后，朱祖谋在1915年参加了宋诗派的逸社，"逸社第一次集会的与会者有瞿鸿机、沈曾植、缪荃孙、吴庆坻、王仁东、陈三立、沈瑜庆、林开謩、杨钟义、张彬、冯煦、陈夔龙、朱祖谋、王乃征，一共十四人"②。1915年5月，顾麟士为朱祖谋作《彊村校词图》，宋诗派主要诗人如郑孝胥、瞿鸿机、陈三立、缪荃孙、吴庆坻、李宣龚、陈衍、陈曾寿等均有题词。③

潘飞声、程颂万与宋诗派的联系，主要是与陈三立交游。潘飞声、程颂万与陈三立多有诗歌唱和。潘飞声有《送陈伯严》："同此故园感，而非行路难。神州仍袖手，且放酒杯宽"④，表达了他与陈三立同为遗民的心理特征。陈三立也曾为潘飞声作《题潘兰史江湖载酒图》一诗，赞扬了潘飞声一醉千载的隐逸风情。⑤ 陈三立还为程颂万作题画诗《程子大武昌鹿川阁图》，还有与其交游诗《于水阁歌席逢程子大太守惊喜有作》⑥。1928年7月7日，散原老人又为程子大《鹿川诗集》作序，称其诗有"王仲宣、杜子美激楚哀呻之音"⑦。

郭则沄1922年脱离民国政府后，闲暇时间较多，常与宋诗派的郑孝胥结社作诗：1925年（民国十四年乙丑）7月11日（五月廿一）晚，于家中宴请郭石琴、郑孝胥、李宣龚，日人坂西、镰田等。13日，与郑孝胥、李直绳、刘浩春座谈。夜，与刘浩春访郑孝胥。22日，赴林葆恒约，座客郑孝胥、罗叔蕴、傅增湘、周学渊、李直绳等。9月29日（八月十二），赴陈宝琛约，座

---

① 劳祖德整理《郑孝胥日记》，北京：中华书局，1993年，第1176页。
② 朱兴和《超社、逸社诗人群体研究》，华东师范大学博士论文，2009年，第60页。
③ 马兴荣《朱孝臧年谱》，《词学》第十五辑，上海：华东师范大学出版社，2004年，第215页。
④ 潘飞声《说剑堂诗集》卷一，1934年铅印本。
⑤ 潘飞声《说剑堂诗集》卷二，1934年铅印本。
⑥ 陈三立著，李开军校点《散原精舍诗文集》，上海：上海古籍出版社，2003年，第64、460、680页。
⑦ 潘益民《陈方恪年谱》，南昌：江西人民出版社，2007年，第104页。

客郑孝胥、叔伊、午原、李星冶等。30 日，蛰园社课，作诗钟，"年、带"第二字。郑孝胥作"使年绛县推星历，如带黄河载誓书"。①

林葆恒与沤社词人夏敬观、袁思亮一起参加过逸社的消寒聚会："参加 1930 年 12 月 22 日（庚午冬至）消寒会的人有陈夔龙（主人）、秦炳直、喻长霖、黄心霖、汪诒书、林葆恒、袁思亮、沈麟雨和夏敬观。"② 逸社也是由宋诗派诗人组成的一个诗社，不过，这次消寒之集无法与二十年代逸社鼎盛时期相比，只能算是逸社的尾声，其中，除了陈夔龙与夏敬观是宋诗派老人，林葆恒与袁思亮是新加入的成员。

三、沤社青年词人与宋诗派的联系

沤社青年词人中与宋诗派有联系的有三人：龙榆生、黄孝纾、袁荣法。袁荣法在前面已有交代，下面我们梳理龙榆生、黄孝纾与宋诗派的联系。

黄孝纾（1900—1964），字公渚，号匑庵、匑厂，别号霜腴，福建省侯官县人，沤社词人。擅长经学、书画和诗词。1924 年，迁居上海，并受藏书家刘翰贻所聘，主持嘉业堂藏书楼。后入山东大学执教，讲授古典文学。著有《黄山谷诗选注》《秦汉金石文选》《欧阳修词选译》《匑庵词》《碧卢簃琴趣》等。

龙榆生（1902—1966），名沐勋，沤社词人。早年曾师从近代著名学者陈衍，又为朱祖谋私淑弟子。1933 年在上海创办《词学季刊》，任主编。1940 年在南京创办词学刊物《同声月刊》。中华人民共和国成立后曾任上海音乐学院教授。撰写词学论文多篇，著有《东坡乐府笺》《唐宋名家词论》《唐宋名家词选》《风雨龙吟室词》《忍寒庐词》，今人辑有《龙榆生词学论文集》等。

龙榆生与宋诗派的联系始于 1924 年，其时他任教于厦门集美中学，因人

---

① 昝圣骞《晚清民初词人郭则沄研究》，南京师范大学硕士论文，2011 年，第 89 页。
② 朱兴和《超社、逸社诗人群体研究》，华东师范大学博士论文，2009 年，第 78 页。

介绍结识宋诗派名家陈衍,并拜陈衍为师,先生因邱立之介得以拜谒,石遗老人评先生绝句很近杨诚斋,先生心中折服,随备下贽仪,磕头拜师"①。1928年,龙榆生因陈衍举荐获暨南大学教席,后又兼职于国立专科音乐学校。在上海期间,龙榆生还认识了宋诗派诗人夏敬观、郑孝胥、陈三立、李宣龚等,并请陈三立、郑孝胥为其改诗。"我最喜亲近的,要算散原、彊村二老。我最初送诗给散原、苏戡两位老先生去批评,散老总是加着密圈,批上一大篇叫人兴奋的句子,苏翁比较严格些,我只送过三四首诗给他看,只吃着二十八个密圈子。我因为在暨南教词的关系,后来兴趣就渐渐的转向词学那一方面去,和彊村先生的关系,也就日见密切起来。"② 龙榆生非常感激陈三立的教诲之恩,1929 年 10 月,陈三立将北上,龙榆生主持张园雅集,为陈三立送行,与会的还有夏敬观、陈曾寿、朱祖谋、袁思亮、程颂万等。③ 后来龙榆生也为宋诗派做过贡献,宋诗派的重要成员沈曾植去世后,其遗诗由龙榆生细心整理校勘,于 1941 年在《同声月刊》上连载。④

黄孝纾虽然年轻,但诗词、骈文、画作堪称三绝,也与宋诗派成员有所交游。在陈三立《散原精舍诗文集》和郑孝胥的日记中都可以看到他们与黄孝纾的交游⑤:"(1927 年 4 月 14 日)梅泉约夜饮,伯严、古微、拔可、剑丞、公渚、伯夔及梅泉之子农叔,月极明。""(4 月 24 日)王聘三、许鲁山、黄蔼农、黄公渚、张子襄来,午饭乃去。"⑥

如前所述,沤社词人与宋诗派的联系,一方面是因为部分沤社词人亦是宋诗派成员,同时,这些成员通过交游和集会不断地吸引新人,这既扩大了宋诗派的影响,也为后来沤社的成立奠定了基础。

---

① 张晖《龙榆生先生年谱》,上海:学林出版社,2001 年,第 17 页。
② 龙榆生《苜蓿生涯过廿年》,转引自《龙榆生年谱》,上海:学林出版社,2001 年,第 23 页。
③ 参见张晖《龙榆生年谱》,上海:学林出版社,2001 年,第 25 页。
④ 张晖《龙榆生年谱》,上海:学林出版社,2001 年,第 113 页。
⑤ 陈三立《题匑庵墨谑膏画隐图》,《散原精舍诗文集》,上海:上海古籍出版社,2003 年,第 718 页。
⑥ 劳祖德整理《郑孝胥日记》,北京:中华书局,1993 年,第 2140、2142 页。

第二节　沤社与民国诗社的联系

民国初年，上海有晨风庐、超社、逸社、淞社、希社、南社、海上诗钟社等诗社，北京有蛰园吟社。这些诗社都是寓居在京沪的清代遗民所结成的文学团体，他们常常一起结社吟咏，抒发黍离之悲，聊以度岁。部分沤社词人曾经参加过这些诗社，本节即梳理沤社词人与这几个诗社的关系。

一、沤社词人与晨风庐唱和、淞社的联系

（一）周庆云与晨风庐唱和

晨风庐唱和是民国初年上海遗民诗人的活动，组织者是后来的沤社词人周庆云，社集地即周庆云的寓所晨风庐，潘飞声也参加了这些唱和活动。

周庆云（1866—1934），字景星，号湘舲，别号梦坡，浙江吴兴人，春音词社、沤社词人。清光绪七年（1881）秀才，后以附贡授永康教谕，例授直隶知州，均未就任。周庆云为南浔巨富，曾任苏、浙、沪属盐公堂总经理。周庆云精通诗、词、书、画，著述颇丰。有《梦坡室丛书》四十五种、《中国盐法通志》一百卷。另有《梦坡诗文》《南浔志》《莫干山志》《浔溪诗征》《浔溪词征》《浔溪文征》《历代两浙词人小传》等。

据《吴兴周梦坡先生年谱》记载：宣统三年（1911）九月十五日杭州独立，二十九日周庆云携家眷迁往上海。[①] 周庆云在其寓所先后进行了四次消寒唱和，刊刻了《壬癸消寒集》《甲乙消寒集》。壬癸即1912年壬子年与1913年癸丑年，甲乙即1914年甲寅年与1915年乙卯年。其唱和的主旨是表达遗民之情，周庆云《壬癸消寒集序》："然时世有兴衰之判，诗格有正变之殊。生逢盛

---

① 周延祁编《吴兴周梦坡先生年谱》，《近代中国史料丛刊》第816册，台北：文海出版社，1966年，第49页。

世，人心得春夏温和之气，其诗宫声居多。生当乱世，人心感秋冬肃杀之气，其诗徵声居多。大抵士人节操以屯而着，诗家格律以穷而工，故孔子曰'岁寒然后知松柏之后凋也'……与刘子语石倡消寒雅集，始于壬子立冬至春而毕，明年癸丑亦如其例。"① 壬子年集会在周庆云的双清别墅，出席者有二十七人：刘语石、许子颂、钱听邠、缪荃孙、汪渊若、潘兰史、吴昌硕、徐贯云、余笏堂、施赞唐、缪蘅甫、朱念陶、陆纯伯、钱朴儒、王伯弓、吴子修、钱履樛、吴颖函、张石铭、徐冠南、沈醉愚、俞瘦石、李子昭、赵浣孙、杨仲庄、陶拙存、刘翰怡、诸季迟、长尾雨山（日本）。癸丑年集会设宴晨风庐，较去年又增加吴炯斋、戴子开、吕幼舲、汪符生四人②。后来甲寅年又有"恽季申、恽瑾叔、章一山、杨芷烐、白也诗、刘葱石、洪鹭汀、潘毅远"③ 几位新人加入。

但是，真正可以展现"晨风庐诗人群"全貌的是《晨风庐唱和诗存》《晨风庐唱和诗存续集》这两部作品集。这两部集子的作者基本相同，有八十多人，远超过淞社和周庆云组织的壬子、癸丑、甲寅、乙卯四次消寒社集的人数。晨风庐唱和的诗人群体是寓沪的清遗民，所以诗歌唱和的遗民主题倾向很浓④。

（二）沤社词人与淞社

淞社是在晨风庐唱和诗人群的基础上建立的，刘语石在《晨风庐唱和诗存序》中写道："（周庆云）尤癖于诗，自与予交即匄同志作消寒会，寓公过客闻声相慕，每集梦坡与予诗先成，嗣后续结淞社，应求益广。"⑤

1913年上巳日（三月初三）淞社在徐园成立，仿宋末月泉吟社，主要抒

---

① 周庆云《壬癸消寒集》，1914年刊，第1页。
② 周延祁编《吴兴周梦坡先生年谱》，《近代中国史料丛刊》第816册，台北：文海出版社，1966年，第51、53页。
③ 周延祁编《吴兴周梦坡先生年谱》，《近代中国史料丛刊》第816册，台北：文海出版社，1966年，第57页。
④ 罗惠缙《民初"文化遗民"研究》，武汉：武汉大学出版社，2011年，第170—192页。
⑤ 周庆云编《晨风庐唱和诗存》，1914年刊，第4—6页。

发遗老情。周庆云《淞滨吟社集序》："古之君子遭际时艰，往往遁迹山林不求闻达，以终其生。……今者萑苻不靖、蔓草盈前，虽欲求晏处山林而不可得，其为不幸为何如耶？当辛壬之际，东南士人胥避地淞滨。余于暇日，仿月泉吟社之例，招邀朋旧，月必一集，集必以诗。选胜携尊，命俦啸侣，或怀古咏物，或拈题分韵，各极其至。每当酒酣耳热，亦有悲黍离麦秀之歌，生去国离忧之感者。嗟乎！诸君子才皆匡济，学究天人，今乃仅托诸吟咏，抒其怀抱，其合于乐天知命之旨欤。……"① 这段序言中很直接地反映了淞社遗老的心理，他们自视"才皆匡济，学究天人"，可是如今只能借酒消愁、托诸吟咏来打发余生，故他们诗歌中充满了黍离之悲和人生无奈之情。

淞社社员有：金粟香、许子颂、缪荃孙、沈洁斋、钱听邠、吴昌硕、叶鞠裳、王息存、刘谦甫、杨诚之、王旭庄、褚稚昭、李梅庵、郑叔问、李审言、刘语石、施赞唐、汪渊若、李橘农、戴子开、吴子修、金甸丞、钱亮臣、潘毅远、汪符生、朱念陶、恽孟乐、李孟符、曹揆一、唐元素、崔盘石、张让三、宗子戴、冯孟余、姚东木、刘葆良、李经畬、程子大、况蕙风、吕幼舲、陆纯伯、刘聚卿、张砚孙、胡幼嘉、潘兰史、孙恂如、徐仲可、钱履樛、张石铭、费景韩、王静安、王叔用、洪鹭汀、陆冕侪、吴颖函、缪蘅甫、白也诗、长尾雨山、喻长霖、曹恂卿、章一山、恽季申、陶拙存、杨仲庄、胡定丞、徐积余、杨芷姓、童心安、赵叔儒、恽瑾叔、俞瘦石、诸季迟、姚虞琴、孙益庵、褚礼堂、夏剑丞、赵浣孙、胡朴安、刘翰怡、张孟劬、白石农、沈醉愚、戴嵩皋、许松如、王蕴章、黄公渚。② 淞社于1925年解散，共集会五十七次。③ 后来的沤社词人周庆云、潘飞声、程颂万、夏敬观、王蕴章④、黄孝纾都参加过

---

① 周庆云编《淞滨吟社集》，1914年刊，第8页。
② 周延祁编《吴兴周梦坡先生年谱》，《近代中国史料丛刊》第816册，台北：文海出版社，1966年，第52页。
③ 陈子凤《近代海上淞社名人诗稿》，《收藏家》，2008年第7期。
④ 王蕴章（1884—1942），字莼农，号西神，别署二泉亭长、鹊脑词人等，室名菊影楼、篁冷轩、秋云平室，江苏省金匮（今无锡市）人。光绪二十八年（1902）中举，任上海沪江大学、南方大学、暨南大学国文教授，上海《新闻报》编辑，上海正风文学院院长。

淞社的活动。他们的诗作充满了易代之变后的悲哀与无奈。

在上海遗民进行活动的同时,北京遗民也在进行相同的活动:1913(癸丑)上巳日,梁启超在北京万牲园(即清三贝子花园)邀群贤修禊,主题亦不离抒发黍离之悲和穷愁之叹。《庸言》杂志第一卷第10号"诗录"《癸丑禊集诗》收录了参加活动的27人的唱和诗共30余首,其中包括后来的沤社词人郭则沄、梁鸿志、袁思亮。他们在诗歌中也表达了对清朝的怀念和个人的无奈,如梁鸿志"流杯一曲水,中有兴亡泪"(《癸丑三月三日修禊诗限至字韵上任公先生兼呈诸子》),郭则沄"伤哉昔视今,逸少语可读"(《上巳修禊分得竹字》),袁思亮"江湖风波正愁绝,各抱忧患嬉余生"(《癸丑上巳修禊于三贝子园分韵得清字》)。

二、沤社词人与希社的联系

1912年农历七月十五中元节,高翀与程棣华在上海豫园寿晖堂发起成立希社,希社之名乃仿几、复二社而定,该社以尊孔为目的,提出"翼卫圣教,昌明国学"的宗旨。高翀《尊孔会之宣言》(壬子七月姚子梁先生发起此会):"识者每揽其兴亡之迹,益了然于孔之不可不尊,且尊孔不可徒以虚文为也。综而观之,凡创业开基者固无不首重尊孔,即剧寇大盗亦无敢抗颜与孔为仇者……夫国家之政体或可改,而人民之心理则有断断不可变者。孔氏之教如日月经天,江河行地……吾辈既立此会,务宜抱定尊孔宗旨以达到孔教永定为国教之目的。"[①] 当时国家处于动荡之中,社会风气败坏,所以希社成员希望通过提倡儒家传统道德来重新整肃社会风气。

后来加入沤社的周庆云、潘飞声对希社的成立也起了重要作用,周庆云在1925年《希社中兴续编序》中说:"希社创于清宣统壬子中元,由吴中高太痴征君、上海程棣华布衣发起,余与蔡紫黻、潘兰史、姚东木、邹酒丐、戈鹏云

[①] 高翀等《希社丛编》第一册,民国元年(1912)刊,第4、5页。

赞成。……以寿晖堂为社集，月凡一举，文酒高会，风靡一时，由是各省文英纷纷入社，不数年社友多至四百余人。"①

《希社丛编》于1913年刊出，共八册，1925年又刊出《希社中兴续编》一册，社作以诗文为主，其中也包括词作，词作者有社长高螬，社员潘飞声、周庆云、吴梅、潘老兰、王渭生、朱家骅等，词作总数接近一百三十首。

笔者统计了沤社词人潘飞声与周庆云二人在希社的作品，包括诗、文、词三种。第一册，潘飞声诗二十一首，词二首，周庆云诗十五首。第二册，潘飞声诗六首、周庆云诗两首。第三册，潘飞声诗八首。第四册，潘飞声诗五首，文一篇，周庆云诗一首。第五册，潘飞声诗三首，周庆云诗一首。第六册，潘飞声诗一首，周庆云词六首。第七册，潘飞声诗两首，周庆云词二首，潘飞声联一对，周庆云联一对。

来看周庆云的《人间何世，海国春残，难得清明，又逢上巳，余以是日举社愚园，祓饮之乐，匪拟洛中，盛衰之感，或逾逸少，长歌未尽，谱此写怀，调寄满庭芳》②一词：

> 香影围花，愁心苏草，燕归空认巢痕。昨宵寒食，今日祓残春。题遍山阴醉墨，永和后、哀乐重论。河山异，新亭举目，滴泪注芳尊。　　前尘修禊事，重逢癸丑，开社淞滨（癸丑上巳修禊徐园为淞社第一集）。纵俊游，无恙应瘦吟魂。多少江南旧识，怕邻笛、中夜凄闻。（社中褚稚昭汪渊若胡右阶谢世）还惆怅，桃源路渺，何处避嬴秦。

词人由今日愚园祓饮联想到了历史上著名的兰亭修禊，那时的东晋文人兰亭盛会留下了一段佳话，而如今的愚园之会却萦绕着末世情怀，充彻着身处乱世，无处躲藏惆怅之情。

---

① 周庆云《希社丛编续编序》，高螬等《希社丛编》，民国十四年（1925）刊。
② 高螬等《希社丛编》第七册，民国二年（1913）铅印本，第7页。

三、沤社词人与南社的联系

南社是一个革命色彩很浓的文学社团。1909年11月13日，南社在苏州虎丘张东阳祠成立，成员17人，来宾2人，其中也有后来的沤社词人潘飞声、王蕴章、杨铁夫①。但后来潘飞声与杨铁夫没有再参加南社活动，王蕴章则参与了数次南社社集：1911年9月17日，南社在上海愚园举行第五次雅集，王蕴章当选为《词选》编辑员；1912年10月27日，南社在上海愚园举行第七次雅集，王蕴章继续当选《词选》编辑员；1914年5月24日，南社举行临时雅集于上海愚园云起楼，欢迎柳亚子复社，王蕴章等三十人参加，分韵赋诗；1916年8月20日，南社举行临时雅集于上海愚园，王蕴章等26人参加，无政府主义者丁湘田写入社书，介绍人为谢英伯、朱少屏；1919年4月6日，南社于上海愚园举行第十七次雅集，王蕴章等26人参加，修订《南社条例》②。当选南社词选编辑员是王蕴章词学活动的开始，我们今天所能见到的王蕴章的词作都比较集中地收录在了《沤社词钞》与《南社丛刻》中，且《南社丛刻》所收录的王蕴章词作数量远远超过《沤社词钞》对其作品的收录数量。

笔者检索《南社丛刻》对王蕴章、潘飞声词作的收录情况：王蕴章第四集3首，第六集7首，第八集16首，第九集6首，第十集25首，第十一集6首，第十二集6首，第十三集12首，第十四集33首，第十八集7首，第十九集14首，第二十一集14首，第二十二集4首；潘飞声第八集7首，第九集3首③，

---

① 杨玉衔（1869—1943），字铁夫，光绪二十七年（1901）举人，光绪三十年（1904）考取内阁中书，官至广西知府，民国间曾任无锡国专词学教授及香港广州大学、国民大学教授。曾就学于朱祖谋门下。有《抱香室词》《双树居词》《桑榆老屋词钞》《五厄词》《吴梦窗词笺释》《清真词选》。
② 杨天石、王学庄编著《南社史长编》，北京：中国人民大学出版社，1995年，第207、309、359、427、521页。
③ 柳亚子等《南社丛刻》第二册，扬州：江苏广陵古籍刻印社，1996年，第1703页。其中第九集目录记载：潘飞声词2首。而笔者查阅内容，实际为《临江仙》1首，《浣溪沙》2首，共3首。

第十二集 4 首,第十三集 2 首,二十二集 3 首。潘飞声与王蕴章词作的思想内容与艺术特色,将在后文加以详细探讨。

四、沤社词人与蛰园吟社的联系

1920 年,郭曾炘、郭则沄父子于北京主持成立蛰园吟社,社址在郭则沄北京所居之蛰园,社友包括樊增祥、孙雄、傅增湘、靳志、关赓麟、黄懋谦、黄君坦、黄孝纾、杨寿枏等数十人,影响极大。参加者不以乡籍为限,以击钵吟为主课,兼作诗钟,月一集,一集二题,轮流以三四人值课,凡九十六集,至 1928 年底郭曾炘去世而宣告结束。社课之作,结集为《蛰园击钵吟》,刊行于世,内容牵涉历史掌故、咏物等。①

第三节 沤社与民国词社的联系

一、沤社词人与春音词社的联系

1915 年 2 月 4 日春音词社成立,成员包括后来的沤社词人朱祖谋、夏敬观、袁思亮、周庆云、王蕴章、杨铁夫等。春音词社至 1918 年结束,共有社集十七集。关于春音词社成立发起人有两种说法:第一种说法是由周梦坡创立,"先后入社者有朱沤尹、徐仲可、庞檗子、白也诗、恽季申、恽瑾叔、夏剑丞、袁伯夔、叶楚伧、吴瞿安、陈倦鹤、王莼农诸先生"②。第二种说法是由陈匪石与王蕴章发起,"匪石时寓沪西,距余寓庐甚近,朝夕过从,因共发

---

① 昝圣骞《晚清民初词人郭则沄研究》,南京师范大学硕士论文,2011 年,第 86 页。
② 周延祁编《吴兴周梦坡先生年谱》,《近代中国史料丛刊》第 816 册,台北:文海出版社,2006 年,第 59 页。

起词社,请归安朱古微沤尹丈为社长,沤丈名社曰春音,取互相劳苦者之义"。① 有研究者经过分析认为,"大约是王蕴章与陈匪石、庞树柏共同商议出起社想法,再邀请周庆云参与并出资相助,这才使得春音词社得以创立起来"。② 据王蕴章记载,社员有:庞树柏、吴梅、袁思亮、夏敬观、周庆云、潘飞声、曹元忠、白中磊、李孟符、陈方恪、叶楚伧、况蕙风、林葆恒、杨铁夫、林鹍翔、郭则沄、黄孝纾、邵瑞彭。③ 从人员构成看,春音词社的社员主要由南社与遗老两大群体组成,其中南社成员有:吴梅、杨铁夫、潘飞声、叶楚伧、庞树柏、陈匪石等。遗老群体有:朱祖谋、周庆云、况周颐、袁思亮、曹元忠、李岳瑞、恽瑾叔、恽季申等,他们虽政治立场各异,但是对词学并无派别之见。

后来的沤社成员参加了春音词社的大部分社集,如:第一集王蕴章《花犯·春音社第一集赋樱花,依清真四声》;第二集朱祖谋《眉妩·咏河东君妆镜》、王蕴章《眉妩·春音社二集,赋河东君妆镜拓本》;第三集朱祖谋《高山流水·宋徽宗松风琴》、王蕴章《高山流水·春音社三集赋宋徽宗琴》、潘飞声《风入松·题周梦坡海上获琴图》;第四集朱祖谋《霜花腴·九日哈氏园》、王蕴章《霜花腴·春音社四集赋菊花》;第五集周庆云《烛影摇红·唐花》、王蕴章《烛影摇红·春音社五集赋唐花》;第八集夏敬观《霜花腴·寿朱沤尹六十》;第十集朱祖谋《新雁过妆楼·和梦坡》、夏敬观《新雁过妆楼·春音社席上闻歌》、周庆云《新雁过妆楼·酒楼闻歌》;第十一集夏敬观《六幺令·为周梦坡题所藏汤贞愍香雪草堂图》;第十三集周庆云《秋霁·春音词社社集》、夏敬观《秋霁·丁巳中秋作》;第十四集夏敬观《霜叶飞·曩借宅吴门,岁辄一登天平览枫林之胜。自来海滨,遂疏游屐。丁巳九月始挈词侣重登此山。酒畔依声,不胜哀感》、周庆云《霜叶飞·偕词社同人至苏,登天平山看红叶,归

---

① 王蕴章《春音余响》,《同声月刊》第一卷,第178页。
② 吴晗《春音词社研究》,华东师范大学博士论文,2017年,第78页。
③ 吴晗在《春音词社研究》中对此名单有重新考证,华东师范大学博士论文,2017年,第89页。

后作》;第十七集周庆云《雪梅香》、王蕴章《雪梅香·春感》。①

二、沤社词人与聊社、趣园词社的联系

沤社词人郭则沄、洪汝闿②还曾在北京参加过聊社、趣园词社。北京是清朝旧都,那里生活着诸多逊清文人,诗社、词社活动一直不绝。如辛亥革命后,成立了以樊增祥与易顺鼎为骨干的寒山诗社;1923 年,夏润枝在清史馆修史之余,与同人赋词唱和。

1925 年,谭祖壬发起聊社,社友有章华、邵伯章、赵椿年、吕凤亢俪、汪曾武、陆增炜、三多、邵瑞彭、金兆藩、洪汝闿、溥儒、罗复堪、向迪琮、寿玺等。每月一集,多在谭氏寓所。聊社词学宗旨先是推崇南宋梦窗、玉田词,后又提倡学习北宋周邦彦、柳永③,洪汝闿的社作便有《拟南宋张子野词》。④ 此外,郭则沄还曾参加了由汪曾武主持的趣园词社,趣园词社成立于 1925 年,社友有郭则沄、赵剑秋、爽召南、左纷卿、俞陛云、章曼仙、王书衡、夏孙桐等。⑤

三、沤社词人与须社的联系

须社的前身是冰社,由郭则沄、李放等人倡立于天津,以郭则沄所居栩楼

---

① 参见杨柏岭《春音词社考略》,《词学》第十八辑,上海:华东师范大学出版社,2007 年,第 162—167 页。
② 洪汝闿(1869—1944),号勺庐,安徽歙县人,沤社词人。1922 年 5 月,洪汝闿加入思辨社,该社由吴承仕发起,尹炎武、朱师辙、程炎震、邵瑞彭、杨树达、孙人和等八人组成,每两周会集一次,主要校订古书。洪汝闿有《勺庐词》,《丛书集成续编》第 20 册收其《果嬴转语记》一卷,附校记一卷。
③ 夏纬明《近五十年北京词人社集之梗概》,张伯驹主编《素月楼联语·春游社琐谈》,北京:北京出版社,1998 年,第 22 页。
④ 洪汝闿《天仙子·拟子野》,《艺林旬刊》,1929 年第 38 期,第 2 页。
⑤ 昝圣骞《晚清民初词人郭则沄研究》,南京师范大学硕士论文,2011 年,第 89 页。

为主要活动地点，时间在1925年左右。1928年上半年，冰社开始转向填词，第一次填词当在1928年农历五月末①，月三集，拈题限调。约1930年下半年，更名为须社②。袁思亮在《烟沽渔唱序》中写道："莫如天津之有须社。上海之有沤社，胥此志也。而须社之为先，须社社友都二十人，皆工倚声，月三集限调与题，久之，社外闻声相和者甚众。陈弢庵太傅、夏润枝太守其尤著也。起戊辰夏迄辛未春凡三年得集盈百。社友颇有以事散之为四方者，沤社遂起，而继之矣。于是朱彊村侍郎与夏润枝太守选其词尤工者如干阕，郭则沄提学为印而存之，名之曰《烟沽渔唱》而督序于余，余亦沤社之一人。"③ 由此可知，须社解散后不久，沤社便在上海成立，且沤社与须社的唱和主题一致，都寓有深深的遗民情感，即袁序中所说"胥此志也"。

据《烟沽渔唱》中的词侣题名，可知后来的沤社词人林葆恒、夏敬观、郭则沄、姚虞素④、袁思亮、黄孝纾均参加过须社。其中，林葆恒与郭则沄长期参加须社社集，"夏敬观、姚景之、袁思亮和黄孝纾等则在上海，他们只是偶尔参与社集或邮寄作品而已"⑤。在须社的社集中，有夏敬观作品3篇，姚虞素1篇，袁思亮3篇，黄孝纾4篇，林葆恒67篇，郭则沄155.5篇⑥。

须社是一个遗民词社，社员们吟词唱酬的主题亦为"穷愁无憀，相昫濡以

---

① 杨传庆《清遗民词社——须社》，《2014中国词学国际学术研讨会论文集》（下册），2014年第206页。
② 昝圣骞《晚清民初词人郭则沄研究》，南京师范大学硕士论文，2011年，第90页。笔者查阅袁思亮《蘉庵文集》卷一《冰社词选序》，与《烟沽渔唱序》完全相同，因此可知冰社即须社。
③ 袁思亮《烟沽渔唱序》，《烟沽渔唱》，《清末民国旧体诗词结社文献汇编》第16册，北京：国家图书馆出版社，2013年。
④ 姚虞素（1872—1963），字景之，浙江吴兴人。王半塘侄婿。曾任南昌知府，1953年入江苏文史馆，有《天醉楼词钞》。
⑤ 林立《群体身份与记忆的建构：清遗民词社须社的唱酬》，《中国文化研究所学报》，2011年第1期。
⑥ 林立《群体身份与记忆的建构：清遗民词社须社的唱酬》，《中国文化研究所学报》，2011年第1期。其中《烟沽渔唱》卷七《浪淘沙》一阕为杨寿枏与郭则沄合填。

文酒，耳目所闻见，感于心而发于言，言不可以遂，乃托于声"的遗民情怀。① 如须社第二集中林葆恒的《祝英台近·咏苔》②：

　　上颓垣，侵古甃，一径绣新碧。宿雨连绵，芳意乱如织。尽教铺遍闲阶，散钱满地，任飘洒、无人偷得。　　惜狼藉。记曾浅啮飞花，斜阳在帘隙。故国平芜，同岑镇相忆。生憎屐齿宵来，横斜碾破，剩斑驳、半庭春色。

本首词上片咏物，下片抒情。词的上片写青苔虽然生长于残壁颓院之中，但是生命力顽强，"一径绣新碧"写出了青苔之可爱，显出了春意盎然。下片则由斜阳之景引发故国之思，黍离之悲不禁油然而生。

第四节　沤社与民国诗社、词社的互动

沤社通过与民国其他诗社、词社互动交游，使得二者在文学观念与文学创作中相互影响。一方面，沤社与其他诗社、词社的交往也使得沤社的词学观念得到了传播并产生了影响。沤社社长朱祖谋曾在春音词社中指导南社词人填词，庞树柏、吴梅、陈匪石、叶玉森、邵瑞彭等人都曾得到过朱祖谋的指导，因此，南社词人的词学观念也受到朱祖谋的影响，如庞树柏宗法南宋梦窗词，引发了与南社盟主柳亚子的争执："檗子（庞树柏）固墨守南宋门户，称词家正宗，而余独猖狂，好为大言。妄谓词盛于南唐，逮迤以及北宋，至美成而始衰，至梦窗而流极。稼轩崛起，欲挽狂澜而东之，终以时会

---

① 袁思亮《烟沽渔唱序》，《烟沽渔唱》，《清末民国旧体诗词结社文献汇编》第16册，北京：国家图书馆出版社，2013年。
② 郭则沄等《烟沽渔唱》卷一，《清末民国旧体诗词结社文献汇编》第16册，北京：国家图书馆出版社，2013年，第2页。

迁流，不竟所志。槩子闻之，则怫然与余争。寒琼、君璧复互为左右袒，指天画地，声震屋梁。"① 庞树柏词宗南宋，而柳亚子崇尚唐五代词、北宋词，因为词学观点的不同，他们的争执"声震屋梁"，蔡哲夫（寒琼）只好两边说和。南社词人不仅推崇沤社词人词学，而且拟和沤社词人词作，如叶玉森拟和朱祖谋24首，庞树柏拟和朱祖谋4首，陶牧拟和夏敬观7首，姚鹓雏拟和夏敬观2首。②

另一方面，其他词社的创作风格也影响了沤社。如前文所述，须社与沤社在精神上是有传承的，这也使得其成员的创作风格都较为接近。须社与沤社的词作都有一些感伤的氛围弥漫期间。如须社词作中第十集中郭则沄的《霜叶飞·赋落叶》③：

梦中烟树。长安远，飘毫知向何许。一番寒信一番疏，又晚来风雨。剩械械、商声自语。停筇都是伤秋处。甚暗犀无情，尽碎踏、霜红忍付，曲尘稍去。　　经眼旧日风光，空栖鸾凤，冷落荒径谁赋？已抛根蒂任东西，奈乱愁无主。正寂历敲阶细数。天涯频感兰成暮。怕故枝、凄寒紧，转绿蹉跎，误人延伫。

上片写晚来风雨，落叶与飞花遍地，被人无情踏碎。下片写词人想起昔日风光，而如今面对荒径冷落，只有乱愁无数，再难有诗情。全词句句写落叶，又句句在写自己，词人父亲郭曾炘曾任光绪朝礼部右侍郎，虽然郭则沄在民国以后曾出仕，但他们父子二人对逊清是念念不忘的。民国元年（1912）他们拜谒了光绪皇帝的陵墓（崇陵）。1929年，郭曾炘去世后，溥仪召见郭则沄，并赐御容、御书④。大清王朝的覆灭，使得词人感到犹如树之落叶，可悲可叹。

---

① 柳亚子《玉玞玐馆词序》，庞树柏《玉玞玐馆词》，1917年铅印本。
② 汪梦川《南社词人研究》，南开大学博士论文，2007年，第74页。
③ 郭则沄等《烟沽渔唱》卷一，《清末民国旧体诗词结社文献汇编》第16册，北京：国家图书馆出版社，2013年，第17页。
④ 昝圣骞《晚清民初词人郭则沄研究》，南京师范大学硕士论文，2011年，第95页。

齐天乐·愔仲别六年矣，枉句见怀依调寄答

孤臣江海湛冥后，心肝十年归奉。杜老麻鞋，冬郎画烛，长结舻棱昔梦。吴钩坐拥，肯老去销沈，向来飞动，欹侧乾坤，不辞辛苦日华捧。

白头轻赋去国，路歧终古意，拼倒芳瓮。斗北攀依，周南濩落，千里月明仍共。疏麻折送，尚著意盟鸥，岁寒珍重。越客吟成，病肩霜夜耸。

这是朱祖谋参与沤社第一次社集时的词作。愔仲即胡嗣瑗。胡嗣瑗（1869—1946），贵州贵阳人，光绪二十九年（1903）进士，精通史学，擅长诗词、书法。1917年参加张勋复辟，出任内阁左丞，后追随溥仪到东北任职。朱祖谋的这首词开篇便以"孤臣"自称，并以"杜老麻鞋"的典故表达自己对清朝的忠心，下片"白头轻赋去国"指自己辞官，而"千里明月仍共"则指自己与友人对清朝共同的忠贞之情。

沤社词人与民国诗词社团的交游，不仅促进了沤社成员间的结识，而且推动了民国旧体诗词的唱和与研究，沤社核心人物朱祖谋与龙榆生的师徒之缘就是一例。龙榆生起初结识宋诗派元老陈衍，通过陈衍的推举获得了暨南大学的教席，并结识了朱祖谋，又因为在暨南大学教词的关系，与朱祖谋联系渐渐紧密，并最终成为彊村词学传人。龙榆生编辑《词学季刊》推动了现代词学的建立，办《同声月刊》促进了传统文学的研究，这两部刊物的稳定作者群就是沤社词人与他们交游所积累的人脉。[1] 沤社词人周庆云正是通过交游成为民国时期上海地区旧体诗词唱和的重要组织者，通过诗词唱和，他自己也开始填词并刊刻词集《梦坡词》二卷，并请朱祖谋删定，进而又收集刊刻了《淞社吟唱集》《晨风庐唱和》等作品，保存了民国时期上海旧体诗词的文献，同时又热心整理乡邦诗词文献《浔溪文征》《浔溪诗征》《浔溪词征》。

---

[1] 傅宇斌《现代词学的建立——〈词学季刊〉与20世纪三、四十年代的词学》，北京：商务印书馆，2013年，第106页。

其次，沤社对于民国时期的词坛唱和起到了承前启后、沟通南北的作用。从时间上看沤社唱和也可以说是民国前期与后期诗社、词社唱和活动的连接点。沤社成立于民国中期，通过前面对沤社词人与民国诗社、词社的联系的梳理，我们看出沤社是在民国前期与民国诗社、词社唱和基础上形成的。沤社1933年解散以后，沤社的一些成员又继续与其他词社吟唱，1935年沤社词人林鹍翔、杨铁夫参加南京如社；同年，沤社词人夏敬观、高毓浡、叶恭绰、杨玉衔、林葆恒、吴湖帆、赵尊岳、黄孝纾、龙沐勋等人在沪西康家桥夏敬观故宅成立声社；1937年沤社词人郭则沄在北京成立瓶花簃词社，社友包括夏仁虎、傅岳棻、陈宗藩、瞿宣颖、寿弥、黄君坦、杨秀先、黄舍等二十余人，沤社词人黄孝纾也在其中，瓶花簃词社一直延续至1947年初；1939年6月沤社词人龙榆生、冒广生、吴湖帆、林鹍翔、林葆恒与廖恩焘、仇采、夏承焘等人在夏敬观宅成立了午社。午社亦为民国晚期最重要的词社，而且骨干成员多数为原沤社词人，因此可视为沤社的后继。在沤社解散后，沤社词人继续参加各类词学集会，他们的活动不仅扩大了沤社的影响，促进了民国词创作的交流。从地域上看，沤社还沟通了民国时期的南北词坛。如前所述，沤社成员先后加入了民国前期北京的聊社、趣园词社，天津的须社，以及民国后期的瓶花簃词社。沤社词人杨铁夫、林鹍翔参加了南京的如社。如社聚集了当时词坛如陈匪石、仇采、卢前、吴梅、汪东、唐圭璋、蔡嵩云、夏仁虎、向迪琮、乔曾劬、卢前等。沤社词人的活动轨迹遍布北京、天津、上海、南京，而这四个城市是民国时期词坛的中心城市。

通过前面的沤社社员的交游考察，我们可以窥测民国诗词唱和比较繁荣，这种繁荣也促进了民国时期诗词之学的发达[①]，而且我们通过沤社社员交游总结出一些民国诗词唱和的一些特点。

首先唱和的源动力是共同的心理诉求。通过前面的梳理，沤社作为词社，

[①] 尹奇岭《民国南京旧体诗人雅集与结社研究》，北京：中国社会科学出版社，2011年，第265—268页。

是在民国一系列诗社、词社唱和的基础上形成的，他们聚集在一起，其主要原因是共同的心理诉求。旧体诗词的唱和者们多数是在前清任职，有的研究者将其称为民国满清遗老词派①，面对千百年从未有之变局，他们有着深深的失落感与精神苦闷，周庆云《淞滨吟社集序》："古之君子遭际时艰，往往遁迹山林不求闻达，以终其生。……今者萑苻不靖、蔓草盈前，虽欲求晏处山林而不可得，其为不幸为何如耶？当辛壬之际，东南士人胥避地淞滨。余于暇日，仿月泉吟社之例，招邀朋旧，月必一集，集必以诗。选胜携尊，命俦啸侣，或怀古咏物，或拈题分韵，各极其至。每当酒酣耳热，亦有悲黍离麦秀之歌，生去国离忧之感者。嗟乎！诸君子才皆匡济，学究天人，今乃仅托诸吟咏，抒其怀抱，其合于乐天知命之旨欤。……"②而宣泄这种苦闷的最好方法则是用他们熟悉的传统诗词来表达。

其次，诗词唱和呈现出南北互动的特点。如在上海举行淞社活动的同时，北京的遗老们也在进行着相同的活动：1913（癸丑）上巳日，梁启超在北京万牲园（即清三贝子花园）邀群贤修禊，主题亦不离抒发黍离之悲和穷愁之叹。《庸言》杂志第一卷第10号"诗录"《癸丑禊集诗》收录了参加活动的27人的唱和诗共30余首，这其中也有沤社词人的参与，如郭则沄、梁鸿志、袁思亮。他们在诗歌中也表达了对清朝的怀念和个人的无奈，如梁鸿志"流杯一曲水，中有兴亡泪"（《癸丑三月三日修禊诗限至字韵上任公先生兼呈诸子》），郭则沄"伤哉昔视今，逸少语可读"（《上巳修禊分得竹字》），袁思亮"江湖风波正愁绝，各抱忧患嬉余生"（《癸丑上巳修禊于三贝子园分韵得清字》）。

最后，唱和形式以传统雅集的方式为主。沤社词人参与诗社作诗，如前面提到的周庆云的"晨风庐唱和"，以及参与春音词社、须社社集时的词作，再到后来沤社词人集中举行的二十次社集，都是以传统的雅集形式组织的，在传统的修禊、东坡生日、花朝日，以游园、赏花、鉴赏字画等活动展开，然后以

---

① 曹辛华《民国词群体流派考论》，《中国文学研究》，2012年第3期。
② 周庆云编《淞滨吟社集》，1914年刊，第8页。

词纪之。

  文章开篇提及沤社成员的籍贯属于全国八个不同的省份和地区,作为民国词社,沤社已经不再具有清代中后期词社的地域性特点,① 而且其交游的中心在上海,改变了以往传统的京城为唱和中心的"文学地图"。这些改变要归因于社会时代的变化,而社会时代的变化不仅使词人结社发生了某种变化,也促使民国时期词学研究从传统向现代转型。

---

① 万柳《清代词社研究》,郑州:中州古籍出版社,2011年,第326页。

第二章
沤社的成立、社集与成员考述

目前学界对于沤社成立的具体时间，以及每次社集的情况尚有争议，因此有必要梳理清楚这些基本信息。《沤社词钞》是沤社社集刊物，辑录了每次社集与会人员创作的词作，探讨《沤社词钞》的思想内容与艺术特征，是研究沤社不可或缺的部分，是了解沤社成员特定时期创作心理与创作风貌的钥匙。

第一节 沤社的成立

辛亥革命爆发后不久，便有大批遗老来到上海。胡思敬《吴中访旧记》："予既莅沪，则从陈考功伯严访故人居址。伯严一一为予述之曰：'梁按察节庵、秦学使右衡、左兵备笏卿、麦孝廉蜕庵，皆至自广州。李藩司梅庵、樊藩司云门、吴学使康伯、杨太守子勤，皆至自江宁。赵侍郎尧生、陈侍御仁先、吴学使子修，皆至自北京。朱古微侍郎，新自苏州至。陈叔伊部郎，新自福州至。郑苏庵藩司、李孟符部郎、沈子培巡抚，皆旧寓于此。'"[①]

清朝遗民之所以选择移居上海，主要是因为在上海租界生活有诸多优势。上海租界自1843年开埠以来，至民国成立时期，已成为全国最大的租界。

---

① 胡思敬《退庐全集》，《近代中国史料丛刊》第443册，台北：文海出版社，1966年，第216页。

1897年以后，中国军队便无权进入租界，因此在租界生活可以保证清朝遗民的生命安全。同时，租界有较丰富的文化资源和较成熟的文化市场，清代遗民们在此容易谋生。"这里最让文人动心的原因之一是文化市场发展较快，提供了较多新的工作机会，同时有钱的寓公较多，买画、买字的人远远多于他处，稍有一技之长的文人在这里都能立脚。"①沤社朱祖谋、吴湖帆、黄孝纾、潘飞声都曾在报纸上刊登广告，明码标价，为人题字写画，撰写寿文、碑铭等。如：黄孝纾"画例：当幅三尺四十元，四尺五十元，五尺六十元，六尺八十元，不足一尺按一尺论。文例：寿文二百元，千字以上每百字加二十元。碑铭、传志三百元，行述、诔、祭文二百元，记序、跋每百字三十元，诗词每件三十元"②。

朱祖谋1911年之后便定居在上海，住在德裕里，与吴昌硕、况周颐所居临近。③周庆云也于1911年9月29日携家眷迁往上海，并开始在沪上组织文人唱和。潘飞声于1910年末自京师赴沪，遂定居于此，④其寓居在四川北路横浜桥畔⑤。王蕴章1911年即来到上海，在南社第五次雅集中被选为词选编辑员。夏敬观1910年入苏州江苏巡抚程德全幕府，1911年8月赴青岛与德提督交涉引渡蔡乃煌，9月自海道南归，闻武昌兵变，江苏巡抚程德全随即独立，夏敬观便入上海，从此长居上海。⑥

程颂万曾于1913年来上海会晤况周颐，后又离去，1927年后定居上海，当时他已六十三岁。1928年4月，程颂万在上海编《程伯翰先生遗集十卷》；7月，刻《鹿川诗文集》；1931年在上海刊行《鹿川诗集》；1932年卒于上海，

---

① 张敏《晚清上海租界文人职业生活》，马长林编《租界里的上海》，上海：上海社会科学院出版社，2003年，第61页。
② 《艺文》，1936年第1卷第1期，第203页。
③ 马兴荣《朱孝臧年谱》，《词学》第十五辑，上海：华东师范大学出版社，2004年，第209页。
④ 杨柏岭《近代上海词学系年初编》，上海：上海教育出版社，2003年，第202页。
⑤ 郑逸梅《南社丛谈》，上海：上海人民出版社，1981年，第265页。
⑥ 陈谊《夏敬观年谱》，合肥：黄山书社，2007年，第62页。

是年六十八岁①。

林葆恒于 1930 年夏天来到上海②，当时须社词人还专门举行社集为他饯行。1915 年，因北京筹安会要求袁思亮支持袁世凯称帝，袁思亮辞去印铸局局长一职，奉母移居上海。③ 陈祖壬于 1930 年到上海，以卖文为生，后在程颂万处遇到了许崇熙与徐绍周，④ 随后与他们一起加入了沤社。

龙榆生 1928 年经陈衍举荐获上海暨南大学教席，从此定居上海。1907 年，陈方恪曾入上海震旦学院求学。1911 年 11 月 25 日，江宁受到战火袭击，城内大乱，陈三立仓促作出全家迁往上海的决定，从此陈方恪便长期定居上海，随父亲参加遗老集会，与民国诗人、词人多有接触。⑤

黄孝纾于 1924 年冬天来到上海，受刘承干之聘整理嘉业堂藏书楼⑥。杨铁夫 1926 年以后到上海⑦。1928 年 5 月，叶恭绰在民国政府任职，闻皇姑屯之事件，星夜至沪⑧，从此长居上海，直到 1937 年 8 月日军侵沪，才赴港。

赵尊岳本身即为上海人，1921 年正式成为况周颐弟子。梁鸿志原为段祺瑞政府的政客，后随段祺瑞政府一起下台。"九一八"事变后，段祺瑞离开天津南下上海，梁鸿志也跟随南下，在上海赁屋而居，直到 1936 年段祺瑞病死，他才离开上海⑨。

沤社词人到达上海以后，便开始参加各个诗社、词社，并在此过程中互相

---

① 彭异静《程颂万年谱及作品系年》，《程颂万诗歌研究》，湖南大学硕士论文，2008 年，第 46 页。
② 郭则沄等《烟沽渔唱》卷五，第一百集《百字令》注"余去夏亦来上海"，《清末民国旧体诗词结社文献汇编》第 16 册，北京：国家图书馆出版社，2013 年，第 62 页。
③ 李国松《湘潭袁君墓志铭》，《湘潭袁氏家集》，《近代中国史料丛刊续编》第 202 册，台北：文海出版社，1984 年，第 3、4 页。
④ 陈祖壬《沧江诗馀序》"岁庚午粥文海上，长沙许季纯先生亦以避兵来，相见于宁乡程十发。翁坐上既又于长沙徐君绍周所读先生所为诗则挽先君子作在焉。"见许崇熙《沧江诗钞》《文钞》《诗馀》，1948 年铅印本，上海图书馆藏。
⑤ 潘益民《陈方恪年谱》，南昌：江西人民出版社，2007 年，第 45、53 页。
⑥ 刘怀荣《黄孝纾生平、创作与学术成就述略》，《文史哲》，2008 年第 4 期。
⑦ 杨正绳《岭南词人杨铁夫及其家世》，《中山文史》，第 43 辑。
⑧ 陆丹林《叶遐庵先生年谱》，民国三十五年（1946）刊，第 303 页。
⑨ 张云、黄美真等《汪伪十汉奸》，北京：团结出版社，2010 年，第 359 页。

结识：1912年潘飞声与周庆云加入希社，1915年朱祖谋、夏敬观、袁思亮、周庆云、王蕴章、杨铁夫等加入春音词社。周庆云、潘飞声、程颂万、夏敬观、王蕴章、黄孝纾加入淞社。1926年10月4日，沪上文人集于华安高楼，举行重九登高会，到会者有二十多人：朱祖谋、潘飞声、程颂万、夏敬观、袁思亮、黄孝纾都参加了这次雅集。1929年，海上诗钟社集于晨风庐①，先后入社的成员有朱祖谋、潘飞声、程颂万、冒广生、陈方恪、夏敬观、黄孝纾、王蕴章、袁思亮。这是沤社成立前，沤社词人在同一诗社的最大集会。

关于沤社的成立时间，沤社成员有着不同的记录：

潘飞声《沤社词选序》云："辛未之秋，夏君剑丞，召集映园，同人议倡词会。时朱古微先生，以词坛耆宿，翩然戾止。厥兴甚豪，遂推祭酒。是日拟调《齐天乐》，有即席成者。会中共十四人。嗣后每月一会，以二人主之，题各写意，调则同一。必循古法，不务艰涩。襟抱之偕，酬唱之乐，虽王中仙集中咏物诸作，篾以加焉。由是遂成沤社。"② 辛未之秋，即1931年秋。

但是在《沤社词钞》第一集《齐天乐》一词中，有袁思亮题词："庚午初冬映庵公渚举词社，有怀散原师庐山苍虬津门。"另周延祁《吴兴周梦坡先生年谱》庚午旧历九月条也云："九月夏，丈剑丞、黄君公渚倡词社会于海上，名曰沤社。"③ 庚午则为1930年。

学界根据这两种记录，也分为两派：支持1930年一说的居多，如曹辛华《民国词社考论》，马大勇《近百年词社考论》，还有查紫阳《民国词社的传承与发展》一文将时间具体到了1930年旧历九月，陈谊《夏敬观年谱》考证为1930年秋冬之际④；但袁志成《民国词人结社综论》⑤支持潘飞声的说法。

---

① 周延祁编《吴兴周梦坡先生年谱》，《近代中国史料丛刊》第816册，台北：文海出版社，1966年，第113页。
② 龙沐勋编《词学季刊》第一卷4号，上海：上海书店，1985年，第185页。
③ 周延祁编《吴兴周梦坡先生年谱》，《近代中国史料丛刊》第816册，台北：文海出版社，1966年，第117页。
④ 陈谊《夏敬观年谱》，合肥：黄山书社，2007年，第135页。
⑤ 袁志成《民国词人结社综论》，《玉林师范学院学报》，2011年第6期。

除了上述两条记载外，笔者在《词学季刊》创刊号"词坛消息"一栏中找到"沤社近讯"："沤社成立于十九年冬，为海上词流所组织，每月一集，集必填词，初有社员二十余人，以后续见增益，亦有散之四方者。自前年彊村先生下，一直顿失盟主，又值淞沪之变，颇现消沉气象，近时时局稍稍安定，社集照常进行，盛况不减于往日。"① 综合以上，笔者认为沤社成立的时间应当是1930年初冬。

第二节　沤社社集考察

一、沤社社集考察

沤社每月一集，社长为朱祖谋，朱祖谋去世后，由潘飞声主持词社。

关于沤社二十次社集的具体情况，何泳霖《朱彊村先生年谱及诗词系年》②和王纱纱《彊村词人群体研究》③均有介绍：

社集	何泳霖	王纱纱
第一集	庚午（1930年）初冬	庚午（1930年）旧历九月，夏敬观宅
第二集	庚午（1930年）孟冬十月	庚午（1930年）旧历十月
第三集	庚午（1930年）仲冬	庚午（1930年）旧历十一月
第四集	庚午（1930年）除夕	庚午（1930年）旧历十二月十九日，上海某川菜馆

① 龙沐勋编《词学季刊》创刊号"词坛消息"栏目，上海：上海书店出版社，1985年，第220页。
② 何泳霖《朱彊村先生年谱及诗词系年》，《华学》第六册第9、10辑，上海：上海古籍出版社，2008年，第2175—2178页。
③ 王纱纱《彊村词人群体研究》，南京师范大学博士论文，2009年，第103—105页。

(续　表)

社集	何泳霖	王纱纱
第五集	辛未（1931年）春日	辛未（1931年）人日正风堂
第六集	辛未（1931年）寒食日	辛未（1931年）花朝日（二月十五日），陈方恪鸳陂草堂
第七集	辛未（1931年）立夏后	辛未（1931年）立夏后五日，袁思亮宅
第八集	辛未（1931年）重午前后	辛未（1931年）旧历五月
第九集	辛未（1931年）立秋日	或为辛未（1931年）旧历六月
第十集	寿林葆恒六十，时间不明	寿林葆恒作
第十一集	辛未（1931年）七月秋夕	或为辛未（1931年）旧历七月
第十二集	辛未（1931年）八月尾，九月初（重九）	辛未（1931年）旧历八月二十九日，南翔李长蘅猗园
第十三集	辛未（1931年）九月二十日	辛未（1931年）旧历九月二十日
第十四集	时间不明	辛未（1931年）旧历十一月
第十五集	壬申（1932年）四月春尽日	壬申（1932年）旧历二月
第十六集	壬申（1932年）春暮	壬申（1932）旧历三月
第十七集	壬申（1932年）重午	壬申（1932年）春夏之际
第十八集	壬申（1932年）七月	壬申（1932年）夏
第十九集	壬申（1932年）九日、中秋左右	壬申（1932年）初秋
第二十集	壬申（1932年）秋天	壬申（1932年）秋

二人对沤社大多数社集时间的认定相同，部分有所差别，笔者下文对差别处作辨析。

第四次社集，何泳霖认为是庚午除夕，王纱纱认为是庚午十二月十九日，即1931年2月6日，地点在市内某处餐馆。《沤社词钞》第四集林葆恒《东坡引》一词有小序云："庚午十二月十九日，子大、绍周两君招集市楼川馆，作东坡生日。"① 子大即程颂万，此与第一集中程颂万词"剑丞、公渚始集同人为词社，徐子绍周适避湘难，来止淞滨谱此要，绍周同作并约后集"②和第四集中程颂万词"东坡生日社集、题东坡像残石拓本"③的记录吻合，因此，笔者认为王纱纱的观点正确。此次社集由程颂万、徐绍周做东。

第五次社集，何泳霖认为是辛未春日，王纱纱认为是辛未人日即农历正月初七，公历1931年2月23日，地点是正风堂，其依据是潘飞声词题"辛未人日集正风堂"④。但《沤社词钞》第五集夏敬观《瑞鹤仙》词前题为"寄题临安洞霄宫"，词后跋"按王明清《挥尘录》载美成梦中赋《瑞鹤仙》词……辛未人日社集，拈得是调，将以洞霄为题，详考始末，知《挥尘录》所载为误，附记于此"。⑤且林葆恒词题"超山看梅作"，周庆云词题"怀超山宋梅"⑥，所以笔者认为此次社集地点应在杭州。

第六次社集，何泳霖认为是寒食日，即公历1931年4月5日；王纱纱认为时间应当为花朝日，即公历1931年4月2日；而陈谊《夏敬观年谱》认为时间是1931年4月21日⑦。笔者查阅《沤社词钞》第六集，有林葆恒词题"花朝日偕沤社同人公园观桃花"，程颂万词题"花朝集彦通鸾陂草堂"⑧，故王说应是。

第七次社集，何泳霖注时间为立夏后，王纱纱注为辛未立夏后五日，农历三月二十四日，即公历5月11日，地点在袁思亮家中，其依据是许崇熙词题"立夏后五日同剑丞、绍周、公渚、君任集伯夔刚伐邑斋……"⑨。但笔者查阅《沤社词钞》第七集，有龙榆生《汉宫春》词前小序："春晚，游张氏园，见杜

---

① 朱祖谋等《沤社词钞》，1933年铅印本，华东师范大学馆藏，第24页。
② 朱祖谋等《沤社词钞》，1933年铅印本，华东师范大学馆藏，第3页。
③ 朱祖谋等《沤社词钞》，1933年铅印本，华东师范大学馆藏，第23页。
④ 朱祖谋等《沤社词钞》，1933年铅印本，华东师范大学馆藏，第29页。
⑤ 朱祖谋等《沤社词钞》，1933年铅印本，华东师范大学馆藏，第28页。
⑥ 朱祖谋等《沤社词钞》，1933年铅印本，华东师范大学馆藏，第28、32页。
⑦ 陈谊《夏敬观年谱》，合肥：黄山书社，2007年，第138页。
⑧ 朱祖谋等《沤社词钞》，1933年铅印本，华东师范大学馆藏，第35、37页。
⑨ 朱祖谋等《沤社词钞》，1933年铅印本，华东师范大学馆藏，第40页。

鹃花盛开，因约彊村（朱祖谋）、咉庵（夏敬观）、子有（林葆恒）三丈，及公渚（黄孝纾）来看。后期数日，凋谢殆尽，感成此阕，用张三影体"①，又有朱祖谋《汉宫春》词前小序"真茹张氏园杜鹃盛开，榆生有看花之约，后期而往，零落殆尽，歌和榆生"②。因此，此次活动的地点应在张园。③

第十四次社集，何泳霖认为时间不明，王纱纱认为是旧历十一月，但笔者认为时间应为 12 月 27 日，因为龙榆生在《朱彊村先生永诀记》中写道："12 月 27 日，为沤社集会之期，先生已卧病经月，闭门谢客，惫不可支矣。是夕，遣人以长至口占《鹧鸪天》词示同社诸子，传观莫不为之沧然泪下，共讶此殆先生绝笔矣。"第十五次社集的主题为悼念朱祖谋，所以龙榆生所指应为第十四集。

第十六次社集，何泳霖认为是壬申春暮，王纱纱认为是 1932 年旧历三月。但据刘肇隅《锦帐春》词小序"今夏四月，周君梦坡庆云值沤社词课，余与同人宴于所居晨风庐，周君出是集分赠，余携归读罢，因题一阕，用志感旧"④，时间是壬申夏四月，地点在周庆云晨风庐。

《沤社词钞》共有二十集，一般学界也认为沤社集会共二十次，但据周延祁《吴兴周梦坡先生年谱》记载，民国二十一年（1932）、民国二十二年（1933）沤社尚有两次活动：民国二十一年冬，沤社第二十一次集会，周庆云约同人携书画传观，周庆云出示王渔洋诗册、小字苏文忠帖，冒广生出示陈迦陵《洗桐图》，叶丈遐庵撷王晋卿《蝶恋花》墨迹，词人各谱《塞垣春》题之⑤；民国二十二年端午节，沤社词人于晨风庐宴集，调限《澡兰香》，和梦窗韵⑥。

---

① 朱祖谋等《沤社词钞》，1933 年铅印本，华东师范大学馆藏，第 41、42 页。
② 朱祖谋等《沤社词钞》，1933 年铅印本，华东师范大学馆藏，第 43 页。
③ 张晖《龙榆生先生年谱》与陈谊《夏敬观年谱》也持此论。
④ 刘肇隅《阒伽坛词》，民国二十二年（1933）铅印本，第 8 页。
⑤ 周延祁编《吴兴周梦坡先生年谱》，《近代中国史料丛刊》第 816 册，台北：：文海出版社，1966 年，第 123 页。
⑥ 周延祁编《吴兴周梦坡先生年谱》，《近代中国史料丛刊》第 816 册，台北：：文海出版社，1966 年，第 127 页。

二、《沤社词钞》考察

沤社社集作品数量统计表

社集	词牌	作品数目
第一集	齐天乐	一十九阕
第二集	芳草渡	二十三阕
第三集	石湖仙	一十七阕
第四集	东坡引	一十四阕
第五集	瑞鹤仙	一十五阕
第六集	三姝媚	一十七阕
第七集	汉宫春	一十八阕
第八集	渡江云	一十五阕
第九集	风入松	一十五阕
第十集	不限调（寿林葆恒六十）	七阕
第十一集	安公子	一十九阕
第十二集	被花恼	一十六阕
第十三集	不限调，题畏庐西溪图	一十八阕
第十四集	洞仙歌	九阕
第十五集	不限调，挽沤尹	一十一阕
第十六集	锦帐春	七阕
第十七集	大酺	五阕
第十八集	一萼红	九阕
第十九集	石州慢	一十六阕
第二十集	天香	一十四阕

《沤社词钞》社集词作统计表

词人	合计	社集作品统计①
郭则沄	25	一（1）、二（2）、三（1）、四（1）、五（1）、六（1）、七（1）、八（1）、九（3）、十一（1）、十二（1）、十三（1）、十四（2）、十五（1）、十六（1）、十七（1）、十八（1）、十九（3）、二十（1）。
林葆恒	18	一（1）、二（1）、三（1）、四（1）、五（1）、六（1）、七（1）、八（1）、九（1）、十一（1）、十二（1）、十三（1）、十四（1）、十五（1）、十六（1）、十八（1）、十九（1）、二十（1）。
黄孝纾	18	一（1）、二（2）、三（1）、四（1）、五（2）、七（1）、八（1）、九（1）、十（1）、十一（1）、十二（1）、十四（1）、十五（1）、十六（1）、十九（2）。
林鹍翔	17	二（1）、三（1）、五（1）、七（2）、九（1）、十（1）、十一（1）、十二（1）、十五（1）、十六（2）、十七（1）、十八（1）、十九（1）、二十（2）。
龙榆生	15	一（1）、三（1）、四（1）、五（1）、六（1）、七（1）、九（1）、十（1）、十一（1）、十二（1）、十三（1）、十四（1）、十五（1）、十八（1）、十九（1）。
潘飞声	14	一（1）、二（1）、三（1）、四（1）、五（1）、六（1）、七（1）、九（1）、十二（1）、十三（1）、十五（1）、十六（1）、十八（1）、二十（1）。
杨玉衔	13	六（1）、七（1）、八（1）、九（1）、十一（3）、十二（1）、十三（1）、十五（1）、十九（2）、二十（1）。
夏敬观	13	一（1）、二（1）、三（1）、五（1）、六（1）、八（2）、九（1）、十二（1）、十三（1）、十五（1）、十九（1）、二十（1）。
袁思亮	13	一（1）、二（2）、三（2）、四（1）、六（1）、八（1）、九（1）、十一（2）、十三（1）、十四（1）。
朱祖谋	10	一（2）、二（1）、三（1）、四（1）、五（1）、六（1）、七（1）、八（1）、九（1）。
陈祖壬	10	一（1）、二（1）、三（2）、四（1）、六（1）、八（1）、十一（1）、十二（1）、十九（1）。

① 一（1）指第一次社集有1首作品，以此类推。

(续　表)

词人	合计	社集作品统计
程颂万	9	一（1）、二（2）、三（1）、四（1）、五（1）、六（1）、八（1）、十三（1）。
叶恭绰	9	二（1）、七（1）、八（2）、九（1）、十（1）、十二（1）、十九（1）、二十（1）。
谢抡元	9	十（1）、十二（2）、十三（1）、十七（2）、十八（1）、二十（2）。
姚亶素	9	二（1）、六（1）、七（1）、十一（2）、十二（1）、十三（1）、十四（1）、十九（1）。
洪汝闿	9	十一（1）、十三（1）、十四（1）、十五（1）、十六（1）、十七（1）、十八（1）、十九（1）、二十（1）。
袁荣法	9	二（1）、四（1）、五（1）、六（1）、七（1）、八（1）、十一（1）、十二（1）、十三（1）。
赵尊岳	9	一（1）、二（1）、三（1）、四（1）、五（1）、八（1）、十（1）、十三（1）、十四（1）。
周庆云	9	一（1）、五（1）、六（1）、九（1）、十一（1）、十二（1）、十五（1）、十六（1）、二十（1）。
许崇熙	6	七（2）、十一（2）、十二（1）、十三（1）。
陈方恪	6	一（1）、二（1）、三（1）、七（1）、八（1）、十（1）。
王蕴章	5	一（1）、二（1）、三（1）、六（1）、七（1）。
徐桢立	5	一（1）、二（1）、三（1）、六（1）、十一（1）。
吴湖帆	5	一（2）、二（1）、五（1）、十三（1）。
冒广生	4	一（1）、二（1）、十九（1）、二十（1）。
高毓浵	1	二十（1）。
刘肇隅	1	十五（1）。

据以上两表可以看出：沤社第二次集会人数最多，共二十三人，第七次最少，只有五人；《沤社词钞》作品最多者为郭则沄。但是这种记录情况只是相对的，因为并不是每次集会每人只作一首，也不是只有到场的词人可以作词。如第一次共十九阕，朱祖谋与吴湖帆每人有两阕，所以参加人数是十七人，但

是潘飞声在序言中记载只有十四人到会,这剩下三篇便是未到场者所作。作品最多的郭则沄,就从未参与过社集,因为他当时身处京津一带,主要通过邮寄方式参与唱和。

第三节　沤社成员述略

一、部分沤社成员小传

在前文的沤社与民国诗社、词社联系中,已经对部分沤社词人有了介绍,现将余下沤社词人小传列下:

林鹍翔(1871—1940),字铁铮,亦作铁尊,自名书斋曰"半樱宧",沤社、午社词人。林鹍翔先后学词于况周颐、朱祖谋,夏承焘即问学于林鹍翔。著有《半樱词》《半樱词续》。

谢抡元(1872—?),字榆孙,出生世代名医之家,1903年中举,考取国子监算学,其父与朱祖谋同年,与谭献、李慈铭相交,有《䴉庐词》《湿症金壶录》。

林葆恒(1872—1950),字子有,号讱庵,福建侯官(今福州)人。其父林绍年,曾任贵州巡抚、云贵总督。林葆恒为光绪十九年(1893)举人,曾任直隶提学使,入民国后曾兴办实业,入须社、沤社等民国词社。著有词集《瀼溪渔唱》,辑有《闽词征》六卷,《词综补遗》。

刘肇隅(1875—1938),字廉生,号晓初,湖南湘潭人。光绪三十四年(1908)任岳州府巴陵县学教谕。清宣统三年(1911)赴日留学,入早稻田大学攻读法律、政治,一年后因父病回国。民国四年(1915),任湖南省立第一师范学校教员,后赴上海,曾任光华大学、正风文学院和群治大学教授,为群治大学创始人之一。刘氏懂医术,在朱祖谋去世前几天,曾替朱祖谋把脉。有著作《守阙斋诗钞》《龚定庵说文段注札记》《阔伽坛词》。

高毓浵（1877—1956），号潜卿，直隶静海县人。光绪二十九年（1903）进士，选庶吉士，散馆授翰林院编修。民国时，任伪满洲国政府治安部参事。

袁思亮（1880—1940），字伯夔，号蘉庵，须社、沤社词人。两广总督袁树勋之子，1903年中举，民国初年曾任国务院秘书、印铸局局长。师从陈三立，为"陈门三杰"之一，著有《冷红词》《蘉庵文集》《蘉庵诗集》。

叶恭绰（1881—1968），字誉虎（玉虎），号遐庵，又号玉甫，广东番禺人。前清举人，入民国，历任邮政总局局长，交通总长等职。1941年避居香港，建国后任中国书院院长，中央文史研究馆副馆长。著有《遐庵汇稿》，编有《全清词钞》《广箧中词》。

徐桢立（1890—1952），字庚甫，号绍周，一号馀习居士。曾任湖南大学教授，湖大文学系主任，湖南省文献委员会委员。中南军政委员会顾问兼湖南省文物管理委员会委员。平生治学严谨，通经史子集及汉学、古文字学，尤深研宋明儒理之学，诗、书、画、印无不精能，正、草、隶、篆各体兼擅，花卉、人物、山水神形兼备，尤擅临抚古人作品，秀逸雅致。作品宏富。又精于鉴别，兼通古文辞。有《宁远县志》《馀习盦稿》存世。

吴湖帆（1894—1968），字遹骏，别署丑簃，号倩庵，书画署名湖帆。江苏苏州人。书画家、词人。吴湖帆是民国时期重要画家，三四十年代与吴待秋、吴子深、冯超然并称为"三吴一冯"。中华人民共和国成立后任上海中国画院画师、上海大学美术学院副教授、中国美术家协会上海分会副主席、上海市文史馆馆员、上海市文物保管委员会委员。著有《联珠集》《梅景画笈》《梅景书屋词集》《吴氏书画集》《佞宋词痕》等。

彭醇士（1896—1976），字素庵，号素翁，谱名康祺，易名粹中。江西高安人。早年就读北平中国大学商科，历任正志中学教习、哈尔滨畜牧局局长、南昌教育图书馆馆长、心远大学教授、江西省政府参事、南昌行营秘书、立法委员。1949年随国民党去台湾后仍任民意代表，兼任大专院校教授及中文系主任。工书，擅画，精词章。

赵尊岳（1898—1965），字叔雍，号珍重、高梧，室名珍重阁，沤社词人。赵尊岳为民国重要人物赵凤昌之子，上海南洋公学毕业，任《申报》经理秘书。赵尊岳在汪伪政府屡就高位，抗战结束后赵尊岳远赴南洋，1965年，病殁于新加坡。著作有《蕙风词史》《明词汇刊》《填词丛话》。

二、年龄分布与作用

沤社共有成员二十九人，另有作词人十二人。《沤社词钞》第二页录有《沤社词集同人姓字籍齿录》与《沤社和作词人籍齿录》，但沤社和作词人并没有参加沤社社集，且发表的和作词每人也仅一首，对于探讨沤社意义不大，本章不讨论沤社和作词人。

现将《沤社词集同人姓字籍齿录》摘录如下：

沤尹	朱孝臧	古微	归安	咸丰丁巳（1857）生
老剑	潘飞声	兰史	番禺	咸丰戊午（1858）生
梦坡	周庆云	湘舲	乌程	同治甲子（1864）生
十发	程颂万	子大	宁乡	同治乙丑（1865）生
勺庐	洪汝闿	泽丞	歙县	同治己巳（1869）生
半樱	林鹍翔	铁尊	吴兴	同治辛未（1871）生
緂庐	谢抡元	榆孙	余姚	同治壬申（1872）生
讱庵	林葆恒	子有	闽县	同治壬申（1872）生
铁庵	杨玉衔	铁夫	中山	同治壬申（1872）生
夐素	姚景之	景之	吴兴	同治壬申（1872）生
沧江	许崇熙	季纯	长沙	同治癸酉（1873）生
疢斋	冒广生	鹤亭	如皋	同治癸酉（1873）生
澹园	刘肇隅	廉生	湘潭	光绪乙亥（1875）生
映庵	夏敬观	剑丞	新建	光绪乙亥（1875）生
淞潜	高毓浵	潜子	静海	光绪丁丑（1877）生

蘐庵	袁思亮	伯夔	湘潭	光绪己卯（1879）生
遐庵	叶恭绰	玉虎	番禺	光绪辛巳（1881）生
蛰云	郭则沄	啸麓	侯官	光绪壬午（1882）生
无畏	梁鸿志	众异	长乐	光绪癸未（1883）生
西神	王蕴章	莼农	无锡	光绪乙酉（1885）生
馀习	徐桢立	绍周	长沙	光绪庚寅（1890）生
病树	陈祖壬	君任	新城	光绪壬辰（1892）生
丑簃	吴湖帆	湖帆	吴县	光绪甲午（1894）生
鸾陂	陈方恪	彦通	义宁	光绪乙未（1895）生
専思	彭醇士	醇士	高安	光绪丙申（1896）生
高梧	赵尊岳	叔雍	武进	光绪戊戌（1898）生
匑庵	黄孝纾	公渚	闽县	光绪庚子（1900）生
娱生	龙沐勋	榆生	万载	光绪壬寅（1902）生
沧州	袁荣法	帅南	湘潭	光绪丁未（1907）生

根据以上信息，我们可以整理出以下表格：

沤社成立时词人年龄分布表

年龄	沤社词人	合计
70岁以上	朱祖谋73岁，潘飞声72岁	2
60—70岁	周庆云66岁，程颂万65岁，洪汝闿61岁	3
50—60岁	林鹍翔59岁，谢抡元58岁，林葆恒58岁，杨玉衔58岁，姚景之58岁，许崇熙57岁，冒广生57岁，刘肇隅55岁，夏敬观55岁，高毓浵53岁，袁思亮51岁	11
40—50岁	叶恭绰49岁，郭则沄48岁，梁鸿志47岁，王蕴章45岁，徐桢立40岁	5
30—40岁	陈祖壬38岁，吴湖帆36岁，陈方恪35岁，彭醇士34岁，赵尊岳32岁，黄孝纾30岁	6
30岁以下	龙榆生28岁，袁荣法23岁	2

从词人的年龄分布来看，两端少，中间多，这对词社来说是十分有益的，因为中青年词人是生力军，他们在词坛活动所持续的时间长短将会影响到词社在词史上所起到的作用。

对于60岁以上的老词人来说，他们这时已经进入暮年，在词坛的地位已经确立，参与词社只是打发岁月与提携后进。如朱祖谋，其词坛地位早已确立，他的主要精力是指导年轻人作词："每集先生必至，虽多病，而精神不少衰，咸共庆岿然灵光，嘉惠后学。"① 再如潘飞声，他的《说剑堂集》在清末就已经出版，《论岭南词绝句》也于1913年出版，名声亦早已远扬。还有周庆云，他在民国前期组织过多个诗社、词社，而且刊刻了许多诗社、词社的社作，为保存民国诗词文献作出了重要贡献。他们的加入壮大了沤社在词坛的影响，但是对于他们个人而言，并没有什么提高影响，促进学问之类的意义。

40至60岁的中年词人在沤社中最多，是词社的中坚力量，他们在此时加入沤社，对他们的词学研究也起到了促进作用。如林鹍翔《半樱词》在1922年已经出版，而他的《半樱词续》则是到了1938年才出版，《半樱词续》由同社夏敬观作序，洪汝闿题词，多首词作记录了与朱祖谋的交往情形，可见这部词作与沤社交游密切相关。再如杨铁夫《清真词选笺释》与《梦窗词选笺释》于1932年出版，许崇熙《沧江诗钞》与刘肇隅《阏伽坛词》也是1932年出版，这正是他们参加沤社的时期。此外，叶恭绰《全清词钞》从1929年开始启动，得到了多位同社友人的帮助，沤社词人朱祖谋、潘飞声、冒鹤亭、林葆恒、杨铁夫、夏敬观、龙榆生、陈方恪、黄孝纾均加入其中，朱祖谋负责"综览鉴定"，黄孝纾参与钞校，杨铁夫参与编次校订②。

沤社对于青年词人的影响很大，龙榆生的主要词学成就均是在加入沤社以后取得的，他师从朱祖谋，治学严谨，且通过沤社的活动建立了广泛的人脉，

---

① 龙榆生《朱彊村先生永诀记》，《文教资料》，1999年第5期。
② 叶恭绰《全清词钞例言》，《全清词钞》，北京：中华书局，1982年，第6页。

这对于他日后创办《词学季刊》《同声月刊》有很大的帮助，后来在他整理出版《彊村遗书》经济上遇到困难时，也得到了沤社词人资助。①

三、沤社成员的身份

沤社成员大多有仕途背景，年纪较长者在前清就取得过功名或任过官职。如沤社社长朱祖谋出任过礼部侍郎，广东学政；冒广生担任过刑部郎中；夏敬观担任过内阁中书；郭则沄曾任浙江金华知府，浙江提学使；叶恭绰曾任卢汉铁路督办。在前清取得功名或担任官职意味着他们曾是社会精英，享有较高的社会地位，故也相应地负有士大夫的使命感。进入民国后，他们的地位一落千丈，英雄无用武之地，这使得他们精神苦闷，所以往往他们的词作中会流露出黍离之悲和穷愁的精神苦闷。

还有部分沤社词人在民国时期有出仕的经历。如袁思亮在民国初年曾任国务院秘书、印铸局局长；冒广生入民国后历任财政部顾问、浙江海关调查员；夏敬观入民国后任浙江省教育厅厅长。"从来嬴蹶刘兴，杨衰李盛，皆有事二姓之嫌，今则民国无君臣之可言，五族一家，清帝无恙，吾属偶际此时，虽有黍离之悲，而实无二臣之耻，则历代忠义隐逸独行传中人，所不及也。"②樊增祥的这段话道出了这些入民国后选择出仕者的心理：清代逊帝无恙，民国又无皇帝，这是历史上未曾有过的"优越条件"，所以不会有身仕二朝的耻辱。这些词人既然选择出仕民国，不能算作传统意义上的遗民，但是他们内心对前清仍然有深厚的感情（关于这一点，后文中将会举周庆云在淞社修禊的诗歌与梁鸿志、袁思亮、郭则沄在北京万牲园修禊所作的诗歌来说明），所以只能将他们归为文化遗民，具体则表现在他们对清代词学文献的整理，如朱祖谋《沧

---

① 龙榆生编《彊村遗书》，《彊村丛书》第十册，上海：上海古籍出版社，1989年。其中记载，"叶恭绰：二百元，林葆恒一百元，赵尊岳二百元，周庆云一百元，杨铁夫二十元，梁鸿志五十元，洪汝闿三十元"。
② 樊增祥《陈考功六十寿序》，《樊樊山诗集》，上海：上海古籍出版社，2004年，第1967页。

海遗音集》、林葆恒《词综补遗》、叶恭绰《全清词钞》。

多数沤社词人有仕清背景,这使得他们的词作或呈现出明显的遗民倾向,或流露出无名的伤感,这也使得他们的社作《沤社词钞》感伤氛围浓厚。沤社词人也呈现出多样化的身份特点:龙榆生是教授,王蕴章是报人,吴湖帆与黄孝纾以书画著名,谢抡元是医生。这一方面会使词作或词学研究受到职业的影响,如吴湖帆的题画词便有一种非画家词人的神韵;王蕴章办报较早,受到西方思想影响较深,使得他的词学研究呈现出传统与现代兼有的治学特征;另一方面沤社成员身份的多样化说明了词这一文体在民国时期依然具有很强的生命力。

四、沤社词人的词学师承

沤社词人从师承来说大致可分为两派,词学传承上的彊村派与诗法渊源上的散原派,这一点也是后文沤社词人内部分派的依据之一。彊村派有朱祖谋、林鹍翔、杨铁夫、叶恭绰、王蕴章、龙榆生。朱祖谋临终前将双砚传给龙榆生,成为一段词林佳话。杨铁夫跟随朱祖谋系统学习了梦窗词,后出版专著《梦窗词选笺释》,在序言里详细地回忆了恩师的教诲[①]。林鹍翔先求学于况蕙风,后又拜朱祖谋为师,其《半樱词》中有多首和朱祖谋的词作。叶恭绰在1929年成立《全清词钞》编纂处,并推朱祖谋为总纂,并以老师事之[②]。散原派有陈祖壬、许崇熙、袁思亮、袁荣法、陈方恪。陈祖壬、许崇熙、袁思亮曾拜陈散原为师,袁思亮《沧江诗馀序》中说:"吾师义宁陈先生,以诗古文辞巍然主坛坫,为大师数十年。……长沙许君季纯,为诸生时才名压其曹,肄业两湖书院,亲炙吾师讲席,为高第弟子也。"[③] 袁荣法是袁思亮之子,陈方恪是陈散原之子,所以将他们也列入散原门人。此外,姚鹓雏是王鹏运的侄婿,

---

① 杨铁夫《梦窗词选笺释·序言》,《梦窗词选笺释》,上海:上海医学书局,1932年。
② 陈水云《朱祖谋与现代词学》,《文学与文化》,2012年第1期。
③ 许崇熙《沧江诗钞》《文钞》《诗馀》,民国三十七年(1948)铅印本,上海图书馆藏。

曾向王鹏运学词①，夏敬观与冒广生同学词于叶衍兰②。

五、沤社成员的多层划分

沤社词人成员可以分为核心层、中间层、边缘层，这种划分可以更清晰地勾勒他们在词社中的作用，划分的依据是词学贡献与影响等，而非单一的社会地位、知名度。

核心层：朱祖谋、周庆云、冒广生、夏敬观、林葆恒、郭则沄、叶恭绰、龙榆生、赵尊岳。社长朱祖谋校词贡献巨大，是晚清民国词坛执牛耳者，是沤社的灵魂人物。周庆云是民国时期主要诗社、词社的组织者，沤社诸多成员的结识多缘于他的组织活动，冒广生与夏敬观、郭则沄、林葆恒、叶恭绰等人词学成就斐然。这在前文词人小传中已有简介，冒广生、夏敬观、郭则沄以编写词话著称，林葆恒、叶恭绰编纂"全清词"嘉惠词林，赵尊岳《填词丛话》有着较为完整的体系，于填词、品评有较强的实用性。龙榆生撰写了大量词学论文，同时主编《词学季刊》，对词学研究向现代转变贡献甚巨。

中间层：潘飞声、王蕴章、杨铁夫、吴湖帆、黄孝纾、林鹍翔、姚鹓素、谢抡元、陈方恪、刘肇隅。中间层有词集或词论传世，但是词学贡献不如核心成员，这其中不乏文化名流，如潘飞声与吴湖帆的书画在上海显赫一时，王蕴章与陈方恪、龙榆生、黄孝纾对于现代词学教育也贡献甚大。其中，王蕴章的词学教育贡献主要是在正风文学院教授词学课程，与此同时还邀请陈方恪加入；龙榆生词学教育主要是在暨南大学③；黄孝纾的词学教育主要是50年代在山东大学讲授词学，同时出版了《欧阳修词选译》。

---

① 参见夏敬观《忍古楼词话》"姚景之"条，《词话丛编》本，北京：中华书局，2005年。
② 叶恭绰《潘兰史先生诗序》言："先生与冒鹤亭、姚丈伯怀同学诗于南雪公"，见潘飞声《说剑堂集》，1934年刊。
③ 具体参见潘梦秋《民国上海高校的旧体词教学研究》第四章"龙榆生的旧体词教学实践"，华东师范大学硕士论文，2015年。

边缘层：徐桢立、陈祖壬、高毓浡、梁鸿志。他们加入词社乃是由于文名或者较高社会地位，如陈祖壬是散原老人高足，梁鸿志是宋诗派成员，任职段祺瑞政府秘书长。边缘层词人既无词集，又无词论，所以处于边缘地位。

这三种层次的划分，一方面与前文的沤社成员参与社集活动统计大致吻合，如中间层与核心层成员参与社集活动占到大部分，边缘层的梁鸿志1次没有参与，高毓浡仅参与1次，当然也有例外，如处于核心层的冒广生仅参与4次，边缘层陈祖壬参与9次；另一方面也与沤社词人的词集创作与词学贡献两方面大致吻合。

第三章
《沤社词钞》考察

社集刊物是文学社团的重要标志之一,不仅是文学作品,同时也是词学文献。通过社集刊物不仅能了解当时社集的具体情况,亦可窥探当时之词学生态。《沤社词钞》记录了二十次社集的情况,虽然内容上具有多样性的特点,但是风格上仍有其内在的统一性,其感伤氛围与须社《烟沽渔唱》一脉相承。

第一节 《沤社词钞》的内容

《沤社词钞》收录二十次社集作品共284阕。虽然每次集会人数多寡不均,词作的风格各异,但是他们创作的内容主题大致相同,主要可以分成四类。

一、黍离之悲

诸多沤社成员曾在清朝担任过官职,他们多有怀念清朝词作。林立曾将《沤社词钞》中出现的"汐社""月泉吟社""承平""遗民"等词汇归类,以探讨沤社词人的"黍离之悲"。① 笔者在这里主要探讨朱祖谋与郭则沄词作中矛盾的遗民情怀。

---

① 林立《沧海遗音・民国时期清遗民词研究》,台北:商务印书馆,2012年,第272—274页。

入民国后,朱祖谋不再出仕,以遗民身份自处。他一直十分关心逊帝溥仪的命运,"九一八"事变后,他曾力劝溥仪不要去东北,因为他担心溥仪会征召自己,拒绝则违背君臣之礼,应召则会沦为民族罪人,这使得他处在君臣之礼与民族大义的矛盾中,最终唯有求速死以解脱。①

齐天乐·愔仲别六年矣,枉句见怀依调寄答

孤臣江海湛冥后,心肝十年归奉。杜老麻鞋,冬郎画烛,长结觚棱昔梦。吴钩坐拥。肯老去消沉,向来飞动。攲侧乾坤,不辞辛苦日华捧。

白头轻赋去国,路歧终古意,拼倒芳瓮。斗北攀依,周南漫落,千里月明仍共。疏麻折送。尚著意盟鸥,岁寒珍重。越客吟成,病肩霜夜耸。

愔仲即胡嗣瑗②。这首词开篇便以"孤臣"自称,并以"杜老麻鞋"的典故表达词人对清朝的忠心,下片"白头轻赋去国"指自己辞官,而"千里明月仍共"则指自己与友人对清朝共同的忠贞之情。

郭则沄是光绪二十九年(1903年)进士,曾任浙江金华知府。他的父亲郭曾炘曾任光绪朝礼部右侍郎。虽然郭则沄在民国出仕,但他们父子二人对逊清也是念念不忘。郭则沄在加入沤社前曾组织须社进行遗民唱和,如《齐天乐·述怀次和仁先③同年兼呈彊村词丈》:

飘蓬一往无南北,伶俜更教伤别。迸泪豪枯,沾霜鬓短,寸寸心尘难灭。荒波万叠。念梦里神州,斗垂天阔。索共书空,此怀休向海鸥说。

危枰自分敛手,望长安何许,离黍宫阙。乱后笙歌,愁边鼓角,偏又啼

---

① 张晖《龙榆生先生年谱》,上海:学林出版社,2001年,第36页。
② 胡嗣瑗(1869—1946),贵州贵阳人,光绪二十九年(1903)进士。精通史学,擅长诗词、书法。1917年参加张勋复辟,出任内阁左丞,后随溥仪到东北任职终老。
③ 陈曾寿(1878—1949),号苍虬,晚清民国宋诗派诗人,亦能词,宣统三年(1911)任广东监察御史,辛亥革命后生活在杭州、上海地区,与陈三立、朱祖谋、郑孝胥等人交游,后追随溥仪去东北,担任溥仪妻子婉容的老师,1947年回到上海,两年后病逝。

鸟凄绝。浮生懒阅。纵愿断香留，总成灰劫。未了芳情，楚兰空怨结。

仁先即陈曾寿，他与郭则沄同为光绪二十九年（1903 年）进士。这首词上片写词人不忍分别"迸泪豪枯，沾霜鬓短，寸寸心尘难灭"，下片"望长安何许，离黍宫阙"主题明确，"愁边鼓角""啼鸟凄绝"等意象的运用更添凄凉。

值得注意的是，朱、郭二人这两首词都是写给跟随溥仪去东北的朋友，而他们自己却都没有跟随溥仪，但字里行间却充彻着君臣之义与故国之思。可以想见，他们的内心充满了矛盾纠结。

二、穷愁之嗟

沤社词人中也有部分仕途落寞者，他们的词作主题大都不离穷愁之嗟。如陈祖壬《芳草渡·生日书感》：

> 莫怅惘，便四十功名，未伤迟暮。况白头亲在，莱衣肯换三釜。茵溷随分住。饶弥天飞絮。任笑我，吏隐都非，百辈容汝。　　初度。左戈右印，壮志而今成屡误。且休问、一钱不值，乌衣旧门户。但留倦眼，待海水、桑田回注。更万劫，看尽朱三郑五。

陈祖壬是咸丰朝吏部尚书陈孚恩之孙，后跟随陈散原学习，为"陈门三杰"之一，入民国后沦为平民，晚年更是穷困潦倒，甚至将其住所命名为"居无室庐"①，由此可以想见他贫穷落魄的程度。这首词写词人自己生日时的感受，词人生于1892年，清亡时才二十岁，自然无缘功名，入民国后又穷困潦倒，只好安慰自己即使四十得功名也不算晚，并故作豪迈旷达，但这恰恰说明其内心无比苦闷。

---

① 李洪岩《钱锺书与近代学人》，天津：百花文艺出版社，1998 年，第 137 页。

三、伤春之叹

沤社成员曾经有两次集体出游：一次是第六次集会，夏敬观、陈祖壬、袁思亮、林葆恒、程颂万等人游叶园；另一次是第十二次集会，夏敬观、林葆恒、梁鸿志、徐绍周、彭醇士、黄孝纾、袁荣法游李长蘅檀园。这两次游园与创作的主题都是赏花，如下面这首夏敬观的作品：

> 三姝媚·辛未上巳后一日，雨过晓晴，偕朋辈游叶园赏牡丹，时林花已稀、水石间残红狼藉，忆前岁陪散原翁倚藤轮石阑西畔，崇桃烂发、仙葩粉披，景侯弥暄、人花并胜。自翁索居匡麓、不复共游，吾侪命啸海滨，抚今怀昔。聚散之感，恍若雾星，因赋此却寄，以展离抱
>
> 催花春正老。又呼朋寻欢，四园同绕。渡水参差，认燕莺仍占，去年亭沼。梦熟阑干，人坐对、山桃如烧。此际飘零，无奈东风，爱憎难料。
> 　　芳意而今多少。剩露压烟啼，牡丹犹好。玉艳临醒，弄舞裙香暖，翠尊重倒。谢客云归，谁更有吟怀清妙。欲倩江波西寄，漂红傥到。

外界景物的变化引起了词人心境的变化，这次赏花只看到一片雨后狼藉，回想起去年的"人花并胜"，"今非昔比"之感顿上心头。

再如袁荣法《三姝媚·一春多雨，花事易阑，触绪成愁，倚声凄断》：

> 霞痕明断岸。袅晴烟平芜，柳丝如剪。瘦碧池亭，倩暖春将护，穉莺娇燕。楚客多情，偷料理、探芳心眼。似省前游，花底依然，坠钿争艳。
> 　　挑菜桥西人远。但槛曲宫桃，乍匀妆面。伫立秋千，有嬾林斜照，暗生凄恋。为嘱东风，莫惯把、红芳催散。只恐荒波流去，天涯恨满。

该词以细致传神描写取胜，"柳丝如剪""坠钿争艳"，寓情于景，结尾以

"天涯恨满"四字道出忧伤,语少而情深。其实,伤春之叹的本质,是文人对时光流逝,年华易老的恐惧与无奈。沤社词人的这些赏花之作,虽是写景,亦是对自己情感的一种释放。

四、悼亡之思

悼亡之思是诗词作品的常见题材,多是对亲人的悼念,如潘岳的悼亡诗、苏轼与纳兰性德的悼亡词。《沤社词钞》的悼亡主题是对词学先贤的哀悼,如悼郑叔问、朱祖谋等。且看夏敬观《石湖仙·题郑叔问手书词简》一词:

> 人归壶峤。仗谁唤骚魂,来共悲啸。重理旧吟笺,看行行、廉苦俊妙。珊瑚铁网,省识有、觉翁遗稿。歌好。倩小蘋、和我清嘌。　　追思小城夜永,梦萦回、书堂带草。费泪伤春,何补平生枯槁。鹤去庭空,石生芝老。屐痕如扫。波浩渺。山桥腹痛回棹。

夏敬观作此词时,郑叔问逝世已十三年,但是作者睹物思人,依然不能忘怀当年的情谊。上片写郑叔问逝世之后,词人只能自己填词唱和,十分孤独凄凉;下片追思郑叔问逝世后,故居仍在而词人不再,物是人非事事非,徒留生者黯然悲伤。再如:

石湖仙·题呋庵藏文叔问手书词稿

> 回飙终古。赚吴苑词仙,商擘吟楮。深念扫花游,掩花关、人天圣处。浮名先老,黯比竹、倦怀秋妒。悭遇。有并时、几家词赋。　　山塘昔游欠我,感频番、难招国故。地下修梅,冷够春人凄窭。(往夔笙中实与君词交最密,予与君未一遇也)蓄泪憎杯,剩魂栖树。空留儳语。惊换羽。归飞病鹤谁主。

此词的作者程颂万虽从未见过郑叔问,但是他与况周颐有所交游,通过况周颐的介绍,对郑叔问的词也仰慕已久。词中以"黯比竹"和"地下修梅"来指代郑叔问的两部词集,饱含着对郑叔问的深切怀念。

朱祖谋是沤社的社长,他的逝世标志着沤社走向衰落。洪汝闿、潘飞声、林葆恒、杨铁夫、龙榆生、夏敬观、郭则沄、周庆云、林鹍翔、黄孝纾等人均写词表达了对这位民国词坛祭酒的悼念。在这些悼亡词中,最有代表性的便是龙榆生的悼亡之作。朱祖谋临终前将校词双砚授予龙榆生,此乃词坛佳话。龙榆生感激朱祖谋的知遇之恩,他的悼亡词格外感人:

莺啼序·壬申春尽日,倚梦窗此曲,追悼彊村丈

凄凉送春倦眼,问芳林怨宇。甚啼损、红湿山花,似泣春去无路。旧题认、苔侵败壁,斜阳冉冉江亭暮。(去年真茹张氏园有杜鹃盛开,约翁往看,有《汉宫春》词纪事)怅临风,笛(平)韵悲沉,梦痕尘污。

病起江楼,对酒话雨,溯追游几度。(翁下世前一月,予冒雨趋谒,坚邀往市楼下小饮,相对殊依黯,嗣后一返吴门,遂病卧不能与矣)又铅椠、商略黄昏,断缣闲泪偷注。忍伶俜、银灯自剔,更谁识、当时情苦。故山遥,听水听风,总输汀鹭。巢沤未稳,旅魄旋惊(翁自题寿藏曰:沤巢,卒厝湖州会馆,淞沪战起,几濒于危),夜台尚碎语。咽泪叩、天阍无计,道阻荒芜,日晏尘狂,懒移官羽。(翁晚年填词绝少,尝有"理屈词穷"之叹)狼烟匝地,胡沙遗恨,他年华表归来鹤,望青山、可有埋忧处。伤心点笔,元庐早办收身,怨入历乱箫谱。(翁有《鹧鸪天》词乞郑翁为书墓碑曰:"彊村词人之墓")流风顿歇,掩抑衰弦,荡旧愁万缕。漫暗省、传衣心事。(翁病中曾取三十年来所用校词双砚授予曰:"子其为我竟斯业矣。")敢负平生,蠹墨盈笈,瓣香残炷。疏狂待理,深恩何限,心期应许千劫在,怕共工、危触擎天柱。萋萋芳草江南,戍角吹寒,下泉惯否?

词人选用了长达二百四十字的长调《莺啼序》,融叙事、议论与抒情于一体。

还在词中作注六处以纪事,充分回顾了与朱祖谋的师生情谊,表达了自己完成恩师未竟事业的决心,以及深痛的哀思。

第二节　《沤社词钞》之艺术特征

一、感伤的基调

从上一节主题分析中,可以看出《沤社词钞》总体呈感伤基调,而感伤基调的形成是有多方面原因的:

首先,清朝的灭亡对沤社老派词人的影响是十分巨大的。作为昔日的社会精英,在从未有过的重大变革面前,他们感到无所适从,只能以不断的交游结社来宣泄心中的不平。周庆云《淞滨吟社集序》:"……当辛壬之际,东南士人胥避地淞滨,余于暇日,仿月泉吟社之例,招邀朋旧,月必一集,集必以诗。选胜,携尊,命俦啸侣,或怀古咏物,或拈题分韵,各极其至。每当酒酣耳热,亦有悲黍离麦秀之歌,生去国离忧之感者。嗟乎!诸君子才皆匡济,学究天人,今乃仅托诸吟咏,抒其怀抱,其合于乐天知命之旨欤。……"① 面对古今未有的变革,这些遗老们自认为"才皆匡济,学究天人",可是却又不能有所作为,无力扭转乾坤,便只能"托诸吟咏,抒其怀抱"。

其次,感伤的基调还源于乱世的社会背景。民国时期的中国依然处于内忧外患之中,1930年爆发中原大战,是民国建立以来军阀之间最大的一次战争,仅参战兵力就达百万,给社会造成的危害可想而知。1931年又发生了"九一八"事变,中华民族的生存危机达到了顶点。袁思亮《被花恼·社中诸子期九日赴近地作登高会,伤离念乱,无复游观意,倚此解谢

---

① 周庆云《淞滨吟社集》,1915年刻本。

之》一词写道：

> 惊飙万里送愁来，霜叶坠林如扫。戍角斜阳满衰草。登临目断，伤高费泪，未觉秋容好。虚蜡屐，负筇枝，闭门窥影银蟾小。　　哀乐向谁论，凭仗繁螫诉孤抱。遥天雁过，和尽村砧，梦远书难到。待相携素酒对黄花，怕花也、无情向人老。独自里，强摘茱萸簪破帽。

"惊飙万里送愁来"，首句便奠定了全词的基调，"霜叶""斜阳""衰草"的凄凉意象更增强了愁的气氛。这种心境情境，归根结底，就是源于"伤离念乱"。

再次，感伤的基调来源于词人的羁旅生活和对家乡的思念。如龙榆生《被花恼·重九后数日和杨缵自度曲以写旅怀》：

> 纱厨玉枕感微寒，孤月回临霜晓。短烛飘残泪多少。衰杨欲舞，征鸿过尽，倦蝶应惊觉。移革孔，卷筠帘，瘦来羞揽菱花照。　　憔悴对西风，一（平）片荒烟共枯草。哀笳漫引，想念乡关，断梦何由到。但茱萸醉把怕登高，又闲绕、东篱被伊恼。瑟瑟地，冷叶疏英相伴老。

这一年，龙榆生离开家乡，赴上海暨南大学与上海音乐专科学校任教。[①] 词以"微寒"开头，以"冷叶"结尾，感伤的氛围贯穿全篇。加之"孤月""残泪""征鸿""倦蝶""荒烟""枯草""哀笳""断梦"的意象罗列，更显出词境的凄凉，词人的孤独无助。

二、黯淡的意象

《沤社词钞》中的作品多选择黯淡的意象来渲染作品感伤基调，如夏敬观

---

① 张晖《龙榆生先生年谱》，上海：学林出版社，2001年，第32页。

《齐天乐·题沈寐叟山水图》"一峰孤拄斜阳外，超然故人神理"，林葆恒《齐天乐》"衬入斜阳红冷"，袁思亮《齐天乐》"斜阳断肠离绪"。太阳本是温暖的象征，但是词人专选"斜阳""残阳"等黄昏时的太阳来描写，使得词境界笼罩于凄冷衰落的氛围中。再如袁思亮《被花恼》"戍角斜阳满衰草"，杨铁夫《被花恼》"谁管飞红落萦草"，潘飞声《被花恼》"帘外落红深"，许崇熙《安公子》"漫折河桥衰柳"，也不选明艳之花，柔媚之柳，而专取这些"衰草""飞红""落红""衰柳"的意象来营造凄凉的意境。还有彭醇士《三姝媚》"杏雨添寒"，姚景之《三姝媚》"寒雨连江"，龙榆生《安公子》"洒尽枯荷雨"，袁荣法《被花恼》"一番冷雨一番风"，都没有"天街小雨润如酥"的清新，满眼尽是凄风冷雨，自然不能不感伤。

三、严谨的声律

沤社词人的作品在声律方面非常严谨，主要表现在词调和声韵两个方面。

沤社社集二十次，只有三次不限调（第十集、第十三集、十五集），其余全是命调而作。据《沤社词钞》目录记载：第一集《齐天乐》，第二集《芳草渡》，第三集《石湖仙》，第四集《东坡引》，第五集《瑞鹤仙》，第六集《三姝媚》，第七集《汉宫春》，第八集《渡江云》，第九集《风入松》，第十一集《安公子》，第十二集《被花恼》，第十四集《洞仙歌》，第十六集《锦帐春》，第十七集《大酺》，第十八集《一萼红》，十九集《石州慢》，第二十集《天香》。这些词调中，《风入松》《一萼红》《汉宫春》《渡江云》押平韵，其余词调均押仄韵，作仄韵词是需要很深的功力的。《沤社词钞》的选调与社集主题密切联系。如第三集选用词调《石湖仙》，其主题是题郑叔问的手书词简。郑叔问宗姜夔清空之风，《石湖仙》正是姜夔的自度曲。

朱祖谋对声韵的要求十分严格，被称为"律博士"，他每次社集必至，要求后学作词也要严格用韵。沤社词人受其影响，常和前代词人韵，以规范自己的创作。他们在进行和韵创作的同时，还常常能发现前人的声韵之误，如赵尊岳《芳草渡》和清真词小序云:"清真创此调,方杨未见和章,西麓继周,每乖韵律。兹作悉尊原唱,四声阴阳,平及阴阳平。通用字不少假借,亦矫枉者过直也。"① 可见沤社词人对声韵之学的精通。

第三节 《沤社词钞》之词题、词序探讨

一、使用频率与使用范围

词在早期往往有调而无题、无序。词前小序是伴随着词体的日益成熟而逐渐发展起来的。词前小序除了具有史料价值以外,其本身也具有文学作品之美感。《沤社词钞》中词题与词序比例使用很高,含有词题、词序的词作占全部词作的92%,具体如下表:

社集	作品总数	带有词题、词序的作品
第一集《齐天乐》	19	16
第二集《芳草渡》	23	21
第三集《石湖仙》	17	17
第四集《东坡引》	14	10
第五集《瑞鹤仙》	15	14
第六集《三姝媚》	17	17
第七集《汉宫春》	18	18
第八集《渡江云》	15	13

---

① 朱祖谋等《沤社词钞》,1933年铅印本,华东师范大学馆藏,第12页。

(续　表)

社集	作品总数	带有词题、词序的作品
第九集《风入松》	15	14
第十集（不限调，寿林葆恒六十）	7	7
第十一集《安公子》	19	19
第十二集《被花恼》	16	14
第十三集（不限调，题畏庐西溪图）	18	15
第十四集《洞仙歌》	9	7
第十五集（不限调，挽沤尹）	11	11
第十六集《锦帐春》	7	7
第十七集《大酺》	5	3
第十八集《一萼红》	9	8
第十九集《石州慢》	16	16
第二十集《天香》	14	14
总计	284	261

通过上表可以看出，沤社词人在每一次社集中，对词题、词序运用比例都很高。使用词题、词序在词史上是有传统的，宋人作词喜用小序，有学者统计宋人使用词序占全部词作的比例：张先为36％，苏轼与辛弃疾为11％，姜夔为44％，刘辰翁和周密为20％，张炎为26％。沤社社长朱祖谋现存词759首[1]，笔者以白敦仁先生《彊村词笺注》为底本进行统计，词前有词序（题）超过310首，占到了全部词作的41％[2]，与姜夔较为接近。

《沤社词钞》中词题、词序形式长短不一。最短者只有两字，如第七集给

---

[1] 何红年《朱孝臧（1857—1931）词研究》，香港大学博士论文，2000年，第26页。
[2] 周京艳《姜夔词序与白石词的生发效果》，《文学界》2010年第1期。

林葆恒祝寿，首作是赵尊岳词题"寿切庵六十"，其余皆标为"前题"。最长者达上百字，如第四集东坡生日社集，程颂万词前小序颇长"东坡生日社集、题东坡像残石拓本，石为况夔笙于平山堂访得。后归陶斋，有舒亶谒在四字二行、其上文全缺失，像存上半。按公年谱，元丰二年四月，公过扬州，与太守鲜于侁宴集平山堂、作《西江月》词，三过平山堂下、半生弹指声中、十年不见老仙翁、壁上龙蛇飞动，盖谓欧阳公也。其年七月，何正臣、舒亶撼公诗文表语，指为谤讪，被逮，其谋本于沈超、王铨，元祐补录，载元祐中轼知杭州，适间废在润，往来迎谒甚恭，或昔时有慕公之名者，为公刻像，而题识舒亶劾公沈适谒公之事于其上，未可知也，惜石只存亶名，遂不可读，若以为欧公像，则不必有舒亶之名矣。"① 这一集围绕东坡残像拓本社集，词前小序对拓本的来源作了一番详细的交代。

词题、词序的使用也不出传统词作题材范围。第一，怀人、赠人之作，如第十五集悼朱祖谋，潘飞声词题"读彊村词集追悼彊村先生"，周庆云词题"挽沤尹社长"。第二，记游之作，如第七集游张氏园，龙榆生词前小序："春晚游张氏园，见杜鹃花盛开，因约彊村、映庵、子有三丈及公渚来看，后期数日，凋谢殆尽。感成此阕，用张三影体。"② 朱祖谋词前小序："真茹张氏园杜鹃盛开，榆生有看花之约，后期而往，零落尽矣，歌和榆生。"③ 第三，题图之作，如第三集题夏敬观所藏郑叔问词册，社员词题、词序纷纷围绕于此，如袁思亮"题映庵所藏大鹤山人词札"、陈祖壬"用白石韵题忍古楼藏大鹤词卷"、程颂万"题映庵藏文叔问手书词稿"。

二、对社集、对词作本事的考证

在前文第二章第二节沤社社集的二十次考证中，笔者列出何泳霖《朱彊村

---

① 朱祖谋等《沤社词钞》，1933年铅印本，华东师范大学馆藏，第23页。
② 朱祖谋等《沤社词钞》，1933年铅印本，华东师范大学馆藏，第42页。
③ 朱祖谋等《沤社词钞》，1933年铅印本，华东师范大学馆藏，第43页。

先生年谱及诗词系年》①和王纱纱《彊村词人群体研究》②中的论述,但是仍有几处不明者。笔者对其中有争议的第四、五、六、七、十四、十六均作了辨析,而引用的最直接证据则是《沤社词钞》中的词题与词序,这里不再赘述,可参考前文。这里主要谈一下对词作本事的考证。

  词作要眇宜修,如果没有本事说明,更是难以把握,如历来彊村词难以读懂,龙榆生特撰《彊村本事词》一文帮助读者读词。而朱祖谋其他词作,如果没有词序铺垫,也难以读懂,如《瑞鹤仙》:

> 处幽篁怨咽,吟望苦,一镜缘愁白发。无家更伤别,倚新声,犹恋前尘苔雪,桑田坐阅。任软红灰外换劫。剩行歌汐社,储稿史亭,有恨销骨。 莫道长安倦旅。再拜啼鹃。梦迷行阕,神州涕雪。卅年事,寸肠折,怕登楼眼底。流红无地。江南芳草顿歇,解伤心故国。淮水夜,深片月。

上词通过"长安""故国""汐社"等词汇我们可以大略推崇主旨是词人表达遗民之思,而所写给何人?"卅年事"又指何事?我们都无从知晓。而作者词前小序,则给了我们一些线索。从小序中"庚子岁晏,尝赋此调,寄夏悔龛长安、今三十年矣,悔龛留滞旧京、欲归不得、倚声见怀、重依美成高平调报之"得知彊村所怀之人是夏孙桐,夏孙桐曾经在戊戌庚子年间在京师同王鹏运、朱祖谋游,这也是词作中"卅年事",朱祖谋研究词学也是夏氏引导。③夏孙桐与朱祖谋一样以遗民自处,朱祖谋曾将夏之《悔龛词》收入《沧海遗音集》。

---

① 何泳霖《朱彊村先生年谱及诗词系年》,《华学》第六册第9、10辑,上海:上海古籍出版社,2008年,第2175—2178页。
② 王纱纱《彊村词人群体研究》,南京师范大学博士论文,2009年,第103—105页。
③ 龙榆生云朱祖谋《高阳台·残雪》:"先生是时与江阴夏闰枝丈同官京朝,夏公始诱为倚声之学,此阕其开端也。"《彊村本事词》,《词学季刊》,1933年第1卷第3期。

三、在词整体叙事功能中的作用

叙事学理论是目前学界广泛运用的文学研究方法，开始多用于戏剧、小说等叙事体裁，随着学界在叙事方面的研究不断拓展深入，越来越多的研究者用这一理论对诗词进行研究①。词题与词序是词叙事的构成要素。张海鸥教授认为："词题的主要功能是引导叙事。词序是对词题的扩展，是对词题引导叙事的延展，又是对正文之本事、创作体例、方法等问题的说明或铺垫。"② 简而言之，词题与词序都对叙事起到了引导、记叙、说明的作用，而在《沤社词钞》中的小序在词整体叙事中则起到了告知、介绍写作背景，追忆补充细节的作用。

告知最直接，即告诉读者词在哪里发生，如纪游词，词作中场景的描写就是轮廓描写，读者无法知道词人在哪里所作，如第七集黄孝纾的这段词描写："浅醉楼台，又寻芳无处，啼老鹃声。猩红渐疏倦眼，愁草花铭。飘烟坠尊，数番风梦窄春程，归去也仙姝阆苑，残妆初洗蛮腥。"读者只能得到大概春红落尽的伤春描写，只有借助小序："真茹张氏蓬园，杜鹃花事绝盛，辛未春暮，榆生招同彊村、切庵、映庵诸公往观，会更风雨、零落殆尽，彊丈有词，余亦继声，兼邀切庵、映庵二公同赋。"③ 我们才知道游览地点，以及其与谁一起游览。

介绍背景。如第十一集袁思亮词中《安公子》下阕："江汉滔滔去，接天鱼鳖连吴楚，注海倾河都是泪，杳高原何处。问劫后宣房白马谁为主，空眼枯

---

① 这种研究分为宏观方面与微观方面。董乃斌《古典诗词研究的叙事视角》（《文学评论》2010年第1期）对诗词的叙事种类进行了划分，结合西方叙事学的视角概念探讨诗词叙事视角，颇多启发意义。张海鸥《论词的叙事性》（《中国社会科学》2004年第2期）从词的构成要素、词题、词调、词序、词出发，结合西方叙事学理论依次进行叙事功能的探讨，对于研究词的叙事性操作性强。
② 张海鸥，《论词的叙事性》，《中国社会科学》，2004年第2期。
③ 朱祖谋等《沤社词钞》，1933年铅印本，华东师范大学馆藏，第45页。

望极乡关路,漫手挽银潢,洗却甲兵无据。"其中对水灾的描写,让人心生悲悯,而具体所指事情则有待说明。而此时小序中则有详尽介绍:"辛未七月,残暑犹炽,一夕风雨,飒然深秋,帆舻绝航、江流溢岸,因念大江南北,潦水为虐,赈恤未遍。缮塞未及施,而吾湘兵警又见告矣,黯然倚声,用屯田体。"①

追忆补充细节。如第十五集挽彊村中,刘肇隅的词前小序就有对彊村逝世前几日细节的补充:"辛未冬至,彊村老人口占《鹧鸪天》一阕,绝笔词也。余前五日为按脉病榻,神明不乱,后七日逝矣,腊八前夕,梦老人宛若生前,因韵谱之"。词人精通医术,在彊村逝世前曾为其把脉,这些情节的补充更能体会作者的悲痛心情。

词题、词序是伴随着词体的成熟而发展起来的,一方面有着明显的叙事功能,而成为词人作词不可或缺的部分;另一方面这也是读者窥探词作本事,深刻理解词作题旨的有效手段。沤社词人作为旧体词最后辉煌的写手,对词题、词序的使用也炉火纯青,所以这也就成为我们窥探《沤社词钞》特点的路径。

《沤社词钞》的内容题材与艺术特征,黍离之悲、穷愁之嗟、伤春之叹和哀悼之思共同构成其的感伤基调,而感伤基调又与民国前期的词社唱和之风是一脉相承。无论是民国初年的春音词社,还是二十年代末的须社与三十年代初的沤社,这种词作的感伤氛围的形成一方面受到苦难社会的影响,另一方面与三个词社中始终有一些相对固定的词人加入有密切关系。而这种感伤基调也构成了民国词坛创作的多元性。《沤社词钞》主要的艺术特征则表现在感伤的基调、黯淡的意象和严谨的声律三个方面,但这些只能代表沤社词人的群体性特征。沤社词人大多人各有集,他们个体的创作历时较长,内容风格均各具特色,且与沤社成员新老并存的年龄结构相应。关于这一点,将在以下四章详细论述。

---

① 朱祖谋等《沤社词钞》,1933年铅印本,华东师范大学馆藏,第61页。

第四章
彊村及其门人的创作

朱祖谋的词学成就突出，词作在晚清民国时期也是首屈一指，他的词集《彊村语业》兼具东坡之旷与梦窗之密，堪称民国大家。林鹍翔、叶恭绰、杨铁夫、龙榆生均师从朱祖谋，他们的创作既传承师风，同时亦各有千秋：林鹍翔《半樱词》"微尚清远"①，叶恭绰《遐庵词》"秾丽婉密"，杨铁夫《抱香词》"出入清真、梦窗之间"，龙榆生《忍寒词》则"凸显苏辛之气"。朱祖谋作词始于晚清，至1931年结束，龙榆生作词大约从1930年开始，至1965年结束。朱祖谋及其门人的创作，在老派词人和青年词人之间，呈现出了明显的内容及风格差异。

第一节 朱祖谋的彊村词

一、学术史回顾

民国时期对朱祖谋词进行研究的有：龙榆生《彊村本事词》②、胡先骕《评朱古微〈彊村乐府〉》③、蔡正华《读〈彊村语业〉》④、万云骏《读彊村

---

① 况周颐《半樱词序》，林鹍翔《半樱词》，1927年铅印本，华东师范大学馆藏。
② 龙榆生《彊村本事词》，《词学季刊》1卷3号，1933年。
③ 胡先骕《评朱古微〈彊村乐府〉》，《学衡》，第10期。
④ 蔡正华《读〈彊村语业〉》，《雄风》，1947年第1期。

词》① 等。龙榆生对《彊村词前集》中的五首词,《寒灰集》中的五首词,《怀舟集》中的一首词的创作背景进行了本事考索。胡先骕认为朱祖谋词学梦窗,之所以能自成一家,乃是因为其深刻地理解了梦窗过人的胸襟,而并非简单琢句之功。蔡正华亦指出读彊村词,要结合作者所处的时代背景,注意词作本事,他认为朱祖谋词既学梦窗,也学东坡,晚年尤其如此,同时,他也对词坛学梦窗的弊端提出了批评。万云骏认为彊村词在创作上可分为两期,前期为辛亥革命以前,主要是"伤时念乱、哀感悱恻"之感,后期为入民国以后,多寄托作为清代遗民的"黍离之悲"。

20 世纪 90 年代以后学界对朱祖谋词的研究更加深入,张涤云《论彊村与彊村词》② 一文认为彊村词以雅正的笔法曲折地反映了晚清至民国的历史,朱祖谋是千年传统词的结穴者。严迪昌《清词史》认为朱祖谋词学吴文英,晚年取法苏东坡,"词风愈显苍劲沉着,深涩倾向渐减"③。刘红麟《晚清四大词人研究》④ 认为彊村词的艺术风貌是"深文而隐蔚,远旨而近言","沉抑绵邈,哀感顽艳"。郑晓云的硕士论文《彊村词浅议》⑤ 探讨了彊村词的版本、思想内容和艺术风格。王纱纱《彊村词人群体研究》⑥ 考察了彊村词人群体的总体创作风貌,并于第四章专门探讨了彊村词的创作主旨和艺术风格,她认为彊村词的思想内容与时代联系紧密,彊村词的风格"托兴深微,寄意遥深",兼有东坡之疏、梦窗之密。

二、彊村词的主要内容

朱祖谋的词集主要有:《彊村语业》三卷、《彊村剩稿》两卷与《彊村集外

---

① 万云骏《读彊村词》,《光华大学学报》,1936 年第 3 卷第 5 期。
② 张涤云《论彊村与彊村词》,《杭州大学学报》,1995 年第 3 期。
③ 严迪昌《清词史》,南京:凤凰出版社,2001 年,第 580 页。
④ 刘红麟《晚清四大词人研究》,长沙:湖南师范大学出版社,2012 年。
⑤ 郑晓云《彊村词浅议》,河北大学硕士论文,2004 年。
⑥ 王纱纱《彊村词人群体研究》,南京师范大学博士论文,2009 年。

词》一卷。《彊村语业》三卷中的前两卷是朱祖谋本人删定的,后一卷是龙榆生根据朱祖谋生前手稿补录的。《彊村剩稿》两卷与《彊村集外词》一卷都收录于《彊村遗书》之中。《彊村剩稿》两卷是朱祖谋生前删定自己词集时淘汰下来的作品;《彊村集外词》一卷,据龙榆生所言:"据先生手稿写定,稿原二册,于先生遗箧中检得之,大抵皆二十年来往还吴门沪渎间所作,亦有成于国变前者。"① 朱祖谋是五十岁以后才跟随王鹏运学词的②,以辛亥革命为界,朱祖谋的词作可分为前后两期:前期词多反映清代历史,如戊戌变法、庚子事变等;后期词主要反映民国时期动荡的社会及其遗民心态。

戊戌变法。 戊戌变法又称"百日维新",发生于1898年,是一场以康有为为首的改良主义者发起的资产阶级民主改良运动,主要提倡向西方学习,改革政治、教育制度,发展农、工、商业等,他们力图通过变法达到自强救国的目的。变法触及守旧派的利益,遭到了以慈禧太后为首的守旧派的强烈反对,最终以光绪帝被囚,康有为、梁启超流亡海外,谭嗣同等六人被杀而结束。朱祖谋有不少词都反映了这一重大历史事件,如朱祖谋《念奴娇·同理臣、半塘观荷苇湾,用白石韵》一词即记录了他对康有为的印象,当时康有为正与人大谈新政,面有得意之色,朱祖谋在词中表达了对康有为的不满;朱祖谋还作有《解连环·七月十四日有作》一词,词中对于戊戌变法过多裁减官员的行为提出异议。朱祖谋还在词中表达了对戊戌六君子的悼念之情,如《鹧鸪天·九日丰宜门外过裴村别业》③:

> 野水斜桥又一时。愁心空诉故鸥知。凄迷南郭垂鞭过,清苦西峰侧帽窥。
> 新雪涕,旧弦诗。惜惜门馆蝶来稀。红萸白菊浑无恙,只是风前有所思。

---

① 龙榆生《彊村集外词·跋》,朱祖谋《彊村遗书》,《彊村丛书》第十册,上海:上海古籍出版社,1989年。
② 龙榆生《跋彊村先生旧藏王鹏运〈味梨〉〈鹜翁〉〈蜩知〉三集原刊初印本,校〈梦窗集〉原钞本》,《龙榆生词学论文集》,上海:上海古籍出版社,2009年,第559页。
③ 龙榆生《彊村本事词》,《龙榆生词学论文集》,上海:上海古籍出版社,2009年,第520页。

该词是为悼念"戊戌六君子"之一的刘光第所作,刘光第是光绪九年(1883)进士,与朱祖谋是同年。全词通过对刘光第旧宅的描写,以"野水斜桥""红萸白菊"等旧时景物的"无恙"而反衬逝者已不在人世,词人的惋惜之情溢于词外,虽没有哀嚎痛哭之音,但是这种"物是人非事事非"的平静描写更添伤感,令人读之动容。

庚子事变。 为了扑灭义和团的反帝斗争,扩大对中国的侵略,1900年6月,英、美、法、俄、德、日、意、奥八国组成侵略联军,由英国海军中将西摩尔率领,从天津租界出发,向北京进犯,此举导致中国陷入空前灾难,险遭瓜分。因为这一年是中国农历庚子年,故被国人称为"庚子国变"或"庚子国难"。

朱祖谋作十三首《菩萨蛮》来纪录庚子事变,如:《菩萨蛮》(一)"芳惊山黛变,自转商弦轴。郎意未分明,绿窗闲梦惊",指慈禧不听劝阻,盲目相信义和团,最终自招祸患,光绪帝明知不可为又不能坚持己见;《菩萨蛮》(二)"微霜新过河",指大沽陷落;《菩萨蛮》(三)"花翻宝勒新丰骑,沉沉芳昼金铺闭",指义和团拳民进京焚烧教堂造成的乱象;《菩萨蛮》(四)"春窗朱鸟开",指宫中也允许设坛,允许拳民进入[①];《菩萨蛮》(七)"蜂衙蝶馆参差对,行轩四角流苏缀。一霎谢桥风,蛮花委地红",记录了各国使馆在京之动态以及日本书记官被杀之事;《菩萨蛮》(八)讲述了董福祥兵肆意劫掠之事;《菩萨蛮》(十一)为"许景澄、袁昶死难作"[②]。这些词真实地记录了历史,堪称词史。

八国联军侵占北京,四处烧杀劫掠,所造成的灾祸战乱极为深重,朱祖谋作《齐天乐·鸦》一词以纪之:

半天寒色黄昏后,平林渐添愁点。倦影偎烟,酸声噪月,城北城南尘

---

① 以上释词参考白敦仁《彊村语业笺注》,杭州:浙江古籍出版社,2016年,第35—44页。
② 龙榆生《彊村本事词》,《龙榆生词学论文集》,上海:上海古籍出版社,2009年,第521页。

满。长安岁晏。又啼入延秋，故家啄遍。问几斜阳，玉颜凄诉旧团扇。

南飞虚羡越鸟，乱烽明似炬，空外惊散。坏阵秋盘，虚舟暝踏，何处衰杨堪恋。江关梦短。怕头白年年，旧巢轻换。独鹤归无，后栖休恨晚。

词以鸦为切入点，描写京城之乱象：八国联军进城后，以镇压义和团为名，杀人无数，尸横遍野，正所谓"城北城南尘满"。全词萦绕着荒凉凄惨的氛围，读之令人痛心。

动荡的社会与遗民之思。辛亥革命虽然推翻了清王朝统治，但是由于没有一个强有力的中央政府，民国初年的军阀混战，反而使得国家更加动荡不安。《高阳台·除夕闰生宅守岁》"干戈满目悲生事"；《齐天乐》"鼓角中原，烟波大泽，何地堪盟息壤"；《齐天乐·乙丑九日，庸庵招集江楼》"戍火空村，军笳坏堞，多难登临何地。霜飙四起。带惊雁声声，半含兵气"。朱祖谋的这些词作都真切地反映了当时的社会现实，再如下词：

小重山·晚过黄渡

过客能言隔岁兵。连村遮戍垒，断人行。飞轮冲暝试春程。回风起，犹带战尘腥。　　日落野烟生。荒萤三四点，淡于星。叫群创雁不成声。无人管，收汝泪纵横。

"过客能言隔岁兵"借客人之口说出兵祸影响之久，经年记忆犹新。"回风起，犹带战尘腥"用夸张手法写词人至今于风中仍能闻出战场血腥杀气。该词作于1925年3月，孙中山在北京逝世；5月30日，上海"五卅"运动爆发；10月、11月因孙传芳与张作霖争夺江苏、安徽地盘而爆发了"浙奉之役"；同时，民国政府在广州成立。这种动乱的局面，在词人看来，反而比不上清代社会的安定。虽然朱祖谋曾由于对清政府失去信心而辞官，甚至宣统帝即位后两次征召他都未赴，但是他对清朝的感情是始终未变的。清朝灭亡后，他在词中曾屡次抒发对故朝的眷恋之情和自己的忠心，比如《国香慢》"经年亡国恨，料铜盘冷透，铅泪潜痕。故宫天远，鹅管从此无春"；《洞仙歌·过玉泉山》"念沧江一卧，白发重来，浑未信、禾黍离离如此"；《霜花腴·九日哈氏园》"负旧狂、休泣新亭"；《齐天乐·苍虬赴天津，寄示渡海四十韵，倚歌赋答》"麻鞋一着无归意，沧溟纵心孤往。尽室装寒，循涯客返，离恨秋潮同长。行吟骯脏。要留命桑田，故躔回向。自理哀弦，北征谁省杜陵唱"。

九一八事变后，朱祖谋担心溥仪征召自己，一直纠结于君臣之礼与民族大义之间，最终只希望速死以求解脱①。他的绝笔词《鹧鸪天·辛未长至口占》道出了他一直所受的煎熬：

忠孝何曾尽一分。年来姜被减奇温。眼中犀角非耶是，身后牛衣怨亦恩。

泡露事，水云身。枉抛心力作词人。可哀惟有人间世，不结他生未了因。

从这首词中可以看出词人痛苦的心情，身逢易代而又无力回天，唯有深深自责，直至生命的最后一刻，也仍然不忘尽到为臣之忠心。

三、彊村词的艺术特色

彊村词历来声誉很高，汪辟疆《光宣诗坛点将录》称："古微襟期冲澹，尤工倚声，所刊《彊村词》，半塘老人谓为六百年来，真得梦窗神髓者也。晚际艰屯，忧时念乱，一托于词，实能兼二窗、碧山、白石诸家之胜，非一家所可限矣。所刊两宋词集，多人间未见之本。"② "一托于词"点出了彊村词的寄托特点，"实能兼二窗、碧山、白石诸家之胜"论彊村词融众家之长。笔者认

---

① 张晖《龙榆生先生年谱》，上海：学林出版社，2001年，第36页。
② 汪辟疆《光宣诗坛点将录》，《汪辟疆诗学论集》上册，南京：南京大学出版社，2011年，第114页。

为彊村词还有以下艺术特色。

"托兴深微，篇中有事"。龙榆生评朱祖谋词："先生之词，托兴深微，篇中咸有事在。"① 这正是常州派讲求比兴寄托的作词家法，如《齐天乐·马神庙海棠，百年物也。花时寥寂，半塘翁吟忆见贻，依韵报之》：

> 锦窠春湿红云透，匆匆故宫芳事。冷甃延娇，温泉罢浴，催换东风人世。婵媛梦里。尚刻意新妆，洗烟梳霁。妒极瑶台，玉妃无语正愁悴。
> 绿章惆怅再乞，夜深障滟蜡，心绪无会。怨凤箫寒，蝼蟾幄暗，消尽燕脂浓泪。横陈艳绮。肯输与西廊，媚春桃李。不嫁含章，堕梅余恨蕊。

这首词作于1899年，朱祖谋以花喻事，以花之寥寂喻国事之日非。"催换东风人世"寓意戊戌变法失败，朝局又变；"婵媛梦里。尚刻意新妆，洗烟梳霁"指光绪帝虽被囚，但仍不忘新法；"妒极瑶台，玉妃无语正愁悴"写慈禧太后仍对光绪耿耿于怀。可谓是词境凄凉，心境悲怆。

梦窗之密与东坡之疏。朱祖谋受王鹏运影响，非常偏爱梦窗词，他有许多"和梦窗"之作，如《瑞龙吟·和梦窗韵》《梦芙蓉·南荡泛舟用梦窗韵》《高山流水·七夕用梦窗韵》等。晚清词坛的梦窗热起源于王鹏运，但王鹏运却认为在对《梦窗词》的领悟方面，自己不如朱祖谋："自世之人，知学梦窗，知尊梦窗，皆所谓但学兰亭面者，六百年来，真得髓者，非公更有谁耶？"② 朱祖谋学习梦窗词，的确是学到了梦窗词的精髓，如《莺啼序·龙树寺饯别高理臣府丞、张次珊参议，用梦窗丰乐楼韵》：

> 轻阴傍楼易暝，带春云步绮。画阑绕、冻柳初黄，暗结沈恨天际。细禽唤、年光冉冉，荒波荡晚疑无霁。殢离人，肠断斜阳，絮点飘坠。

---

① 龙榆生《彊村本事词》，《龙榆生词学论文集》，上海：上海古籍出版社，2009年，第518页。
② 龙榆生《晚近词风之转变》，《龙榆生词学论文集》，上海：上海古籍出版社，2009年，第416页。

十载东华，对酒念往，信孤根自倚。镜中路、窥熟西池，楚吟流怨红翠。赋深情、兰荃绣笔，泪花迸、铜仙铅水。惯伤春，蝶悄莺沈，梦醒何世。

　　刘郎老去，咫尺蓬山，倦数旧游美。天外紧、东风一信，绛蕊颠倒，缥缈鹃声，误人归事。银河夜挽，珠宫晨叩，香笺飞出回鸾篆。悄冥冥、海阔星垂地。情丝怨极，长宵雾阁，云窗顿抛，乱红菱纬。　　横汾旧曲，采石新吟，料画轮正迟。怕点检、炉熏花外，笛谱梅边，酒醒舸棱，凤城十二。东门帐饮，西台车马，江湖头白回望处。惜芳菲、须掩伤高袂。白鸥去矣难驯，燕幕孤栖，荡魂万里。

朱祖谋的这首词依照梦窗词的笔法，打破了正常的时空顺序与思维逻辑。第一段描写眼前景；第二段回忆高、张二人十年间屡次上书言国事；第三段"天外紧、东风一信"回到现在，写义和团在山东起事；第四段"东门帐饮，西台车马"点出送别主题。全词共有二百四十字，朱祖谋能于学梦窗之密的同时摒弃梦窗词之晦涩，做到"情味较梦窗反胜"①。

张尔田曾说："朱彊村侍郎词，晚年颇取法于苏。"② 的确，朱祖谋晚年作词不仅学梦窗，也师法苏轼，或许他是有意以东坡之疏旷来救梦窗之晦涩。如《洞仙歌·丁未九日》：

　　无名秋病，已三年止酒。但买茰囊作重九。亦知非吾土，强约登楼，闲坐到，淡淡斜阳时候。　　浮云千万态，回指长安，却是江湖钓竿手。衰鬓侧西风，故国霜多，怕明日、黄花开瘦。问畅好、秋光落谁家。有独客徘徊，凭高双袖。

这首词作于光绪三十三年（1907）重阳节。全词读来明白如话，"非吾土"是

---

① 王国维《人间词话删稿》，唐圭璋编《词话丛编》，北京：中华书局，2005年，第4260页。
② 张尔田《龙榆生词序》，龙榆生《忍寒诗词歌词集》，上海：复旦大学出版社，2012年，第1页。

指词人居住在租界;"强约""闲坐"表现了词人沉重的心情;"斜阳""长安"表明词人心系故国。正如钱仲联所评:"表面看来,显得平淡,掩盖了愤郁。风格上清新疏宕,绝不重滞,一洗前期梦窗派七宝楼台的密丽词风。这首词,可算是作者后期作品风格的代表。"①

精于用典。朱祖谋还特别精于用典,能将典故与自己所写情境融为一体,用典而不泥于典,如《木兰花慢·感春和苍虬》中的"问东阑瘦雪,尚消得,几清明"即用东坡《和孔密州五绝·东栏梨花》"惆怅东栏一株雪,人生看得几清明"之典,以雪喻梨花,表达时光飞逝,惜春无奈之情;再如《齐天乐·乙丑九日,庸庵招集江楼》中"年年消受新亭泪,江山太无才思","江山太无才思"出自《世说新语·言语》"风景不殊,正自有山河之异",朱祖谋引用此典说江山不管人间兴亡事,岁岁不变,这正是其无才思之处,更是其无情无义之处。

但是,也有人对于朱祖谋过多用典表示不满,如吴世昌先生。他指出朱祖谋有许多用典不当之处,其中有些是因为吴世昌先生"未识作者遣词之用心"②,但是也有一些颇有道理,如其说朱祖谋《庆春宫·结草庵拜半塘翁殡宫作》用典混乱,其中"蓬岛尘狂,芝田日晏,梦游翻羡骑鲸"一句,吴世昌先生说:"'芝田日晏',吊友能用此典乎?"③ 此处,朱祖谋用"蓬岛""芝田""骑鲸"均是指半塘逝世去了仙境,这本是悼亡词所习用之法,但是因为"芝田日晏"源自曹植《洛神赋》"日既西倾,车殆马烦,尔乃税驾乎蘅皋,秣驷乎芝田",其后文乃为"睹一丽人,于岩之畔",故不适合用于悼念亡友。

综上所述,虽然朱祖谋偶尔会有用典不当的问题,但是总的来说,其一生处于中华民族最动荡的时期,他的词记录了许多重大的历史事件。在他的词中,我们既可以感受到传统士大夫的社会责任感,也可以感受到其个人无力挽

---

① 钱仲联选注《清词三百首》,长沙:岳麓书社,1992年,第366页。
② 胡晓明《"江山太无才思"及其他》,国学网,2001年5月7日。
③ 吴世昌《评近三百年名家词选》,《罗音室词札》,《吴世昌全集》第五册,石家庄:河北教育出版社,2003年,第195页。

救国家局势的痛苦。可以说,朱祖谋的词作是一部晚清至民国的词史,也是一部传统文人在特殊时代的心灵史。

第二节 林鹍翔《半樱词》《半樱词续》

夏敬观《忍古楼词话》:"香山杨铁夫玉衔,吴兴林铁铮鹍翔,皆沤尹侍郎之弟子。铁夫著有《抱香室词》,铁铮著有《半樱词》,造诣皆极精深,力避凡近。"① 夏敬观对杨铁夫与林鹍翔之词多有褒奖。值得指出的是,林鹍翔不仅有《半樱词》两卷,后又作有《半樱词续》两卷。《半樱词》中对日本风景习俗的描写,确实让人耳目一新,从内容而言做到了"力避凡近"。

一、《半樱词》

《半樱词》两卷,1927年铅印本,陈宝琛、朱祖谋为词集题名,况周颐作序,陈训正、金蓉镜、周庆云、孙宝珂、况周颐、樊增祥、朱孝臧、冯煦、吴士鉴、冒广生题辞。况周颐在序言中说到:"余审定《半樱词》者,起癸丑迄庚申,此数年中泰半旅居日本,得词如干阕,遥情深致,寄托于樱花者为多。"②《半樱词》即林鹍翔作于癸丑(1913)至庚申(1920)间的作品。

《半樱词》的内容主要有两类:

在日本的生活见闻。 从1913年至1920年,林鹍翔大多时间都旅居日本,所以有许多词作反映了其在日本的见闻,如《莺啼序·用梦窗韵,东人设博览会于上野公园,瑰丽充牣,极一时大观,我国亦陈列品物其中,余襄理斯役,得事游览,同人更于其物产制造肆力考核,笔述成书索序,愧无以应,因成此

---

① 唐圭璋编《词话丛编》第五册,北京:中华书局,2005年,第4784页。
② 况周颐《半樱词序》,林鹍翔《半樱词》,1927年铅印本,华东师范大学馆藏。

词》《贺新郎·留别江户》《临江仙·东京无燕子,十余年不见矣,兹来海滨,相逢逆旅,依依似旧识也》等。林鹍翔于这类词中寄托了自己"白头堪伤心,故国身殊乡"的飘零孤苦之感,以及对祖国故乡深切的思念之情。再如下词:

> **念奴娇·观樱感用梦窗韵　樱花先开者单瓣,八重樱开迟,绿樱最娟倩最晚**
>
> 妍风催霁,涨软红,如幕犹稀新绿。琼岛仙姝,工写照,别是聘婷装束。露绮浓分,霓裳艳夺,对影人如玉。粉香脂腻,几回沈醉金谷。
> 多事身到蓬山,蓬山更隔,铅泪盈巾幅。换骨几曾,凭大药,我自梦游林屋。舜水祠边,梅儿冢畔清,比空桑宿。一番泪雨,踏歌愁听新曲。(日本古美人梅若于三月十五日化去,是日遇雨都俗谓之泪雨。)

这首词的上片以拟人的手法描绘了樱花盛开的美丽景象;下片则写虽宛如身在仙境,却与故乡远隔,"舜水祠边,梅儿冢畔清"写梦回祖国的情景;结句"踏歌愁听新曲"写出了作者远在异国他乡,思念祖国家乡之愁。

回国后的咏史怀古。林鹍翔由日本回国后,游历了浙江、江苏等地,探访了不少先贤祠堂与历史遗迹,如《暗香·孤山林和靖祠有石刻白石道人像,龚雪澄以旧拓本见贻,赋此报之》《扬州慢·平山堂作》《迷神引·吊史阁部墓》《瑶华·偕郑泽民曹砺金访琼花观故址》《玲珑玉·雾凇为北地有之,亦不常见》等。林鹍翔的这些词作,往往能将个人情感与历史思索融合在一起,因此具有历史穿透力,如《迷神引·吊史阁部墓》:

> 落日沈冥神鸦舞。故国望中何许。江南剩得,万梅花树。引胡笳,声声破,问谁误。天堑分南北,竟飞渡。江上灵鼍断,飒风雨。　　泪尽啼鹃,梦断朝天路。觉蜀冈愁,吴潮怒。阵云如墨。有肝脑、无臣虏。壮山河,骑箕尾,忍回顾。华表归来鹤,相识否。馨香无消歇,此抔土。

林鹍翔以清朝遗民的身份凭吊曾经的抗清志士史可法,看似矛盾,却正体现了他们共同的忠于"故国"之心。全词笼罩着悲伤的气氛,落日、风雨、啼鹃、潮怒……这种种不平之声正道出了词人的心声。

二、《半樱词续》

《半樱词续》两卷,1938年石印本,冒广生为词集题名,夏敬观、夏承焘作序,金兆蕃、洪汝闿、吴梅、向迪琮、蔡桢、陈世宜题辞。夏承焘序曰:"此吾师铁尊先生戊辰以后词……为予道别来仕途进退以及遭难流离状态,恳款胅挚,令人感叹。越日,复语予治词经历。谓年四十始事,此时在海外颇伤孤陋,备述渊源所自,求索之艰,并当年朋辈游燕之与词事有关者,累数百言,洗然无片辞之饰。"① 此集所收即林鹍翔1928年以后的作品,多抒发词人的故国之情与流离之愁。

故国之情。林鹍翔在《半樱词续》中屡屡提及故国之情,如《汉宫春·赠孙似松,时同客京口》"新亭醉眼览神州",《风入松·赠湘湖渔隐》"故国胡山残梦,深宵风雨闲愁"等。毕竟,林鹍翔生于清朝,尽管进入民国后他也任过温州道道尹,但是对于清朝的感情是他们那一代人始终无法释怀的,如下词:

惜红衣·别莫愁湖十年矣,重来光景凄异,归途漫赋

柳老眠烟,荷凋畏日。绚秋无力。暗引离愁,湖光换凄碧。归来燕子,浑未信、华年如客。孤寂。霜讯冷枫,怯空林栖息。　　惊尘远陌。催唱阳关,杯盘又狼藉。云涯望断故国,渺南北。后约冶城高会,一去几时重历。料断魂江上,犹识六朝山色。

词的上片描写了阔别十年重见莫愁湖时萧条衰败的景色;下片写离愁,并引出故国之情,既为离别苦恼,又表明"断魂江上,犹识六朝山色"是铭记于心的

---

① 林鹍翔《半樱词续》,1938年石印本,华东师范大学馆藏。

故国之思，令人倍觉哀怨忧伤。

流离之愁。林鹍翔早年旅居日本，故《半樱词》中多有思念祖国之作，晚年回到祖国后，国内局势却又一直不太平，所以林鹍翔在其晚年的词作中常常感慨自己一生流离悲苦，如《大酺·乱后归昆山吊龙洲道人墓》"算浮生一梦"，《摸鱼子》"乱莺啼处，多少别离意"，《澡兰香·京江闰重午》"愁满声声"，《高阳台·长春木》"浮生不如蓬梗"，《红林檎近》"哀弦泪红头白，谁怜天涯恨年年"等。再如下词：

解连环·湖海浪游，卅年如梦，怀人感事，渺兮余怀，用清真韵
醉乡难托。惊阳关唱彻，故人寥邈。纵瓻酒、能解千愁，也愁对好花，怕它情薄。泪雨刚晴，乱红趣、一庭萧索。渺云天路隔，几许旧怀，枉问灵药。　　波平未逢海若。算江湖浪迹，还在天角。便对泣、斜日新亭，忍风雨鸡鸣，道总忘却。浅立梅边，漫信手、狂簪红萼。看枝头、翠禽乍醒，素蟾又落。

这首词是词人浪游三十年的人生写照，上片写其"借酒消愁愁更愁"，下片写任时光荏苒，花开花落，"江湖浪迹"一直是其生活的常态。人生如梦，三十年的漂泊生活，词人的流离之愁是深入骨髓的，所以触目皆为愁景，根本无法排遣，唯有寄于篇篇词作之中。

三、林鹍翔的学词门径

况周颐序其词曰："彊村语余，铁尊（林鹍翔）微尚清远，填词尤所笃好，偶一为之，笔近骞举，不蹈纤艳之失，诚能取法乎上于门径，消息加之意，正其始，毋岐其趋，它日所造，宁可限量。"[1] 夏承焘谓其词："取径周（邦彦）

---

[1] 况周颐《半樱词序》，林鹍翔《半樱词》，1927年铅印本，华东师范大学馆藏。

吴（梦窗），不为周吴所囿。"① 从两篇序言中我们可以窥测出林氏词的转变，林氏在师法况周颐与朱祖谋之前，其缺点主要是取径不高，而其师法朱、况二位词宗之后，其词艺有了很大提高，他的学生夏承焘评价取径周、吴而又不限二人。

从他的词集和韵之作分析，林鹍翔学词周、吴二家，他有许多和温庭筠、柳永、周邦彦、秦观、姜夔、辛弃疾、吴梦窗、史达祖等唐宋名家之作，如《诉衷情·拟飞卿》《引驾行·用耆卿韵》《梦扬州·和淮海》《碧牡丹·和小山》《凤来朝·拟清真》《杏天花影·拟白石》《小重山·拟梅溪》《鹊桥仙·拟稼轩》《唐多令·拟龙洲》《泛清波摘遍·和小山》《恋绣衾·别意拟梦窗》等。在这些和作中，属和贺铸词为最：

石州慢（贺铸）

薄雨收寒，斜照弄晴，春意空阔。长亭柳色才黄，倚马何人先折？烟横水漫，映带几点归鸿，平沙消尽龙沙雪。犹记出关来，恰如今时节。

将发。画楼芳酒，红泪清歌，便成轻别。回首经年，杳杳音尘都绝。欲知方寸，共有几许清愁？芭蕉不展丁香结。憔悴一天涯，两厌厌风月。

石州慢·壬申九日昆沪道中作用东山韵（林鹍翔）

劫后重阳，何处故园，秋思辽阔。征途省识归来，五斗怜它腰折。龙山此际，问讯几许乌纱。回头多恐俱霜雪。休更惜黄花，惜黄花时节。

风发。去帆蓬岛，情为谁移，自伤离别。沪上过疆村师旧居悲感无已。吟社依回，只有琴声凄绝。百年心事，付与冉冉斜阳，云阴不遣华鬘结。重赋玉山游，倚尊边残月。（去岁重九映庵、劚庵、䎗庵诸君函约作玉山之游，因事不果。）

贺铸词写愁层层铺叙，逐渐深入，上片以"薄雨""斜照""长亭""柳色"等

---

① 夏承焘《半樱词续序》，林鹍翔《半樱词续》，1938 年石印本，华东师范大学馆藏。

初春之景勾勒出送别的伤心场景，下片则写不忍离去，点出心中之清愁犹如"芭蕉不展丁香结"，天涯憔悴，令人断肠，学到了况周颐赞许东山词的"深于情"的特征。① 林鹍翔的词在结构上也是上片以秋景写愁怀，下片写伤离别，但是又于其中融入了特殊的情感，有国难之愁，即词中之"劫"所指一·二八事变，有对恩师的怀念，亦有对沤社的怀念。情感真挚，满腔心事无以言说，唯有付与斜阳，正得"肠断"之精髓。②

四、词之艺术特色

词境——凄凉、萧瑟。因为特殊的时代与其人生经历，林鹍翔的词境大都凄凉、萧瑟，如"一发青山斜阳晚，故国有人凄怨"（《迷路引》），"花飞絮舞带斜阳瘦减"（《戚氏·和向仲坚》），"登楼一望愁云"（《瑞鹤仙》），"红雨做成心上泪"（《浣溪沙》）等，所写之景无不包含愁情。再如：

浣溪沙

远树烟含客未归，晚鸦声里子规啼，登楼著意看斜晖。　　桃叶渡江愁短楫，柳花如雪点征衣，五湖烟水又凄迷。

全词以"远树""晚鸦""斜晖"等萧瑟之景来烘托"客未归"的凄迷词境，虽然言语不多，却融征客之愁于字里行间，令人如临其境，愁上心头。而林鹍翔所作词境萧瑟凄凉的根本原因，则在于上文所言："江山憔悴"的故国之情和"浮生不如蓬梗"的流离之愁。

词旨——比兴寄托。林鹍翔作词亦讲究比兴寄托，这一点在他的咏物词中

---

① 况周颐《历代词人考略》卷三十，孙克强《唐宋人词话》，天津：南开大学出版社，2012年，第444页。
② 孙尔准《论词二十二首》，孙克强《唐宋人词话》，天津：南开大学出版社，2012年，第439页。

体现得最为明显。林鹍翔将其《半樱词》中的十多阕咏梅词增至二十二阕，单独出版为《广咏梅词》。他在词前小序说："读秀道人咏梅词意有所触，即拈是调，赋之得二十二解，为《广咏梅词》。梅耶！非耶！"所谓"梅耶！非耶！"即如周济所言："既成格调，求无寄托，无寄托则指事类情，仁者见仁，智者见智。"① 即咏物而不滞于物，实乃借咏梅来寄托词人情意，如：

清平乐（其三）

春红如许，开落谁为主。难得一抔干净土，分付回风休舞。　奈何春里春归，回头无限芳菲。并作人天哀怨，和烟和雨凄迷。

清平乐（其六）

花深月小，总为情颠倒。清露满阶天未晓，一夜画屏秋老。　菱枝弱不禁寒，风波划地谁怜。容易鸳鸯睡稳，听风听雨年年。

两首词均句句不离梅花，可又句句不限于梅花。前一首词借描写落梅凄迷的情景来抒发"人天哀怨"的心境，后一首词则以"菱枝弱不禁寒，风波划地谁怜"的梅花来喻孤苦的思妇。正是因为这种似是而非，咏物而又不滞于物的寄托，使得林鹍翔的词作呈现出"微尚清远"的风格。

林鹍翔一生经历坎坷，故词作多忧愁之感，而其在作词过程中既能够博采众长，积极向前人名家学习，同时又能于词作中融入自己特殊的身世之感，所以才形成了独特的"微尚清远"之风。

第三节　杨铁夫《抱香词》《双树居词》

杨铁夫现有词集《抱香词》《抱香室词集外稿》《双树居词》《五厄词集》

---

① 周济《介存斋论词杂著》，唐圭璋编《词话丛编》，北京：中华书局，2005年，第1630页。

《抱香室词存》。《抱香词》与《双树居词》曾在民国间公开印行。《抱香室词集外稿》收词 51 首，作于 1926—1938 年间；《五厄词集》收词 92 首，作于 1940—1942。此二种并未公开印行，皆收入 1976 年杨铁夫子杨兆焘编《杨铁夫先生遗稿》。《抱香室词存》收词 86 首，其中 18 首见于印本《抱香词》，现藏澳大利亚国家图书馆。三本词集情况详见欧阳明亮《晚近名家词集考叙》（《词学》第三十六辑）。

一、《抱香词》《抱香室词集外稿》

《抱香词》刊于 1934 年，共有 120 余首词作。《抱香词》前身有油印本《抱香室词》，约刊于 1932 年，所收 36 首词皆入刻本《抱香词》，然文字多有改动。《抱香词》大多为杨铁夫与友人的交游之作。《抱香词》整体词风较为感伤，作者几乎是触景即愁，如《风入松·赴普陀，舟过舟山望旧居》"烟雾迷离，劳燕东西，靡定鸡虫，得失谁知"，《石州慢·新雁》"惹起种种新愁"，《一萼红·和白石》"花楼伤客时怯登临"，《兰陵王·寄怀许少白蓟门，依清真四声》"去国忘识东华倦客"，《倦寻芳·和彊师韵》"斜阳鹃鸰苦"等。其中最为典型的即其悼念彊村之词和其客居香港时的思念故乡之词：

瑞鹤仙·挽彊村师

蘋洲沈短日。望素云、黄鹤辽天无极。思悲顿廖寂。剩锦笺，凄调玉棺铭笔。吟边易箦。老臣心、词人一席。痛百年垂死，中兴病枕，几番寻觅。　　曩昔云瑶校曲，桐荫题图，倏成陈迹。翠微峭壁。傍船指，空沉碧。抚遗编，依黯高歌不忍，泪落江南怨笛。又伤心汐社。春芜盟沤无色。老缶以思悲阁三字颜其斋

朱祖谋是杨铁夫的词学引路人，杨铁夫的词学观深受朱祖谋影响，其代表作《吴梦窗词选笺释》是在朱祖谋倡导"梦窗热"的词坛背景下完成的（后文

"沤社词人词选"一章中有详述）。该词上阕以"老臣心，词人一席"道出了朱祖谋的遗民情结，下阕回忆朱祖谋的词学活动，"抚遗编、依黯高歌不忍"表达了作者思念恩师的悲痛之情。

大酺·香江登高

正岛帆寒，窗綮短，憔悴天涯羁客。亭皋凋木叶，怕东篱秋瘦，照人无色。泛绿黄尊，蹴红绳屐，芳草还堪眠藉。迷离西崦路，算斜阳虽好，乱云重幂。况催近黄昏，霎时风雨，满城沈寂。　　中原劳目极。星星火、一望平原赤。况又是、齐乌争幕（时山东划防未定），辽鹤迷归，翅低垂、空留残翮。那怪高飞雁，烟水阔、远怀沙碛。奈圆月、非今夕。苍霭环合，山下归途如漆。迟明问谁耐得。

香江即指香港，杨铁夫曾于1922年去香港教书，身居他乡，词人总也摆脱不了"憔悴羁客"的心态，而正所谓"景语即情语"，所以上阕所描写景色充满沉寂落寞之意。下阕"齐乌争幕"是指1928年济南发生五卅惨案，中原局势混乱，词人思念故乡而又"归途如漆"，这其中的无奈更加深了词人的客愁。

《抱香室词集外稿》"大抵丙寅（1926）至戊寅（1938）年间所作"[1]，主要内容是写景与纪游之作。如开篇写景之作是1926年游览西湖之作《木兰花慢》（丙寅暮春游西湖寓武林僧房将十日，客居无俚，取草窗西湖十景词和之得其八临行为寺僧书之），和词八首是"苏堤春晓""南屏晚钟""断桥残雪""平湖秋月""雷峰落照""三潭印月""两峰插云""花港观鱼"，但是这八首并未得到其师朱祖谋好评。

此数词乃初入朱门，写呈改削者，得批示云"和韵易涉牵附草窗十阕用韵稍杂，不可为训"。又奉师面谕云周词已不佳，何可复和八首，中惟

---

[1] 欧阳明亮《晚近名家词集考叙》，《词学》第三十六辑，第233页。

于断桥残雪中间韵作密圈,仍间以疏点,斑韵作疏点,雷峰落照门韵作疏点,花港观鱼归韵作疏点,若签韵三句、恹恹句、山阴句、存韵句、吴钩句、清尘句、漫借句于单圈上复以一大点破之,其余则以一圈断句而已,得此示后知词作当有意不能专以词句胜也,和韵尤所不喜,此后略知词中甘苦,故于此册不忍弃去,始终保存,今再录此,以见师承有自。

从上述引文可以看出朱祖谋"律博士"的特点,治词讲究守律与守韵。朱祖谋认为周密词因为用韵不严谨,所以不足师法。而杨铁夫也深受朱氏治词的影响,重视守韵,且在这部词集中,杨铁夫有和韵词如《曲游春·晓坐华岩阁天阶和周密》《玉楼迟·和元好问韵》《绕佛阁·别情依清真四声》,而最后杨铁夫专攻梦窗词。

词集中纪游词与题图词相当,纪游词如《一落索·彬县道中》《一落索·游宜兴善卷洞》《泛清波摘遍·邓尉山探梅和小山》等,题图词如《西江月·题淡月色画眉》《减字木兰花·为人题十年浪迹图》,但是最能体现词人孤寂内心世界的则是另一些词作。《金菊对芙蓉》下阕云:"独客多在天涯。问东劳西燕,怅怅何之。话江南梦熟,往事依稀。已知别后相思苦,更何堪、白发频催。残英仍在,待携尊俎,尚及芳时。"与亲朋两地分离,深感相思之苦,面对残英想花貌,而自己却白发频催。《霓裳中序第一·小第落成和姜个翁韵》云:"谁念我、山深深处,鬼火照邻寂"隐居深山的孤寂之感。

二、《双树居词》

《双树居词》分为上下两卷,上卷有词作 45 首,下卷 71 首,共计 116 首。《双树居词》之名缘于杨铁夫晚年在香港大屿山凤凰峰下所筑之室"双树居",此名寄寓了其欲归隐山林之意①,故《双树居词》的主要内容是纪游与咏物,

---

① 《岭南词人杨铁夫及其家世》,《中山文史》第 43 辑。

风格也与《抱香词》的愁苦之音迥异，多抒发闲适之情。

"铁夫既欣赏浩瀚大海，更突山峰，江南诸山遍游，渐老而腰脚沿健，复往游黄山，于衡山顺至岳麓，拜祭蔡锷将军墓，并为文以吊之。南返广州小住后，又游罗浮，鼎湖诸山。"① 杨铁夫一生游历范围极广，名山大川，历史遗迹，无不涉及，每到一处，即以细腻的笔触描绘出所见之景，如《解语花·游宜兴善卷洞》：

千年古峤，问讯西风。几度停鸾鞚。髻螺青声，幽栖处，曾许尘中人共。鸿蒙凿空，通沉瀣，茅峰三洞。云变幻、龙戏空高，尾坠垂天蛛。

大壑秋搓一纵，怪银河无月，珠暗骊拥，诗心洗，石气荒荒摇动，蓬山待梦，试先采芝苗归种。最堪怜，春压樵肩，半杜鹃红重。

这首词是杨铁夫游宜兴善卷洞时所作，善卷洞在宜兴城西南 25 公里的螺岩山中。该词中的"茅峰三洞"分指上洞、中洞、下洞；"云变幻、龙戏空高，尾坠垂天蛛"描写上洞云雾缭绕，彩虹出现，有入仙境之感；"髻螺青声"指上洞形似螺壳，在洞中曲折转弯处会听到各种声音；"大壑秋搓一纵"是指连接中洞与下洞的"盘梯"；"怪银河无月，珠暗骊拥，诗心洗"是写悬崖瀑布直泻下洞，"半杜鹃红重"则是写下洞洞口的风景。整首词描写景色层次分明，细腻而又不乏气势，很见词人功力。

杨铁夫的咏物词也颇具特色，因为他居广东，又去过东南亚，所以多咏热带水果、植物之作，如《瑶华·垂丝海棠》：

何来蜀客，队逐群芳，踏浅红南陌。垂垂老去，须纵嫩、漫说拳丝非白。春风西府，照妆烛、光分邻壁。正酣歌、千缕金衣，昊待天孙机织。

诗人吴蜀分明，袅一线临风，腰舞无力。归从海外，草木记、平泉能

---

① 《岭南词人杨铁夫及其家世》，《中山文史》第 43 辑。

识,穿莺缀蝶,笼不住、杜陵题墨。莫浪评、有色无香,毛举织微头责。

词的上片描写海棠之形貌,垂丝海棠为小乔木,一般高达 5 米,花丝长短不齐,所以说"垂垂老去",而这丝"奚待天孙机织",以成"千缕金衣";下片"袅一线临风,腰舞无力"是写海棠在风中娇弱的姿态,颇为传神,接着写词人自己"归从海外",看到海棠忍不住题词。整首作品虽无深刻寓意,却以笔力自然细腻取胜。

《双树居词》集末还有《菩萨蛮·咏南洋果品》十阕,以联章体的形式分咏榴莲、芒果、椰子、山竹子、红毛丹、槟榔、落花生、人心果、菠萝、佛手十样热带水果,也很有意思,如《菩萨蛮·咏留连》:

累累大树将军印,悬腰传到征南印。捧出钿螺盘,满堂宾主欢。蛟腥兼鲍臭,鼻掩西施走。闻得木樨香,回帆人倚装。

留连,余在叻(新加坡)三年,初到时见食留连者必远避,迨不觉其臭时,归期已定矣。

留连即榴莲,属常绿乔木,似球形,所以该词开头将其比喻为"将军印",因为闻起来奇臭无比,所以说"鼻掩西施走",但是尝起来却倍感香甜可口,等到习惯其味道了,就不觉得臭,反而觉得有"木樨香"了。词人在注解中亦说到在新加坡的时候,初看到有食榴莲者远避之,但是等到喜欢食用时,却又已定归期。

三、《五厄词集》

《五厄词集》不同于以前所作,在于词集记录了香港被日军攻克时,词人以一个战争经历者的视角再现部分历史场景,写到了普通人的苦难,具有词史价值。这一切在词集序言中有详细交代,笔者不嫌冗赘,抄录如下:

辛巳秋，余任香江广州大学、国民大学两校国文课。僦居深水埗青山道一小店。十一月，英、日战机渐迫，十八日晨兴，机警报呜呜起，旋闻天空，机声轧轧然，继以炸弹隆隆然，扰攘半日，始已，如是者三日。廿一日有歹人来店索保护费，付以七十元始去。入暮，又闻打门声急，店主人大哗，知无幸，歹徒已分前后门蜂拥入。初，入余室，余曰余乃租客耳！即出，继又一人入搜余身，尽括纸币、时表去，续换一人入，则倾箱倒箧，遍觅无所得乃紧掣余胸，大声索款。余曰："顷汝伴已搜去，又何存？不信，可问汝伴去。"彼曰："不必问。"乃以刀指余曰："汝再不拿款出，即刺汝。"随牵余出院中，交用拳脚加老鸡肋上。一人曰："不必打他。"随拉余出厅中，刀加余颈曰："无钱即刺汝。"余曰："既无钱矣，即刺死我，亦无用处。"时店主人已尽出所有买命，颇得自由，旁坐，见余受困，乃曰："彼一教书老先生耳！安得有钱？"彼即割耳边，见流血及面，见余无乞怜色，复牵余入房，释手去，未几事完，即呼啸去。店主曰："余等速避之，妨再至。"乃扶家人及余狼狈登封山蛋家村。余止蹑一履，仓皇随之行，夜黑不辨，以一元雇人负余行至已，以为安乐窝矣，不知距寮数十丈即峰顶，日军据为炮阵地，而昂船洲之炮，即以此为目的，每炮必掠寮顶过，而碎片纷如雨霰下。日炮一发寮地为之震撼者，再宿寮中半夕，已奔避石崖，躲避者三次，中有一弹炸于距宿处数丈，焚竹寮五，死人二，火势历半句钟始熄。次晨，奔回故居，捡拾所余事物，得回说文稿、词稿，装为一箧。并棉被移对面四儿寓所。仅朝食，方偃息三楼上，而邻棚策策有声。女仆奔告曰邻棚着火矣，俯视之，火犹未盛，意谓尚可少延，未几，势及楼，知事急，复携箧出置门外，欲再入携被出，遇媳携手箧出，乃手接代为挽出以下楼。仓促间，忘携稿箧，至门外察觉，再入索之，已无有，而劫匪已乘机入抢，走避对面楼上，回视已在烟火中。水车灌救，仅焚三四楼少许器物，已迁徙一空，近晚又迁一胶厂舍。次日，入视仅捡回水渍残稿少许，幸词稿尚全。又越一夜，谋他迁以十元雇工人护行，曲折回绕，始至花园街李姓教员家下榻。屋小人众，越日，又一姓关者携其妹至，三男三女各宿一床。客胆怯甚，以危言耸主人，虽一字不可留，适人送残稿至，余外出即为胆怯者弃诸后巷晒台上，事残十余日，复经二三次小雨又为霉湿，更不可理，稍为曝干，转寄他友处，而他友之怯亦不下前友，取词稿之稍影响时忌者，大加揭去，而词又不全矣。总而计之，匪也、火也、水也、雨也、加以人之揭去也，是为"五厄"。今回乡小暇，稍为整理而录存之即以五厄为名，并述其经过如此，亦以知名山之藏、其传与不传非人事之所可勉为也。是为序。中华民国三十一年一月五日香山杨铁夫序于申明亭老屋。

由小序可知词作大约为庚辰（1940）至辛巳（1942）年间所作，小序具有词史意义，真实的记录叙述日寇对中国香港的侵略，给中国人民带来了灾难，但是匪患与国人内心的冷漠同样令读者心寒。

直面战争词作如《秋思耗·港中战事发生，飞机习习翔头上，苦无避处，社中诸子分散两岸，消息且不知，况乎唱和，谱梦窗韵寄诸子》：

> 吟帽当檐侧。辄南山、雷起破轰晨色。云路散花。玉壶投矢。天地都窄。看眉蹙青山岩、替人垂泪写怨抑。涨蛮荒、沧海碧。想曩昔燕云。九重围里。传有大罗仙唱。令人思忆。　　孤夕。听残漏滴。写羁愁、何取词饰。凉飙萧瑟。飘摇茅屋。晓空未白。望隔岸神山阻风。飞去无凤翼。古战场、今始识。最恼煞啼鹍。声声行也不得。独守窗南砚北。

这个词牌是吴文英自度曲，吴文英也只做了一首词，又称《画屏秋色》。可见杨铁夫对梦窗词造诣非凡。小序称港中战事发生，1941年12月8日，日军进攻香港，12月26日占领香港。在进攻前夕，日军曾多次派飞机空中侦察，即"飞机习习翔头上"。当时战役进行得十分残酷，"云路散花"是描写轰炸之惨烈，而"古战场、今始识"则写出了词人对战争触目惊心的感触。

战争带来的是秩序混乱，不法之徒便乘乱抢劫，如《卜算子·下山不二旬偶一回视，则邻居皆人去楼空，盖已两遭暴客也。天壤间真无一片干净土矣，感赋和耆卿》。当然，对于战争，香港也是做了充分的准备，如描写香港避难设施的《水龙吟》前小序有："港地避难室四郊棋布，诚危急中一保障安全壁垒也，宜有以落之"，但是结果却毫无用处，跋中说"后日兵入港，避难室全无用处而费已千万，可知理想与事实绝不相谋也"。

战争的苦难更加使人怀念和平生活，在和平生活中词人可以与朋友进行交游，《剑器近·和六禾夏日龙湾寓斋雅集用原韵》《楚宫春慢·六禾步草窗韵咏霜改首韵为日子疑必有据从之》《一寸金·花影和六禾》《玲珑四犯·和瞿禅》《临江仙·和瞿禅》《锦缠道·题冼玉清教授每天蹀躞图图绘杜鹃》《烛影摇红·狗虱戏《临江仙·和港大许地山教授……》社集之作《永遇乐·社题赋梅拈体得梦窗念平生……》《月下笛·冼玉清教授以蚝鼓酥皮蛋、酥豆蓉饼、杏仁饼、鸡蛋糕装一盒见贻，谱此代谢柬》，有的记生活中之闲趣如《锦堂春》写牛与人争路，《烛影摇红》写港大教授许地山考试题目浅显，有戏弄学生之意。

三、艺术特色

杨铁夫词的艺术特色，除了上文所述《抱香词》的愁苦之音和《双树居词》的闲适之情外，最突出的就是词人对长调与联章体的运用和对梦窗的推崇。

擅作长调与联章体。因为长调容量大，结构又有一定的弹性，所以杨铁夫的词集中有很多作品都选用长调，以便于整体铺叙和细节描写，同时亦可以融入更多的个人情感，如下词：

渡江云·为陈柱翁题黄宾虹桂林山水长卷

飞仙苍玉佩，御风散落，疏密点漓江。剑从天外倚，剖壁分圭，千里近相望。沧波残画，仗秋阳、点缀丹黄。怀旧游、吸光餐渌，诗思乱蓬窗。　　谁降。年华晼晚，心迹依违，算相累天放。空坐阅、云涯芳杜，劫海红桑。羁愁剪断淞江水，梦故山、林桂丛荒。图展对、依然一叶徜徉。

1928年夏，应广西教育厅暑期讲学会邀请，黄宾虹与好友陈柱赴广西桂林讲学，并在与陈柱父子同游桂林时作此词。上片即描绘了黄宾虹所画桂林山水之景：桂林的主峰拔地而起、冲破天际，河流蜿蜒曲折，瀑布飞流而下……下片则由所见图画之景，想起自己昔日在桂林为官的经历，物是人非，不禁无限感慨。

除了喜作长调之外，杨铁夫还擅长作联章体的组词，如《菩萨蛮·读温飞卿词恍惚有悟入处，急走笔效之》十四阕：

送君方梦巫山峡，荒村残柝惊魂怯。门外月如霜，辘轳泉水香。偎人犹絮絮，执手翻无语。寒意破鸡声，长亭还短亭。（其一）

沈郎腰为耽吟瘦，况当惜别殷勤后。珍重劝加餐，关山行路难。笋将程十里，熨贴心如许。霜滑马蹄迟，随郎郎不知。（其二）

十年薄幸漂流惯，茶微望断楼头眼。牵系到郎心，征尘思浣襟。梦归枫叶黑，咫尺屏山隔。鹦鹉傍前楹，呼人人不应。（其三）

蜂蝶有意寻芳去，好花无奈经风雨。春色怨来迟，落红今更稀。问花花不语，谁识芳心苦。零落惜余香，行人空断肠。（其四）

……

这组联章体通过对不同场景的描写表现了女子对心上人的相思之情：第一首写送别郎君后，梦中还梦到分别的场景，景冷心更冷；第二首写别后思念，伊人消瘦，心系郎君；第三首写女子十年等待，望断归途，郎君仍未归；第四首以好花无奈经风雨来比喻女子年华空逝的憔悴之苦。这一组词每首相对独立，而通过联章体的形式，又扩大了单首词作的容量，使得多首作品连成整体，弥补了每首作品相对短小,不能尽言的缺陷,丰富了组词的内容,增强了组词的表现力,也是一定程度上的"以文为词"。

推崇梦窗。与其推崇梦窗的词学观一致,杨铁夫也有诸多和梦窗之词,如《双双燕·除夕和梦窗韵》《洞仙歌·用梦窗体》《莺啼序·和梦窗》《莺啼序·咏史和梦窗赋荷韵》《惜秋华·和梦窗韵》《丁香结·除夕和梦窗》等。杨铁夫的这些和梦窗词,在严守格律词韵的同时,也学习了梦窗词回环往复的结构,下面试比较吴文英词与杨铁夫和作:

莺啼序(吴文英)

残寒正欺病酒,掩沉香绣户。燕来晚、飞入西城,似说春事迟暮。画船载、清明过却,晴烟冉冉吴宫树。念羁情游荡,随风化为轻絮。　十载西湖,傍柳系马,趁娇尘软雾。溯红渐、招入仙溪,锦儿偷寄幽素。倚银屏、春宽梦窄,断红湿、歌纨金缕。暝堤空,轻把斜阳,总还鸥鹭。　幽兰旋老,杜若还生,水乡尚寄旅。别后访、六桥无信,事往花委,瘗玉埋香,几番风雨。长波妒盼,遥山羞黛,渔灯分影春江宿,记当时、短楫桃根渡。青楼仿佛,临分败壁题诗,泪墨惨澹尘土。　危亭望极,草色天涯,吹鬓侵半苎。暗点检、离痕欢唾,尚染鲛绡,玙凤迷归,破鸾慵舞。殷勤待写,书中长恨,蓝霞辽海沉过雁,漫相思、弹入哀筝柱。伤心千里江南,怨曲重招,断魂在否。

这首词第一叠写词人闭门借酒浇愁,想象西湖残春之景,兴起羁旅之思;第二叠写由上叠伤春引发的怀旧之情,概述了西湖十载的浪漫生活,并专叙了一次刻骨铭心的艳遇经历;第三叠写别后再次寻访,佳人却已玉殒香消,词人不禁回忆起佳人的美貌及分别时的情景;第四叠写触景生情,睹物思人,唯有将招魂之曲弹入筝中,以寄哀思。整首词的思路即由现在回忆过去,又由过去回到现在。正如刘永济在《微睇室说词》中所说:"梦窗此词,总的说来,不出悲欢离合四字。前两段主要是写生离,后两段主要是写死别,中间复以羁游之情、今昔之感，回环往复出之，极穿插错综之能事，故骤读之，不易得其曲折。"①

莺啼序·和梦窗（杨铁夫）

春老洞深寒在，倩痴云守户。喜檐鹊、取次呼晴，又报龟鼓催暮。卸檐燕、寻巢倦睇，青青总是他乡树。算红情销尽，终输雨余泥絮。　　年少灯檠，傍壁夜泣，没墟烟嶂雾。溯红渐、溪入清佳，（广雅书院有清佳堂）放歌初写纨素。计中秋、千山桂落，听宫莺、缘悭金缕。被天风，吹坠江湖，课间拳鹭。　　东华车马，古署林鸦，十年半逆旅。滴水阔、误他湘雁，楚佩轻委，瘁羽孤单，怎禁蛮雨。虞姬妒恨，莫愁痴视，渔灯不暖韩江梦，舣扁舟、芦岸呼人渡。樱花问讯，葡萄买醉归来，卜居那是吾土。　　头颅尚在，偃蹇山林，欠漆园栗苎。拟料理、襟痕袖稿。百感苍茫，鬓怯霜欺，烛危风舞。回峰自警，余粮休恋，脱笼飞作蓬岛客，漫思归、危立辽东柱。关心俗状尘容，浪迹云山，鹤猿讶否。

杨铁夫此词第一叠描写其眼前所见之景，乍暖还寒时候，燕雀筑巢，春意盎然，却抵不过其身居他乡的遗憾；第二叠开始回忆其"十年半逆旅"的读书生活，清光绪二十一年（1895）于广州广雅书院读书，光绪二十七年（1901）中举，光绪二十八年（1902）考取官费留学，赴日本学习师范教育，后回国在北京供职；第三叠讲述其在广西为官的经历，1906年杨铁夫开始在桂林任职，先任桂林中学堂监督，后以知府留广西补用；第四叠又回到现在的生活，1911年杨铁夫辞官，所以说"偃蹇山林"，后又去香港教书，最后到上海加入沤社。该词的思路亦是由眼前之景想起过往之事，最后又回到现在，并于其中穿插了其不同阶段的生活经历，跌宕起伏，回环往复，可谓学得梦窗构词精髓。彊村诸位门人对朱祖谋词学的继承倾向各有不同，其中杨铁夫就继承了朱祖谋推尊

---

① 吴蓓《梦窗词汇校笺释集评》，杭州：浙江古籍出版社，2007年，第479页。

梦窗的词学观，他的《梦窗词选笺释》是民国时期梦窗词研究的重要成果。正如叶恭绰所言"铁夫校释梦窗词，至于再三，可谓觉翁功臣，所作亦日趋浑成，七宝楼台，拆之可成片段"①，堪称知言。

第四节 叶恭绰《遐庵词》

叶恭绰的词集有《遐庵词甲稿》《遐庵词》《遐庵词赘稿》三种版本。《遐庵词甲稿》作于1943年，录词近120首；《遐庵词》收录于《民国丛书》第二编94册之中，录词160首；《遐庵词赘稿》刊于1959年，仍用《遐庵词甲稿》中冒广生与夏敬观的序，词集最后有叶恭绰在病床上的口述词跋，此版本比"民国丛书"版《遐庵词》又多收叶恭绰1949年以后的词作90多首，故共计250余首，堪称足本。

一、叶恭绰的词学活动

叶恭绰15岁跟随王以憼学词②，23岁作《玉蕗词》寄易顺鼎。1926年秋与日后的沤社词人周庆云、朱祖谋、程颂万及画家吴昌硕等在华安八楼登高集会，1929年12月27日，约沪上词流朱祖谋、周庆云、吴湖帆、陈方恪、黄孝纾等于觉林素菜馆，倡议设立《全清词钞》编纂处。1930年5月15日应龙榆生之约，赴暨南大学作《清代词学之摄影》的演讲。1930年，夏敬观、黄公渚在上海倡立沤社，叶恭绰加入，社员共29人，以东南地区词人居多，如浙江籍词人朱祖谋、林鹍翔、周庆云、姚景之；江苏籍词人冒广生、王蕴章、吴湖帆、陈祖壬、赵尊岳；福建籍词人林葆恒、郭则沄、梁鸿志、黄孝纾；广东

---

① 叶恭绰选，傅宇斌点校《广箧中词》，北京：人民文学出版社，2011年，第440页。
② 叶恭绰《广箧中词》卷二："余年十五学词于梦湘丈。"

籍词人杨铁夫、潘飞声；还有少量安徽、天津、江西籍词人。沤社词人每月一会，每次以社员二人轮流主持，题各写意，调则同一，并将 20 次社集之作合刊为《沤社词钞》。叶恭绰参与了沤社的 20 次社集中的 9 次，发表作品分别如下：第二（1）、七（1）、八（2）、九（1）、十（1）、十二（1）、十九（1）、二十（1）。

1931 年 7 月，叶恭绰加入歌社，歌社旨在创立一种新歌体，成员有龙榆生、萧友梅、易孺、曹聚仁等。1933 年 4 月，龙榆生创办《词学季刊》，叶恭绰出任董事长。1934 年 4 月，《词学季刊》刊出叶恭绰所辑叶衍兰、梁鼎芬佚词。1935 年 6 月参加声社，社员有原沤社词人夏敬观、高毓浵、杨铁夫、林葆恒、吴湖帆、龙榆生、黄孝纾及卢前等。1935 年，叶恭绰辑录《广箧中词》刊行。1937 年 8 月，与冒广生、易孺、夏承焘、龙榆生集上海，纪念李煜千年忌日。1943 年 4 月，《遐庵词甲稿》印成。1950 年 8 月，张伯驹在北京创立庚寅词社，叶恭绰加入，社员有章士钊、夏仁虎、龙榆生、黄孝平、溥儒、周汝昌等。1952 年，《全清词钞》编成。1955 年，《遐庵词赘稿》印成[①]。

二、叶恭绰的词体观

叶恭绰为龙榆生《东坡乐府笺》所作序中言："吾谓古今中外之文学，皆以表其心灵。故胸襟见识，情感兴趣，触境而发，遂成咏唱，初无一定矩矱也，后人艰于创作，自缚于窠臼而不能出，遂反奉为金科玉律。其合者固亦足趾美前修，下者遂驯致遗神存貌。声病严而诗道衰，九宫格出而字学坏，岂不皆以是欤……盖东坡之词，纯表其胸襟见识，情感兴趣者也……为词者不究其胸襟见识，情感兴趣，而徒规矩准绳之是务，宜于苏门无从问津也。"[②] 序言流露了两层意思：第一，文学是表达心灵之学。这一点与古人的性灵说有一脉

[①] 本部分参考了谢永芳《叶恭绰词学年谱》，《词学》第三十二辑、第三十三辑。
[②] 谢永芳《叶恭绰词学年谱（上）》，《词学》第三十二辑，第 266 页。

相承之处,"性灵"源于"心灵"。第二,词不仅要表达心灵而且与胸襟、见识、情感、兴趣有关,苏词之所以成为典范,是与苏东坡阔大的胸襟、宽广的见识分不开,学词不能为规矩所困,既能入也能出,即"词外求词"。与心灵密切相关的是词人的真情实感,叶恭绰词特别重视表达情感。

三、遐庵词的情感主题

忧国忧民。 叶恭绰曾历任北洋军阀政府交通总长、国民政府铁道部部长,虽然位居高官,但是他很清楚所处时代的特殊性,对国家的前途一直忧心忡忡:"余童年即值甲申中法之战,复历甲午中日之役,少即腐心国耻,厥后外患频仍,几于不国。余从政后,凡所接触,率为耻辱之遗。撑持补救,心力交瘁而事倍功半。"① 叶恭绰所处时代外忧内患、灾乱频仍,令人不得不愁:《鹧鸪天·感事》:"盗寇西山阻路歧,苍茫私咏杜陵诗。不堪地转天回日,正是红纷绿骇时。　情感激、意栖迟、苍生群望欲何之。虬髯若有扶余业,肯负中原一局棋",词人以杜甫自比,希望能够得到奇人扶持,做出一番事业,重整乾坤,以救苍生百姓于苦难之中。

真挚友情。 叶恭绰身居政府要职,积极从事社会活动,所以交游十分广泛。他与吴湖帆、冒广生、杨铁夫、黄孝纾、林子有、程颂万等沤社词人以及狄葆贤②、汪兆镛③、黎六禾、吴梅、张元济、溥心畬④、俞平伯、张大千、张伯驹等文化名人都有交往。叶恭绰有不少词作即反映与他们的交游情况,如

---

① 叶恭绰《满江红·序》,《遐翁词赘稿》,1959 年,上海图书馆藏,第 78 页。
② 狄楚青(1873—1941),即狄平子,江苏溧阳人。早年中举,后留学日本,拜康有为师。他工诗能文,信仰佛学,在《清议报》《新民丛报》发表诗词多首,还办过有正书局,出版《小说时报》《妇女时报》和《佛学丛报》。著作有《平等阁诗话》《平等阁笔记》等。
③ 汪兆镛(1861—1939),字伯序,号憬吾,生于广东番禺。1885 年举优贡生,以知县用,1889 年中举人,岑春煊督粤时,延入幕府司奏章。辛亥革命后,避居澳门,以吟咏、著述自适,著有《雨屋深灯词》等。
④ 溥心畬(1896—1963),原名爱新觉罗·溥儒,为清恭亲王奕䜣之孙。曾留学德国,诗文书画,皆有成就,与张大千、吴湖帆齐名,1949 年后去台湾。

《清平乐·寿林子有六十》《汉宫春·戏赠公渚，寓递香本事》《鹧鸪天·题杨铁夫九龙山中所筑双树居》《木兰花慢·题林子有词集》《好事近·以董思白画禅室印章为吴湖帆四十寿，媵以此词，章为亡友丁闇公所赠》《浣溪沙·为徐一帆题霜厓魂归图，图为追悼吴瞿庵作》《清平乐·题溥心畲雪涧归樵小卷，心畲漂泊不归，不知今在何处》等。这些词作均体现了叶恭绰与友人们的真挚感情，如：

浣溪沙·为徐一帆题霜厓魂归图，图为追悼吴瞿庵作

凄瑟云车黯大姚（瞿庵殁于滇之大姚，吴县亦有大姚，即米虎儿妹所嫁地），骚魂万里若为招。可堪吴雨正潇潇。　　恨血秋坟添鬼唱，新声乐府断仙韶。剧怜人事尽萧条。

1933年，吴梅的《霜厓三剧》出版后，他曾亲自给叶恭绰寄书。1939年3月17日，吴梅病逝于云南大姚，噩耗传来，叶恭绰很悲痛，"恨血秋坟添鬼唱，新声乐府断仙韶"写出了吴梅的去世是曲学界的遗憾与损失，亦表达了词人忧挚的悼念之情。

未央客愁。叶恭绰的词大多含"愁"，如《高阳台》中的"愁烟残荷，已剩无多叶"，《蝶恋花》中的"愁多燕子寻难遍"，《鹧鸪天》中的"愁红怨绿梦中过"等。词人的愁似乎是无穷无尽的，而在客居他乡时则显得尤为强烈：

渡江云·得公渚海上寄词，依韵和之

大江流日夜，佳人空谷，千里寄愁心。颓波空极目，一发中原，蔽日白云深。迷空蜃气，尽进入、瀛客凄吟。荡横流、稽天巨浸，嗷雁不成音。　　幽寻，危峰费展，古刹留衣，感归期无准。凭梦想松风解带，萝月开襟。星辰昨夜虚延伫，隔银河遥睇商参（时方过七夕），琴韵杳，移情海水愔愔。

该词首句用谢朓名句"大江流日夜",即暗示了词人的"客心悲未央",并以"瀛客凄吟""嗷雁不成音"来烘托下文"归期无准"的抑郁情绪,以表达客居他乡的忧伤愁苦。

四、遐庵词的艺术特色

近似东山——"愁"的表现力。 夏敬观在《遐庵词甲稿序》中说:"余与君皆曾从萍乡文芸阁学士游,君为词最早,其词旨盖承先世莲裳、南雪两先生之绪,而又多本之学士。晚年益洗绮罗芗泽之态,浩歌逸思,横杰出尘瑶之外,而缠绵悱恻又微近东山,此甲稿所存,少作汰其泰半,大抵十数年来退休林下之什也。"[①] 夏敬观指出叶恭绰词缠绵悱恻之处近似贺铸,这一点尤其体现在其对愁的描写上:

> 《采桑子》:伊州金雁,钿蝉字字愁。
> 《浣溪沙·杨柳》:一春愁与落花长,不成将息只凄凉。
> 《临江仙·旧历七夕,招友人为李重光作去世一千年纪念因追和其临江仙词韵》:新愁浑似比红儿。
> 《浪淘沙·梦寄》:愁雨愁风都未了,还自愁侬。
> 《鹧鸪天·答寂园即次其韵》:愁多更结千丝网。
> 《浣溪沙·重九庐峰,游人蚁众,余卧榻展目,感而赋此》:菊芳萸萎总堪愁。

叶恭绰之前,词家写愁者颇多,唐圭璋先生云:"予谓词家有以细密喻愁者,如秦少游云'无边丝雨细如愁'是也,有以沉重喻愁者,如李易安云'只恐双溪舴艋舟,载不动许多愁'是也。有以多量喻愁者如吕渭老云'若写幽怀

---

① 夏敬观《遐庵词甲稿序》,叶恭绰《遐翁词赘稿》,1959 年,上海图书馆藏。

一段愁，应用天为纸'是也。设想新奇，各极其妙。"① 叶恭绰擅用多种手法来写愁，似乎万事万物都含着愁：蝉愁、风愁、雨愁、花愁，甚至愁多到可以结网……其对愁的描写较之贺铸"试问闲愁都几许？一川烟草、满城风絮、梅子黄时雨"的确有过之而无不及。

效仿东坡——直抒胸臆与"孤鸿"精神。除了缠绵悱恻近似东山的"愁"作之外，叶恭绰也有"益洗绮罗芗泽之态，浩歌逸思，横杰出尘瑰之外"的效仿东坡之作。叶恭绰曾说："盖东坡之词纯表其胸襟、见识、情感、兴趣者也，规矩准绳乃其余事。"② 叶恭绰特别看重苏轼词的直抒胸臆，他说："吾谓古今中外之文学皆以表其心灵，故胸襟、见识、情感、兴趣触景而发，遂成咏唱。"③

西江月·曲艺观摩会

文化突开新运，艺林同显光芒。衢歌巷舞尽登场。真是百花齐放。

队队争强斗胜，人人出色当行。这般时代不寻常。快去迎头赶上。

这首词以"百花齐放""争强斗胜""迎头赶上"等口语入词，为的就是能够直抒胸臆，不为词律所束缚。叶恭绰曾与龙榆生一起要创制新体乐歌："近人论律过严，弟不甚谓然。以为不差分秒，亦不能唱出，何必如此自讨苦吃？但颇有意做一种可以合今乐之韵文，或依新谱填制，或制后再依编新谱，求其可以照唱，其体裁，则在歌谣之间，多用白描，使之通俗，而却须有文学上之价值。"④ 这种对新体乐歌通俗化的追求，正是为了可以摆脱旧有格律的限制，更好地表达出心中所欲言。

---

① 唐圭璋《梦桐词话卷四·辩证》，朱崇才《词话丛编续编》，北京：人民文学出版社，2010年，第3442页。
② 叶恭绰《东坡乐府笺序》，《遐庵汇稿》，《民国丛书》第二编94册，上海：上海书店，1990年，第330页。
③ 叶恭绰《遐庵汇稿》，《民国丛书》第二编94册，上海：上海书店，1990年，第330页。
④ 叶恭绰《与黄渐盘书》，《遐庵汇稿》，《民国丛书》第二编94册，上海：上海书店，1990年，第489页。

另，叶恭绰的词作在内在精神上也有着与苏轼类似的"孤鸿"情怀，如下词：

卜算子·诵东坡此调，意当时怀贤去国，情绪万端，必有不胜其辗转反侧者，赋此见意，亦宋玉微词之旨。世人以侧艳目之，谬矣。港居浑涉冬春，望远登楼，伊郁谁语，偶继坡作，以写我忧，世其有为作郑笺者乎。

倦鸟暮孤飞，风叶朝难定。篆尽炉烟只自萦，屈曲心头影。　一水总盈盈，寄泪凭谁省。悄倚寒枝忍别栖，梦逐秋江冷。

此词作于抗日战争后词人移居香港时，词人当时处境恶劣，读东坡《卜算子》引发了词人强烈共鸣。词人以"倦鸟"自比，"孤飞""自萦"体现了词人于国家沦陷后，不得不"忍别栖"的孤独无奈。

序跋叙事——注解诗余功能。叶恭绰的许多词中都有序跋，它们对于阐释词作本事和交代词作背景有重要的意义。如叶恭绰《望江南》十三阕，词前小序云："卧床半载，又遇中秋月色清澄，因念平生，屡辜佳节，遂追忆中秋往事之可念者，为词数首，以纪梦痕，他日或有佳篇，增成故实，此则打油击壤而已。"① 再如：

金缕曲·题纳兰容若词

跋：余少耽容若词，曾与夏剑丞、文公达为《金缕曲》词咏之，今仅记渌水亭中二句。余数十年来综览清词逾万，求有深怀孤寄如容若者，殊罕。且容若生长华膴，何以其词语多萧瑟，几类李重光，后见其词中有兴亡命也，岂人为语？始恍然其有覆巢完卵之悲，与梅村、芝麓辈之仕清无异，故相沉瀣，其与梁汾、西溟之契，更有由矣。暇因补成此阕，以质词

---

① 叶恭绰《遐庵汇稿》，《民国丛书》第二编94册，上海：上海书店，1990年，第205页。

流想不目为穿凿，余藏栋亭夜话图，曹栋亭题诗有"纳兰心事几曾知"句，后其集中改为"纳兰小字几曾知"，又"布袍廓落任安在"，集中作"班丝廓落谁同在"，皆可互相印证也。①

叶恭绰于这段词后跋中记录了这首词的写作背景，并阐述了自己对于纳兰性德"生长华腴，而词语多萧瑟，几类李重光"的理解。这可以说是"以文为词"，将词论融入词作之中，起到了注解的作用，有助于读者对词作写作背景和词人词学观的理解。

叶恭绰的词除了上述特点以外，有的寓涵哲理，如《风入松·年来好漫游赋此答问者，时在青岛》"人间歧路足千盘，心远地常宽"等。其1949年以后的作品，倒是一改早年的忧愁之气，昂扬向上，与新社会的时代气息合拍。

五、《遐庵词》之民国接受

关于遐庵词的艺术特色，民国期间即有评价夏敬观《忍古楼词话》云："余谓：'学辛得其豪放者易，得其秾丽者罕。苏则纯乎士大夫之吐属，豪而不纵，是清丽，非徒秾丽也。'玉甫（叶恭绰）之词，极近此派。"② 冒广生《遐庵词序》曰："番禺叶玉甫博雅嗜古，有名于时。……中岁从政，出而膺国家付托之巨，时或作辍。迨流寓江左，避兵香江，而所作乃精且多。新建夏映庵为选定，得如干首，颜曰《遐庵词稿》……裕甫平时常病词家缚于声病，逐末忘本，杂乎人而弥远乎天。欲求各地风谣，合之今乐，别为新体，以接《风》《骚》，中承乐府，后继词曲，旁绍五七言诗，而为群众抒情写实之用。此其识为甚伟，而兹事体大，非国家设大晟府，得美成者流相与扬抟，而徒恃一人手足之烈，则终无以观厥成。今兹所存之词，诚不足以尽其百一。"③ 朱庸斋

---

① 叶恭绰《遐翁词赘稿》，1959年，上海图书馆藏，第43页。
② 唐圭璋《词话丛编》，北京：中华书局，2005年，第4763页。
③ 《民国丛书》第二编94册《遐庵汇稿》，上海：上海书店，1990年，第3页。

《分春馆词话》（卷三）云："玉甫为吾粤晚近词家巨子，博雅嗜古，为词精且多，少作缠绵悱恻，迫近方回；晚年则一洗绮罗香泽之态，雄姿壮采，合贺、周、苏、辛为一手矣。"①

通过以上词家评点可以看出，叶恭绰词承晚清词坛余绪，有苏辛之气，亦有东山词绵密之特点，其词中愁的描写，更是超越了东山词。叶恭绰词作大多作于晚清民国时期，但是对于当时的梦窗词风却并未浸染，这一点实属不易。晚清民国词坛，梦窗风的大力鼓荡者是朱祖谋，而叶恭绰参与沤社与朱祖谋交往不少，但是词作风格并未受梦窗词影响，可能他已洞悉梦窗词流弊："往岁彊村先生虽有'律博士'之称，而晚年常用习见之调。常叩以四声之说，亦谓可以不拘。然好事之徒乃复斤斤于此，于是填词必拈僻调，究律必守四声，以言宗尚所先，必惟梦窗是拟。其流弊所极，则一词之成，往往非重检词谱，作者亦几不能句读，四声虽合，而真性已漓。"② 前文所述，叶恭绰的词有自己的风格，是以情感为主要特征，这与单纯讲求音律不一样。词有真情就能真气贯注，就有生命力，与梦窗流弊是不能同日而语的。叶恭绰能形成自己的词风，与他家学渊源关系密切，其祖父叶衍兰著有《秋梦庵词钞》两卷、续一卷、再续一卷，是"粤东三家"之一。

民国前期，遗民词居于词坛主导地位："鼎革以还，遗民流寓于津沪间，又恒借填词以抒其黍离麦秀之感，词心之酝酿，突过前贤。"③ 郑文焯、况周颐、朱祖谋、曹元忠诸人一方面抒发黍离麦秀之感伤，另一方面或宣扬清真，或探讨梦窗之词艺，1931年朱祖谋去世标志一个时代的结束，常州词派笼罩词坛也宣告终结，民国词坛更加多元化。龙榆生说："自诸老先后下世，嗣音阒然。并世流，则夏映庵先生之于清真，陈述叔先生（洵）之于梦窗，皆学有独到，而私心所好，尚有张孟劬先生，自谓服膺元遗山，而性情独至，苍凉激楚，有下泉匪风之思焉。淳安邵次公（瑞彭），著有《扬荷集》，步武清真，

---

① 刘梦芙《近现代词话丛编》，合肥：黄山书社，2009年，第439页。
② 龙榆生《龙榆生词学论文集》，上海：上海古籍出版社，2009年，第420页。
③ 龙榆生《龙榆生词学论文集》，上海：上海古籍出版社，2009年，第417页。

饶有清劲之气，其最后刻《山禽余响》一卷，全和遗山，亦多凄厉之音。"① 清季四大词人相继下世后，词坛上多数传统词家仍然以学古为尚，而此时遐庵词的重情特征就显得尤为突出。

第五节　龙榆生《忍寒词》《葵倾室吟稿》

众所周知，龙榆生不仅是一位卓有成就的词学大家，也是一位出色的词人，学界对其词作多有研究，如胡迎建《风雨龙吟响彻空——论龙榆生诗词》（《中华诗词》，2013第5期）将龙榆生的词作分为咏怀词、感时词、赠答词、咏物词、题画词五类分别进行赏析。

龙榆生在1949年前创作有《风雨龙吟室词》与《忍寒词》，复旦大学出版社2012年出版了龙榆生《忍寒诗词歌词集》，包括了龙榆生所创作的全部诗、词、歌词。全书分为上下两编，以1949年为界，上编为《忍寒庐吟稿》，下编为《葵倾室吟稿》。为方便行文，下文将称该书上编词为《忍寒词》、下编词为《葵倾室词》。

一、1949年前的《忍寒词》

在前文我们曾经提到，龙榆生在1924年任教于厦门集美中学时，因人介绍结识陈衍，并拜陈衍为师。1928年，经陈衍推荐获上海暨南大学教席，从此开始了在上海的生活，随后便结识了朱祖谋，因其在大学教授词学，故与朱祖谋的联系日益密切，最终成为彊村弟子。从目前的记载来看，龙榆生创作的第一首词是1930年的《齐天乐·秋感和清真》：

---

① 龙榆生《龙榆生词学论文集》，上海：上海古籍出版社，2009年，第419页。

>　　中庭一白凉无际，繁霜骤惊秋晚。冻柳迷烟，荒萤照壁，离恨并刀难剪。孤帷暂掩。镇千叠烦忧，卧思冰簟。梦已无家，蠹笺凝泪对愁卷。
>
>　　江湖流浪最苦，塞鸿飞过处，凄感无限。梳骨酸风，羞容冷月，撩乱诗肠自转。骚魂去远。又瘦到今年，羽骸谁荐。漫把残花，坐看浓雾敛。

这一年，龙榆生仍任教于暨南大学，这是他参加沤社第一次社集的作品。上片写深秋夜晚的景色，"繁霜"与"冻柳"加深了秋之寒意，词人亦是烦恼千叠，梦也无家；下片写词人之感触，"江湖流浪最苦"可谓词眼，冷风刺骨，冷月照人，凄感无限。

龙榆生的第一首词，不仅反映了他当时的心情，也奠定了整个《忍寒词》的基调。龙榆生在词集中反复抒发这种"凄感"，如："坐长更、恼无绪"（《倒犯》），"断梗浮萍同委命，任漂流何处"（《安公子·秋感和柳屯田》），"独向天涯陨涕，揽镜慵看，几添华发，啼鹃迸血"（《瑞鹤仙》），"哀筝漫引，想念乡关，断梦何由到"（《被花恼·重九后数日和杨缵自度曲》）等。

1940年，出于各种原因，龙榆生参加了日伪工作，任汪伪南京国民政府"立法委员"、南京中央大学教授。他在南京时期的词作，多充满悔恨之情，平日所见所写亦无不"凄感"：登高解闷所见却是"正衰草黏云"（《摸鱼儿·庚辰重阳前一夕作》），"河山变色雕梁毁"（《虞美人》）；元宵赏灯则是"春城无复春灯闹，莫唱江南好"（《虞美人》）等。唯一能令他感到欣慰的是"骨肉能全"（《台城路·庚辰除夕》）以及友人的关心，如《金缕曲·闻瞿禅去岁得予告别书[①]，为不寐者数日，感成此解》：

>　　此意那堪说。数平生、几人知己，经年契阔。揽镜添来星星鬓，忍向神州涕雪。算咽恨、须拚一决。伫苦停辛缘何事，奈虚名、误我情难绝。

[①] 龙榆生行前曾致函夏承焘云"胃病大发，医谓非休养不可。而家口嗷嗷，无以为活。出处之际，非一言所能尽"，见张晖《龙榆生先生年谱》，上海：学林出版社，2001年，第100页。

肝共胆，为君热。　　故人自励冰霜节。问年来、栖迟海澨，梦余梁月。几度悲歌中宵起，和我鹃声凄切。诉不尽、口衔碑阙。填海冤禽相将去，愿寒涛、化作心头血。休更惜，唾壶缺。

这首词作于1941年，"数平生、几人知己"是感谢夏承焘的关心，"仁苦停辛缘何事，奈虚名误我情难绝"是悔恨自己来南京，"故人自励冰霜节"则劝友人要保持气节，"愿寒涛化作心头血"是以表明自己的心志。

龙榆生在南京期间，也尽力做了一些有意义的事情，如1940年，他在汪精卫的资助下办起了《同声月刊》，这对古典诗词的研究贡献甚大；在南京期间，龙榆生还与抗日力量取得了联系，积极策反郝鹏举①，并作《水调歌头·送腾霄将军出任苏淮特区行政长官》："天下事，几青眼，与吾谋。平生为感知遇，所愿得分忧。淬砺江东子弟，相率中原豪杰，风雨共绸缪。拟挹坡仙韵，携酒上黄楼"，以表其志。

抗战胜利之后，龙榆生以汉奸罪被投入苏州监狱，"怅哀弦罢抚，对流水，问归期"（《木兰花慢·吴门初夏》）表达了其急于想出狱的心情，"误身原只为儒冠"表达了痛苦万分的悔恨之情（《浪淘沙·乙酉十二月一日昧旦，有怀留京儿女作》）。后来，经过多方保释，龙榆生终于1948年保外就医，回到了上海。

二、1949年后的《葵倾室词》

龙榆生1949年以后的词作，主要表达了对共产党的感激之情，并记录了自己接受思想改造的过程。1949年11月，龙榆生受到陈毅市长接见，后担任上海市文物管理会编纂，之后，他便作《破阵子·一九五〇年一月，真儿将随二野军政大学入川，赋此送行》一词，表达了对中华人民共和国的拥护之情，

---

① 张晖《龙榆生先生年谱》，上海：学林出版社，2001年，第129页。

词云：

> 喜得人民解放，提高学习精神。万里长征寻伟绩，三峡奔流洗战尘。欢呼大进军。　拥护和平建设，肃清残匪游氛。国事担当同大众，壮志飞扬趁好春。天涯情更亲。

1952年，陈毅市长安排龙榆生任上海市博物馆资料室主任。1956年2月，也是在陈毅的安排下，龙榆生得以出席北京第二届全国政协会议，并受到毛主席的接见，他高兴地写到"春回律管。喜得傍太阳，身心全暖"（《绛都春·一九五六年二月六日，怀仁堂宴席上呈毛主席》）。同年4月，龙榆生又被选为上海市政协委员，且分了新房，他真心感谢政府关怀，便作词《水调歌头·一九五三年春，陈仲弘将军枉访，转达毛主席关怀盛意，试以旧瓶装新酒，赋献四章》：其一"领导果明睿，定得股肱良。……歌颂新民主，皎日拂佛桑"；其二"长路阻幽隘，垂老见光明。……吾日反躬三省，……我亦获新生"；其三"群众一经发动，潜力骤如潮涌，疏凿夺天工。推使向前进，负重属工农。　治淮河，开蜀道，蓄荆洪。诸般建设伊始，已自见奇功。丰产以周民用，探矿深钻地缝，来去乐匆匆。旷览美无际，风飐大旗红"；其四"我有斗争性，往日惜迷途。幡然幸获重造，思更效驰驱。长是勉诸儿女，为党全将身许，此外更奚图，学习向群众，振奋忘孱躯"。

1958年，龙榆生被错划为"右派"，由原来的三级教授降为五级，直到1961年才被平反，在这期间，他与许多知识分子一样接受思想与劳动改造。这段时间里，龙榆生的词作大多记录了其接受思想改造的过程，如《小重山令》"殷勤意，寸草报春晖"，作者自注"生我者父母，教育培养我，使我暮年能鞠躬尽瘁、致力于文化事业以图光大发扬民族遗产者，共产党与毛主席之恩也，故结句及之"[①]。1958年作《金缕曲·陈垣庵先生来书有更加努力改造自

[①] 龙榆生《忍寒诗词歌词集》，上海：复旦大学出版社，2012年，第284页。

己之语,感不绝余余心,再呈此阕》;1959年作《沁园春·长征颂之一飞夺泸定桥安顺渡河杨团长唱》《满江红·长征颂之一飞夺泸定桥飞夺索桥桥头战士唱》《念奴娇·长江颂之一飞夺泸定桥孤舟怒发十八勇士唱》;1961年作《百字令·七月一日为党四十生日颂》《念奴娇·黎明至外冈饭店与农民杂坐食烂糊面作》等。龙榆生这种时刻注意自我改造的状态一直持续到他逝世前一年,1965年,他还作《清平乐》"几年兴灭","谓兴无产阶级思想,灭资产阶级思想"①。

三、艺术特色

偏爱东坡与豪放词风。龙榆生早年就非常喜欢东坡词,曾写有《东坡乐府综论》,认为苏轼拓展了词体,并革新充实了词的内容。在龙榆生编选的新旧两版《唐宋名家词选》中,苏东坡的选词数量均处于前列。龙榆生的《忍寒词》中亦有一些和苏轼之作,如《水调歌头·元夕薄醉拈东坡句为起调》《水调歌头·乙亥中秋海元轮舟上作,用东坡韵》《水龙吟·杨花和东坡》等。其中《水调歌头·为林子有题填词图》一词则写出了其偏爱东坡词的原因,词云:

> 今古几词手,我自爱东坡。浩然一点奇气,哀乐过人多。合付铜琶铁板,洗尽绮罗芗泽,抗首且高歌。昵昵儿女语,恩怨竟如何。　抚冠带,追兴废,梦南柯。君家处士高致,疏影乐婆娑。不为燕钗蝉鬓,何处晓风残月,讬意在岩阿。腰脚喜长健,醒眼看山河。

这首词是龙榆生为沤社词人林葆恒所写的题图词,起句便直言对东坡词的喜爱,接着便指出原因:"浩然奇气""哀乐过人"。龙榆生所喜欢的就是这种不

---

① 龙榆生《忍寒诗词歌词集》,上海:复旦大学出版社,2012年,第360页。

同于"绮罗芗泽""昵昵儿女语"的豪迈奇气。

20世纪30年代,日本侵略中国,龙榆生有感于国事日非,所作即多为豪放之词,如作于1934年的《六州歌头·感愤无端,长歌当哭,以东山体写之》:

> 青天难问,待击唾壶歌。惊残破,遭折挫,看山河。泪痕多。掩面愁无那。民德堕,癫风簸,燎原火,滔天祸,可奈何。鬼哭神号,罪孽谁担荷,满地干戈。怅高衢大道,翻作虎狼窝。吞噬由他。不须诃。　似狂潮过,冲单舸,嗟失舵,泛洪波。思丛脞,意相左,长妖魔。数烦苛。万姓蒙枷锁,安偷惰,避虞罗。纵淫颇,攀花朵,任蹉跎。飘荡神魂,剩欲吟清些,贼及菁莪。更鴃音盈耳,无计讬岩阿。雨泣滂沱。

1931年的"九一八"事变,国民政府将东三省拱手让给了日本人;1932年又发生了"一·二八"事变,国民政府再次对日妥协。"一·二八"事变之后,日本加紧了对华侵略,而国民政府却制定了"对外妥协,对内剿共"的方针,面对日益恶化的局势,残破山河,满地干戈,词人只有长歌当哭。

当然,龙榆生虽然偏爱豪放词风,但并不排斥其他词家,在龙榆生的词集中,也有很多对白石、柳永、周邦彦等人的和韵之作。且婉约词在《忍寒词》中亦占有很大的比例,尤其是他在日伪时期的词作,婉约凄凉,与其当时心境相符。

词情与声情相应。龙榆生非常强调作词词情要与声情相应,即如上述《六州歌头·感愤无端,长歌当哭,以东山体写之》一词,所选词调的音乐与其要表达的感情非常相符:"知《六州歌头》得声之由来,出于边塞鼓吹之曲,而'音调悲壮''闻其歌使人慷慨',尤足想见此曲之声情。试取贺词读之,有不觉其悲壮而为之慷慨激昂者乎?"[①] 正是因为《六州歌头》"音调悲壮",所以

---

① 龙榆生《填词与选调》,《龙榆生词学论文集》,上海:上海古籍出版社,2009年,第201页。

龙榆生选此词调来抒发其心中对于国难的悲伤与愤慨。再如《齐天乐·秋感和清真》《安公子·秋感和柳屯田》《汉宫春·春晚游张氏园，见杜鹃花盛开，因约彊村映庵子有三丈，及公渚来看。后期数日，凋谢殆尽，感成此阕，用张三影体》等词，龙榆生所选词调的声情均与其所要表达的感情相符。这正如其所言："私意选调填词，必视作者当时所感之情绪奚若，进而取古人所用之曲调，玩索其声情，有与吾心坎所欲言相仿佛者，为悲，为喜，为沉雄激壮，为掩抑凄凉，为哀艳缠绵，为清空潇洒，必也为曲中之声情，与我所欲表达之词情相应，斯为得之。"①

除了词调之外，龙榆生对词的声韵也有要求，因为用韵也直接关系到词之声情，"至协韵之疏密，关系于表情之疾徐轻重者尤大"，"隔句用韵，或三句用韵者，音节最为和婉。反是，则为拗怒，为迫促，为急切怨怒之音"②。因此，要做到词情与声情相应，对于词调与词韵都要有所选择。

内容丰富，语言通俗。龙榆生的词作内容非常丰富，尤其是在 1949 年以后的作品中，增加了许多与时俱进的新事物、新内容，如：

鹧鸪天·辛丑盛夏侵晓行外冈田野作

惯向芳原踏月行，余辉映彻露珠清。高楼几处明灯火，柔橹一溪画水声。　　南斗灿，戏鱼惊，桥头小立最关情。趁墟爱听吴侬语，同沐朝阳发转青。

这首词作于 1961 年，是词人参加社会主义学院劳动改造时的作品，其对农村田野自然风光的描写，充满了生活气息。以白话入词也是龙榆生后期词作的一大特色，如：

---

① 龙榆生《填词与选调》，《龙榆生词学论文集》，上海：上海古籍出版社，2009 年，第 196 页。
② 龙榆生《填词与选调》，《龙榆生词学论文集》，上海：上海古籍出版社，2009 年，第 199 页。

一剪梅·八月十三日，《人民日报》载吴强同志《江心洲夏景》一文，有"老范是吃河豚鱼长大的，干起活来不要命"，及"人们怎能不喜在心头，笑在眉梢"等语，栝为小词以张之。

吃了河豚忘了劳。闯入黄云，挥舞镰刀。声声咔嚓满江郊，顶着火团，来似奔涛。　　夯的夯来挑的挑。脱粟机边，滚滚滔滔。金泉涌出庆丰饶。喜在心头，笑在眉梢。

这首词完全不需注解，"夯的夯来挑的挑"，以俚语入词，充分展示了"大跃进"时人们建设社会主义的热情。

龙榆生还有些词作甚至直接以政治口号入词，如：《念奴娇》"但把立场端正了"，《水调歌头》"谁为换胎骨，领导有金针"，《满江红·病中书感》"敌我分明知死所"。这些词是"以民族形式结合社会主义思想，创作新体歌词，以应广大人民之需要"①，是源于当时社会大环境的需要，但是已经完全失去了词之为词的婉约含蓄之美。

龙榆生的词在沤社词人中有其独特之处，因为他不仅是传承朱祖谋衣钵的词学大家，他的一生还与中国社会的发展变化紧密相连：其早期词作中，"风雨""斜阳"的意象比比皆是，可见词人凄凉之心境；在日伪政府工作时期，词作充满悔恨之情，可见词人心理备受煎熬；1949年以后的作品，则多反映人民建设新中国以及社会主义的饱满热情。龙榆生的创作堪称一部"词史"，也是一位传统文人不平凡人生的心灵史。

通过本章对彊村及其门人词作的分析，我们可以发现，因为时代的原因，他们的词作大都饱含愁苦之音，但由于诸位门人对于朱祖谋词学的继承倾向不同，所以他们的创作风格和写法又各具特色，存在一定的差异。而尤其值得注意的是，随着时代的发展变化，彊村派门人的整体创作面貌也是不断变化的：朱祖谋与林鹍翔年纪较大，他们的词作内容主要以反映清末、民国时期的社会

---

① 龙榆生《忍寒诗词歌词集》，上海：复旦大学出版社，2012年，第182页。

现实为主，作词亦讲究传统声律；而至青年词人龙榆生，尤其是他 1949 年以后的词作，内容上则以歌颂中国共产党的革命功绩、反映社会主义建设成就、记录自己思想改造过程为主，风格上也为了适应社会大环境需求，推崇苏辛豪迈之气，且不再像他早期作品那样严守声律，更多地以俚语、口语入词。可以说，彊村派词人的创作变化正体现了传统词学所受时代因素的影响。

第五章
散原门人的创作

陈散原是晚清民国时期宋诗派的领袖,诗歌功力深厚却不喜作词,但是沤社词人群中的散原一派,不仅人各有词,而且各有特色:许崇熙《沧江诗馀》兼有五代遗音与苏辛之气,袁思亮《冷芸词》擅用联章之体写花间之情,陈方恪《彦通词》有唐五代之风神,袁荣法《玄冰词》以新材料入旧格律。许崇熙与袁思亮是沤社词人中的老派词人,均殁于民国;陈方恪与袁荣法是新一代词人,他们的创作一直延续到20世纪六七十年代。因此,散原门人的词创作,也因时代的不同呈现出内容与风格上的差异。

第一节 许崇熙《沧江诗馀》

许崇熙著有《沧江诗文钞》八卷,内有《沧江诗馀》两卷,《沧江诗馀》卷一《湘江渔笛谱》29首,卷二《随沤词》21首。许崇熙的诗词在当时有一定地位,"散原许其入室,古微引为深交"(曹典球《沧江诗文钞序三》),许崇熙是陈散原弟子,其诗有散原之风,"善学吾师之诗者,莫许君若也"(袁思亮《沧江诗文钞序一》),下文将探讨他的词作。

一、《沧江诗馀》的内容

交游词。民国前期,军阀混战,许崇熙避兵祸到了上海,与上海文人交游。词作有《三姝媚·花朝饮散同诸公西园赏花作》《清平乐·公渚作画饷余伯夔传以此解不禁欢喜赞叹依韵继墨》《汉宫春·辛未立夏风雨竟日,眏庵赋示此解依声奉答》《鬲溪梅令·潘兰史冷香亭赏梅图》《烛影摇红·林砌庵提学六十寿八月十九日》《木兰花慢·杨铁夫桐阴勘书图为铁夫某年客甬上作》。这些交游词中,所作大都是文人雅事,如饮酒、游玩、祝寿、题画,因此从词作流露出闲适之情,如下面这首词:

汉宫春·立夏后五日,同剑丞、绍周、公渚、问匏集伯夔刚伐邑斋,主人出示饯春新词,绍周、公渚各据案作米山一幅,风雨竟日,谈谐极欢,即事成声,辄依原韵

绿已成阴,待重温春梦,梦也无痕。窗间夏山,似滴雨暝烟昏。熙筌兴到,替商量、写入湘裙。凭想象鸣泉泻玉,落花还带香温。 侥幸天容我辈,但常开笑口,莫谩伤春。山容俙饶韵致,尽展愁嚬。盘中水碧,胜人间、鲭鲊侯门。还料理、西园明日,约花替报春恩。

这是沤社第七次社集,地点在袁思亮(伯夔)宅,沤社词人徐桢立(绍周)与黄孝纾(公渚)各作画一幅,而词人们也是依画作词"谈谐极欢"。这首词上片写景,下片抒情。词的上片为我们营造了一个春夏之际的场景,"滴雨暝烟昏"写出了雨中暝烟的效果,而"落花还带香温"则表现出了词人不俗的想象。下片中词人以知足的心态感慨,只要笑口常开就不必伤春,而美好的自然风景,胜过锦衣玉食。

时事词。如《安公子·秋夕伯夔楼斋谈汉口水灾兼闻衡潭间警耗》:

瞬息秋将半。桂华泣露香初满。不厌登楼乘暇日，更凭高瞻玩。问海上、蓬莱几人当清浅。哀泽鸿、乱咽江天远。怅斗杓谁驭，空对微云河汉。　　重语乡愁乱。故山猿鹤休啼怨。本约霜前回钓艇，又游氛遮断？且料理、诗囊酒榼从羁绊。春水生、待补归来愿。笑玩月留宾，也增一番深惋。

这首词是写在秋天，词人与袁思亮在"楼斋"谈及汉口水灾的事情。汉口水灾发生于1931年，这是一场空前的劫难，受灾人数达七十余万，数千人丧生。造成这场灾难有人为原因，当时的汉口市长何葆华在防汛麻袋中大肆贪污，致使张公堤溃口，大水冲入汉口市区。词的开头两句点明秋天时节，于暇日登楼准备高瞻，由于惊闻水灾，词人心情沉重，不禁要发问蓬莱仙人为何要这样，"怅斗杓谁驭"是对主管苍生仙人的发问。词的下片开始关心故乡的情况，"本约霜前回钓艇，又游氛遮断"写计划中的游玩之事被这水灾的事情弄得无心游玩，词人寄希望于大灾尽快度过，等到百姓安居之时，再开心畅玩。

二、艺术特色

　　动静结合的景色描写。《沧江诗馀》卷一中描写景物的词较多，词人喜欢借小令描写湘江风景如《于中好·秋夕》，"临风菡萏销红粉，照水芦花渐白头"，"菡萏"即荷花，这两句词不仅用拟人将荷花与芦花写得很生动，而且还显得很对仗。试看下面的词作：

忆秦娥
　　东风软，清溪一带人家远。人家远，水村山郭酒旗斜卷。　　垂杨四面将春绾，渔舟正逐春江暖。春江暖，绿簑低拂，涨痕深浅。

这首词纯用白描手法写景，"东风""清溪""水村山郭""垂杨""渔舟""春江"这些意象联起来为我们描绘了一幅美丽的世外桃源景象,而且画是动态的,垂杨绾春,渔舟逐行给人以动态之感。当然这种词的景物,可以说是写境,也可以说是造境。

五代遗音与苏辛之气并存。这里所说的"五代遗音"是指许崇熙词作中的小令而言,他的小令继承了五代时期小令写男女恋情以及闲愁的传统,如下词:

蝶恋花

楼上花枝楼外树。凉月穿林,照见人私语。酾酒一杯香一炷。生生长愿春如故。　　数尽残更天又曙。唤醒流莺,无计留春住。门外马嘶人又去。分飞顷刻无凭据。

虞美人

江流半是骚人泪,寂寞巫山翠。楚云哀雁一重重,自把朱弦弹向月明中。　　年年明月长如此,咫尺人千里。青天碧海眼前横,至竟五云消息限层楼。

第一首词以写男女恋情为主,写夜间男女约会,但愿生生世世在一起,天亮之后,男子又乘马离去,下次相见不知何时。第二首词则是写骚人之怨,词人开头用了夸张手法,然后用拟人手法,再以"哀雁一重重"以物来衬托人,下片"咫尺人千里"写相思。

除了写男女恋情以外,许崇熙有些词中也充满苏辛之气,如《满江红·润州怀古》《贺新凉·莫愁湖怀古和彭五韵》,这大概就是词人自述的"吾初无意为诗人也,然平生落拓,踪迹之所历,意气之所感发,序于是乎寄"(《沧江诗钞序》)。再如《石湖仙·金陵感旧》:

长空澄碧。望牛首三山,犹是畴昔。波浪接天流,绕高城、潮头咽急。龙蟠天堑,尽割据,尽成陈迹。难觅。叹霸才、起灭何疾。　　当年我来载酒,数秦淮、花晨月夕。曾几何时,又见青袍如绩。燕垒堂空,鹫峰人杳。共谁邀笛。愁绪集。莫愁料也沾掖。

这首词以古都金陵为描写对象,抒发历史感慨。词以"望"字起首,牛首山在南京中华门城外;然后写南京城下的长江,"龙蟠天堑、尽割据,尽成陈迹"是指南京历来依托长江为兵家必争之地,这造就了中国历史上的割据局面。下片由历史转为词人自己,然后以著名秦淮河的历史变迁为视角,"青袍如绩"写青草丛生,"燕垒堂空"写房屋已经无人居住,最后两句以写愁作结。这首词不再局限于男女之情,而是有一种历史沧桑之感,寄慨遥深。

"深杯不解愁中结"。许崇熙一生与愁结缘,大约同他一生不顺的境遇有关。他说,"吾初无意为诗人也,然平生落拓,踪迹之所历,意气之所感发,序于是乎寄"(《沧江诗钞序》),词作是许崇熙抒发愁的载体。他的愁种类很多:《乌夜啼》中的"心情不似从前,病恹恹恰共软"是一种莫名之愁;《念奴娇·春暮留别淮阴》中"流年似水又花开"是面对美景而失落,感叹时间流失;《茶瓶儿·江舟独酌》中的"深杯不解愁中结,况禁得、忧离伤别"是一种伤别之愁;《迈陂塘·题李小石斜阳烟柳填词图用白石韵》中"问天公散愁千斛,词人分付多少"则是说愁的数量之多。愁太多,词人只好以酒解愁:

茶瓶儿·江中独酌

深杯不解愁中结。况禁得、忧离伤别。人海音尘绝。十年弹指。生事不堪说。　　如此江山应未歇。风乍起寒潮呜咽。多少英雄血。绕城带郭。残照空明灭。

词人在这里表现出的愁有多种,有朋友不能相见之愁,有对江山易主之愁。愁使词人心理负担很重,词人以酒来解愁,可惜愁不解。"十年弹指"感叹时光飞逝,"生事不堪说"说明生活困苦。"如此江山应未歇"表明他对前清的灭亡是始终不能忘怀的①，"寒潮呜咽""残照空明灭"则是以景来写情，表现了词人深刻的愁闷。词人的这种苦闷与他的人生际遇有关，如他的诗中所写"少时意气颇峥嵘，老辈相看刮目惊。都说王尊当早达，岂知杜牧已迟生"（《自题小影》）。本来少年得志，希望能早达，但却是常年漂泊，不为所用，因而心中有很多愁苦之情。

许崇熙词多写愁，又喜爱唐五代词，他的词除了抒发儿女情长以外，有的词也有苏辛之气，这使得他的词作兼具豪放与婉约两种风格。

第二节　袁思亮《冷芸词》

一、《冷芸词》的情感主题

袁思亮《冷芸词》上下两卷，计二百三十余首，主要抒发相思之情与忧愁之虑。

相思之情。《冷芸词》中有很多抒发花间男女之情的词作，如《清平乐》"悲秋暗蹙双蛾，玉人心上秋多"，《醉太平》"夜夜闻歌断肠人奈何"，《莺啼序》"无端瘦月，斜阳送人惨淡归去"，《清平乐》"纤手擎持、舍情似说郎痴辛苦"，《浣溪沙》"能歌不怕断人肠"，《踏莎行》"含情欲诉肠先断"。这些词有如五代花间词那样，抒发了女子的相思之苦，如《浣溪沙》：

　　欲写相思一字难。寄书惟有劝加餐。最难将息是新寒。　　妆镜怕教云鬓改，舞衣愁损粉痕干。莫留憔悴与郎看。

---

① 许崇熙《沧江文钞》卷二《先考先妣事略》"……忽忽中年学而未成，名未立，遭时不造，坐视国鼎陆沉"，民国三十七年（1948）铅印本，上海图书馆藏。

这首词直抒相思之情，女子相思很苦，却在给心上人的信中只字不提，只是劝对方加餐饭。女子有两怕：一怕对镜，害怕改变了昔日与郎君分别时的发型而使郎君认不出；第二怕面容愁损，因此劝慰自己要保重，不要让心上人看到自己憔悴的样子。袁思亮写这首词既是对花间词笔法的描摹，也是源于自身有冶游的经历①。

袁思亮偶将这种相思之情用咏物词来表达，如《烛影摇红·荷花同彦通作》：

> 绀玉生烟，是谁耕得沧波碎。鬒丝斜约簟纹欹，红浪翻秋被。浅晕朝霞似醉，镜奁开，凝脂半洗，暖香飞麝，腻锦巢鸯，柔乡滋味。　　急雨初过，绿盘击出铜仙泪。瑶房空贮苦心多，别恨千丝缀。凤股钗头颤坠，向西风、犟红怨翠，露零鸥冷，拼共婵娟，伴伊无寐。

这首虽是咏荷花之作，但是主体是写女子，荷花只是陪衬。词的上片写女子之起床梳妆，开头两句化用李商隐"蓝田日暖玉生烟"。"鬒丝斜约簟纹欹"是写床上之席纹，"红浪翻秋被"写被子没有叠的乱状，"浅晕朝霞似醉"则是写女子脸上妩媚之表情。词的下片仅有开头两句写荷花，"绿盘击出铜仙泪"写雨打荷叶的样子，往下仍然写相思女子，结尾处"拼共婵娟，伴伊无寐"点出了女子的希望落空。

忧愁之虑。 袁思亮除了在词中写男女相思之情外，亦多抒发忧愁之情：《清平乐》中的"多少闲愁闲恨""伤心歌不成声"，《减字木兰花》中的"法曲凄凉，只有词人与断肠"，《雪梅香·春感》中的"暗淡斜阳愁满江城"，《踏莎行》中的"总是闲恩愁断肠"，《唐多令》中的"尽日闲愁消不得，何况又是黄昏"，《八声甘州·独游半淞园》中的"楼外斜阳处，有临风撅笛"，《高阳台》中的"寒鸦不管兴亡事"，这些忧愁是词人心情的真实写照。

---

① 袁思亮《冷芸词》中《金缕曲》序"癸卯甲辰间，余游于沪，浃有歌姬薛金莲者明眸善睐，玉立亭亭，余数招之……"，《近代中国史料丛刊续编》第 203 册，台北：文海出版社，1984年，第 185 页。

这种忧愁之情与多灾多难的民国社会是相关的，如其《卜算子·与十发丈话湘事》一词：

> 炉拨劫灰红，酒浣征衫碧。费泪河山几夕阳，老却填词客。　　衡雁不堪闻，归梦和愁觅，弹入湘灵廿五弦，应有鲛人泣。

这首词是袁思亮与程颂万谈论家乡湖南的词作，袁思亮是湖南湘潭人，程十发是湖南长沙人，二人为同乡。民国时期的湖南也是凋敝丛生，湖南军阀拥兵较多，为了筹集军饷，鼓励鸦片贸易，并从中收税，这对社会的恶劣影响显而易见，再加上湖南有几次大的水灾，如 1931 年湖南水灾淹死五万余人。家乡多灾多难，词人心情沉重，所以词中是以忧愁贯穿其中的，喝酒解愁，为山河流泪，不敢闻衡雁，梦中觅愁，最后以人鱼哭泣来结束全篇。

除了忧国忧民之情以外，词人也有一些表现传统文人的悲秋之情的作品，如下词：

宴清都·秋感

> 怕展登楼眼。西风外、乱愁如草难剪。重阳近也，茱萸待插，雁行凄断。惊心满地烽烟，又怅望、家山梦远。料泪波、流向潇湘，修篁秋翠都染。　　纵教掷锦征歌，筹花斗酒，人意先懒。幽兰结佩，残荷制服，落英抄饭。芳情信美何用，算一例、霜啼露泣。拚今生、冷坐枯吟，年涯暗遣。

因为重阳节近，词人内心是"乱愁如草"，而所望又是"雁行凄断"与"满地烽烟"，词人开始望家乡，"泪波流向潇湘去"。面对悲秋之情，词人解脱的方式是饮酒解愁，并像古之隐士一样，以幽兰为佩，以残荷为服，以落英为食。而且词人感到芳情无用，今生只有以苦吟诗词来度有涯之生。造成这种忧愁之虑的在于昔日优越感的丧失。词人的父亲是两广总督袁树勋，在清朝家世显赫，可是进入民国后，一切都发生了变化。袁思亮曾说："世异变，士大夫所学于古无所用。州郡乡里害兵旅盗贼，不得食垄亩栖山林，群居大都名城为流人。穷愁无憀，相呴濡以文酒耳。耳所闻见，感于心而发于言，言不可以，遂乃托于声，声之幼眇跌宕悱恻凄丽，言近而旨远，若可喻若不可喻者，莫如词。"① 词人步入民国，可是学无所用，为兵、盗、贼所害，又做不得隐士，种种忧愁无处发泄，只能将之寄托于词。

二、《冷芸词》艺术特色

《冷芸词》艺术特色有两点：

以联章之体，写花间之情。袁思亮在词集中有很多词具有花间风格，但是他喜欢用联章体来写花间词，如《菩萨蛮》用了八阕联章体与四阕联章体两种。笔者下面以四阕联章体为例进行分析：

菩萨蛮

翠盘堆缕红虬脯，团羹滑腻凝酥乳，花露吸兰房，玉鱼鸡舌香。
愁浓嫌酒薄，娇重怜腰削。不敢劝加餐，画枕鹦鹉间。

又

绮窗阿阁连云起，流苏宝帐笼鸳被。腻水洗胭脂，冷香苔苑滋。
一床弦索掩，别锁楼中燕。不敢笑牵牛，风波夕夕愁。

又

珍珠不慰长门恨，寂寥眉萼销妆镜。低首石榴裙，空将泥忆云。
笑啼无是处，长日恹恹度。不敢怨檀郎，知郎先断肠。

又

粉香和泪芙蓉面，罗衣渍透无人见。缺月挂烟罗，微霜新雁过。

---

① 《冰社词选序》与须社的《烟沽渔唱序》完全一样，所以冰社即须社也。

>为谁传怨抑，花外飘横笛，不敢卷帘听，阳关无此声。

词的第一阕写女子饮食之精美，吃的肉是"红虬脯"，喝的羹是"酥乳"。虽然饮食精美但内心空虚，女子由于忧愁过重，希望以酒解愁，因而觉不胜酒力；身体很瘦还嫌体"重"，所以不敢多吃。第二阕写女子吃完就寝，先写居住之楼阁壮丽，再写其床上铺陈之华美，再写卸妆，最后写夜间相思。第三阕主要写相思，珍珠不足以慰藉"长门恨"，寂寞也使面容憔悴，没有了檀郎，笑和哭都没有了意义，又不敢埋怨对方不来看自己，因为檀郎肯定比自己还伤心。第四阕继续写相思，相思流泪使脂粉与眼泪融合在了一起，湿透了衣服而檀郎不知，外面传来笛声，流露出的情感与女子一样，可是女子却不忍去听，檀郎在阳关外，根本听不到此声。袁思亮用联章体来写女子相思断肠之情，这既是对五代词的模拟，恐怕也与自己的经历有关，他曾有一薛姓红粉知己，"明眸善睐，玉立亭亭，余数招之"，可是却没能最终在一起，这种代言体的写作或许也包含词人对往事的回忆。

除了上述以联章体的形式写相思之情外，袁思亮的《菩萨蛮》的写作技巧也值得玩味，他的写法对《菩萨蛮》写作技巧做了一点新变。唐五代至宋词写《菩萨蛮》时会采用一些技巧手法：会使用暗字诀，即"多是以挽住上片中一个'实词'意象开始，以此作为聚焦点；在下片中将这个具体意象——焦点、勾勒、推展得更为细腻完整"[①]，传统上《菩萨蛮》词的上阕有一个实词，下阕围绕这个实词而展开描写，而袁思亮《菩萨蛮》中的"实词意象"不在上阕，而在下阕，而且称为实词意象没有称为"词眼"更加准确。如第一阕的内容围绕"愁"展开，所以再好的美食也无心品尝；第二阕也是围绕"愁"而使女子卸妆之后躺在床上也无法入睡；第三阕与第四阕围绕各自词中的"怨"字而展开，这种怨是闺怨，第三阕是怨檀郎，第四阕是笛声中有"怨"。

---

① 郑绍平、赵卫华等《倚声探源——对宋词本体的研究》，北京：学苑出版社，2011年，第120、121页。

和宋人之韵，习宋人词风。和韵分三类：第一，依韵，谓与原唱韵脚在同一韵部而不必用其字；第二，用韵，谓用原唱韵脚而不必依其次序；第三，次韵，谓依次使用原唱韵脚①。这三种情况和韵，依次渐难，袁思亮和韵词都有，如和晏几道词《临江仙·和小山》、姜夔词《琵琶仙·龙华寺看桃花明日风雨花事尽矣用白石韵纪之》与《惜红衣·和白石要璇父帅南同作》、清真词《玲珑四犯·暑夜听雨，怀三弟夏口兼寄湘中乱后亲友用清真韵》与《还京乐·和清真同仁先、映庵、公渚作》、梦窗词《喜迁莺·戊寅冬至和梦窗与病树帅南同作》，我们以姜夔原作与袁思亮的和作，作一番比较，以见出袁思亮和作词的特色。先看姜夔《琵琶仙·吴都赋云户藏烟浦，家具画船唯吴兴为然。春游之盛，西湖未能过也。己酉岁，予与萧时父载酒南郭，感遇成歌》来分析其特色：

双桨来时，有人似、旧曲桃根桃叶。歌扇轻约飞花，蛾眉正奇绝。春渐远，汀洲自绿，更添了、几声啼鴂。十里扬州，三生杜牧，前事休说。

又还是、宫烛分烟，奈愁里、匆匆换时节。都把一襟芳思，与空阶榆荚。千万缕、藏鸦细柳，为玉尊、起舞回雪。想见西出阳关，故人初别。

白石此词，主旨却并不在春游，而在感发怀人之思"双桨来时，有人似、旧曲桃根桃叶"。旧曲，旧指旧游；桃叶，晋代王献之妾，此处用桃叶、桃根，指称歌女姊妹。这首词善于化用唐人诗句，"十里扬州，三生杜牧，前事休说"。化用杜、黄诗句，像杜牧的《赠别》"春风十里扬州路，卷上珠帘总不如"，山谷的《广陵早春》"春风十里珠帘卷，仿佛三生杜牧之"，其中"想见西出阳关，故人初别"化用王维《送元二使安西》中的"西出阳关无故人"。陈锐《碧斋词话》称白石词"结体于虚"，正可用来评此词。全词之主体构成是写景与唱叹，无限感慨都在虚处着笔。词人所着力的是写出其缠绵悱恻之情味、要

---

① 邓妙慈《论龚鼎孳和韵词的创作转型及词史价值》，《学术交流》，2019年第3期。

眇馨逸之韵致。"春渐远，汀洲自绿，更添了、几声啼鸠。"此三句一韵，愈添境界悠远、烟水迷离之致。此三句以自然喻人事，一笔双关。再如袁思亮和词《琵琶仙·龙华寺看桃花明日风雨花事尽矣用白石韵纪之》：

> 无主东风，问何事、努力栽花栽叶。烟外一抹斜阳，盈盈黯愁绝。纷照燕，支万斛（枫注：此句当缺一字。），等闲付、妒芳啼鸠。粥鼓禅房，风铃坏塔，幽怨能说。　　算纤手、攀折多情，待归去、依依玩芳节。佳约觉来如梦，又榆钱飞荚。和泪送、繁枝过雨，料落英、软舞红雪。想见崔护当年，断肠轻别。

这首词是和上面姜夔的词作，我们把两词比较一下，可以发现袁思亮守韵严格，分别守"叶""绝""鸠""说""节""英""雪""别"丝毫不差。而且这首词另辟蹊径，词的创作也很成功。姜夔的词抒发了爱情之不可得，而伯夔这首抒发的是美好风景之短暂的惜别之情，词中的"烟外一抹斜阳，盈盈黯愁绝"由景物引发的愁情与"繁枝过雨，料落英、软舞红雪"对落花的描写同样很传神。

袁思亮的词一方面抒发哀伤之情，另一方面也抒发儿女情思。他作词喜用联章体，同时也喜爱和宋人词韵，这使得他的词在散原门人中有鲜明的特色。

第三节　陈方恪《彦通词》

学界对陈方恪的基础资料做了比较充分的整理，潘益民先生撰写了《陈方恪年谱》[1]、整理了《陈方恪诗词集》[2]。张宏生先生为《陈方恪诗词集》作序：

---

[1] 潘益民《陈方恪年谱》，南昌：江西人民出版社，2007年。
[2] 陈方恪《陈方恪诗词集》，南昌：江西人民出版社，2007年。

"陈方恪填词从晚唐五代入,倜傥风流,善为艳语"①,李剑亮教授《民国词的多元解读》②对陈方恪的题画词展开了探讨,对陈方恪的题画词进行了比较细的分类,并总结了陈方恪题画词的特点。以下笔者在学界研究的基础上探讨《彦通词》。

一、《彦通词》的分期

陈方恪《彦通词》大致可分为三期:第一期1897—1937年,他一直陪伴在父亲身边;第二期1938—1945年,为其投靠日伪时期;第三期1945—1966年,抗战结束直至病逝。

第一期(1897—1937)。陈方恪是陈散原的少子,他并未像其兄陈寅恪、陈衡恪那样出国留学,而是一直陪伴在父母身边。由于陈家是晚清民国的社会名流,所以陈方恪的生活在陈散原去世前,过得一直很优裕。这一时期的生活与文人诗酒唱和,既随父亲结交旧文人,也与激进的南社中人多有交往,如1914年他在上海与包天笑、郑逸梅、高天梅等南社成员在一起参加了南社活动。由于受到环境的影响,他染上了鸦片,还加入了上海帮会洪门。③ 这一时期,他在上海参加过报社工作,也任过无锡国学专修馆上海分校教师,由于社会交际能力较强,王蕴章邀请他担任正风文学院的教务长。

据《陈方恪年谱》记载,陈方恪生平的第一首词作于光绪二十三年(1897)夏,陈方恪时年十六岁,与衡恪随陈锐、夏敬观等父执去玄武湖赏荷,写下了《水龙吟·北湖田氏水阁咏白荷》④:

> 紫骝嘶遍芳洲,旧家帘幕深深地。玉奴今夜,眠香正稳,瑶簪初试。

---

① 张宏生《陈方恪诗词集序》,《陈方恪诗词集》,南昌:江西人民出版社,2007年。
② 李剑亮《民国词的多元解读》,杭州:浙江大学出版社,2012年。
③ 潘益民《陈方恪年谱》,南昌:江西人民出版社,2007年,第60页。
④ 潘益民《陈方恪年谱》,南昌:江西人民出版社,2007年,第43页。

骤雨方过，轻云暗染，顿添清致。怅扁然一舸，题红讯杳，相思意、谁堪寄。　　犹忆琅玕独倚。对西风、若有离思。翠腕敧凉，冰颐搁泪，素娥扶起。鱼沦波荒，梦魂不到，寒衣空委。怕明朝、碎尽芳心，分付断桥流水。

这是一首咏物词，"紫骝嘶遍芳洲"作为词的开头，有一种一鸣惊人的感觉，词人自比为"紫骝"宝马，将作词比喻为马之"嘶遍"，因比喻奇特而受到诸老称赞。这首词对荷花着墨不多，重点将荷花比作相思女子，写出女子的相思之意，尤其是"碎尽芳心，分付断桥流水"一语双关，颇有五代小令之风神，陈锐许为"天赋词心，有少游之致"。

自此以后，陈方恪向梁节庵、沈子培、樊增祥、朱古微、况周颐、康南海、郑叔问诸老请教。在1910年，陈方恪将自己的早年词作编成《说病词》一册，汪东为之圈点。[①] 陈方恪还经常陪同陈散原参与上海的文人雅集，结识了很多旧体诗词的著名文人。

> 1916年11月14日，先生随散原老人赴上海，郑孝胥、李瑞清、李拔可、夏敬观、朱古微、俞明颐等在古渝轩接风。1917年9月30日，先生在沪参加袁思亮等人的赏月雅集。1920年6月，先生随散原老人参加夏剑丞、李拔可、袁思亮、曾广钧、俞明颐等在南市半淞园的雅集。1926年秋，散原老人居沪上，先生前往探望。其间，随父与冒鹤亭、朱古微、陈叔通、叶遐庵、潘飞声、王蕴章、黄公渚等雅集。1935年，7月18日，在沪西康家桥夏敬观故宅成立同人词社《声社》，先生与夏敬观、高毓浵、叶恭绰、杨玉衔、林葆恒、黄秋岳、吴湖帆、赵尊岳、黄孝纾、龙沐勋、卢前等十二人轮流主其事。[②]

---

① 潘益民《陈方恪年谱》，南昌：江西人民出版社，2007年，第51页。
② 潘益民《陈方恪年谱》，南昌：江西人民出版社，2007年，第66、68、76、98、124页。

与旧体文人频繁的接触，使他很快融入了民国时期精英文人的圈子，也使得他能够加入沤社。在沤社活动期间，他一共参与了三次社集，作了三首词，分别为《齐天乐·长夜得五兄九江书，怅触岁寒怀抱，阑宵倦枕，怃然成咏》《石湖仙·映厂丈属题郑叔问年丈手书词册》《鹧鸪天》。除了参与沤社的社集活动以外，他还广泛交游文化界名人，如京剧名家程砚秋与梅兰芳，他曾作《翠楼吟·瘿公为程郎艳秋索词，即赋题其小影》。1919年，梅兰芳赴日本演出，他作《风中柳·题缀玉轩话别图即送畹华赴日本》。此外，他还为程砚秋写词《翠楼吟·瘿公为程郎艳秋索词，即赋题其小影》：

> 怨粉阑珊，沉熏撩乱，相逢碧桃花底。楚衣香未减，浸秋剪、双瞳如水。瑶华持比。坐迓月梧檐，红牙亲记。东篱地。澹情刚称，冷香名字。漫喜。艳冶销磨，趁凤城丝管，费春弹泪。沈郎应瘦损，忍重对流莺身世。琼浆初试。便慧业愁根，一时都洗。金尊外，嬾人无奈，绕梁尘坠。

此词是陈方恪寓居北京期间所作。瘿公乃是罗惇曧，先发现培养了梅兰芳，又发现与培养了程砚秋。瘿公与陈衡恪交游颇多，因而也就认识了陈方恪，这首词便是为程砚秋而求，这首词乃是围绕程砚秋的照片而写。当时程砚秋只有十二岁，虽然年纪很小，但是程砚秋十一岁登台便显露天分。程砚秋此时以《彩楼配》《玉堂春》《辕门斩子》等剧目出名，词的写作由照片联想到程砚秋表演时的神态，词中"双瞳如水"则是指程砚秋的眼神，"绕梁尘坠"突出程砚秋的嗓音极好。

陈方恪虽然有名公子的风雅生活，但是总有时候会感到人生的某种缺憾，如1916年，当时家人都不在身边，他独自在南京有怀旧思亲之意，便作了《浣溪沙》抒发了"多是江城惆怅客"之感；1926年，寒风中漫步西湖，作《湘春初月·重至西泠》"为梅花，天涯曾载愁归"。抒发了与梅花一样的飘零之感。他在北京期间，同样有羁旅行役之感，如下词：

南浦·旅居京师，自秋徂春，不无羁泊之感。偶经城西，水侧夭桃两株，临风矮婧，对之凄然。为赋此解，不自知音之哀也。

柳外驻轩车，有轻盈、并倚内家标致。相见凤城西，吹笙去、掩抑玉人春袂。羞红弄蕊，破妆十日轻阴里。犹是天涯，同照影零乱，一身清泪。　　汉宫帘卷春明，正扬花如梦，沉香人起。浅醉酌流霞，玄都恨、还问仙娥知未。千山万水，家园唱彻今无地。直到旗亭，啼杜宇魂返，故溪环佩。

这首词借咏物抒情，词的上片先写柳外驻车偶见夭桃，接着写夭桃之貌，再写"轻盈"有玉人之姿。词中"羞红弄蕊"是写桃花，"同照影零乱"既写桃又写词人自己。词的下片展开想象，词人置身于历史长河中，从汉代到现在，不知有多少离人有着同样的命运。

第二期（1938—1945）。陈方恪在陈散原去世后，因为生活所迫，受到梁鸿志等人的拉拢加入了当时的南京伪政府。他在南京的心情是极度抑郁的，因为其父陈散原在日寇入侵时，绝食而死，表现了传统文人极高的民族气节。而他如今却为日伪政府做事，心中内疚之心可想而知，其词与龙榆生一样表现出了一种悔恨、矛盾的心情。《台城路·辛巳重九，会同社诸子北极阁登高，凭瞰台城，赋本意得燕字》《木兰花慢·和青萍居士悼亡姬之作》作于1941年，词人将悼亡之情与自己入日伪政府的悔恨心情熔为一炉。词云：

听江城落叶，又砧杵、乱哀蝉。甚精爽销磨，香缯曳影，蕙帐凝烟。还怜新州老去，误笼鹦、几度唤婵娟。漫道逢人意绪，归来费泪鸾笺。

银蟾低户照无眠。旧恨总难捐。怅极目征尘，刀环梦断，翠袖寒添。他年相期素约，共名山灯火伴吟编。应是金钿愿稳，玉箫重话前缘。

这首词作于1941年，词人因为生活所困加入日伪政权已经有三年，虽然未曾做过伤害民族国家之事,但是于文人的气节是有愧的。词人从听觉入笔,"落叶""砧杵""哀蝉"使人陷入了一种萧瑟的氛围,"几度唤婵娟"点明悼亡题旨,词的下片设想居士孤独无眠,眺目远望苦苦追寻,追寻不到,只有以金钿为约,他年重续前缘,青萍居士这种生死苦恋的精神实际上也是词人自身的写照。词人在伪政权所处的环境是亲人离去,友人隔绝,这种困境的折磨也使词人希望能够有一种美好的将来。

深陷于矛盾与自责的心情,终于促使词人重新找到了光明之路,1943年他也参加了军统组织,搜集情报、募集经费,1945年被日军宪兵逮捕,在狱中经受住了严刑拷打,终于替自己保全了名节。陈方恪在日伪工作时期的词作很少,除了抒情词外,就是一些应酬之词,如给沤社词人赵尊岳的题图词《齐天乐·题赵叔雍高梧轩填词图》(作于1942年)与郭则沄贺寿词《烛影摇红·寿郭啸麓六十》(作于1942年)。

第三期(1945—1966)。抗战胜利后,由于陈方恪在抗战后期的杰出表现,军统一开始也给予了奖励,但是后来终止了他的生活补助发放,他的生活陷入了困境,此期间的《采桑子·丁亥岁暮即事》记录了"寒宵拥絮愁无那"的生活困境。中华人民共和国成立后,陈方恪受到党和政府的关怀,曾在南京图书馆工作,同时也担任《江海学刊》编辑,后又当选为南京市政协常委。这一时期的词作主要有《少年游·庚寅十二月廿八日立春作》《浣溪沙·庚寅除岁》,这两首词作于1951年;《浣溪沙·题张次溪天桥故事集》《金缕曲·走视紫萸墓作》作于1952年;《浪淘沙·乙未花朝病中对雪今年值闰三月》《鹊桥仙·乙未七夕》作于1955年;《满江红·丙申秋日病起后湖作》作于1957年。陈方恪这一时期的词作并未像龙榆生、叶恭绰那样用词来反映社会成就或者思想改造,而是以反映晚年的心态为主,即感慨一生的悲欢离合,如1951年写的《浣溪沙·庚寅除岁》:"世乱待轻生死恨,家单忍话索离情。且储清泪泊闲身"。这样的心态在他同时期诗歌中也有反映,如"迩来发尽白,穷独只自吊。前蹋已如斯,后咸安用较。仅存数篇章,聊当入世票。近益加老悖,死灰那待溺"。① 红颜知己孔紫萸离世是这一时期对他最大的打击，如：

金缕曲·走视紫萸墓作

欲语心先碎。卅年来、欢娱苦短，年华催逝。只数吴皋同赁庑，少称兰闺清事。又一刹、蓬飘海澨。自尔钗钿看尽彻，问何曾、一日舒眉翠。愁与病，相料理。　　城南老屋青镫里。恁几回、忍饥待我，夜寒无寐。凄绝平生先死愿，总算而今信矣。甚为我、前驱蝼蚁。铁轨城阴遥映带，更白杨、荒冢悲风起。报君者，仅如此。

这首词是悼念他的红颜知己孔紫萸，孔女士是1921年在上海结识的花丛女子，但是由于孔紫萸出身青楼，所以陈家一直反对陈方恪娶她，但是又无法阻止他们交往，正是她用一生的时间陪伴陈方恪。词人在词中深情地回顾了他们相濡以沫的一生，"欲语心先碎"说明词人伤心程度，"卅年来、欢娱苦短"是夫妇一生的总结。"问何曾、一日舒眉翠。愁与病，相料理"与下片"恁几回、忍饥待我，夜寒无寐"则是词人对昔日贫苦生活的回忆，也表达了词人未能给她带来幸福生活的愧疚之意。

二、艺术特色

陈曾寿评陈方恪词集《殢香馆词草》"慧业多生，身香不减、使逃禅人读之，更增惆怅耳"②，点出了陈方恪词中因愁而惆怅的特点，除此之外，陈方恪的艺术特色还有三点：

重意境，轻文字声律。 这种意境"当以清为体，以雅为归"（《洗斋词序》）。陈方恪作词十分推崇意境，他说："余尝言，填词以意境为主，文字次

---

① 陈方恪《六十生日，赋呈诸友好》，《陈方恪诗词集》，南昌：江西人民出版社，2007年，第112页。
② 潘益民《陈方恪年谱》，南昌：江西人民出版社，2007年，第109页。

之，声韵格律末技耳……故格调意境，当以清为体，以雅为归，而力免触于伤感，流于晦滞。青年志学，风华正茂，文字务求气象峥嵘。榆生有云，'心缘物感，情随事迁，风气转移，胥关世运'，亦余之所有望于洗斋者也。"[①] 陈方恪将意境放在了文字、声韵之前。陈方恪词中的意境是晚唐五代词的意境。

在这种意境中传达的是唐五代词的男女相思之情，如《河传》中的"春雨。无绪。掩屏山。斜軃云鬟暮寒。锦衾半堆人未还。阑珊。画楼更漏残"，《破阵子》中的"莫把寻常花月恨，谱入钿筝旧雁弦"，《踏莎行》中的"高楼极目到平芜，斜阳一抹伤心处"，《陌上花》中的"刘郎病后，凤帷深下，夜长思遍"，《秦楼月》中的"银塘路。背人一点流萤去，流萤去，夜凉几阵，花梢微雨"，《蝶恋花》中的"青嶂露零山月小。猿思鹃飞，千里清秋道"。这些意境的构成主要是以景物为主，传达一种相离或者一种闺怨的情感，再如下面几首词：

忆江南

闲睡起，庭树午阴圆。百尺冰泉吹露井，几竿石竹间茶烟。长日静如年。

闲坐起，零露湿罗衣。展响暗回波影动，发香微度晓风吹。滋味忒凄迷。

闲语罢，露叶点团龙。庭际早梅低屈戍，桐阴眉月映房栊。人影小屏风。

闲醉罢，归去满鞋霜。门馆春灯迷曲社，石桥烟月照牌坊。行迹祇凄凉。

[①] 陈方恪《陈方恪诗词集》，南昌：江西人民出版社，2007年，第184页。

河传

春雨，无绪。掩屏山，斜軃云鬟暮寒。锦衾半堆人未还。阑珊，画楼更漏残。　　欲付双鱼愁远道。风讯小，溢浦潮回了。晓莺啼，残梦迷。那时。悔教轻别迟。

第一首《忆江南》联章四首，描写女子的"闲睡""闲坐""闲语""闲醉"四种情态，汪东评曰有花间之遗音①。而第二首词则是写女子之相思，春雨、画楼更漏、溢浦构成了一种令人相思的外在环境。在这种意境中除了表达相思之情以外，还融入个人情感，这种个人情感主要是一种闲愁，如《浣溪沙》中的"多是江城惆怅客，旧游重到问谁知"，《虞美人》中的"近来情事梦魂中。无奈闲房一晌、殢春慵"，《拜月星慢》中的"天河迥、错唤桃根渡。祗赚得、楚客萧疏，写江关哀句"，《霓裳中序第一》中的"岸曲杨花飘乱雪，人去夕阳万叠"，《临江仙》中的"江城烟月照鹓愁。梦回高阁，夜恋旧衾裯"，《浣溪沙》中的"昨夜西风起画屏。衰红残翠不胜情。梦回愁度十三陵"，《摊破浣溪沙》中的"今夜故人魂梦去，不禁吹"，《玉阑干》中的"近来别梦索无凭，争安排，万种愁绪"，《玉楼春》中的"明朝两袖拂苹烟，又向溪山迷泪眼"，《转归来》中的"归计未成佳约杳。故山夜雨鹃啼老"，《临江仙》中的"马嘶花发尽，疏雨滞成愁"，《南歌子》中的"丝丝微雨漾帘钩。翻作一番风景、替人愁"。我们从上面所引词句可以看出，有的是以景物中暗含愁，有的是直接说愁，在词中重现晚唐五代意境并融入个人闲愁是《彦通词》的一大特点。

效仿李煜词风，兼具南宋风神。陈方恪在《洗斋词序》写道："历代词人，天禀之高允推后主，然后主之词不可学也；门庑之大无逾东坡，而东坡之词不易学也。"② 陈方恪认为李后主词不可学，在于其创作是凭借天赋，而苏东坡之词不易学，则是因为"门庑之大"，这里应当指的是东坡擅长词的各种题材，

---

① 陈方恪《陈方恪诗词集》，南昌：江西人民出版社，2007年，第132页。
② 陈方恪《陈方恪诗词集》，南昌：江西人民出版社，2007年，第184页。

以及词中所体现出的宽广的胸襟与过人的才气。而陈方恪并无苏东坡的胸襟，但是与李后主的气质与经历有一些相似。如下面这首词：

虞美人

南朝几许伤心事，一枕苏春睡。猗兰青鸟返瑶天，不尽落花流水、恨年年。　　兴亡覆手翻云雨。谁抵钟情苦。瓣香千载盋清词。人是金戈铁马、渡江时。（南唐后主殂于宋太宗太平兴国三年七月辛卯七夕，史称其亦以七夕生，生死巧合，岂佛氏所谓别有因缘者耶？距今岁丁丑洽值千载。是日，退庵先生招邀同社诸子设蔬果之奠于沪上寓斋，未蒇事而兵锋骤接，警耗频传，座客俱仓皇散去。翌日鹤亭丈赋此调，谨依原韵奉和，惟囿于次叶，媿未能工耳。）

这首词作于1937年，恰逢李后主千年诞辰，陈方恪在上海与其他词人一起进行公祭，这首词在效仿李煜词风的同时，也带有浓厚的时代色彩，把对日本侵略的忧虑注入词中，从而增加了这首词厚重之感。词中首句"南朝几许伤心事"写李后主，"不尽落花流水"则是化用李后主词句，词的下片开头两句总结其李后主由于酒色亡国，但是对于其痴情又颇为同情，最后一句"金戈铁马、渡江时"暗含现在，这首词的最大成功在于陈方恪面临的日寇侵华危机与李后主面临亡国危机很相似，而且陈方恪的风流倜傥与李后主气质也有几分相似。

除了模仿李后主词之外，陈方恪的词也有南宋风神，陈方恪自幼学白石、梦窗之词，[①] 对南宋词深有体会，下面我们就用张炎的《南浦》与陈方恪的《南浦》作一番比较。

南浦·张炎

波暖绿粼粼，燕飞来，好是苏堤才晓。鱼没浪痕圆，流红去、翻笑东

[①] 潘益民《陈方恪年谱》，南昌：江西人民出版社，2007年，第139页。

风难扫。荒桥断浦。柳阴撑出扁舟小。回首池塘青欲遍,绝似梦中芳草。

和云流出空山,甚年年净洗,花香不了。新渌乍生时,孤村路、犹忆那回曾到。余情渺渺。茂林觞咏如今悄。前度刘郎归去后,溪上碧桃多少。

《南浦》一词为张炎代表作,其以清空之笔写景。词上片写湖水、池水,下阕又写溪水,虽然同是春水,可是在词人笔下表现却不一样,词的上片虽然写荒桥断浦,却是写出了一片生机盎然之景,而且是现实之景绝非梦中之景,下阕转而咏溪水,但是却没有直接描绘溪水,而是由湖水溯源写溪水。词人笔下的景物很美,"和云流出空山,甚年年净洗,花香不了",被吴衡照评为"数语刻画精巧,运用生动,所谓空前绝后矣"[1],和云、空山、花香,由此引出溪水,意境很美,而且词人最后用了刘郎的典故,更使意境又上了一层。

南浦·春水

嫩染碧鸥天,傍杨枝,低拂涟漪清浅。应忆乍生时,相逢处、指点画桥芳岸。寒生断泖,依依犹自飞新燕。织段闲愁流不去,渐被晚风吹乱。

眉痕照影经年,甚缁尘不浣,总余泪点。舴艋恐难禁,青溪路、还送冷红千片。湘江解缆。断魂更逐斜阳远。前度池塘清梦渺,谁道寄情都懒。

汪东称此词"通体南宋人手笔"[2]。这首词有模仿张炎的痕迹,张炎词云"荒桥断浦,柳阴撑出扁舟小",陈方恪云"寒生断泖,依依犹自飞新燕";张炎词云"新渌乍生时,孤村路、犹忆那回曾到",陈方恪词云"舴艋恐难禁,青溪路、还送冷红千片",但是陈方恪学到了张炎之清空笔法。而且陈词中的"湘

---

[1] 孙克强《唐宋人词话》,天津:南开大学出版社,2012年,第1192页。
[2] 陈方恪《陈方恪诗词集》,南昌:江西人民出版社,2007年,第123页。

江解缆,断魂更逐斜阳远"有了一种黯然之情伤。

推崇静安。陈方恪有多首和王国维词,如《蝶恋花·和王静安韵》《阮郎归·和静安韵》《谒金门·和静安韵》《菩萨蛮·和静安韵》,我们可以通过比较王国维的原作与陈方恪的和韵词,来体味陈方恪和韵词的特点:

点绛唇(王国维)

万顷蓬壶,梦中昨夜扁舟去。萦回岛屿,中有舟行路。　　波上楼台,波底层层俯。何人住?断崖如锯,不见停桡处。

点绛唇·江行舟中,和静安韵

渐近归程,惺忪翻觉羁愁积。等闲轻掷,旧梦何因觅?　　沙岸渔灯,望里星星灭。江波白,云车驶月,浪卷千堆雪。

王国维之词仿佛是梦中行舟,描写的是一种梦境,当然这种梦境似乎也包含着一种更深刻的寓意,即现实中找不到出路,在梦中也不见"停桡处",而陈方恪写的是现实中的江上行舟,但是却也是"羁愁积",而觅旧梦,两首词的内在是相通的,陈方恪的和韵词不但是求和韵,更求得词的内在精神的接近。

陈方恪爱和王国维词,一方面可能受到他的兄长陈寅恪的影响。1925年,陈寅恪回国,任职于清华国学研究院,与王国维是同事,二人相交甚深,对王国维之学问佩服之至,"先生之学博矣,精矣,几若无涯岸之可望,辙迹之可寻"①。在王国维沉湖后,陈寅恪先后撰《清华大学王观堂先生纪念碑铭》《王观堂先生挽词并序》悼念王国维,对王国维之死的理解颇为深刻。陈方恪对王国维了解受到陈寅恪的影响也会较外人更深。另一方面二人词学观念相近,前文所引陈寅恪词学观"填词以意境为主,文字次之,声韵格律末技耳",王国维也有"言气质,言神韵,不如言境界。境界为本也;气质、格律、声韵,末

---

① 陈寅恪《王静安先生遗书序》,《金明馆丛稿二编》,上海,上海古籍出版社,1980年,第219页。

也。有境界，而三者随之矣"。① 他们二人都将境界（意境）放在最前面，这当然也可能是陈方恪先受到了王国维"境界说"的影响。此外，王国维推崇五代词，陈方恪作词也有晚唐五代词的神韵，这又加深了陈方恪对王国维词的喜爱。

第四节　袁荣法与《玄冰词》

袁荣法是沤社成员中年龄最小的词人，其《玄冰词》近260首，词作按年代可以分为前后两期。他的早期词既有像其父亲词作一样的花间之作，也有超过老一辈词人的触绪成愁之作。1949年以后身在台湾，袁荣法亦写了许多反映台湾风景的词作，这使他的词别具特色。

一、前期词

袁荣法是沤社词人中年纪最小的词人，但是其词作中却寄寓了多种情感：

触绪成愁。袁荣法虽然年纪很轻，却有一种词人感伤气质，任何外在的变化都会影响到他的心情，使他产生种种愁绪：第一种是时光飞逝之愁，比如《浣溪沙·甲子元日立春口占书红，次世父韵》中的"人生能几此佳辰"，《四和香》中的"似太息、春将去"。第二种是羁旅之愁，比如《虞美人·园梅盛开，苦忆西湖春讯》中的"略分眉色伴黄昏。不是天涯羁客也销魂"，《祝英台近》中的"藕花风，荷叶雨。前客又羁旅。十里秦淮，歌吹断肠语"。第三种是兴亡之愁，这种悲伤应当是受到父辈的影响，他的祖父是清末两广总督袁树勋，这样的出身使他对清朝有眷恋之情，从而在词作中抒发历史兴亡之感，如《满江红·癸酉秋侍母大人游旧京故宫，遍历三殿，玉砌雕阑，烟芜如织。此

---

① 王国维《人间词话·未刊手稿》，上海：上海古籍出版社，2009年，第82页。

昔人禾黍之什所由咏也》中的"瑟瑟西风鸣铁马，离离衰草没铜驼"，《芳草渡·纵辔过斜桥故居》中的"故宫尚在，也付与、离离禾黍。漫叹息，多少兴亡自古"。在这三种愁之中，最典型的情感就是因伤春而引发的时光飞逝之感，如《三姝媚·一春多雨，花事易阑，触绪成愁，倚声凄断》：

> 霞痕明断岸。袅青烟平芜，柳丝如剪。瘦碧池亭，倩暖春、将护稚莺娇燕。楚客多情，偷料理、探芳心眼。似省前游，花底依然，坠钿争艳。
> 挑菜桥西人远。但槛曲宫桃，乍匀妆面。伫立秋千，有㛤林斜照，暗生凄恋。为嘱东风，莫惯把、红芳催散。只恐荒波流去，天涯恨满。

这首词以春天多雨致使鲜花稀落而生忧愁。全词以描摹风景为主，"柳丝如剪""坠钿争艳"一派春季盎然的样子，抒情的句子不多，仅以"天涯恨满"结句，却言简意深，包含了一种对春天离去的深深惜别之情。

真挚友情。真挚友情主要体现在交游词中。袁荣法的交游以父辈交游为主，如冒广生、林葆恒、陈方恪、黄公渚、陈祖壬、周梦坡等都为世交。交游词中以贺寿、题图最多，《天香·辛未八月十九日寿切盦丈六十》《洞仙歌·壬申三月十五日寿鹤亭丈六十》《虞美人·冼玉清女士海天踯躅图，鹤亭丈属题》这些词作以应和为主，而最能见出词人感情的应当是送别词，如《安公子·送公渚丈归青岛。时新有河阳之戚。从乐章八十字体，并用元韵》：

> 长天霞潋滟。片帆今夜何许，漠漠沧波万顷，秋色青于染。霜风凄孤剑。休唱渭城旧曲，漫折河桥官柳，离笛听还厌。　　怎奈别思悁悁，归心黯黯。明朝海角，定有客去沙头店。怕舣船时候，遮莫愁人，迎望烟鬟九点。

这首词送别的对象是黄孝纾。黄孝纾也是沤社词人，而且诗词之外，还擅长书法与绘画。这首词是在海边送别而写，"漠漠沧波万顷，秋色青于染"，对大海的描写较为传神。下片抒发别思,从送者"别思愔愔"与黄孝纾"归心黯黯"两个角度来写,"迎望烟鬟九点"以送别人在岸上观看大海中的船只渐行渐远为结。

忧国之情。忧国之情反映在对战事的描写及日寇入侵之作中。整个民国年间战争不断,民国前期军阀混战,民国后期抗日战争,词人在词中反映了对战争的厌恶态度。比如《八声甘州·烽烟四合,寄此危巢,亲故流离,河山破碎,抚今思昔,忧来无端》中的"莽天涯畴处是吾乡,商量此心安。念峥嵘兵火,飘零亲旧,销黯溪山",词中反映了战争造成了词人亲友飘零的感觉。除了对军阀混战的描写外,袁荣法对抗日战争也有词记录,如对抗日烈士的悼亡之作《水调歌头·永定张效桓少尉若翼,海楼丈之子也。与倭寇战,堕机死汉阳。即葬所殉地,词以吊之》中的"彭殇等耳死重,能使泰山轻",歌颂烈士之死重于泰山。再比如《鹧鸪天·倭人寇我三月矣,寒宵凄警,怆然有思》:

撼户狂飙变征声。梦回刁斗动连营。山河破碎人千里,霜月模糊夜五更。　灯炯炯,漏丁丁。乱离谁信此身轻。人生天道那堪问,止向梅花索旧盟。

这首词是以抗日战争爆发后三个月为背景而写的,词人在深夜有感形势危急而夜不能寐。"梦回刁斗动连营"化用辛弃疾的词,也希望有更多辛弃疾的英雄出现能够力挽狂澜。"山河破碎人千里"是对危机形势的描写。"霜月模糊夜五更"既是对夜色的描写,也应和了国家危急的形势。"灯炯炯,漏丁丁"承上片末句而来,"乱离谁信此身轻"是说个人对于国家而言微不足道,词的末句"止向梅花索旧盟"是化用陆游的诗句"我与梅花有旧盟"。这首词化用了辛弃疾、陆游的成句为词,说明词人希望像他们二位一样能够抵御外敌入侵。

二、后期词

袁荣法于 1949 年去台湾,被聘为"中华学术委员会委员",编订学术刊物,退休后在台湾东吴大学教授词选。到台湾后,他也经常参与社集唱和。袁荣法后期的词作主要描写台湾风景,寄托深深的思乡之情。描写台湾风景的作品如《蝶恋花·八月十八日晓发彰化至日月潭》《清平乐·癸巳正月十一日偕室人同登阳明山看樱花杜鹃》《玉楼春·壬辰七月二十三日携俊儿自台北飞花莲道经台南台东盍越卑南山脉而行也》,我们以其中《清平乐·癸巳正月十一日偕室人同登阳明山看樱花杜鹃》来欣赏台湾风情,词云:

  昼晴风袅。绣谷融斜照。远近岚光青不了。时响隔山啼鸟。 平坡细草如茵。相携浅坐闲行。最喜万花齐吐,流泉也作春声。

这首词写于1953年,阳明山在台北市近郊,是台湾著名的观光胜地。1950年,蒋介石为纪念明代学者王阳明,将原名草山的山区改名为阳明山。这里气候温和,一年四季景色各异,尤其是在春季,杜鹃花与樱花齐放,漫山遍野团团似锦。全词对阳明山的秀美风景作了细致的描绘,上片以"绣谷融斜照"最佳,下片以"万花齐吐"点明题旨,词中动静结合,上片有"啼鸟时响",下片又"泉水作声"。

  袁荣法除了描绘秀美的台湾风景之外,还在词中流露出远离大陆的愁情,如《金缕曲·别子杰廿余年矣。戊戌重九后二日慰堂为置酒相会,子杰出示过东京时友人所赠长调,依韵成此,以志合并,兼呈慰堂》中的"身与世,两凄绝",《采桑子》中的"客梦难通",《小重山》中的"年光转,愁鬓碾成丝"。《念奴娇·寥音世丈见视觅桃花词,用白石韵。清丽无比,因忆杭州九里松桥畔,两岸桃花极盛。丁丑以前每岁花时,必流连其间。今渡海又将十年矣。念之惘然,借韵成此,却呈。兼示醇絜二公》更能表现愁情,词云:

  小车载酒,记年年湖上,招携游侣。夹岸夭桃娇弄影,拥花无重数。越醑香秾,吴歈声艳,风引纤纤雨。溪山如绣,等闲抛尽新句。 谁料沧海尘飞,逃秦人老,十载天涯去。九里松青今在否,目极斜阳连浦。璪

> 蜡光阴，残鹃滋味，且忍伶俜住。相思难寄，梦中寻遍前路。

这首词作于大约 1959 年，全词结构分明，词中上片回忆了作者在 1937 年以前，每年在杭州九里松桥畔观看桃花，与友人一起小车载酒，在纤雨微风中欣赏桃花的娇影，饮酒赋词。下片转向现在，词首句"谁料沧海尘飞"表现世事难料，"目极斜阳连浦"是词人向家乡方向极目眺望，而海峡遥远，只能在梦中"寻遍前路"。

三、艺术特色

实景与虚景的组合。 袁荣法的《玄冰词》一大特色是词中景物描写引人入胜，既有虚景也有实景。实景是描写真实的景物，有明确的地点线索，如《虞美人·乙亥早春独游玄武湖》中的"问谁能慰此时情。只在春山依旧向人青"，《八声甘州·御霜南来，辄共杯斝，被酒倚声，亦能为我歌之否》中的"镇当前、江南风景，比落花、时节更堪哀"，《南乡子》中的"杨柳娇柔桃叶嫩"，《望海潮·补陁眺海》"连云一白，浮空万绿，天垂四阔周遮。轻浪弄晴，惊涛卷雪，年年洗净寒沙。立尽夕阳斜。正凝思望极，感叹交加。潮去潮来，为谁流恨到天涯。"虚景则未点明地点，而且用夸张想象的手法来写，这种写景是为了营造一种氛围，如写愁的《锦帐春》"碧云重，幽梦冷，怅哀弦自抚。断肠偷诉"，《瑞鹤仙》"况一春长是，花开花谢，懊恼情惊未稳。听声声、邻笛凄清，去愁又趁"，《被花恼·秋感，用杨守斋韵》"一番冷雨一番风，寂寞易成昏晓"，《蝶恋花·戊寅秋御霜重来沪上，篝灯话旧，相与黯然，赋此赠之》"魂逐哀弦飞不起。人间多少荒山泪"，《金缕曲·送别彦通七丈之金陵》"多少寒鸦风雪里，点缀颓垣枯树"。再如《浪淘沙·辛酉暮春泛舟西湖，宿雨新霁，光景清绝》更能体现词人景物描写的深厚功力，词云：

> 垂柳绿阴齐。桃李成蹊。楼台只隔短长堤。无数青山新雨后，烟景凄

迷。　　波蘸碧云低。鸥鹭忘机。轻舟巡遍画桥西。如许春光都负却,斗酒黄鹂。

这首词作于1921年,词人雨后泛舟西湖,全词围绕"烟景凄迷"来写,春雨后的西湖"垂柳绿阴""桃李成蹊",下片写春景使鸟儿与人都陶醉于此,"鸥鹭忘机",游客也不负春光,一边泛舟,一边饮酒。

游仙诗词创作源远流长,最早可以追溯至先秦游仙文学。有研究者据《全唐五代词》统计,有40余首词与游仙相关,宋代游仙词有231首,[1] 宋代词人苏轼、王安石、晏几道、黄庭坚、秦观、陈师道、晁补之、黄裳、朱敦儒、周紫芝、李纲、李清照等皆有游仙词。袁荣法作游仙词共八阕,他的游仙词对仙境有一种描述:

鹧鸪天·乐府中小游仙一体,今以长短句拟之
　　弱水蓬莱海气昏。神山环顾四无垠。胡天胡帝难为忆,倾国倾城总是恩。　　歌窈窕,舞轮囷。壶中日月自温存。何时玉釜青烟直,炼就丸香与返魂。

这首词典型的是虚景,"蓬莱""神山""玉釜""壶中日月"构成了一种仙境,这种仙境乃是词人幻想而成,词人在这种仙境中欣赏倾国倾城的仙女歌舞表演,词人飘飘欲仙。这种仙境的描绘是现实生活中找不到的,而词人对这种仙境的描绘也是为了一种想象,在这种想象中获得精神慰藉。这种描写继承了传统游仙词创作手法。

英雄之气与儿女情长。袁荣法出身于名门,看到民国年间征战不断,自然会豪情万丈,希望自己能够生在乱世能够有所作为,如:

---

[1] 秦永红《宋代游仙词研究》,湖北大学硕士论文,2012年,第8—10页。

水调歌头·丙子六月冀野招饮秦淮酒家，大醉赋此

今日复何日，且尽手中杯。吾生惟愿长此，三万六千回。莫问当年王气。但向秦淮佳处。容我一俳徊。明月无消息，天际有惊雷。　　我击节，君起舞，歌莫哀。相看头上种种，华发暗中催。毕竟兜鍪金印，不是诗书中物，造化为安排。大笑出门去，我辈讵蒿莱。

这首词作于 1936 年，词人未满 30 岁，冀野则是卢前，比袁荣法年长两岁，两位青年才俊遇到一起，饮酒赋词，自然豪气冲天。全词有一种李白之气贯注词中，而且化用李白诗句，如词的开头两句"今日复何日，且尽手中杯"化用李白《将进酒》，有李白似的豪情，而最后两句则化用李白《南陵别儿童入京》，又能看出李白似的自信，全词看出词人不甘落后于古人，击节起舞，把酒当歌。

除了英雄之气之外，袁荣法的《玄冰词》如同其父一样，有一些花间词描写男女之情，比如《虞美人影》中的"一笛清商歌换。羞唱郎团扇"，《少年游》中的"佳人睡起弹双鬟"，《酒泉子》中的"远山长，新月小，待郎描"。直到晚年仍然作花间词，如下词：

极相思

玉绳金镜揩磨。灵鹊拂帘过。琼楼西畔，垂虹倒影，画尽颓波。
深院乍惊罗袖薄。倚残妆、愁晕修蛾。玉人知否，西风渐起，总是秋多。

严守声韵。袁荣法的和韵词有和小山、清真、梦窗、方回、白石。如《惜红衣·用白石韵和呈世父璱文》《六么令·和小山同世父璱文》《大酺·秋雨用清真韵，并依其四声》《还京乐·庚午四月闻歌感怀，用清真韵，并依其四声谱之》《玲珑四犯·暑夜听雨，用清真韵，同世父苍虬、映盦、公渚三丈人作》《汉宫春·江湾叶园牡丹，用梦窗韵，同季纯、绍周二人》《大酺·和草窗》《石州慢·春尽用方回韵》《塞垣春·客中和清真，并依其四声》《六么令·壬

午九日和清真》《六州歌头·用贺东山体，次和仲唯丈》。可以看出袁荣法和韵最多的是周邦彦，我们下面就将周邦彦的原词与袁荣法的和韵词相比较：

大酺·春雨（周邦彦）

对宿烟收，春禽静，飞雨时鸣高屋。墙头青玉旆，洗铅霜都尽，嫩梢相触。润逼琴丝，寒侵枕障，虫网吹黏帘竹。邮亭无人处，听檐声不断，困眠初熟。奈愁极频惊，梦轻难记，自怜幽独。　　行人归意速。最先念、流潦妨车毂。无奈向、兰成憔悴，乐广清羸，等闲时、易伤心目。未怪平阳客，双泪落、笛中哀曲。况萧索、青芜国。红糁铺地，门外荆桃如菽。夜游共谁秉烛？

大酺·秋雨用清真韵并依其四声

渐蝶魂稀，蛩吟远，铃语玎琮深屋。参差帘幕重，镇荒落庭院，坠梧声触。倦笛飘寒，残砧捣梦，门掩萧萧霜竹。柔肠牵萦处，听银河澈地，睡都难熟。念钿甲微冰，匣弦暗润，湛然羁独。　　沉沉情更速。误幽会、兰汜迟芳毂。总自叹、伤怀宋玉，赋恨江淹，俟销魂、望迷遥目。最怕狂踪迹，和泪入、寂寥心曲。问谁忆、芙蓉国。双桨归去，多少飘零红菽。夜长但悲短烛。

周邦彦最懂音律，所作词最合乐，而且对于四声的运用也颇为讲究，在上面这首词中，龙榆生认为《大酺》一调有"对""奈""况"，以及"等闲时易伤心目"的"易"字，"寒侵枕障"的"枕障"用了去声字，这种在领格和转折跌宕处用去声字是为了传神。[①] 很多词人依照周邦彦、姜夔词依句填词，不敢有丝毫偏差，我们对照两首词来看，"屋""触""竹""熟""独""毂""目""曲""烛"，袁荣法一一合韵。除了严守声韵以外，袁荣法这首词表达的情感也与周邦彦相似，周词是伤春，表达的是与谁夜游的一种"幽独"的情感，而

[①] 龙榆生《词学十讲》，福州：福建人民出版社，1988年，第104页。

袁荣法是悲秋，表达的是长夜烛短、羁旅孤独之感。

以新材料入旧格律。新材料入旧格律原是梁启超提倡诗界革命的口号，在当时产生了广泛而深远地影响，如民国时吴宓评顾随《无病词》便是"以新材料入旧格律，合浪漫感情与古典之美"，袁荣法也不例外，其20世纪60年末代作《清平乐·月球登陆成戏书》，词云：

> 浑然太古。浪静风平处（降落地曰宁静海）。千百由旬拼一顾。那得金蟾玉兔。　　老夫破睡相看。星槎天外飞还。却道广寒宫阙，炎凉犹甚人间。

这首词是作于美国登月成功之后，月亮一直是中国诗词中的母体意象，文人一直以"嫦娥""素娥"来指代月亮，"嫦娥奔月"是中国古老的传说，代表了中国人的一种美好想象，而这种想象变成现实，词人以此为题材是传统词写作的一大突破。词从美国宇宙飞船在月球降落地写起，设想宇航员上去的第一件事是寻找嫦娥玉兔，"星槎天外飞还"，写登月归来，最后两句说出了探月的一大发现，月球寒冷甚过地球。

第六章
沤社其他词人的创作（上）

沤社成立这一年，潘飞声已经 72 岁、周庆云 66 岁、程颂万 65 岁、洪汝闿 61 岁、林葆恒 58 岁、冒广生 57 岁、夏敬观 55 岁、刘肇隅 55 岁，他们是彊村、散原两派之外的沤社老派词人，其中潘飞声、程颂万、夏敬观、冒广生的词作跨越晚清、民国，尤以晚清为主；而周庆云、林葆恒、洪汝闿、刘肇隅四人之词则多成于民国期间，实乃民国之词。通过对他们词作的考察，可窥见晚清民国词之一斑。

第一节 潘飞声《说剑堂词》

学界对潘飞声研究可以分为年谱整理、生平介绍、词学研究三类。年谱整理如丁丽《潘飞声先生年谱》（2012 年，华南师范大学硕士论文）对潘飞声一生行迹作了较为详细的考证，年谱征引了大量的材料，为进一步研究潘飞声奠定了基础。生平介绍如毛庆耆《潘飞声小传》（《文教资料》1999 年第 5 期）介绍了潘飞声的生平交游，并且对潘飞声的诗词创作做了初步探讨，文章认为潘飞声的《海上词》题材可以分为三类，其特色是描写异域风情，其不足则是重冶游、写艳情。词学研究者如詹杭伦《论〈粤东词绝句〉说略》（《西华师范大学学报》2010 年第 1 期）以潘飞声 20 首论词绝句进行研究，文章从词人介绍、作品解读、文献考索三个方面入手，认为潘飞声的论词绝句主要是针对

《粤东词钞》而写,而且对杭世骏的《论诗绝句》以及谭莹《论词绝句》有所借鉴,文章还对潘飞声论词绝句的写作技巧进行了总结,另如谢永芳《潘飞声对本土词学文献的整理研究及其价值》(《图书馆论坛》2008 年 8 月)对潘飞声《粤东词钞三编》《粤词雅》《论〈粤东词绝句〉》进行了探讨,文章从潘飞声的三部著作对广东词学研究推进的角度进行研究,如认为《粤词雅》在搜罗文献、词人品德、词史意识三个方面对宋代粤东词研究推进了一大步,并且认为潘飞声对乡邦文献的整理是为了改变广东词学在全国词学中的边缘地位。

一、潘飞声的词学活动

潘飞声在光绪五年(1879)已经写成《花语词》,请陈良玉作序。光绪九年(1883)请萧馥常为《珠江低唱》作序。光绪十一年(1885)请陈璞为《花语词》作序。光绪十三年(1887)至光绪十六年(1890),潘飞声在德国期间完成《海山词》,在归国后的一段时间里完成了悼亡妻子梁氏的《长相思词》。光绪十八年(1892),潘飞声与冒广生在广州越华书院向叶衍兰学词①,在此期间叶衍兰曾召集他们观摩《陈其年填词图》,潘飞声作《扫花游》一词记之。1909 年潘飞声《饮琼浆馆词》出版,后被收入沈宗畸《晨风阁丛书·甲集》中。潘飞声在上海定居后加入南社,共有 19 首词作发表于《南社丛刻》。1912 年,潘飞声参与周梦坡组织的消寒社,与吴昌硕、陈三立、刘语石等交游,1913 年与朱祖谋、夏敬观结识,后又参加淞社,1931 年加入沤社,后成为朱祖谋之后的沤社社长,② 其定居上海后的词作主要收在民国二十三年(1934)版的《说剑堂集》中,1934 年 4 月 9 日,潘飞声在上海去世,同年,叶恭绰与潘飞声门生谭敬编辑出版潘飞声词选《说剑堂词》。

---

① 丁丽《潘飞声先生年谱》,华南师范大学硕士论文,2012 年,第 72 页。
② 叶恭绰《说剑堂集跋》"从其朔也,海上词人为沤社岁时宴集相唱和,恒以齿叙座,自彊村谢世,兰史以年最长为尊,宿意兴甚豪,吾辈方叹为莫及,乃匪久复与梦坡、子大先后逝,社事虽稀",《说剑堂词》,民国二十三年(1934)刻本。

二、《说剑堂词》的版本

《说剑堂词》有两个版本：一是光绪二十四年（1898）本，一是民国二十三年（1934）本。

光绪二十四年（1898）本，包括《海山词》《花语词》《长相思词》《珠江低唱》共四卷。《海山词》有光绪十四年（1888）十二月宁乡陶森甲絮林序、上海姚文栋序、张德彝戊子年序、日本井上哲序。题词有何桂林（竹君）、承厚、敦伯、金井雄（飞卿）、井上哲（君迪）。《花语词》有陈良玉序是光绪乙卯（1879）九月序、光绪乙酉（1885）十月陈璞序、黄绍昌序、陈骧序。题词有东官罗嘉蓉秋浦、增城何桂林子卲、番禺郑权玉山。《珠江低唱》有光绪癸未（1843）中和节西园种菜叟萧馥常序。《长相思词》有承厚伯纯、冒广生鹤亭、郑权玉山的题词。

1934年，潘飞声去世，叶恭绰编辑《说剑堂集》，诗词合订，诗三卷，词一卷。诗集影印潘飞声早先作刻《说剑堂诗》，词集则在原有词集基础上重新选编，并作跋云：

> 余与夏剑尘、姚虞琴编校兰史诗，竟谋并刊所为词乃取其已刊及所存各稿，由余为之选定凡得若干首以属谭和庵附刊于诗后。兰史少时所刊词曰《海山词》《花语词》《长相思词》、曰《珠江低唱》凡四种，厥后所作曰《饮琼浆馆词》、曰《花月词》则皆未付刊，今兹综合选录名之曰《说剑堂词》。

此本将原先四部词作之序都归为一处，又新添夏敬观甲戌（1934）五月序。此本《说剑堂词》在选录光绪年间版本的基础上，又加入了新选词作四十余首（大部分是民国词作）。此外，潘飞声词集尚有宣统元年单独出版之《饮琼浆馆词》，收录于《晨风阁丛书·甲集》。另1934年又有光绪本《说剑堂词》四卷的影印本。

三、《说剑堂词》内容

《说剑堂词》按照内容可分为三部分,即域外词、悼亡词、交游词。

域外词以词集《海山词》为代表,潘飞声曾赴德国教授汉语三年,《海山词》即为此三年生活之记录。1887年,潘飞声三十岁,德国教育部成立了东方学院,聘潘飞声为教席教授广东话。7月30日,潘飞声随洪钧赴德国讲学,① 多人前来送行,潘飞声作词记之:

> 大江西上曲·丁亥七月十三日,余远游西溟,舟发杨椒坪,谢梧山、居古泉、黄绮云、黄日坡、杨湘舲、胡敬之、曾式如、杨仑西、伍意庄、居秋海,送至珠江,率赋留别,仓皇行色,不复按谱求工也。
>
> 江亭酒醒,听西风一笛,离愁吹起。已拼乡心抛撒去,禁得桥阑重倚。戴笠前盟,诛茅后约,洒尽平生泪。丝丝疏柳,向人还更憔悴。
>
> 早分万里关山,吴箫燕筑,萍梗看身世。何况西溟风雪路,多恐敝裘难理。潮打秋来,海浮天去,归梦知何际。苍茫云水,挂帆吾又行矣。

此词上阕述离别,"洒尽平生泪"写与送行人不忍告别,"丝丝疏柳,向人还更憔悴"写家乡的一草一木也因离别而神伤。下阕描写未来之行程,"何况西溟风雪路,多恐敝裘难理"。是对行程险恶之设想,结句"挂帆吾又行矣"则是以即将启程来代替分别之感伤。

潘飞声在德国教学三年,教学之余一方面游览德国秀美山川,另一方面也与不少外籍女士交游。描写山川风景的词有《满庭芳·柏崎园观百花会》《菩萨蛮·宿威陵》《一剪梅·斯布列河春泛》《碧桃春·夏鳞湖在柏林西数里,松山低环,绿水如镜,细腰佳人,夏日多游冶于此》《伤情怨·德意志柏林城泉甘土

---

① 丁丽《潘飞声先生年谱》,华南师范大学硕士论文,2012年,第31页。

沃，花事极盛。四月紫丁香、八月秋海棠，人家园林，随地皆是。游览所及，写以小词。又以见羁人幽绪，随感而伤也》等，此处援引两首词以窥其貌：

一剪梅·斯布列河春泛

日暖河干残雪消。新绿悠悠，浸满阑桥。有人桥下驻兰桡，照影惊鸿，个个纤腰。　　绝代蛮娘花外招。一曲洋歌，水远云飘。待侬低和按红箫，吹出羁愁，荡入春潮。

伤情怨·德意志柏林城泉甘土沃，花事极盛。四月紫丁香、八月秋海棠，人家园林，随地皆是。游览所及，写以小词。又以见羁人幽绪，随感而伤也

春寒香信尚怯。已有花如雪。紫玉填街，乱沾裙百折。　　交枝未忍暗折。谩替与、罗襟偷缀。要等相思，纤纤穿作结。（右咏丁香）

第一首词的斯布列河现译为施普雷河，源出东南部劳西茨山北麓，在柏林地区汇入哈弗尔河。全长403公里，流域面积1万平方公里。这首词写春天在河上泛舟，"新绿悠悠"写周围春景，"个个纤腰"写女郎之体态，"一曲洋歌"写女子之才艺，"待侬低和按红箫"写词人欲配合佳人歌唱，极富浪漫气息。第二首词描写柏林花事，柏林人喜爱种植花卉，春天紫丁香，秋天海棠花，此词为咏丁香之作。丁香花在西方意味着年轻人的初恋，词中"要等相思，纤纤穿作结"即说明此意，"花如雪"是对丁香花的描述，而"紫玉填街"则是指丁香花布满了柏林街道。词中虽没有羁旅之情的抒发，可是异国他乡的美景想必会引发词人的思乡之情。

潘飞声在德国教学期间与外籍女士交游，王韶生《读〈说剑堂集〉》称"此词大半为泰西女郎而写"[①]。潘飞声与她们一同游玩，一同观赏歌剧，她们

---

① 毛庆耆《潘飞声小传》，《文教资料》，1999年第5期。

则为潘飞声庆祝生日，彼此结下了深厚情谊。交游之作有《迈陂塘·女郎有字莺丽姒者，屡订五湖之约。赋此宠之》《诉衷情·听媚雅女士洋琴》《洞仙歌·同媚雅、芬英、高璧、玲字四女史夜过冬园观剧。歌停，日本舞妓阿摩鬐出扇索书，赠以此词》《寿楼春·戊子十一月九日桂竹君秋曹、井上君迪文学布席绿天楼，为余作生日。而芬英、媚雅、苏姒、玲字四女史亦各送名花至。衣香花气，荡漾于珠帘镜槛间，酒阑，诸女史按洋琴，扬清歌，相跳舞以娱寿。客皆尽欢，余欣然成此解》《梦横塘·兰瑨琦女史邀泛帖尔园之新湖，有瑞典女郎威丽默打桨。时四月六日，新绿乍齐，湖波半剪。铁桥环曲，间备罨画，图中佳瞩，船名绿衣姒，亦美人名也》等。在这些词作中，潘飞声对红粉知己吐露了自己的孤独之情，如《迈陂塘·女郎有字莺丽姒者，屡订五湖之约。赋此宠之》"伤心事，我正风尘羁旅。萍踪飘泊无据"，《台城路·绿天楼琴酌，留别媚雅女士》"我亦频年，弹琴说剑，归去萍踪无据"，《蝶恋花·送绮云字女史归伦敦酒阑复歌此阕》"莫惜深杯珍重劝，醉中禁得天涯远"。即便是冶游词中，也有深深的哀愁，如下词：

> 高阳台·芜亚胗女子越梨思所居第五楼，镜屏琴几，位置如画。槛外绿鹦鹉能学语唤人。余两宿其中，绣榻明镫，曾照客梦，而梦中思梦，转难为怀。题此词奓其壁，亦足见回肠荡魄时矣
>
> 帘卷花痕，屏开雪影，有人楼外偷凭。密语些些，等闲忘了深更。娉婷心似纤纤月，照闲愁、又照闲情。慰飘零，细酌银瓶，细拢银筝。
>
> 年来孤阁听秋雨，问绮怀谁诉，冷枕寒灯。一夕温存，消他暖慰吴绫。鹦哥解唤伤春客，护梨魂、晓梦休惊。记香盟，如此分明，如此凄清。

这首词记录了潘飞声的浪漫情事，潘飞声妻梁氏去世不久，潘飞声的内心很空虚，所以渴望从异国情人身上找到情感慰藉，全词笼罩着闲情与闲愁，上片写词人与女子喝酒弹琴以慰飘零之情，下片写温存之后的伤感与凄清。潘飞声归国时，外

籍女士们纷纷饯别相送(《摸鱼儿·庚寅七月十一日束装东归，嬉婵、麦家丽、李拾璧、马丽婷、符梨姒五女史邀饯佛罗洼园林。即席赋谢，并以志别》)。

潘飞声在异国他乡，常常怀有故国之思，这一点在《海山词》中时常流露，如"点滴分明。不是家园一样声"(《采桑子·雨夜》)、"海燕别人何处去，一样无家"(《浪淘沙·酒后感秋》)、"听两岸蝉声，吹堕斜阳暝"(《迈陂塘·何蘧庵书来，谓移居荔湾，筑馆池荷之上，属为制词，预题廊壁，余倦游海外，久轸乡情，一片归心，已在菱香茭影中矣》)、"天涯幽绪无人识"(《菩萨鬘·题伯纯画照水芙蓉》)、"笛里关山，帆边潮汐，早识远游苦"(《玲珑四犯·夜读白石道人文章信美知何用，谩赢得、天涯羁旅句，殊触身世之感，慨然赋此。和原韵，寄何一山贰尹沪海、萧伯瑶山人潮州》)、"两年归计未能成。林叶又秋零。萧萧送我还乡梦，渡重洋、只绕卢城"(《风入松·次韵答一山丈》)、"极目乡国何处是，猛愁来、怕读君句。身世感，尚同慰"(《金缕曲·雪中读杨仑西寄词，走笔次韵作答》)。

1890年，潘飞声任教期满，决定辞去教职，辞去原因有两方面：一是要归国参加清廷官员选拔①，一是待遇偏低②。虽然潘飞声在德国只有三年教学生活，但词人对这段经历十分看重，直到晚年未忘怀。

潘飞声的域外词开晚清民国域外词之先声，以后的陈世宜、叶玉森、沈宗畸、廖恩焘、吕碧城纷纷用词记录海外历程，潘飞声的词如同其他域外词一样描写山川风景，如前文所举词例，其特别处是其域外词更多带有"词为艳科"的特点。张尔田在《芳菲堂词话》写道："兰史尝游柏林，毡裘绝域，声教不同。碧眼细腰，执经问字，亦从来文人未有之奇也。"③ "碧眼细腰，执经问字"这一点尤为不同，因为别家域外词大量表现异域风景及名胜古迹的词作，内容以风景为主兼及民俗、器物、花卉等。④ 潘飞声"此词大半为泰西女郎而

---

① 丁丽《潘飞声先生年谱》，华南师范大学硕士论文，2012年，第34页。
② 丁丽《潘飞声先生年谱》，华南师范大学硕士论文，2012年，第56、57页。
③ 转引自刘梦芙《二十世纪中华词选（上）》，合肥：黄山书社，2008年，第120页。
④ 韩荣荣《晚清民国词作的域外描写及其意义》，《河北学刊》，2014年第1期。

写"①。

第二部分为悼亡词，即《长相思词》，写作时间大致为光绪丁亥（1887）至庚寅（1890）。《长相思词》是潘飞声悼念亡妻梁霭之作。梁氏1880年嫁给潘飞声，1887年去世，生二子，祖贤与祖超。梁氏才貌双全，"荆布自娴雅，长身如玉立……梁妇生性淑，慧悟具奇质。习礼而明诗"②；而且恪守妇德，"我母谓妇贤，我姑谓妇德"③。潘飞声与梁氏相互恩爱，感情深厚，潘飞声远赴德国教书的原因之一也是为减轻梁氏夫人去世后带来的悲伤。为了纪念妻子，潘飞声将其妻所居"红芳馆"更名为"长相思室"，以寄托哀思，如下词：

浪淘沙·长相思室夜坐感赋，室即亡妇梁佩琼所居红芳馆，丁亥闰四月悼亡，因取苏子卿死当长相思句，改颜其室

孤影冷幽窗。愁剔银缸。怕看遗卷在空床。案上瓶花开落尽，谁写红芳。　　风景太凄凉。旧句思量。记曾柳外倚回廊。何必春阴肠断也，愁杀秋光。（亡妇春阴句云：花阴一抹香如水，柳色千行冷化烟。又云：花前怕倚回阑望，红是相思绿是愁。皆凄婉可诵）

此词写词人只身在长相思室思念妻子。上阕"遗卷在空床"与"花开落尽"突出物在人亡的伤感。下阕回忆妻子当年的所作之词。词犹在目而人去楼空，令词人读之更觉伤春与悲秋。

在《长相思词》中，既可以看到词人对昔日欢愉场景的回忆，如"仿佛旧时扶病夜，劝我添裘"（《浪淘沙》）、"又秋期似旧，惊心事，倩谁商。忆年年佳约，兰闺瓜果，同炷炉香"（《木兰花慢·七夕偶述》）、"话往日清游，细听诗语"（《台城路·余家栖栅门，临龙溪巷，折西行有稻田数顷。荷塘松径，绿香晚凉，囊与佩琼居士踏月赋诗，凭阑瀹茗处也。航海归来，重寻陈迹，旧愁

---

① 毛庆耆《潘飞声小传》，《文教资料》，1999年第5期。
② 潘飞声《悼亡一百韵》，见《潘飞声先生年谱》，华南师范大学硕士论文，2012年，第41页。
③ 潘飞声《悼亡一百韵》，见《潘飞声先生年谱》，华南师范大学硕士论文，2012年，第41页。

如梦，触绪纷来。鹤唳虫鸣，只益苍凉惆怅耳》）；也可以看到对与妻子在梦中相逢的期盼，如"慰君只有秋衾梦，怕羁魂、未许相逢"（《金菊对芙蓉·仲夏葬亡室于禅山带雾冈，夜宿山家作》）、"天涯默数飘零恨，两渡西溟望鹊桥"（《鹧鸪天·十一月二十八夜客楼听雨，感不成寐。明日是亡妇生辰，用成容若韵》）。身在柏林的他也深深地思念妻子，如"分明见，是云鬟似旧，絮语迟迟"（《沁园春·丁亥十月十夜柏林客馆梦亡妇》），而且回国之后即宿长相思室，并作词纪念：

长相思·庚寅八月二十四夜自海外归，宿长相思室，感赋二解（其一）
　　风飕飕。雨飕飕。夜静衣寒不自由。与谁熏绣篝。　　忆从头。诉从头。枕上银河作泪流。人间无尽愁。

第三部分交游词。潘飞声的交游词主要集中在《饮琼浆馆词》和1934年版《说剑堂词》中。潘飞声一生游历颇广，结交众多，从前面的词集作序与题词便可看出。早年在柏林教书时，潘飞声结交了日本友人井上哲。潘飞声在1894年赴香港任《华字日报》主笔，在港时间长达13年之久，这一时期，他的交游更加广泛，如1898年12月经人介绍与台湾诗人丘逢甲相识。潘飞声晚年退居上海直至逝世，在上海期间，他一方面与南社中人交游，另一方面则与清朝遗老刘语石、高太痴、王雪澄、陈伯严、金香严、余尧衢、江湘岚、程子大、陶拙存、谢复园、周梦坡、姚虞琴、夏剑丞、陈仁先、黄竺友、狄楚青、赵叔孺、丁辅之、胡朴庵、严载如、高欣木、陈豪生、王蕴章、朱祖谋、冒广生等人关系甚密。

他的交游词可分为两类。一类为写给友人的交游词，词作抒发出一种淡淡的闲愁，如"流水最无情，不送春愁，送了春人去"（《醉花阴·花田渡口，是当日送刘乐生处》）、"柴门澹月如烟，垂杨浸在轻烟里。半池荷露，一堤花影，两三船舣。今夜流云，昨宵宿雨，碧天无际。把湘帘四卷，瑶琴漫理，还乍听、疑流水"（《水龙吟·秋夜同何杞南师过半塘桐竹圃弹琴》）、"试极目天涯，满地怜羁旅"（《摸鱼儿·庚寅重阳后二日同何一山、冯遂知放舟瑶溪，访杨椒叟半园、居古泉啸月琴馆，席上作》）、"莺燕迷离，琵琶怨恨，莫把平生诉。晓风残月，此情还又愁赋"（《念奴娇·秋夜伯澄从兄招集六松园听曲。同陈仲卿太守、俞伯惠少尹、何监古上舍、佩裳侄》）、"词人身世半无憀。旧愁心上潮"（《阮郎归·题王莼农十年说梦图》）。

还有一类是群体性的交游词作，如《扫花游·叶南雪户部丈招同诸词人集越华讲院，观户部手摹陈其年先生填词图，即席谱此》《齐天乐·秋日剑丞招集映园同诸子赋》《瑞鹤仙·辛未人日邀诸子集正风堂》。这类词中也充满了淡淡的愁意，如《满庭芳·丙辰禊日集愚园，次周梦坡韵》：

> 傍水飘灯，凭花引笛，旧游梦堕烟痕。落红风里，一曲惜余春。可奈当时王谢，兴废感、禊事谁论。还相似，丽人行句，草草付吟尊。　　香尘。愁拾缀，鸱夷去远，寂寞湖滨。纵庾郎无恙，瘦尽离魂。哀入江南赋稿，怕鼓鼙、劫后重闻。应自叹，飘零白社，书在不干秦。

此词作于1916年，禊日即上巳节，潘飞声参加了周梦坡组织的愚园集会，全词充满伤春之情。"落红风里，一曲惜余春"为全词奠定基调，从上片的王谢典故与下片的《哀江南赋》典故可以看出词人已经逍遥出尘，看透历史循环，而"劫后重闻"当指国内因袁世凯称帝而爆发的护国战争，"飘零白社，书在不干秦"说明词人以隐士自称，不再过问世事的心志。从这首词中我们可以窥见潘飞声晚年的凄凉心态。

四、词作特点

描写域外风情，扩大了词的写作内容。晚清词坛以常州派为主流，当时大清国势已经颓败不堪，词人讲究经世致用，词作大都暗喻现实，或反映战事，或抒写民生疾苦，或表现个人情感，这些题材在词史上并无新意。潘飞声的

《海山词》描写域外情景,可以说在晚清词作当中别具特色,日本人井上哲序曰:"此卷词清旷瑰丽,以冰雪之笔,写海山之景。琼岛瑶台,隐现纸上,令人目迷五色。古来词家所未有也。"①

首先,潘飞声在《海山集》中介绍了西方科技的产物,如"烧电烛、光照帘栊"(《满庭芳·柏崎园观百花会》),"电烛"即电灯;"飞车穿过层云湿"(《菩萨蛮·宿威陵》),"飞车"即火车。

其次,《海山集》为我们展现了西方风情,如前文所列的在斯布列河泛舟,与四女史观剧,日本歌姬向其索书等等,而且多年以后,潘飞声对这次游历仍然印象深刻:

大酺·重检瑞士柏林意大利萨克逊图画,忆欧西旧游

话蜃楼高,麟洲迥,天外谁为游客。神鳌同载首,有仙真云际,霎然飞鸟。五岳真形,三山虚境,指点峰头曾识。萍踪依然在,但愁看鬓影,卅年重忆。况人老凌波,佩环声隐,坠欢难觅。　惊鸣还倚侧。丛珍重、薇浣佳人笔。伥酒畔、灯前传唱,泪涩琴弦,总销沈,素鸾双翼。待唤华鬘步,凭梦约、翠楼今夕。劝黄鹤、携瑶瑟。明月江上,蛮调沾衣犹湿。画图旧痕咫尺。

此词写于离德40年之后。潘飞声重新观赏了当年所藏的意大利图画,从而勾起他昔日执教德国的回忆,因为当年他去德国与返回中国途中都经过了瑞士与意大利②。词作上片是对当年风景的回忆,词人以海市蜃楼、五岳、三山来作比喻,总写当年所观赏的奇特风景,下片以"佳人笔""琴弦""素鸾双翼"来描写词人与西方女史的情谊,最后抒发词人晚年"愁看鬓影"与"坠欢难觅"的遗憾。

模仿竹垞、容若之艳情词与悼亡词。 关于潘飞声的词作,邱炜菱云,"吾

---

① 潘飞声《海山词》,《说剑堂集》第十五卷,光绪二十四年(1898)刊本。
② 潘飞声《西海纪行》《天外归槎录》《说剑堂集》第十五卷,光绪二十四年(1898)刊本。

友潘兰史，尝喜为词，余读其集，知由朱、厉、成、郭四先生，以与苏辛相见者"。① 郭则沄云："潘兰史跌宕词场，颇耽声色。《香海别妓·蝶恋花》有词'月识郎心，花也如侬面'之句，人喜诵之。居欧西柏林，碧眼细腰，多从问字。有女子名媚雅者，援琴为业，同心有凤鸾飘泊之感。兰史赋《诉衷情》词赠之云'楼回，人静，移玉镜。照银椸……'"②

关于潘飞声的学词经历，其自叙"飞声少时稍学为诗，词则未解声律也。尝读先大父《灯影词》，拟作数首，携谒陈郎山先生，先生以为可学。授以成容若、郭频伽两家词，由此渐窥唐宋门径"③。他的艳情词作似朱竹垞的《静志斋琴趣》。朱彝尊的《静志斋琴趣》是描写他与妻妹的爱情故事，而潘飞声的《海山词》中抒写的是与外国女史的交往，二者都是以真挚感情为基础的，如《海山词》提到最多的一个异国恋人是媚雅女士，潘飞声曾经在《在山泉诗话》说，"媚雅琴师，普露斯（普鲁士）人。来柏林授琴，于余同寓到绿天街，虽出贫家，温文尔雅。靓胡香衣，令人心慕，遇余情厚，时同宴游然，两年余皆以礼相待。余有绿天楼琴酌留别媚雅女士词刻《海山集》中，词意凄绝，盍鹤弟当时正有所悼也"④。他的词作记录了二人真情的交往，如下词：

虞美人·书媚雅女史扇

琼楼百二银窗启。亲见神仙倚。柳腰风鬟最轻轻。我到海山才识、许飞琼。　　香肩几度容偷傍。脉脉通霞想。代披瑶扇写新词，也似万花低首、拜琴师（女史授琴来柏林，曾与诸女弟子约余琴会。）

诉衷情·听媚雅女士洋琴

楼迥，人静，移玉镜，照银椸。琴语定，帘影，月朦胧。　　芳思许

---

① 邱炜萲《论岭南词绝句序》，《说剑堂集》第十五卷，光绪二十四年（1898）刊本。
② 郭则沄《清词玉屑》，朱崇才《词话丛编续编》，北京：人民文学出版社，2010年，第2773页。
③ 潘飞声《老剑文稿》，《说剑堂集》第十五卷，光绪二十四年（1898）刊本。
④ 潘飞声《在山泉诗话》卷三，民国年间铅印本，上海图书馆藏。

同,丁东。隔花弹乱红,一痕风。

在第一首词中,潘飞声对媚雅女士的面容与体态进行了描写,将之比为中国仙女许飞琼,词作颇有花间风格。在第二首词写媚雅女士弹琴,我们通过词作可以体会到二人之间毫无淫亵的真挚"芳思",词中的环境刻画与二人纯洁的情谊相互映照,确实做到了"发乎情,止乎礼义"。

前文我们已经分析了潘飞声的悼亡词,感情真挚,这使得他的词与纳兰性德的悼亡词颇有神似。下面我们比较一下二人词作:

沁园春·丁巳重阳前三日,梦亡妇淡装素服,执手哽咽,语多不复能记。但临别有云:"衔恨愿为天上月,年年犹得向郎圆。"妇素未工诗,不知何以得此也,觉后感赋

瞬息浮生,薄命如斯,低徊怎忘。记绣榻闲时,并吹红雨,雕阑曲处,同倚斜阳。梦好难留,诗残莫续,赢得更深哭一场。遗容在,只灵飙一转,未许端详。 重寻碧落茫茫。料短发、朝来定有霜。便人间天上,尘缘未断,春花秋叶,触绪还伤。欲结绸缪,翻惊摇落,减尽荀衣昨日香。真无奈,倩声声邻笛,谱出回肠。(纳兰性德)

沁园春·雨夜续述

寒雨宵深,独坐绳床,凄然自思。忆荆钗典尽,非关沽酒,银灯话冷,为助翻诗。病少姑怜(妇来归半载,即遭先慈大故),贫还儿累,弱骨愁肠强自支。黔娄妇,叹华年更短,未展双眉。 白头紫诰相违。又岂料、瑶簪堕一枝。想夜台风冻,罗衾渐惯,香魂步怯,纸帐来迟。世外孤零,人间憔悴,雨地情怀雨地知。无眠夜,对茶瓯镜匣,依旧年时。(潘飞声)

细味二词,我们可以看出两点相似之处:第一,二人词作都是以真挚感情为基础,这点我们可以从词中感知;第二,二人都是从叙事的角度来表达哀思,如纳兰词的"记绣榻闲时,并吹红雨;雕阑曲处,同倚斜阳"与潘词的"忆荆钗典尽,非关沽酒,银镫话冷,为助翻诗"。

另外,潘飞声的词作有浙派之特色。他比较喜欢南宋词,他的词集中就有多首和韵南宋词人之作,如《恋绣衾·镜湖赠小银娘次玉田韵》《点绛唇·泛山塘用梦窗韵》《点绛唇·西湖夜归和漱玉韵》《高阳台·孤山登巢居阁晚至三潭印月用玉田西湖春感韵》《点绛唇·剪淞阁录别用白石道人过吴松韵》《国香·双柳堂赠张翠云用张玉田赠京都沈梅娇韵以罗帕书之亦仿玉田故事也》等。

潘飞声青年时期游历海外,其创作的《海山词》扩大了词作的表现题材,读之令人叹为观止。他的悼亡词不仅表达了对妻子的深切思念,其风格上也具有竹垞与容若词的特点,所以被称为"一代作手"①。

第二节 程颂万《美人长寿庵词》《鹿川词》

学界对程颂万的研究分为著作整理与诗词研究。著作整理有《程颂万诗词集》②,诗词研究有彭异静《程颂万诗歌研究》③,该文对程颂万诗歌内容与诗歌风格展开了探讨,并围绕程颂万的家学、人生经历展开论述,另有印兴波《程颂万诗词研究》④,探讨了程颂万诗词理论与创作以及二者之间的差异,其中将程颂万词的创作历程分为三个阶段。本节以《美人长寿庵词》《鹿川词》为对象,对程颂万的词作进行分类探讨。

一、程颂万的词学活动

光绪十五年己丑(1889)冬,程颂万刻行《蛮语集》。1891年,程颂万在

---

① 毕倚虹《芳菲堂词话》,《词学季刊》1卷4号,1934年。
② 程颂万《程颂万诗词集》,长沙:湖南人民出版社,2009年。
③ 彭异静《程颂万诗歌研究》,湖南大学硕士论文,2008年。
④ 印兴波《程颂万诗词研究》,南京大学硕士论文,2009年。

长沙成立湘社,成员有姚肇春、何维棣、郑襄、袁绪钦、吴式钊、周家濂、易顺鼎、易顺豫。有研究者指出,湘社的词学思想有两个特色,即"取法温韦"与"风格不拘"①,程颂万共作词五十余阕。同年三月,程颂万在长沙刻行《湘社集》,光绪十八年壬辰(1892)十月,程颂万在海南刻行《十鞭词钞》,光绪二十六年庚子(1900),又刻《美人长寿庵词》。1913 年在武汉刊定《定巢词集》。四月,去上海。与况周颐相见甚欢,辄多酬唱。1924 年在武昌刊行《石巢诗集》《定巢词集》,时年六十。1931 年加入沤社,一共参加九次社集。

《美人长寿庵词集》六卷共三百六十阕,附十四阕。此集包括《言愁阁笛谱》上卷,六十七阕;下卷,五十九阕,附录一阕。《蛮语词》六十九阕;《湘社雅词》五十二阕,附录一阕。《十鞭词钞》七十三阕,附录一阕;《十鞭后词》四十阕,附录二阕。另有《鹿川词》三卷一百首。况周颐评曰:"十发先生美人长寿庵词,于宋人近清真、白石,其细密绵丽之作,又似梦窗。于国朝近朱锡鬯《载酒》《琴趣》两集,胜处兼而有之,清而不枯,艳而有骨。以昔之邹董、今之郭姚例君,非知君词者。"②

二、词作内容及特点

(一)直入温、韦词的《言愁阁笛谱》及《蛮语词》。《言愁阁笛谱》上卷六十七阕;下卷五十九阕,附录一阕。此词集起己卯(1879),丙戌(1886)。《蛮语词》六十九阕,作于戊子(1888)客溪州时,初名《鸥笑词》,"以次言愁之末",这两部词集在风格上一脉相承,具有鲜明的五代气息,或模仿花间男女恋情,或模仿《江南好》写湘江风情。

第一,模仿花间男女恋情之作,大多以女性视角抒写闺怨与相思,如"春恨年年,惆怅还如旧"(《蝶恋花》)、"横塘双桨掠秋苹。荡愁根。剪愁根"

---

① 万柳《清代词社》,郑州:中州古籍出版社,2011 年,第 276、277 页。
② 程颂万《程颂万诗词集》,长沙:湖南人民出版社,2009 年,第 377 页。

(《江城梅花引》)、"飞蛾空扑兰焰。知是为侬效死,为花情愿"(《绮罗香·灯花》)、"冰透镂金鞋,夜深来不来"(《菩萨蛮》)、"别是黄昏深院宇,怅怅。惆怅销魂各一天"(《南乡子》)、"江郎鬓凋倦旅,漫断阕、拥衾慵赋。暝色凄魂,薄寒支病,无限倦怀苦"(《玲珑四犯·篷窗独坐,天末予怀,倚白石腔,用纾离悰》)、"密意鸾笺千万语,销魂雁柱十三行"(《浣溪纱》)、"愁不见。空余旧情一段"(《玉漏迟·机杼,和雨丈韵》)、"人间最苦,销魂怨别,别伊时、况是新秋"(《行香子》)。除了相思与闺怨,他也用小令塑造女子形象,如下面三首:

菩萨蛮

夕阳红透阑干角,春人小立罗衫薄。双脸映池波,别来俊愫多。
柳丝晴一剪,困得纤腰软。低掐小桃红,玉钗帘底风。

秦楼月

春睡起,昨宵魂梦真难记。真难记,小楼西畔,碧桐阴里。　屏山十二相思地,良时十二相思味。相思味,梅心酸透,莲心苦未。

四和香

十四丫头春未足,娇小人如玉。学写碧云笺半幅。戏补上,纱窗绿。
见客人来低道福,解送横波目。转过回廊才一曲。看池上、鸳鸯宿。

第一首单纯描摹女性之服饰、体态;第二首写女子对昨晚春梦之回忆,表现女子相思;第三首刻画天真无邪之少女形象,以"看池上、鸳鸯宿"写其情窦初开。

第二,写湘江风情。在唐五代词中,以江南风景为描写对象的《江南好》是创作较多的词牌,白居易、刘禹锡、温庭筠都曾写过。程颂万是湖南人,对家乡风景也十分热爱,因而选用《江南好》词牌对湘江之景进行了大量描写:

江南好·篷窗晨起,展诗孙舍人潇湘清晓册子,爱拟其意,广为十

阕。兼述土风，亦竹枝遗讽也**

湘江好，城郭带江斜。官柳渡头朝系马，估帆堤畔晚归鸦。水上有人家。

又

湘江好，楼阁隐高层。白入空江三里雾，红摇半夜一痕灯。独客画阑凭。

又

湘江好，洲渚暮潮中。打桨又添三尺浪，归帆时送一声钟。烟雨太溟蒙。

又

湘江好，山水最清明。晓起渔家贪晒网，夜凉歌舫学弹筝。人去远峰青。

又

湘江好，浮黛是君山。种偏灵妃新泪竹，画成湘女小眉弯。空翠有无间。

又

湘江好，竞渡有龙舟。远见旌旗摇隔岸，近闻箫鼓沸中流。淘尽暮江愁。

又

湘江好，帆树岸边齐。鸥影白迷天外路，鹃魂红过夕阳西。春涨乍平堤。

又

湘江好，士女踏青期。宫样鞋帮还却步，苏州风景学裁衣。娇胜若耶溪。

又

湘江好，风景最宜春。鱼买江村低论价，酒沽山店薄能醺。处处子规啼。

又

> 湘江好，风景最宜秋。潮落千帆争树出，江清双鸟向人愁。沉醉洞庭舟。

湘江是长江支流，湖南省内最大河流，干流全长844公里，流域面积94660平方公里，河流两岸土地肥沃。这组词描写了湘江两岸的美丽风景，有城郭、渡口、观江之楼阁、湘江之春景与秋景、湘江之上的渔民生活，以及湘女之踏青，充满了浓郁的湘地气息，具有鲜明的地域色彩。

（二）讲究章法的《湘社雅词》。有研究者认为，湘社的词学创作是以温庭筠与韦庄为取法对象，同时风格不拘一格。就程颂万本人的创作而言，他取法的是整个唐五代词，我们可以从《湘社雅词》中看出。从词法上说，他喜欢用赋法铺陈。此外，他还喜欢写集句词，而所集之句便出自唐五代之词。

第一，赋法铺陈。在《湘社雅词》中，他有以女子及其居室为对象的词作，描写了秋眉、秋鬓、秋魂、秋病、秋衾、秋簟、秋帐等，充满香粉气息，如"阿郎替画，画个初三月。黛语酒边飞到，恐有雁儿知得。莫损他蛾翠，今夜月明霜白"（《惜红衣·秋眉》）、"碧衬钿凉，翠拈螺小，曾共鸾篦掠处。凭阑私语。蓦簪住秋痕，菊丛凉雨。镜里偷窥，杜娘身世黯如许"（《齐天乐·秋鬓》）、"仿佛六曲阑干，有几个花灵，伴伊来去。不畏蛮啼，只怕晓钟惊汝"（《月华清·秋魂》）、"谁料。别后樱桃，剩相思刻骨，新凉又到。玉颜憔损，也羞握、宝菱低照。帘衣风峭。漫医得愁心，阶边茜草。催人恼。支颐红泪，雁啼霜早"（《翠楼吟·秋病》）、"霜空月皎，裹软玉、珊珊眠未。病损花黄暗省，轻翻浪红慵起"（《天香·秋衾》）、"昨夕痕酥玉体，背人灯、下看如掬纤印"（《绿意·秋簟》）、"垂罗四角。凉飔冒、撩人自剪红烛。潜钩不响，芳醒未解，俍郎睡熟"（《凄凉犯·秋帐》）、"泥金小字，只情侬书，自绣鸳鸯一面。谁信团圞，为伊蓦到秋深，把人偷骗"（《过秦楼·秋扇》）。当然，这种写法在晚清不止他一人，湖北词人樊增祥的《樊山词》中也有类似风格的作品。

第二，集句词。集句词是词人的一种游戏，它起源于集句诗，早期的集句诗可以追溯到文天祥的集杜诗，集句词可追溯到宋代，"集诗句人词……苏子瞻、赵介庵均列是体，盖宋人已有为之者"①。到了清代，朱彝尊在《蕃锦集》中首先提倡并写作了集句词，而且朱彝尊的集句词并非像宋人那样是流连光景之作，而是最大程度发挥了集句词的抒情功能，② 程颂万的集句词则是抒发花间词之情感，如：

菩萨蛮·拟艳集唐十阕（其一）

更无人处帘垂地（李商隐），桃花脸里汪汪泪（韩偓）。忍妒泪休匀（韩偓），非愁亦有嚬（吴融）。　啼时惊妾梦（金昌绪），会与秦楼凤（李商隐）。教妾若为容（杜荀鹤），难分此夜中（皇甫曾）。

此词共集八首词人之作，我们可以看出词人深厚的词学素养，词中表达的是一种闺怨，由孤独而发愁，由发愁而流泪，由流泪而惊梦，由惊梦而欢会，从结构上来说是统一的，表达的是男女艳情，从创作上来看是成功之作。除了集唐人词外，欧阳修的词也是他集句词的对象，如下词：

阮郎归·集六一词（其一）

门前杨柳绿阴齐。年前心眼期。人生自是有情痴。低头双泪垂。
寒水碧，草烟低。行人去路迷。来如春梦不多时。而今花又飞。

这首集句词也有花间风味，这源于欧阳修词本身的特点，罗大经《鹤林玉露》

---

① 张德瀛《词征》，唐圭璋《词话丛编》，北京：中华书局，2005年，第4086页。
② 马大勇《朱彝尊〈蕃锦集〉平议——兼谈"集句"之价值》，《南京师范大学文学院学报》，2003年第3期。

中说"欧阳公虽游戏作小词,亦无愧唐人《花间集》"①,我们可以体会到这首词也是伤情之作,而且情景融合得较为完整,也是一首成功之作。

(三)纪游之作《十鞬词钞》。《十鞬词钞》是程颂万的纪游词集,共73阕,光绪壬辰(1892)秋七月作于海南药洲,十月刻于杭州。② 从他的游览路线我们可以看出,他从湖南至江西再到江苏过徐州、安徽宿州,然后到江苏南京、镇江、再到上海,由上海渡海到海南,一路上登山游水,凭吊古迹,在词中抒发了古今沧桑之情,如"六朝人哭好江山。桃花空画扇,孔翠不名庵"(《临江仙·初入秦淮作》)、"问新亭痛哭,英雄有几"(《西河·燕子矶览古》)、"孙家仲谋,刘家寄奴,百年天堑荒芦,岂英雄意乎"(《醉太平·北固览古》);有的抒发羁旅之情,如"身如寄鸥。心同病鸥"(《醉太平·过润州作》)、"曲榭埋云,乱峰挂雨,羁绪无限"(《永遇乐·徐州登燕子楼,用坡公梦盼盼韵》);有的是对风景的描写,如"未归南北,又长江西上,扁舟东逝。大九州岛才洼数点,中外平分一水。醉吸鲸杯,寒披鹤氅,目断焱轮驶。羁愁搅梦,海天清角吹碎"(《念奴娇·夜入吴淞口》)、"青天一发神州,此身已坠天外。黑风吹转,有人招手,蓬壶仙界。鬼国无边,鲲身欲化,鳞堂何在"(《水龙吟·渡海》)。这些词句让我们看到,程颂万到南京、镇江游览,面对历史名城,勾起的是历史回忆,抒发怀古之情,而到了徐州则是将萧瑟之景与羁旅之愁融合在了一起,最后到了吴淞口见到大海,则是发挥想象在词中描写了大海的壮阔。而他在游览洞庭湖时对洞庭湖的描写也颇有观赏之处:

满江红·轮舶逆风渡洞庭湖,用竹垞钱塘观潮韵

君扁二山,似接翅、排成宫阙。才一向、飙轮飞过,楚天如发。帆脚只从天外转,弩头远对江潮发。倚阑干铁笛暮云边,声凄越。　　蛟欲舞,涛奔雪。鸦欲唼,波跳月。网湘妃不出,使人愁绝。海上蓬莱何处

---

① 孙克强《唐宋人词话》,天津:南开大学出版社,2012年,第249页。
② 程颂万《程颂万诗词集》,长沙:湖南人民出版社,2009年,第466页。

所，湖阴战垒都消歇。有百灵低首拜龙堂，争持节。

词的上阕写词人登江轮所看之景。先写君、扁二山如宫阙，君山是洞庭山在洞庭湖内，扁山在襄阳城外五公里处；次写江轮转动所激发的水浪翻滚，"蛟欲舞，涛奔雪。鸦欲唉，波跳月"尤其生动，而词人又进一步展开想象，如此大的动静定会惊动湘妃与海上蓬莱之仙人。这首词所表现的景物与古代词人的景物不同，他描写了乘坐江轮渡江时所看到的波涛汹涌的景象。

（四）交游和韵之词《鹿川词》。《鹿川词》是程颂万晚年的词作，收录了从清末一直到民国时期的词作。这一时期，程颂万对世事政治已经不再关心，而是独善其身，词作以交游和韵为主，和韵词以辛弃疾词较多，如《水调歌头·九日，与顾印伯携榼渡江，饮王病山斋中。和稼轩九日韵，赠印伯》《前调·与印伯追话庚戌九日吴祠山游，前二岁为节庵及予主禊，君时皆令武昌，未与。叠辛韵》《前调·三叠韵赠病山，并示四峰、百迟、竺友、浞生》《前调·九日四叠韵，题酒人抱瓮图》《前调·十日偕印伯还武昌，病山、迟父步送渡口，循览夷场》《前调·五叠辛韵前调·十日归舟，望黄鹤楼。六叠辛韵》。我们以《水调歌头·九日，与顾印伯携榼渡江，饮王病山斋中。和稼轩九日韵，赠印伯》进行分析，词云：

流浪复流浪，城晓一门开。问君今日携盏，甚处陟崖巍。毁欲乾坤我在，剩有中流诗艇，招汝定能来。风雨失盲怪，楼阁影纤埃。　　惊落帽，添野水，向金杯。阑干迷望平楚，战骨满蒿莱。白发新芟更短，今岁簪萸非昔，不敢径登台。拼照江苍莽，且共月徘徊。

这首词是酒后而作，词人借助酒力，淋漓酣畅的表达胸中之情，而辛词豪迈之风正好符合这个特点，该词上阕以一种问答式的语气写词，以口语"我""汝"入词，下阕开头三个三字句连在一起，显得文气畅达。"战骨满蒿莱"是假想，"白发新芟更短"是表现时光短暂，这更加促使词人学习李白"莫使金樽空对月"。

程颂万交游广泛，在湖南时便组织了湘社，入民国以后在上海与朱祖谋、况周颐、周梦坡、潘飞声、刘语石、徐珂、袁思亮等交游，与况周颐交游最多。1913 年 4 月，程颂万去上海治疗眼病，与况周颐相见甚欢，辄多酬唱，有《绛都春·海上遇夔笙赠词答和》《浣溪纱·初度日和夔笙》《握金钗·和夔笙韵》《瑞龙吟·和夔笙见寄韵》《玉京谣·寄题仲可亡女新华画帧和夔笙韵》《绕佛阁·寄夔笙申江用清真韵》等作品，我们以下词为例进行分析：

浣溪纱·初度日和夔笙

帘角飘灯雨未休。料量多半酒中愁。迟年五十欲平头。　　海色拗晴来汐社，楼高何处见吾州。他乡能老况温柔。

这首词是和况周颐之韵，词人当时已年逾五十，虽然他青年时期在湖南办理实业成就斐然，但是入民国之后便不再关心时事。这首词透露出况周颐晚年平和的心境，词人在雨中饮酒，雨天生愁，酒中又多半是愁，处在他乡遥望故乡而不见，本应愁上加愁，但是结句却能自我慰藉。

三、余论

程颂万词的特点，除了前文我们分析其赋法铺陈与集句的作词方法之外，还有两点：第一，程颂万对愁的描写十分精彩。首先词人自称"愁人"，如"天与愁人无寐"（《昭君怨·舟中听雨》）、"恼相思，一点残灯，一个愁人"（《高阳台·灯前梅影一枝，意态娟好，作忆梅词》）；其次擅于将愁量化，如"阑畔东风，酒人飘去愁多少。一分愁是一分春"（《烛影摇红·晨起空斋瓶梅乍拆，横斜有态，孤艳动人。因约同志芰瘦秋香榭，为消寒第十集赋》）、"十分僝僽，三分成梦，七分成病"（《小楼连苑·人日》）、"一分才思一分愁。人在淡黄庭院小红楼"（《虞美人》）、"春锁人间一段愁"（《罗敷媚·舟夜闻歌有赠》);再次将愁拟作各种形态,如"一重水碧。又一重山影,蘸成愁色"(《暗香·舟中次叔由韵寄内子汝南君》)、"镇空庭、昏黄时候,愁丝织上帘幕"(《摸鱼子·春雨》)、"黯掠破丝丝,酒边愁影"(《齐天乐·人日竹仙招饮六缘馆,为消寒第九集》)、"正愁人、愁丝未浣,织成帘外愁雨"(《买陂塘·听雨》);最后表现愁的杀伤力,如"愁杀春人。妒杀春魂"(《罗敷媚》)、"愁多转病。人与花同命"(《点绛唇》)。

第二,程颂万的词作风格与周济词论中学词路径的观点有不少相通之处。如周济曾言"问途碧山,历梦窗稼轩以还清真之浑化",而程颂万词作特色是"历梦窗稼轩,以还清真之浑化"。前面我们所谈到的他的词作有很多是和稼轩词,其实他也有和梦窗词的作品,如《花犯·斋头红白梅盛开慰情感艳和梦窗韵》《花犯·水仙和梦窗韵》《花犯·斋头红白梅盛开慰情感艳和梦窗韵》等。他的《高阳台·病酒》一词深得况周颐好评,所谓"自然从追琢中来。此境不易能,并不易知,然韵尤得清真神髓"①。

彭异静《程颂万诗歌研究》认为,程颂万的诗歌风格由于经历的变化而导致风格的变化,"由早期的辞藻华丽、词旨温婉,气势恢宏到中期变为平淡沉着,隐晦曲折。至晚期则再变为诗风沉郁抑忧、清冷幽寂"②。与此相应,程颂万的词由早年描写男女艳情之愁,转向了老年抒写自身之愁。

第三节　夏敬观《忍庵词》

夏敬观《忍庵词》有两个版本:一为光绪丁未(1908)三卷本,收词190首,有陈锐、朱祖谋序;二为中华书局1939年四卷铅印本,四卷本词前三卷与三卷本大体无异,封面由汤涤署检,卷四收词75首,大概作于1917—1939

---

① 程颂万《程颂万诗词集》,长沙:湖南人民出版社,2009年,第411页。
② 彭异静《程颂万诗歌研究》,湖南大学硕士论文,2008年,第39页。

年。另上海图书馆藏稿本二卷,稿本其一收词38首,作于1940—1942年,其二收词68首,大概作于1939—1951年。关于版本及馆藏信息可参考欧阳明亮《晚近名家词集考叙》(《词学》第三十六辑)。《映庵词》内容涉及咏物、怀古、交游、题图、抒怀等诸多方面。

学界对《映庵词》多有探讨,曾大兴的《夏敬观的词和词学批评》从"学人兼词人之词"来研究其词作特点,认为夏敬观的小令自然、不用典,慢词成就不及小令,作的好的慢词以自然深厚为主。陈谊的《夏敬观词学研究述论稿》分析了夏氏的创作论与创作实践,认为夏敬观以"学人之词"为词之极境,注重真情实感,突破格律,无所拘牵,追求花间词"神穆"之境。陈可嘉的《夏敬观词学思想研究》①第四章专门探讨夏敬观的词作,通过"模拟之作追步古人""苍凉沉郁的词史之作""填词图咏"三部分来探讨夏敬观的词作。本文从四个方面探讨夏敬观词:一是愁苦之音,二是质直的风格追求,三是推崇白石,四是对夏敬观词的两种评价。

一、愁苦之音

愁苦之时,人皆有之,作为经历晚清民国鼎革变化之人,夏敬观更是如此。《映庵词》向我们呈现的是一个"词客"形象,一个"飘零词客"(《迎春乐·花朝作》),而且是"老大江南词客"(《惜红衣》)。《映庵词》里"愁"字和"夕阳"频繁出现,如"黯黯斜阳不尽愁"(《鹧鸪天》)、"斜阳只在最高楼"(《玉楼春》)、"斜阳晚倚竹"(《倒犯》)、"乱眼楼头斜照晚"(《绮寮怨》)、"无眠愁夜永"(《夜游宫·楼月》)、"愁人见此思无极"(《渔家傲》)、"匆匆歌将尽,愁肠顿结"(《塞翁吟》)、"乱鸿哀诉愁思"(《惜红衣》),这些愁字与斜阳的出现是词人愁苦之情的真实写照,其中有些愁则是对国家命运的担忧,如《望海潮·庚子乱后重来京师感赋此解》:

---

① 陈可嘉《夏敬观词学思想研究》,中山大学硕士论文,2010年。

  雉墙斜日,狐篝新火,危楼直瞰高城。繁吹怨风,银枪耀雪,秋场夜点蕃兵。重到暗心惊。想朔尘匝地,西望秦京。绛阙迢迢,玉河不动灿三星。

  东华往事凄清。付垂杨鸟语,疏草虫声。檀板未终,残灯更炙,笙歌乱后重听。十载误浮名。笑酒边老大,吾亦微醒。满屋狂花替谈,兴废有山僧。

这首词作于1902年,[①] 夏敬观六月入都,九月即以知府派往江苏,此时距庚子事变才两年,北京经过八国联军的破坏,已经是"雉墙""危楼",令词人"重到暗心惊",没有了昔日京城的繁华,这衰败景象也象征着大清帝国穷途末路,令人担忧。这首词与姜夔《扬州慢·淮左名都》相似,深切地表达了词人的"黍离之悲"。这种关心国事的学人胸襟与词人伤感的特质较好地结合起来,达到了"学人之词"的追求。

秋草、秋柳、秋荷、秋梧都是秋天萧瑟、凄凉的景物代表,夏敬观将它们写入词作,使得《忍庵词》中的咏物词也浸染了词人的愁苦之思,使咏物词不止于形的刻画,而是主体凄凉感情的一种抒发,如《兰陵王·秋草》:

  小桥侧。芳草离离恨色。凭栏见,霜雾晓寒,一夜西风换头白。行行向大陌。愁客。思归未得。黏天处,江树共雕,遥接黄云塞东北。 蘅皋旧春迹,记酒卧长瓶,香衬离席。花骢来往青芜国。旋别袂催冷,坠钗成感,残阳留影照燕麦。更津渡萧瑟。 孤立。望无极!念朔管声哀,胡雁飞急。神京渺渺相思夕。对月砌莎短,露庭萤碧。衰灯沈梦,涨泪雨,向断驿。

[①] 见陈谊《夏敬观年谱》,合肥:黄山书社,2007年,第18页。

"芳草离离""黄云塞东北""残阳斜照""津渡萧瑟"构成了秋天萧瑟的场景,在这样的环境中,"愁客思归""孤立,望无极"二句将词人十分凄苦的场景真切地表现了出来,虽为咏草,但更是抒怀,词人用了三段篇幅层层渲染,将伤秋表现得淋漓尽致,这首词郑文焯评为"劲气直达,却能于疏宕中别具幽婉之致"。①

交游词也同样浸入了闲愁的氛围,1907 年夏敬观先后两次去上海,与上海词人交游,其中在 10 月,与郑孝胥、朱祖谋、陈诗宴于上海九华楼,夏敬观回到南京后,对友人十分想念,遂作《惜红衣·予移城北楼居,颇可纵眺,林木既脱,荒寒逼人,适沤尹侍郎以续谱此调,寄示勖,予赓续因三叠姜韵以抒予怀并写寄沤尹侍郎》:

> 大野浮烟,荒江跳日。遣愁无力。戍鼓催昏,岑楼对衰碧。孙登愧比,空自笑、淮王门客。廖寂。歌倦酒醒,合重关休息。　　惊飙卷陌。吹堕书帏,床尘半填籍。沧州梦断帝国。远天北。玉垒古今云变,都是眼经身历?问素鸥沙际,何及夕阳鸦色。

"大野浮烟,荒江跳日"可以看出气象之大,其中"跳"字尤奇,如陈衍《石遗室诗话》所谓"剑丞苦溺苦于诗,其造语大有语不惊人死不休之意",然后想到了三国时吴国太子孙登,以孙登来比况自己的愁情无法排遣,之后开始回到现实,下阕"惊飙卷陌"写风浪之急,联想历史,在发出世事无常的感叹之后,以"夕阳鸦色"作结。这首词的意境很像杜甫的《登楼》,此词也两处化用了杜诗,"孙登愧比,空自笑、淮王门客",用典出自杜甫诗《赠特进汝阳王二十二韵》中的"淮王门有客,终不愧孙登","玉垒古今云变"化用杜甫《登楼》中的"玉垒浮云变古今"。这首词的构思与情感符合朱祖谋在《呴庵词序》

---

① 郑文焯《大鹤山人论词书》,郑文焯《大鹤山人词话》,天津:南开大学出版社,2009 年,第 228 页。

中的评价:"沈思孤迥,切情依黯。"

二、质直的语言风格

夏敬观曾评价蜀词人喜用"质直语":

> 《词筌》云:小词以含蓄为佳,亦有作决绝语而妙者。如韦庄"谁家年少足风流,妾拟将身嫁与,一生休。纵被无情弃,不能羞"之类,是也。牛峤"须作一生拼,尽君今日欢",抑亦其次。余谓此不当以决绝语解之,乃词中之质直语。飞卿《更漏子》词"知我意,感君怜,此情须问天",《南歌子》词"近来心更切,为思君",亦然。质直语最难学,学之不善,便落粗豪,或纤细。韦庄《思帝乡》词,固是自道其绝意留蜀之意,前一阕云"说尽人间天上,两心知"。是必与同来依蜀者言也。《女冠子》词云"四月十七,正是去年今日",此亦必有本事,此二阕皆质直语。①

"质直语"作何解?夏敬观《忍古楼诗自序》云:"予弱冠时,持诗谒善化皮鹿门先生,先生以诗教温柔敦厚之旨且曰,诗义比他经难明,三百篇皆本讽喻,不质直言之而比兴言之,不言理而言情,不务胜人而务感人。"② 这里的"质直"是相对"比兴"而言,"比兴"是婉转的表达方式,"质直"则可以理解为直白的表达,真情的流露。夏敬观上面所举的韦庄、牛峤的词表现的就是女子对快乐大胆的追求而不计后果,对爱情的直接表露。夏敬观的小令中也有质直风格的词作,如下词:

---

① 郑文焯《大鹤山人论词书》,郑文焯《大鹤山人词话》,天津:南开大学出版社,2009年,第228页。
② 夏敬观《忍古楼文》第二册,稿本,上海图书馆藏。

采桑子

　　画楼夜倚秋城静，庭院疏桐。淡月朦胧。露下三更细细风。　　此时无那肠先断，楚瑟惊鸿。声在弦中。不尽相思说与侬。

"不尽相思说与侬"这种直观的表白颇似温庭筠《南歌子》："近来心更切，为思君。"这首词"质直"的风格，既不粗豪，又不纤细。当然，质直语不仅从唐五代小令中能够获得，学周、柳之词也是可以的。夏敬观在《汪旭初梦秋词序》就曾言："质直语则其文质和钧者，君学周柳能为其质直语，造诣之至极也。"①

三、推崇白石

陈锐在《映庵词序》中说："剑丞禀其世学，既喜为诗，又工于词，诗格规模孟郊，词则奄有清真、梦窗之长。"陈锐认为夏敬观的词有清真、梦窗之长。在前文我们曾经探讨，夏敬观对于清真、梦窗评价甚多，且对清真尤为推重。但当我们翻检《映庵词》就会发现其和白石韵多于清真，《映庵词》中有五叠次白石韵的词。在咏梅词中有《卜算子·己未始春邓尉山探梅次韵白石道人梅花八咏》，我们可以将这首词与姜夔的原词放在一起进行比较：

　　旧是探春人，肠断吴波路。梦锁山中万树花，鬓雪天教与。　　鸣笛泪沾裳，一棹夷犹处。水驿垂灯仔细思，空为江南赋。（夏敬观）

　　江左咏梅人，梦绕青青路。因向凌风台下看，心事还将与。　　忆别庚郎时，又过林逋处。万古西湖寂寞春，惆怅谁能赋。（姜夔）

---

① 夏敬观《忍古楼文》第二册，稿本，上海图书馆藏。

这首词后有小跋说明"木渎镇在灵岩山下。忆辛亥与朋好探梅,亦泊舟一宿。时叔问未赴,独和白石八咏,今葬邓尉墓,草已青矣。恪士顷亦物化,雾散川流,凄其怀旧。"据《夏敬观年谱》记载,1919 年 2 月 28 日,夏敬观与张元济、陈叔通等人一起去邓尉看梅,这首词即作于此时,我们从跋里可知,作者此次探梅心绪颇为伤感,距上次探梅已有数年,朋友中已有作古者,而自己也已是"鬓雪"的老人,"肠断吴波路"与"鸣笛泪沾裳"使得词境凄凉,所以作词抒情也显得"空为"。这首词与姜夔原作比较,我们可以体会到两首词的意境是很相似的,夏敬观词临姜夔词意而又重新创作,夏敬观写作此词的心境与姜夔相同,姜夔词是遥想庾信、林逋不得时的历史悲哀,而夏敬观则是易代之后失去友人的人生之慨。

夏敬观词和韵姜夔较多,原因可能是推崇姜夔的人品。姜夔在南宋时期虽然是游士,其才艺颇得士大夫赞赏,辛弃疾与范成大都曾要助其做官,都被他婉拒了。姜夔是士大夫雅文化的代表,范成大曾经赞他"翰墨人品,皆晋宋之雅士"[①] 所以其词也都是雅词,故而夏敬观认为白石词的优点是"托情高旷,吐辞俊妙"。

四、对夏敬观词的两面评价

关于夏敬观词,词学界多有积极评价,如朱祖谋称《映庵词序》"沈思孤迥,切情依黯,能于江西前哲,辟未逮之境",陈锐在《抱碧斋词话》中提道,"夏剑丞词,秀韵天成,似不经意而出,其锻炼仍俱苦心",叶恭绰在《广箧中词》中提道,"剑丞平生所学,皆力辟径途,词尤颖异,三十后已卓然成家,今又二十余载矣。词坛尊宿,合继朱王,固不徒为江西社里人也"。

除了上述赞赏之外,也有对夏敬观个别词作提出异议者,这方面以吴世昌为代表,他对《近三百年名家词选》中夏敬观的词作作了反面点评。

---

① 周密《齐东野语》卷十二,北京:中华书局,1983 年。

剑丞《解连环》"后溪灯阁"云"叶啼廊角",啼字做作。《石州慢·自题填词图》全是无病呻吟,矫揉造作,搔首弄姿,令人恶心,如:"宛转诉愁环,听秋虫虚织。"末句"曙海荡行襟,澹丛悲余忆",不成话,不通极矣。《乌夜啼》"玉绳初挂墙东"云"遮莫圆如秋扇感西风","遮莫",不论也,尽管也,在此句中又作何解?《小重山》"人事支离到岁残"末句"沧州畔,闲地可容宽",无病呻吟,亦才力衰竭,思致窘乏之征。《八声甘州》"听愁霖一阵打窗来"中"江拥涕洟入海,楚楚总无边",不堪入目。又云"渐蹴吴天",末流堕落至此!而退庵评其词"颖异",大谬。①

这些评价有的比较中肯,有的则较为严苛,中肯方面是针对的是夏敬观词的修辞问题,夏敬观这些词句是用了夸张、拟人的一些修辞手法,如"叶啼廊角"是拟人,而吴世昌先生认为用在这里不合适,故而反对。严苛方面则如对夏词《石州慢·自题填词图》评"无病呻吟"等语,其实填词图的写法,都较事实夸张,表达了传统文人对一种美好境界的向往而已,是传统写法,不必较真。

第四节　冒广生《小三吾亭词》

冒广生词在晚清民国享有盛誉,叶恭绰在《广箧中词》中写道,"鹤亭丈少学于先大父南学雪公,为词瓣香朱陈,中年以后博采众长,而才情横溢,时露本色"。王易在《词曲史》中称"小三吾亭词,情藻俱胜。"本文探讨冒氏词的情感特色。

---

① 吴世昌《罗音室词札》,《吴世昌全集》第五册,石家庄:河北教育出版社,2003年,第199页。

一、情感主题

有研究者认为冒广生词的鲜明特色是"梦"①，但《小三吾亭词》的情感主题却是"愁"，谭献在《复堂日记续录》中云，"展冒鹤亭词，爱其有得于幽忆凄断之音"②。

怀念友人之愁。 冒广生一生交游遍天下，年轻时期即与晚清四大词人有过交往，在《小三吾亭词》中我们可以看到与朱祖谋、潘飞声、叶衍兰等人交游的作品。

霜叶飞·用梦窗韵，送古微督学粤东

黯然情绪西风里，垂杨攀尽千树。俊游几日共长安，一（平声）别翙如雨。待化作、南飞翠羽。登高重吊佗城古。怕少日题诗，败壁满尘沙，难认旧时缣素。　　相对眼底黄花，尊前绛蜡，临分江管还赋。鬓丝禅榻袅茶烟，静听风铃语。便绾就、离愁万缕。来朝难挽斑骓去。盼得将、梅枝寄，已是冬残，故人何处。

这首词以"黯然情绪"统领全篇，使全词沉浸在凄凉的气氛当中，接下来的"西风""黄花"等景物一点点渲染气氛，终于"离愁万绪"，最终在"故人何处"的疑问声中结束全篇。

羁旅行役之愁。 最能打动读者和流露出词人忧愁情绪是羁旅行役词。羁旅行役在外，词人未免伤心，在春季，这种伤春情绪更难以控制，"落尽樱桃春已去，算飘零一样天涯泪。歌当哭，唾壶碎"（《金缕曲》），即使在旅途中遇到故友也是充满忧愁，"问君家兵甲胸中，可消得"（《满江红·客路逢范仲林

---

① 余咏梅《冒广生词学思想初探》第二章对冒广生的词展开探讨，词作内容以"梦"为中心，结合冒广生的经历分为梦幻、残梦、魂梦三个部分探讨，中山大学硕士论文，2012年。
② 谭献《复堂日记》，石家庄：河北教育出版社，2001年，第392页。

同年》)。羁旅行役之中,远离红颜知己,也使词人产生了一种愁,如下词:

摸鱼子·福州道中有怀晚翠

莽阎浮、无多词客。飘零都在羁旅。春风一片征帆影,吹送女螺江路。江畔觑。恁立尽、红桥没个商量处。长淮北去。想客里家山,愁中诗句,依约定凝伫(时晚翠随妇家寿州)。　　待提起,当日碧波黄浦。雕鞌少解同住。金钗绿鬓齐年少,难得飞扬跋扈。君记否。记满地、红心共踏西泠墓(谓阿秀事)。前尘俊侣。有说剑吹箫,一般狂态,为尔忆任父。

"飘零都在羁旅"是这首词的主旨,将词人所有孤独的感觉都包含其中,可谓言简意赅。"想客里家山,愁中诗句"则呼应了羁旅行役之感,将自己的思念十分传神地表达了出来。下句回忆往事,词中"年少""俊侣"与上片中词人之老年词客形象形成鲜明对照,使人更觉凄凉。

忧国忧民之愁。冒广生的词中还有关心国家前途、人民疾苦的内容,如1938年3月18日,日本军队入如皋,城中已经十室九空,冒广生作《荷叶杯·故乡沦陷,复闻久旱,读此以写闷怀》[①]:

极目江皋云黯。肠断芳草天涯。不如飞燕解还家。珠箔受风斜。
神女知他何处?行雨明镜怯开奁。经春消渴病恹恹。无复旧眉尖。

上片写故乡沦陷之感,词人肝肠寸断,身在异地不如飞燕能够自由还家;下片写家乡久旱,故乡之人饱受旱灾之苦,自己身受疾病之苦,而不能像以前那样眉头舒展了。国家前途堪忧、人民流离失所、个人病体折磨,这样的背景使得这首词显得重、拙、大。

---

① 冒怀苏《冒鹤亭先生年谱》,北京:学林出版社,1998年,第408页。

二、艺术特征

不平之气。 不平之气实质上就是韩愈的"不平则鸣",其内涵是内心有不平愤懑愁苦之情,其鸣之方式是浩然之气中又内蕴有不平之气。① 《小三吾亭词》也暗含着一股不平之气,这种不平之气是对于国家局势的担心,以及个人自身际遇的双重不平,如下词:

满江红·客路逢范仲林同年

划地烽烟,相见尔、黄金台侧。谁便让、云间日下,世无其匹。冀北马应空旦晚,河东凤早传畴昔(君昆季肯堂、膏门并知名)。向苍茫、九万里而遥,奋然击。　　谈时事,笔当掷。论人物,著当失。怎群公衮衮,平戎无策。我辈忍言孤注博,中原未了残棋劫。问君家、兵甲满胸中,可消得。

这首词以豪放之气贯注全词,"划地烽烟""中原未了残棋劫"都是当时晚清时期国土沦丧,战乱频仍的真实写照。"谈时事,笔当掷。论人物,着当失",读起来抑扬顿挫,可以感受到词人年轻时的豪情壮志。

联章之体。 冒广生的词从技法上还喜用联章体,如卷一《虞美人》联章四体,将男女相思之情表现的淋漓尽致。

虞美人

石碑衔口浑难语,心事愁千缕。众中空有意相怜,只是前头鹦鹉、费周旋。　　恩深容易翻成怨,生小痴憨惯。几时谣诼起蛾眉,剩有一双约指、未还伊。

---

① 陈智富、卢欢《韩愈"不平则鸣"说新论》,《理论月刊》,2006 年 12 月。

又

窗前新植梧桐绿，幺凤声相续。佳期的的约和谐，记取夜深花径、悄兜鞋。　　昵郎诉说生平恨。飞絮踪无定。匆匆临别可人怜，忘却玉钗溜在、枕函边。

又

情缘两载分明记，欢笑真无几。梨花细雨海棠风，别有一般怀抱、泣渠侬。　　天涯我亦心如结，没计迎桃叶。长年盼望到星期，可惜骏牛痴女、又分离。

又

吴舲抵死催归去，忽漫添离绪。再来绿叶怕成阴，孤负旃檀朝夕、费深心。　　残镫客榻惊风雨，和梦长宵煮。龙游千折向江流，都恐量来不及、个人愁。

这四首词便是写痴男怨女的相思之情。第一阕写相思而想到"约指"未还；第二阕写夜半与人幽会，时间短暂，匆匆告别而又忘却了玉钗；第三阕接着写相思，对两年相处的美好回忆，但短暂相会又分离；最后一阕将相思之情推向高潮，"离绪""残灯"衬托相思之难熬，而江流之大也不及愁多。这四阕词层层铺展有晚唐五代小令的风采。

冒广生的词既有愁苦之音，也有相思之情。他写了大量的集句词，所集之句来自李贺诗，集句词在某种程度上是他词学观的某种尝试，他认为词与中唐诗歌有密切的联系，除了集句词以外，他的联章体将男女情思淋漓尽致地表现了出来。

集句之词。集句是冒广生作词的主要手法之一，也是沤社部分词人的共同爱好。集句词的发展离不开集句诗的影响，而清代又是集句诗的繁荣时期，如集杜诗、集陶诗、《香屑集》等。就词本身来说，集句词在冒广生之前已经有了很大发展。在宋代，王安石、苏轼、张孝祥、辛弃疾已经开始了集句词的创作。至清代，则有朱彝尊《蕃锦集》。关于集句词的理论，清代谢章铤、张德瀛都有专节论述。谢章铤曾说："填词有即集词句者，且有通阙只集一人之句者。然他人廖廖数篇，至竹垞则专集诗句，既工且多。"① 而且集词句的作法之一便是集诗句入词，张德瀛曾说："集诗句入词，惟朱竹垞《蕃锦集》集篇帙最富。然苏子瞻、赵介庵均列是体，盖宋人已有为之者。其集前人词句，则石次仲《金谷遗音》载之。"②

冒广生的集句词集李贺诗句而成，之所以选择李贺诗是因为冒广生认为，"学词当从晚唐诗入，从南宋词出"，而这样做的目的是"欲以竟长短句之委，而通五七言之邮"③。李贺的诗歌是晚唐诗歌的代表，而且李贺本人抑郁的心理造就了其诗歌的幽邃风格，这与词的委婉曲折达意颇有暗合之处。冒广生的集句词多是小令，因为集慢词难度较大，他在《吴丑簃联珠集序》中说，"夫词之句豆长短不一，用字平仄有定。视诗之为古为律，句法整齐者不同，欲集前人语句而成盖难适合。竹垞掇拾唐诗便填与律相近之小令，其成慢词不过数阕，未为尽能事也"。

集句词由于是集诗句而来，它是将原有诗歌的意境打破，把集来的诗句重新组合成新的意境，因而难度较大，处理不当则会让人有生平硬凑之感，冒广生的集句词避免了此种缺点，如王鹏运评价"集句古艳生香，绝去纂组之迹"④。冒广生集句词的内容大多是写男女相思，符合"词为艳科"的本质特征，而且颇有唐五代小令的色彩，如《菩萨蛮》（之四）："浓浓蛾叠柳香唇醉（美人梳头歌）。竹黄池冷芙蓉死（九月）。谁识怨秋深（巴童答）。洞房思不禁（谢秀才有妾）。深帏金鸭冷（兰香神女祠）。蜡泪垂兰烬（恼公）。河转曙萧萧（画角东城）。飞丝送百劳（感春）。"这首词可以当成一首闺怨词来读，外界萧瑟的景物衬托了主人公哀怨的心理，这首集句词对词境的再创造取得了成功。

---

① 唐圭璋《词话丛编》，北京：中华书局，2005年，第3467页。
② 唐圭璋《词话丛编》，北京：中华书局，2005年，第4086页。
③ 张璋《历代词话》，郑州：大象出版社，2002年，第232页。
④ 冒广生《小三吾亭词》，《如皋冒氏丛书》，光绪二十六年（1900）刻本，第4页词评。以下所引词作皆出此，不一一注明。

冒广生的集句词也集李贺诗句表达了感士不遇的主题："相如冢上生秋柏（许公子郑姬歌）。柏陵飞燕埋香骨（官街鼓）。鹤病悔游秦（忆昌谷山居）。悲哉不遇人（别张又新）。春风吹鬓影（咏怀）。跳脱看年命（恼公）。抛掷任枭卢（示弟）。龙阳恨有余（钓鱼诗）。"

第五节　林葆恒《瀼溪渔唱》与周庆云《梦坡词》

一、林葆恒与《瀼溪渔唱》[①]

林葆恒的《瀼溪渔唱》词两卷，共 140 余首，1938 年刻本。关于这本词集的成书情况，林葆恒在《瀼溪渔唱跋》中说："余夙不工填词，戊辰夏徐丈姜庵、郭君啸麓结须社于析津，强余入社，遂勉学为之，前后得百余阕。庚午南下，从朱丈彊村、程君十发结沤社于上海，又得词百余阕。朱、程徂谢，社事星散，徐、郭诸君远在析津，追思昔日文燕之乐，渺不可得。丙子冬移居愚园路之静园，其地在县志为瀼溪，因综前后所为词，汰去大半名为《瀼溪渔唱》……"[②] 在这段跋中，林葆恒自述其 1928 年参与须社开始填词，他的填词高峰期在参与须社与沤社等词社期间。[③] 沤社解散后又有一些零星词作，从中筛选保留了其中小部分，于丙子年（1936）冬天进行《瀼溪渔唱》的编选，1938 年印刷出版。

（一）《瀼溪渔唱》内容

《瀼溪渔唱》以交游词与咏物词为主：

[①] 学界对林葆恒词向有《讱庵词》称之，如《中国词学大辞典》《近百年词坛点将录》《清人词话》《清遗民词人林葆恒研究》。本文以其出版词集《瀼溪渔唱》为研究对象，故命名。
[②] 林葆恒《瀼溪渔唱》，民国二十七年（1938）刻本，上海图书馆藏。
[③] 朱尧《清遗民词人郭则沄研究》统计林葆恒在须社、沤社、午社、咫社所作词，合计 119 首（《汉宫春》重一首），苏州大学硕士论文，第 64 页。

交游词。 1937年林葆恒出版了《䜣庵填词图》①，是林葆恒友人为林葆恒所作填词图的题咏结集。题词者有陈宝琛《摸鱼儿》、陈三立《七绝》、陈衍《浣溪沙》、夏孙桐《忆湘人》、潘飞声《七绝》、章钰《洞仙歌》、周庆云《月下笛》、陈诗《七绝》、廖恩焘《扬州慢》、俞陛云《甘州》、汪曾武《如此江山》、洪汝闿《齐乐天》、赵录绩《金缕曲》、高彤《金缕曲》、袁毓麐《征招》、林鹍翔《陌山花》、恽毓珂《扬州慢》、陈匡石《霜花腴》、杨铁夫《千秋岁》、徐沅（姜庵）《扬州慢》、易孺《满庭芳》、刘肇隅《扬州慢》、谢抡元《上林春》、夏敬观《上林春慢》、冒广生《七绝》、李宣龚《千秋岁》、袁思亮《踏莎行》、叶恭绰《木兰花慢》、郭则沄《扬州慢》、姚㲄素《莺啼序》、梁鸿志《祝英台近》、陈祖壬《扫花游》、陈方恪《石州慢》、彭醇士《浣溪沙》、黄孝纾《过秦楼》、赵尊岳《黄钟浣溪沙》、龙沐勋《水调歌头》、李宣倜《南浦》、杨寿枏《甘州》等，题词者不仅包括了沤社全部词人，亦有陈三立、陈衍这样的民国诗坛执牛耳之人。

林葆恒交游词中的写作对象多为须社与沤社词人，须社词人中交往较多的是徐沅②，他曾为《瀼溪渔唱》作序，沤社词人中交往的有郭则沄、朱祖谋、龙榆生、冒广生、杨铁夫、姚㲄素、黄孝纾、袁思亮、林鹍翔等。在交游词中流露出各种复杂情感，有直抒各种愁情，如"桐花月下如钩，孤灯外销尽古今愁"（《小重山·铁夫属题桐阴勘书图》）、"弹泪话神州，草草闻津鼓，无限清愁"（《甘州·次玉田韵题津楼话别图送毅夫中丞回粤》）。有伤春之意，如"子规唤彻，花落知多少，一枕倦醒，打叠伤春稿"（《浣溪沙慢·和公渚》）；有自悼身世的感慨，如"谁知兰成垂老，尚沦落江南"（《玲珑玉·夏日咏冰》），"念家山，低鸿断处几多依黯"（《龙山会·九日云在山房小集》），"平生涕泪飘零尽，遗恨空蝉鬓"（《虞美人·为张隐南题竹垞风怀诗集》）。下面这首词表达了词人不能参加社集的遗憾之情：

---

① 朱祖谋等《䜣庵填词图》，民国二十六年（1937）铅印本，上海图书馆藏。
② 徐沅（1880年—?），字芷生，号姜盦，江苏吴县人。光绪二十九年（1903）癸卯经济特科进士。入民国后，他任津海关监督，兼任外交部直隶交涉员，参与须社，著有《珊村语业》《珊村笔记》等。

一萼红·辛未元夕，须社同人约饮节夕，南发车中，月色如画，赋寄同社

酒新筥。趁深杯猛烛，聊共散离忧。铁锁星桥，银花火树，好天良夜悠悠。奈又逐、飙轮南下，载一丸、明月过沧州。剪烛豪情，烧灯佳节，总付轻沤。　　为问人生岁月，舍伤离伤别，几许绸缪。王粲哀时，陈思感逝，当前何限清愁。好乘此、金吾不禁，把无边、光景一时收。莫更悲吟憔悴，孤负觥筹。

这首词作于1931年，林葆恒南下去上海而不能参加须社聚会。上片写元夕节景，下片抒离别情。"酒新筥。趁深杯猛烛，聊共散离忧"想象须社词人聚会，"银花火树"写节日之热闹景象，反衬词人不能与社友相聚的感慨。下片直接抒发伤离别之情，以王粲、曹植自比，更加突出"清愁"，最后以不负觥筹自我安慰。

咏物词。林葆恒也写了许多咏物词，包括花草、文房四宝、蝉、月饼、灯等。描写最多的是花草，如《祝英台近·苔》《忆旧游·丰台芍药》《临江仙·新荷》、《疏影·绿阴》《忆王孙·秋草》《齐天乐·天平山观红叶》《太平时·元武湖荷花》等。在咏物词的创作中，林氏一方面摹其形态，如"看金壶细叶，醉露欹红，无限芳菲"（《忆旧游·丰台芍药》），一方面赋予情感，如"蹙损双眉、秋愁付与残蝉、柔丝万条，如旧甚多情不缩游船"（《声声慢·和蛰云秋柳》）、"封题此石、烂尽恨不减"（《凄凉犯·冬青》）、"玉箫咽愁、对江乡落月"（《玉京秋·残荷和草窗》），当然还寓有哲理之作，如"任汝横飞谐掠，全居都输"（《壶中天·残棋》）一句，既是写棋局也是写人生。他的咏物词在写法上有两个特点：第一，对所咏之物不作刻画，而对整体环境予以刻画，将感情寄寓整体环境中；第二，对所咏之物有所刻画，同时对感情亦有直接表达，我们下面分别以两首词为例说明这两种情况：

柳梢青·莹园桃花

偶踏晴沙。东风御柳，阑外欹斜。远近川原，蒸霞千树，开尽桃花。　年来人面天涯。寄锦字、难凭断鸦。怅触春怀，小桥西畔，流水人家。

霜叶飞·落叶

　　断蛩凉语。斜阳外,庭柯飘落如许。数声清响坠闲阶,疑是潇潇雨。最怊怅、关河倦旅。凄凉谁共亭皋步。叹藓径全封,写怨抑、题诗欲寄,御沟何处。　　当日万绿成阴,宸游禁苑,往迹依旧堪数。洞庭天末起微波,景物都非故。尽庾信江潭闲阻。秋衾铜辇伤迟暮。忍便随、风西去,飞傍芳尊,向人低舞。

上面两首词,第一首咏桃花却并未对桃花作刻画,而是对桃花的整体环境予以描写,突出其"怅触春怀";第二首词则是对所咏之物、咏物的环境一起刻画,如上片之"庭柯飘落如许。数声清响坠闲阶,疑是潇潇雨"与下片"忍便随、风西去,飞傍芳尊,向人低舞"都是在写落叶,而与之相应的"倦旅""怨抑"与"迟暮"之情则在词中直接抒发。

(二) 艺术特色

徐沅《瀼溪渔唱序》云:

> 林讱庵词兄盖以诗为词者也,……辛亥变后,世事益奇,身世家国之感,诗所不毕达者,惟长短句足以写之。讱庵与余以词相唱和,然讱庵虽遇艰时而意气风殊不衰弱,凡所为词满心而发,肆口而成,不待艰思而工,不烦细琢而丽,使人举首高歌而浩气逸怀,超乎尘垢之外,盖其忠爱之旨既已举似楼宇,高寒而悲感苍凉,遇事发抒则又与玉田、碧山为近,斯声家之逸致矣。丙子初秋讱庵将刻其自为词,而命序于余,……讱庵才思沈挚致力于诗已深,降而为词于两宋名家均得其要。①

徐沅认为林葆恒词有两点:第一,以诗为词;第二,"与玉田、碧山为近"

---

① 林葆恒《瀼溪渔唱》,民国二十七年(1938)刻本,上海图书馆藏。

"于两宋名家均得其要"。第一点主要是从林葆恒词中的情感而言,林葆恒的词绝少花间词的风格,虽没有男女之情之描写,却在词中尽力抒发自己的愁。第二点就词之风格而言,徐沅一方面认为林葆恒之词与张炎、王沂孙的词风格相近,另一方面又认为林葆恒"于两宋名家均得其要"。笔者以为林葆恒词的艺术特色还有以下两点。

多愁与善感——贯穿全词的忧愁。第一,羁旅行役之感。林葆恒常年奔波在外,很少与家人团聚,因此他的词作中有一些词作抒发羁旅行役之愁,如《高阳台·初雪时客京师》中的"倦旅孤惊,漏声徐送银签",《汉宫春·辛未清明》中的"休更忆梅亭暗雨夜来旅梦先还",《杏天花影·石帚此调词律失收眏庵、霜腴各填一解,余亦继声》中的"一春长隔红楼雨,渐撩起思乡情绪",《浪淘沙·过吴淞有感》中的"一棹剪淞柔送尽离愁"。

第二,自悼经历之忧。林葆恒入民国后较为失落,因此不免在词中抒发了怜悯自身的感情,如《疏影·影》中的"丝飘鬓雪,叹岁华逝水,容貌非昨、贫病相依",《浪淘沙·忆西湖》中的"湖山问梅花,摇落堪嗟,孤山长自念臣家,从此横斜清浅影,咫尺天涯",《雨中花慢·梅雨连朝感怀填此》中的"局天蹐地,侧身吟咏,老泪涔涔"。词人有时候会在词中抒发几种不同的情感:

小重山·晚坐

　　蜃气连天晴亦寒。人生谁得似、浴鸥闲。白波青嶂夕阳殷。金碧里、身在画图间。　　独坐莫凭阑。海云南尽处、是家山。相思待寄断鸿还。飘零恨、锦字忍重看。

这首词抒发了词人晚年独坐时的感受,感情有三层:第一层是羡慕鸥闲,第二层是思家,第三层是飘零恨。这三种情感是逐步递进的。

从次韵到仿体——对两宋名家词的渐进追求。林葆恒很注意对两宋名家词的风格追求,而且遵循着由次韵到仿体渐进式的学词路径。次韵之作如《望海潮·青岛怀古用淮海韵》《龙山会·重九日与榆生合约忏庵半樱诸君子同集寓宅次梦窗韵》，仿体之作如《玲珑四犯·夏夜听雨用清真体》与《喜迁莺·闻蛩云将至次匏庵韵用竹山体》。韵只是声调上的追求，达到这一点并不难，试看下面两首词作：

望海潮

梅英疏淡，冰澌溶泄，东风暗换年华。金谷俊游，铜驼巷陌，新晴细履平沙。长忆误随车。正絮翻蝶舞，芳思交加。柳下桃蹊，乱分春色到人家。

西园夜饮鸣笳。有华灯碍月，飞盖妨花。兰苑未空，行人渐老，重来是事堪嗟。烟暝酒旗斜，但倚楼极目，时见栖鸦。无奈归心，暗随流水到天涯。（秦观）

望海潮·青岛怀古用淮海韵

浮沤吞碛，惊涛拍岸，从来不识繁华。胡骑见陵，商艘萃集，硗途渐化平沙。滨海聚香车。有酥胸雪足，踏浪交加。绀瓦鳞鳞，那寻摊网旧渔家。

当年记听征笳。看楼船飞炮，溅浪鸣花。鹰瞬方殷，狼心未戢，兴亡俛仰堪嗟。残垒抱山斜，解徘徊吊古，惟有林鸦。高处凭临，海天愁思渺无涯。（林葆恒）

我们对照两首词，可以发现林葆恒对秦观的韵是严格遵守的，二词都用了"华""沙""加""家""笳""花""嗟""鸦""涯"。不过，林葆恒并没有止步于此，他对宋名家词进行了仿体的追求，"体"是近似于词人整体创作风貌，在词史上有鲜明的风格和较大影响的才能冠为某一体。我们可以将蒋捷的原词与林葆恒的仿体放在一起，来分析林葆恒的词作特色：

喜迁莺·暮春

游丝纤弱，漫着意绊春，春难恁托。水暖成纹，云晴生影，双燕又窥

第六章　沤社其他词人的创作（上）　185

帘幕。露添牡丹新艳,风摆秋千闲索。对此景,动高歌一曲,何妨行乐。

  行乐。春正好,无奈绿窗,孤负敲棋约。锦幄调笙,银瓶索酒,争奈也曾迷着。自从发凋心倦,常倚钩栏斜角。翠深处,看悠悠几点,杨花飞落。(蒋捷)

喜迁莺·闻蛰云将至次匔庵韵用竹山体

  那回分别,正茸帽迎风,飙车冲雪。草长江南,杂花生树,已是暮春三月。斜日高楼独倚,心逐飞鸿明灭。念往事,怅传杯按拍,无端轻撇。

  思切。曾几日,沧海劫尘,倏又听啼鴂。名画思乡,新词写怨,想见旅情凄绝。报道归舟行至,望断沧江帆折。待携手,把离怀诉与,多应心折。

  这首词是对蒋捷词体的仿作。蒋捷的词分为两部分,一部分是对暮春之景的描写,一部分是伤春之情。"水暖成纹,云晴生影,双燕又窥帘幕。露添牡丹新艳,风摆秋千闲索"从春水、春燕、春花、春风四个方面写暮春之景,对此场景,人们不禁"高歌一曲";下片描写春日中,人们或下棋、饮酒,或看"杨花飞落"。这首词从风格上既不似姜夔清空,也不似辛弃疾粗犷,而是自具面目。林葆恒的词是抒发见到友人郭则沄的喜悦之情。上片先写上次分别是严冬季节,此次相见是暮春三月,景物也是"草长江南,杂花生树",词人怀着急切的心情盼望来客,先是站在高楼独倚张望,然后是听见音讯而望断沧江,最后是聚会后的诉说离怀。两相比较,竹山词抒情写景较为均衡,而林葆恒词则重在抒情。

  林葆恒对竹山体的模仿在沤社词人中较为少见,但是也反映出了民国词学正是承清代词学而来,清代对蒋捷词是颇为重视的,而且整个清代词学演变过程是从"家白石而户玉田"到"家白石而户梅溪"再到"家梦窗而户竹山"的嬗变轨迹[①]。林葆恒对竹山词的追求反映了民国词学对清代词学的传承性,而且也说明民国词坛对词作风格多样性的追求。

---

① 高莹《蒋捷〈竹山词〉接受史研究》,河北师范大学硕士论文,2005年,第71页。

二、周庆云与《梦坡词》

（一）《梦坡词》内容

梦坡词两卷近 120 首，所作题材以社集、题词之作最多。

社集之作。梦坡词的社集主要以春音词社为主，据《吴兴周梦坡先生年谱》记载，春音词社由周梦坡创立，① 词集中的社作有《齐天乐·莫干避暑偶填此解适夏昳庵、黄公渚重集沤社限此调》《眉妩·咏河东君妆镜拓本春音社集》《绿意·预祝荷花生日春音社集》《烛影摇红·赋唐花春音社集》等。通过这些词作，我们一方面可以看出他们的社集活动内容，另一方面我们也可看出这些词作中抒发了词人一种愁情，如"翠管吹寒，闲情绪无端，尽入中年"（《新雁过妆楼·酒楼闻歌用梦窗韵春音社集》）、"断红流梦，到荒沟剩数峰青，回渐落叶，钟声暗省盂泉"（《霜叶飞·丁巳九月，偕词社同人至苏台登天平山看红叶春音社集》）、"山中吟侣、荷衣漫赋，莫又遭秋来，顿催离绪"（《齐天乐·莫干避暑偶填此解，适夏昳庵黄公渚重集沤社限此调》）。从词作所反映出的愁情中可以看出词人晚年的心境，而每逢传统佳节参加社集，这种情感就格外强烈。如：

秋霁·丁巳上海中秋春音社集

仙幔泠泠，又清光万里，倚楼闻笛。瘦菊催诗，倦荷禁雨，芳菲最怜秋色。西风故国。怨吟自理今何夕。谩共惜。闲步，珍蘩愁把画阑拍。　　尊前涕泪，眼底河山，怕点新霜，鬓华先白。叹如今、天香梦冷，婆娑凉影沁空碧。玉垒翳云浑似昔。斧痕谁补，分明座隔春星，广寒灵境，可传消息。

这首词作于 1917 年，充满了对故国的思念，反映了遗民之情。上片中"瘦菊"

---

① 周延祁编《吴兴周梦坡先生年谱》，《近代中国史料丛刊》816 册，台北：文海出版社，1989 年，第 59 页。

"倦荷"的意象使我们顿感凄凉，这使得词人愁情而生；下片继续抒情，"尊前涕泪，眼底河山"是写辛亥国变使词人心情悲伤而涕泪交加，怀有这种心情再去欣赏月景则显得更加凄凉。

题词之作。周庆云《梦坡词》有许多题词之作，可以分为以下几类：第一，题图画，如《清平乐·为潘兰史征君题虎丘探梅图》《临江仙·题胡宛春霜红簃填词图》《临江仙·题贯恂红烛写诗图》《洞仙歌·题谢榆生孝廉溪山读书图用稼轩韵》《被花恼·题桐阴读书图，为杨铁夫作》；第二，填词图，如《天香·题杨铁夫抱香室填词图》《高阳台·题朱古微侍郎彊村校词图》；第三，题词集与诗集，如《齐天乐·题檗子庞君遗稿题词》《鹊踏枝·为纽君题先德西农先生亦有秋斋词钞，用顾蒹塘原韵》《忆旧游·题金粟香太守陶庐六忆诗集》《木兰花慢·题梅芬阁本事诗词集序为舒问梅作》。

但是不论哪种题词之作，都流露出愁情，如"剪取无限愁"（《齐天乐·题兰史上塘听雨图》）、"只绿窗、残梦成烟伴无眠，夜雨孤灯一片螀寒"（《高阳台·题冷香吟馆填词图》）、"望天涯多芳草，续骚心事难遣"（《塞垣春·题遐庵所藏王晋卿词册》）、"休笑屠龙无用，技宫羽沧凉写入，琴樽里妍手，写姜、张声，偏倚乡关，应补词人记"（《鹊踏枝·为纽君题先德西农先生亦有秋斋词钞，用顾蒹塘原韵》）。

（二）艺术特色

遗民情思的展现。周庆云自从辛亥之后，一向以遗民自居，他组织了诗社、词社与清朝遗民进行诗词唱和，这样做是为了抒发遗民情思，其在《淞滨吟社集序》写道：

> 当辛壬之际，东南士人胥避地淞滨。余于暇日，仿月泉吟社之例，招邀朋旧，月必一集，集必以诗。选胜携尊，命俦啸侣，或怀古咏物，或拈题分韵，各极其至。每当酒酣耳热，亦有悲黍离麦秀之歌，生去国离忧之感者。嗟乎！诸君子才皆匡济，学究天人，今乃仅托诸吟咏，抒其怀抱，其合于乐天知命之旨欤。

月泉吟社是元朝时宋代遗民组成的诗社,周庆云这里引用,说明其以遗民自居。带着这种遗民情结,他的词作便也表现出了遗民情感。如"斜阳"意象的反复使用,"斜送骄阳,殢酒年华,今朝命缕添长"(《高阳台·闻端午夕燕补谷老农即事感怀谱此见示依韵奉酬》)、"一杵南屏,晚催送斜阳"(《八声甘州·题吴越西关砖塔藏陀罗尼经卷》)、"斜阳路,总轻惜剩诗情几许"(《瑞鹤仙·怀超山宋梅》)、"故国几繁霜,促斜阳归去"(《征招·挽沤尹社长》)、"正湿云飞,斜晖淡,梅雨江南时节"(《大酺·浦滩晚眺》)。"斜阳"所引起的词人们内心的伤感,与遗民们失去了清朝这个精神支柱有关,他们只有通过结社来组成自己的小圈子,以诗词吟唱来打发度日。再如:

满庭芳·人间何世,海国春残,难得清明又逢上巳。余以是日举社愚园,禊饮之乐匪拟洛中盛衰之感,或逾逸少长歌未尽谱此写怀

香影围花,愁心苏草,燕归空认巢痕。昨宵寒食,今日袯残春。题遍山阴醉墨,永和后、哀乐重论。河山异,新亭举目,滴泪注芳尊。　　前尘。修禊事,重逢癸丑,开社淞滨。(癸丑上巳修禊徐园为淞社第一集)纵俊游无恙,应瘦吟魂。多少江南旧识,怕邻笛、中夜凄闻。(社中诸稚昭、汪渊若、胡右阶先后谢世)还惆怅,桃源路渺,何处避嬴秦。

这首词是举社愚园所作,虽然是在明媚的春天,可这首词表达的是伤春之情。上片词中借东晋士人的典故来表达自己面对辛亥革命后"河山异"而滴泪的心情;下片回忆自己与遗民的生活,自己与遗民们无用武之地,只有以诗词吟唱来打发度日。词人1913年参与组织了淞社,1915年又组织了春音词社。他们的内心是极度痛苦的,一方面自认为"才皆匡济,学究天人",可是现实却"仅托诸吟咏","还惆怅,桃源路渺,何处避嬴秦",说明了连隐居都不知道选择何处。

多种风格的追求。关于周庆云的词作风格,朱祖谋说,"其词言情则萦纡善达,体物则婉约多姿,不泥琢珝而能律谐吕协,真清真之贤裔也"。王蕴章说:"所作益进骎骎,由浙派而上追两宋,顾意特矜慎,不立异以求新,不夸多以斗富。"① 朱祖谋赞扬了周庆云的咏物词，同时认为周庆云词有周邦彦的词风；王蕴章认为周庆云的词上追两宋。结合《梦坡词》的全部词作来看，周庆云在北宋词家中向苏东坡与周邦彦学习，在南宋词家中向辛弃疾、张元幹、姜夔与吴文英学习。他学习东坡的《水调歌头·汪诗圃自沪归皖，舟次中秋用坡老丙辰中秋怀子由韵寄示，因次韵奉酬》，学习周邦彦的《芳草渡·西溪祀两浙词人用清真韵》等。南宋词人中，他学习梦窗的词较多，如《霜花腴·李孟符同年入都修史，临别和梦窗韵，书扇为赠，依韵奉答即以送别》《西子妆慢·西溪芦花用梦窗自度腔韵》《新雁过妆楼·酒楼闻歌用梦窗韵春音社集》《霜花腴·徐园咏菊和梦窗韵》等。我们下面就从周庆云效仿东坡词与梦窗词中各举一例进行分析：

水调歌头·丙辰中秋，欢饮达旦，大醉，作此篇，兼怀子由

明月几时有，把酒问青天。不知天上宫阙，今夕是何年。我欲乘风归去，又恐琼楼玉宇，高处不胜寒。起舞弄清影，何似在人间。　　转朱阁，低绮户，照无眠。不应有恨，何事长向别时圆？人有悲欢离合，月有阴晴圆缺，此事古难全。但愿人长久，千里共婵娟。（苏轼）

水调歌头·汪诗圃自沪归皖，舟次中秋用坡老丙辰中秋怀子由韵寄示，因次韵奉酬。

千里共明月，怊怅隔江天。南楼弦管何许，风景尚当年。多事吴刚仙斧，惊起玉龙飞舞，宫阙水晶寒。一舸五湖去，澄镜出云间。　　青史事，红桑话，付鸥眠。凉蟾今古，无恙先照客舟圆。山色皖公如笑，江色新安如绕，闾井劫余全。归径问松菊，瘦影自便娟。（周庆云）

我们可以对照一下两首词，从"天""年""寒""间""眠""圆""全""娟"

---

① 周庆云《梦坡词》，民国二十二年（1933）刻本，上海图书馆藏。

字的用韵来看，周庆云对苏轼词的和韵是完全吻合的。苏轼的词表现了对胞弟真情怀念，在全词也融入了人生沉浮所引起的一种思考，含有一种哲理。周庆云的词是他怀念词人汪渊①所作，该词作于1916年，汪渊由上海返回安徽家乡，词的上片是对明月作了一番描绘，下阕设想词人回到家乡时的情景，全词并无哲理，但是有一种陶渊明的豁达之情。

霜花腴

翠微路窄，醉晚风，凭谁为整欹冠。霜饱花腴，烛消人瘦，秋光作也都难。病怀强宽。恨雁声、偏落歌前。记年时、旧宿凄凉，暮烟秋雨野桥寒。　　妆靥鬟英争艳，度清商一曲，暗落金蝉。芳节多阴，兰情稀会，晴晖称拂吟笺。更移画船。引佩环、邀下婵娟。算明朝、未了重阳，紫萸应耐看。（吴文英）

霜花腴·徐园咏菊和梦窗韵

听秋俊约，问几时，西风醉倚簪冠。霜圃清英，月廊孤艳，篱疏意淡寻难。酒杯自宽。认故园、佳色尊前。算年光、侑客黄花，旧盟不共卷帘寒。　　金谷丽韶春去，唤高楼一笛，瘦树稀蝉。彭泽云间，郦泉人寿，传香称擘苔笺。水馨送船。点绣屏、凉影娟娟。好斜阳、未是飘零，胆瓶还对看。（周庆云）

首先，从两首词"冠""难""宽""前""寒""蝉""笺""船""娟""看"的用韵来看，周庆云词是完全和韵的；其次，我们可以看出他对梦窗词章法上的

---

① 汪渊（1851—1916），字时甫，号诗圃，原籍安徽绩溪县郎家溪村，寄籍安徽休宁县商山村。晚清词人。青年时考中秀才，以学行俱优，被举为贡生。后无意仕进，坐馆授业，弟子众多。汪渊授馆之余，潜心诗词，尤长于集词为词。由他集句、夫人校注的《麝尘莲寸集》，则集宋人、元人词作而成，4卷，共集词284首，156调。著有《蒴盐词》《瑶天笙鹤词》《藕丝词》《味菜堂诗集》《味菜堂外集》。其妻程淑亦有《绣桥诗词存》。谭献序言："夫捣麝成尘，芳馨之性不改；拗莲作寸，高洁之致长留。"王晓湘《词曲史》说它"工丽浑成，亦词家之别开生面者"。

学习。吴文英这首词是他与友人在湖上泛舟时作,情感围绕秋天而发,先后经历先了伤秋、悲秋,然后是赏秋、爱秋的情感,全词婉转又自然而且颇讲究章法。陈洵说曰:"'病怀强宽'领起,'恨雁声偏落歌前'转身,才宽又恨,才恨便记,以提为煞,汉魏六朝文往往遇之,今复得之吴词。"① 由设想至现实当中,又从现实当中回忆往事。周庆云的词先从眼前秋景写起,从"认故园"写起开始设想故乡情景,从"点绣屏"开始又回到现在,章法上也是回环往复,与梦窗词相同,对秋天的感情与吴梦窗相似,经历从伤秋到恋秋的感情转变。

上面我们以周庆云对东坡词与梦窗词的学习为例,探讨了他对两宋词的学习。他对两宋词的模仿归根到底是对朱祖谋词的模仿,朱祖谋词风格便是有东坡之疏旷与梦窗之密丽,而且他对朱祖谋词的模仿是不自觉的,这缘于他对朱祖谋的崇拜,他组织的春音词社即是请朱祖谋担任社长,而且他的《梦坡词》的第一卷也是朱祖谋删定的②。

林葆恒与周庆云是民国时期开始学词,林葆恒先后参加了须社与沤社,周庆云是上海众多诗社、词社的组织者,他们两人的交游词在各自的词集中占有较大的比例。他们两人都喜欢效仿南宋词人,林葆恒在词法上更多的喜欢效仿"竹山体",所作亦有几分竹山词的风格,周庆云则喜欢模仿梦窗词,严守梦窗声韵。

第六节 洪汝闿《勺庐词》与刘肇隅《阆伽坛词》

一、《勺庐词》

洪汝闿的《勺庐词》收词大约140余首。这些词作有两个特点:第一,题

---

① 陈洵《海绡说词》,《词话丛编》,北京:中华书局,2005年,第4842页。
② 周庆云在《梦坡词》后面的跋中写到"右词经沤尹点定一卷尚未付梓,而沤尹遽归道山。后复益以近作分为两卷,并附挽沤尹及题遗照之词为之腹痛者累日,庆云自识"。周庆云《梦坡词》,民国二十二年(1933),刻本,上海图书馆藏。

材方面，边塞词的写作颇具特色；第二，词作呈现出忧郁的情感。边塞词由来已久，宋代范仲淹的《渔家傲》开边塞词之先声，蔡挺、黄庭坚、晁端礼、吴则礼、时彦、王安中、叶梦得、万俟咏、朱敦儒、周紫芝、李纲、胡世将、张元幹、张孝祥、陆游、辛弃疾、陈亮、刘过、刘克庄也都作边塞词，元代的边塞词很不发达，明词整体中衰，但是边塞词却有特色，直接促成了清代边塞词的繁荣，"已经达到 100 人以上，这个数字已经接近唐代边塞诗的作者数量"[①]。

在洪汝闿的边塞词中，有的表示征夫思乡之情，如《秋霁》中的"戍楼恨笛，断肠不管人头白，弄夜色犹有暮蟾，来伴醉吟客"；有的描写边塞之风景，如《瑞鹤仙》中的"玉关哀咽边云暗，飞雪映晚天"。洪汝闿的边塞词特色是用联章体来写作，如《蕃女怨》：

  汉家麟阁图画遍。岁岁征战。曼胡缨，白羽扇。天上传箭。路人道是霍嫖姚。大旗招。

  幕南九月边草歇。千里飞雪。紫檀槽，银凿落。行歌沙漠。羽书昨夜过辽西。阵云低。

  健儿争说身手好。塞上秋早。夜呼鹰，朝饮马。敕勒川下。忽闻惊雁起榆关。举头看。

  老乌城上啼不住。星坠如雨。酒三行，更五点。苍龙睒睒。送君直上李陵台。不归来。

  小亭深院人语悄。门掩秋草。剪刀催，砧杵急。风高月黑。玉关多少别离声。不堪听。

---

① 许博《清代边塞词研究》，南京大学博士论文，2011 年，第 40 页。

    白头吟到魂断处。支枕无语。塞红飞，梁燕去。落日平楚。座中只有老何戡。望江南。

  这组词连用六首词来围绕边塞而作，第一首写人人渴望立功边塞，流传后世，第二首词写边塞风情，第三首词写边塞军民生活，第四首词写边塞人的悲惨命运，第五首词写思妇对征夫的思念，第六首词写征夫一生守卫边塞而不能回乡。这组边塞词对边塞词的各种内容都有涉及，有立功边塞的进取精神、边塞风景的描写、边塞居民生活的展现、征夫与思妇的相互思念。洪汝闿从不同角度写作边塞词，使得他的边塞词有全面性的特色。当然，边塞词创作历来有实景与虚景之分，从现有词作判断，以及词人所处实际情况来推断，洪氏边塞词应为虚景边塞词。

  《勺庐词》除了描写边塞生活以外，词作也流露出了忧郁的情感。首先是羁旅思乡之情。洪汝闿常年奔波在外，很少与家人团聚，所以在词中经常抒发羁旅思乡之情，如《渡江云》中的"客感休更说天涯"，《渔家傲》中的"杜宇声声啼向夕愁，鬓白还乡、只恐无人识"，《一萼红·癸亥岁朝广和楼观韵》中的"今年客思依旧"，《被花恼·旅愁似水，旧梦如烟，有言之不胜其言者，用紫霞翁自度腔韵写之》中的"愁云暮雨黯，层楼阁几迷昏晓，楚客年来艳情少，扬州一梦，江湖载酒嫩"。如果除夕佳节仍然在外地而不能与家人团聚，这种思乡之情会更加强烈，如《一萼红·壬戌除夜作》：

    掩柴关。听街头腊鼓，年事已阑珊。暮景飞腾，生涯烂醉，孤烛红照椒盘。顿怅触、殊乡旧感，抚锦瑟、一一柱痕残。镜槛他生，云屏此夜，幽怨无端。　　还向客中守岁，叹祭诗人老，赋恨都难。偕隐期空，归耕愿杳，春到争忍重看。任吹彻、玉龙哀奏，怕曲终、更唱念家山。梦里围炉儿女，谁忆长安。

这首词作于1922年除夕,除夕之夜本是一家团圆之夜,词人由于客居北京,远离家乡而不能与家人团聚,所以只能借助写词来抒发孤独之情。词上片"听街头腊鼓""烂醉""孤烛自照"等情景的描写可以看出词人心情之"幽怨无端";词的下片抒发"客中守岁"的孤独之情,词人渴望与家人团圆,但这只有在梦中才能实现。

其次,自悼身世之愁。洪汝闿一生蹉跎,为了生计奔波在外,对自己的生存境遇充满了嗟叹,如《甘州》中的"剩头白伤时杜老,倚霜天吟望曲江春,休惆怅,待东风转,重访桃根",《一萼红》中的"身世牢愁,沧桑梦影,都付哀弦",《琐窗寒·四月二十九日作》中的"小雨收晴,熏风送暖,午阴槐夏,离亭酒罢,楚客怨怀",《台城路·臂痛夜不能寐,百感丛集,赋此遣之》中的"支离病榻维摩叟""十年沧海旧恨",这些忧愁包含了词人一生的感受,到老一事无成、羁旅他乡、久卧病榻。

二、《阏伽坛词》

《阏伽坛词》,民国二十二年(1933)铅印本,收词70余首,词前有潘飞声癸酉(1933)序评点其词,"廉生先生博览群书,不竞名利,向工诗古文辞,近复嗜为倚声,力戒模仿,笃风谊于师门,汰淫哇于薄俗,如眉山稼轩托体高迈、真意贯串、即秦七黄九无以难之也。间常编为一集持以示余,余读而赏之,感近日词派之枝蔓,趋附之日深也,当必有如明代文人见归震川而低首者"。序中对刘肇隅词给予了较高评价,认为刘氏之词最大特点在于"力戒摹仿"。

《阏伽坛词》最显著的特点是大量的佛语入词,刘肇隅词集名称取自佛经《苏悉地羯啰经》:"有四供养,遍通诸部,一切处用,一谓合掌,二以阏伽,三用真言及慕捺啰,四但运心。"而且在词集中自称是"菩萨戒弟子澹圆居士"刘肇隅。以佛语入词随处可见,如词人希望人间戒杀让世界变得更美好,"屠刀放下,刹那成佛"(《陌上花·用宋张仲举韵》),希望人们摆脱人生种种烦恼而安然处之,如"秦时月、秦时月,空空色色,死生离别。西天寿佛千秋节,莲花身化凡尘绝"（《忆秦娥·用李太白韵》）、"聚散无端，都是天公有意安设，逃不了果果因因，谁解三生说"（《雨霖铃·用柳永韵》）、"看遍空空色色、又是非空非色，无缺不全"（《水调歌头·用东坡韵》）等。有的词作劝人吃素食，如《法曲献仙音》中题下小序："浴佛日余与退庵值沤社词课，蔬食相集，未犯杀戒……"；① 有的词作是用佛理对受灾民众表达一种关怀，如：

十二时·再为十发老人题观音大士立像

辛未夏秋之交，洪水发湘、鄂旋遍南北，民人死亡荡析者万万计，灾犹未已，殆所谓天发杀机，龙蛇起陆耶？匪恳神佑，奚起沦胥，谨依程雨老韵更谱斯阕用志悲愿

望朝宗，连天汹涌，滚滚银涛飞雪。千万户、悲啼哽咽。生死回眸双瞥。末劫难逃，慈航谁渡，黧面无人色。惟大士、大愿大悲，泪眼频开，一见心尤伤切。　亘书夜，怀山荡荡，俨似洪荒时节。苦矣生民，分崩俄顷，存者无家别。直贤愚问尽，衔哀莫辨黑白。　倘早祈，慈悲灵感，善护宣防无缺。化险为夷，人民安戢。奚事勘灾册。应绸缪未雨，掘泉慎毋临渴。

这是一首时事词。1931年夏秋，湖南与江西发生特大水灾，灾民达几十万，词人目睹此情景，悲痛不已，遂有感而发，"连天汹涌，滚滚银涛飞雪"是对洪水如猛兽之描写，"千万户、悲啼哽咽，生死回眸双瞥"则是对生灵涂炭之刻画，但是词人面对这样的灾难只能寄希望于神灵，希望观音大士能救苦救难。

刘肇隅信奉佛教，大概与词人自身的变故有关，词人晚年痛失二子，心情十分悲痛，词人希望能够在与朋友的交游中来化解悲痛之情，但是这种感情遇上天灾国变，便会与原来的情感一起形成更为复杂的心理感受，如《紫荚香慢·忆己巳九日华安九层楼登高，宴集群贤满座时，十发老人用宋姚江村韵酬

---

① 刘肇隅《法曲献仙音》，《阒伽坛词》卷二，民国二十二年（1933）铅印本，上海图书馆藏。

主人周梦坡、姚虞琴兼赠座客,余时已丧仲子未久,愁仍未解强随老人与焉,孰知甫逾月而余长子复死,岁序儵忽又二载矣,天灾国变,俞奇俞烈,谨步老人韵以摅积悰》:

> 记前年、层楼高会,盛筵宾主分明。为愁中消遣,又谁料,瞰愁城。一瞬西河添泪,便无情太上,那不伤情。似今生、暂别当作远游人,问醑酒、孰知步兵。　　魂清。梦倦初醒。愁自解、恨还平。把陶公醉意,嵇康懒性,都付诗评。近闻入关胡虏,暗平蘖、汉诸陵。对黄花、任谁高节,东篱强卧,休指天末晨星。风雨又零。

这首词作于1931年,词人回忆了1929年与居沪遗老进行华安登高的活动,由周梦坡与姚虞琴两位先生主持,当时词人第二子遇车祸身亡不久,而刚过一月长子又去世,这两次变故给了词人沉重打击,词人写作此词时又发生了"九一八"事变,"天灾国变"交织到了一起,词人五味杂陈,故而写词抒发。上片回忆了登楼盛会的情形,抒发了"愁中消遣"的主题,下片写词人学陶渊明与嵇康自解愁,而又闻"九一八"事变,感叹国家"风雨又零"而愁不能解。

在刘肇隅的词集中,为了让读者能了解其词意,除了在词前撰写小序外,在一些词中还加入了详尽的注解,有的注解则可以更多了解词人的信息,便于读者了解作品,如《金缕曲·用先师杜仲丹夫子韵挽升吉甫相国》中有小字注"戊辰东陵惨劫,骸暴骨碎,海内老成联电呼吁,故人陈君毅在北,力疾奉安陵墓,沪上则王公秉恩约合诸老辈奔走营救电函交驰者累月,余儿国元随王公勉襄其事,陈君先逝,王公及余儿相继病卒"[1]。此段文字说明了刘肇隅有深深的遗民情结,起到了知人论世的作用。

刘肇隅信奉佛教,他喜欢用词宣扬佛法,他的词并未沦为扬教义的工具,

---

[1] 刘肇隅《阏伽坛词》,民国二十二年(1933)铅印本,上海图书馆藏。

却体现了他对人世间的一种关怀。他除了写作佛法词以外，还写有和韵词，和韵的词人以清真、梦窗最多。他还喜欢在词中大量作注，给人们读词带来便利的同时，但是又有了繁琐的弊病。

第七章
沤社其他词人的创作（下）

在这一章里我们讨论的沤社词人，年龄都在五十岁以下，是沤社中青年词人。中年词人是王蕴章与吴湖帆，青年词人是赵尊岳与黄孝纾，从词学师承来说，王蕴章受朱祖谋指导较多，吴湖帆曾问学于吴梅，赵尊岳与黄孝纾曾经受学于况周颐。这些词人的创作各具特色，吴湖帆擅长题画词，而黄孝纾则主要写作山水词。

第一节　王蕴章《秋平云室词》

王蕴章曾有词集《秋平云室词钞》，可惜已经亡佚。我们今天所能见到的王蕴章的词作大多收录在《沤社词钞》与《南社丛刻》里，以及散见于各种民国报刊上，其中《南社丛刻》收录最多。笔者在第一章中曾统计《南社丛刻》，王蕴章作品第四集3首，第六集7首，第八集16首，第九集6首，第十集25首，第十一集6首，第十二集6首，第十三集12首，第十四集33首，第十八集7首，第十九集14首，第二十一集14首，第二十二集4首，共计140余首。《沤社词钞》共有5首。为便行文，此处仍以《秋平云室词》称之。

一、词作内容

王蕴章词的内容大致可分两部分：交游词与咏物词。

交游词。王蕴章在民国时期以办报出名，他参与南社、春音词社、沤社，后又创办了正风书院，所以结交面很广。他的交游词在其全部词作中占有较大比例，写作对象有南社中的柳亚子、庞树柏①、高天梅②，春音词社词人周庆云、邵瑞彭、徐珂、陈匪石，还有汪精卫。王蕴章的交游词的内容是怀念友人，悼亡友人。怀念友人的词作，如《貂裘换酒·钝根③老友遁迹山中，憔悴可念，日前以红薇感旧，记索题率成此解，以为他日相思，张本钝根见之当知余怀之渺渺也》中的"脱帽悲歌起，数平生、一箫一剑，更无知己。不是扬州狂杜牧，十载坠欢重理。只赢得、鬓星星矣。骏马美人都去也，莽乾坤、合为多情死。贫汝者、有如水"，词人在这里对钝根的形象作了精彩的刻画，而且对其理想与现实差距较大的人生感到惋惜。悼亡友人的词作，如《如此江山》"英雄不向沙场死，披图更添呜咽，故国惊心，山川满目，旧事那堪重说"，对烈士殉国作了沉痛的哀悼。再比如《迈陂塘·剑霜遗稿付印，阅两月而竣。感逝怀人，复填此解，玉笛云霾，牙琴弦涩，言愁我始愁矣》：

---

① 庞树柏（1884—1916），字檗子，号芑庵，江苏常熟人。父亲庞继之，以争漕赋触怒官府，被逮捕入狱，忧愤而死，母亲钱氏也殉父而亡。父母去世后，赖亲戚之助，肄业江苏师范学校，毕业后历任江宁思益等学堂教习，后加入南社，著有《玉琤玡馆词》一卷。其词取法南宋，有姜夔词之警秀，钱仲联《近百年词坛点将录》喻之为"地暗星锦豹子杨林"。

② 高旭（1877—1925），字天梅，号剑公，又号钝剑。别号自由斋主义、慧云、慧字、哀蝉。光绪三十年（1904）赴日就读东京法政大学。次年加入同盟会，任该会江苏支部长。光绪三十二年（1906），回国创办健行公学和钦明女学。宣统元年（1909），与陈去病、柳亚子创建南社。1913年会见孙中山，孙书赠"进步"二字。1917年参加孙中山在广东的护法政府。1922年参加北洋军阀系统国会。1923年曹锟贿选总统，受贿投票，后受良心谴责，郁郁寡欢，1925年病逝。著有《天梅遗集》收词集《箫心剑胆词》《沧桑红泪词》《鸳鸯湖上词》《微波词》等。钱仲联喻其为"天暴星两头蛇解珍"。

③ 傅熊湘（1882—1930），南社成员，一字君剑，号钝安，又别署钝根，湖南醴陵北乡旁山人。师事长沙王先谦、同邑吴德襄。后留学日本弘文学院。归国后历任湖南省参议员、第三十五军参议，沅江县县长、安徽省民政厅秘书、省棉税局局长等职。

怅无端、西风黄叶，呕将心事如许。词人去后春情减，难忘昔年韦杜。秋又暮。算撕笛、山阳不是江南路。摇云散雨。问柳访秦淮，花看吴苑，旧约记何处。　　销魂事，总付旗亭后侣。阿谁款段归去。十年萧瑟乡关梦，也只登楼能赋。身已误。更怨粉、啼香零落金荃谱。闲愁且住。道有个今徐，剪茸补毳，一笑为君舞。

秦剑霜，名秦宝签，早年参加革命党，1907年即病逝，王蕴章1909年为其整理遗稿。王蕴章根据其事迹编成《霜花影》四出，刊登在《小说月报》第五卷一、二号上。这首词通过对友人表达了沉痛的哀悼，词以西风黄叶起头，奠定哀伤的基调，接着说明词人去世之后的思念之情，重游秦淮旧地，而友人已不再，使词人更加伤悲。下阕继续抒情，诉说对友人的思念，"身已误"是写自己，"啼香零落金荃谱"写词人赋词哀悼友人。王蕴章对友人的悼念也引起自己的愁情。

咏物词。 王蕴章的咏物词按照情趣分为两类：一类继承了历代艳词的传统，专以女子及其物品为吟咏对象，如《踏莎行·裙带》3首、《踏莎行·袖笼》3首；另一类高雅者咏花草，这种题材以加入春音词社后为主，如《花犯·春音社第一集赋樱花依清真四声》《眉妩·春音社第二集赋河东君妆镜拓本》《高山流水·春音词社第三集赋宋徽宗琴》《霜花腴·春音社集赋菊花》《烛影摇红·春音社第五集赋唐花》。在这里，笔者将两类词各举一例：

踏莎行·裙带

步拂莲低，腰萦柳细。锦泥蝶簇春如意。同心结了又重分，拈来引得猫儿戏。　　玉佩纷垂，金铃紧系。盼他蟢梦今宵递。惊鸿翩若舞凌波，霓裳旧制怀妃子。

霜花腴·春音社四集赋菊花

晚香傲客，澹圃容，重逢晋代衣冠。南国霜多，西风人瘦，东篱避世都难，带围尽宽。认泪痕、犹湿花前。误年时、旧约餐英，变骚声动楚江寒。

消息故园如梦,又闲阶落叶,唱彻哀蝉。摇日分黄,移云栽紫,新来恨墨盈笺。待归系船。料两开、清影娟娟。过重阳、几误佳期,卷帘还怕看。

要作好咏物词必须"咏物固不可不似,尤忌刻意太似。取形不如取神,用事不若用意"①。王蕴章的这两首词做到了这点:第一首词可称艳词之咏物词,对裙带未作过多刻画,"锦泥蝶簇春如意"对裙带之模样作了一番刻画,重点乃是描绘其形体,服饰等;第二首词咏菊,也未对菊花作过多刻画,但却融入历史典故与词人自身感受,如"晋代衣冠"与"东篱避世"是历史人物对菊花的态度,而下片则主要是词人自身的忧愁之感,如梦之慨。此处,王蕴章的咏物词已经摆脱了清代常州词派咏物词中美人香草寓封建忠君之意,转向了对个人情感的寄托。

二、艺术特色

愁人与愁情。王蕴章在词作中抒发了各种愁,如《台城路》云"病叶空山、孤根海角、愁入故园"、《菩萨蛮·癸丑秋词》云"织得一杼愁,银河无限秋"、《虞美人》云"一丝杨柳一丝愁"、《高阳台》云"天涯我已飘零惯""琵琶替诉春前恨,为愁多说也零星"、《台城路·登惠山云起楼题壁》云"愁心坐凝孤悄,俊游零落尽,谁是同调"、《长亭怨慢·壬子雪兰骸七夕》云"倦客天涯断肠"、《雪梅香·春感》云"殢风情费词笔。卖杏明朝愁唤"。经过了种种愁的洗礼之后,词人将自己视为了愁人,如《南乡子》云"夕阳西下东下月,无情,不为愁人且暂停"。在诸多愁情之后,最典型的是伤春之愁,如《六丑·丙辰春尽作日》:

---

① 邹祗谟《远志斋词衷》,唐圭璋《词话丛编》,北京:中华书局,2005年,第653页。

问东风底事，送笛里、梅魂轻别。采芳后期，花开谁劝惜。一谢难折。几误仙源路，洞迷香雨，蘸绛波千尺。玉骢待指青芜国。燕絮残泥，鹃啼剩血。红心泪痕同色。但斜阳烟柳，愁绪催织。　　江南消息。有庾郎赋笔。梦绕哀笳起，啼恨墨。怀中锦段非昔。换年时秀句，看朱成碧。高楼望、阵云西北。不堪是、掷遍金钱买了，好春无迹。繁华尽、还恋瑶席。怎两番、鼓吹池塘外，昏蛙闹夕。

这首词抒发的是伤春之感，这伤春之情又来源于词人所处的复杂的环境。词作于1916年，这一年是动荡的一年，袁世凯妄想称帝，国内反对之声骤起，冯国璋等5人联合发电给袁世凯劝他取消帝制，袁世凯被迫取消帝制。词的上片描写暮春之景，笛声轻别，花开花落，燕衔残泥、斜阳烟柳，这些景物中夹杂着愁绪。词的下片继续抒情，"江南消息"当指南方动荡的社会，袁世凯派人在上海萨坡赛路14号刺死陈其美，上海南汇县数百饥民反对屯田缴价、清丈沙田，集议起事。"庾郎赋笔"则指词人自己作词伤春，词人担心"繁华尽""好春无迹"，因而"愁绪催织"。

严守声韵。王蕴章作词严守声韵，如王蕴章和周邦彦词，可以见出王蕴章守韵之严。

花犯·春音词社第一集，赋樱花，依清真四声

数繁华，番风第几，仙山艳云锦。嫩阴催暝。怜润洗蛮姿，轻换芳信。软尘占舞凌波稳。鹃魂愁未醒。斗晓色，一天霞绮，沧州余泪影。

寻春问春在谁家，如今望断否，蓬莱金粉。香梦浅，扶残醉，腻妆娇困。窥墙惯，赋情最苦，容易到、斜阳花外冷。但记取、玉窗人杳，啼红心事近。（王蕴章）

花犯

粉墙低，梅花照眼，依然旧风味。露痕轻缀。疑净洗铅华，无限佳丽。去年胜赏曾孤倚，冰盘共燕喜。更可惜、雪中高土，香篝熏素被。

今年对花最匆匆，相逢似有恨，依依愁悴。吟望久，青苔上、旋看飞坠。相将见、脆圆荐酒，人正在、空江烟浪里。但梦想、一枝潇洒，黄昏斜照水。（周邦彦）

这首词是王蕴章加入春音词社第一次社集之作，我们将两首词对照，便可看出王蕴章守韵精准，他说："《花犯》为涩调之一，其中上去声不可移易者，共有三十七字。余词并不佳，特仿方千里和清真词例，上去声皆一一遵守原谱而已。"① 由于守韵严，这首词被社长朱祖谋评定第一。

除了严守声韵之外，王蕴章对声韵还有一定造诣，如他曾对白石自度曲《秋宵吟》作了一番考证，《秋宵吟》（此白石自度曲也，万红友疑为双拽头改为三叠，戈顺卿引玉田《词源》、朱子《仪礼经传通解》证为越调。且云："白石原词'古帘空'至'箭壶催晓'与下引'凉风'至'暮烟帆草'，句法既同，旁谱亦无少异，前'晓'字用六上四，后'草'亦用六上四，可悟'六'字为杀声兼上四，毕曲与《石湖仙》同调，其中平仄无一字可移动，叶韵皆用上声，诸去声尤为吃紧。"考订音律可谓精审，独怪戈氏《广川书屋》之作，仍与白石原谱多所出入，秋宵坐雨，万感如潮，倚声及此，敢云石帚之遗，聊正翠微之失，即呈庞二檗子、陈大匪石，并索同赋。）②

第二节　吴湖帆《佞宋词痕》

一、词集版本

1939 年，吴湖帆出版了第一本词集《梅景书屋词集》（吴氏四鸥堂印行），

---

① 王蕴章《春音余响》，《同声月刊》一卷创刊号，第 178、179 页。
② 柳亚子等《南社丛刻》第十三集，扬州：江苏广陵古籍刻印社，1996 年，第 2898 页。

收录《佞宋集》28 首及妻潘静淑《绿草集》13 首,附集句 3 首,夏佩诤、王蹇为之序,末尾有吴湖帆跋。1948 年,吴湖帆把自己的词集编成《联珠集》出版,里面包括集宋、金、元词而写成的集句词 60 首。1954 年,他自费出版石印本《佞宋词痕》,收录词 250 首词,编为五卷,以小楷录入,由汪东作序。上海书店于 2002 年初版、2010 年再版了《佞宋词痕》,该词集共有词十卷,附其妻潘静淑《绿草词》一卷,书之末尾有其孙吴元京的《后记》,叙述了吴湖帆词集的情况:"根据爷爷遗留的稿件分析,全册应有九卷分成两本,第一本为一至五卷,此本词稿曾于一九五四年印制过;第二本应有六至十卷,并且目录也已基本编好,但是由于'文革',爷爷没能编完十卷就过早地离开了我们。"① 当然也有研究者对此持异议,"其实,所谓的'应有六至十卷',也只是推测而已。明确标有卷数的是六、七、八这三卷,最后两卷只有集名,且这五卷有多处圈划修改,第七卷还有四首词只抄词牌和题目,后面空缺,可见是未完稿。在这吴氏家藏的'第二本'五卷词稿里,有明确纪年以及可考出年份的词有十余首,写作时间最晚的是 1960 年。最后一卷倒数第三篇《浣溪纱·庚子上巳用蜕园前韵》,庚子年即 1960 年。另外,第九卷第一首《沁园春·珠穆拉玛峰》也可以确定写于 1960 年,理由是:中国登山队于 1960 年 5 月成功登上珠穆朗玛峰,而吴湖帆此词正是为赞颂登山健儿而写。由上大致可以推断,这所谓十卷本'《佞宋词痕》全集'收录词作的时间下限为 1960 年,而吴湖帆于 1968 年去世,这最后八年不可能一首词都没有写。我推测,吴湖帆在1954 年《佞宋词痕》出版后,原计划想要把此书继续编下去,所以才有这未完成的后五卷;由于种种原因,当他编到 1960 年时,又放弃了这种编法,不再继续编下去。"② 对于这种争议,由于缺乏资料,难以有效深入探讨,本节就以上海书店 2010 版《佞宋词痕》来探讨吴湖帆词作。

上海书店 2010 版《佞宋词痕》有当代词学家周退密的出版前言,重印了

---

① 吴元京《佞宋词痕后记》,《佞宋词痕》,上海:上海书店,2010 年。
② 袁啸波《吴湖帆七十寿辰"词寿序"及祝寿礼单(上)》,《收藏/拍卖》,2011 年第 7 期。

1954 年版《佞宋词痕》里的冒广生序、叶恭绰 1953 年 6 月写的序、汪东 1953 年 2 月写的序。书中还有瞿宣颖、向迪琮、杨天骥、孙成、文怀沙、龙元亮、潘承弼、孙祖勃的题词。书尾有其孙吴元京的跋。吴湖帆词集起名《佞宋词痕》，表示了他对宋词的推崇之意，汪东序："倚声之体导源花间而极于两宋，词必宗宋，犹诗必宗唐，故以佞宋名集，可以识其指归。"①

二、《佞宋词痕》内容

题图词。题画词从北宋开始出现，历经元明，至清代为鼎盛时期，清代题画词至少有 2000 首。② 题画词一般从画面入手，兼而评价人物及寄寓作者的思想感情，题画词的作法是多种多样的，但是题画词的写法与作者身份有很大关系。如果作者是词人，而在赏鉴画方面有所欠缺，或者是画家身份而不擅作词，其题图词写作都会有某种欠缺。如果题图词的作者是词人兼画家，题画词则在词、画二者贯通方面超出常人。吴湖帆是民国时期海派重要画家，而且是沤社词人，有词集《佞宋词痕》，他的题画词既有词之优美意境，又能点出画法之精妙。我们以下面三首词为例分析：

浣溪沙·题赵叔孺画马

瘦马龚生不画肥，王孙画骨更神奇，秋郊沙卧夕阳低。　　千里玉华甘伏枥，一场云梦付长嘶，萧萧风露不胜悲。

洞仙歌·陈定山画黄山图

江山如画，认留真图稿。始信文殊恣探讨。细看来、不是云海茫茫，原只是，豪气胸中多少。　　古今知己在，梅壑清湘，早把奇观尽穷奥。傲骨本嶙峋、山鬼由人，凭谁去、登临呼啸。便借尔、才华笔端春，将万

---

① 汪东《佞宋词痕序》，吴湖帆《佞宋词痕》，上海：上海书店，2010 年。
② 马兴荣《论题画词》，《抚州师专学报》，1997 年第 4 期。

古闲愁，一齐都扫。

菩萨蛮·张大千画仕女

心中可似人如玉，几番拨尽相思曲。何意锁眉峰，无言尤态浓。
花边魂断处，往事如云雨。寄语有情天，月明谁向圆。

这首词是题赵叔孺①画马。赵氏的画马在 30 年代上海堪称一绝。词的首句"龚生画马不画肥"是写宋末元初著名画家龚开画马为起句，"王孙画骨更神奇"指出赵叔孺画马注重画骨胜龚开一筹，因为赵叔孺被称为"近世赵孟𫖯"，所以用"王孙"来尊称他。接下来四句形象地写出了马之萧飒与威武，吴湖帆表现出了画境，我们同时也感觉到了雄壮凄美的词境。第二首词是写陈定山②画黄山。陈定山学画转益多师，先后学黄庭坚、米芾、黄道周、石涛等，而且行万里路，游黄山、巴蜀等名山大川，将游历之气融入画中，所以吴湖帆用"细看来、不是云海茫茫，原只是、豪气胸中多少"来评价他的画。这首词对画作内容并无多少描绘，词首句"江山如画"一笔带过，词中最多的是对画家胸襟、画风特点的评价。第三首词是写张大千的仕女图。张大千画于 20 世纪 30 年代的仕女取法于明清诸家，如唐寅诸人，在画坛影响很大。这首词的妙处在于既有对外貌的描写又有内心的心理活动的刻画，"何意锁眉峰。无言尤态浓"便将女子之愁容形象地展现出来，"往事如云雨。寄语有情天。月明谁向圆"，则是将设想女子对往日的情事一一回忆，而且还将女子因为单身相思而不能像月圆而人圆的心理活动微妙地展现了出来。吴湖帆的题图词一方面能够形象地传达出画中神韵，另一方面能够评点出画家之优劣。

悼亡词。吴湖帆的妻子潘静淑（1892—1939）出身苏州名门，曾祖父潘世

---

① 赵叔孺（1874—1945），浙江鄞县（今浙江宁波）人。赵叔孺擅长画马，主要是传承了宋代李公麟和元代赵孟𫖯的画法，又借鉴清初宫廷画师郎世宁的西洋画法，他的画少而精，有"一马黄金十笏"之称。
② 陈定山（1897—1987），现代书画家、美术史论家，字小蝶，号公曦，四十岁后改名定山，浙江钱塘（今杭州）人，民国词人陈栩（栩园）长子，1932 年参与创办中国画会，为执行委员 1948 年赴台湾，在淡江文理学院等校执教。

恩是乾隆年间的状元，祖父潘曾莹是著名的诗人和画家。潘静淑自幼读书习字，吟诗作画。1915 年，潘静淑与世代书香之家的吴湖帆结婚，婚后生活十分美满。1939 年 6 月 29 日，潘静淑突患腹疾，病情迅速恶化，三日后便去世，年仅 47 岁。妻子去世后，吴湖帆为了表达对妻子的哀思，以潘静淑词中"绿遍池塘草"为题，广征题咏，友人纷纷响应，有赵叔儒、夏敬观、吴纯斋、冒鹤亭、仇述庵、陈叔通、吴待秋、冯超然、刘海粟、溥心畬、张大千、叶恭绰、沈尹默、马公愚、郑慕康的作品共计 100 余件，1940 年编辑出版。

吴湖帆在词中抒发对妻子的哀悼之情感人至深，如《洞仙歌·静淑遗照》"影形相共处，廿四年中，心苦奔波饱经遍。安乐未亲尝，死别生离，从今后、我心难遣。愿天上、神仙似人间，再盟订他生，白头如愿""对年年此日最心惊，回忆断肠时……但从今、孤怀难诉，拚相思、重见永无期。聊当我、作他乡客，远别长离"，便是回忆妻子与自己患难与共，抒发自己孤独在世的感伤之情。再看《金缕曲·绿遍池塘草图》：

> 绿遍池塘草。过清明、妒春风雨，春残人渺。无可奈何花落去，肠断离情难道。忍检点、零星遗稿。一念相思更番读，惹伤心、更把心萦绕。千万语，总嫌少。　　危楼半角斜阳照。问从今、怨怀孤愤，何时能了。双眼泪痕干不透，去去寻思凄吊。料地下、应知余抱。指望虹桥桥边路，叹青青、一例年年扫。非痛哭，即狂笑。

这首词是吴湖帆为亡妻征集《绿遍池塘草》题画咏集出版所作的词，全词充满哀悼之情。词的首句以妻子词句开头，接下来便是伤春之句，"无可奈何花落去，肠断离情难道"，以景衬情，"千万语，总嫌少"，则表达对妻子的深切思念；下片以"斜阳照"开头继续抒发哀思，"双眼泪痕干不透"是说明哀伤之程度，"料地下、应知余抱"是设想妻子地下有知，也会感受到词人的真诚思念，结句"非痛哭，即狂笑"，则说明词人由于伤心过度，情绪显得失控，这首词字字泪，不次于苏轼的悼亡词。

吴湖帆的词作也涉及其他内容，均是以词纪事。1949年以后，人民群众绿化上海的热情很高，他作词歌颂"自是垂杨深处，友爱送鹂声。传语谁家好，相道光荣"（《八声甘州·绿化上海》），我国运动员胜利登上珠穆朗玛峰，他作词赞扬"齐鼓掌，仰红旗飘扬，第一高峰"。（《沁园春·珠穆朗玛峰》）

三、艺术特色

和韵多家，推崇清真。《佞宋词痕》大部分词作是和韵词，冒广生曾言：

> 吴君湖帆之于词，其亦诗家之覃溪矣。湖帆为愙斋先生之孙，又娶于潘，吴潘两家收藏甲海内，自其儿时日寝馈于金石书画，其作画并世无与为匹。而尤嗜词，寻声探律，规橅周吴，所次周吴韵者最多。上自子野、屯田、六一、东坡、淮海、方回，以迄彦高、稼轩、白石、梅溪、玉田、草窗、碧山，不名一家，小山尤多，别成外篇一卷，颜其端曰佞宋词痕，志微尚也。①

笔者作了统计，除了和小山词单独一卷达74首之外，其余和宋人词作情况是和清真韵51、淮海韵5、柳永35、稼轩韵4、梦窗10、白石10、张子野6、贺铸3、史达祖12、欧阳修13、温飞卿8、范成大2、王沂孙3、周密6、东坡3、张玉田1、南唐后主4、李清照1、李太白1、张泌1、白香山1、冯正中2。通过这些和宋人词韵的例举，我们可以看出宋词在吴湖帆词学观念中的地位，而且在宋人中，吴湖帆最推崇的词人之是周邦彦，我们可以来分析一下他和韵词的特点。

西河

佳丽地。南朝盛事谁记？山围故国绕清江，髻鬟对起。怒涛寂寞打孤

---

① 冒广生《佞宋词痕序》，吴湖帆《佞宋词痕》，上海：上海书店，2010年。

城，风樯遥度天际。　　断崖树，犹倒倚。莫愁艇子曾系。空余旧迹郁苍苍，雾沉半垒。夜深月过女墙来，伤心东望淮水。　　酒旗戏鼓甚处市？想依稀、王谢邻里。燕子不知何世。向寻常、巷陌人家，相对如说兴亡，斜阳里。（周邦彦）

西河·金阊佳丽图，次周清真韵

佳丽地。金阊韵事难记。莺花二月软红乡，艳尘四起。至今百十有余年，华鬘流浪烟际。　　怅何处，红袖倚。玉骢柳岸谁系。当年俊窟说销金，尽成废垒。画桥劫换总伤心，无情尤在流水。　　我曾载酒过旧市。只萋萋、离恨千里。蔓草不愁人世。仗丹青、缀饰繁华，犹对城郭娉婷，垂杨里。（吴湖帆）

从两词的韵脚来看，是一一和韵的，如"地""记""起""际"等。再从两词的主旨情感来看，周邦彦是抒发怀古之情，而且词句多化用唐诗之句。吴湖帆在词的开头直接用周邦彦之句，"当年俊窟说销金，尽成废垒"，通过苏州金阊的变化来抒发世事沧桑之情，而且词中突出了"我"的形象，所以吴湖帆的这首词的创作是成功的。

婉约之风与豪放之气。吴湖帆的词作有婉约与豪放两种风格，婉约之风是以和小山词为代表，吴湖帆共和小山词74首，具体如下：《临江仙》（8）、《泛清波摘遍》《鹧鸪天》（19）、《思远人》《河满子》（2）、《碧牡丹》《两同心》《行香子》《清平乐》（18）、《破阵子》《满庭芳》《御街行》（2）、《梁州令》《解佩令》《于飞乐》《西江月》（2）、《洞仙歌》《少年游》（5）、《南乡子》（7）。我们举一例来分析吴湖帆的《和小山词》。

鹧鸪天（晏几道）

彩袖殷勤捧玉钟，当年拼却醉颜红。舞低杨柳楼心月，歌尽桃花扇底风。

从别后，忆相逢。几回魂梦与君同。今宵剩把银釭照，犹恐相逢是梦中。

鹧鸪天（吴湖帆）

浅逗深情一笑钟，低头花面几番红。小楼不寐听春雨，绣户斜开漏晓风。

轻忍别，再难逢。天涯芳草梦谁同。蓝桥空惹相思约，只与萧郎陌路中。

上片回忆初会时的情景；下片先写词人分别后的思念，由于相思太重，而不禁"日有所思，夜有所梦"，后写久别重逢，竟然不敢相信这一事实，而怀疑自己在梦中。这首词可见晏几道用情之深，全词有"婉丽雅致"的特点。吴湖帆的和作一方面严守声韵，"钟""红""风""逢""同""中"与晏词一一对应，而且又重新营造词境，表达了与晏几道词一样的相思情感。

除了小山词的婉约之风以外，吴湖帆词也有苏辛之气的豪放词，如《水调歌头》"大江襟带多景，尽揽起琼楼。四顾湖山如画，三国英雄安在，杯酒笑曹刘"。在这类词中以次韵东坡的《念奴娇·赤壁怀古，次苏东坡韵》最为有名，词曰：

怒潮来去，荡不尽多少，仙灵闲物。浪打矶头依旧是，千尺银翻绝壁。　孟德当年，周郎一世，彼此仇谁雪。山花犹媚，不分儿女雄杰。回想坡老清游，扣舷高唱，把临皋舟发。两度磨崖题姓名，千古终难磨灭。胜迹风流，长留图画，腕底穷毫发。疏疏烟树，雪堂重话风月。

出色的景色描写。 吴湖帆是画家，对颜色很敏感，所以他的词中为我们描绘了明丽的世界，如描写山水明丽有《潇湘夜雨》中的"湘水泱泱，楚山叠叠，雨光云影涵秋。墨花溅处点沙鸥"，《忆旧游》中的"烟笼。暮山色，任露草斜阳，点缀青红"，描绘山与云有《满江红》中的"千郭云涛冲暮霭，半弯虹带勒晴空"，《减字木兰花》中的"云白山青"，《春草碧》中的"冉冉片霞红，连云白"，还有对春天姹紫嫣红的描写，如《临江仙》中的"春滞嫣红着处，雨霏新绿生时"，《雨中花慢》中的"一片流霞，十分春色，芳菲无限娇妍"，对大海的描写像《倾杯乐》中的"指望蟾华银界，天青似水，海碧琉璃夜净"。在所有的色彩中，词人最喜欢红色和白色，如《钗头凤》中的"梨花白。苔痕碧"，《盐角儿》中的"梅花香雪，柳花飞雪"，《忆少年》中的"红心诗梦，红香画舸，红情词客"。

吴湖帆词对月之描写也令人叹为观止。吴湖帆在词中为我们描绘了月的各种形状：《胥引》"剩半弓残月"，《石州慢》"倚朦胧弦月"，《河满子》"盈盈新月如钩"。还有各种变化的月，有淡月、冷月、皎月、皓月，如《大酺》"淡月朦胧"，《高山流水》"冷月遍照香茸"，《霓裳中序第一》"冷月淡无色"，《梦玉人引》"正素月静"，《菩萨蛮》"皎月光如雪"，《绮寮怨》"望皓月，照遍天涯"。当然，词人还用月来比拟人世间的背后离合：《浪淘沙慢》"镜华似雪。惟暗消、千古悲欢圆缺"，《水调歌头》"人生几度，辛苦几度月轮圆"。

如前所述，吴湖帆是著名画家，他的题画词胜别人一筹，是词中对画作的精彩评点。他对宋人词作的和韵之多，在沤社词人中首屈一指。他的悼亡词表达了对亡妻的深切思念，读之令人感动。词作中不经意间流露出的苏辛之气，使他的词作风格又多了一种元素。

第三节 赵尊岳《珍重阁词》

赵尊岳的存世词集有《和小山词》《炎洲词》《珍重阁词》，《近知词》《蓝桥词》《南云词》已经散佚[1]。《和小山词》作于1922年，主要以和晏几道词为主，词253首，用词牌50种。《炎洲词》为赵尊岳晚年居新加坡时所作，词牌29个，存词68首，表达了思念祖国与忏悔之情，"去国日远，词境日非，

---

[1] 参见郝文达《晚清民国词人赵尊岳研究》，南京师范大学硕士论文，2015年，第57页。

遂复少作，积成一卷，署曰《炎洲词》，聊志倦游之情而已"①。《炎洲词》被收录于上海古籍版《和小山词》中。能反映赵尊岳一生经历与心路历程的主要是《珍重阁词》，《珍重阁词》现有东艺印务公司 1981 年版，饶宗颐作序，其女赵文漪作跋，共收词 277 首，主题涉及交游、咏物、写景。

　　目前学界对赵尊岳词集的最全面整理是 2016 年凤凰出版社出版的《赵尊岳集》，由陈水云、黎晓连整理。《赵尊岳集》将词集分为《珍重阁词集》《集外诗词》。《珍重阁词集》由《和小山词》《近知词》《炎洲词》组成。《和小山词》据上海古籍出版社 2004 年重印；《近知词》将现有东艺印务公司 1981 年版《珍重阁词》重印并更名《近知词》②；《炎洲词》据上海古籍出版社 2004 年重印，并据香港中文大学图书馆藏《星岛日报》进行了补辑，词作增至 90 首③。《集外诗词》补辑词 7 首。为行文方便，本文仍然以《珍重阁词》作为赵尊岳全部词作的总称。赵尊岳一生经历曲折丰富，其词作里寄寓了词人悲欢离合之情，因此值得品读。

一、《珍重阁词》的情感主题

　　写景之作中的闲情。《珍重阁词》有较多的写景之作，选择的物象有斜阳、雨、桃、柳树。写雨之作如《瑞鹤仙·春雨》"残寒阵阵，料燕子、归来有恨。恨华年、弦柱匆匆，消减者回金粉"，而且雨还是红色，如《望江南》"红雨半天迷粉絮，绿阴一桁殢斜曛"，《摸鱼子》"带斜阳、绣阡芳草，惊看一阵红雨"；斜阳有《曲江秋》"冷烟斜日"，《水龙吟》"夕阳低尽，翠微高处，倦怀如此。婉娩愁人，残寒粘鬓，斜阳侵袂"；桃树、柳树有《霜叶飞》"卷春妍，

---

① 赵尊岳、赵文漪合著，《和小山词　和珠玉词》，上海：上海古籍出版社，2004 年，第 111 页。
② 《赵尊岳集·前言》"从现已保存下来的由赵文漪整理出版《珍重阁词集》看，它实际上就是《近知词》"，《赵尊岳集》，南京：凤凰出版社，2016 年。
③ 按《赵尊岳集》299 页注释"《星岛日报》（香港中文大学图书馆藏）缺第十、十六期"，如果缺的两期被发现有《炎洲词》，这个数字可能还要增加。

却在笑桃文杏",《南浦·将去燕台赋此留别》"策马向残阳。烟芜外。高柳送人无绪",《垂杨》"垂杨瘦尽黄金线,系不住离人心眼",再如《渡江云·龙华三月间,桃花盛开,嬉春女士,一时称盛,长期游倦、几误芳期,余将有行,风雨声中已告阑珊矣》:

> 番风知剩几,无凭芳约,孤负一年春。画帘休卷尽,满目韶华,可奈倦吟身。明霞十里,料香泥、碾遍雕轮。阑槛曲、无多红雨,犹自点苔茵。　　斜门。东风依旧,纵有啼莺,说玄都认。恰总被、无情风雨,换了晨昏。有花便是天台路,倚玉骢、昨梦成尘。花知否、堪他特地消魂。

这首词描写的是龙华寺赏桃花,龙华寺的桃花在三十年代的上海颇有盛名,这首词描写的却是风雨中的桃花,全词有一种淡淡的愁,面对"韶华"之美景,词人却"倦吟身",虽有明霞十里,但是词人却看到了被碾压在轮下的桃花,虽有桃花盛开莺啼相伴,但是却也难敌"无情风雨",最后词人突发想象以问花作结。

无题之作的愁情。在前面的沤社词人词作研究中,我们看到不少词人的愁情,愁是人生永恒的主题,赵尊岳也不例外。他在词中同样抒发了各种各样的愁:愁丝难理,"消愁见说愁应断。怪底抽丝理还乱"(《玉楼春》);花间男女之愁,"黄昏月上,剩依约眉痕深浅。诉愁遍。遥夜漏箭银虬,镫花记同剪"(《祝英台近》),"倩谁寄愁心天远。剩无言,低诉相思,早庾肠千断"(《垂杨》)。愁也有发生的时间与时节,一天之中夕阳时分与夜间容易生愁:"暝霭生愁,夕阳无语"(《采桑子》),"已教客漏消长夜。更叠清愁"(《拜月星慢·翘芝园忆坐》)。一年之中春天容易生愁:"游丝误。萦损闲愁几许。啼鹃不共春住"(《摸鱼子》),"杜鹃啼后,最是愁时候"(《点绛唇》)。有时候愁达万种:"炙簧莺语。寸碧暮云,万种闲愁"(《花心动》)。词人的愁有的来源于对历史的怀古之情:"怅触情中景。百年文物盛。几辈豪英,者游舫咏"(《角招》),"随分斜阳,望中兴废"(《三姝媚·山塘博游追忆感赋》)。除了春天之外，词人在秋天也易生愁，如下词《山亭宴·举杯邀菊无可登陟，秋士多悲聊供沉醉而已》：

> 望中不着林峦好。近黄昏、阑干慵倚。绕砌淡秋阴，算黄菊、知人况味。梦清随分到天涯，也梦里、登临无地。一径翠微深，见说在、屏山底。　雁来惯作愁人字。更云涯、数声嘹唳。惜起岁寒心，问摇落、余情剩几。持觞聊复茱萸，对空外、断霞明水。极目四天低，作料峭、新寒意。

词人饮酒赏菊，引发了愁士伤悲之情，"梦清随分到天涯，也梦里登临无地"，说明词人愁之深已经深入梦里。不仅如此，词人又以大雁来写愁，通过大雁"惯作愁人字"以及"数声嘹唳"加深了词人之愁。

交游词中的师友之情。赵尊岳一生交友甚多，但是有两个人影响了他的命运，一位是况周颐，教授他词学，将他引向了词学发展道路，另一位便是汪精卫，赵尊岳在抗战中追随他下水做了汉奸。写给况周颐的词如《洞仙歌·蕙风先生移寓金阊却寄》《南浦·蕙师属咐前题》，况周颐去世时所作悼亡之词尤为感人，如《梦横塘·丙寅九日得蕙风师归榇道场山讯》：

> 轴帘霜紧，划石烟疏，望中生怕秋色。老柳斜阳，向院落、层阴如织。雁际云遥，桑边鬓减，不辞轻掷。恁琼钩静掩，绿绮长闲，金井外、无消息。　清魂楚些难招，剩黄花素水，为酹寒碧。点检西风，行吟路、旧游应识。似深浅、修眉画里，残碣空山忍谁忆。寸蜡消磨，天涯憔悴，凭阑愁绝。

况周颐在1926年去世，赵尊岳在词中抒发了对恩师的悼念之情，上片为悼亡词营造了一个悲凉的气氛，以"望"字总领上片，"疏烟""老柳""斜阳"这一切秋色突出了秋天的萧瑟，下片继续将悲凉的气氛加以渲染，开始了对老师的"大招",把酒祭奠,想象着老师能沿着旧路而归,到最后是空盼望,词人已是望尽天涯而憔悴,凭栏愁绝。

这里另外提一点,赵尊岳虽为况周颐弟子,况周颐生前最器重是林鹍翔,况周颐生前曾说:"我生平只有二学生,一为缪艺风之子(子彬),盖艺风老友也,故认之;二为林铁尊,词尚可观,故认之。这两个人,叔雍,立无立相,坐无坐相,片刻不停,太'飞扬浮躁'了;蒙安,面目可憎,市侩形态,都不配做吾学生的。吾因穷极了,看在每年一千五百元面上,硬是在忍悲含笑。吾与他们谈话时,只当与钞票在谈;看二人面孔时,当作两块袁头也。"① 但是真正将况周颐的词学发扬光大的却是赵尊岳,如赵尊岳刊刻况周颐《蕙风词话》等作品,撰写了《蕙风词史》,从 1924 年至 1936 年,用了十二年时间完成了明词文献整理《明词汇刊》②,这是《全明词》问世以前对明代词学文献的最大规模整理,这无疑是对民国词学一大贡献,并撰写《珍重阁词话》(《填词丛话》前身)发表于《同声月刊》,这些贡献,况周颐若地下有知,想必会对赵尊岳重新评价。

赵尊岳与汪精卫的交往缘于填词,起初是词作上互相切磋,后来赵尊岳追随汪精卫下水,先任汪伪上海市长陈公博的秘书长,后官至宣传部长。赵尊岳开始对于汪精卫"曲线救国",似乎是信服的,他曾说,"不教心绪掷江流。会看重开霸业旧皇州"(《虞美人·庚辰初夏和双照楼》),后来随着抗日战争胜利的临近,汪伪政府日益穷途末路,他在词中流露出了后悔之意如《满江红·金陵独客双照楼属和新作》:

> 画里疏阴,殢细雨、眉痕百结。恁梦断、三巴猿泪,一春鹃血。人境不如词境好,酒肠渐比愁肠窄。拼河山、如此又新亭,情酣热。　　沉铁锁,江流赤。嘶石马,苔花碧。忍寻坊问曲,青衫遍湿。几日不来金缕

---

① 陈巨来《记赵叔雍》,《安持人物琐忆》,上海:上海书画出版社,2011 年,第 118 页。
② 杨韶《赵尊岳词学研究》,河南大学硕士论文,2007 年。

暗，何年重见乌头白。剩腰肢、还试绾秋光，风犹力。

"人境不如词境好，酒肠渐比愁肠窄"点出了全词的主旨，也是词人境况的真实写照。"拼河山如此又新亭"写出了词人对于汪精卫的观点仍然信服，"何年重见乌头白"说明词人也自知抗日战争的胜利是不可阻挡的，日伪败局已无法挽回，所以结句以景结情，充满了无奈之感。

他写给沤社社友叶恭绰、吴湖帆、林葆恒、冒广生的交游词有《遥天奉翠华引·湖帆属题所藏董美人墓志》《木兰花慢·叶遐庵属题梦忆图卷》《减字浣溪沙·题林子有䎦庵填词图》《台城路·鹤亭翁约泛金陵后湖》《八声甘州·丙子九日遐庵湖帆子青伯明诸君约登高灵岩山且写图记剩为和梦窗韵题识之》。写给其他词人吕碧城、邵瑞彭、向迪琮、何诗孙、李释堪的交游词有《凤箫吟·女词人吕碧城移家西洋不废吟事积稿付刊索题》《绮寮怨·邵次公书来属赋玲珑撷芳图》《鹧鸪天·枥津归途示双侃向仲坚》《寿星明·寿何诗孙丈八十》《月下笛·题江憬吾丈所赠张丽人二乔墓志拓本》《金缕曲·李释堪寄示与许守白用稼轩韵唱酬词来继赋》。这些交游词功能各异，但是所写之友情是始终如一的，如《长亭怨慢·次公词来怀想弥殷依调赋答》中的"尽侧帽凭阑，难遣伤春情绪"，《鹧鸪天·枥津归途示双侃向仲坚》"明朝容易金鞍去，芳草天涯又一程"。

漂泊海外的倦游之情。赵尊岳晚年客居海外，其自序《炎洲词》充满倦游之情，倦游之情内涵丰富，既有如早年词作中的愁情：《定风波》"只待消愁拌剧醉"，《满庭芳》"尽滴碎芭蕉，不解离愁"，又包含思念故乡、故人之情，如《霜叶飞·丁酉重九，孤桐来书，备致君坦殷勤之思，不相见且三十稔矣》"便从蛮海念京华溯卅年情事"，《蝶恋花》"满目江山春好处，梦魂约略西湖去"，《蝶恋花·再和前均》"词成总忆阳关路"。这些思念寓有词人对时光流逝的深刻体验，少年忽已成衰翁的感慨：《高阳台·庚子元日独客漫书》"抚霜丝，几许频添？无限情赊！"，《唐多令·药农兄函述易号了翁之微，尚词以广之》"华发已成翁"。

而对待种种忧愁与晚年丧子之痛，词人以酒为伴，在《蝶恋花》联章体中，几乎每章皆有酒，如《蝶恋花·再和前韵》"难泛兰陵酒"，《蝶恋花·三和前韵》"倦客难销酒"，《蝶恋花·四和前韵》"同进香橙酒"，《蝶恋花·五和前韵》"独酌谁将酒"……，借酒浇愁，过度饮酒，词人最终逝世于酒疾[①]。

赵尊岳词作中流露出的真挚情感，与他对词的特质认识是统一的，他在词集自序中说："时丁歌酒之盛，抒至性以发为文字，身际山川之媚，选秀句以发其韵隽。乃至盛衰之际，幽情绵邈，慨当以慷，有不能自已于言，而必以词传其萧骚抑郁之致者。而词实出文心之至微，亦以文体之至美，不待言已。"[②] 他将词视为"文心之至微"，无论是酒席欢宴之词，还是盛衰之际中萧骚抑郁之音，抒发的都是真性灵，都是至性文字。

二、艺术特色

"梦"的意象。"梦"的意象在赵尊岳的词中占有重要地位，词中编织了各种各样的梦：《一萼红·秋汪西溪小憩芰庐庵谒樊榭翁故宅》"老柳无阴，夕阳如梦，消领疏钟"，《减字浣溪沙》"梦中不合种相思""梦回夜夜越横塘"，《思嘉客》"十年梦断芰庐寺，荻雪苹风故作秋"，《台城路·鹤亭翁约泛金陵后湖》"残梦欲飞还住"，《琴调相思引》"绿阴如梦夕阳天"，《虞美人》"语多惆怅不堪闻。容易梦余消遣近黄昏"，《蓦山溪·沽上书来却寄》"梦云边，此际堪肠断"。从这些述梦语句，我们看出赵尊岳词中的梦表示的是一种对于希望能够实现，而最终又没有实现的遗憾，如相思之梦、残梦。下面这首词的梦则与前面不同，《双双燕·记梦依梦窗九十六字体》：

> 和霞艳雪，垂杨外，窥帘翠阴葱蒨。妍红隐笑，梨晕玉台妆畔。遮莫双鸾见惯，也妒煞、檀奴心眼。无端片霎温存，几费兰情娇盼。　　樱

[①] 赵尊岳《赵尊岳集》，南京：凤凰出版社，2016年，第298页。
[②] 赵尊岳《赵尊岳集》，南京：凤凰出版社，2016年，第925页。

绽。香罗半掩。珍重意、难传不辞千遍。屏山那角,未抵翠蓬天远。如此秾春婉娩。可知有、人天离怨。深下绣帏,怪底隔花莺唤。

此梦是男女花间之梦,"双鸾见惯。也妒煞檀奴心眼"是全词主旨,剩下都是围绕这个主旨而设境,如对女子容貌的描写"和霞艳雪"与"梨晕",词的下半阕较多的是对闺房的刻画,如"樱绽香罗半掩"与"深下绣帏"。

喜用联章体。赵尊岳词的另一特点是喜用联章体,《减字浣溪沙》五首、《玉漏春》联章体四首、和六一词二十二首、《鹧鸪天·庚辰十一月朔日仿遗山宫体八首》。联章体的妙处更多的是便于用铺叙手法来表达词意。

减字浣溪沙

绿曲屏山妒画眉。颦眉无语恨伊谁。不须山外已天涯。梦雨沾花花似梦,丝风吹鬓鬓如丝。一春风雨忆琼枝。

能几华年伫月圆。登临消得泪潺湲。凄迷兰絮错因缘。日暮碧云虚锦字,夜深红蜡惜金船。袖尘花影在阑干。

才隔帘栊首重回。月奁犹傍麝云开。琪花琼树在蓬莱。翠袖暮寒长倚竹,鸾笺香字旧吟梅。多才何况是清才。

霜重蛾华夜夜寒。啼螀声里倚阑干。秋花犹自惜朱颜。襟上酒痕全淡薄,箧中金缕半悲欢。不成消遣此时难。

月去云归梦不成。本来如梦已难凭。见人消瘦翠衾轻。弃掷良宵同赌墅,直须酣酒破愁城。征鸿盼断一程程。

第一首词写女子之容貌,"颦眉"与"鬓鬓如丝"形容眉毛与发饰,接下来四首写女子在月下如何相思，重点在于对景色的刻画，由此反衬女子的相思之情。第二首总写月圆来反衬女子单相思。第三首写月食，琪花、琼树乃是对于月宫之想象。第四首写女子相思之苦，突出"半悲欢"之主旨。第五首通过人瘦衾轻更加突出相思之苦，结句"征鸿盼断一程程"写渴望相见之极。

擅长作小令 赵尊岳擅长使用多种词牌，《珍重阁词集》使用词牌近 150 个，用得较多的词牌有：《虞美人》15 首、《八声甘州》8 首、《浣溪沙》65 首、《玉楼春》25 首、《清平乐》51 首、《少年游》6 首、《鹧鸪天》49 首、《点绛唇》9 首、《柳枝》10 首、《蝶恋花》47 首、《临江仙》11 首、《采桑子》28 首、《生查子》13 首、《菩萨蛮》11 首、《诉衷情》8 首。在这些词牌当中，赵尊岳更擅长小令。他的小令实际上仍然是对五代词的模拟之作，抒发的是花间之情。如赵尊岳摹拟《归国谣·和飞卿》《七冠子·和韦庄》《虞美人·和后主》。赵尊岳喜爱作小令，模仿五代词，也受到了其师况周颐的影响。况周颐曾说："唐五代词并不易学，……其所为词，即能沉至，只在词中。艳而有骨，只是艳骨。学之能造其域，未为斯道增重。矧徒得其似乎？其铮铮佼佼者，如李重光之性灵，韦端己之风度，冯正中之堂庑。岂操觚之士能方其万一？自余风云月露之作，本自华而不实。吾复皮相求之。则赢秦氏所云甚无谓矣。"① 况周颐认为唐五代词高妙而不易学，其词虽艳而不浮，具有艳骨，每个词人都有自己独特的风格，如李后主的"性灵"、韦庄之"风度"、冯延巳之"堂庑"。下面这首词即是赵尊岳词对李煜词的模仿：

虞美人

春花秋月何时了？往事知多少。小楼昨夜又东风，故国不堪回首、月明中。

雕栏玉砌应犹在，只是朱颜改。问君能有几多愁？恰似一江春水、向东流。（李煜）

---

① 况周颐《蕙风词话》，唐圭璋《词话丛编》，北京：中华书局，2005 年，第 4418 页。

虞美人·和后主

荼蘼一架才开了,便觉春光少。游丝几度袭东风。更逐残英飞舞、小庭中。

雏莺乳燕寻常在,转烛年华改。声声啼不断离愁,绿绮窗前惊醒、梦如流。

李煜词抒发亡国之君的悲痛,而赵尊岳抒发的是人生岁月的流逝之感。荼蘼的果实即孩子们最爱吃的"糖葫芦",开花是4—6月,所以花开便是觉得春天快要结束。词人接着叙述了"雏莺乳燕",这富有春天生命力的背后是年华的流逝与离愁的增加。所以全词是词人面对时光流逝自然而生的感慨,没有模仿的痕迹,而是另铸词境。

赵尊岳晚年目睹了科技的日新月异,在他的词作中有描写卫星升空(《水龙吟·苏联以人造卫星载犬升空,史所未有,赋纪其事》),火箭射月(《八声甘州·前作卫星词,意犹未尽,近且有以火箭射月之说,日本且已预售月地,诚盛举已,再赋》),还有描写空调的(《高阳台·赋室中冷气机》),这三首科技词创作虽然数量不多,但是扩大了传统词作的题材,是《珍重阁词》的鲜明特色,这三首词作流露出的好奇之情也调剂了词人晚年的忧愁之心。

第四节 黄孝纾《匔厂词》《东海劳歌》

一、《匔厂词》

《匔厂词》又称《碧虑商歌》,《匔厂词》有郭则沄、夏孙桐、张伯驹、汪曾武、夏仁虎等人的题词,录词60余首,词集内容以交游为主。《匔厂词》的交游的对象是黄孝纾居上海时的友人。他在20世纪20年代来到上海,为刘承干管理其嘉业堂藏书楼。他与周庆云、朱祖谋、龙榆生、陈曾寿、林葆恒、刘承干、吴湖帆等人交游。黄孝纾的交游词体现出了情感的多样化,悼念周庆云的悲痛之感,如"筮魄西溪,收魂东岳,合铸词仙"(《木兰花慢》);忧愁之感,如"怎奈万般愁,酒醒时依然怅惘"(《浣溪沙慢》),疲惫之感,如"湖海倦游"(《蕙兰芳引·归自青岛忽忽秋深忧生念乱,枨触余怀,和歌瑾叔并柬榆生广州》);看透世事之感,"但丹铅遗老,功业名山未晚"(《过秦楼·讱庵归自华山相遇沪壖以填词图属题并送其北上》)。

他不仅在交游词中抒发情感,词中景物的描写也是以情感为中心,如对雨的描写,"天涯有雨似织,却背宾鸿归塞北。牢愁渐消酒力"(《霓裳序第一·寄病山簦厨文》);对夕阳的描写,"谁识长沙残客谓陈伯平中丞。画里云山一角,烟柳斜阳不堪回首,青芜国相、惜野云身,对苍茫无极"(《石州慢》)、"斜阳收身,沧海生意飘蓱"(《如此江山》)、"夕阳天角何处,中原一发,青山瘦如削"(《暗香·江南小别,荏苒春深,辽海倦游,寄怀翰怡,诸公并留别,夜起翁》);对花草的描写,"东风多事、偷嫁倦舞残红奈无情,桃李开谢"(《法曲献仙音·春晴连日与鹤亭、剑丞、遐厂、子有、赵园讨春并索诸公同作)、"又是春归,杜鹃啼绿江南树,杨花驼梦到天涯,暗识愁来路"(《烛影摇红·和瑾叔映厂》)。以上这些景物描写都体现出了词中的忧愁之情,下面这两首词的景物描写则表现出了对友人的思念之情:

绮寮怨·东归舟中晚望寄怀众异、 映厂沪上

觅醉不成春浅,海风吹又醒。淡落日、屡雾楼台,鹭行外、岛屿纵横。罗胸星辰历历,蛟龙睡、照梦灯暗明。倚舵楼、钟籁微茫,沉沉夜、桂魄乘浪生。　雁去江南几程。黄娥跌舞,尊前记斗轻盈。不夜春城。赋离席、最牵情。萧然一身四海,断蓬迹、向沧溟。风波惯惊。高歌快意处、心太平。

八六子·寄榆生广州

照江城,海南明月,盈盈还带潮生。念芳草凄迷梦路,垂杨遮断春

程。岁华暗惊。　　茗柯一醉愁醒。身世枭庐抛掷，仙缘鸡犬飞升。蓦梦觉层楼，无端风雨，义和鞭日，天吴移海，久拼如铁刚肠绕指，随波畸迹飘萍。忆云扃。鹧鸪又啼数声。

这两首词是写给沤社词人的。第一首写给梁鸿志、夏敬观，词写舟中所望之景。上片有诸多大海场景的描写，如"蜃雾楼台""岛屿纵横""桂魄乘浪生"。下片侧重抒情，以"雁去江南"代表思念，"萧然一身四海"代表离开朋友后的孤独，结句"高歌快意处，心太平"，则是以乐观情绪作结。第二首词写给龙榆生，当时龙榆生已经在广东暨南大学任教，词的开头以景物衬托写起，首先写明月照江城、潮水、芳草、垂杨烘托了一种孤独的气氛，而"茗柯一醉愁醒"则是词人内心忧愁的流露，"义和鞭日""天吴移海"是以神话传说来写当前之景，再通过当前之景来烘托"随波飘萍"之感。

二、《东海劳歌》

《东海劳歌》录词近 140 首，词前有自序，词后有其门人王则潞癸卯（1963）年跋。全是对于崂山风景的歌咏，大多数词后还附有况周颐、叶恭绰、徐珂、夏敬观、郭则沄等人的点评。[①] 词集前有叶恭绰、瞿宣颖、龙元亮、许宝衡、夏仁虎、王琴希、朱西溪、吴则虞。

词中对崂山各个景点的景物都有歌咏，如《桂殿秋·崂山近区纪游十首》《瑞龙吟·春日游上清宫牡丹花下作》《鹧鸪天·白云洞题壁二首》《六州歌头·龙潭瀑遇雨》《浣溪沙·劳顶》《清平乐·秋日游南九水暮宿崂山饭店》《忆少年·暮秋游神清宫》《夜半乐·暮春华楼宫题壁》《鹧鸪天·与袁道冲游石老人村口占》《惜琼花·咏太清宫山茶》等。

---

① 如卷首《青房并蒂莲》，况周颐评"萧旷空灵，神游物表"；《渔歌子》（黄山棹歌十阕），叶恭绰评"此词源出花间"。

黄孝纾对崂山景物的描写，充满了对故乡风景的热爱之情，故而词笔饱满丰润，能够形象地写出景物特点，给人以无穷的享受。写石头老人，如《鹧鸪天·与袁道冲游石老人村口占》中的"风晨雨夕阅千尘。天荒地老无穷意，独立苍茫石老人"，突出了石头的千载阅历；《哨遍·夏日游外九水遇雨旋晴景尤奇丽赋柬同游诸子时戊辰六月》中的"雨过林霏敛，重峦出，涌晴翠"，突出了雨后峰峦叠翠的景色；《春去也》中的"俯瞰中心云四面，长河如带月如烟"，则突出了由崂山顶上往下看的壮美景色；《解佩令》中的"梨花十里。杏花三里。杜鹃花、遍地红紫"突出了崂山花开山野的全貌。黄孝纾妙笔生花，对龙潭瀑的描写尤其生动。

六州歌头·龙潭瀑遇雨

砯崖转石，声势倒银河。林壑暝，飞匹练，挂岩阿。郁嵬峨，千尺从天下，挟风力，排云气，飞霹雳，卷潭底，起风波。　　破壁玉龙，飞舞翔空际，鳞鬣婆娑。伟奇观倒海，难得雨滂沱，万象森罗，百灵呵。

龙潭瀑又名玉龙潭，位于崂山南麓八水河中游，是崂山著名风景。山涧之水于百尺悬崖飞流直下，喷珠吐玉，如龙飞舞，故名"龙潭瀑"。词中"千尺从天下、接风力、排云气、飞霹雳"突出其气势，而"卷潭底、起风波"突出其冲击力，"破壁玉龙、飞舞翔空际"则是总体写，"伟奇观倒海，难得雨滂沱"则是突出山雨过后，洪涌瀑注，飞腾叫啸，情景更为壮观。这首词夏敬观评曰"气象旁魄、音响沈雄"[①]。

三、艺术特色

形象化的表现手法。黄孝纾的词有着形象化的特点，这表现在两个方面：

---

① 黄孝纾《劳山集》，《近代中国史料丛刊续编》第38册，台北：云海出版社，1974年，第24页。

第一，借景物烘托自己的愁情，如《虞美人·半山亭秋望》中的"高处登临多费泪，作计难成醉。江山满目又残秋，只有一轮明月似金瓯"以望中残秋下的江山表现自己的伤秋之情，《浣溪沙》中的"世味但余诗澹泊，愁肠还为酒槎枒，深灯照海与无涯"以大海的无涯来衬托自己愁肠无际，《柳梢青·雨宿吴门》中的"愳愳翠暮红朝，待料理闲愁酒浇，万里归心，自来自去，何似春潮"以春潮来比喻归心，《忆秦娥·后湖》中的"垂杨陌昏黄，斜照城阴，侧城阴侧，几树残红，半湖寒碧"则通过夕阳斜照、几树残红、半湖寒碧来写自己难以言说的愁情。第二，黄孝纾对崂山景物的形象化描写，如《七娘子·白云洞玉兰一株高出檐际千百年物也花时游綦坌集为山中胜赏之一》中的"苑枯阅尽幽芳泣。托孤根高处愁何极"写出了玉兰的形态，《梧桐影·山居晚眺二首》中的"雨乍晴，岚犹湿。万点鸦随黄叶翻。残霞片片鱼鳞赤"写出了雨后晚霞的美景，《鹧鸪天·与袁道冲游石老人村口占》："形痀偻，骨嶙峋"用拟人手法写老人石，《锦缠道·明霞洞东轩夕望》中的"送去鸿一桁空中没，满林风叶，散作鸦千点"写落叶之飞舞。词人还对美人峰做了惟妙惟肖的描写：

相思儿令·美人峰即比高崮在劳顶道中

绰约风鬟雾鬓，倩影自亭亭。阅尽朝云暮雨，眉损两螺青。　　遗世独立倾城。染斜阳醉靥微赪。剧怜离合神光，无言脉脉含情。

崂山美人峰是围绕崂山巨峰的四座小山峰之一，词人展开想象对美人峰作了形象的描绘，从头发、身影、眉毛、面颊四个方面作了描写，其中如"遗世独立倾城""无言脉脉含情"对美人风骨作了描绘。

开拓词境与清丽的词风。以词写山水的不少，但是整部词集专门写山水的却是极少。黄孝纾的《东海劳歌》便是为数不多的典范之作，叶恭绰曾高度评价曰："余诵古人之词至万余首，不得不推此为苍头异军，不但于沤社拔载自成一队而已，山川有灵，定惊为知己。"① 词人之所以专门表现崂山风景，原因有两个：第一，崂山风景很美丽。所谓"泰山虽云高，不如东海崂"，崂山在全国名山中是唯一靠海的，秦皇汉武都曾来此求仙，而且此地道教文化十分发达。第二，黄孝纾从小随父亲生活在青岛。他离开上海，回到山东后长期任教于山东大学，山东大学离崂山很近，故而经常游览。黄孝纾对崂山风景的描写体现出词作的"清"境，那么何谓"清"呢？胡应麟《诗薮》云："清者，超凡绝俗之谓也。"清人沈祥龙的《论词随笔》云："清者不染尘埃之谓。"而且他的这种"清"有宋词的基因，清人董士锡在《餐华吟馆词叙》中曾将宋词的风格总结为一个"清"字，他说："盖尝论之，秦之长，清以和；周之长，清以折；而同趋于丽。苏、辛之长，清以雄；姜、张之长，清以逸。"② 如果具体解释黄孝纾词作中的"清"，可以从两个方面加以理解：一是描写对象的山清水秀，崂山由于是道教名胜，所以有上清宫、下清宫、太清宫、神清宫，皆含有清字，而其中对水的描写更加突出了清，"鲸鱼张眼射波红"（《万里春·秋暮北九水独游》）、"田水涓涓碧"（《好事近》）、"澄漪镜启中边澈"（《一斛珠》），而且崂山的秋天也是清秋，"正潦收山瘦。况摇落清秋侍候"（《万里春·秋暮北九水独游》）、"无际清秋景，高与云平"（《八声甘州·瓠庵游鱼鳞峡归词久未成赋以为引喤》）。另一方面在于语言朴素用白描手法，如词人对崂山四季的描写：

闲中好·崂山四时歌

春山睡，莺唤梦初醒。雨带溪流活，海连蜃气清。

山居好，消夏最相宜。雨过泉千道，雾收峰四围。

秋山瘦，黄叶下如潮。海近风先硬，地偏天自高。

千峰雪，岩隈白云封。野烧畲田赤，耐冬山寺红。

---

① 叶恭绰《劳山集题词》，黄孝纾《劳山集》，《近代中国史料丛刊续编》第 38 册，台北：云海出版社，1974 年，第 9 页。
② 孙克强《唐宋人词话》，郑州：河南文艺出版社，1999 年，第 261 页。

春季的崂山妩媚动人，刚刚经历了冬眠而苏醒，特点是"水活气清"。夏季的崂山是避暑胜地，特点是雨多雾大。秋季的崂山芳华浸染，黄叶落下如潮水，美不胜收，冬季的崂山银装素裹，雪掩千峰。全词明白如话，而且突出了崂山的四季清景。

第八章
沤社词人创作从传统向现代的衍变

前文对沤社词人的词集进行了探讨,从表层看沤社词人群体创作体现出了多样化特点,如题材多样化,题画词(吴湖帆)、山水词(黄孝纾)、边塞词(匀庐词)、域外词(潘飞声)、抗战词(杨铁夫)等;词艺的多样化,严守声韵(王蕴章)、词中作注(叶恭绰)、佛语入词(刘肇隅)等。之所以会出现这种集大成的结果,因为清代本身就是词学集大成的时期,而这些沤社词人正是上承清代之余绪。从深层看,沤社词人创作时间从19世纪60年代开始,直到20世纪60年代结束,在这一过程中,沤社词人创作体现出由传统向现代转变的痕迹,而这一转变是与整个中国文学的现代转型密不可分。

第一节 文学传统向现代衍变概述

学界通常对1840年至1911年的文学称为近代文学,而近代文学又以甲午战争为前后两个阶段。本文所探讨的传统文学现代性大约发生在近代文学阶段尤其是后期。鸦片战争后,西方列强的船坚炮利打开了中国大门,传统封建社会受到西方资本主义制度带来的全面冲击,中国的精英知识分子受到了第一次沉重打击,中国的精英阶层开始了向西方列强的学习如洋务运动,但是甲午战争的失败,曾经被我们俯视的弹丸小国——日本的胜利,带给了中国知识分子更沉重的打击,这种打击促使了思想启蒙运动展开,这思想启蒙便开始于百日维新前后。康有为向朝廷激烈上书，鼓吹政治变革的同时，严复、梁启超等则意识到开民智、新民德、鼓民力是中国社会现代化的根本，改造国民精神的新民运动，遂成为思想启蒙的重心。从"诗界革命""新文体"到"小说界革命"，清末一系列文学革新，都是为配合思想启蒙而产生的。① 所以中国文学现代性的发生，显然是在晚清的最后阶段，即中国思想界大规模引进西方思想文化学说，开展启蒙的 19 世纪最后几年。②

中国传统文学向现代文学转变的过程中经历了两场文学运动：第一次是晚清文学革新运动，第二次是五四文学革命，虽然这两场文学运动前后隔了二十多年，但这两次运动是有内在联系的，"晚清文学运动从小说、诗歌、散文、戏曲等方面全面展开，其中小说的成就最大，影响也最深远，对五四一代人，如鲁迅、周作人、胡适等人的影响尤甚"③。晚清文学运动领袖梁启超不仅提出了"诗界革命""新文体"到"小说界革命"，而且身体力行，从 1902 年创办《新小说》之后至 1911 年，不到十年间创办的纯小说杂志就有 24 种④。他不仅创办小说杂志，而且身体力行地创作了大量新小说。在他的提倡下，晚清报载小说的成就贡献最大，小说在 20 世纪最初十年成为启蒙思想、反映现实、揭露和批判社会黑暗最有力的思想工具，"继承了中国传统小说中历史、社会、言情等主题，从外国文学中吸收了新的文学主题，创造出具有中国特色的政治、科幻、侦探、哲理、心理等新文学样式"⑤。

在第一场文学运动以后，文学转型没有完成，如白话没有替代文言，白话文学还没有取代文言文学。但是晚清的文学运动又为新文化运动奠定了基础，如语言变革的努力则在晚清就悄然开始了，这主要是借助于报刊。晚清时候有白话报《白话演义报》《无锡白话报》《潮州白话报》《中国白话报》《江苏白话

---

① 杨联芬《晚清至五四：中国文学现代性的发生》，北京：北京大学出版社，2003 年，第 2 页。
② 同上，第 1 页。
③ 付建舟《近现代转型期中国文学论稿》，南京：凤凰出版社，2011 年，第 65 页。
④ 肖爱云《晚清四大小说杂志现代性研究》，陕西师范大学博士论文，2012，第 21 页。
⑤ 肖爱云《晚清四大小说杂志现代性研究》，陕西师范大学博士论文，2012，第 1 页。

报》《国民白话报》《上海新中国白话报》等 170 多种①。报刊对社会变革的推动作用是巨大的,以对文学介入而言。报刊传媒的介入使得文学现代化成了可能。杨义说:"可以说,中国现代文学与古典文学的带根本性的一个区别,是它拥有了报刊。"② 在新文化运动开展之后,胡适发表了著名的《文学改良刍议》,又亲自撰写了《白话文学史》,而且大力创作白话诗、白话词、新戏剧,以胡适、陈独秀等人为首的新文化运动取得了巨大的成功,新文化运动使得白话代替了文言成为学校教学语言,而且语言的变革对于文学的转变是毋庸置疑的,因为语言是基础,它对于文学而言是言说方式的转变,词汇与语法的变革,以及破除了原有的文腔。③ 有的研究者对两次文学运动的内在联系和目标作了精辟的总结:"第一次白话文运动发生于晚清,规模宏大,一百多种白话报刊纷纷创办、倡导者试图用白话来启蒙民众,尤其是社会中下层民众,具有明确的工具论性质。第二次白话文运动发生于五四时期,是前者的深入与发展,倡导者不仅仅停留于把文学语言即'白话'作为启蒙工具,更把文学语言的变革本身当做目的,他们试图使整个文学语言成为'文学的国语',所创作的文学是'国语的文学'。"④

  传统文学向现代文学的转变,包括文体的各种体裁转变,旧体诗歌也不例外。新文化运动之后,新诗取得了完全胜利,但是旧体诗歌并未消亡,旧体诗歌也并非由古典诗歌一下子进入新诗,中间还有一个近代诗歌环节,"中国近代诗歌,是古代诗歌与'五四'以后新诗的过渡。它在精神实质上已不同于古代诗歌,在艺术形式上亦不完全同于古代而有所拓展,原因是近代诗人对古代诗歌的观念已经更新,但基本上仍然是古代诗歌的体制,又不同于'五四'以

---

① 付建舟《近现代转型期中国文学论稿》,南京:凤凰出版社,2011 年,第 94 页。
② 杨义著、郭晓鸿辑图《京派海派综论(图志本)》,北京:中国社会科学出版社,2003 年,第 188 页。
③ 王佳琴《文学语言变革与中国文学文体的现代转型》,北京:中国社会科学出版社,2018 年,第 3—5 页。
④ 付建舟《近现代转型期中国文学论稿》,南京:凤凰出版社,2011 年,第 92 页。

后的新诗。所以近代诗歌具有新旧交替、承先启后的特点"①。而诗歌的变化要从梁启超倡导的诗界革命开始,并形成了诗界革命派,主将是黄遵宪,其他则是维新派主将谭嗣同、梁启超、夏曾佑、丘逢甲等,其中一个最明显的特征即大量新名词的加入,如轮船、火车、电报、照相机等。

与旧体诗歌密切相关的是词,由于西方文学体裁中没有"词",所以新文化运动中"词"受到的冲击较小,一般仍然是按传统的轨道在运行"清末主要词人,大都奔趋在他们的旗帜下。他们与谭献一派,同样是摹古,而宗法的祖师不同"② 词的颠覆性变化没有产生,但是词的现代性因素还是萌发了。

第二节　沤社词人创作从传统向现代的衍变

沤社词人创作所处的时间过程,正是中国文学完成了从传统向现代的历史转换。中国文学现代性的发生,如前文所述在甲午左右,维新运动失败以后,梁启超转向文学发动了文界革是命、诗界革命、小说界革命,小说界革命与诗界革命成就最为突出。在第二次文学运动即新文化运动之后,新体诗虽然代替了旧体诗,但是旧体诗并未消亡,且旧体诗本身也在进行现代化的衍变,例如民国时期同光体的领袖陈三立,他的诗歌就代表了这种衍变,"陈三立对旧体诗歌现代化的最大贡献就在于,他将审美现代性与思想现代性、语言现代化进行了有机的融合,从而为自宋代以来的一成不变的诗歌世界开辟了一个新的境界"③。旧体诗进行现代化衍变的同时,词也同步共振,如胡适创作了白话词及 30 年代发生了民国词体改革运动(后文详述)。词的传统性与现代性并非限

---

① 钱仲联《诗词集·导言》,《中国近代文学的历史轨迹》,上海:上海书店出版社,1999 年,第 141 页。
② 钱仲联《诗词集·导言》,《中国近代文学的历史轨迹》,上海:上海书店出版社,1999 年,第 154 页。
③ 杨剑锋《现代性视野中的陈三立》,北京:中国社会科学出版社,2011 年,第 233 页。

于语言形式变革，内涵变化更为重要，如以传统文言写作，但比兴寄托已非传统香草美人，这样的词就不能简单以传统词视之。同样，词的现代性也非简单的白话词，也要注意其内涵问题。本文所指词的传统性特征是指以文言采用香草美人之喻作词。词的现代性，简而言之，即用现代通俗语言反映现代内容，或者表达对现代人文精神的追求。本节所谈词由传统向现代的衍变就是词的传统性向现代性转化的过程。

  以词纪史和比兴寄托是常州词派的家法，沤社词人受常州词派影响很深。关于常州词派在晚清至现代的谱系，有论者认为："在晚清词坛，影响最大的是常州词派，从毗陵二张开派，到周济、董士锡、宋翔凤弘扬其宗旨，而后从之者渐众，其影响亦从常州一隅走向全国。在吴中，有潘氏群从，竞为倚声，各有专集；在丹徒有庄棫，与杭城谭献结交，并影响陈廷焯，从风所向，建树甚伟；在京师，有端木埰、王鹏运、朱祖谋、况周颐诸人，结词社，校词籍，薇省唱和，影响至大。辛亥鼎革，词坛风会一时转移，或易帜津沽，结社填词，月课限韵；或移师沪上，校勘词籍，提携后进。特别是朱祖谋和夏敬观，并为转变民初词风之巨擘，况周颐在词学理论上建树甚伟，先后撰有多种词话，并为转变民初词风之巨擘，况周颐在词学理论上建树甚伟，先后撰有多种词话，后汇集增订为《蕙风词话》五卷，提炼出词心、词境、比兴寄托、重拙大等范畴，这些观念又经夏敬观、赵尊岳、刘永济、詹安泰等人的发扬，对现代词学的理论建构产生深刻影响。"① 常州词派谱系从张惠言开始，经过周济、谭献等人发扬光大，到了清末民国，发扬于朱祖谋、况周颐诸人。前文叙述属于沤社词人群的有朱祖谋、夏敬观、赵尊岳，这是从词学理论贡献上而言，实际上接受常州影响的词人则要多很多，前面彊村词人林鹍翔、叶恭绰、杨铁夫、龙榆生均可视为常州派传人。

传统性：常州家法的以词纪史

  周济"诗有史，词亦有史"（介存斋论词杂著）从尊体角度指出了词也具

---

① 陈水云《中国词学的现代转型》，北京：社会科学文献出版社，2016年，第273页。

有记录历史的功能。词史的概念借鉴诗史,而诗史最早出自《宋书·谢灵运传》称赞曹植诸人诗"直举胸情,非傍诗史"①,后来则多用于对杜甫在安史之乱中所作诗歌价值的肯定,杜诗"诗史"这种指称最早出自孟棨《本事诗·高逸》:"杜(杜甫)所赠二十韵,备叙其事,读其文,尽得其故迹。杜逢禄山之难,流离陇蜀,毕陈于诗,推见至隐,殆无遗事,故当时号为诗史。"② 诗史成了中国古典诗歌创作的传统,同样词在尊体的道路上借鉴了诗之作法,诗史移植于词也就成了词史。在晚清词史中将词史功能发扬光大的要推蒋春霖《水云楼词》,《水云楼词》记录了太平天国革命对封建文人的心理冲击,是一部心灵史,如:

台城路

金丽生自金陵围城出,为述沙洲避雨光景,感成此解。时画角咽秋,灯焰惨绿,如有鬼声在纸上也。

惊飞燕子魂无定,荒洲坠如残叶。树影疑人,鸦声幻鬼,欹侧春冰途滑。颓云万叠。又雨击寒沙,乱鸣金铁。似引宵程,隔溪磷火乍明灭。

江间奔浪怒涌,断箜时隐隐,相和呜咽。野渡舟危,空村草湿,一饭芦中凄绝。孤城雾结。剩羂网离鸿,怨啼昏月。险梦愁题,杜鹃枝上血。

这首词有着很强的艺术表现力,词人从视觉、听觉、触觉等多个层面进行刻画,表现了词人历经劫难后惊魂未定的心理,也烘托出浓郁的氛围。严迪昌先生赞之为"妥帖浑润"③,这样的词一改当时词坛绮靡的词风,可以"以杜之《北征》《诸将》《陈陶斜》"来看,"诗史之外,蔚为词史"④。

---

① 沈约《宋书》,北京:中华书局,1974年,第1779页。
② 丁福保《历代诗话续编》,北京:中华书局,1983年,第14页。
③ 严迪昌《清词史》,南京:江苏古籍出版社,1990年,第479页。
④ 谢章铤《赌棋山庄词话续编卷三》,唐圭璋《词话丛编》,1986年,第3529页。

继太平天国革命之后,清末最重要的历史事件是"戊戌变法"与"庚子事变"。"戊戌变法"是指 1898 年 6 月 11 日至 9 月 21 日以康有为、梁启超为主的维新派人士通过光绪帝进行倡导学习西方,改革政治、教育制度,发展农、工、商业等的政治改良运动。但戊戌变法因损害到以慈禧太后为首的守旧派的利益,所以遭到强烈抵制,历时 103 天而最终失败。戊戌变法的最直接原因乃是甲午战败,甲午战败不但对国人是一大心理冲击,也促使晚清词坛发生了变化。① 关于戊戌变法,朱祖谋用词表达了对戊戌变法领导人及变法措施的看法,如前文所提朱祖谋《念奴娇·同理臣、半塘观荷苇湾,用白石韵》一词表达了对康有为与人大谈新政,面有得意之色的不满;关于"庚子事变',朱祖谋曾作十三首《菩萨蛮》来记录了这次事变的完整经过,详见前文朱祖谋词作分析一章中。

(二) 民国

辛亥革命虽然推翻了清朝统治,但是民国前期战乱频仍,国家更加动荡不安,彊村词作记录了民国初年军阀混战、民不聊生的史实,如《高阳台·除夕闰生宅守岁》"干戈满目悲生事";《齐天乐》"鼓角中原,烟波大泽,何地堪盟息壤";《齐天乐·乙丑九日,庸庵招集江楼》"戍火空村,军箑坏堞,多难登临何地。霜飙四起。带惊雁声声,半含兵气"。刘肇隅与袁思亮则记载了湖北人民遭受水灾的事情,如《十二时·再为十发老人题观音大士立像,辛未夏秋之交,洪水发湘、鄂旋遍南北,民人死亡荡析者万万计,灾犹未已,殆所谓天发杀机,龙蛇起陆耶?匪恳神佑,奚起沦胥,谨依程雨老韵更谱斯阕用志悲愿》。

抗日战争对中华民族历史有着特别重要的意义,抗战词坛从另一个侧面反映了抗战的形势"广义而言,举凡一九三一——一九四五这十四年间——及其先后有关的词人词作均可纳入其范围之中。那么不仅夏承焘、詹安泰、刘永济、卢前、吴眉孙等词苑宿老构成了抗战词坛的中流砥柱,不仅缪钺、沈祖

---

① 郭文仪《甲午变局与词坛新貌》,《文学遗产》,2015 年第 6 期。

荼、张伯驹、黄咏雩等众家词谱出了悲慨无端的动地哀歌,也不仅汪精卫、龙榆生等形成了别一种色泽与音响,其实还有难以枚举的众多词人"①。本部分将抗战词分为两部分:第一部分是正面揭露日军暴行以及描写抗敌的词作;第二部分是敌占区"失足文人"的内心痛苦之作。

在第一部分词作中揭露日军侵略暴行的既有沤社词人也有其他词人,沤社词人如冒广生作《荷叶杯·故乡沦陷,复闻久旱,读此以写闷怀》②:

> 极目江皋云黯,肠断芳草天涯。不如飞燕解还家,珠箔受风斜。
> 神女知他何处?行雨明镜怯开奁。经春消渴病恹恹,无复旧眉尖。

上片写故乡沦陷之感,词人肝肠寸断,身在异地不如飞燕能够自由还家;下片写家乡久旱,故乡之人饱受旱灾之苦,自己身受疾病之苦,而不能像以前那样眉头舒展。国家前途堪忧、人民流离失所、个人病体折磨,整首词显得重、拙、大。

沤社以外,词人反映抗战者如黄咏雩先生《天蠁词》③;"九一八"事变后,刘永济先生曾作《满江红》鼓励全民族抗日;1944 年,谢觉哉曾经作《满江红·闻日寇窜宁乡》记录 1944 年的豫湘桂战役④。抗战时期的词作多充满苏辛之气,这方面的代表作是卢前的《中兴鼓吹》,卢前的词作可以说是一部抗战词史,词作达数十首之多,对上海抗战的描写,如《浣溪沙·八月十三日敌复犯我上海》《浣溪沙·黄浦江上空军之战》《乌夜啼·上海陷,工人杨剑萍之死》,全面抗战爆发后,又写了《西江月·闻傅作义守太原》《满庭芳·喜闻芜湖收复讯》《齐天乐·二十九年三月于役老河口,李德邻将军招饮秦村,席上赋示第五战区诸友》,以及在抗战后期描写豫湘桂战役的《水龙吟·陶园

---

① 马大勇、赵郁飞《刘永济与抗战词坛》,《词学》第三十三辑,上海:华东师范大学出版社,2015 年,第 231 页。
② 冒怀苏《冒鹤亭年谱》,北京:学林出版社,1998 年,第 408 页。
③ 朱惠国、徐承志《黄咏雩爱国词浅析》,《广州大学学报》(社会科学版),2013 年第 11 期。
④ 梁溪生《抗战词话八则》,《苏州大学学报》(社会科学版),1987 年第 3 期。

席上逢黄旭初主席,时桂林陷二月,旭初大病初起》。这些词作颇有辛弃疾的词风,如记录平型关大捷的《满江红·平型关大捷》:

> 奏凯平型,明日定,灵邱先复。知左翼、团河传檄,顽倭覆没。况有中军崞县在,东平一战风摧竹。蹋扶桑、三岛海东头,都沉陆。　看捷报,书盈幅。欢笑里,从头读。喜右锋宁武,雄威相续。指日朔州收拾尽,雁门关外燔倭骨。会王师、三路察绥边,安然出。

平型关大捷是八路军 115 师于 1937 年 9 月 25 日在平型关附近伏击日本军队并取得抗日首胜的战斗。这次胜利打破了日本军队不可战胜的神话,振奋了全国人心,平型关战役中 115 师共歼灭日军 1 000 余人,击毙日军中佐二人缴获了日军汽车六十余辆,七三、七五山炮弹 2 000 余发,长短枪 1 000 余支,机枪 20 余挺。全词充满了英雄主义,"奏凯平型"先奠定胜利之基调,"顽倭覆没"写日寇此战之下场,"看捷报,书盈幅。欢笑里,从头读"写词人得到捷报时胜利之情,"指日朔州尽"以下则是对未来胜利充满必胜信心。

第二部分写"失足文人"的忏悔心声。词作中以沤社龙榆生为代表,卢前与龙榆生关系甚好"余居海上日,与过从最密而齿相若者,万载龙榆生沐勋,余所敬畏之友也"①。但是二人道路却完全相反。1940 年,因为各种原因,龙榆生参加了日伪工作,任汪伪南京国民政府"立法委员"、南京中央大学教授。他虽然去南京有各种苦衷,且未做过损害人民的事情,但是毕竟有违于民族大义,因此在南京时期的词作多流露出"凄感":登高解闷所见却是"正衰草黏云"(《摸鱼儿·庚辰重阳前一夕作》),"河山变色雕梁毁"(《虞美人》);元宵赏灯则是"春城无复春灯闹,莫唱江南好"(《虞美人》)等。唯一能令他感到欣慰的是"骨肉能全"(《台城路·庚辰除夕》)以及友人的关心,如《金缕

---

① 卢前《卢前文史论稿》,北京:中华书局,2006 年,第 141 页。

曲·闻瞿禅去岁得予告别书①，为不寐者数日，感成此解》"伫苦停辛缘何事，奈虚名误我情难绝"是悔恨自己来南京，"故人自励冰霜节"则劝友人要保持气节，"愿寒涛化作心头血"是表明自己的心志。

"国家不幸诗家幸，赋到沧桑句便工"，抗日战争使中华民族遭受了巨大的灾难，为了夺取抗战胜利，我们承受了巨大的牺牲。抗战词作是抗战文学的必不可少的一部分，其描写如前文为揭露敌人暴行，歌颂抗战英雄，以及"失足文人"的愧疚的内心，从单纯的艺术标准而言，以龙榆生为代表不得已而成为"失足文人"的词作对内心煎熬的描写也是颇为真切的。

（三）1949 年以后词作

新中国成立是中华民族历史进程中的里程碑事件，龙榆生 1949 年以后的词作，主要表达了他对新中国建设的热情，对中国共产党的感激之情，而且用词记录了自己接受思想改造的过程。这词作虽然记录是个人荣辱，也能折射出新中国前三十年的曲折历程。1956 年 2 月，在陈毅安排下，龙榆生得以出席北京第二届全国政协会议，并受到毛主席的接见，他高兴地写到"春回律管。喜得傍太阳，身心全暖"（《绛都春·一九五六年二月六日，怀仁堂宴席上呈毛主席》）。同年 4 月，龙榆生又被选为上海市政协委员，且分了新房，他真心感谢政府关怀，便作词《水调歌头·一九五三年春，陈仲弘将军枉访，转达毛主席关怀盛意，试以旧瓶装新酒，赋献四章》。1958 年作《金缕曲·陈垣庵先生来书有更加努力改造自己之语，感不绝余余心，再呈此阙》，1961 年作《百字令·七月一日为党四十生日颂》《念奴娇·黎明至外冈饭店与农民杂坐食烂糊面作》等。龙榆生这种时刻注意自我改造的状态一直持续到他逝世前一年，在这一年，他还创作了《清平乐》"几年兴灭""谓兴无产阶级思想，灭资产阶级思想"。②

以上所列词作是以沤社词人个体的角度去反映中华民族百年进程的，故而

---

① 龙榆生行前曾致函夏承焘云"胃病大发，医谓非修养不可。而家口嗷嗷，无以为活。出处之际，非一言所能尽"，见张晖《龙榆生先生年谱》，上海：学林出版社，2001 年，第 100 页。
② 龙榆生《忍寒诗词歌词集》，上海：复旦大学出版社，2012 年，第 360 页。

有某种历史真切感,如康有为及其戊戌变法,历史学家多是从正面加以肯定,朱祖谋的词作使我们认识了一个更真实的康有为,以及作为变法的直接亲历者对戊戌变法的看法,故而有一定的历史意义。关于沤社词人所处的特殊历史期,尤其是民国建立,沤社词人尤其有深刻认识。王蕴章就曾说:"晚近以还,世变纷乘,开千古未有之局,历五洲未有之奇,倘能本此史笔,为作新词,不必侈谈文学革命,其价值自等于照乘之珠、连城之璧。"①

传统向现代的衍变:比兴寄托的内涵替换

中国自鸦片战争以后,不但封建制度一步步走向瓦解,依附于封建制度之上的儒家教化的文艺观念的影响也在日益减弱。有研究者认为:"当中国文学观念进入近代时,它的审美理想必须发生改变,以拓宽中国文学的视野,帮助文学挣脱儒家文学观念的束缚,建立敢于大胆表现个性人生体验的完美理想。"② 与此相应,近百年词中比兴寄托内涵的演变路径也是从"儒家诗教"弱化到"独善其身"的增强。"独善其身"在封建社会文人士大夫不能兼济天下所被迫采用的自我安慰,还不是一种普遍共识。而辛亥革命之后,这种独善其身是一种普遍追求,从某种意义上说,"独善其身"是一种现代性的人文关怀,"在文学艺术上,现代性则体现为对真、善、美的追求"③。这种"独善其身"的自我关怀就是对文学表现真性情的追求,对文学是人学的回归。晚清词坛笼罩在常州词派的理论之下,④ 晚清四大家也以推崇常州词派为宗旨,他们的词作寓有常州派的寄托论,如王鹏运的词作虽然有隐晦,但是多用曲笔⑤。晚清至民国中期在词坛执牛耳人物朱祖谋是词中"儒家诗教"的代表。汪辟疆在《光宣诗坛点将录》(《汪辟疆诗学论集》上册)中认为:"古微襟期冲澹,尤工倚声,所刊《彊村词》,半塘老人谓为六百年来,真得梦窗神髓者也。晚际艰屯,忧时念乱,一托于词,实能兼二窗、碧山、白石诸家之胜,非一家所

---

① 王蕴章《秋平云室词话》,王西神《云外朱楼集》,上海:中孚书局,1934年。
② 袁进《中国文学观念的近代变革》,上海:上海社会科学院出版社,1996年,第136页。
③ 徐萍《从晚清至民初:媒介环境中的文学变革》,山东师范大学博士论文,2011年,第5页。
④ 严迪昌《清词史》,南京:江苏古籍出版社,1990年,第518页。
⑤ 严迪昌《清词史》,南京:江苏古籍出版社,1990年,第520页。

可限矣。所刊两宋词集，多人间未见之本。""忧时念乱，一托于词"这既是常州词派的最本质特征，也更符合朱彊村的恪守封建君臣之义的道德操守，以此可以理解他入民国后的遗民之情。

朱祖谋作为常州派的词论家，其创作就有着鲜明的常州词比兴寄托的含义，即"托兴深微，篇中有事"，如《齐天乐·马神庙海棠，百年物也。花时寥寂，半塘翁吟忆见贻，依韵报之》：

> 锦窠春湿红云透，匆匆故官芳事。冷甃延娇，温泉罢浴，催换东风人世。婵媛梦里。尚刻意新妆，洗烟梳霁。妒极瑶台，玉妃无语正愁悴。
> 绿章惆怅再乞，夜深障泚蜡，心绪无会。怨凤箫寒，蝼蟾幄暗，消尽燕脂浓泪。横陈艳绮。肯输与西廊，媚春桃李。不嫁含章，堕梅馀恨蕊。

这首词作于1899年，朱祖谋以花喻事，以花之寂寥喻国事之日非："催换东风人世"寓意戊戌变法失败，朝局又变；"婵媛梦里。尚刻意新妆，洗烟梳霁"指光绪帝虽被囚，但仍不忘新法；"妒极瑶台，玉妃无语正愁悴"写慈禧太后仍对光绪耿耿于怀。该词运用比兴寄托手法，词境凄凉，心境悲怆。

沤社老派词人讲求比兴寄托是对传统词作的继承，沤社中青年词人则对传统词进行了革新，即弱化了常州词派寄托说，甚至在个别词人作品中找不到寄托的影子，或者以对词人本身的情感的寄托，如在下层中文士对自身穷苦生活的哀叹代替传统的"香草美人之寓"。沤社词人许崇熙[①]一生与愁结缘，大约同他一生不顺的境遇有关。他说，"吾初无意为诗人也，然平生落拓，踪迹之所历，意气之所感发，序于是乎寄"（《沧江诗钞序》)，词作是许崇熙抒发愁的载体。愁太多，词人只好以酒解愁：

---

① 许崇熙（1873—1935），字季纯，号沧江，湖南长沙人。连年科举不第，生活潦倒，清季湖北提学使高凌蔚曾聘为司记室。著有《沧江诗钞》五卷、《文钞》三卷，内有《沧江诗馀》两卷。

茶瓶儿·江中独酌

　　深杯不解愁中结，况禁得、忧离伤别。人海音尘绝。十年弹指、生事不堪说。　　如此江山应未歇，风乍起，寒潮呜咽。多少英雄血，绕城带郭，残照空明灭。

　　这首词中"香草美人之寓"较朱祖谋的词作已经弱化了许多，仅"如此江山应未歇"一句表明他对前清的灭亡始终不能忘怀。① 词人在这里表现出的愁所反映的苦闷与他的人生际遇有关"少时意气颇峥嵘，老辈相看刮目惊。都说王尊当早达，岂知杜牧已迟生"（许崇熙《自题小影》），词人以酒来解愁，可惜愁不解。"十年弹指"感叹时光飞逝，"生事不堪说"说明生活困苦。

　　不但作词如此，在解词方面也有转变，民国时期的词论家已经不再追求儒家解经式的解词方法，如梁启超对李白词的解读，"李白还有两首词，把他的美感表得十分圆美……这类诗词，从唯美的见地看去，很有价值。他们并无何种寄托，只是要表那一片空灵纯洁的美感"② 代替原有对儒家诗教的比兴寄托之义。沤社词人转而在技法上有新的突破，一方面是前文中域外新名词的加入，产生了新意象，也就改变了词的某些传统特性，提升了词的境界；另一方面他们转而发展了词的艺术表现手法，即在词的具体词艺方面，如叶恭绰词对"愁"的表现力以及吴湖帆题图词的新境界，以及黄孝纾的专写山水等。

　　白话入词——现代性的确立？

　　白话入词在词史上代有其篇，20世纪的白话词可以分为两个阶段：第一个阶段是民国阶段，民国阶段白话词是"新文化"运动的衍生品，其领袖是胡适，

　　胡适的白话词贯穿于整个民国阶段，现征引两首：

---

① 许崇熙《沧江文钞》卷二《先考先妣事略》"……忽忽中年学而未成，名未立，遭时不造，坐视国鼎陆沉"，民国三十七年（1948）铅印本，上海图书馆藏。
② 梁启超《饮冰室诗话》，葛渭君《词话丛编补编》，北京：中华书局，2013年，第3097页。

生查子

前度月来时,仔细思量过。今度月重来,独自临江坐。　　风打没遮楼,月照无眠我。从来没见他,梦也如何做。①

好事近

回首十年前,爱着江东燕子。一念十年不改,记当时私誓。　　当年燕子又归来,从此永相守。谁给我们作证,有双双红豆。②

第一首词作于1917年在哥伦比亚大学读书,时年二十六。第二首词作于担任中国公学校长时,时年三十八。两首词均以白话入词,不用典、不追求声律,仅仅是字数合乎词牌,对传统词作法颠覆很多,胡适也被推为"中国当代词坛解放派首领"。③

胡适创作"白话词"、重视白话词是否可以理解为文学中现代性的觉醒呢?现代性文学观以现代文艺思潮为基础,而民国初年的现代文艺思潮则是新文化运动,其深层次原因之一则是以新角度来改造文学,胡适以"白话文学"的观念对诗词进行了改造,一如当时其他文学家一样:"古典诗学存在可资转化的现代因子。在以现代眼光打量、审视旧文学的传统过程中,胡适发现了'白话文学',周作人发现'晚明小品',冯文炳发现了温庭筠、李商隐'晚唐诗词',这些以现代文学观念重新审视和阐发传统的努力,尽管资源性质意义有别,但与拟古复古的文学思潮显然是迥然不同的,这些对传统的重新审视和发现,是在为新文学的诞生寻找合理的历史性,为新文学的发展寻找和灌注资源和动力。"④

白话词是从语言入手作为民国时期对词体改造的一种途径。民国时期对旧体词改造不只是胡适,还有柳亚子、曾今可、章依萍等人在20世纪30年代发

---

① 施议对《胡适词点评》,北京:中华书局,2006年,第23页。
② 施议对《胡适词点评》,北京:中华书局,2006年,第38页。
③ 施议对《胡适词点评》,北京:中华书局,2006年,第157页。
④ 陈希《被遮蔽的现代诗学转型》,《文艺争鸣》,2014年第3期。

动的词体改造运动，他们还涉及格律问题，曾今可在《为词的解放运动答张凤问》一文中提到了词体改革，他指出词体应从三点解放：一、作词要有谱，否则与诗无异；二、词要讲平仄，可以不讲阴平，不讲上、去、入；三、词要用浅显语言不能用古典语言。① 刘树棠对词体的看法与曾今可大致相似，他称曾今可的提议为"三分之一五"的解放。郁达夫认为作词可以用浅显的白话语体入词，但是平仄还是要讲究一些的，只是不能太严。②

白话词显然是为了普及填词，大力提倡白话词降低了门槛，但是致命弱点使词缺少传统词之美感，所以白话词对于传统体制内词派况周颐、张尔田、沤社词人朱祖谋几乎没有产生影响。而白话词在当时，用俞平伯的话说并不成功。③ 但是白话入诗词，并非对文学本身没有丝毫益处，白话加入新诗，在文体本身方面也有积极性的一面，促成了现代自由新诗的出现，因为"现代白话从词汇、语法、音节等方面彻底改变了古诗高度稳固的文体形态，形成了自由体的形式"④。具体而言，新诗有古诗比拟不了的优势，如山水诗方面"现代白话在描摹山水景物时可以克服'面目相似'这一问题，更易表达不同境地的不同感受，更长于将景物的个别性和情感的细腻与思想深度结合起来，形成'景、情（理）＋景、情（理）……'不断往复叠加的内部结构"⑤，而且旧体诗词通俗化的走向，在民国诗坛是最为明显的趋势。⑥

第二个阶段是新中国成立后阶段。新中国成立以后，白话诗词盛行，且沤社词人龙榆生也作白话词，这显然是因为白话入词宜于当时的政治宣传，这也是龙榆生后期词作的特征，如前文中引用的龙榆生的《一剪梅》"夯的夯来挑

---

① 曾今可《为词的解放运动答张凤问》，《新时代月刊》，1933年第4卷1期。
② 刘树棠《"词的解放"之我见》，《民钟季刊》，1935年创刊号。
③ 陈水云《中国词学的现代转型》，北京：社会科学文献出版社，2016年，第116页。
④ 王佳琴《文学语言变革与中国文体现代转型》，北京：中国社会科学出版社，2018年，第144页。
⑤ 王佳琴《文学语言变革与中国文体现代转型》，北京：中国社会科学出版社，2018年，第167页。
⑥ 尹奇岭《民国南京旧体诗人雅集与结社研究》，北京：中国社会科学出版社，2011年，第258页。

的挑""吃了河豚忘了劳",以俚语入词,充分展示了大跃进时人们建设社会主义的热情。此外,龙榆生这时期还有部分词作直接以政治口号入词,如《念奴娇》"但把立场端正了",《满江红·病中书感》"敌我分明知死所",这些词是"以民族形式结合社会主义思想,创作新体歌词,以应广大人民之需要"①,白话词虽然已经完全失去了词之为词的婉约含蓄之美,但与当时社会大环境合拍,符合当时中国的现代性,当然这一点与西方文论中的现代性是不同的,所以有反对单纯将语言之变作为现代性的特征:"如有人把语言形式的变革也看作现代性,那就失去了使用这一概念(现代性)的价值前提。"②

新中国成立后的文艺思想仍然是毛泽东同志延安文艺座谈会讲话精神的延续,如果把这种思想理解为文学的现代性,是与西方学界认为的文学现代性涵义不同,其实回顾整个中国古代文学史,这其实是有传统的,即古代"文以载道"文学思想的延续,这个"道"由原来的儒家文学思想被社会主义文学思想替换而已。这种"白话入词"是在特定时代背景下发生的。顾随《致卢季韶》中写道:"两三年来所作词有百余首,太半有政治性,甚至赶任务,配合运动,不免是'急就章'。"③ 虽然这种现代性是中国特色,但是太多的"白话入词"对词的伤害也显而易见,因为"文学不是口号、标语"④。也许把白话入词称为现代词而不是词的现代性更为妥当。

中国诗歌的现代化有两条路径:第一,直接产生了现代诗,这是新文化的最直接成果;第二,旧体诗中的现代性。旧体诗人处在新旧转换的历史环境中,诗人萌发了现代意识,所作旧体诗的意象、题材也发生了现代化的改变,尽管改变的力度有限,如前文所举陈三立的诗歌。词的现代化则相对温和,主要是新文化运动推动者无法从国外找到对应的"现代词",所以改革者们只能以诗为唯一变革对象进行现代化改造,即民国时期学衡派力主"新

---

① 龙榆生《忍寒诗词歌词集》,上海:复旦大学出版社,2012年,第182页。
② 陈友康《二十世纪中国旧体诗词的合法性和现代性》,《中国社会科学》,2005年第6期。
③ 顾随《驼庵词话·卷九》,朱崇才《词话丛编·续编》,北京:人民文学出版社,2010年,第3298页。
④ 同上,第3196页。

材料入旧格律"①，所谓的新材料一方面是指新名词入词，前文沤社词人如赵尊岳、袁荣法的词均有这一特点，沤社以外如沈祖棻《浣溪沙》"碧槛琼廊月影中，一杯香雪冻柠檬。高歌争播电流空。风扇凉翻鬓浪绿，霓光灯闪酒波红。当时真悔太匆匆"，其中"广播""风扇""霓虹灯"皆是新名词入传统词作。顾随先生的词也符合这一特点，卢前说："至于以新材料写入词体的，据我所知，有顾羡季先生，他有《无病词》《荒原词》等几部词集。"②

---

① "力持以新材料入旧格律的主张者吴雨僧先生，《学衡》杂志的主编者"，卢前《民国以来我民族诗歌》，《卢前文论史稿》，北京：中华书局，2006年，280页。
② 卢前《民国以来我民族诗歌》，《卢前文论史稿》，北京：中华书局，2006年，278页。

第九章
沤社词人对倚声之学①的研究

倚声之学是沤社成员词学理论研究的重要内容，沤社成员中从事这方面研究的有龙榆生、夏敬观、冒广生、袁荣法四人。龙榆生对倚声之学的研究著作有《论词谱》《论平仄四声》《词律质疑》《填词与选调》，主要论及声调之学与图谱之学。夏敬观对倚声之学的研究著作有《词调溯源》《词调索隐》，这两部著作分别探讨了词调与宫调的关系、词调之间发展演变的联系。另，冒广生作有《四声钩沉》《倾杯考》《疚斋词论》，对词乐、声调等问题进行了系统探讨；袁荣法作有《唐宋词曲宫调经见表》，将唐宋31本词集中的300个词调放在一起，比较它们所属宫调的异同。

第一节　龙榆生的倚声之学研究

学界关于龙榆生对倚声之学的研究的文章有赵宏祥、段晓华《龙榆生詹安泰词律研究比较》② 与傅宇斌《龙榆生"声调之学"论衡》③。赵文比较了龙榆生与詹安泰两位学人对词律研究的异同，作者认为龙榆生试图从"歌词可以推测各曲调所表之情"入手，在"声调与歌词的复杂关系中，寻绎其共通之点"，

---

① 本章所探讨的倚声之学涉及词谱、词韵、词乐、声调四个方面。
② 赵宏祥、段晓华《龙榆生詹安泰词律研究比较》，《江西科技师范学院学报》，2011年第3期。
③ 傅宇斌《龙榆生"声调之学"论衡》，《文艺评论》，2012年第12期。

从而建立"声调之学"。傅文认为龙榆生"声调之学"的提出与20世纪30年代音乐界新体歌词运动有关,其根本原因在于对传统图谱之学的反思,并论述了龙榆生"声调之学"的具体内容及其意义。另有一篇台湾"国立中央大学"徐秀菁的硕士论文《龙沐勋词学之研究》,论文探讨了龙榆生对词律、选调、选韵等的研究,并提及龙榆生的新体乐歌,但是并未深入讨论。本节即结合龙榆生对倚声之学的研究来探讨其对新体乐歌的尝试。

一、龙榆生对倚声之学的研究

龙榆生对倚声之学的研究主要包括声调之学与图谱之学两部分:

(一) 声调之学

1. 四声说

(1) 北宋无四声之说

四声之说是指在词乐失传以后,为了制定填词的准则,研究者便将众多词人所填的同一词调的作品放在一起比较,从中找出四声平仄的规律,从而定出共同的规则,以便填词。龙榆生认为"北宋词但言乐句无四声之说"[①],即北宋词人作词讲究"乐句",但不讲究四声。龙榆生以柳永词《安公子》"远岸收残雨"为例,分析柳词有不讲四声,不合平仄之处;又引清真词《浪淘沙》"晚阴重""万叶战"来说明清真词不尽合平仄,以反驳万树"但观《清真》一集,方氏和章,无一字而相违,更四声之尽合"[②]的观点,证明万树的做法并不能"复宋人歌词之旧",只能是"因难见巧,且借以为锻炼词句之涂术而已"[③]。龙榆生还指出:"北宋诸词,所谓不协音律之说,固以'乐句'为准,非必一字之清浊四声,不容稍有出入也。"[④] 他认为对于北宋词不协音律之说

---

① 龙榆生《词律质疑》,《龙榆生词学论文集》,上海:上海古籍出版社,2009年,第145页。
② 龙榆生《词律质疑》,《龙榆生词学论文集》,上海:上海古籍出版社,2009年,第149页。
③ 龙榆生《词律质疑》,《龙榆生词学论文集》,上海:上海古籍出版社,2009年,第159页。
④ 龙榆生《词律质疑》,《龙榆生词学论文集》,上海:上海古籍出版社,2009年,第151页。

应当有一个正确的认识,"不协音律"并不是指四声平仄必须一一对应,因为连最知音律的周邦彦、柳永之词都有不合四声之处,可见平仄四声之说在当时未能确立。

(2) 四声之运用

龙榆生认为以四声当音律的作法是不可取的,但是可以通过四声来推究歌词在声韵上与词乐的配合之理。且关于具体平仄四声的运用,可以从唐人近体律绝诗中寻得通行之调的作法。在平仄当中,去声字的地位最为特殊,去声可以使词之声调振起,从而达到跌宕起伏的效果,即万树所言"有一要诀,曰'名词转折跌宕处,多用去声'者是也"[①]。

2. 填词与选调

首先,龙榆生引贺铸《六州歌头》《望湘人》《吴音子》诸曲和周邦彦《大酺》《兰陵王》诸曲进行分析,以说明词情与声情相配的重要性:"《六州歌头》多以三字短句,层累联翩而下,而又平仄互协,几于句句用韵,顿觉繁弦急管,激楚苍凉,引吭高歌,使人神往……《大酺》与《兰陵王》,声情之激越,亦可于声韵组织上觇之。两词并用入声韵,入声短促,本宜表迫促愤怨,或清峻险峭之情。此征之《念奴娇》《满江红》《桂枝香》诸调之宜于豪壮激烈,而例用入声韵,其声情可想而知也。"[②]

其次,在词情与声情相配的基础上,填词还要选择合适的曲调。龙榆生说:"私意选调填词,必视作者当时所感之情绪奚若,进而取古人所用之曲调,玩索其声情,有与吾心坎所欲言相仿佛者,为悲,为喜,为沉雄激壮,为掩抑凄凉,为哀艳缠绵,为清空潇洒,必也曲中之声情,与吾所欲表达之词情相应,斯为得之。"[③] 这种方法可以称之为"情境体验法",即从古人所用之曲调中,体会出与己相同的情感,所选曲调的声情与自己想要表达的词情一致,方

---

① 龙榆生《论平仄四声》,《龙榆生词学论文集》,上海:上海古籍出版社,2009 年,第 178 页。
② 龙榆生《填词与选调》,《龙榆生词学论文集》,上海:上海古籍出版社,2009 年,第 199、200 页。
③ 龙榆生《填词与选调》,《龙榆生词学论文集》,上海:上海古籍出版社,2009 年,第 196 页。

才相配。

（二）图谱之学

1. 论词谱

词谱规定了填词的字数及平仄，是填词依据的规范，所以词谱之学很重要。词谱最初是依据音乐性制定的，即"惟是唐、宋时之词谱，悉就音律言之，一调之侧，缀以音符，有六、凡、工、尺、上、一、四、勾、合、五、尖一、尖上、尖凡、大住、小住、掣、折、大凡、打等管色应指字谱"①。唐宋时的词谱是就音律而言，但是宋元以后，词乐失传，今人重新制作词谱，制作的方法只是将同一词调作品相比较，在句读之长短与用字之平仄方面，比戡异同，重点"不外平仄、句读、领字、韵脚诸端"②，根本达不到复宋人之歌词之目的，只能是"且借以为锻炼词句之涂术而已"③。对于当时的词谱之学，龙榆生失望地总结道："总之，居今日而言词谱之学，以归纳比较为能事，而所取以为标准之作，又必以号通音律者为归。举凡平仄、句读、领字、韵脚，有可稍稍出入者，亦有必不可通融者。"④

2.《唐宋词格律》

《唐宋词格律》原名《唐宋词定格》，是龙榆生1961年在上海戏剧学院创办戏曲创作研究班时编写的教材，后由上海古籍出版社于1978年出版时更名为《唐宋词格律》。因为是教材，所以龙榆生在编写时特别严谨，其在《凡例》中写道：

> 本编所收诸格，以适宜表达各种不同情感而又为多数人采用者为主。
> 每一词牌，皆说明来历及所属宫调，间或指出适宜表达何种情感。
> 每一格除标句、豆、韵外，每字逐一标明平仄，以—表平，以｜表

---

① 龙榆生《论词谱》，《龙榆生词学论文集》，上海：上海古籍出版社，2009年，第162页。
② 龙榆生《论词谱》，《龙榆生词学论文集》，上海：上海古籍出版社，2009年，第166页。
③ 龙榆生《词律质疑》，《龙榆生词学论文集》，上海：上海古籍出版社，2009年，第159页。
④ 龙榆生《论词谱》，《龙榆生词学论文集》，上海：上海古籍出版社，2009年，第170页。

仄，+ 表示可平可仄。①

而且他在讲课时"并附上一首至数首唐宋名家词作，这样，文字与平仄音韵符号一一对应，易使人了解作品的声情之美，并易掌握选调填词的方法"②。

《唐宋词格律》将词牌分为五类：平韵格 55 个，仄韵格 75 个，平仄韵转换格 12 个，平仄韵通叶格 6 个，平仄韵错叶格 14 个。由于此书通俗易懂，所以很受读者欢迎，甚至有学者称"此书发行量之大，流传面之广，堪称同类书第一，影响仅远远大于万树的《词律》，连王力的《诗词格律》也不能与之争胜"③。

二、龙榆生对新体乐歌的尝试

龙榆生不但进行词学理论探讨，而且积极进行词学实践活动——创制一种"新体乐歌"（继"词"之后能够歌唱的新歌体）。关于如何创制"新体乐歌"，龙榆生有着比较缜密的思考。他在《创制新体乐府之途径》一文中说："予前草《诗教复兴论》（《同声月刊》创刊号），以为今后欲求诗乐合一，借收化民成俗之功，必须广延海内外精通音律之学者，与涵养有素之诗人，相与研求讨论。一方面依西洋作曲法多制富有我国固有情调之乐谱，由诗家撰为真挚热烈、足以振发人心之歌辞；一方面整理我国固有之音乐与诗歌，进求其声词配合，以及各种体制得失利病之所在，借定创作之方针，或因旧词以作新声，或倚新声以变旧体，融合古今中外之长，以为适于时代之乐歌。然后略依《诗经》之编制，颁行于各级学校，定为必修科，使学子童而习之，以迄成年，借以养成其吟咏性情，欣赏诗乐之能力，庶几人类咸能以声气相感，而复其真挚

---

① 龙榆生《唐宋词格律·凡例》，龙榆生《唐宋词格律》，上海：上海古籍出版社，1978 年。
② 徐培均《待漏传衣意未迟——忆龙榆生师在研究班的教学》，《文教资料》，1995 年第 5 期。
③ 段晓华《浅析龙榆生的词学观》，《江西师范大学学报》（哲学社会科学版），1998 年第 4 期。

纯洁之善性，以进于仁寿和平之域。"① 龙榆生创制新体乐歌的理想是宏大的，希望能够由此达到"化民成俗"的效果，但是这样宏大的事业必须有两类人通力合作，即"精通音律之学者与涵养有素之诗人"。龙榆生强调创制新体乐歌应该在利用中国固有音乐的基础上，借鉴西方的作曲方法，再由诗家撰写"振发人心"之歌词，然后作为必修课普及到各级学校，这样才能培养出国人"真挚纯洁"的品质，以进于仁寿和平的境界。

龙榆生认为创制新体乐歌应当从我国传统音乐文学中吸取营养，如《诗经》，因为创制新体乐歌的首要目的是普及，所以形式上最好能与人民大众喜闻乐见的民谣相近："乐歌原以民谣为主，而民谣多反复咏叹之音。《诗经》中之十五国风，每篇咸有若干章，章各若干句，而各章字句，长短略同，一篇之中，恒多复语，最足为创制新体乐歌之准则。"② 除了《诗经》之外，宋元词曲也可借鉴，龙榆生举宋代《渔父舞》的例子："如此简单曲调，用以描写渔翁生活，且歌且舞，有声有情。吾人倘能多选题材，略师此种形式，以编成小学或幼稚园之音乐教本，使天真活泼儿童肄习之，有不欢欣鼓舞，自然养成其爱美观念与高超性格乎？"③

解决了音乐方面的问题后，就应当考虑采用什么样的歌词了，龙榆生认为创制新体歌词"一面宜选取古诗及词曲中之字面"，但这些字面应当为多数人口耳熟悉者；"一面采用现代新语，无论市井俚言，或域外名词"，但是这种语言不能拿来直接就用，应当予以加工，使其艺术化，"以造成一种适应表现新时代、新思想而不背乎中华民族性之新语汇"。④

---

① 龙榆生《创制新体乐歌之途径》，《龙榆生词学论文集》，上海：上海古籍出版社，2009 年，第 119 页。
② 龙榆生《创制新体乐歌之途径》，《龙榆生词学论文集》，上海：上海古籍出版社，2009 年，第 124 页。
③ 龙榆生《创制新体乐歌之途径》，《龙榆生词学论文集》，上海：上海古籍出版社，2009 年，第 135 页。
④ 龙榆生《创制新体乐歌之途径》，《龙榆生词学论文集》，上海：上海古籍出版社，2009 年，第 142 页。

龙榆生不但提出了创制新体乐歌的构想与理论途径，而且也身体力行地进行了尝试：

> 十年前予于演奏会内，偶感阶下玫瑰之被人攀折，就座间率意为长短句，题以《玫瑰三愿》，随付黄氏制谱，顷刻而成，其声甚美，至今犹不绝于歌者之口。比年在沪，复与李惟宁先生合作数曲，或先成词而后制谱，或先制谱而后填词，与我国固有入乐之歌诗，了无二致。犹忆李君一夕见过，云有新制一曲，描写朦胧假寐中所想象之情事，强予为撰歌词。予因叩以句度长短，及各段境象，随写随唱，李君为按钢琴审音，其不合者随即改定，直至子夜始毕，诗成，予为定名《逍遥游》，略似唐、宋间人之大曲，以管弦乐队百余人合奏，成绩颇佳。①

这段话记载了龙榆生两次颇为成功的创作，第一次是在音乐会上有感于玫瑰被折，于是率意填词，然后交给作曲家黄今吾谱曲，从而合作出脍炙人口的《玫瑰三愿》；第二次是与李惟宁合作，李氏先做成曲，然后龙榆生根据音乐而填词，二人随写随唱，以钢琴审音，不合则改，直至深夜而成《逍遥游》，合奏效果颇佳。

龙榆生对创制新体乐歌最大的尝试是在30年代与叶恭绰、萧友梅、易大厂等人一起创立了歌社②。叶恭绰与易大厂是著名词人，而萧友梅则是中国现代音乐教育的奠基人，上海音乐学院的创办者。原本这样的词曲大家组合堪称完美，但是非常可惜的是，歌社最终因"人事牵率，未有所成"。虽然歌社没能成立，但是龙榆生创制新体乐歌的理论却得到了多人赞同，如张资平，他也提出词体解放不能单纯从文字入手，应当从音律入手，不单要研究律动和旋

---

① 龙榆生《创制新体乐歌之途径》，《龙榆生词学论文集》，上海：上海古籍出版社，2009年，第121页。
② 龙榆生《创制新体乐歌之途径》，《龙榆生词学论文集》，上海：上海古籍出版社，2009年，第123页。

律,还要与声乐专家相配。①

龙榆生提出创制新体乐歌的想法,一方面是因为他认为当时"以四声当音律"的填词方法不能"复宋人歌词之旧",另一方面则是受到20世纪30年代音乐界"新体歌词运动"的影响。② 有人认为龙榆生的新体乐歌尝试"形同音乐救国论,同时也是词学尊体思想的最彻底实践"③。的确,龙榆生对新体乐歌的创制代表了当时民国词家对词体复兴的一种尝试。

第二节　夏敬观与袁荣法的倚声之学研究

一、夏敬观《词调溯源》

夏敬观在《词调溯源·叙例》中谈到了两个问题:第一,词的产生过程是先有词后有乐;第二,平仄四声不是词律。对于第一个问题,作者以乐府先有词后制乐的例子来说明词亦是先有词后有乐:"乐府先有辞,而后乐工以之入谱制乐。沈约《宋书》云:'吴歌杂曲,始皆徒歌,既而被之以弦管,又有因弦管金石作歌以被之。'词之初起亦是如此。"在谈到第二个问题时,夏敬观说:"如今的人作词只是依着古人已有的腔调填砌,从没有人研究到律调,为词作图谱的书亦只讲论平仄句调。一若平仄及句调便是律也者,真可谓数典忘祖。"夏敬观认为当时的图谱之书只讲平仄句调,以为这便是律,其实真是不明词之根本。

该书共讲了十七个小问题,实际可归纳为两大问题,即词与音乐的关系;反驳八十四调,确定二十八调。

---

① 张资平《"词的解放"之我见》,《新时代月刊》,1933年第4卷第1期。
② 傅宇斌《龙榆生'声调之学'论衡》,《文艺评论》,2012年第12期。
③ 徐秀菁《龙沐勋词学之研究》,台湾"国立中央大学"硕士论文,2004年。

词与音乐之关系。夏敬观首先探讨了"词体得名之始",他认为"词得名之始即源于歌辞,初非为词体并此名号","词"字的使用并非专门为词体而设,而是与乐府歌词相关的,但是含义却又与乐府歌词有别,夏敬观认为要追寻词体产生的源头则首先要追寻词所配音乐的源头。

夏敬观认为"词所配的音乐始于隋代",隋炀帝时的"藏钩乐"入唐而为"太簇宫",而"太簇宫"即南宋之所谓"黄钟宫",所以词乐始于隋代。关于词体的产生过程,夏敬观认为是经历了"乐府诗→新体诗→律体诗→词"的演变发展过程。他说:"乐府变新体诗,'腔调'有点显露的意思,从新体诗变律体诗,'腔调'成功了数种,即七言律、五言律、七言绝、五言绝、六言诗之类,从律体诗变为词体,于是词体的'腔调'渐渐成功,而各词有各词的'腔调',名之曰'词牌名'。"① 但虽然腔调即词牌名,却非律调:"宋人词集中,同一'词牌名',而入数'律调',其'腔调'或相符,或改变,便可知'腔调'非即'律调'。"② 因此今人认为填词遵守四声就是合律的观点是错误的。

反驳七音八十四调。所谓"七音八十四调",七音即"宫""商""角""徵""羽""变徵""变宫",十二律吕为六律加六吕,六律即"黄钟""太簇""姑洗""蕤宾""夷则""无射",六吕即"大吕""夹钟""中吕""林钟""南吕""应钟",十二律吕与七音相乘得八十四调。"七音八十四调"是郑译据龟兹人苏祗婆的琵琶法而提出的,苏祗婆所传七音,"娑陁力"对应"宫","鸡识"对应"商","沙识"对应"角","沙侯加滥"对应"徵","沙腊"对应"羽","般赡"对应"变徵","俟利蓬"对应"变宫"。苏祗婆传七音,但是隋代只有"宫""商""角""徵""羽"五音,于是郑译于五音之外,又增加了"变徵"与"变宫",这样才与苏祗婆七音相应。但是夏敬观对此提出了质疑:"实则琵琶只有四弦,'徵'弦不备,每弦共七调,共二十八调,唐宋所用者只有此数。"③ 夏敬观又引《新唐书·礼乐志》说明当时虽有五弦乐器,但燕乐

---

① 夏敬观《词调溯源》,《民国丛书》第五编,第 54 册,上海:上海书店,1996 年,第 5 页。
② 夏敬观《词调溯源》,《民国丛书》第五编,第 54 册,上海:上海书店,1996 年,第 6 页。
③ 夏敬观《词调溯源》,《民国丛书》第五编,第 54 册,上海:上海书店,1996 年,第 9 页。

仍然是二十八调，又引《辽史·乐志》① "四旦二十八调不用黍律"来证明"七音八十四调"只是虚名。

在对郑译"七音八十四调"提出质疑之后，夏敬观又将郑译的"七音八十四调"图与《事林广记》中所载的南宋图谱进行逐一比较，并总结道："右图直看，则每律有七音，横看则每音皆有十二调，然能用的只有苏祇婆的二十八调。"② 且《事林广记》中所载二十八调与《沈补笔谈》中的二十八调实质一样，只是谱子略有小异，这就更证明了其二十八调之说的正确性。

夏敬观还在书中列出了近一千个词牌名，它们皆出自二十八调，这些词牌名有的隶属于唐宋大曲，有的来源于古代词人自创，如《怨春风》为张先所创，《玉梅令》为姜夔所创，《瑞鹤仙》为周邦彦所创。③ 在追溯了这些词调的源头之后，夏敬观总结道："总上列各'词牌名'所属的'律调'，皆不出于苏祇婆琵琶法的'二十八调'以外，自隋至宋，凡记载中可寻考的无一不是这样，郑译虽然演为'八十四调'，除'二十八调'外却没有人用过。"④

《词调溯源》论衡。夏敬观《词调溯源》的核心观点有两个：第一，认为词是伴随着隋唐燕乐而产生的；第二，认为词乐不是八十四调，而是二十八调。

词源于隋唐燕乐之说，在民国时期得到了诸多学者的认可，这一理论在民国时期得到了长足发展，⑤ 但是也有部分学者认为词产生于民间，如胡适《词选序》："词起于民间，流传于倡女歌伶之口，后来才渐渐被文人采用，体裁渐渐加多，内容渐渐丰富。但这样一来，词的文学就渐渐和平民离远了。"⑥ 刘尧民《词与音乐》："大凡文学的进化，其经过三个阶段：一、平民创作的文

---

① 夏敬观《词调溯源》，《民国丛书》第五编，第 54 册，上海：上海书店，1996 年，第 10 页。
② 夏敬观《词调溯源》，《民国丛书》第五编，第 54 册，上海：上海书店，1996 年，第 20 页。
③ 夏敬观《词调溯源》，《民国丛书》第五编，第 54 册，上海：上海书店，1996 年，第 207、208 页。
④ 夏敬观《词调溯源》，《民国丛书》第五编，第 54 册，上海：上海书店，1996 年，第 227 页。
⑤ 参见秦惠娟《民国时期词学理论新变研究》，中央民族大学博士论文，2009 年。
⑥ 胡适《词选序》，《胡适古典文学研究论集》，上海：上海古籍出版社，1988 年，第 554 页。

学；二、平民化的文人摹作；三、纯粹的文人文学。这种进化的规律，不但词是这样，一切文学都是这样。"① 直到现在，学术界对此仍然存有分歧，大部分学者坚持词源于隋唐燕乐的观点，如王昆吾教授的《隋唐五代燕乐杂言歌辞研究》和刘崇德教授的《燕乐新说》；但也依然有持反对意见的，如李昌集教授《华乐、胡乐与词：词体发生再论》② 一文中指出词产生于民间。

夏敬观在反驳郑译"七音八十四调"时提出了两个论据：第一，琵琶有四弦，无徵弦，故只能推演出二十八调；第二，引用《辽史·乐志》"四旦二十八调不用黍律"来证明"七音八十四调"只是虚名。学界对此亦有两种观点。支持者如吴熊和先生，他说："《隋书·音乐志》谓隋时郑译推演苏祇婆琵琶，成八十四调。姜夔《大乐议》亦谓'郑译之八十四调，出于苏祇婆之琵琶'。《词源》卷上论乐律，就从五音、十二律、八十四调讲起。其实，八十四调只是音律的次第，理论上如此，实际上繁复不可尽用。隋唐燕乐，以苏祇婆琵琶为基础，实乃二十八调。"③ 但刘崇德先生却提出了异议，首先，他认为，"燕乐二十八调之四调没有徵调，不是说没有徵音，正如段氏二十八调图所说，是'有其声'的，并且也不是说不存在徵调"④，"从音位上，即均律上讲，诸均之徵位俱在，然亦同在宫、商、羽、角之位"⑤；其次，对于《辽史·乐志》中苏祇婆七旦之声的说法，刘先生认为该记载实为附会燕乐七均四调二十八宫调的产物，其所言七旦与《隋书》记载的苏祇婆七调相去甚远，不足作为依据。⑥

二、夏敬观《词调索隐》

夏敬观还曾在《同声月刊》第二卷五号上发表过《词调索隐》，其在《词

---

① 刘尧民《词与音乐》，昆明：云南人民出版社，1982年，第280页。
② 李昌集《华乐、胡乐与词：词体发生再论》，《文学遗产》，2003年第6期。
③ 吴熊和《唐宋词通论》，上海：上海古籍出版社，2010年，第390页。
④ 刘崇德《燕乐新说》，合肥：黄山书社，2011年，第91页。
⑤ 刘崇德《燕乐新说》，合肥：黄山书社，2011年，第93页。
⑥ 刘崇德《燕乐新说》，合肥：黄山书社，2011年，第41页。

调索隐》开头写道："予作《词律拾遗补》，因晁元礼《百宝装》与胡浩然《送入我门来》，字数句调相同，而平仄异，知其所以异名之故。因又悟胡浩然《送入我门来》，即从其作《东风齐著力》出，而此三词，又皆系从《满庭芳》调演变。因知宋人制调，往往又所凭依。"① 夏敬观曾作《词律拾遗补》以补充万树《词律》，主要补充《词律》未收词调及已有词调的别体，如苏轼《渔父词》，坡词四首，元本、毛本均无，见于诗集、三希堂法帖，载坡书此词，前二首题作渔父破字，是确为词体；② 沈会宗《倾杯》，110 字，此词与词律所载八调皆不相同。③

夏敬观在《词调索隐》中将词调之间的关系分成两类：第一类是调同而名异者，如《阮郎归》与《鹤冲天》，乃取词中字词命名；第二类是不同调亦不同名，这种情况较难，即入乐律调不同，平仄不同，句读不同而别立新名，这种情况前人称之为"又一体"。在第二种情况中，会牵涉到令、引、近、慢之间的转变。夏敬观认为万树之所以对于柳永词束手无策，就是因为"知其当然而未明其所以然"④，即万树不知柳永慢曲出自大曲与法曲。

夏敬观还在《词调索隐》中列出了十三组词调之间的关系，如《摘红英》（张煮）、《迎仙客》（史浩）、《渔歌子》（顾敻）三词句调相同，只在末句字数不同耳，《摘红英》《迎仙客》由《渔歌子》演变而来；《醉红妆》（张先）、《双雁儿》（扬无咎），《双雁儿》（扬无咎）从《醉红妆》（张先）演变而来，当为另一体；《鼓笛慢》（秦观）、《水龙吟》（苏轼），《鼓笛慢》即《水龙吟》之又一体，以其字数增多，句法摊破而另制新名。通过对这些词调之间关系的梳理，夏敬观还纠正了万树的一些错误，如万树认为《满路花》与《归去难》是一调，而实则为两调。

---

① 夏敬观《词调索隐》，《同声月刊》二卷五号，第 75 页。
② 夏敬观《词律拾遗补》，《同声月刊》一卷十二号，第 39 页。
③ 夏敬观《词律拾遗再补》，《同声月刊》二卷十一号，第 26 页。
④ 夏敬观《词律拾遗再补》，《同声月刊》三卷一号，第 62 页。

三、袁荣法《唐宋词曲宫调经见表》

袁荣法的《唐宋词曲宫调经见表》将唐宋三十一本词集中的三百个词调放在一起,比较它们所属宫调的异同,如下表:

《唐宋词曲宫调经见表》①(节录)

词名		解语花	夜游宫	大酺	花犯	倒犯	庆春宫
宫调	片玉	高平	般涉	越调	小石	仙吕	越调
	于湖		般涉调				
	梦窗	高平调		无射商俗名越调	中吕商	夹钟商俗名双调	无射商俗名越调
	蘋洲	羽调					
附注		本调片玉一首,梦窗二首并一百字。词律解语花第一体也,所收即梦窗二首之一,蘋洲渔笛谱本调一首一百又一字,词律之第二体所收亦即此词	本调片玉集二首,于湖先生长短句一首并五十七字,词律仅此一体,所收即片玉词之第一首,于湖先生长短句调名下原注游一作莲	片玉梦窗二词并一百三十三字词律仅此一体	片玉词一首并一百又二字词律仅此一体	片玉梦窗二词并一百又二字词律本调仅此一体	片玉词一首,梦窗词二首并一百又二字词律本调第一体也

袁荣法通过这种列表的方式,对唐宋人词集作了考略:第一,"词源十二律吕八十四调俗名之误";第二,"北宋诸家所注宫调皆用俗名";第三,"诸

---

① 袁荣法《唐宋词曲宫调经见表》,《湘潭袁氏家集》,《近代中国史料丛刊续编》第690册,台北:文海出版社,1979年,262页。

家所注宫调名不见于词源十二律吕八十四调名者"。在"词源十二律吕八十四调俗名之误"中,袁荣法纠正了《词源》在宫调俗名中犯的一些错误,如"南吕商俗名中管双调,实为中管商调之误,而南吕闰之俗名中管仙角,又中管商角之误也"①。在"北宋诸家所注宫调皆用俗名"中,袁荣法指出北宋诸家宫调用俗名本是为了方便,但是有时候反而会因俗名引起误解,如"乐章集《倾杯》一首原注黄钟羽,此实无射羽之又一俗名,亦是《词源》所谓俗名羽调者,是与俗名般涉调之黄钟羽无涉也"②。在"诸家所注宫调名不见于《词源》十二律吕八十四调名者"中,作者考证了一些不见于《词源》十二律吕八十四调的词调的本名,如柳永使用的"散水调",除了《乐章集》外,并不见他书,作者经过考证,判断"散水调"即"无定拍之南吕商曲"。

袁荣法《唐宋词曲宫调经见表》所采用的研究方法对后世研究很有启发,如刘崇德教授在其《燕乐新说》一书中探讨"词乐宫调"时亦采用了此法,且得出了意义更大的结论,颠覆了我们对传统词乐的认识:"词乐无角、徵及变徵、变宫四调,仅用宫、商、羽三调,故以上十九宫调为七均三调。"③但是,袁荣法所引词作均以万树《词律》为准,但万树在处理同名异调与同调异体时却常常比较混乱;④且袁荣法将诸多词家放在一起,并对一些问题进行了考略,但是这些考略是否准确还有待学界进一步证实,如其认为散水调属南吕商曲,但是学界对此尚无定论,或认为是林钟商,或认为是姑洗商。⑤

---

① 袁荣法《唐宋词曲宫调经见表》,《湘潭袁氏家集》,《近代中国史料丛刊续编》第690册,台北:文海出版社,1979年,第271页。
② 袁荣法《唐宋词曲宫调经见表》,《湘潭袁氏家集》,《近代中国史料丛刊续编》第690册,台北:文海出版社,1979年,第272页。
③ 刘崇德《燕乐新说》,合肥:黄山书社,2011年,第241页。
④ 田玉琪《词调史研究》,北京:人民出版社,2012年,第60页。
⑤ 田玉琪《词调史研究》,北京:人民出版社,2012年,第53页。

第三节　冒广生的倚声之学

一、《四声钩沉》

《四声钩沉》的内容。《四声钩沉》原名《四声破迷》，约写于1939年[①]，后更名为《四声钩沉》，初刊于《学林》第七辑（1941年5月）。冒广生作《四声钩沉》是因为"近人泥于四声之说，作茧自缚。吾既撰《四声钩沉》一书，以解放之"[②]，可见，冒广生作此书的目的是为了解放词体。《四声钩沉》分为两部分：第一部分通过分析清真词的不守律来说明"四声"非平、上、去、入；第二部分则通过对词乐的溯源来证明"四声"乃宫、商、角、羽。

冒广生在第一部分取《清真词》十个词调：《风流子》《早梅芳近》《荔枝香近》《红林檎近》《满路花》《归去难》《西河》《瑞鹤仙》《浪淘沙慢》《看花回》，并与方千里、杨泽民、陈允平三家的同调词作进行对比，通过词中用韵的情况来分析说明清真词的不守声律，如《红林檎近》：

红林檎近（周邦彦）

　　高柳春才软，冻梅寒更香。暮雪助清峭，玉尘散林塘。那堪飘风递冷，故遣度幕穿窗。似欲料理新妆。呵手弄丝簧。　　冷落词赋客，萧索水云乡。援毫授简，风流犹忆东梁。望虚檐徐转，回廊未扫，夜长莫惜空酒觞。

　　风雪惊初霁，水乡增暮寒。树杪堕毛羽，檐牙挂琅玕。才喜门堆巷积，可惜迤逦销残。渐看低竹翻翻。清池涨微澜。　　步屧晴正好，宴席

[①] 朱惠国《午社"四声之争"与民国词体观再认识》，《中山大学学报》，2014年第2期。
[②] 冒广生《疚斋词论》，《历代词话续编》，郑州：大象出版社，2005年，第284页。

晚方欢。梅花耐冷，亭亭来入冰盘。对前山横素，愁云变色，放杯同觅高处看。

第二首"才喜""喜"字，第一首"呵手""手"字，均上作平，不得云平、仄有异。除"援毫"二句外，无一韵四声相同者。①

红林檎近（方千里）

花幕高烧烛，兽烟深炷香。寒色上楼阁，春威遍池塘。多情天孙罢织，故与玉女穿窗。素脸浅约宫装。风韵胜笙簧。　　游冶寻旧侣，尊酒老吾乡。清歌度曲，何妨尘落雕梁。任瑶阶平尺，珠帘人报，剩拼酩酊飞羽觞。

"幕""烛""兽""寒""阁""春"等字异。

红林檎近（杨泽民）

轻有鹅毛体，白如龙脑香。琼笋缀飞桷，冰台鉴方塘。浑如瑶台阆苑，更无茅舍篷窗。画阁自有梅装。贪要罢弹簧。　　鼓舞沽酒市，蓑笠钓鱼乡。退观自乐，吾心何必濠梁。待乔木都冻，千山尽老，更烦玉指劝羽觞。

"白""恼""琼""笋""缀""桷""冰"等字异。

红林檎近（陈允平）

飞絮迷芳意，落梅销暗香。皓鹤唳空碧，白鸥避寒塘。皓鹤唳空碧，白鸥避寒塘。妨它踏青斗草，便放晓日东窗。先自懒弄晨妆。　　谁奈靓笙簧。望帘寻酒市，看钓认渔乡。控持紫燕，芹泥未上雕梁。想梁园谢馆，群花较晚，但陪玉树频举觞。

"絮""意""落""锁"等字异。②

从冒广生对以上四家词的分析，可以看出他们无一人能完全守平仄，所以冒广

---

① 冒广生《四声钩沉》，《冒鹤亭词曲论文集》，上海：上海古籍出版社，1992年，第115页。
② 冒广生《冒鹤亭词曲论文集》，上海：上海古籍出版社，1992年，第133、134页。

生说:"右清真与清真词,四声之对勘,其不同如此,方、杨、陈三家和词,其四声之不同又如此。"① 且"《清真词》传世者一百九十四首,千里和者九十三首,未和者一百一首,其四声之不同者,凡一千一百十五字"②。因此,以守律闻名的清真所守之四声必不可能是"平、上、去、入"。

在第二部分,冒广生首先探讨了音乐史的演变,他认为古时律有十二,声有七,相乘得八十四调,进入唐代以后,古乐沦亡,胡乐大兴,得燕乐二十八调,到宋时只通行七宫十二调;其次,探讨了琵琶在音乐演变过程中的作用,《隋志》载琵琶能一弦具七调,四弦能翻二十八调,但无人证明,冒广生便以笛翻七调之法求证,还列了四个图表以证明其正确性;再次,还探讨了琵琶与四声的关系,冒广生认为词之四声乃是源于慢词,而慢词乃是源于大曲,而大曲则是由琵琶演奏,因此所用之字是需要根据琵琶演奏的音来定的,如"吾人填《齐天乐》词,《齐天乐》属宫七调之正宫,则用琵琶之宫弦,而以第一运定工字。填《清平乐》词,《清平乐》属商七调之大石调,则用琵琶之商弦,而以第二运定工字。填《绿腰》词,《绿腰》属羽七调之南吕调,则用琵琶之羽弦,而以第三运定工字。否则谓之出宫,谓之失调。所谓四声,如是焉而已耳"③。所以,四声不是指平上去入,而应当是指宫、商、角、羽。不过,在某些特定的地方,冒广生认为还是要注意平、上、去、入的运用的,如词结尾处是"杀声""结声",须依平、上、去,不得乱填。

《四声钩沉》的意义。冒广生作《四声钩沉》有着深刻的现实意义,其目的是批评当时词坛彊村词派过度讲究声律的现象。他说:"同时吾所纳交老朋辈,若江蓉舫都转、张午桥太守、张韵梅大令、王幼遐给谏、文芸阁学士、曹君直阁读,皆未闻墨守四声之说。郑叔问舍人,是时选一调,制一题,皆模仿白石,追庚子后,始进而言清真,讲四声。朱古微侍郎填词最晚,起而张之,

---

① 冒广生《四声钩沉》,《冒鹤亭词曲论文集》,上海:上海古籍出版社,1992年,第152页。
② 冒广生《四声钩沉》,《冒鹤亭词曲论文集》,上海:上海古籍出版社,1992年,第152页。
③ 冒广生《四声钩沉》,《冒鹤亭词曲论文集》,上海:上海古籍出版社,1992年,第168页。

以其名德，海内翕然奉为金科玉律，吾滋疑焉。"① 可见，冒广生主要批评的对象即庚子后讲四声的郑叔问和被称为"律博士"的朱祖谋。因朱祖谋大力提倡梦窗词，导致当时词坛掀起"梦窗热"，冒广生为了反对这一不良现象，很有策略地选择了"清真词"作为反驳对象，因为当时词坛热衷于学梦窗，而梦窗所守之律即清真律，只要证明了清真词所守四声非平上去入，自然也就点出了学梦窗者的根本弊端。

《四声钩沉》既出，引起了很大的争论。首先对《四声钩沉》提出不同意见的是夏承焘，他在《词四声平亭》一文中说道："知唐词自飞卿始严平仄，宋初晏柳，渐变上去，三变偶谨入声，清真益以变化，其兼守四声者，犹仅限于警句及结拍。自南渡方、吴以还，拘墟过情，字字填彻，乃滋丛弊。逮乎宋季，守斋、寄闲之徒，高谈律吕，细剖阴阳，则守之者愈难，知之者亦鲜矣。"② 这一段话说明夏承焘认为四声是存在的，且详细论述了四声由简到繁的演变，这与冒广生词认为四声非平、上、去、入的观点正好相反。同时，夏敬观、张尔田等人也对冒广生的观点提出异议，这甚至引发了午社内部的一场论争，③ 成了民国词学史上的一桩公案。

不过，夏承焘虽然认为四声"平、上、去、入"是存在的，但他对当时词坛学梦窗而严守四声，却不顾内容真情的现象也是反对的。这一点龙榆生分析得很透彻，他说："今沪上词流，如冒鹤亭（广生）、吴眉孙（庠）诸先生，已出而议其非矣。吴氏与张孟劬、夏瞿禅两先生，往复商讨，力言词以有无清气为断，而深诋襞积堆砌者之失，……孟劬先生亦然其说，而以情真景真，为词家之上乘，补偏救弊，此诚词家之药石也。"④

前文中，冒广生将《清真词》十个词调与方千里、杨泽民、陈允平三家的

---

① 冒广生《四声钩沉》，《冒鹤亭词曲论文集》，上海：上海古籍出版社，1992 年，第 111 页。
② 夏承焘《词四声平亭》，《之江中国文学会集刊》，1940 年第 5 期。
③ 参见朱惠国《午社"四声之争"与民国词体观的再认识》，《中山大学学报》，2014 年第 2 期。
④ 龙榆生《晚近词风之转变》，《龙榆生词学论文集》，上海：上海古籍出版社，2009 年，第 420 页。

同调词作进行对比,来说明清真词的不守四声,这种破四声之方法也与后来的詹安泰不谋而合。詹安泰在《中国文学上的倚声问题》中将周邦彦《渡江云》与方千里和作进行比较,得出了与冒广生相同意义的结论:"四声不同者凡十五字。《四库提要》于方千里和清真词,称其四声不易一字者,犹参差若是,其他可概而可见。"① 他进一步指出,"观此诸说,则守声之士,则浪费精力;守声之说,为浪费笔墨;所谓平、上、去、入者。亦正可守,可不必守。倘客舟记柱,非真善用者矣"②。

民国时期的新文化运动对白话文学的提倡,推进了词体的解放运动。曾今可在《为词的解放运动答张凤问》一文中提到了词体改革,他指出词体应从三点解放:一、作词要有谱,否则与诗无异;二、词要讲平仄,可以不讲阴平,不讲上、去、入;三、词要用浅显语言不能用古典语言。③ 刘树棠对词体的看法与曾今可大致相似,他称曾今可的提议为"三分之一五"的解放,且援引了郁达夫对词体解放运动的看法:作词可以用浅显的白话语体入词,但是平仄还是要讲究一些的,只是不能太严。刘树棠还列举了胡适、林庚白等人解放运动时期的词作。④ 从这两位民国时期学人的词体解放观中可以看出,民国时期对词体解放的态度是温和而谨慎的,他们的主张既照顾了词体的格律特征,同时又融汇了白话文学的特点。因此,冒广生对于四声的观点,从客观上来说,也在理论上促进了民国时期词体的解放,即过去认为必须严守的平仄四声问题可以从宽处理,作词者不受声律的束缚,可以更自由地创作,更真实地表达自己的情感。

二、《倾杯考》

《倾杯》是古乐曲名:"倾杯曲,一云唐太宗时,长孙无忌所撰。一云宣宗

---

① 詹安泰《宋词散论》,广州:广东人民出版社,1980年11月,第90页。
② 詹安泰《宋词散论》,广州:广东人民出版社,1980年11月,第91页。
③ 曾今可《为词的解放运动答张凤问》,《新时代月刊》,1933年第4卷1期。
④ 刘树棠《"词的解放"之我见》,《民钟季刊》,1935年创刊号。

善吹芦管，自制此曲，盖宫调也。今词调倾杯令、倾杯乐，犹沿此称。"①《倾杯考》则是对这一乐曲的考索，冒氏之所以考《倾杯》，原因是"校词之难，莫过于《乐章》，校《乐章》之难，尤莫过于《倾杯》。《倾杯》多至八首，宫调之歧出，字句之参差，使人几不能句读"②。经过十余次易稿，冒氏终于完成了《倾杯考》。

冒广生对《倾杯》的考察是从宫调与词体两个路径溯源。在宫调上，冒广生认为《倾杯》源于唐朝，在《倾杯考》中首先援引了《新唐书·礼乐志》"太宗因内宴，诏长孙无忌制《倾杯曲》"的记载，认为《倾杯》属唐歌，援引《中原音韵》认为《倾杯》初属黄钟均之南宫羽。接着，冒广生又据《宋史·乐志》中《倾杯乐》的记载，认为"宋时三大宴所作《倾杯乐》必犹是一遍二十四字，故有《古倾杯》之名，别于宋之因旧曲所造之新声也"③。然后冒广生征引各种乐书，对宋代柳永《倾杯》八首的所属宫调进行了归类：依据《羯鼓录》中太簇调属黄钟羽商，即宋时大石调的记载，判定《乐章集》中"金风淡荡""皓月初圆"两首入大石调，"水乡天气"一首入黄钟羽；依据《道理要诀》中"唐南吕商，时号水调"的记载，判定《乐章集》中"鹜落霜洲""楼锁轻烟"两首入散水调；依据"宋之歇指调，则为雅乐林钟均之南吕商，二而一也"④的说法，判定《乐章集》中"冻水消痕""离宴殷勤"两首入林钟商；最后一首"禁漏花深"入仙吕宫，是因为雅乐无射均之黄钟宫也。

第二，从词体上完成《倾杯考》。冒氏引《新唐书·礼乐志》中唐玄宗时舞《倾杯》曲的记录以及《张说之文集》有六言《舞马词》六首，认定"《倾杯》本体其初为六言绝句，二十四字，二韵或三韵"⑤，然后以"(《倾杯乐》)每首四遍，每遍二十四字，二韵或三韵"⑥去分析柳词"八首三十二遍，头头

---

① 张德瀛《词征》，唐圭璋编《词话丛编》，北京：中华书局，2005年，第4088页。
② 冒广生《倾杯考》，《冒鹤亭词曲论文集》，上海：上海古籍出版社，1992年，第196页。
③ 冒广生《倾杯考》，《冒鹤亭词曲论文集》，上海：上海古籍出版社，1992年，第196页。
④ 冒广生《倾杯考》，《冒鹤亭词曲论文集》，上海：上海古籍出版社，1992年，第199页。
⑤ 冒广生《倾杯考》，《冒鹤亭词曲论文集》，上海：上海古籍出版社，1992年，第197页。
⑥ 冒广生《倾杯考》，《冒鹤亭词曲论文集》，上海：上海古籍出版社，1992年，第201页。

是道矣"①。他还指出，吕渭老《倾杯令》少填两遍，《云谣集》中有两首与柳永所作相同，张说之《舞马词》是六言句法，不尽合，应当命名《倾杯序》，至于后来南北曲中《倾杯序》则从张说之词演变而来。

冒广生在分析探讨该词调的过程中，还发现了《词律》中的一些错误，如其在对柳永《倾杯乐》（116字，《乐章集》入大石调）后面的考记中说："《词律》不知词有衬字，又不明此词本体，故云'调更长，句亦更乱，愈难分析'以至段亦不分。"② 在柳永《倾杯乐》（108字，《乐章集》入大石调）后面的考记中说："《词律》不分段，而云'此调应分三段'盖已堕入五里雾中，无怪其疑神疑鬼也。"③ 冒广生的《倾杯考》比较详尽，但是《倾杯乐》究竟产生于何时的问题，学界依然观点不一，如王昆吾认为其源于北周俗乐④，张开认为"《倾杯乐》是唐代教坊曲中的大曲之一，其产生可上溯到北周的清庙雅乐"⑤。

三、《疚斋词论》

《疚斋词论》也是冒广生对倚声之学的研究的重要组成部分。《疚斋词论》对词音乐、体制、韵律等相关问题的研究非常全面细致。全书分为三卷。卷上：论艳、趋、乱；论大遍解数；论折字；论㩳指；论近慢；论双遍及过遍；论和声；论虚声；论官韵；论增、减、摊破；论声、字相融。卷中：论选韵；论选调；论平仄须注重遍尾；论唱法；论词有谜语；论词有俳体；论词有平、仄通叶。卷下：论词有集词；论词有联套；论摘遍；论歌头第一；论小令；论角、徵二调。

《疚斋词论》中有两点内容值得关注：一是对词乐中疑难概念的注解，二

---

① 冒广生《倾杯考》，《冒鹤亭词曲论文集》，上海：上海古籍出版社，1992年，第203页。
② 冒广生《倾杯考》，《冒鹤亭词曲论文集》，上海：上海古籍出版社，1992年，第211页。
③ 冒广生《倾杯考》，《冒鹤亭词曲论文集》，上海：上海古籍出版社，1992年，第214页。
④ 王昆吾《隋唐五代燕乐杂言歌辞研究》，北京：中华书局，1996年，第227页。
⑤ 张开《唐〈倾杯乐〉考论》，《社会科学辑刊》，2007年第6期。

是论词有平仄通叶。冒广生《疚斋词论》卷上第一条即对"艳、趋、乱"进行了解释，之所以解释这两个字，是因为《宋书·乐志》言："乐府前有艳，后有趋。"而这二字无人能解。冒广生认为"艳"即今"引"字也，他以《乐府诗集》有《三妇艳》《罗敷艳》，《辍耕录》载有《四妃艳》《球棒艳》为例，"今词牌有《罗敷艳歌》，此艳字之仅存者。然既曰艳，即不得再加歌字"①。他认为"趋"即今之"煞"字，是由于俗工将形旁相近的字互相替代造成的结果，"趋"作"趍"，又急作"煞"，后又用"殺"，最后变"杀"，当"煞""殺""杀"同行后，"趋"字最后作废了。至于"乱"字，他认为"破字行而乱字废矣"，乱字即是破字之义，破即"在曲将终时，五音杂奏，即《论语》'关雎之乱洋洋盈耳'之乱字"②。冒广生将这些词乐中无人能解的疑难概念一一理清，推动了倚声之学的研究。

冒广生认为词牌中叶韵可平可仄者，不独白石《满江红》改仄为平也，还有一首之中平仄通叶者，"如《西江月》《换巢鸾凤》《哨遍》《戚氏》，皆是也。而《哨遍》《戚氏》两调，最为难读。《哨遍》暗韵最多，加以增迭、增韵、减句，则尤难之难者"③。冒广生先后例举了苏轼、辛弃疾、刘克庄、方岳的《哨遍》，通过对它们的分析指出万树《词律》"惟不能分字之正、衬，又误将暗韵一律作叶"④的误读。冒广生平仄通叶的观点与其《四声钩沉》中认为四声不指平上去入的观点有一定相通之处。

冒广生在《疚斋词论》中还指出了前人的错误，除了前面提到的万树外，还在"论选韵"一节中，对杨瓒的《作词五要》做出了批评："其第四云：'要随律通押，如《越调水龙吟》《商调二郎神》，皆合用平、入声韵。古词皆押去声，所以转折怪异，成不详之音。昧律者反称赏之，真可解颐而启齿也。'其持论似极精。耆卿集中，无《水龙吟》，有《二郎神》；清真集中，无《二郎

---

① 冒广生《疚斋词论》，《历代词话续编》，郑州：大象出版社，2005年，第263页。
② 冒广生《疚斋词论》，《历代词话续编》，郑州：大象出版社，2005年，第264页。
③ 冒广生《疚斋词论》，《历代词话续编》，郑州：大象出版社，2005年，第291页。
④ 冒广生《疚斋词论》，《历代词话续编》，郑州：大象出版社，2005年，第292页。

神》,有《水龙吟》,均上去通押。东坡无论,柳、周皆词圣,而所作均不限平、入声,则紫霞翁说,亦可破也。"① 杨瓒认为《越调水龙吟》《商调二郎神》应当用平声韵与入声韵,而冒广生举柳永与周邦彦的词为例说明,周、柳二人并未按照杨瓒所说用平韵与入韵,而是用了上声韵与去声韵。②

综上所述,冒广生的倚声之学涉及声调、词乐两方面,他的四声说颇有见解,虽然引起了很大的争论,但是却有着很强的现实针对性。他的词乐研究厘清了一些疑难概念,也纠正了前人的一些错误,在民国词学研究领域是具有一定价值的。

---

① 冒广生《疢斋词论》,《历代词话续编》,郑州:大象出版社,2005年,第283页。
② 冒广生《疢斋词论》,《历代词话续编》,郑州:大象出版社,2005年,第282页。

第十章
沤社词人编纂词选研究

民国时期是词选编纂的繁荣时期，其中以唐宋词选与清代词选居多，唐宋词选中又以宋词选本为主。据曹辛华《民国宋词选本考论》①和《民国时期清词选本考录》②统计，民国时期编纂与重刻的宋词选本达180种之多，这里面就包括沤社词人朱祖谋的《宋词三百首》、龙榆生的《唐宋名家词选》、夏敬观选注的《二晏词》、杨铁夫的《清真词选笺释》与《吴梦窗词笺释》；而民国时期的各种清词选本共有124种，这里面包括朱祖谋的《词莂》、龙榆生的《近三百年名家词选》、叶恭绰的《全清词钞》，林葆恒的《词综补遗》。沤社词人除了编选唐宋词选与清代词选以外，还特别重视对乡邦词学文献的整理，编纂有多部地方词选：朱祖谋的《国朝湖州词录》与《湖州词征》，林葆恒的《闽词征》，周庆云的《浔溪词征》。通过分析这些词选的选词标准，可以看出选词者词史观的差异。

第一节　沤社词人的唐宋词选研究

朱祖谋《宋词三百首》可以说是民国时期最热门词选之一，学界对该词选

---

① 曹辛华《民国宋词选本考论》，《宋代文学研究丛刊》第15辑，高雄：丽文文化事业公司，2008年。
② 曹辛华《民国时期清词选本考索》，《阅江学刊》，2009年第4期。

已展开了较为深入的研究。王兆鹏《〈宋词三百首〉版本源流考》^①一文通过分析《宋词三百首》四个版本的异同，来探讨朱祖谋编纂这部词选时的思想变化。彭玉平《朱祖谋〈宋词三百首〉探论》^②一文对朱祖谋《宋词三百首》作了比较全面的分析，探讨了编选背景与编选特色、流传和影响。沙先一的《朱祖谋〈宋词三百首〉三论》^③一文围绕《宋词三百首》探讨了三个问题：《宋词三百首》的选源问题、况周颐对编纂《宋词三百首》的影响，以及黄苏《蓼园词选》与《宋词三百首》的联系。

吴宏一的《析论龙沐勋的〈唐宋名家词选〉》^④一文对龙榆生新旧版《唐宋名家词选》与《唐五代宋词选》进行了研究，论文前半部分考察了龙榆生的词学活动，后半部分将龙榆生编纂的新旧两版《唐宋名家词选》和《唐五代宋词选》放在一起进行比较研究。许菊芳在《民国以来重要唐宋词选研究》^⑤中设专章对龙榆生的《唐宋名家词选》成书过程、版本考辨、选本特色、选本价值与历史意义进行了探讨。

马莎《杨铁夫〈清真词选笺释〉论探》^⑥一文对杨铁夫的《清真词选笺释》展开了研究，认为其治词理念除师承朱祖谋之外，也深受陈洵影响，反映出了岭南词坛学脉承继的实况。谢永芳的《杨铁夫词学活动考论——以梦窗词研究为中心》^⑦一文探讨了杨铁夫的梦窗词研究、《抱香词》和词学交游。王湘华的《杨铁夫与梦窗词校勘》^⑧一文归纳了杨铁夫校梦窗词的方法，同时也指出了杨铁夫校梦窗词的缺陷。

---

① 王兆鹏《〈宋词三百首〉版本源流考》，《湖北师范学院学报》（哲学社会科学版），2006年第1期。
② 彭玉平《朱祖谋〈宋词三百首〉探论》，《学术研究》，2002年第10期。
③ 沙先一《朱祖谋〈宋词三百首〉三论》，《河南大学学报》（社会科学版），2010年第3期。
④ 吴宏一《析论龙沐勋的〈唐宋名家词选〉》，《九州岛学林》，2003年第2期。
⑤ 许菊芳《民国以来重要唐宋词选研究》，苏州大学博士论文，2012年。
⑥ 马莎《杨铁夫〈清真词选笺释〉论探》，《文学遗产》，2001年第6期。
⑦ 谢永芳《杨铁夫词学活动考论———以梦窗词研究为中心》，《中国韵文学刊》，2009年第3期。
⑧ 王湘华《杨铁夫与梦窗词校勘》，《江西社会科学》，2010年第12期。

综上所述，目前学界对于沤社词人的唐宋词选研究主要集中在朱祖谋、龙榆生、杨铁夫三人的选集，但对夏敬观的《二晏词》与黄孝纾的《欧阳修词选译》的研究较少。同时，在已有的研究中，也还有一些问题未得到充分探讨，如杨铁夫曾三校梦窗词及其过程，这几种版本的异同比较所反映出的词学观的变化，本文即在学界研究基础上进行探讨。

一、朱祖谋与《宋词三百首》

据龙榆生记载："是时彊村先生方僦居吴下听枫园，周旋于郑、况诸子间，折衷至当，又以半塘翁有取东坡之清雄，对止庵退苏进辛之说，稍致不满，且以碧山与于四家领袖之列，亦觉轻重不伦，乃益致力于东坡，辅以方回（贺铸）、白石（姜夔），别选《宋词三百首》，示学者以轨范，虽隐然以周（清真），吴（梦窗）为主，而不偏不倚，视周氏之《四家词选》，尤为博大精深，用能于常州之外，别树一帜焉。"① 朱祖谋编《宋词三百首》是源于对周济《宋四家词选》选词标准的不满，所以另作别选。朱祖谋在编选《宋词三百首》的过程中数易其稿，出版后又三作增删，故《宋词三百首》的版本非常复杂。② 现在通行笺注本是唐圭璋先生《宋词三百首笺注》，此笺注以《宋词三百首》1931年第二版为底本，此第二版《宋词三百首》实选词283首，选目如下：

《宋词三百首》选目一览表

徽宗	1首	时彦	1首	岳飞	1首
钱惟演	1首	李之仪	1首	张抡	1首
范仲淹	2首	周邦彦	22首	程垓	1首
张先	6首	贺铸	11首	张孝祥	2首

---

① 龙榆生《晚近词风之转变》，《龙榆生词学论文集》，上海：上海古籍出版社，2009年，第417、418页。
② 参见王兆鹏《〈宋词三百首〉版本源流考》，《湖北师范学院学报》（哲学社会科学版），2006年第1期。

(续表)

晏殊	10首	张元幹	2首	韩元吉	2首
韩缜	1首	叶梦得	2首	袁去华	3首
宋祁	1首	汪藻	1首	陆淞	1首
欧阳修	9首	刘一止	1首	陆游	1首
柳永	12首	韩疁	1首	陈亮	1首
王安石	2首	李邴	1首	范成大	3首
王安国	1首	陈与义	2首	辛弃疾	12首
晏几道	15首	蔡伸	2首	姜夔	17首
苏轼	10首	周紫芝	2首	章良能	1首
秦观	7首	李甲	2首	刘过	1首
晁元礼	1首	万俟咏	1首	严仁	1首
赵令畤	3首	徐伸	1首	俞国宝	1首
晁补之	4首	田为	1首	张镃	2首
舒亶	1首	曹组	1首	史达祖	9首
朱服	1首	李玉	1首	刘克庄	4首
毛滂	1首	虞世美	1首	卢祖皋	2首
陈克	2首	吕滨老	1首	潘牥	1首
李元膺	1首	鲁逸仲	1首	陆叡	1首
吴文英	25首	朱嗣发	1首	张炎	6首
黄孝迈	1首	刘辰翁	4首	王沂孙	6首
潘希白	1首	周密	5首	彭元逊	2首
黄公绍	1首	蒋捷	3首	姚云文	1首
僧挥	1首	李清照	5首		

虽然《宋词三百首》在编选的过程中数易其稿，出版后又三作增删，但主体不变，我们依然可以从其选目中考察出朱祖谋的选词标准：

推崇梦窗。推崇梦窗是朱祖谋一贯论词主张，在《宋词三百首》中，朱祖谋共选梦窗词 25 首，居全书之冠。朱祖谋推崇吴梦窗是受王鹏运影响，朱祖谋一生四校梦窗词，创作上也多学梦窗。王鹏运曾称朱祖谋："自世之人知学梦窗，知尊梦窗，皆所谓但学兰亭面者。六百年来真得髓者，非公更有谁耶？"①

南、北宋并重。前文已经说到，朱祖谋编《宋词三百首》是源于对周济《宋四家词选》的不满，而另作别选。众所周知，常州词派大体上是推崇北宋词，但是我们从上面的选目表中可以看出，朱祖谋所选南北宋作品大致相当，这说明朱祖谋在一定程度上纠正了周济选词的偏颇。

体格、神致、浑成。况周颐在《〈宋词三百首〉序》中说："大要求之体格、神致，以浑成为主旨。"②《宋词三百首》共选 22 首苏辛词，正是看重其"体格"；至于"神致"，便是学花间小令晏殊、晏几道、欧阳修三人，朱祖谋选晏殊 10 首，欧阳修 9 首，晏几道 15 首；清真词被誉为两宋词的最高典范，朱祖谋选周邦彦 22 首，即"以浑成为主旨"。

二、龙榆生与《唐宋名家词选》《唐五代词选》

（一）《唐宋名家词选》

龙榆生《唐宋名家词选》有新旧两版，旧版于 1934 年 12 月由上海开明书店出版，新版于 1956 年 5 月由上海古典文学出版社出版。龙榆生选词多择善本，选词标准遵循"本编所录各家，以能卓然自树和别开风气者为主"，"本编所收作品，以能代表某一作家的全部精神或特殊风格者为主"③的原则。

龙榆生在旧版《唐宋名家词选》自序中有一段对唐宋词史的总体描述：

盖自温、韦以来，迄于南唐之李后主、冯延巳，北宋之晏殊、欧阳

---

① 严迪昌《近现代词纪事会评》，合肥：黄山书社，1995 年，第 320—323 页。
② 况周颐《宋词三百首·序》，唐圭璋《宋词三百首笺注》，北京：人民文学出版社，2005 年。
③ 龙榆生《唐宋名家词选·凡例》，《唐宋名家词选》，上海：开明书店，1934 年 12 月。

修、晏几道,为令词之极,则已俨然自成一阶段焉。迨慢曲既兴,作者益众,疏密二派,疆域粗分。疏极于豪壮沈雄,自范仲淹、苏轼以下,晁补之、叶梦得、张孝祥、辛弃疾、陆游、刘克庄、刘辰翁、元好问之徒属之;密极于精深婉丽,自张先、柳永以下,秦观、贺铸、周邦彦、姜夔、史达祖、吴文英、王沂孙、张炎、周密之徒属之。虽各家亦多开径独行,而渊源所自,昭然可观。

龙榆生按照词体的发展历程将唐宋词史视为一个整体,分为两个阶段:第一阶段是小令的发展阶段,代表人物为温庭筠、韦庄、李煜、冯延巳、晏殊、欧阳修、晏几道。第二阶段是慢词的发展阶段,分为两派,疏的一派为范仲淹、苏轼、晁补之、叶梦得、张孝祥、辛弃疾、陆游、刘克庄、刘辰翁、元好问;密的一派为张先、柳永、秦观、周邦彦、姜夔、史达祖、吴文英、王沂孙、张炎、周密。龙榆生在《宋词发展的几个阶段》一文中也从风格的角度对宋词进行了流派和阶段划分,他将整个宋词发展分为三个阶段:北宋初、北宋中后期、南宋。北宋初以晏殊、欧阳修、晏几道为代表,他们将小令的发展推向了顶峰;北宋中后期分为柳永与苏轼两派;南宋分为辛弃疾与姜夔两派。这两种划分方法可以看出,龙榆生对词的考察从时代与词体两个方面入手,揭示词发展的前后的内在联系,如苏轼与辛弃疾在时代上分属南北两宋,但在词法上属于疏的一派,因为苏辛词以气取胜,在词之作法上没有过度追求。

为了便于比较新旧两版的选目,特制表如下:

词人	旧版	新版	选源(新版)
李白	0	2	明翻刻宋刊本《诸贤绝妙词选》卷一
张志和	0	1	《唐宋诸贤绝妙词选》卷一
韦应物	0	3	明刊本《韦江州集》
王建	0	2	汲古阁本《乐府诗集·近代曲辞》

(续 表)

词人	旧版	新版	选源（新版）
刘禹锡	0	12	同上
白居易	0	6	同上
温庭筠	15	18	四印斋覆宋刊本《花间集》
皇甫松	4	6	同上
韦庄	13	20	同上
薛昭蕴	5	2	同上
牛峤	2	1	同上
毛文锡	2	2	同上
牛希济	2	1	同上
欧阳炯	3	5	同上
顾夐	4	5	同上
鹿虔扆	1	1	同上
阎选	0	1	同上
尹鹗	0	1	同上
李珣	2	9	同上
和凝	0	2	刘毓盘辑《红叶稿》
孙光宪	5	12	刘毓盘重刊宋本《荆台佣稿》
张泌	4	4	《花间集》
冯延巳	12	23	四印斋本《阳春集》
李璟	0	2	马令《南唐书》
李煜	16	12	明万历吕远刊本《南唐二主词》
潘阆	10	5	四印斋刊宋元三十一家词本《逍遥词》
寇准	0	1	《词综》
范仲淹	4	3	《词综》

(续　表)

词人	旧版	新版	选源（新版）
张先	7	14	彊村丛书本《张子野词》
晏殊	8	17	朱彊村校汲古阁六十家词本《珠玉词》
宋祁	0	1	《唐宋诸贤绝妙词选》
张昪	0	1	《词综》
欧阳修	9	27	吴氏双照楼影宋刊本《欧阳文忠公近体乐府》
梅尧臣	0	1	《能改斋漫录》
韩缜	0	1	《词综》
柳永	13	25	彊村丛书本《乐章集》
王安石	0	4	前三首录自四部丛刊影旧钞本《乐府雅词》，后一首选自《唐宋诸贤绝妙词选》
王安国	0	1	《唐宋诸贤绝妙词选》
晏几道	22	31	彊村丛书本《小山词》
苏轼	28	42	选自彊村丛书本《东坡乐府》
黄庭坚	0	14	八首录自宋刊本《山谷琴趣外篇》，六首录自汲古阁本宋六十家词本《山谷词》
秦观	11	19	彊村丛书本《淮海居士长短句》
张耒	0	2	赵万里校辑宋金元词本《柯山诗馀》
贺铸	28	29	彊村丛书本《东山词》及《贺方回词》
晁补之	7	10	汲古阁本宋六十家词本《晁氏琴趣外篇》
陈师道	0	1	汲古阁本宋六十家词本《后山词》
王雱	0	2	《唐宋诸贤绝妙词选》及《词综》
晁端礼	0	1	四部丛刊本《乐府雅词》
赵令畤	0	4	前三首录自《乐府雅词》，后一首录自《唐宋诸贤绝妙词选》
李廌	0	1	《唐宋诸贤绝妙词选》

(续 表)

词人	旧版	新版	选源（新版）
晁冲之	0	2	赵万里辑《晁叔用词》
王观	0	2	赵万里辑《冠柳集》
舒亶	0	3	四部丛刊本《乐府雅词》
毛滂	0	1	彊村丛书本《东堂词》
李元膺	0	2	四部丛刊本《乐府雅词》
张舜民	0	1	知不足斋丛书本《画墁集》
僧挥	0	5	四部丛刊本《唐宋诸贤绝妙词选》
李之仪	0	3	汲古阁宋六十家词本《姑溪词》
魏夫人	0	2	四部丛刊本《乐府雅词》
周邦彦	24	31	郑文焯覆校宋淳熙刊本《清真集》
万俟咏	0	5	《唐宋诸贤绝妙词选》
曹组	0	4	四部丛刊本《乐府雅词》
苏庠	0	2	同上
李甲	0	1	同上
鲁逸仲	0	1	《唐宋诸贤绝妙词选》
廖世美	0	2	同上
陈克	0	2	四部丛刊本《乐府雅词》
李清照	19	13	赵万里辑本《漱玉词》
孙道绚	0	2	《唐宋诸贤绝妙词选》
张元幹	5	7	汲古阁本宋六十家词本《芦川词》
叶梦得	7	7	汲古阁本宋六十家词本《石林词》
汪藻	0	2	彊村丛书本《浮溪词》
陈与义	0	2	四部丛刊本《简斋诗集附无住词》
岳飞	0	2	艺海珠尘本《岳忠武王集》

(续 表)

词人	旧版	新版	选源（新版）
吕本中	0	5	赵万里辑《紫微词》
朱敦儒	0	14	彊村丛书本《樵歌》
张孝祥	8	6	四部丛刊本《于湖居士乐府》
韩元吉	0	2	彊村丛书本《南涧诗馀》
陆游	10	9	汲古阁本宋六十家词本《放翁词》
范成大	0	5	彊村丛书本《石湖词》
辛弃疾	30	44	汲古阁影宋钞本《稼轩词》
陈亮	0	5	汲古阁本宋六十家词本《龙川词》
刘过	0	3	汲古阁本宋六十家词本《龙洲词》
姜夔	23	23	彊村丛书本《白石道人歌曲》
史达祖	13	7	四印斋刊本《梅溪词》
朱淑真	0	3	四印斋刊本《断肠词》
刘克庄	7	11	彊村丛书本《后村长短句》
吴文英	38	10	彊村丛书本《梦窗词集》
刘辰翁	10	11	彊村丛书本《须溪词》
蒋捷	0	6	汲古阁本宋六十家词本《竹山词》
周密	9	5	彊村丛书本《蘋洲渔笛谱》
王沂孙	12	8	四印斋本《花外集》
文天祥	0	2	四部丛刊影明本《文山先生全集·指南后录》
张炎	18	14	彊村丛书本《山中白云词》
元好问	19	0	

从上表数据中可以看出新旧版本的两点变化：第一，唐五代词家的微调。在旧版《唐宋名家词选》中，龙榆生所选唐五代词人作品数量排名前四位的分

别是李煜 16 首、温庭筠 15 首、韦庄 13 首、冯延巳 12 首。新版中又增加了唐代词人李白、张志和、韦应物、王建、刘禹锡五人，在唐代词人中作者最推崇刘禹锡。新版所选唐五代词人作品数量排名前四位分别是冯延巳 23 首、韦庄 20 首、温庭筠 18 首、李煜 12 首。可见，在新旧两版词选中，四人在唐五代词史中的整体地位未变，但具体词人作品数量的排名发生了变化，这说明了龙榆生对个别词家的地位进行了重新评价。第二，宋词人由扬梦窗转向进苏辛。在旧版中，龙榆生所选宋代词人作品数量排名前十位的分别是吴文英 38 首、辛弃疾 33 首、苏轼 28 首、贺铸 28 首、周邦彦 24 首、姜夔 23 首、晏几道 22 首、李清照 19 首、张炎 18 首、史达祖 13 首。在新版中，宋代词人作品数量排名前十位的分别是辛弃疾 44 首、苏轼 42 首、晏几道 31 首、周邦彦 31 首、贺铸 29 首、欧阳修 27、柳永 25 首、姜夔 23 首、秦观 19 首、晏殊 17 首。最明显的便是龙榆生所选吴文英词数量的下降和所选苏、辛词数量的提升。前期对梦窗词的推崇一方面是龙榆生受到其师朱祖谋影响，"他（龙榆生）逐渐摆脱了朱祖谋的影响，也逐渐摆脱了晚清以来崇尚姜、吴等南宋词主寄托的影响，越来越越标举他所喜爱的苏、辛等豪放词"①，龙榆生《唐宋名家词选》旧版凡例第七条作"本编警句，参校朱、郑二家圈识本"，而朱祖谋《宋词三百首》中选吴文英词 25 首，数量最多。另一方面其选词也受到了张尔田的影响。② 但在人生后期，龙榆生的词学思想发生了变化，他在 1957 年写作《宋词发展的几个阶段》一文中对吴文英的词提出了批评："吴文英词确实有'凝涩晦昧'的毛病。他是接受温庭筠、周邦彦的作风，再加上李商隐作诗的手法，也想自创一格的，可惜没有相当的条件和开拓的胸襟，不觉钻入牛角尖里去了。"③ 对于苏、辛词，龙榆生给予了极高的评价："苏轼'横放杰出'的作风，恰宜抒发英雄豪杰的热情伟抱。这一启示，由他的门徒黄庭坚、晁补之分途发展，以

---

① 吴宏一《析论龙沐勋的〈唐宋名家词选〉》，《九州岛学林》，2003 年第 2 期，第 253 页。
② 郭时羽《龙榆生〈唐宋名家词选〉初印本与修订本的比较及其学术史意义》，《2018 年词学论文集续编》，第 125 页。
③ 龙榆生《宋词发展的几个阶段》，《龙榆生词学论文集》，上海：上海古籍出版社，2009 年，第 248 页。

开南宋作家的风气,直到辛弃疾进一步把局面打开,这样才奠定了词在中国文学史上不可动摇的地位。"① 这种变化,一方面诚如吴宏一先生而言是摆脱了彊村的影响,另一方面可能是"国家危难、新文学日益兴起,以及身边友人相与切磋探讨等各种因素,逐渐形成的"②。

(二)《唐五代词选注》

《唐五代词选注》完成于1957年,共选37位作者,237首词作。《唐五代词选注》与新版《唐宋名家词选》相隔时间不长,也可看做是对新版《唐宋名家词选》的修改补充。

《唐五代词选注》与新版《唐宋名家词选》选词数目一览表

词人	《唐五代词选注》	《唐宋名家词选》	篇目相同者
王维	1	0	0
李白	6	2	2
元结	3	0	0
张松龄	1	0	0
张志和	1	1	1
韩翃	1	0	0
柳氏	1	0	0
韦应物	3	3	3
顾况	2	0	0
王建	4	2	2
戴叔伦	1	0	0
刘禹锡	23	12	10
白居易	8	6	5

---

① 龙榆生《宋词发展的几个阶段》,《龙榆生词学论文集》,上海:上海古籍出版社,2009年,第246页。
② 郭时羽《龙榆生〈唐宋名家词选〉初印本与修订本的比较及其学术史意义》,《2018年词学论文集续编》,第125页。

(续 表)

词人	《唐五代词选注》	《唐宋名家词选》	篇目相同者
温庭筠	22	18	9
皇甫松	13	6	5
杜牧	1	0	0
司空图	1	0	0
韩偓	2	0	0
韦庄	21	20	15
薛昭蕴	3	2	2
牛峤	3	1	1
张泌	3	4	0
毛文锡	2	2	2
牛希济	1	1	1
欧阳炯	9	5	4
和凝	3	2	2
顾夐	6	5	3
孙光宪	10	12	7
魏成班	1	0	0
鹿虔扆	1	1	1
阎选	2	1	1
尹鹗	2	1	1
毛熙震	2	0	0
李珣	12	9	7
冯延巳	24	23	17
李璟	2	2	2
李煜	14	12	7
无名氏	21	0	0

《唐五代词选注》中选唐五代词人和词作的数量上都较《唐宋名家词选》有大幅增加：增加作者12人，增加词作76首。在《唐五代词选注》中，唐五代词人作品数量排名前五位的分别是：冯延巳24首、刘禹锡23首、温庭筠22首、韦庄21首、无名氏21首。较《唐宋名家词选》中冯延巳23首、韦庄20首、温庭筠18首、李煜12首、李珣9首的排名，李煜名次下降，而增加了刘禹锡与无名氏。另，从二者所选相同词人的相同篇目来看，《唐五代词选注》只是对《唐宋名家词选》有所参考，并未完全照搬，如温庭筠，《唐宋名家词选》共选5个词牌18首词，《唐五代词选注》选了10个词牌22首词，但两者相同的篇目只有9篇，这说明龙榆生在编选《唐五代词选注》时，对入选的词人作品重新进行了考量。

此外，《唐五代词选注》除了保留了《唐宋名家词选》的韵位标注以外，还增加了简单的注释与题旨的解读，其编选目的在于大众化、普及化。但《唐五代词选注》在词人排序方面存在一些错误，如将杜牧置于温庭筠之后。

三、夏敬观与《二晏词》

民国时期出现了诸多对晏殊、晏几道词的校笺，如冒广生《珠玉词校记》《小山词校记》，宛敏灏《二晏及其词》[①]，林大椿校笺《珠玉词》《小山词》[②]，巴龙《二晏词》[③]等。与这些校笺的写作目的不同，夏敬观编选《二晏词》的目的是为了词学普及，《二晏词》于1931年8月由商务印书馆出版。

在《二晏词》的导言里，夏敬观对晏氏父子作了介绍，并评价了二人的词作："殊父子词，语浅意深，有回肠荡气之妙；几道殆过其父，周济词选序论'晏氏父子，初步温韦，小晏精力尤胜'，诚知言也。"[④] 夏敬观认为晏氏父子

---

① 宛敏灏《二晏及其词》，上海：商务印书馆，1935年。
② 林大椿校笺《珠玉词》、《小山词》，上海：商务印书馆，1930年。
③ 巴龙《二晏词》，上海：启智书局，1933年。
④ 夏敬观《二晏词选注》，上海：商务印书馆，1965年。

词有一个共同特征,即"语浅意深,有回肠荡气之妙",这是源于他们对五代温、韦之风的承续。

《二晏词》选目如下:

晏殊词:《浣溪沙》4首、《清商怨》1首、《菩萨蛮》1首、《诉衷情》2首、《采桑子》2首、《相思儿令》2首、《滴滴金》1首、《雨中花》1首、《玉楼春》5首、《清平乐》3首、《蝶恋花》2首、《踏莎行》1首、《渔家傲》8首、《破阵子》2首,共35首。

晏几道词:《临江仙》2首、《蝶恋花》4首、《鹧鸪天》5首、《生查子》3首、《南乡子》1首、《清平乐》4首、《玉楼春》3首、《阮郎归》1首、《浣溪沙》3首、《六幺令》2首、《御街行》1首、《浪淘沙》1首、《诉衷情》1首、《碧牡丹》1首、《虞美人》3首、《解佩令》1首、《泛清波摘遍》1首、《河满子》1首、《满庭芳》1首、《思远人》1首,共40首。

晏殊词共有131首,夏敬观选了大约四分之一,晏几道词共有256首,夏敬观所选不到六分之一,可见其选词少而精。夏敬观所选《二晏词》基本都是经典之作,如晏殊《浣溪沙》中的"一曲新词酒一杯""一向年光有限身",《清平乐》中的"红笺小字说尽平生意",晏几道《鹧鸪天》中的"舞低杨柳楼心月,歌尽桃花扇底风",《临江仙》中的"落花人独立,微雨燕双飞"等。因为《二晏词》只是为了普及词学,而不是像朱祖谋那样是为了树立一代词之典范,因此体例较简,每一首词没有固定的校、笺、释,只是根据具体需要做简单的注释说明。

四、黄孝纾与《欧阳修词选译》

对欧阳修词评价。关于《欧阳修词选译》具体选于何时,作者没有在序言中说明,唯一线索是1958年由作家出版社出版,作于黄孝纾任教于山东大学期间。词选由两部分组成,前面为序言,后面为词选。序言长达23页,是研究欧阳修词的专文。黄孝纾编选这部词选目的是提升欧阳修词的地位,因为欧阳修历来在古文运动与诗歌方面的成就受到重视，但是"独于他的词，都认为诗的余事，自宋以来，毁誉参半，其实他的词的成就，也不亚于他的诗和古文，具有承前启后的成绩，这是研究词学的人，不容忽视的"①。而"毁誉参半"是针对词史上对欧阳修的艳词褒贬不一而言。

　　黄孝纾对欧阳修的词评价主要是围绕小令和慢词。黄孝纾将欧阳修的小令分为三种类型：言情的艳词，刻画自然的写景词，发泄忠爱的抒情词。② 在这三类词中，欧阳修认为成就最大的抒情词，因为抒情词集中表现了他关心国事、关心人民疾苦，传达的是一种真实的感情。黄孝纾还重视欧阳修发展慢词的贡献及客观评价其艳词。

　　欧阳修既作小令也作慢词，关于欧阳修小令与慢词的成就，黄孝纾一方面认为欧阳修的小令成就高于慢词，另一方面也肯定了欧阳修词对慢词的开拓之功不逊于柳永。③ 而且他认为柳永创作慢词受到了欧阳修的影响"欧阳修以文章巨公，更能从事于民歌的仿效，这便起到了提倡作用，柳永实受其影响"④。

　　关于欧阳修的艳词，历来有两种争论，肯定是其作或否定是其作。这种争论一直持续到民国时期："在二十世纪三四十年代的词学研究领域中，关于欧阳修词的评价存在两种完全相反的倾向，一种是对欧阳修词的艳俗之词的高度强调，力图颠覆欧阳修词在传统观念中的形象；另一种则完全通过自己的艺术感悟来体认欧阳修词的意蕴内涵，并根据自己对欧词品格的理解否定欧阳修词创作艳俗之作的可能。"⑤ 黄孝纾是肯定欧阳修作艳词的，并认为这才是真实的欧阳修："欧阳修是个古文家，以往人们都认为他是具有传统的一位卫道先

---

① 黄公渚《欧阳修词选译》，北京：作家出版社，1958年，第3页。
② 黄公渚《欧阳修词选译》，北京：作家出版社，1958年，第5页。
③ "北宋是慢词成长时期，这种民间新腔，吸取到文人乐府，扩大词的领域，一般都归功到柳永周邦彦身上，其实欧阳修慢词的尝试，早于周邦彦五十余年，与柳永同时，而名位尤高，以一个主场坛坫的文章巨公，和当时所谓浪子文人柳永，互通声气，这无疑使北宋词发生巨大影响"，同上第14页。
④ 黄公渚《欧阳修词选译》，北京：作家出版社，1958年，第17页。
⑤ 欧阳明亮《欧阳修词论稿》，华东师范大学博士论文，2012年，第245页。

生，料想不到在他词中，却卸下严肃的面具，他真实地将浪漫生活，呈现在我们面前。"① 黄孝纾肯定欧阳修作艳词，是从人性论的角度出发，将欧阳修作为一个有着真性情的词人来看待，而不是将其神化为不食人间烟火的"卫道先生"，这种评论是符合历史真实的。

黄孝纾对欧阳修词的评价有两个特点：第一，将欧阳修词的评价置于词的发展历程当中。这样评价欧词不仅可以使读者清楚欧阳修的词对于词的发展所做贡献，而且对欧词乃至词史有更加深刻了解。黄孝纾在评价欧阳修的小令时说：

> 五代小令，虽同在"词为艳科"的观念下，但其中本有秾丽和清隽两派：前一派温庭筠开始，下至毛文锡、牛峤、李珣、欧阳炯等属之。后一派以韦庄为领袖，蜀人中如鹿虔扆、薛昭蕴等属之。尤以南唐冯延巳沿袭这一派作风，清隽中时出新意。延巳曾以中书侍郎，出镇抚州，在江西颇久，流风余韵，下启江西词派，而欧阳修实为延巳嫡系继承者……欧阳修虽出于晏殊门下，而是首先反对西昆派的健将，和晏殊文学主张，有显著的不同。本来他少年时受西昆体的影响并不深，因此在词的风格上，尤与冯延巳接近。②

作者认为五代词分成"秾丽""清隽"两派，温庭筠领秾丽一派，韦庄领清隽一派，北宋初词承五代余绪，晏殊词就深受温词秾丽影响，是"花团锦簇的达官诗人"，承接"秾丽"一派；欧阳修词虽出晏殊门下，但是所受到的冯延巳的影响较深，而冯延巳属于韦庄"清隽"一派，所以欧阳修词也是承接韦庄"清隽"一派。黄孝纾的论述使我们了解了欧阳修词的渊源，而且我们还可以进一步推论，词到苏轼为之一变，但是早在欧阳修这里便已经有变化之端倪。

---

① 黄公渚《欧阳修词选译》，北京：作家出版社，1958年，第5页。
② 黄公渚《欧阳修词选译》，北京：作家出版社，1958年，第4页。

当然词史上也有人持不同意见,认为晏、欧词都受到了冯延巳的影响即"冯延巳词,晏同叔得其俊,欧阳永叔得其深。"(刘熙载《艺概·词曲概》)

第二,注重从思想性的角度评价欧阳修词。从思想性的角度评价作家作品是中国古代批评学的传统,儒家诗教观如此,清代常州词派也是如此,黄孝纾在评价欧阳修词中也受此影响。

> 欧阳修小令的最大成就,是在那些原本忠爱的抒情词。①
> 因词表现在词中思想,不仅"批风抹月""歌离吊梦",而兼及身世之感,无意中便接触到社会问题,形成他的现实的新内容。
> 由此可见思想性关系着文艺评价的标准,该是有多么重要的意义了。欧阳修的词虽不像南宋辛弃疾诸人的词,社会意义那样突出鲜明;而在思想内涵、形式发展上,都超越当时一般作家,有一定程度的进步意义。②

在第一条中,作者最推重欧阳修小令中反映忠爱的词作。作者从思想性的角度来重视欧阳修的此类词作,这类似于常州词派的"意内言外"之说,可能受到了朱祖谋的影响。第二条与第三条的评价是因为欧阳修的词有身世之感,接触到了社会现实,虽无辛弃疾词爱国热情鲜明,但是比一般作家具有"进步意义",这种强调思想性的评词方式,不同于单纯从文本角度出发的批评,而有着中国传统儒家诗教的基因,也受到了当时社会主流马列主义文艺批评思想的影响。

选目与选词特点。《欧阳修词选译》共有72首词,其中《采桑子》9首、《朝中措》1首、《减字木兰花》1首、《临江仙》1首、《蝶恋花》11首、《渔家傲》21首、《玉楼春》11首、《南歌子》1首、《圣无忧》1首、《浪淘沙》1首、《定风波》1首、《蓦山溪》1首、《浣溪沙》3首、《御带花》1首、《洞天

---

① 黄公渚《欧阳修词选译》,北京:作家出版社,1958年,第7页。
② 黄公渚《欧阳修词选译》,北京:作家出版社,1958年,第17、18页。

春》1首、《踏莎行》2首、《鹧鸪天》1首、《忆秦娥》1首、《南乡子》1首、《江神子》1首、《青玉案》1首。选词中以词牌《渔家傲》为最，因为《渔家傲》语言通俗，黄孝纾曾经总结欧阳修词有三个特点：情感真挚、音乐感染与语言通俗。① 所以语言通俗也是黄孝纾编选此书的标准，故多选类似民歌的《渔家傲》与语言多通俗的《蝶恋花》，如《渔家傲》"一夜越溪秋水满，荷花开过溪南岸"、《蝶恋花》"离愁引着江南岸""江头有个人相望"等。

黄孝纾对所选欧阳修词均作译注，译文与原文句句相应，左右对照，译文言简意赅，且富有文采，宛如现代新诗，如下面这首《蝶恋花》：

谁道闲情抛掷久。	无聊情绪怎样把他抛弃
每到春来，惆怅还依旧。	每到春来，依旧是，忧伤憔悴。
日日花前常病酒，	天天在花前，似醉非醉。
不辞镜里朱颜瘦。	消瘦的面庞，镜中却无从回避。
河畔青芜堤上柳。	河边草绿，堤柳丝丝弄碧，
为问新愁，何事年年有。	底事年年，不断新愁交织。
独立小桥风满袖。	满袖晚风，在小桥独立。
平林新月人归后。	极目平林归路，人踏碎朦胧月色。

该书注释一方面如上文强调通俗性，另一方面强调对句法用意的解释，通过对句法用意的解释，除了可以让读者能够更好地理解词作外，也可使读者掌握作词之法，如将《蝶恋花》（帘幕风轻双语燕）最后一句"羌管不须吹别怨，无肠更为新声断"解释为"愁肠已为伤春断了，即便听到羌管新声，也无可再断。这是深一层写法"。②

当然这部词选也存在一定的不足，即过度强调思想性："欧阳修的词，在

---

① 黄公渚《欧阳修词选译》，北京：作家出版社，1958年，第18—21页。
② 黄公渚《欧阳修词选译》，北京：作家出版社，1958年，第23页。

词史上有一定的成就，是应肯定的。但由于他究竟是统治阶级，由中小地主上升成为大地主政权的代表者，因此他的思想自有一定程度的局限性。"① 在作者看来，由于欧阳修是"大地主政权"的代表者，所以他的思想带有一定的局限性。《欧阳修词选译》于1958年出版，从阶级论的角度出发评论文学作品是当时的主流，这种做法有其合理一面，但是也容易走向僵化，反而会使读者狭隘地理解文学作品。

黄孝纾《欧阳修词选译》虽然出版于50年代，可是他从30年代便参与到了词坛，所以他的欧词研究与民国时期对欧词研究是有渊源相承的。民国时期有两个影响较大现代词学家——胡适与胡云翼。胡适与胡云翼编辑的《词选》都是在1927年出版发行。胡适是白话文运动的领导者，其《词选》共选唐五代两宋词人39家计351首词，其中选欧词9首，多为白话词。他认为"词的进化到了北宋欧阳修、柳永、秦观、黄庭坚的'俚语词'差不多可说是纯粹的白话韵文了"②。胡云翼《词选》收宋词533首，其中选欧词18首，胡云翼《宋词研究》将欧阳修的词分为写景词、咏物词、抒情词和叙事词，最赞赏的还是欧阳修的抒情小词，他认为"用白话来白描，在词里要算最高的艺术了"③。黄孝纾评价欧词"最后是语言的通俗。欧阳修首先采用民间新腔，制成慢词，也采用不少活在人民口头上的朴素语汇，来作为养料，丰富他的内容"④，这一点与胡适和胡云翼的观点是一致的。

五、杨铁夫的《清真词选笺释》《梦窗词选笺释》

（一）《清真词选笺释》

对清真词的整理历久不衰，已有学者考证，清真词在宋代就有11种版本，

---

① 黄公渚《欧阳修词选译》，北京：作家出版社，1958年，第21页。
② 胡适《国语文学史》，合肥：安徽教育出版社，1999年，第142页。
③ 胡云翼著，刘永翔、李露蕾编《胡云翼说词》，上海：华东师范大学出版社，2004年，第87页。
④ 黄公渚《欧阳修词选译》，北京：作家出版社，1958年，第21页。

明代有 2 种，清代有 8 种，民国时期亦有 8 种之多。①

马莎《〈清真词选笺释〉论探》② 一文中提到杨铁夫《清真词选笺释》有抱香室自印本，后于民国二十一年（1932）九月由香港海旁岐山公司正式出版。在杨铁夫《清真词选笺释》出版以前，盛行于世的是元陈元龙的《详注周美成词片玉集》，朱祖谋的《彊村丛书》据此校印；后来又有王鹏运四印斋本《清真集外词》，杨铁夫便在朱、王二书的基础上编纂了《清真词选笺释》③。

关于编纂《清真词选笺释》的起因，杨铁夫在该书的序言中说："余笺释梦窗词选，竟因思梦窗之学，源本清真。尹惟晓云：'求词于吾宋，前有清真，后有梦窗。'周止庵教人由梦窗以及清真，是则学梦窗者又不可不以清真为归宿也。梦窗词极得清真神似，但清真用典浑成，不如梦窗之破碎；清真用意明显，不如梦窗之晦涩；清真用笔勾勒清楚，不如梦窗纵横穿插，在若断若续、或隐或现之间。至于起伏顿挫、开合照应无不酷肖而吻合。"在这段话中，杨铁夫提到了他的另一本词选《梦窗词选笺释》，他是在笺释梦窗词的时候想到了梦窗词源本清真，故而编选《清真词选笺释》。关于二者的区别，杨铁夫认为清真词用典浑成且用意明显，梦窗词用典支离破碎且用意晦涩；清真笔法勾勒清楚，而梦窗则纵横穿插，若断若续。但是二者也有共同点，即"起伏顿挫，开合照应"。

《清真词选笺释》在体例上遵循校、笺、释的顺序："校者校其同异，笺者注其出处，释者解其用意。"在"校"的方面，杨铁夫所采用的底本是朱祖谋《彊村丛书》本，不足者取王鹏运四印斋本《清真集外词》，误字参考郑文焯校刻的《清真集》，并间有取他书，或以"己意参入"：如《满江红》（昼日移阴）中"最苦是，蝴蝶满园飞，无人扑"一句，校记中言，"'无人'，郑刻作'无

---

① 参见吴则虞《清真词版本考辨（附版本源流表及清真集考异）》，《西南师范学院学报》，1957 年 6 月。
② 马莎《杨铁夫〈清真词选笺释〉论探》，《文学遗产》，2011 年第 6 期。
③ 杨铁夫《清真词选笺释·例言》："选词一百一十六家，次序依彊村丛书，不足取《清真集外词》。"上海：龙门书局，1932 年。

心',心字复,且'无心',人或到园,'无人',则园中并无人矣,比较意深,故从元本"①。可见杨铁夫在作校记的过程中是用心斟酌的。在"笺"的方面,以陈元龙注本为主,略作删补,但杨铁夫认为"清真词出于小山"是陈元龙所未知,所以对此用力颇多,如:

《秋蕊香》"午妆粉指印窗眼",笺:"晏小山《采桑子》词'娇慵未洗匀妆手,间却印斜红'。"②

《寒翠吟》"蕲州簟展双纹浪",笺:"晏小山《蝶恋花》词'双纹翠簟铺寒浪'。"③

《宴清都》"宾鸿谩说传书",笺:"从小山《蝶恋花》词'过尽流波,未得鱼中素'二语脱胎。"④

杨铁夫认为周清真对小山（晏几道）的学习"不独语句模仿,神气即在即在离之间"⑤。在"释"的方面,杨铁夫不只解释字句,也分析主旨与作词章法,如《解连环》"怨怀无托"解释为"闺怨之词",《玲珑四犯》"秾桃李"解释为"冶游之词",⑥ "此词以水亭二字为主,余皆旁景也。（一）先写治径之竹,（二）次写通亭之径,（三）次写傍亭之果树,夏果收新翠五字朴而丽,金丸者果也落承收,惊承落……"等。

总的来说,《清真词选笺释》体系完整,研究全面系统,分析深刻,有对前人成果的借鉴,亦能后出转精,独抒己见,较之当时其他选本为善,在民国时期的影响很大,但偶尔也有在解释词语方面的随意比附和对词主旨误解的不足。

---

① 杨铁夫《清真词选笺释》,上海:龙门书局,1932年,第19页。
② 杨铁夫《清真词选笺释》,上海:龙门书局,1932年,第29页。
③ 杨铁夫《清真词选笺释》,上海:龙门书局,1932年,第43页。
④ 杨铁夫《清真词选笺释》,上海:龙门书局,1932年,第51页。
⑤ 杨铁夫《清真词选笺释·序言》,《清真词选笺释》,上海:龙门书局,1932年,第1页。
⑥ 杨铁夫《清真词选笺释》,上海:龙门书局,1932年,第15、16页。

(二)《梦窗词选笺释》

民国时期,词坛对梦窗词的态度分为两派:一派以朱祖谋为代表,大力推崇梦窗词;另一派则以王国维、胡适、胡云翼等为代表,极力批评梦窗词。朱祖谋对梦窗词的钟爱是受王鹏运的影响,王鹏运曾校刻四印斋本《梦窗词》,后朱祖谋又先后四校《梦窗词》,从其所选《宋词三百首》中也可以看出他对梦窗词的推崇。朱祖谋对和他一样热爱梦窗词的人也大力扶持,如陈洵著有《海绡说词》一书,主要观点也是推崇梦窗词,朱祖谋称赞陈洵词"神骨俱静,此真能火传梦窗者"[1],后也因朱祖谋介绍,陈洵得以进入词坛主流圈。

受到朱祖谋影响,推崇梦窗词的还有吴梅和陈匪石:

> 梦窗词,以绵丽为尚,运意深远,用笔幽邃,炼字炼句,迥不犹人。貌观之,雕缋满眼,而实有灵气行乎其间。细心吟绎,觉味美于方回,引人入胜……,若叔夏七宝楼台之喻,亦所未解。[2]

> 细读梦窗各词,虽不着一虚字,而潜气内转,荡气回肠,均在无虚字句中,亦绚烂,亦奥折,绝无堆垛饾饤之弊。后人腹笥太空,读之不能了解,辄袭取乐笑翁语,亦为质实而不疏快,亦不谬乎?[3]

吴梅认为梦窗词之佳在于笔法幽邃,运意深远,"味美"甚过贺方回;陈匪石则认为梦窗词的好处在于不着虚字,而能潜气内转。

在朱祖谋等人大力推崇梦窗词的同时,知名学者王国维、胡适、胡云翼等人不仅对梦窗词持批评态度,[4] 对词坛过度追求梦窗词的现象也极为不满,且

---

[1] 龙榆生《陈海绡先生之词学》,《龙榆生词学论文集》,上海:上海古籍出版社,2009年,第538页。
[2] 吴梅《词学通论》,上海:复旦大学出版社,2005年,第71页。
[3] 陈匪石《旧时月色斋词谭》,《宋词举(外三种)》,南京:江苏古籍出版社,2002年,第215页。
[4] 详见周茜《梦窗词研究》,华东师范大学博士后工作站出站报告,2005年,第153—155页。

同为沤社词人的冒广生就曾在《四声钩沉》中说:"近二三十年,人人梦窗,谓其守律之严也。梦窗时无词律,其所守之律,非谓即清真之词耶?然尚不至如今人之死守,硁硁于平、上、去、入之中,而无一首佳词,甚至无一句佳句能上口者,真可怜虫也。今姑举梦窗《风流子》二首作例,其首句一为平平平仄仄,一为平仄仄平平,盖皆依清真为之也。"① 他认为当前词坛过热追求梦窗词的原因是源于人们认为梦窗守律严,但是事实上,梦窗时并无词律,不过是以周清真所作为标准,且在具体创作中也并不是如现在这般为音律所束缚,导致"因律害意"。

民国词坛对梦窗词的两种态度,其实也是一种正常现象,朱祖谋一手推动了梦窗热,但学梦窗者良莠不齐,总会有一些末流衍生出弊端,结果自然会有人提出反对意见。当然,杨铁夫为彊村门人,处在推动梦窗热的队伍中,他的《梦窗词选笺释》其实就是跟朱祖谋学梦窗词的成果。

杨铁夫《梦窗词选笺释》第一版于1932年7月由上海医学书局出版,第二版修订稿《考正梦窗词笺释》于1933年由上海人文印书馆出版,第三版再次修订,更名为《吴梦窗词笺释》,于1936年由无锡民生印书馆出版。第一版选词167首,第二版增至204首,第三版则改为对梦窗全集的笺释。

杨铁夫在第一版《梦窗词选笺释》的序言中讲述了其学梦窗词的过程:

> 忆十年前执教鞭香岛中,始学为词。偶有所作,有取以充《南社文集》篇幅者,黠者戏之曰:"词也!词也!"铁夫亦遂自以为词矣。及走海上,得亲炙归安朱沤尹师,呈所作,无褒语,止以多读梦窗为勖。始未注意也,及后每一谒见,必言及梦窗。归而读之,如入迷楼,如航断港,茫无所得,质诸师,师曰:"再读之。"又一年,似稍有所悟矣,又质诸师,师曰:"再读之。"如是者又一年,似所悟又有进矣。师于是征指其中顺逆、提顿、转折之所在,并示以步趋之所宜从。读之又一年,加以得海绡

---

① 冒广生《四声钩沉》,《冒鹤亭词曲论文集》,上海:上海古籍出版社,1992年,第152页。

翁所评清真梦窗词，读之愈觉有得。于是所谓顺逆、提顿、转折诸法，触处逢源，知梦窗诸词无不脉络贯通，前后照应，法密而律精。而玉田"七宝楼台"之说，真矮人观剧矣……①

杨铁夫 1922 年去香港执教时才开始接触词，后到上海问学于朱祖谋，朱祖谋只令他反复读《梦窗词》。他经过三年的刻苦攻读，逐步对梦窗词有所领悟。由于第一版付印仓促，杨铁夫再读时发现谬误不少，于是"爰取旧选笺释之错误者，重加厘订，又加选佳词之遗漏者，共成二百零四阕"②，是为第二版《考正梦窗词笺释》。至第三版时，"又思人之嗜好各殊，已所弃取，岂能尽如人意，读者既得其选本，又须再购全集，岂不重费。爰决意取全集通加笺释，前之误者正也，略者详之，不止缺者补之已也"③。

杨铁夫认为"人言梦窗词多取材于李贺、温庭筠诗，今则发现最多用苏诗，次则杜诗；词则最多用清真，次则白石"④，且受陈洵评清真、梦窗词的影响，故他在对梦窗词的笺释中常常将梦窗词与清真词联系起来，如《瑞鹤仙·丙午重九》"酒熟东邻，浣花人老"，杨铁夫笺曰"清真《重阳词》'闻道宜城，酒美昨日新醅熟'"⑤，指出梦窗对清真词的化用。杨铁夫还特别注重对梦窗字词及句法技巧的点评，如释《渡江云三犯·西湖清明》"梦窗词起韵多能笼罩全局"⑥，释《花犯·郭希道送水仙索赋》"（一）（二）之缩写化腐朽为神奇"⑦，释《浣溪沙》"此词为借宾定主法"⑧。

---

① 杨铁夫《梦窗词选笺释·序》，《梦窗词选笺释》，上海：上海医学书局，1932 年，第 1 页。
② 杨铁夫《考正梦窗词选笺释·序》，陈邦炎点校《吴梦窗词笺释》，广州：广东人民出版社，1992 年，第 13 页。
③ 杨铁夫《吴梦窗词笺释·序》，陈邦炎、张奇慧点校《吴梦窗词笺释》，广州：广东人民出版社，1992 年，第 6 页。
④ 杨铁夫《梦窗词笺释·例言》，上海：上海医学书局，1932 年。
⑤ 杨铁夫《梦窗词选笺释》，上海：上海医学书局，1932 年，第 8 页。
⑥ 杨铁夫《梦窗词选笺释》，上海：上海医学书局，1932 年，第 3 页。
⑦ 杨铁夫《梦窗词选笺释》，上海：上海医学书局，1932 年，第 54 页。
⑧ 杨铁夫《梦窗词选笺释》，上海：上海医学书局，1932 年，第 62 页。

杨铁夫《梦窗词选笺释》还指出了不少前人的错误，如校《瑞鹤仙·饯郎纠曹之严陵，分得直字》"为诗馀作鸟，形似矣，惟此字应用平声，周稚圭作双，杜文澜作云，均误"①；校《解连环》"練音疏，《广韵》练葛玉篇纺粗丝，毛本作練误。"② 但是，《梦窗词选笺释》亦有不少错误，所以后来又有第二版和第三版的修订，如初版中《八声甘州·灵岩陪庾幕诸公游》登灵岩"水涵空，阑干高处"，将"涵空"解释为在高处所见景象，③ 在第三版中引《灵履斋词集》中《满江红·姑苏灵岩寺涵空阁》，将"涵空"修正为阁名。④ 第二版《改正梦窗词笺释》中增加了《梦窗词选事迹考》一篇，并以时间为标准对梦窗词进行了分期。第三版除了将《梦窗词选笺释》改为了对梦窗词全集的笺释外，最明显的就是编排方式的变化，将第一版中置于词尾的校、笺、释三部分综合在一起，逐句解释，以方便读者阅读。

杨铁夫《梦窗词选笺释》在民国时期梦窗词选中选词数量最多，体系最完备。朱祖谋《梦窗词小笺》选词93首、夏承焘《梦窗词后笺》选词50余首，皆不及杨作；陈洵《海绡说词》选词70余首，只评论词旨和词艺，没有具体的笺释。至第三版《吴梦窗词笺释》，已是对梦窗词全集的笺释，更可谓是民国时期对梦窗词研究最为系统的著作。因此，尽管杨铁夫的《梦窗词选笺释》存在一些不足，但其对于民国时期梦窗词研究具有重要贡献。

第二节 沤社词人的清代词选研究

对于朱祖谋的清词选《词莂》的研究，目前学界研究较少。傅宇斌教授

---

① 杨铁夫《梦窗词选笺释》，上海：上海医学书局，1932年，第9页。
② 杨铁夫《梦窗词选笺释》，上海：上海医学书局，1932年，第11页。
③ 杨铁夫《梦窗词选笺释》，上海：上海医学书局，1932年，第9页。
④ 杨铁夫著，陈邦炎、张奇慧点校《吴梦窗词笺释》，广州：广东人民出版社，1992年，第277页。

《论朱祖谋的清词观》①，该文将《词莂》与朱祖谋的《清代词坛点将录》《望江南》论词词结合在一起进行比较研究，从而探讨朱祖谋的清词观。张耀宗《走出文学史的视野：朱祖谋〈词莂〉的历史语境与晚清词学》② 重点探讨《词莂》与清词史、常州词派的联系。林葆恒、叶恭绰辑录清代词选得到了学位论文的关注。③ 沙先一教授《论〈近三百年名家词选〉选学价值》④ 对龙榆生《近三百年名家词选》的编纂体例与选词思路进行了探讨，认为该词选既有传统学术的功底，又融入了现代的学术眼光，有助于认识民国清代词学研究以及民国词学观念的嬗变。本节将结合学界已有成果，对沤社词人的清代词选展开探讨。

一、朱祖谋《词莂》

关于《词莂》编选，龙榆生曾经作序：

> 《词莂》一卷原出彊村翁手，当选辑时，翁与张君孟劬同寓吴下，恒其商略去取。翁旋至沪，与况蕙风踪迹日密，复以况词入选。孟劬则力主录翁所自为词，卒乃托名孟劬，以避标榜。予既从翁录副，辄请于翁："曷不与《宋词三百首》合刊行世？"则答："以尚待修订"。去年，翁归道山，爰商诸孟劬，亟出付梓，仍以原序冠篇首，而附著其始末如此云。壬申夏龙沐勋记。⑤

---

① 傅宇斌《论朱祖谋的清词观》，《词学》第十九辑，上海：华东师范大学出版社，2008 年。
② 张耀宗《走出文学史的视野：朱祖谋〈词莂〉的历史语境与晚清词学》，《杭州师范大学学报》，2011 年第 4 期。
③ 符樱《清词综系列研究》（武汉大学硕士论文，2004 年）中梳理了清代四部《词综》的情况，并设专节分析林葆恒《词综补遗》的特点和价值。廖勇《叶恭绰的词学文献贡献》（湘潭大学硕士论文，2009 年），从目录学和词作辑佚两个方面探讨了叶恭绰《全清词钞》的文献价值。
④ 沙先一《论〈近三百年名家词选〉选词学价值》，《徐州师范大学学报》，2009 年第 2 期。
⑤ 龙榆生《词莂·序》，《彊村丛书》第十册《彊村遗书》，上海：上海古籍出版社，1989 年，第 7171 页。

据龙榆生记载,《词莂》最早乃是朱祖谋居苏州时,与张尔田共同商定编选的,朱祖谋到上海后,因与况周颐交往密切,便又收录了况周颐的作品。同时,因张尔田"力主录翁所自为词",所以后来亦收录了朱祖谋的作品。

《词莂》共选词人 15 家,词作 137 首,其中毛奇龄 11 首、陈维崧 11 首、朱彝尊 10 首、曹贞吉 6 首、顾贞观 8 首、纳兰性德 12 首、厉鹗 9 首、张惠言 4 首、周之琦 8 首、项莲生 9 首、蒋春霖 10 首、王鹏运 11 首、郑文焯 9 首、朱祖谋 10 首、况周颐 9 首。

傅宇斌《论朱祖谋的清词观》已将朱祖谋的《词莂》《清代词坛点将录》《望江南》论词词结合在一起,深入了探讨朱祖谋的清词观,故笔者此处仅论《词莂》的选词特点。

首先,重视清初与晚清词。从选目上看,共选清初词家 6 人,晚清词家 7 人,清中期只选了厉鹗和张惠言两家。清初词家中"国初第一词手"[①] 纳兰性德词入选 12 首,为全书之最;晚清词家中,因朱祖谋曾师从王鹏运学词,故王鹏运入选作品最多。其次,推尊常州词派。《词莂》十五家中,常州派词人入选 5 家,张惠言及晚清四大家皆在内,入选作品共 34 首,达到了全书词作总量的四分之一。再次,所选多感伤之作。在《词莂》所选作品中,多次出现"故国""斜阳"的意象,感伤色彩浓郁,如陈维崧《贺新郎》"山下故国十年",朱彝尊《浪淘沙》"斜阳来又去,如此江山",项廷纪《玉漏迟》"如今闲了斜阳高树",朱祖谋《贺新郎》"手种前朝树",《洞仙歌》"三两栖鸦衰柳外,斜阳余几"等。[②] 这与朱祖谋当时的心境有关,朱祖谋编《词莂》时已退居苏州,清王朝也已走至尾声,其心情是非常沉重感伤的。

另,单从《词莂》的选词范围来说,朱祖谋的选词过于狭窄,许多杰出的词人均未能入选,如吴梅村、王士禛等;从体例上来说,《词莂》没有词人小

[①] 况周颐《蕙风词话》卷五,唐圭璋编《词话丛编》,北京:中华书局,1986 年,第 4520 页。
[②] 朱祖谋《词莂》,《彊村丛书》第十册《彊村遗书》,上海:上海古籍出版社,1989 年,第 7182、7187、7210、7222、7256、7257 页。

传、注释、集评等内容，显得不够完备。

二、龙榆生《近三百年名家词选》

龙榆生从 1936 年开始编选《近三百年名家词选》，至 1956 年 9 月由上海古典文学出版社出版，过程长达 20 年。① 《近三百年名家词选》以清词为主体，兼及明清易代之际和民国时期的词人词作，共选词人 66 家，词作 498 首。

（一）选词

龙榆生编选《近三百年名家词选》参考了谭献的《箧中词》与《广箧中词》："《近》共录词作 498 首，其中见于《箧中词》者 141 首，见于《广箧中词》者 83 首，两者相加共 224 首，几近半数。"② 但是，除了对前人词选的参考外，在对具体词人词作的选择上，龙榆生是有自己的考量，如《近三百年名家词选》选王鹏运词 17 首，其中与叶恭绰《广箧中词》所选相同者仅 2 首。具体选目情况如下：

《近三百年名家词选》选目一览表

词人	词作	选源	词人	词作	选源
陈子龙	9	王昶辑本《陈忠裕全集》附诗馀	李雯	5	《蓼斋词》
吴伟业	5	《梅村诗馀》	曹溶	1	《箧中词》
今释澹归	5	清初丹霞寺原抄本《遍行堂词》	宋琬	2	《二乡亭词》
宋征舆	5	《箧中词》	屈大均	6	《道援堂词》
王夫之	11	船山遗书本《鼓棹初、二集》及《潇湘怨词》	徐灿	4	《拙政园诗馀》

---

① 参见沙先一《论〈近三百年名家词选〉选词学价值》，《徐州师范大学学报》，2009 年第 2 期。
② 沙先一《论〈近三百年名家词选〉选词学价值》，《徐州师范大学学报》，2009 年第 2 期。

(续 表)

词人	词作	选源	词人	词作	选源
彭孙遹	4	《延露词》	李天馥	1	《箧中词》
孔尚任	1	《桃花扇传奇》	毛奇龄	7	《毛翰林词》
陈维崧	34	《湖海楼词》	朱彝尊	26	《曝书亭词》
王士禛	4	石莲庵山左人词本《衍波词》	曹贞吉	5	石莲庵山左人词本《珂雪词》
李良年	2	《秋锦山房词》	顾贞观	6	《弹指词》
李符	1	《耒边词》	纳兰性德	25	《通志堂词》
沈雄	1	《柳塘词》	陈崿	1	《呵壁词》
厉鹗	12	《樊榭山房词》	蒋士铨	2	《铜弦词》
吴翌凤	2	《曼香词》	左辅	2	《箧中词》
张惠言	10	《茗柯词》	张琦	2	《立山词》
严元照	2	《柯家山馆词》	邓廷桢	6	《双砚斋词》
董士锡	8	《齐物论斋词》	周济	4	《箧中词》
周之琦	10	《心日斋词》	龚自珍	10	《定庵词》
项廷纪	12	榆园丛刻本《忆云词》	陈沣	6	广州刊本《忆江南馆词》
许宗衡	3	《玉井山馆诗馀》	蒋春霖	14	曼陀罗华阁本《水云楼词》
薛时雨	1	《藤香馆词》	俞樾	1	《春在堂词录》
张景祁	10	《新蘅词》	庄棫	11	《蒿庵遗集》
谭献	10	《复堂词》及《白雨斋词话》	王鹏运	17	《半塘定稿》
沈曾植	3	《曼陀罗䆨词》	文廷式	16	录自文氏手写《云起轩词》及南陵徐氏怀幽杂俎本《云起轩词钞》

(续　表)

词人	词作	选源	词人	词作	选源
郑文焯	21	仁和吴氏双照楼刊本《樵风乐府》	夏孙桐	3	录自《悔龛词》及《悔龛词续》
朱祖谋	33	彊村遗书本《彊村语业》	况周颐	11	惜阴堂刊本《蕙风词》
汪兆镛	3	《雨屋深灯词》及《词学季刊》	俞陛云	7	《乐静词》
赵熙	3	《香宋词》	桂念祖	2	录自《艺衡馆词选》,依《广箧中词》及《忍古楼词话》校正
张尔田	12	忍寒庐刊本《遯庵乐府》	陈洵	11	沧海遗音集本《海绡词》
梁启超	1	《艺衡馆词选》	易孺	3	《大厂词稿》及《和玉田词》
夏敬观	6	《映庵词》及《词学季刊》	王国维	3	《观堂长短句》
邵瑞彭	13	《扬荷集》及《词学季刊》	吴梅	4	《广箧中词》及《忍古楼词话》
黄侃	2	《广箧中词》	吕碧城	5	《广箧中词》

从上表中，我们可以看出龙榆生最欣赏的十位词人依次是陈维崧（34首）、朱祖谋（33首）、朱彝尊（26首）、纳兰性德（25首）、郑文焯（21首）、王鹏运（17首）、文廷式（16首）、蒋春霖（14首）、邵瑞彭（13首）、张尔田（12首）、厉鹗（12首）。在前文中，我们已探讨过龙榆生对苏辛之词的喜爱，正是因为陈维崧词有苏辛之风，所以得以入选34首作品，高居榜首。朱祖谋身为龙榆生的恩师，且其词"幽忧怨悱，沈抑勉邀，莫可端倪"[1]，故排名第二。这十位词人所处时代也不尽相同，可以看出，龙榆生认为清初词是以陈维

---

[1] 龙榆生《近三百年名家词选》，上海：上海古籍出版社，1979年，第183页。

崧、朱彝尊、纳兰性德为代表，清中叶词以厉鹗为代表，晚清词以"四大家"为代表，民国词以邵瑞彭、张尔田为代表。

（二）三百年词史观

关于三百年词史的发展历程，龙榆生在《近三百年名家词选》的后记中写道：

> 三百年来，屡经剧变，文坛豪杰之士所有幽忧愤悱、缠绵芳洁之情，不能无所寄托，乃复取沈晦已久之词体，而相习用之。风气既开，兹学遂呈中兴之象。明清易代之际，江山文藻，不无故国之思，虽音节有未谐，而意境特胜。迨朱、陈二氏出，衍苏辛、姜张之坠绪，而分道扬镳。康乾之间，海内词坛，几全为二家所笼罩。彝尊倡导尤力，自所辑《词综》行世，遂开浙西词派之宗，所谓"家白石而户玉田"，亦见其风靡之盛矣。末流渐入于枯寂，于是张惠言兄弟起而振之，别辑《词选》一书，以尊词体，拟之"变风之义，骚人之歌"。周济继兴，益畅其说，复撰《词辨》及《宋四家词选》以为圭臬，而常州词派以成。终清之世，两派迭兴，而常州一脉，乃由江浙远被岭南，晚近词家如王、朱、况、郑之辈，固皆沿张、周之途辙，而发挥光大，以自抒其身世之悲者也。然词学中兴之业，实肇端于明季陈子龙、王夫之、屈大均诸氏，而极其致于晚清诸老，余波至于今日，犹未全绝。论近三百年词者，固当以意格为主，不得以其不复能被管弦而有所轩轾也。①

从这一段话中，我们可以看出龙榆生将清代词史划分为三个阶段：明清之际到清初为第一阶段，康乾至嘉庆浙派兴盛为第二阶段，晚清以后常州派一统天下为第三阶段。明清之际开启了清词发展的序幕，即所谓"然词学中兴之业，实

---

① 龙榆生《近三百年名家词选·后记》，《近三百年名家词选》，上海：上海古籍出版社，1979年，第225、226页。

肇端于明季陈子龙、王夫之、屈大均诸氏",这三人均为遗民词人,也正因为如此,这部词选只能以"近三百年"命名,而不能称为《清词选》。在清初词家中,龙榆生肯定陈维崧与朱彝尊对于清词的开创之功:"明清易代之际,江山文藻,不无故国之思,虽音节有未谐,而意境特胜。迨朱、陈二氏出,衍苏辛、姜张之坠绪,而分道扬镳。"陈维崧的词作是清代苏辛词风的代表,《近三百年名家词选》中选取了陈氏《夜游宫·秋怀》四首,被陈廷焯评曰:"字字精悍,正如干将出匣,寒光逼人"①;朱彝尊是浙派创始人,浙派推崇姜夔、张炎,龙榆生便选了朱氏《长亭怨慢·雁》,陈廷焯评曰:"是竹垞直逼玉田之作。"② 对于常州词派,龙榆生十分推崇张惠言《词选》、周济《词辨》及《宋四家词选》,作为常州派经典,龙榆生认为经过晚清诸老的推广,其影响直至今日。晚清诸老是指文廷式、王鹏运、朱祖谋、况周颐、郑文焯等人,晚清诸老之后则是以邵瑞彭、吴梅等人为代表,他们与朱祖谋、况周颐交往密切,词学宗尚深受晚清诸老影响。

(三)体例

《近三百年名家词选》在体例上比较完备,首先词作,其次词评,再次小传,最后是集评,这体现了龙榆生对于目录之学的要求:"一、作家史迹之宜重考;二、版本善恶之宜详辨;三、词家品藻之宜特慎。"③ 首先,在"作家史迹"方面,作者编写词人小传广泛征引资料,涉及正史、墓志铭、作品序跋,以及词人评点之作,力求对词人生平有一个准确的概括,如朱祖谋《望江南》论词词评论的清代29位词家,龙榆生都有所引用,可见其对"作家史迹"的重视。其次,在词集版本方面,龙榆生也是精选善本。笔者在前表中列出了每一位词人词作的选源,我们可以看出,龙榆生在选源方面,涉及总集、别

---

① 龙榆生《近三百年名家词选》,上海:上海古籍出版社,1979年,第35页。
② 龙榆生《近三百年名家词选》,上海:上海古籍出版社,1979年,第55页。
③ 龙榆生《研究词学之商榷》,《龙榆生词学论文集》,上海:上海古籍出版社,2009年,第110页。

集、词话等,力求做到词作的选取准确全面,如项廷纪《忆云词》有很多版本,① 其中《榆园丛刻》本收录比较完整,② 所以龙榆生以这一版本为选词底本,可见其用心用力之深。再次,在"词集品藻"方面,《近三百年名家词选》在每一首词后都附上史上对该词的所有词评,在每一位作家后面附上集评,有助于读者理解单首词作,也可对该词家在词史上的地位有一个总体把握。这些集评收录范围也较广,其中辑录"《箧中词》106 条、《广箧中词》45 条、《白雨斋词话》38 条"③。

三、叶恭绰《全清词钞》

叶恭绰对清词的评价很高,他说:"清一代的词越过明代,此外惟小说和曲子勉强可以企及,而诗文则否。"④ 他在《全清词钞·序言》中将清词分为四个阶段:第一阶段即顺治及康熙初期,这一阶段的词受明末风气影响很深,优点是"杂以兴亡离乱之感,情韵特深",缺点是"纤仄、芜滥";第二阶段是浙西词派的兴起,以清雅挽救清初词之弊,但其末流又因缺乏胸襟、气韵,而流为饾饤和肤廓;第三阶段是乾嘉之际常州词派出而救浙派之弊,推尊词体,探源骚雅,倡"意内言外"之旨;第四阶段是鸦片战争之后,国家形势日益复杂,词风多样化。

---

① 《忆云词》共有七个版本:《忆云词》甲乙稿,项廷纪撰,南陵徐氏钞本;《忆云词》甲乙稿,项廷纪撰,娱园秦氏钞校本;《忆云词》甲乙丙丁稿四卷,项廷纪撰,道光刊本(孙元垲跋);《忆云词》四卷删存一卷,项廷纪撰,光绪十九年上海有正书局影印本;《忆云词》甲乙丙丁稿四卷删存一卷,项廷纪撰,光绪二十一年仁和榆园刻本;《忆云词》四卷补遗一卷,项廷纪撰,光绪二十五年思贤书局刻本;《忆云词》甲乙丙丁稿四卷补遗一卷,项廷纪撰,光绪石印本。参见吴熊和、严迪昌、林玫仪合编《清词别集知见目录汇编·见存书目》,"中央研究院"中国文哲研究所筹备处,1997 年。
② 民国二十六年(1937)陈乃乾所编《清名家词》本,商务印书馆民国二十四年(1935)《丛书集成初编》本,2009 年华东师范大学出版社《清代名家词选刊》本,皆是以榆园丛刻本为底本。参见赵保胜《〈忆云词〉笺注》,广西师范大学硕士论文,2012 年。
③ 沙先一《论〈近三百年名家词选〉选词学价值》,《徐州师范大学学报》,2009 年第 2 期。
④ 叶恭绰《全清词钞·序言》,《全清词钞》,北京:中华书局,1982 年。

《全清词钞》编选的工作开始于1929年，在编选的过程中，得到了沤社成员们的大力支持和帮助。沤社词人朱祖谋、潘飞声、冒鹤亭、林葆恒、杨铁夫、夏敬观、龙榆生、陈方恪、黄孝纾均加入其中，朱祖谋负责"综览鉴定"，黄孝纾参与钞校、杨铁夫参与编次校订。[①] 这是一部民国词学家们通力合作整理出的清代词学文献著作，它不仅反映了清词的整体面貌，更体现了诸位词家的选词观，可谓是民国选家合著的一部"清词史"。

　　《全清词钞》共选词人3196人，词作8960首，时间上以顺治元年（1644）至宣统三年（1911）为主体，兼及明代遗民王夫之、屈大均等人和晚清民国时期的朱祖谋、况周颐等人，女子与方外单独列出，其中第三十五卷至第四十卷收录由清入民国的词人，共计270余人，他们的词作可以说是代表了民国词的最高水平。沤社词人们对这些词人作品进行筛选，也体现了他们对民国词史的看法。这些民国词人中入选词作数量前十名的依次是：朱祖谋25首、郑文焯23首、梁鼎芬19首、邓潜15首、况周颐14首、龚元凯10首、李岳瑞10首、张茂炯9首、邵瑞彭9首、张仲炘9首、王嘉诜9首。这其中包括了"清末四家"中的三家，说明民国词坛承续着晚清词风，这些民国词人入选的作品，大多也是反映时事的，可见他们深受常州派词史观影响。

　　《全清词钞》规模浩大，难免存在一些疏漏和错误，如康熙朝失收杭州徐吴升（有《蕊珠词》）、淮阴金人望（有《瓜庐词》）、北京陈祥裔（有《凝香集》）、临洮张晋（有《戒庵词》）等；还有如"胡元仪（有《步姜词》）"、"又有南湟牧叟一名（《南湟牧笛》）"，其实南湟牧叟即胡元仪，书中却归为二人。

四、林葆恒《词综补遗》

　　林葆恒《词综补遗·例言》："《国朝词综》王昶纂之于前，黄燮清、丁绍仪补之于后。凡得二千八百余人，词八千二百余首，亦云备矣。但丁氏书成于

[①] 中华书局编辑部《全清词钞·例言》，《全清词钞》，北京：中华书局，1982年，第7页。

光绪九年，距今适六十年，不特光、宣名宿为丁氏所不及见者居多，而顺、康、雍、乾有名之词人亦不无遗漏。余藏词数千卷，避兵余暇，偶取三家所未选者，人选数首，得四千四百余人，词七千三百余首。"① 可见，林葆恒编选《词综补遗》是为了对丁绍仪的《词综补》再做补充。因黄燮清、丁绍仪都是对王昶的《国朝词综》进行增补，所以林葆恒编选《词综补遗》也是为了增补清代词人词作，但是因为很多晚清词人亦生活至民国时期，为了保证延续性，也收录了许多民国时期的词人词作。

《词综补遗》在编选过程中，亦得到了许多人的帮助："是编初仅就家藏各词选录，所得不及三千首，嗣荷叶遐厂先生以所辑《清词钞》全稿见示，又以所藏各家词集相假，遂成大观。……冒鹤亭、仇述庵、傅沅叔、吴眉孙、李拔可、袁文薮、关颖人、赵叔雍、龙榆生、陆维昭、郭啸麓、吕贞白、袁帅南诸君或以藏书相假，或以抄词见示，乃得渐臻完备。"②

完备即《词综补遗》最大的特点，亦是其最成功之处，据林葆恒自言"得四千四百余人，词七千三百余首"，但又有研究者据《北京图书馆稿本钞本丛刊》进行重新统计，共得4800余人，词作8000余首，③ 比清代前三家词综（王昶《清词综》、黄燮清《清词综续编》、丁绍仪《清词综补》）多出1993位词人，562首词作。而且，《词综补遗》收录女性词人多达721人④，并在编排上将男女词人混编，打破了历史上对女词人单独分卷的模式，体现了对女性词人的重视与尊重。郭则沄在《词综补遗·序》中将《词综补遗》的优点归结为四点：知人、存事、精择、博取，但舍之却认为："其书初但汇集诸家词选，继复取叶氏词钞稿补苴成之。未尝广征有清一代词家专集，郑重选拔。其体例

---

① 林葆恒《词综补遗·例言》，《词综补遗》（北京图书馆稿本钞本丛刊本），北京：书目文献出版社，1992年，第9页。
② 林葆恒《词综补遗·例言》，《词综补遗》（北京图书馆稿本钞本丛刊本），北京：书目文献出版社，1992年，第11、12页。
③ 符樱《清词综系列研究》，武汉大学硕士论文，2004年，第16页。
④ 焦佳朝《唐宋湖州词研究》，苏州大学硕士论文，2009年，第17页。

之谬妄既如此，其内容之芜杂亦可知。"①《词综补遗》在编选过程中的确参考了叶遐厂编选的《清词钞》，但是规模如此宏大，且林葆恒编选的初衷亦是希望可以尽量多的"存人"，自然也难免无暇顾及"郑重选拔"了。

另外值得一提的是，林氏编辑《词综补遗》这样的大型词选，如前文所述，得到了众多词人之助，但是编词选所参考大量的词集文献则主要是靠林氏所藏，即如前文序言所引"余藏词数千卷"，而这藏词数千卷大致情况可以从《讱庵藏词目录》中了解："全书分三卷，卷一为'总集选词'，凡著录一百三十七条；卷二为'别集'，凡著录六百五十三条；卷三为'词谱词韵词话类'，凡著录四十二条。"② 所以"可见《词综补遗》的成书，先是经过长期的阅读酝酿，然后是较为短暂的选辑抄录时期，这两个阶段，都是以林葆恒自藏典籍为基础的"③。

第二节　沤社词人的地域词选研究

目前学界对沤社词人地域词选的研究有袁志成《晚清民国福建词学研究》④，朱德慈《论晚清闽词派》⑤和谢永芳《潘飞声对本土词学文献的整理研究及其价值》⑥ 等。袁文探讨了林葆恒《闽词征》《宋四家词联》和《词综补遗》三书的特点，并补充了《闽词征》中漏收的晚清民国词人资料。朱文通过对林葆恒《闽词征》的研究，认为晚清闽地词人可自成一派。谢文探讨了潘飞声词选《粤东词钞三编》、词话《粤词雅》的特点，并认为潘飞声对乡邦文献的整理是为了使广东词学摆脱在全国词学中的边缘地位。

---

① 舍之《历代词籍叙录》，《词学》第四辑，上海：华东师范大学出版社，1986 年。
② 陈昌强《〈讱庵藏词目录〉与现代词学因缘》，《文献》，2019 年第 4 期。
③ 陈昌强《〈讱庵藏词目录〉与现代词学因缘》，《文献》，2019 年第 4 期。
④ 袁志成《晚清民国福建词学研究》，福州：福建人民出版社，2013 年。
⑤ 朱德慈《论晚清闽词派》，《厦门教育学院学报》，2011 年第 3 期。
⑥ 谢永芳《潘飞声对本土词学文献的整理研究及其价值》，《图书馆论坛》，2008 年第 4 期。

本节将重点探讨朱祖谋《湖州词征》与《国朝湖州词录》、周庆云《浔溪词征》这三部沤社词人地域词选，并在前人研究基础上补充探讨林葆恒的《闽词征》。因潘飞声《粤东词钞三编》研究已较充分，故此节不再赘言。

一、朱祖谋《湖州词征》与《国朝湖州词录》

湖州自古人文鼎盛："宋代各地藏书家，以浙江为最多，共三十一人，而湖州一地就有九人，……《湖州府志》（艺文略）记载，此地著作人士见于记录者有一百五十一人之多，凡作品三百三十四种。"[①] 朱祖谋为湖州人，为了保存乡梓文献编选了两部词选：《湖州词征》与《国朝湖州词录》。

（一）《湖州词征》

《湖州词征》共30卷，收录宋朝至明朝71位词人的作品，1920年由刘氏嘉业堂刊刻。具体选目如下：

词人	词作	选源
张先	185	黄子鸿校知不足斋丛书本，据《词律拾遗》补一阕
叶梦得	102	叶廷管刊本
沈与求	4	明刊《龟溪集》本
刘一止	42	善本书室藏钞《苕溪集》本
沈端节	44	汲古阁刊本
倪偁	31	知不足斋钞本
葛立方	38	汲古阁刊本
葛郯	30	汲古阁藏钞本
沈瀛	86	知圣道斋藏钞南词本

---

① 焦佳朝《唐宋湖州词研究》，苏州大学硕士论文，2009年，第43页。

(续 表)

词人	词作	选源
吴渊	6	善本书室藏钞《退庵遗集》本
吴潜	255	传钞梅鼎祚辑本,据《景定建□志》补二阕XX
牟巘	9	鸣野山房藏钞《陵阳集》本
周密	148	知不足斋丛书《蘋洲渔笛谱》本,据《草窗词》补三十九阕。
赵孟頫	33	城书室刊《松雪斋集》本
赵雍	17	知不足斋丛书《赵待制遗稿》本
沈禧	55	知圣道斋藏钞南词本
朱睎颜	40	传钞《飘泉吟稿》本,据朱希真《樵歌》删七阕
叶清臣	2	辑本
刘述	1	辑本
朱服	1	辑本
丁注	1	辑本
刘焘	4	辑本
沈会宗	22	辑本
何桌	2	辑本
吴益	1	辑本
章良能	1	辑本
俞灏	1	辑本
章谦亨	7	辑本
胡仔	3	辑本
李仁本	3	辑本
周晋	3	辑本
施枢	3	辑本
李彭老	21	辑本
李莱老	18	辑本

(续 表)

词人	词作	选源
钱选	1	辑本
朱嗣发	1	辑本
释净端	3	辑本
韦居安	1	辑本
郯韶	1	辑本
赵由儁	1	辑本
王国器	12	辑本
张翟	1	辑本
姚式	1	辑本
沈景高	1	辑本
王蒙	1	辑本
严震直	1	辑本
陈霆	222	明刊《水南集》本
张窑	2	辑本
陈曼年	2	辑本
顾应祥	3	辑本
赵金	1	辑本
唐枢	1	辑本
闵如霖	4	辑本
骆文盛	2	辑本
董份	4	辑本
姚一元	1	辑本
沈祠	2	辑本
陈敬直	2	辑本
茅维	4	辑本

(续　表)

词人	词作	选源
范汭	3	辑本
董斯张	33	辑本
韩曾驹	1	辑本
孟称舜	5	辑本
沈彙	2	辑本
吴鼎芳	20	辑本
韩纯玉	11	辑本
唐达	1	辑本
吴淑姬	4	辑本
管道昇	4	辑本
钱氏	2	辑本
韩智玥	2	辑本

从上表反映的词人词作收录情况来看，《湖州词征》所选宋代词人颇多，计38人，选词近1 200首；元代选词最少，只选7人，词18首；选明代词人26人，词340余首。在所选宋代作家中，包括著名词人张先、叶梦得、沈与求、刘一止、沈端节、倪偁、葛立方、周密、赵孟頫等人，其中除张先是北宋词人外，其他诸人都曾流寓湖州，如叶梦得是随宋朝廷南渡至湖州，葛立方随父亲葛胜仲徙居湖州等。由此可见，湖州由于特殊的地缘（靠近临安）在南宋词坛占据着重要的地位。

朱祖谋在编选《湖州词征》时多择善本，并广校他本，对词人小传的编写更是广泛征引多种资料，如《湖州府志》《武康县志》《词综补遗》《中兴以来绝妙词选》《历代诗馀》《齐东野语》《南宋群贤小集》《四库总目》《绝妙好词》《浩然斋雅谈》《书史会要》《静志居诗话》《明词综》《夷坚志》《花庵词选》等；且除了对作者生平的介绍外，还增加他人的词评，以客观评价词人词作,如卷一评张先词,"朱彝尊曰:李端叔云'子野词才不足而情有馀',晁无咎云'子野与耆卿齐名,而时以子野不及耆卿,然子野韵高是耆卿所乏处'"①。

朱祖谋的《湖州词征》也有误收词的现象,如将胡仔父亲之词当作胡仔的词收入词选,② 这源于黄昇的《花庵词选》,朱氏于此未加甄别而误收。

(二)《国朝湖州词录》

《国朝湖州词录》也于1920年由刘氏嘉业堂刊刻,是《湖州词征》的姐妹篇,但《国朝湖州词录》所选均为清代词人作品,共选词人137人,词作496首。具体选目如下:

《国朝湖州词录》词人词作一览表

卷次	词人词作(篇)
卷一	方大猷1、吴启思5、董衡1、臧眉锡1、董汉策6、沈尔爔8、沈尔煜1、孙在丰2、徐倬6、胡会恩6、沈三曾1、沈涵1、陈之群1、卓允基1、沈苕祥1、郑元庆3、董师植1、董炳文5、谈九叙9、潘世遑6、韩献3、吴启衮1、韩云5、王武功1、严振2、闵荣2、陆浣4、吴绍曾1、赵瑜1、茅麟1。
卷二	谈起行3、纪复亨1、戴文灯4、宋维藩10、高文照8、吴兰庭3、王翰青7、姚世钧2、邢汝仁1、严鼎臣4、张春苞2、徐天柱2、沈长春6、章光曾6、张师诚2、叶绍楏4、费融1。
卷三	许宗彦13、叶绍本5、冯如璋1、徐保字3、戴鼎恒6、张应昌13、蔡庚堂5、严元照19、倪炜文1、徐球8、范锴7、费丹旭1、董蠡舟4、董恂5、施国祁2。
卷四	董恪1、徐金镜8、戴坤元1、沈采晋1、朱步沆、蔡廷弼2、高锡蕃2、姚椿1、陈彰1、钮福畴8、陈长孺8、奚疑7、王皗1、管以金1、王赤1、沈锡璜1、姚炳1、周学濬3、陆长春17、戴铭金6、朱紫贵18、徐本立8、徐镜清2、许善长4、俞樾4、慎毓林1。

---

① 朱祖谋《湖州词征》卷一,上海书店编纂《丛书集成续编》第162册,上海:上海书店,1994年,第4页。
② 唐圭璋《梦桐词话卷四·辩证》,朱崇才《词话丛编续编》第五册,北京:人民文学出版社,2010年,第3431页。

(续　表)

卷次	词人词作（篇）
卷五	汪日桢9、高顼龄1、戴缨1、周学源1、徐廷祺2、王思沂1、徐芝淦6、沈秉成2、戚人鏮1、温丰1、许德裕1、孙禄增1、朱镜清8、朱椿1、周作镕8、朱福清3、李煊8、沈桐2、周洪彝2、周庆贤2、周庆森1、沈云2、李世京1、李世仁1、李廷赓1、严以盛5、张传鸿17、朱方饴2
卷六	唐元观4、丁瑜6、胡玉莺2、冯体婧2、陈滟1、沈兰英1、沈树荣1、戴韫玉1、沈宛3、谈印梅5、沈省1、尹蕙2、徐庭照1、徐莅1、陆珍瑶4、戴锦1、戴青3、俞绣孙6、钱启缯3、俞庆曾5、方是仙1。

上文谈到《湖州词征》时说到宋代许多外籍词人流寓湖州，从而壮大了湖州词坛的声势，而从上表《国朝湖州词录》的选目情况可以看出，清代湖州词坛以本地词人居多。《国朝湖州词录》共收录词人137人，有专集者不下80人，还有21位女词人，可见湖州词坛人才辈出。这些词人大多是进士出身，其中汪日桢还是数学家。有研究者将清代湖州词坛分为初期、乾嘉、晚清三个时期，① 所参考的资料之一就是《国朝湖州词录》。

二、周庆云《浔溪词征》

浔溪即浙江湖州南浔，是周庆云的家乡。《浔溪词征》是周庆云在编选《浔溪诗征》时"连类求之"而得："于辑诗征时连类求之，仅得二十七人，存词百六十余首，……釐二卷附《诗征》并行，名曰《浔溪词征》。从其例也，网罗散失，俟诸后贤。嗟乎，亡国之音哀以思，词之为用，所以写缠绵莫解之情，抒抑郁难言之隐，而桑海之际，茹痛至深，则尤多传作。以今视昔感想已殊，后之视今更不知若何沈恨矣。"② 可见，周庆云编选《浔溪词征》的目的是想通过"写缠绵莫解之情，抒抑郁难言之隐"的词来抒发亡国之哀思。

---

① 高万湖《清初湖州词坛概况》，《湖州师专学报》，1992年第2期。
② 周庆云《浔溪词征·自序》，1917年刻本，华东师范大学图书馆藏。

《浔溪词征》共收录明清两代词人22人，词作139首，其中明代词人3人，词作14首；清代词人19人，词作125首。具体选目如下：

卷一：明：赵金1首、董份4首、董斯张9首；清：董汉策14首、董师植1首、王翰青9首、施国祁2首、范锴33首、董庆槐1首、董蠡舟3首、董恪1首、董恂11首、陆长春2首、徐延祺2首、汪日桢18首、温丰1首、沈云4首、李世京1首、李世仁3首、李廷庚5首、周庆贤3首、周庆森2首。

卷二：闺媛：清孔继光1首、徐苾15首、赵棻20首；明：黄周星1首；清：道士周科耀1首。

《浔溪词征》所收录词人身份多样，有高官，如董份，为明代嘉靖年间礼部尚书；有画家，如赵金；还有学生，如李世京是挹泉县学生，李世仁是逎山县学生。收录词作以题图、写景之作为多，大部分词前都有小序，皆有本事。入选董氏家族成员最多，周庆云还选了自己的两位兄长周庆贤与周庆森的作品。

《浔溪词征》与《国朝湖州词录》编选时间相近，但二者对同一作者的词作选择却不尽相同，参看下表：

《浔溪词征》与《国朝湖州词录》选词比较

词人	《浔溪词征》	《国朝湖州词录》	所选相同词作
董汉策	14	6	《雨中花慢》"慷慨襟期"，《贺新郎》"亲授儿书"，《南歌子》（独坐密斋）《西平乐·癸巳春叩丰草庵晤西庵师》
董师植	1	1	《沁园春》"鲁国苗裔"
王翰青	9	7	《忆少年》"无端残雨"
范锴	33	7	《清平乐》"倚桃人去"，《柳色黄》"断缕零丝"，《洞仙歌》"城南别墅"
施国祁	2	2	《杜韦娘》"烟丛西墅"，《沁园春》"曲院深深"。
董恪	1	1	《风入松》"膏粱尘梦"
董恂	11	5	《天香》"小院凉生"，《疏影》"横塘百里"，《齐天乐》"墨溪南去"，《西子妆》"一舸偕摇"，《满江红》"泛宅浮家"
董蠡舟	3	3	《如梦令》"离合悲欢"，《高阳台》"苦雾埋珠"。

(续　表)

词人	《浔溪词征》	《国朝湖州词录》	所选相同词作
汪日桢	18	9	《临江仙》"心字香灰",《祝英台近》"敛姜芽虀",《莺啼序》"红楼再寻"
李世京	1	1	《眼儿媚》"寂寞清宵"
周庆森	2	1	《壶中天》"横中玉戏"
周庆贤	3	2	《齐天乐》"东风三月"《壶中天》"琼楼玉宇"。
李世仁	2	1	《满庭芳》"昔是茅庐"
李廷庚	5	1	《浪淘沙》
沈云	4	2	《满江红》"春闹枝头",《贺新凉》"米芾屠隆"。
徐莅	15	1	《风入松》"断纹呵护"
徐延祺	2	2	《菩萨蛮》

从上表中可以看出,《浔溪词征》对个体词人的选词数量要比《湖州词征》多,因为浔溪的范围比湖州要小,且二人对相同词人的词作选择差别很大,偶有相同者,版本亦有所差异,如《国朝湖州词录》选李廷庚1首,《浔溪词征》选李廷庚5首,相同者为《浪淘沙》,但是起句也略有不同。

另,在词人小传方面,《浔溪词征》比《国朝湖州词录》更完善,[①] 如《国朝湖州词录》徐莅小传:"字湘生,乌程人,莘开室有《古苎吟稿》。"[②]《浔溪词征》徐莅小传:"字湘生,号古苎。武生莘开妻。生而敏悟,经史过目成诵,性好吟咏,尤喜书画,与其夫皆出沈芥舟宗骞门下,夫妇偕隐,惟以文章笔墨自娱,一时歆羡以为不减,赵文敏,管仲姬云夫殁年仅四十六,湘生嫠居,以画自给,寿至九十余,有《古苎吟稿》附诗馀十五阕,兹尽录之。"[③] 朱祖谋的小传只包括词人的基本信息,而周庆云的小传则对词人生平

---

① 周庆云《浔溪词征》卷一,1917年刻本,华东师范大学图书馆藏,第10页。
② 上海书店编纂《丛书集成续编》,上海:上海书店,1990—1999年,第282页。
③ 周庆云《浔溪词征》卷二,1917年刻本,华东师范大学图书馆藏,第2页。

事迹记录更加详尽。通过比较可以发现，周庆云与朱祖谋虽为词友，周庆云亦曾邀请朱祖谋删定词集《梦坡词》，但是在编选词选方面交流甚少。

三、林葆恒《闽词征》

林葆恒《闽词征·绪言》："曩见无锡丁杏舲（绍仪）《听秋声馆词话》载闽语多鼻音，漳、泉二郡尤甚，往往一东与八庚、六麻互叶，即去声字亦多作平，故词家绝少。记吾乡黄肖岩先生尝云：音虽起于喉，当以鼻音为主，闭鼻则开，发收闭音俱不真，鼻为君声万类所统辖也。韵首东等首见为得其本矣。刘继庄《新韵谱》亦先立鼻音，次定喉音，复以喉、鼻二音展转相生，而万有不齐之音统摄于此。《国书》十二部头首部，阿、厄、衣、乌、于，亦以喉鼻二音为首。天下方音五音咸备，独阙纯鼻之音，惟吾闽尚存，乃千古一线元音之仅存于偏隅者，漳、泉人度曲，纯行鼻音，则尤得音韵之元矣。而丁氏反以此相讥毋乃慎乎，且闽音去声与平声尤界限分明，不相淆混，仅上声不分阴阳而已。然毛氏《七声略例》云：阴平、阳平、上声、阴去、阳去、阴入、阳入之七声，其音易晓而鲜成谱，是上声本无阴阳，非闽音独异。即以词论如柳耆卿、康伯可皆以词受知供奉内廷，为词家有数人物，即陈了斋、李梁溪、黄勉仲、蔡友古、赵虚斋、刘后村、张芦川、吴彦高等亦各有专集风行一世。"①

由此可知，林葆恒编《闽词征》是为了反驳丁绍仪对"闽地少词"的偏见。丁氏《听秋声馆词话》认为闽音多鼻音、去声亦多作平声，故词家较少。林葆恒则针对丁绍仪的观点，首先举同乡黄肖岩、刘继庄的例子来证明鼻音较喉音更为重要，且认为只有闽地存纯鼻之音，这一点不但不为陋，而应当是优势。其次指出闽音去声与平声是界限分明的，仅"上声不分阴阳"，但这种情况并非只在闽地存在，其它地方也有。同时，林葆恒还列举了一批宋代闽地知

---

① 林葆恒《闽词征》，民国二十年（1931）刻本，华东师范大学馆藏。

名词家来反驳"闽地少词"的观点。

林葆恒的《闽词征》是在叶申芗《闽词钞》的基础上编纂而成的,他在自序中说:"吾乡叶小庚太守虽有《闽词钞》之刻,然仅至金为止。有明迄国朝均付阙如,且板片已毁,传书尤少。寒窗无事,爰取所见闽词汇为此书,乡邦人士能将家藏先集及现时著作,惠假迻录,俾续成书。"① 道光年间,闽人叶申芗曾编《闽词钞》五卷,选词始于宋朝徐昌图,终于元朝洪希文,选词人50余人,词作1100余首;林葆恒编选《闽词征》六卷,则始于宋朝徐昌图,终于民国时期与己同时期词人,共选260余家,词作1400余首,前三卷为宋元明词,后三卷则为清词。而这些大规模的词集是从自己历年所藏中取得的。②

林葆恒所选宋元词人与叶申芗《闽词钞》中所选宋元词人大体相同,③ 所选词作略有不同,但是补充了明清以及民国时期的词人词作。袁志成在《晚清民国福建词学研究》一书中已将《闽词征》中所收明朝及清代前中期词人词作一一列出,④ 笔者现补充《闽词征》中所收晚清词人及词作如下:

叶申芗13(首)、梁云镶2、林则徐11、李彦章2、梁云镛1、叶滋沅1、许赓皞13、杨廷钺1、王有仪1、谢元淮1、游大琛1、刘家谋5、张亨辅4、徐一鹗9、刘存仁2、谢章铤14、郑守廉16、李应庚5、梁履将13、陈宝廉1、马凌霄10、梁鸣谦16、林天龄18、龚易图6、刘绍网2、陈文翙1、陈遹祺15、黄经9、黄熥9、宋谦10、刘勷13、董庆澜1、张承渠2、薛禧年1、林兆鲲1、林其年1、刘琛1、崔挺新1、李乔2、林直1、丁铸1、陈宝琛16、刘三才11、刘荃6、黄宗宪5、曾淞7、黄燊4、刘大受12、王耀曾1、叶大庄4、陈与同1、陈与冏9、陈书8、王彝2、李家瑞1、丁箸3、王仁堪1、陈衍10、郑孝胥2、郭传昌3、李宗祎15、陈宗遹2、林纾8、卓孝复6、王允晢35、郑

---

① 林葆恒《闽词征》,民国二十年(1931)刻本,华东师范大学馆藏。
② 陈昌强《〈讱庵藏词目录〉与现代词学因缘》,《文献》,2019年第4期。
③ 参见袁志成"叶申芗《闽词钞》与林葆恒《闽词征》录宋元词人词作比较",《晚清民国福建词学研究》,福州:福建人民出版社,2013年,第223页。
④ 参见袁志成《晚清民国福建词学研究》,福州:福建人民出版社,2013年,第224页。

孝柽 1、陈位铭 3、李景骧 6、周登皞 4、陈懋鼎 2、何启椿 4、高彤 3、刘敬 1、林欣荣 1、陈保棠 1、卓扱 1、林祥沣 2、方宗鼇 5、梁鸿志 2、郭辅衷 6、林觳桢 12、曾念圣 2、郭则沄 11、池汉功 3、李宣倜 2、黄孝先 10、黄孝纾 15、黄孝平 8、黄懋和 2、王迩 1、龚葆銮 1、何维刚 3、何惟深 1。闺媛：梁蓉函 4、黄畹 1、庐蕴真 3、朱芳徽 2、黄幼藻 2、林韫 1、邓氏 1、邱瑶姿 1、李蓉仙 2、萧道管 5、邱林芳 2、薛绍徽 5、张清扬 13、郑元昭 2、沈鹊应 8、沈次畹 2、李慎溶 10、陈芸 3、何曦 3、刘秀明 2、黄慧瑞 1、林襄 1、叶可义 5、王真 3、刘杜业 1、王闲 3、邵英㦸 1。

林葆恒对词人生平事迹的考证非常翔实，如卷三对黄升的考证："黄升字叔旸，号玉林，又号花庵词客，闽人，有《散花庵词》。《福建艺文志》云升早弃科举，雅意歌咏，曾以诗受知游九功，见胡德方《词选序》，其词亦上逼少游，近摹白石。德方序谓闽帅楼秋房闻其与魏菊庄相友，以泉石清士目之。按菊庄名庆之，建安人。《梅磵诗话》载庆之过玉林绝句云：'一步离家是出尘，几重山色几重云。沙桥深浅桥边路，折得梅花又见君。'则升必庆之同里，隐居是地，故获见称于闽帅。又游九功亦建阳人，其答叔旸五言古诗一首载在《诗家鼎脔》，是升为闽人可以考见，朱彝尊《词综》未及详里籍，今附着于此。"①

《闽词征》对闽地词人词作搜集广泛，有的词人只有一两首作品，亦收录之，达到了以词存人的目的。同时，也对部分作者的作品起到了补遗的作用，如其中所选沤社词人梁鸿志的两首作品：

烛影摇红·烛花

吹透芳尘，屏间一粟秋光掩，谁家蛮蜡射南楼，四照添凄婉。道是根芽已绽，舞回风、泪长心短。如年兰夜，剩蕊残英，冷灰埋怨。　　旧梦江城，枝头曾照离人眼，而今重与话西窗，争忍轻轻剪。忆绝三条乍换，

---

① 林葆恒《闽词征》卷三，民国二十年（1931）刻本，华东师范大学馆藏，第5、6页。

对深红，转愁天远。铜荷无语，啼露含烟，背人偷颤。①

玉迟漏·四更

梦回还中。酒好扶残，醉画阑垂。手立尽，中宵帘底，风欺罗袖，忘却遥山吐月。伫楼外水明疑，画销凝、久蛩吟间，栎乌啼催漏。　瓣香此夜星辰。愿好梦从今，深欢似旧，怎忍寻眠。抛却慵侬时候，觑着一丝清气，听银汉、正倾珠斗。人倦后。霜林晓钟吹骤。②

梁鸿志虽加入沤社，但是《沤社词钞》中却没有收录他的词作，他自己也没有专门的词集，他主要是以诗名世，但《闽词征》记录了他的这两首词作，对他的作品起到了补遗的作用。

林葆恒以《闽词征》所收词人词作的数量众多成功驳倒了丁绍仪"闽地无词"的观念，但是由于收集资料有限，林葆恒对同时代的福建词人并没有收录完整，③ 这是《闽词征》的缺憾。

沤社词人编选的词选种类很多，大部分编于民国时期，如《宋词三百首》《词综补遗》等，也有部分编于1949年以后，如《欧阳修词选译》《唐宋名家词选》等。这些词选均产生了不同程度的影响，如朱祖谋编选的《宋词三百首》在民国时期就是畅销书，笺注本达十余种，影响至今不衰；龙榆生编选的《唐宋名家词选》与《近三百年名家词选》于1956年在上海出版，这两部选集都对新中国成立后的词学研究及词学传播产生了重要的影响。

值得注意的是，在编选这些词选时，编选者的目的不同，如朱祖谋编选《宋词三百首》是因为不满周济的《宋四家词选》；林葆恒编选《闽词征》是为了辑录乡邦文献，反对丁绍仪"闽地无词"的观念；而龙榆生所编《唐宋名家词选》则是用作大学文科教材。同时，在编选过程中，编选者也不可避免地受到时代思潮的影响，如杨铁夫编《吴梦窗词笺释》是受"梦窗热"的影响；龙

---

① 林葆恒《闽词征》卷六，民国二十年（1931）刻本，华东师范大学馆藏，第9页。
② 林葆恒《闽词征》卷六，民国二十年（1931）刻本，华东师范大学馆藏，第10页。
③ 袁志成《晚清民国福建词学研究》，福州：福建人民出版社，2013年，第225页。

榆生新版《唐宋名家词选》中苏、辛词数量猛增，既是源于他自己的偏爱，同时也是为了配合1949年以后重豪放轻婉约的时代思潮。

正是因为时代、社会背景的不同，沤社词人编选的词选也存在传统与现代的差异。朱祖谋的《宋词三百首》可以称为传统词选的收官之作，其目的依旧是为了引导学词风气，推尊梦窗，即"开宗""尊体"[①]；而至龙榆生《唐宋名家词选》、杨铁夫《清真词选笺释》与《梦窗词选笺释》则开现代词选先河，其目的是普及词学文化，即龙榆生所说选词目的之二——"传人"[②]。

---

① 龙榆生《选词标准论》，《龙榆生词学论文集》，上海：上海古籍出版社，2009年，第63页。
② 龙榆生《选词标准论》，《龙榆生词学论文集》，上海：上海古籍出版社，2009年，第63页。

第十一章
沤社词人词话理论研究[①]

词话是传统词学批评，沤社部分词人也进行词话写作，如夏敬观著有《忍古楼词话》，王蕴章著有《秋平云室词话》《梅魂菊影室词话》《词史卮谈》《词学》，赵尊岳著有《珍重阁词话》（后更名为《填词丛话》），冒广生著有《小三吾亭词话》，郭则沄著有《清词玉屑》。除了词话专著外，他们还作有一些词集序跋，这些都是反映沤社词人词学理论的组成部分。

第一节　夏敬观词话研究

目前学界对夏敬观的研究已经比较深入：在词人生平方面，有陈谊《夏敬观年谱》[②]；在词学思想方面，有曾大兴《20世纪词学名家研究》[③]一书，其中专设一章探讨夏敬观《〈蕙风词话〉诠评》《吷庵词评》和《吷庵词》。曾大兴主要从三个方面探讨了《〈蕙风词话〉诠评》：（一）关于重、拙、大，（二）从"南宋词人入手"，（三）关于梦窗词。曾大兴肯定了夏敬观先读南宋名家词，不必先看清词的学词途径，并认为夏敬观评论梦窗词比况周颐更为客观。

---

① 本章所述沤社词人词话也包括他们的一些序跋，如夏敬观《忍古楼文》和冒广生《冒鹤亭词曲论文集》中所收录的序跋。
② 陈谊《夏敬观年谱》，合肥：黄山书社，2007年。
③ 曾大兴《20世纪词学名家研究》，北京：中华书局，2011年。

对于《映庵词评》，曾大兴认为其最显著的特点是"取法北宋名家"，并探讨了《映庵词评》中对柳永《乐章集》、晏几道《小山词》、贺铸《东山词》的评论。

陈谊《夏敬观年谱》附录《夏敬观词学研究述论稿》中对夏敬观的词学进行了研究：第一，夏敬观的词学活动。第二，从"词人之词"到"学人之词"，在这一部分，陈谊首先分析了皮锡瑞与文廷式的词学对夏敬观产生的影响，然后结合词史的发展梳理了夏敬观从"词人之词"到"诗人之词"再到"学人之词"的词学思想发展历程，且认为夏敬观的最高词学理想是"词人之词而兼学人之词"。第三，夏敬观《五代词话》与尊体的关系。在谈到尊体时，作者认为夏敬观在《词调溯源》中将词与音乐等同来看的观点，较王灼有所进步，并总结了夏敬观《五代词话》中对唐五代词家的评点。第四，夏敬观的创作论与创作实践。作者认为夏敬观以"学人之词"为词的极境，在创作实践中注重真情实感，突破格律，不受拘牵。另外，还有陈可嘉《夏敬观词学思想研究》[①] 分别从词学评点、炼词炼意、词学审美理想、学词途径四个方面探讨夏敬观的词学理论。

但是，关于夏敬观的词学理论，还有一些问题尚未得到学界的关注，如前面提到的曾大兴对《〈蕙风词话〉诠评》的探讨，尽管已经比较深入，但是对其中关于如何作词、如何评词的词论并未涉及。另外，夏敬观有稿本《忍古楼文》，现藏于上海图书馆，笔者辑录其中的《宋人词集跋》，结合《〈蕙风词话〉诠评》中尚未被研究的资料，从词体观、词史观、词家论、创作论四个方面来探讨夏敬观的词学理论。

一、词体观

词兼具文学与音乐功能。 夏敬观《五代词辑序》云："夫词者，诗之心，乐之体也。词亦谓之诗馀，惟五代名副其实也。"词最初的功能是音乐性占主

---

① 陈可嘉《夏敬观词学思想研究》，中山大学硕士论文，2010年。

导,到了宋代,文学性逐步加强。就词的音乐性与文学性谁占主导的问题,已有学者详细论述,此不赘述。① 夏敬观说"词"为"诗之心,乐之体",既肯定了"以诗为词"的抒情表意功能,又道出了词之音乐歌唱功能,兼顾了词的文学性与音乐性,较为公允。

"词为诗馀"的流变观。夏敬观在《跋金奁集》中说:"唐词初由诗变,所以浑厚,故学词者必先知诗,乃能造诣上乘。……韦端己能诗,……由诗入词,渐开后来诸派。"② 夏敬观肯定"词者,诗之变"的流派论,并提倡由诗入词,在词中用诗法,如其在《映庵词评》中赞《东山词》之《夜捣衣》"收锦字";《杵声齐》"砧面莹";《夜如年》"斜月下";《剪征袍》"抛练杵";《望书归》"边堠远",皆唐人绝句作法。③

推尊词体。夏敬观的词体流变观既是对词源流的探讨,也是对词的尊体。其《龙榆生〈东坡乐府笺〉序》云:"三百篇亦周代之词耳,古今文字嬗降,诗变为五七言,又变而为词,为南北曲,愈近则愈切于民俗国故。"他认为词与《诗经》等同,是古今文字嬗降演化的结果,这是推尊词体的表现。这种观点受到了经学名家皮锡瑞的影响。他在《忍古楼诗自序》中回忆:"予弱冠时,持诗谒善化皮鹿门先生,先生以诗教温柔敦厚之旨,且曰:'诗义比他经难明,三百篇皆本讽喻,不质直言之而比兴言之,不言理而言情,不务胜人,而务感人。'"④

二、词史观

论五代词。"余尝谓五代词,当分两派:《花间》乃蜀派,南唐与之稍异。南唐二主词稍流丽,蜀派则务为严重。及宋,二晏、欧阳,皆宗南唐。其宗蜀

---

① 参见朱惠国《"苏李之争":词功能嬗变的迷局与词学家的困惑——兼论宋代词论的两种基本观点及其演化方向》,《文艺理论研究》,2009 年第 1 期。
② 夏敬观《忍古楼文》第二册,稿本,上海图书馆藏。
③ 张璋编《历代词话续编》,郑州:大象出版社,2005 年,第 421 页。
④ 夏敬观《忍古楼诗自序》,《忍古楼文》第二册,稿本,上海图书馆藏。

派者,惟张子野一人。"① 夏敬观将五代词分为两派,南唐派与蜀派,且具体列出各派词家。蜀派:阎选、毛熙震、欧阳炯、尹鹗、李珣、韦庄、牛峤、牛希济、毛文锡、薛昭蕴、魏承班、顾敻、鹿虔扆、欧阳彬等;南唐:二主(李璟、李煜)、冯延巳、张泌、陈幼文等,② 并指出两派"严重"与"流丽"的风格差异。

论宋词。关于宋词的南北宋之争,夏敬观在《〈蕙风词话〉诠评》中说:"北宋词较南宋为多朴拙之气,南宋词能朴拙者方为名家。概论南宋,则纤巧者多于北宋"③ "取法北宋名家,然后能为姜、张。取法姜、张,则必不能为姜、张之词矣。"④ 夏敬观认为北宋词多朴拙之气,南宋词则多纤巧。而要想学好词,不能只学姜、张,必须先师法北宋词,只有领悟了北宋词的妙处,才能习得南宋姜、张词的神韵。

论清词。夏敬观推崇常州词派,所以对清初以至清中期为浙派统领的词坛评价不高:

> 清初词当以陈其年、朱彝尊为冠。二家之词,微论其词之多涉轻巧小,即其所赋之题,已多喜为小巧者。⑤

> 余前言学词不可从清初词入手,即是此意。清初词轻倩者多,未知词之品格高下者,最易喜轻倩一路,以轻倩易于动人耳。嘉道前词人,喜为姜、张,正是好轻倩之故,即有成就,所谓成就其所成就也。⑥

> 乾嘉时词,号称学稼轩、白石、玉田,往往满纸皆此等呼唤字,不问其得当与否,遂成滑调一派。⑦

---

① 夏敬观《五代词话》,《忍古楼文》第六册,稿本,上海图书馆藏。
② 夏敬观《五代词话》,《忍古楼文》第六册,稿本,上海图书馆藏。
③ 夏敬观《〈蕙风词话〉诠评》,《同声月刊》二卷二号,第35页。
④ 夏敬观《〈蕙风词话〉诠评》,《同声月刊》二卷二号,第36页。
⑤ 夏敬观《〈蕙风词话〉诠评》,《同声月刊》二卷二号,第35页。
⑥ 夏敬观《〈蕙风词话〉诠评》,《同声月刊》二卷二号,第40页。
⑦ 夏敬观《〈蕙风词话〉诠评》,《同声月刊》二卷二号,第43页。

> 盖乾嘉人学乾嘉词者，不得谓之有成就，尤不得谓之专家，况氏持论过怨。其下以纳兰容若、厉太鸿为喻，则又太刻。浙派词宗姜、张，学姜、张亦自有门径，自有堂奥，姜、张之格，亦不得谓非高格，不过与周、吴宗派异，其堂奥之大小不同耳。①

夏敬观认为清初词多纤巧，不可学，唯一推崇是陈其年、朱彝尊，乾嘉时期整个词坛宗姜、张，为"滑调"一派，均与"周、吴宗派异"。夏敬观对清词的看法，与王蕴章不同（后文将详细论述），王蕴章对清词都很重视，而夏敬观对清词的态度是分期而论的，这也体现了沤社新老词人词史观的差异。

三、论词人

（一）唐五代词人

五代词人中，夏敬观最推崇温庭筠，一是因为温庭筠对于完善词体作出了贡献，"唐时词体，至飞卿始告大成"，二是因为他对后人影响很大，如"韦庄《清平乐》四阕，炼辞琢句及篇法之严整，极似飞卿"，"其词流丽似此者极少，是为南唐二主之所取法"②。夏敬观还从渊源、语句特点，以及受诗歌的影响三个方面评点了温飞卿词：

> 飞卿词，实从六朝乐府出，不仅命意，遣词亦然。
> 飞卿词，造句新颖，而仍不现刻画。
> 飞卿词凡五七言句，皆其诗琢句之法。至韦庄则渐开词家琢句之法。③

---

① 夏敬观《〈蕙风词话〉诠评》，《同声月刊》二卷二号，第42页。
② 夏敬观《五代词话》，《忍古楼文》第六册，稿本，上海图书馆藏。
③ 夏敬观《五代词话》，《忍古楼文》第六册，稿本，上海图书馆藏。

夏敬观认为温庭筠词的优点在于创作的命意、句法、遣词可以借鉴六朝乐府，同时又能做出自己的新颖之意。夏敬观推崇另一位词人是韦庄：

> 韦庄词，格高音亮，比之飞卿词稍趋流丽。
> 韦庄《清平乐》四阕，炼辞琢句及篇法之严整，极似飞卿。①

夏敬观以温、韦对比方式从风格以及篇法句法方面评价了韦庄词，夏敬观对韦庄评价很高，"五代词当以韦庄及南唐冯延巳为最"（《五代词话》）。

（二）宋词人

以往学界研究夏敬观对宋人词集的评点，所依据的资料仅仅局限于《映庵词评》（《词学》第五辑）。笔者在上海图书稿查阅到夏敬观《忍古楼文》稿本，其中有许多为宋名家词作所作的跋，笔者将这些篇目内容与《映庵词评》做了对比，除了已被《映庵词评》收录的几篇外，另外有《跋东坡词》《淮海词》《山谷词》三篇已发表在《同声月刊》上，但还有一些词跋并未被发表与探讨，因此，本文在这里依据这些词跋，探讨夏敬观对宋词家的评点特色。

1. 珠玉词。"其词以眼前之景融入难写之情。语自依黯，气自高华，刘贡父尝称其尤喜冯正中词，然以浅语达深意，似正中尚逊一筹。南唐后主词譬之书家善使长锋，他人多用短笔，同叔直、重光之嗣音也。乐而不淫，哀而不伤，斯异乎亡国之君臣矣。"② 夏敬观评晏殊词，主要突出了其对五代词的继承，并指出了晏殊词的两个特点：一是"浅语达深意"，能将眼前之景融入难写之情；二是"乐而不淫，哀而不伤"，虽有惆怅之情，但不至于如亡国君臣般悲痛无法控制。

2. 六一词。"永叔为元献所得士，……顾其为词则步武珠玉，其高者杂之

---

① 夏敬观《五代词话》，《忍古楼文》第六册，稿本，上海图书馆藏。
② 夏敬观《跋珠玉词》，《忍古楼文》第六册，稿本，上海图书馆藏。

《珠玉集》中，几不易辨。元献专以词胜，诗文犹浴唐季之习，永叔可谓善择而从也。昔人谓冯正中为人专蔽固嫉，而其词则思深辞丽，韵逸调新，二公皆效正中，岂非君子不以人废言乎。永叔词较之元献浑厚略逊，炼字务新，宋词所以渐离五代亦风会使然也。"① 夏敬观首先强调了欧阳修词乃师法晏殊词，其相像处甚至不易辨别；其次比较了二者的不同，欧阳修词在风格上不如晏殊浑厚，但炼字务新；最后强调了欧阳修词的词史地位，使北宋词走上了不同于五代词而自具面目的时代。

3. 清真词。夏敬观对清真词的评价很高，其《跋清真集》："美成好音乐，能自度曲，制乐府长短句，沈伯时谓作词当以清真为主，盖清真最为知音，下字运意皆有法度，宋人评论此语最精。美成词多摘用唐人诗句入律，修辞雅瞻，运意深美，盖自珠玉、六一上追五代，庄严淡泊兼而有之，复能行以张驰，控送之笔使潜气内转，开合自如，小令缩笔，师端己、正中，伸笔师南唐后主，于晏欧外又别成面目，慢词情文兼至，一气衔贯，衔接处犹见力量，包情于景物，融意于藻采，即用宋时俗语，诸词亦自雅饬乎柳耆卿所不及，陈质斋谓其长调尤善于铺叙，耆卿善铺叙则有之，美成未尝铺叙也。……周止庵谓读得清真词多觉他人所作都不十分经意，此语诚然。惟谓勾勒之妙无如清真，他人一勾勒便薄，清真愈勾勒愈浑厚，勾勒二字在清真词中不适用，清真词未尝勾勒也，果勾勒便不浑化。"② 夏敬观赞同沈义父对周邦彦"下字运意皆有法度"的评价，盛赞周邦彦的小令与慢词，但是不同意清真词有"勾勒"之笔。周济认为"勾勒"是清真词的显著特征之一，但夏敬观却并不同意这一说法，因为夏敬观对"勾勒"一词有自己的定义：

勾勒者，于词中转接提顿处，用虚字以显明之也。即张炎《词源》所云："用虚字呼唤，单字如正、但、任、甚之类，两字如莫是、还又、那

---

① 夏敬观《跋六一词》，《忍古楼文》第六册，稿本，上海图书馆藏。
② 夏敬观《跋六一词》，《忍古楼文》第六册，稿本，上海图书馆藏。

堪之类,三字如更能消、最无端、又却是之类。"南宋清空一派,用此勾勒法为多,用之无不得当者,南宋名家是也。乾嘉时词,号称学稼轩、白石、玉田,往往满纸皆此等呼唤字,不问其得当与否,遂成滑调一派。吴梦窗于此等处多换以实字,玉田讥为七宝楼台,拆下不成片段,以为质实,则凝涩晦昧。其实两种皆北宋人法,读周清真词,便知之。清真非不用虚字勾勒,但可不用者即不用。其不用虚字,而用实字或静辞,以为转接提顿者,即文章之潜气内转法。①

夏敬观云,"勾勒者,于词中转接提顿处,用虚字以显明之也",这与张炎《词源》的观点相同。南宋清空一派用此勾勒法为多,但是这种"勾勒"的笔法被乾嘉词坛号称学南宋的末流者演变为"滑调"。夏敬观认为,周邦彦的创作方法是"非不用虚字勾勒,但可不用者即不用。其不用虚字,而用实字或静辞,以为转接提顿者,即文章之潜气内转法",所以他认为"勾勒二字在清真词中不适用"。

4. 白石词。夏敬观《跋白石词》云:"白石词托情高旷,吐辞俊妙,在南宋自是能手。其浑厚之气不足,厥在情意太显白,转折处太分明耳。方之北宋,除数大家外,亦未有遇之者。周止庵放旷情浅、局促才小之评甚非笃论,不足以知白石。至谓以诗法入词,门径浅狭,尤为失言,以诗法入词正其高处,东坡非以诗为词者耶。"② 可见夏敬观推崇白石词"托情高旷,吐辞俊妙",其缺点是"浑厚之气不足,厥在情意太显白,转折处太分明耳",但是并不赞同周济以"诗法入词门径浅狭"批评姜夔,反而以苏东坡为例肯定了白石词的高处正在"以诗法入词"。

5. 稼轩词。辛弃疾的词,历来评价都很高,甚至有认为辛词高于苏词的观点。而夏敬观则认为"稼轩词秾丽绵密者仅能及贺方回",且认为"学东坡

---

① 夏敬观《映庵词评》,《词学》第五辑,上海:华东师范大学出版社,1986年。
② 夏敬观《跋白石词》,《忍古楼文》第六册,稿本,上海图书馆藏。

不致油滑，学稼轩则无不油滑者矣。……以论入词，稼轩开其派而粗野甚矣"①。故仅认为稼轩词为别调。

6. 梅溪词。夏敬观评史达祖词，侧重其对梦窗词的影响，他说："梦窗炼字炼句之法多学梅溪，至其妥帖清圆，则有为梦窗所不及者。使以梅溪词数篇置梦窗稿中，殆不可分辨。"他认为梅溪词的妥帖清圆，是梦窗比不上的，但是史达祖与吴文英又都有"偷字"的毛病："梅溪词屡用偷字，梦窗亦不免。此为文词中所忌，亦为谈者指疵，学者注意。"②

7. 梦窗词。"梦窗步趋清真，高出方杨、西麓，不可以道里计。惟与清真相比，作法实有不同，清真词妙在全篇一气贯注，回环曲折，一唱三叹。使用虚字前后照应，非前焉者。豆处或换实辞，正如天马行空，不可揣摸。其命辞造句，整而工炼，新而不生，无丝毫雕琢之病。梦窗词能一气贯注者，自是集中最上之作，其通常之作，大抵偏于造辞造句，破整为碎，使古艳纷披，陈言尽扫，此其独到之处。故一篇之中辄有佳句，一句之中辄有佳意，至其雕镌堆砌，换虚为实，亦往往失之太生，求之太过，甚至诵之不成句，思之不可通，此梦窗之病，学者不可不知也。"③ 夏敬观认为梦窗学清真，较他人为高，但很少能做到清真词的一气贯注，往往偏于"造辞造句"，有零碎的弊病。

总体来看，夏敬观在对唐宋词人的评价方面，注重对词作字法、句法的分析，如温庭筠、韦庄词的"琢句之法"，欧阳修词的"炼字务新"，梅溪词的"屡用偷字"；还注意将词人词作对比分析，如将温、韦词对比，清真与梦窗词对比。夏敬观对唐宋词家的评论，总体上是公允的，但也有个别有失允当，如视稼轩词为别调，对辛弃疾词"以论入词"持否定态度，这与他对词的创造严守词婉约之标准有关。

---

① 夏敬观《跋稼轩词》，《忍古楼文》第六册，稿本，上海图书馆藏。
② 夏敬观《跋梅溪词》，《忍古楼文》第六册，稿本，上海图书馆藏。
③ 夏敬观《跋梦窗词》，《忍古楼文》第六册，稿本，上海图书馆藏。

四、创作论

(一) 读词

夏敬观认为在学作词之前,应当先读词,读词所选选本不宜太深,应当以浅显为宜。

> 夫初步读词,当读选本。选本以何者为佳,不能不告之也。故予答来问,必先告以读《草堂诗馀》及《绝妙词选》。近人所选者,则告以冯煦所选《宋六十一家词》,及朱沤尹所选《宋词三百首》、龙榆生所选《唐宋名家词选》,并告以应备万红友《词律》及戈顺卿《词林正韵》,以便试做时之参考应用。①

夏敬观在这段话中列出了几部值得推荐的词选,从选目来看,北宋词居多,没有清词,如南宋无名氏编《草堂诗馀》,在这本词选中"题名的作品中,北宋约占 60%,南宋约占 24%,五代约占 3%略多,唐词约占 1%"②。从选词上看以推崇北宋词为旨,而且周邦彦词多达 45 首,远远高于其他北宋词人。③ 同时,夏敬观也十分注重词律,如其推荐《绝妙词选》,即周密编《绝妙好词》,这是一部"以严格协律按谱受制于词乐为准则的外在形式"④ 为其选词标准之一的南宋词选。另推荐冯煦所选《宋六十一家词》,该词选"所选之词多依据《词律》《词综》等书校改"⑤。

夏敬观认为只有通过读词,才能知"词之韵味",进而知"腔调音节之要

---

① 夏敬观《〈蕙风词话〉诠评》,《同声月刊》二卷二号,第 51 页。
② 肖鹏《群体的选择——唐宋人词选与词人群通论》,南京:凤凰出版社,2009 年,278 页。
③ 肖鹏《群体的选择——唐宋人词选与词人群通论》,南京:凤凰出版社,2009 年,第 277 页。
④ 肖鹏《群体的选择——唐宋人词选与词人群通论》,南京:凤凰出版社,2009 年,第 369 页。
⑤ 马兴荣、吴熊和、曹济平主编《中国词学大辞典》,杭州:浙江教育出版社,1996 年,第 288 页。

处"。音节的要处即在词之平仄及四声,要注意句读:"在句读,如一领二、二领一、一领三等等。又凡文义二字相连者,不可离而为二。一领二,不可连而为三,诸如此类是也。"① 只有在读好词的基础上,才可以去尝试作词。

(二) 作词

夏敬观认为在作词前,应先理清思路,思路清楚之后,才可步步推进,这样即使浅显也没有关系。如果思路不清,后果会很严重:"若理路未清,而东偷西窃,驳杂无叙,遂永无成就之希望矣。"② 当然,所做之词应是有感而发,只有有了真实的感触,才会有寄托,词才能作好,否则不成佳词。

在作词的过程中,夏敬观指出:首先,要重视起句,因为"一开口,便须笼罩全篇。若以不相干之语,虚引而起,全篇委靡不振矣"③。其次,是要注意如何选韵,选韵的关键与律调有关"作词选韵,须看是何律调。有宜用支脂韵……,有宜用东冬韵……拈调后,参看多数宋人同调之词。诸词惟用一类者,则只可在一类中择之。两类均有用者,则不拘"④。再次,要注意讲究对偶"词中对偶最难做,勿视为寻常而后可。又有一句四字,一句七字,上四字相对者。其七字句之下三字要能衔接。五字句七字句对偶,忌如诗句"⑤。最后还要注意用勾勒之法。

作词的过程对于初学者来说非常重要,夏敬观认为初学词应当以浅显为佳,最忌意晦语琢:"意不晦,语不琢,是作词之条件。故初学作词者,须先求妥帖停匀。功夫未到,勿妄求深入。"⑥ 作好词后,还应勤于修改,要"一词作成,当前不知其何者须改,粘之壁上,明日再看,便觉有未惬者。取而改之,仍粘壁上。明日再看。觉仍有未惬,再取而改之,如此者数"⑦。

---

① 夏敬观《〈蕙风词话〉诠评》,《同声月刊》二卷二号,第45页。
② 夏敬观《〈蕙风词话〉诠评》,《同声月刊》二卷二号,第39页。
③ 夏敬观《〈蕙风词话〉诠评》,《同声月刊》二卷二号,第46页。
④ 夏敬观《〈蕙风词话〉诠评》,《同声月刊》二卷二号,第47页。
⑤ 夏敬观《〈蕙风词话〉诠评》,《同声月刊》二卷二号,第46页。
⑥ 夏敬观《〈蕙风词话〉诠评》,《同声月刊》二卷二号,第45页。
⑦ 夏敬观《〈蕙风词话〉诠评》,《同声月刊》二卷二号,第45、46页。

(三)"词外求词"

如何才能提高作词能力,创作出好词?夏敬观认为应当是"词外求词":第一,要多读书,讲学力。"多读书,始能医俗",多读书便可多知道典故,但是典故用得太多就会产生"搬弄家私"的弊病,沦为"词之贼"。因此,正确的方法应该是通过多读书来增加学力,"作词功力,能渐至于名家,既要天分,亦要学力。有天分而无学力,终不能大成也"①。只有将所读之书转化为自己内在的学力,才可大成。第二,词人应当有襟抱,求高格。创作者的气质、品德与作品水平的高低、风貌有很大的关系,如果词人"绝少襟抱",词便会"无当高格"。因此,要想作出好词,词人本身的素质怀抱也需要提高。

(四)评词

评词有两个标准,即词意与词境。夏敬观认为词意要达到"神圆",词境要达到"神穆"。"神圆"与"神穆"之境界都出自况周颐《蕙风词话》:"词中转折宜圆。笔圆,下乘也。意圆,中乘也。神圆,上乘也。"② "词有穆之一境,静而兼厚、重、大也。淡而穆不易,浓而穆更难。知此可以读《花间集》。"③ 夏敬观认为在词意方面,只有北宋词才能达到"神圆",而此境最高者即"《花间词》全在神穆"④。

另,夏敬观还著有《忍古楼词话》,因为收录于唐圭璋《词话丛编》而为学界所熟知。《忍古楼词话》共记录了90位词人的生平资料及词作,有一定的文献价值。总体来说,夏敬观的词话著作都是典型的传统型词话,主要内容即对词人资料的记载和对词人词作的点评,尚未形成现代研究的科学体系。

---

① 夏敬观《〈蕙风词话〉诠评》,《同声月刊》二卷二号,第41页。
② 夏敬观《〈蕙风词话〉诠评》,《同声月刊》二卷二号,第37页。
③ 夏敬观《〈蕙风词话〉诠评》,《同声月刊》二卷二号,第39页。
④ 夏敬观《〈蕙风词话〉诠评》,《同声月刊》二卷二号,第39页。

第二节　王蕴章词话研究

目前学界对王蕴章的研究,有的介绍其报人经历,如李直飞《历史夹缝中的编辑——记早期〈小说月报〉的编辑王蕴章》[①];有的考察其参加春音词社活动,如王纱纱的《彊村词人群体研究》[②]、杨柏岭的《春音词社考略》[③];也有的对其某部词话作介绍,如汪梦川的《南社词人研究》[④],其中有对王蕴章《词学》的初步探讨。陈水云《中国词学的现代转型》(社会科学文献出版社,2016)有专节论其词学思想。

王蕴章共著有《秋平云室词话》《梅魂菊影室词话》《词史卮谈》《词学》四部词话,还有一部诗话《然脂余韵》,其中也有词话内容,主要以词存人,记录了80余位女词人的生平和作品。《秋平云室词话》收录于1934年中孚书局出版的《云外朱楼集》;《梅魂菊影室词话》最早发表在《双星杂志》(1915年第2、3、4期)、《文星杂志》(1915年第1期)和《春声》杂志(1916年第2、3集)上,现由今人杨传庆重新整理,发表于《词学》第二十八辑[⑤];《词史卮谈》发表在《同声月刊》(第一卷五号、九号)上;《词学》收录于《文艺全书》[⑥]中。王蕴章在清末(1902)中举,1910年便赴上海办报,这种传统文人投身现代文化出版业的经历,也使得他的词学研究呈现出由传统向现代过渡的特征。

一、传统词学研究:《秋平云室词话》《梅魂菊影室词话》

《秋平云室词话》共五则。第一则"诗有史,词亦有史"。"词史"指"以

---

① 李直飞《历史夹缝中的编辑——论早期〈小说月报〉的编辑王蕴章》,《出版发行研究》,2012年第11期。
② 王纱纱《彊村词人群体研究》,南京师范大学博士论文,2009年。
③ 杨柏岭《春音词社考略》,《词学》第十八辑,上海:华东师范大学出版社,2007年12月。
④ 汪梦川《南社词人研究》,南开大学博士论文,2007年。
⑤ 杨传庆整理《梅魂菊影室词话》,《词学》第二十八辑,上海:华东师范大学出版社,2012年。
⑥ 王蕴章等《文艺全书》,上海:崇文书局,民国八年(1919)。

词记史",王蕴章认为最早以词记史的是南渡末造德佑乙亥太学生作的《念奴娇》。近人也有以词记史的作品,如邓廷桢与林则徐《邓林唱和集》中记录鸦片战争的词作,蒋春霖记录太平天国战争的《踏莎行》一词。王蕴章认为这些作品具有很高的价值,甚至"欲搜求此类词,汇为一编""是对唐宋以来出现的'词史'现象第一次作了较为全面而系统的梳理"①。第二则主要谈咏物词的创作,王蕴章认为咏物词不难做到体物浏亮,而难在寄托遥深。第三则点评黄人《摩西词》。第四则评周晋琦《曾锦香草词》。第五则评沈曾植贺朱彊村《霜花腴》一词。

《梅魂菊影室词话》近三十则,内容较为驳杂。大致归纳起来有四类:

1. 点评词作。如临川谢无逸词"寒思凄婉,轻倩可人";海盐黄韵珊《倚晴楼诗馀》"亦能脱去凡近,时出新意,虽雄警微有不逮";赵秋舲《香消酒醒词》"多哀怨噍杀之音";周星誉《东欧草堂词》"词学辛柳,非其所长,而实有佳致"。② 点评角度各有不同,颇有独到之处。

2. 考证词集版本。

> 《芦川词》,宋张元幹著。黄荛圃于苏州元妙观西骨董铺见宋刻原本,欲以重价易之,而竟为北街九如堂陈竹厂豪夺以去。荛圃大恨,旋又得旧钞本《芦川词》,行款与宋版同。因托蒋砚香向陈竹厂处假得宋版对校。知旧钞本系影宋,每叶板心有"功甫"二字者,其字形之敧斜,笔画之残缺,纤悉不讹,可谓神似。而中有补钞一十八翻,不特无"功甫"字样,且行款间有移易,无论字形笔画也。因倩善书者影宋补全,撤旧钞非影宋者,附于后以存其旧。荛圃珍惜殊甚,加跋至八段,并于社日独坐听雨,题两诗于后,诗云:"阴晴刚间日,风雨送相催。未断清明雪,频惊启蛰雷。麦苗低欲没,梅蕊冷难开。我亦无聊甚,看书检乱堆。今朝说春社,

---

① 陈水云《中国词学的现代转型》,北京:社会科学文献出版社,2016年,第307页。
② 王蕴章《梅魂菊影室词话》,《双星杂志》,1915年第2期。

雨为社公来。试问有新燕，相期探早梅（自注：向有词云'燕子平生多少恨，不见梅花'真妙语也。近年梅信故迟，社日犹未盛。）停针忘俗忌（自注：余家妇女以针线为事，无日或辍），扶醉忆邻醅（自注：余断酒已五年，虽赴席，有酒战者，从壁上观之），日觉愁城坐，频看两鬓催（自注：余处境不顺已有历年矣，惟书可以解忧，今有忧而书不能解，若反足以甚吾忧者，知心境益不堪矣）。"跋后"佞宋主人漫笔"。书涩墨癖，知此老于此兴复不浅也。莞圃没后，此书归罟里瞿氏，后又由瞿氏归丰顺丁氏，今归涵芬楼，缪艺风假以镂版，每半叶七行，行二十三字，字大如钱，精彩飞舞，诚词林瑰宝也。①

这一段考证乃详细叙述了宋版《芦川词》先为黄尧圃所购，后归瞿氏，又归丁氏，最后归涵芬楼，最后缪艺风假以镂版。

3. 民国词社之事。春音词社是民国早期较为重要的词社，参与者多沪上名流，王蕴章记录了第一次雅集之事。"近与虞山庞檗子、秣陵陈倦鹤有词社之举，请归安朱古微先生为社长。古微先生欣然承诺，且取然灯之语，以'春音'二字名社。第一集集于古渝轩，入社者有杭县徐仲可、通州白中垒、吴县吴瞿安、南浔周梦坡、吴江叶楚伧诸人。酒酣，各以命题请。古微先生笑曰：'去年见况夔笙与仲可有游日人六三元赏樱花唱和之词，去年之樱花堪赏，今年之樱花何如？即以此为题，调限《花犯》可乎？'时中日交涉正亟也，众皆称善。越数日而脱稿……"②

4. 记录前人词论。如《花草蒙拾》中董以宁《蓉渡词话》六则，刘体仁《七颂堂词绎》。

---

① 王蕴章《梅魂菊影室词话》，《双星杂志》，1915年第4期。
② 王蕴章《梅魂菊影室词话》，《文星杂志》，1915年第1期。

二、现代词学研究:《词史卮谈》《词学》

《秋平云室词话》《梅魂菊影室词话》是王蕴章采用传统词学研究方式的产物,他采用现代方法研究词学的代表作则是《词史卮谈》与《词学》。《词史卮谈》的核心论点是"诗有史,词亦有史"。作者认为:"……词则隐约其词,屈曲其声。……或托物以比兴,……或借古讽今,余尝谓无论诗词文赋,皆须言之咏物,……况词史之作,有系于一朝掌故。吉光片羽,皆遗山野史之馀。血泪墨痕,尽虞信江关之赋。"[1] 作者认为符合词史标准的作品有两类,或托物比兴,或借古讽今,并列举了历朝符合此标准的作品,如潘佑讽谏李后主的《红梅词》,韦端己身在蜀国而思念南唐的《菩萨蛮》词,欧阳永叔记录党锢之祸的《蝶恋花》词等。

以上亡国之痛作品的选择可以理解王蕴章的词史观念,他自己则经历了清末一系列丧权辱国事件,直至清亡。这种深沉感受影响了他多年,如他在《梦坡词》序中说:"曩读蒋鹿潭《水云楼》感怀时事之作,及沤尹《庚子秋词》、半塘老人咏史诸什,皆言之有物,足备一朝之掌故,上比于少陵诗史。方今世变日亟,视昔人所遭更为过之,先生傥有意含宫嚼徵,以成一代词史之伟业乎?"[2]

《词学》具有完整的体系,意在全面介绍词学,是对传统词学的一次简明扼要的梳理,其系统性和逻辑性都较前代词话有所提高,已经具有一定的现代性。

溯源第一:"词之源出于乐府……三百篇后,楚辞亦以长短句为声。至汉郊祀歌、铙、吹曲、房中歌,莫不皆然。自古诗变而为近体而五七言绝句,传于伶官、乐部、长短句无所依,不得不变为词,故词与诗与乐府皆一脉相

---

[1] 王蕴章《词史卮谈》,《同声月刊》一卷五号,第 95 页。
[2] 王蕴章《梦坡词存序》,周庆云《梦坡词存》,民国二十二年(1933)刻本。

通。"① 首先，王蕴章认为词源于乐府，是"三百篇→楚辞→汉乐府→古诗→五七言绝句→词"这一乐府体系中的一环。其次，他引用了前人之言谈到了词的文字与音乐的关系，即"盖词之兴也，先有文字，从而婉转其声"，最后又提到填词需要注意"前词字脚之多寡，字面平仄"②。

辨体第二：辨体即探讨词调与词体的关系。王蕴章认为词体是由词调增减字数产生的，"唐宋以来，词学极盛之时，家各有集，人各有词。有拍谱朝传歌、筵夕唱，其始误于传写。其继误于妄作，又有同一调而同时增减一二字别为一体者，非真别一体也，盖词之增字耳"③。

审音第三：首先解释什么是"音"和"韵"，"平上去入谓之韵，舌唇齿牙谓之音"；然后引戈载、张玉田词论，具体讲述作词如何用字用韵，审平仄，辨阴阳等。

正韵第四：首先，指出词韵源于诗韵，但又与诗韵不同，"词韵与诗韵有别，然其源即出于诗韵，乃以诗韵分合之耳"④；接着引入戈载十九韵部，以具体词调讲解如何押平仄两韵；最后阐述七宫十二调的不同声情。

论派第五：在这一部分中，王蕴章首先阐释了词从五代至清代的总体流变，认为词源于唐五代，至北宋而大，继而点评了各个朝代的知名词家，如唐五代李白、温飞卿、李后主、冯延巳等；北宋晏殊、欧阳修、苏轼、柳永、晏几道、秦观、黄庭坚、周邦彦；南宋辛稼轩、姜白石、吴梦窗、刘龙洲、史梅溪、周草窗等；金元只推元好问；清代尤尊朱彝尊、陈维崧、厉太鸿、纳兰性德、顾梁汾、钱芳标、吴枚庵、郭频伽、项莲生、蒋鹿潭、周稚圭等。王蕴章对清词的态度是浙、常并尊，与前文所说夏敬观只推崇常州词派的观点不同，这也是新老词家的思想差异。

作法第六：王蕴章提倡作词小令学《花间集》，慢词长调学两宋词。作词

---

① 王蕴章《词学》，《文艺全书》，上海：崇文书局，民国八年（1919），第1页。
② 王蕴章《词学》，《文艺全书》，上海：崇文书局，民国八年（1919），第3页。
③ 王蕴章《词学》，《文艺全书》，上海：崇文书局，民国八年（1919），第15页。
④ 王蕴章《词学》，《文艺全书》，上海：崇文书局，民国八年（1919），第31页。

要注意首尾两结,还要注意词之结句、换头。王蕴章曾师从朱祖谋,因此特别推崇常州词派的"词史说"与"寄托说"。王蕴章还特别指出初学者所应注意之处,"初学词宜多填熟调","立意不可不新,不新则腐。铸词不可不雅,不雅则俗。下笔不可不活,不活则滞。取境不可不高,不高则钝,初学悟此,思过半矣","词贵含蓄,含蓄非凝滞也。词尚清新,清新非纤巧也,初学者慎之"①。

三、《然脂余韵》

《然脂余韵》是一部闺秀诗话,里面也有部分词话内容,主要记录了80余位女词人的生平和作品,如况周颐夫人卜娱的《玉楼春》,杨芬若的《绾春词》,李拔可女弟子慎溶的《花影吹笙室稿》,潘兰史夫人梁佩琼著有《飞素阁诗词》等;也记录了王蕴章的一些点评,如孟缇(张惠言之女)"词笔秀逸,得碧山、白云之遗",许令芬《临江仙》"情词婉约,无愧作家"②。王蕴章还对闺秀词做了整体评价:"闺秀作词,多任务小令,慢引已属罕见,长调则更阒如矣。良以花间之貌易工,两宋之神难袭也。"③ 他认为闺秀词人多作小令,很少作长调,是因为模仿五代的花间词比较容易,学习两宋的慢词比较难的缘故。

通过探讨以上几部词话,可以看出王蕴章受常州词派的影响较深,即"诗有史,词亦有史"和"比兴寄托论"。王蕴章在《秋平云室词钞》和《词史卮谈》中都谈到了"词史"的观点,提倡"以词记史",特别推崇反映社会时事的作品。关于词的具体创作,则提出要"托物以比兴",其最为称赞的便是南宋遗民《乐府补题》的"以白莲喻伯颜"和朱彊村《庚子秋词》的"以红叶赋

---

① 王蕴章《词学》,《文艺全书》,上海:崇文书局,民国八年(1919),第88页。
② 王蕴章《然脂余韵》,张寅彭主编《民国诗话丛编》第五册,上海:上海书店,2002年,第23、24页。
③ 王蕴章《然脂余韵》,张寅彭主编《民国诗话丛编》第五册,上海:上海书店,2002年,第93页。

瑾妃"①。当然，王蕴章之所以如此注重词史观，也是与他所处的特殊历史环境相关的。同时，我们应该注意到，王蕴章的词话写作体现了从传统词学研究零散化向现代词学研究系统化的转变，如早期的《秋平云室词话》与《词史卮谈》均较短且零散，但是后期的《词学》则比较系统化，涉及词学的六个方面，虽然理论以总结传统词学为主，创新不多，但是已经呈现出现代学术著作的特点。

第三节　赵尊岳词话研究

赵尊岳词学论述多，且形式多样，包括序跋②、论词书信③、词人传记④、词话等。词话主要有《珍重阁词话》（后修订为《填词丛话》）、《蕙风词史》、《读词杂记》《词总集考》、《词总集提要》、《〈珠玉词〉选评》⑤。目前学界对赵尊岳词话的研究多集中于《填词丛话》，如杨韶《赵尊岳词学研究》⑥、卓清芬《赵尊岳〈填词丛话〉之'神味说'探析》、巨传友《论赵尊岳"风度"说对况周颐词学的接受》⑦。杨韶研究了赵尊岳的《填词丛话》与《明词汇刊》，将《填词丛话》分为创作论、作品论和接受论三个方面来探讨，其中作品论的探讨较为详尽。卓清芬《赵尊岳〈填词丛话〉之'神味说'探析》一文将"神味说"与诗歌的"神韵说"作比较，探讨了"神味说"对于发展完善常州派词学理论的重要意义。巨传友从赵尊岳师承况周颐的角度，分析了"风度"说与况

---

① 王蕴章《词史卮谈》，《同声月刊》一卷五号，第106页。
② 词序有《广川词录序》《课花庵词序》《青萍词序》《珍重阁词集自序》等；跋有《宋七家词选跋》《蕙风词话跋》《蕙风词跋》《蓉影词跋》《梦窗词跋》《惜阴堂汇刻明词跋》等。
③ 《报唐圭璋论〈百名家词〉书》《与关志雄论词书》等。
④ 《朱祖谋》《况周颐外传》。
⑤ 赵尊岳《〈珠玉词〉选评》，《词学》第七辑，上海：华东师范大学出版社，1989年。
⑥ 杨韶《赵尊岳词学研究》，河南大学硕士论文，2007年。
⑦ 巨传友《论赵尊岳的"风度"说对况周颐词学的接受》，《湖南工程学院学报》，2009年第2期。

周颐"重、拙、大""词心"理论的关系。

综上所述，学界对《填词丛话》的研究已经比较充分，但是《填词丛话》还有一些问题尚未得到注意，如《填词丛话》中评点宋代词家词作的部分还没有被注意，《填词丛话》的前身《珍重阁词话》也被学界关注不够。其次，《〈珠玉词〉选评》是赵尊岳晚年海外教学的研究心得，也有重要的研究价值。最后，《读词杂记》《词总集考》也值得研究。

一、从《珍重阁词话》到《填词丛话》

《填词丛话》的前身《珍重阁词话》，最初发表于《同声月刊》（第一卷三、四、五、六、八号），张璋《历代词话续编》① 时只收录了《珍重阁词话》发表在《同声月刊》第一卷三号上的作品，遗漏了四、五、六、八号发表的词话内容。

通过梳理《填词丛话》对《珍重阁词话》的修改内容，可以从中看出赵尊岳的一些词学思想变化。

（一）语句的修改

1. "笔"与"境"的变化

《珍重阁词话》：

> 词有不得不作之一境。不得不作之词，其词必佳，盖神动乎于中，文生于外，是即所谓神来之笔也。……②

《填词丛话》：

---

① 张璋编《历代词话续编》，郑州：大象出版社，2005年。
② 赵尊岳《珍重阁词话》，《同声月刊》一卷三号，第33、34页。

> 词有不得不作之一境。不得不作之词，其词必佳，盖神动于中，文生于外，是即所谓神来之境也。文人慧心宿业，每当风嫣日媚之际，灯昏酒暖之时，辄有流连不忍之意，此流连不忍之至情，发为文章，即不得不作之境界。词心既动，词笔随来，然少纵即逝，此境只在一刹那间。试加体会，词家当必以过来人之言为然。①

赵尊岳将《珍重阁词话》中的"神来之笔"改为《填词词话》中的"神来之境"，"神来之笔"指作品本身，"神来之境"则指整个作品的内在境界。"神来之境"是由"神来之笔"创作出来的，由"笔"上升为"境"，体现了作者对于创作更注重内在精神层面的艺术效果，而不是局限于创作本身。

2."风度"与"气度"的变化

《珍重阁词话》：

> 就词言词，当先研考其体制、品格、风度、气度。体格，即章法也，品格则辨其高下，为厚为佻，风度求其雅洁摇曳，气度求其雍容和粹⋯⋯"②

《填词丛话》：

> 就词言词，读词者当先研求体制、品格、风度、气度。体制即章法也，品格则辨其高下佻厚，风度求其摇曳雍容，气度求其静雅冲淡⋯⋯"③

《珍重阁词话》对"风度"的要求是"雅洁摇曳"，对"气度"的要求是

---

① 赵尊岳《填词丛话》，《词学》第三辑，上海：华东师范大学出版社，1985年，第162页。
② 赵尊岳《珍重阁词话》，《同声月刊》一卷三号，第47页。
③ 赵尊岳《填词丛话》，《词学》第三辑，上海：华东师范大学出版社，1985年，第172页。

"雍容和粹";《填词丛话》对"风度"的要求则是"摇曳雍容",对"气度"的要求是"静雅冲淡"。关于"风度","摇曳"不变,但前者要求"雅洁",后者要求"雍容",以人喻词,则如同少年的清丽与中年的持重;关于"气度",亦从稳重之"雍容和粹"变为淡泊之"静雅冲淡",均体现了赵尊岳不同年龄时期不同的词学追求。

3. 词史与词人评价的变化

(1) 词史评价的变化

《珍重阁词话》:

> 词于文字,一代有一代之成规。唐主蕃艳,南唐因之。北宋尚骨干清道,南宋尚丽密雕饰。元承南宋,又少少间以疏朗。明最靡陋。清初主绮靡,既尚雄犷,茗柯出则推北宋,发事外言内之旨。其后至于半唐,冲淡沉著,力规于古,差复两宋之旧观。此可以论列者也。至于并世歧途,各极其胜。二主真率,韵味深长。耆卿缛秀,东山秀逸,白石苍劲。《天籁》《遗山》,各以雄胜。明季二陆,沉著可诵。《饮水》《弹指》,庶几北宋。彊村、夔笙,并师半唐,一以精金美玉,方规梦窗,一以天才逸思,自矜北宋。此则在一时风会之中,别寓独标奇帜之志,不可例以朝代而推定者矣。①

《填词丛话》:

> 词与文章,历代各有其风格。唐人蕃艳,十国沿而袭之。北宋以骨干清道,词藻流美为尚,南宋又稍事丽密。元词较清朗。明人最芜。清初则绮靡,既则犷鄙,至道光常州派出,始复于雅正。光绪间,广西词派,远绍常州,力主冲淡沉著,而词境遂高,差复于古。若再断代言之,同时竞

---

① 赵尊岳《珍重阁词话》,《同声月刊》一卷三号,第54页。

爽，自各极其胜场。十国蕃艳之中，南唐二主独以至情见着，北宋柳绵贺疏，周雅秦秀。南宋吴密姜苍，张俊周丽。元则遗山天籁，惟以雄胜。明仅二陆沉著可诵。清初饮水华贵，清末彊村，蕙风并师半塘，而一尚学力，一兼天分，此则不可以断代持分野之论矣。①

从上面两段话中，我们可以看出三点不同：

首先，"唐主蕃艳，南唐因之"与"唐人蕃艳，十国沿而袭之"，以十国代替南唐，是为了说明蕃艳词风影响范围之广。其次，"南宋尚丽密雕饰，元承南宋，又少少间以疏朗"与"南宋又少事丽密，元词较清朗"，前者认为南宋词丽密较多，元代词风继承南宋词风，所以也丽密较多，只是偶尔有疏朗之作；后者则更突出元代词风清朗。再次，"彊村夔笙，并师半唐，一以精金美玉，方规梦窗，一以天才逸思，自矜北宋"与"清末彊村，蕙风并师半塘，而一尚学力，一兼天分，此则不可以断代持分野之论"，前者突出二者学词的南北宋差异，后者则认为二人的差异是学力与天分的差异。这些都反映出赵尊岳对词史上不同时期词风评价的变化。

（2）词人评价的变化

《珍重阁词话》：

> 宋人词以晏、秦、周、苏、吴、姜为六大家。周虽蹊径俱在，而学步为难。晏望之似小智慧，实乃纯金璞玉。秦丰神骀荡，要不落儇佻之弊。姜老干扶疏，拙中多至语。苏之清雄，吴之针缕，学者虽多，实亦不易有成。学者盖多不知苏之秀处、清处，吴之宽处、疏处也。外此柳七自具面目，尤难涉历。通此六者，出入无间，填词之学，所思过半，无余师矣。②

---

① 赵尊岳《填词丛话》，《词学》第三辑，上海：华东师范大学出版社，1985年，第177页。
② 赵尊岳《珍重阁词话》，《同声月刊》一卷5号，第81页。

《填词丛话》：

> 宋词以晏、秦、周、柳、苏、吴、姜、张为八大家。周虽蹊径分明，学之不易成。晏词智慧流露而重大有余，实为浑金璞玉之音。柳能以繁词写碎景细情。苏能直抒胸臆，清雄莫并。秦以风神取胜。吴以精金美玉胜。细针密缕，学者望之似有迹，学之辄无功。姜之苍雅，张之骀荡。……①

《珍重阁词话》中，赵尊岳认为柳永"自具面目"，但由于"尤难涉历"，所以不提倡学柳词，仅列六大家，而并未将其列入师法对象。"自具面目"是否指柳永自成一家？"尤难涉历"是指什么，没有进一步解释。《填词丛话》中，则对柳词的优点有了进一步的揭示，"能以繁词写碎景细情"，这既没有随波逐流重复词史上柳词低俗之弊说，也不同于"不减唐人高处"褒奖，这说明赵尊岳对诸位词家的评价也较早期显得更具体精准。柳永与张炎都列入八大家之中，这说明了赵尊岳学词的眼界更宽，学识更深。

（二）删除内容

赵尊岳晚年修订《填词丛话》时，也从《珍重阁词话》中删除了一些内容。笔者将《珍重阁词话》与《填词丛话》逐一对照，列出删除文字如下，主要有以下两类：

1. 作法与风格论

> 情语迷离质直，各有胜处。然迷离当致力于字面，直质当致力于骨干。②
>
> 缘情之作，当有一二主要语，本其至情而发之，或深刻，或秋挚，其

---

① 赵尊岳《填词丛话》，《词学》第五辑，上海：华东师范大学出版社，1986年，第215页。
② 赵尊岳《珍重阁词话》，《同声月刊》一卷三号，第42页。原应在《填词丛话》卷一第三十七条后。

泛作情语实无深入者，拾芥遍地，何贵之有？①

说迷离事，不宜出以质实之字面。然质实字正亦不妨间用，但当于意境之中，求其妥洽，为不易耳。②

词最尚风格高骞，不妨侧艳。然侧艳语宜有分际，少逾即便伤格。贻赠之作，不向所致之何人，但当高其声价。盖高人正所以自高。迦陵全不谙此，殊为可异。③

作者往往有陈义绝高，而措辞欠工者，则少读少作之故，驱遣不能灵活，有以致之。当存其陈义，而别涵咏于名作之林以求之。④

作词以慧心驱灵笔。当用取譬之法。然务使取譬合于全首之情绪。哀乐悲欢，铢两相称。所取譬者，一动一静。若更能以有情者譬无情。则併此无情者，亦能驱之使为有情，尤非妙手莫办。通篇时令地所，晨夕阴晴，必当随时顾注。勿使凌乱。⑤

词中有用决绝语者，其情更深。惟决绝之语，当即用决绝之字。如常日言离别，每称轻弃，以申孤负之情。若决绝语，竟当称抛撇，不必冠以形容柔婉之词，转减字面之力量。⑥

写景之句，两景本未必相连。但能以对仗之句出之，或用一二虚字为之捩转，可使两景相连，情致益深。⑦

---

① 赵尊岳《珍重阁词话》，《同声月刊》一卷三号，第42页。原应在《填词丛话》卷二第六十一条后。
② 赵尊岳《珍重阁词话》，《同声月刊》一卷三号，第55页。原应在《填词丛话》卷二第十九条后。
③ 赵尊岳《珍重阁词话》，《同声月刊》一卷三号，第59页。原应在《填词丛话》卷二第四十一条后。
④ 赵尊岳《珍重阁词话》，《同声月刊》一卷四号，第42页。原应在《填词丛话》卷二第五十九条后。
⑤ 赵尊岳《珍重阁词话》，《同声月刊》一卷六号，第63页。原应在《填词丛话》卷二第二十七条后。
⑥ 赵尊岳《珍重阁词话》，《同声月刊》一卷六号，第66页。原应在《填词丛话》卷四第三十七条后。
⑦ 赵尊岳《珍重阁词话》，《同声月刊》一卷六号，第69页。原应在《填词丛话》卷五第八条后。

比赋事物，各有身分，稍一舛讹，即乘体格。于梅则仙云素影，于桃则紫姹红嫣，不可不为区别。①

凄黯之情，亦可托之于物。春秋迭代，荣衰异时。但述草木之荣衰。自见人态之凉燠。此在炼词琢句加之意耳。②

词有学有养，非兼济则不能独步。学力在多读多作，涵养在浏览吟咏。吟咏之法，不必先叙其理脉，辨其藻泽。但琅琅上口，先主谐婉，于谐婉中自得词中之神味。若取径一家者，多读一家之词，亦较易近似，厮磨含蓄，视缚求貌似者进益尤伙。③

词有婉约、沉着、稳炼、苍劲诸宗法。圣手融众长于一炉无论已。学者或求得其全，或偶获片解，亦必多读古人名作，徐图悟入。盖一家有一家之风格，一词有一词之胜致。名手传作，万不能就一章一语中求之。力为摹拟，愈摹拟且愈窒滞。纵得一二皮相形似之处，造诣必小、气思必促，转贻画虎之诮。④

2. 词人与词史评价

清真不以俳语说情，而委婉自见，最为难能。柳七说景最宽，无论何物何事，一一摭拾入词，均能位置熨帖，使传胜情，具妙景。宋人正法，殊不易几。⑤

---

① 赵尊岳《珍重阁词话》，《同声月刊》一卷八号，第64页。原应在《填词丛话》卷五第四十五条后。
② 赵尊岳《珍重阁词话》，《同声月刊》一卷八号，第68页。原应在《填词丛话》卷五第十四条后。
③ 赵尊岳《珍重阁词话》，《同声月刊》一卷八号，第69页。原应在《填词丛话》卷五第五十七条后。
④ 赵尊岳《珍重阁词话》，《同声月刊》一卷八号，第75页。原应在《填词丛话》卷五最后一条。
⑤ 赵尊岳《珍重阁词话》，《同声月刊》一卷三号，第42、43页。原应在《填词丛话》卷一第四十一条后。

词笔就学力为进退,尚有迹象之可寻。词心则发乎天分,系诸襟抱,但能陶冶而加以培植,非学力所可成就。①

　　《杨柳枝》作者殊夥。当以刘禹锡、徐铉所作为最。盖暇逸之情、清丽之笔,不求工于刻画,而妙谛天成也。②

　　北宋承五代之后,创雅继声,大小晏之朴茂,秦淮海之嫣致,柳三变之广大,黄山谷之古趣,苏玉局之清雄,各擅胜场。盖《花间》作者,极蕃艳之能事,而无不浑朴,亦有极清疏者,又无不谐婉。诸子承之,各以宗传。大晏神明于《花间》之外,规矩于《花间》之中,进而为穆静渊懿之语,其词固不必压倒五代,而词学已差胜于前。盖欲洗蕃艳之面目,自非渊懿不为功。至美成专斯道,又或有胜于前,庶集前此之大成,而创宗门之式度。至于南宋,三五错综,每每自名其家,所以别为境界者,缕晰言之,多自此中参化以出。宋季元初,《白云》《花外》,微坠风格。《淮海》《东山》,固不尸其咎。元《草堂》一集,虽在其时,选政较严,亦足以绳南宋之正字,视《草窗》《绝妙》诸篇为胜。③

为何删掉这些内容,颇难思量,笔者尝试将被删去条目还原到《珍重阁词话》中,并不影响前后条目的逻辑,所以删去它们不是从结构、逻辑层面考虑的。被删去的内容主要探讨了作词的一些具体作法问题,如如何作迷离语,如何比赋事物,如何写景,这些对于作词是有具体指导意义的,还有关于词风格方面的认识,如"词最尚风格高骞""词有婉约、沉着、稳炼、苍劲诸宗法"。这些对于评鉴词是有帮助的。最后一段对于北宋词家的评点,"大小晏之朴茂,秦淮海之嫣致,柳三变之广大,黄山谷之古趣,苏玉局之清雄",观点新颖,发

---

① 赵尊岳《珍重阁词话》,《同声月刊》一卷四号,第44页。原应在《填词丛话》卷二第六十八条后。
② 赵尊岳《珍重阁词话》,《同声月刊》一卷八号,第62页。原应在《填词丛话》卷五第四十二条后。
③ 赵尊岳《珍重阁词话》,《同声月刊》一卷五号,第81页。原应在《填词丛话》卷四第十七条后。

前人所未发。所以从单独的词条价值而言，删掉是可惜的。所以补出这些内容，可以与《填词丛话》中的评价互补，既有助于对词家词史的客观认识，也有助于了解赵尊岳观念的变化。

此外，还有一些局部删除，如《填词丛话》卷二第二十一条，与《珍重阁词话》相比，删除了"北宋之高，在清，在浑成，于此可知"①；《填词丛话》卷二第六十七条删除了"其暗转于中而研炼外者，梦窗合作，所以别辟蹊径，独传千古者在此"②。

二、《填词丛话》中对宋词的评点与"以禅喻词"

赵尊岳有许多对宋词与各位词家的评点，如：

> 宋词佳处，亦各擅其胜场。小山华贵而取境不大；淮海艳宕而或失之轻俊；梅溪敏于词令，间或拙于事理；方回肤廓；玉田谐婉或失之空疏；草窗花外，敷藻甚工，往往言之无物。读者当各采其精英，各避其短矣。③
>
> 梦窗形摹事物，无不致意于字面，即炼字也。其字有取于苍劲者，有取于侧艳者，各极其致。然自侧媚中取字易，自激越苍劲中取字难。④
>
> 吴以精金美玉胜。细针密缕，学者望之似有迹，学之辄无功。⑤

赵尊岳的评价较为公允，且能客观具体地指出各位词家的优缺点，以帮助读者学习时扬各家所长，避各家缩短。如评价晏几道"华贵而取境不大"，"华贵"乃缘其出身，"取境不大"则因其专尚花间，以艳科为主；评价梦窗词炼字

---

① 赵尊岳《珍重阁词话》，《同声月刊》一卷三号，第56页。
② 赵尊岳《珍重阁词话》，《同声月刊》一卷四号，第44页。
③ 赵尊岳《填词丛话》，《词学》第三辑，上海：华东师范大学出版社，1985年，第166页。
④ 赵尊岳《填词丛话》，《词学》第三辑，上海：华东师范大学出版社，1985年，第178页。
⑤ 赵尊岳《填词丛话》，《词学》第五辑，上海：华东师范大学出版社，1985年，第215页。

"细针密缕",并分别指出梦窗词炼字难、易兼善。

还有一些对于南北宋词整体评价:

> 词与文章,历代各有其风格。唐人蓄艳,十国沿而袭之。北宋以骨干清遒词藻流美为尚,南宋又稍事丽密。……北宋柳缛贺疏,周雅秦秀。南宋吴密姜苍,张俊周丽。①

> 宋词以晏、秦、周、柳、苏、吴、姜、张为八大家。周虽蹊径分明,学之不易成。晏词智慧流露而重大有余,实为浑金璞玉之音。柳能以繁词写碎景细情。苏能直抒胸臆,清雄莫并。秦以风神取胜。吴以精金美玉胜。细针密缕,学者望之似有迹,学之辄无功。姜之苍雅,张之骀荡。……②

> 北宋承五代之后,创雅继声,大小晏之朴茂,秦淮海之嫣致,柳三变之广大,黄山谷之古趣,苏玉局之清雄,各擅胜场,盖花间作者,极蓄艳之能事,而无不浑朴,亦有极清疏者,又无不谐婉。诸子承之,各以宗传。大晏神明于花间之外,规矩于花间之中,进而为穆静渊懿之语,其词固不必压倒五代,而词学已差胜于前。盖欲洗蓄艳之面目,自非渊懿不为功。至美成专斯道,又或有胜于前,庶集前此之大成,而创宗门之式度。至于南宋,三五错综,每每自名其家,所以别为境界者,缕晰言之,多自此中参化以出。宋季元初,白云花外,微坠风格。淮海东山,固不尸其咎。元草堂一集,虽在其时,选政较严,亦足以绳南宋之正字,视草窗绝妙诸篇为胜。③

由引文可以看出,赵尊岳最推崇晏殊、秦观、周邦彦、柳永、苏轼、吴文英、姜夔、张炎八家,其中北宋五家,南宋三家,且认为北宋词"骨干清遒""词

---

① 赵尊岳《填词丛话》,《词学》第三辑,上海:华东师范大学出版社,1985 年,第 177 页。
② 赵尊岳《填词丛话》,《词学》第五辑,上海:华东师范大学出版社,1986 年,第 215 页。
③ 赵尊岳《珍重阁词话》,《同声月刊》一卷五号,第 81 页。

藻流美",南宋词"少事密丽"。所以,总的来说,赵尊岳更推崇北宋词,这与其赵尊岳师从况周颐,受常州词派理论的影响有关。

赵尊岳评价北宋词:"北宋人未尝不择字而用,但认定以淡为第一义,无论如何,均先简练之,使语淡而情甚深。"① "北宋词并尚一淡字,淡非无味也,即清也。"② 其明确指出,北宋词贵在"淡",但是"淡非无味",而是"清"。再结合赵尊岳对辛弃疾与刘过的评点:"辛刘并称,实则辛高于刘。辛以真性情发清雄之思,足以唤起四座,别开境界,虽疏犷不掩其乱头粗服之美。学者徒作壮语以为雄而不能得一清字,则仅袭其犷,似刘而不似辛矣。大抵清主于性灵,雄主于笔力。无其清者,不必偏学其雄也。"③ "辛刘并称"是因为他们共同的"豪放",但是赵尊岳细致地指出辛弃疾是"真性情发清雄之思",刘过不过是"作壮语以为雄,而不能得一清字"。由此可见,赵尊岳对词的最高评价为"清"。在前文探讨黄孝纾的词作特点时,曾经援引清人董士锡在《餐华吟馆词叙》中将宋词的风格总结为一个"清"字,所以赵尊岳对词的至境评为"清",是有词学传承的。

"以禅喻词"也是赵尊岳的词学思想之一,赵尊岳在《珍重阁词话》中有一条"以禅境喻词境":

去夏六月十五日夜,月色如晴昼。子正,天无片云,圆蟾中山河桂影,一一可见。维时万籁俱渺,久语无闻,凭阑顷刻中,乃构遐想,匪夷所思,真词境也。神明所及,豁然贯通,可以得大觉悟,证大智慧。有顷于词境中,似人渐落边际,着色相,所谓夺人不夺境者,庶乎似之。高寒中倘果有琼楼玉宇,当使姮娥相招,庶酬心素,避世其中,虽刹那间,何啻换劫尘千万,其空灵之想非楮墨所可穷。即须臾再下一转语,以为何必高塞,斯堪避世,愔愔门巷,寂寂帘栊,一灯如豆,但求心之所安,宁不

---

① 赵尊岳《填词丛话》,《词学》第三辑,上海:华东师范大学出版社,1985年,第165页。
② 赵尊岳《填词丛话》,《词学》第三辑,上海:华东师范大学出版社,1985年,第178页。
③ 赵尊岳《填词丛话》,《词学》第三辑,上海:华东师范大学出版社,1985年,第174页。

可方驾，爃珠宫殿，片响中前后凡三换意，始则但有所思，而莫从寄托，既乃渐涉遐想，终乃反幻为实。指月为喻，殊莫可逃。性相人天，同是一理。然莫从寄托者最上乘，遐想次之，悟实又次之。盖愈思而愈着迹，则愈坠泥犁。因知大乘无相，上也。圆觉空华，勉为言说，已落第二义。观止止观，自强为解人。通此可以贯澈禅要，并可证诸词境。特此因缘凑合，使于万境中灭垢生定，为不易耳。亦知禅之不可幸通，词之不易言工也。苦必形以筌言，范以象意。则终为下乘。故竟夕讽籀而迄未获只字，亦拈花不立文字之遗，然却自谓胜得妙词万倍。天如不吝此区区，俾时沐清光，其乐宁可尽言。成魔见爱，一转语间，正恐临济宗传，未必若是透悟。①

赵尊岳不仅点出了词境与禅境的相通性，具体将二者词境进行类比分为三层：最上乘者，须有寄托；第二层为"遐想"；第三层为"悟实"。"寄托"是词的最高境界，相当于佛法中的"大乘无相"；"遐想"是指词采绚烂，但无寄托之意，则相当于佛法第二义"圆贵空华，勉为言论"；"悟实"一境则相当于"苦必形以筌言，范以象意"。这种相通性的基础在感悟，打通二者之间的途径就是"悟入"。"悟入"的提法在后来的《填词丛话》中进一步被强调："禅宗有机锋语，词家亦有机锋语。一入顿教，便圆正觉，拈花心印，无可言说。机锋正有可以悟入之道，特凡夫不自知耳。词中偶作一二机锋语，蹈袭禅语，本非难事。然作机锋语而可跻于悟入之境者，正自不易。其不能悟入者，口头禅又何必用之。东坡亦有时未能免俗。"② 机锋语是禅宗用语，主要是用问答的形式来检测对佛理的理解。赵尊岳认为词中作"机锋语"并非难事，关键是借用禅学悟入的方法来提高词境，而这与古典诗学中打通诗与禅的方法一致。③

---

① 赵尊岳《珍重阁词话》，《同声月刊》第一卷五号，第74页。原应在《填词丛话》卷四第二条之后。
② 赵尊岳《填词丛话》，《词学》第三辑，上海：华东师范大学出版社，1985年，第170页。
③ 参见蒋寅《古典诗学的现代诠释》中第四章"以禅喻诗"中"不说破和悟入：诗学中的以禅喻诗"，北京：中华书局，2009年，第93—100页。

"以禅喻词"并非赵尊岳首创,这最初深受中国诗歌"以禅喻诗"的影响。最早指出诗与禅二者的相通性是齐己。他在《寄郑谷郎中》云,"诗心何以传?所证自同禅",以后历代诗论家围绕这一命题不断探讨,如徐寅曾说"诗者儒中之禅也",严羽《沧浪诗话》说"大抵禅道唯在妙悟,诗道亦在妙悟"①。词学史上较早运用"以禅喻词"是宋人张炎的"清空"说,对以禅喻词说率先总结的则是清代人如冠九和江顺诒,②但是赵尊岳"以禅喻词"的特色之处在于融合了清末民初的"境界"说,以禅境类比词境,且进行了较为细致的分层,使这种不可言传的作词经验有了略微可以感悟的路径。

三、《〈珠玉词〉选评》

赵尊岳的《〈珠玉词〉选评》选评了30首晏殊的词作,词作在前,品评在后,主要介绍词的写作背景,分析词之主旨与结构,其中最重要的两点便是对"沉郁"笔法的分析和对北宋词的推崇。

赵尊岳多次以"沉郁"评价晏殊词,如评《浣溪沙》(湖上西风):"少留归骑促歌筵,一往三复,无限萦回,因歌筵而欲迟归,七字中竟含四义,造句之工,行文之顺,读来绝无捍格,词家所谓沉郁也"③;评《诉衷情》(青梅煮酒):"其先之以'青梅煮酒'而后之以'天气欲残春'者,使笔有盘旋之势,以益增其以笔力也。继时令以及于地,则继之以'东城南陌',然后因时地再及于人,愈转愈深,愈入愈切,即是沉郁之法。"④ 其所说"沉郁"是指一种成熟深刻的笔法。

除了点明晏殊词具有"沉郁"的特点以外,赵尊岳还对"沉郁"作了更深

---

① 蒋寅《以禅喻诗》,《古典诗学的现代诠释》,北京:中华书局,2009年,第83页。
② 高慎涛《"以禅喻词"说》,《古典文学知识》,2009年第5期。
③ 赵尊岳《〈珠玉词〉选评》,《词学》第七辑,上海:华东师范大学出版社,1989年,第145页。
④ 赵尊岳《〈珠玉词〉选评》,《词学》第七辑,上海:华东师范大学出版社,1989年,第147页。

刻的阐述：

> 凡言沉郁者，不难于用暗写内蕴之笔，而难于明写浅显之笔。盖明显者多为第一义语，就所闻、所见、所感者，据事直书，脱口而出。沉郁之致，遂不能见之于字里，仅可施之于行间，似此以时令领出人来，步步紧逼，先声夺人，集光气之盛于一人之身。于是所写之人，自益见其矜重，其曰意中人者，正即重之谓也。①

赵尊岳指出，沉郁笔法有两种：一种是暗写内蕴，这种倒较为简单；另一种是浅显之笔，多为"第一义语"，所以反而更难。要于浅显直接处写出沉郁，令人于字里行间领悟，方为佳作。

我们已经在前面探讨了一些赵尊岳对北宋词的看法。晏殊词在北宋初期的影响很大，赵尊岳在对晏殊词的评点中也阐述了自己对北宋词的看法：

> 北宋词以抒情为主，然非有景物，不足衬出情绪，故往往情景兼写，惟其时尚少以情景虚实杂糅间用者，故又辄于前阕写景，后阕写情，至东坡始参以变化，交相为用，然名家如柳耆卿、周美成，虽长调百字，仍复如是，可知一时风会之所趋矣。②
>
> 北宋词主浑厚，故描写多当于分际，无南宋太过之弊，于此可知。③
>
> 论词之造诣者，每好言寄托，寄托自是词之极致，然平易冲淡之音，出于自然，而无所寄托者，于词尤属隽品，此所以北宋高于南宋也。一任自然，一尚功力，天性所遣，诸名家词如珠玉、六一诸词，最

---

① 赵尊岳《〈珠玉词〉选评》，《词学》第七辑，上海：华东师范大学出版社，1989年，第148页。
② 赵尊岳《〈珠玉词〉选评》，《词学》第七辑，上海：华东师范大学出版社，1989年，第148页。
③ 赵尊岳《〈珠玉词〉选评》，《词学》第七辑，上海：华东师范大学出版社，1989年，第152页。

为上乘。①

赵尊岳认为北宋词的妙处在于浑厚、自然，且没有南宋词描写太过的弊端。在两宋词家中，赵尊岳推晏殊与欧阳修为最上乘。对于晏殊《珠玉词》，赵尊岳认为其最大的优点是"于北宋初，变五代花间之风气，抒情之作，一主清丽婉约，不事雕琢，而气象开阔，寄意缠绵，洵为浑金璞玉之音"，且可以"于小境界中开辟大天地"②；缺点则在于《珠玉集》中有颂圣之作，流于平庸，③但这确实是馆阁台臣无法避免的。晏殊对宋词人的影响，赵尊岳认为，"举凡寇准、欧阳修、范仲淹、张先等，咸取为法则"④。但具体影响哪方面，赵尊岳并没有说。但是晏殊对欧阳修词的影响是很明显的，后来的词论家也经常将晏、欧并举。⑤赵尊岳还认为晏殊《清平乐》（金风细细）的笔法影响到了吴梦窗。他说："此'浓'字点出深愁，运字之细，不见斧斤，直开二百年后吴梦窗之蹊径。"⑥赵尊岳对晏殊词的评价，既有对前代词论的继承性，又有开拓性。继承性表现在对晏殊词婉约、流丽词风的肯定，开拓性则在于指出了晏殊对宋初词家乃至吴梦窗的影响。

---

① 赵尊岳《〈珠玉词〉选评》，《词学》第七辑，上海：华东师范大学出版社，1989年，第162页。
② 赵尊岳《〈珠玉词〉选评》，《词学》第七辑，上海：华东师范大学出版社，1989年，第159页。
③ 赵尊岳《〈珠玉词〉选评》，《词学》第七辑，上海：华东师范大学出版社，1989年，第158页。
④ 赵尊岳《〈珠玉词〉选评》，《词学》第七辑，上海：华东师范大学出版社，1989年，第141页。
⑤ 王士禛《锦瑟词话》："欧、晏正流，妙处俱在神韵、不在字句。"汪懋麟《棠村词序》："予尝论宋词有三派：欧晏正其始，秦、黄、周、柳、姜、史、李清照之徒备其盛，东坡、稼轩放乎其言之矣。"见孙克强《唐宋人词话》，天津：南开大学出版社，2012年，第230页。
⑥ 赵尊岳《〈珠玉词〉选评》，《词学》第七辑，上海：华东师范大学出版社，1989年，第154页。

四、序跋[①]书信中的词论

(一)《读词杂记》

《读词杂记》包括《云谣集杂曲子跋》《唐人写本小曲三调跋》《唐人写本曲子影印本跋》刊登在《同声月刊》第一卷十号,《草堂诗馀跋》《乐府混成集考证书后》刊登在《同声月刊》第一卷十一号,《尊前集跋》《绝妙好词跋》《全芳备祖词钞跋》刊登在《同声月刊》第一卷十二号。叔雍跋有以下特点:第一,版本渊源梳理清楚。以《云谣集杂曲子》为例,作者详细列出了五种版本,罗氏刻入《敦煌零拾》十八首词为第一刊本,吴伯宛刻印为第二刊本,朱祖谋刻印为第三刊本,刘半农得词三十首刊行为第四刊本,龙榆生印彊村遗书为第五刊本。在五种书中,后出转精,叔雍推崇第五刊本。第二,叙述词学流变。在《草堂诗馀》跋中,作者叙述了词选流行盛衰情况"花间晦于元明,迨杨升庵始为显。阳春白雪晦于元明,迨阮芸台始为显之。绝妙好词晦于元明,迨朱彝尊始为显之"。[②] 第三,探讨商业因素对词选版本变化的影响。如《草堂诗馀》笺注本的出现,"至直斋所记之二卷本是其最先流行之本,当无笺注,仅具正文。继而贾人见其适投时好,行销甚众,则必别有黠利之徒,起分杯之利,于是加以笺注,别为裁篇。注稿既繁,编次少异,则以二卷分为前后集。集各再分二卷,以示略有异同,更求货殖"[③]。

(二) 对明词"褒"与"贬"的统一

赵尊岳在词学文献上的贡献是编辑了《明词汇刊》,其对明词的褒奖主要是在《惜阴堂汇刻明词记略》中对明词特色的总结,主要内容是明代开国词人特盛,佳词亦多;明代亡国时词人多,尤其词作工超越南宋;大臣多写词;明

[①] 赵尊岳的序跋大多集中在《词总集提要》《惜阴堂汇刻明词跋》中,学界已有深入探讨,如傅宇斌《赵尊岳词学目录学述论》,《中南大学学报》(社会科学版),2011年第1期。
[②]《草堂诗馀跋》,《同声月刊》第一卷十一号。
[③]《草堂诗馀跋》,《同声月刊》第一卷十一号。

代武臣多写词；理学家亦有词；女词人多；道士亦有词①。在传统词论中对明词的贬多于褒，而赵氏对于明词总结出明词八大特色是对明代词一个客观的认识，虽然主旨即可归纳为两点：词人多，词作亦有佳处。

同样是赵氏，在同一篇《惜阴堂汇刻明词记略》中，他指出了明词之疵累，主要内容是明词境界不高，明词不合音律，明代词论少，明代词选少，明词工者少，明词为明曲成就所掩。②这一篇记略作于1936年，但是到了晚年，赵氏对明词的负面看法仍然未变，他在《与关志雄论词书》中说："至明清词以不染手，不入眼为要。"③

那么何以会有"褒"与"贬"两种看法？笔者以为，这是不矛盾的，明词之衰是词史上多数之看法，有"贬"很正常，然而明词作为词史发展不可或缺之一环，其成就也是显而易见的，如明初刘基、明末陈子龙等词人之词足以代表明词。褒是从词学的角度而言，贬是从学词的角度而言。赵氏身处民国之时，明词传世词集较少，所以蕙风先生督促他继彊村之后，刊刻明词，为词学作贡献。但就明词创作而言，明词谬于律韵，又无新境界，所以成就不高。④

第四节　冒广生、郭则沄、叶恭绰、周庆云词话研究⑤

目前学界对冒广生、郭则沄和叶恭绰三人都已有专文研究。余咏梅《冒广生词学思想初探》⑥从词的特征、学词途径、对雅俗的看法三个方面探讨了冒

---

① 《赵尊岳集》，南京：凤凰出版社，2016，第954页。
② 《赵尊岳集》，南京：凤凰出版社，2016，第955页。
③ 《赵尊岳集》，南京：凤凰出版社，2016，第958页。
④ 《赵尊岳集》，南京：凤凰出版社，2016，第956页。
⑤ 现在通行的词话汇编书籍，如《词话丛编》《词话丛编补编》《词话丛编二编》《词话丛编续编》既收录以"词话"命名的词话，也收录以论词、说词、读词命名的实质性词话，所以本章论述词话概念是宽泛意义上的词话。
⑥ 余咏梅《冒广生词学思想初探》，中山大学硕士论文，2012年。

广生的词学思想。昝圣骞《晚清民初词人郭则沄研究》①采用了考论结合的方式对郭则沄展开研究，考察了郭则沄的家世、交游的情况，并作《郭则沄年谱简编》，还探讨了郭则沄的词话、诗话理论。廖勇《叶恭绰词学文献贡献》②探讨了叶恭绰编纂的《全清词钞》《广箧中词》以及校刻的《淮海词》。彭玉平《论民国时期的清词编纂与研究——以叶恭绰为中心》③一文分析了叶恭绰《广箧中词》与《全清词钞》的编选标准；陈水云《叶恭绰论词及其对现代词学的贡献》④一文结合叶恭绰《清代词学之摄影》对叶恭绰的词论展开了探讨，陈水云认为叶恭绰论词主张直抒性情，反对格律束缚，并对《广箧中词》的编选特点作了简单探讨。因学界对冒广生、郭则沄、叶恭绰已有较深入的研究，故本节只探讨未论及的问题。另有周庆云《历代两浙词人小传》，一并述之。

一、冒广生词话研究

从冒广生《小三吾亭词话》与《冒鹤亭词曲论文集》里的词集序跋中，可以看出冒氏的一些词学思想，这些序跋主要论及以下几点：

（一）词与诗的关系

> 夫词者，诗之馀也。本忠爱之思，以极其缠绵之致。寻源《骚》《辩》，托体比、兴。⑤

---

① 昝圣骞《晚清民初词人郭则沄研究》，南京师范大学硕士论文，2011年。
② 廖勇《叶恭绰的词学文献贡献》，湘潭大学硕士论文，2009年。
③ 彭玉平《论民国时期的清词编纂与研究——以叶恭绰为中心》，《南京大学学报》（哲学社会科学版），2009年第2期。
④ 陈水云《叶恭绰论词及其对现代词学的贡献》，《北方交通大学学报》（社会科学版），2003年第3期。
⑤ 冒广生《草间词序》，《冒鹤亭词曲论文集》，上海：上海古籍出版社，1992年，第489、490页。

> 古诗皆入乐，其流极则为填词。①
>
> 余曩论词，谓"词虽小道，主文谲谏，音内言外，上接《骚》《辩》，下承诗歌。自古风盛而乐府衰，六朝人《子夜》《采莲》之歌，未尝不与词合也。自长调兴而小令亡，南唐人《生查子》《玉楼春》之什，未尝遽与诗分也。"②

冒广生对词的定义是"音内言外"。"音内言外"源于许慎《说文》："音内而言外，在音之内，言之外也。"冒广生借用这个概念一是为了肯定词的可歌性，同时也是将词的功能与诗骚联系起来，以证明"词为诗馀"，虽为小道，也可以表达"忠爱之思"，并指出学词途径应"从晚唐诗入，从南宋词出"③。冒广生的这一观点是典型的常州词派尊体论。

(二) 对"梦窗热"的反思

> 光、宣以降，为长短句者，务填难调，用涩字，以诘曲聱牙相号召。读之终卷，无可上口者。④
>
> 近时作者，务为高论，其所作未必工，乃假梦窗集中难调、涩句依声和之，如盲者之扪籥。然则何若探原忠孝，接体《骚》《辩》，使孤臣孽子、劳人思妇千载而下读其词者，恍然若有所思，又悯然不自知其情之所由生，与情之所由竟，则犹为此物此志也。⑤

冒广生的这些言论是针对晚清民初词坛"梦窗热"的弊端而发，梦窗词在词史

---

① 冒广生《重刻小山诗余序》，《冒鹤亭词曲论文集》，上海：上海古籍出版社，1992年，第497页。
② 张璋编《历代词话续编》，郑州：大象出版社，2005年，第232页。
③ 张璋编《历代词话续编》，郑州：大象出版社，2005年，第232页。
④ 冒广生《定巢词序》，《冒鹤亭词曲论文集》，上海：上海古籍出版社，1992年，第492页。
⑤ 冒广生《重刻小山诗余序》，《冒鹤亭词曲论文集》，上海：上海古籍出版社，1992年，第497、498页。

上历来褒贬不一,晚清民国梦窗热始于王鹏运,极盛于朱祖谋,陈洵、杨铁夫都是积极推动者。但是任何流派都有末流,冒广生即对此而言,指出近时学梦窗者都是故作高论,专选难调涩字以显示高深,实际水平并不高。这种风气导致词意不明,"诘曲聱牙",难以诵读,对词的发展非常不利。

(三)对晚清词家的评点

冒广生在《小三吾亭词话》中有许多对晚清词人的点评,如卷一评蒋春霖词云:"多清商变徵之音,而流别甚正……哀感顽艳,穷而愈工";评周星誉词云:"所著《东鸥草堂词》,小令之工,几于温李";评谭献词云:"所著《复堂词》,意内言外,有要眇之致";评叶衍兰词云:"《秋梦庵词》,刻意梦窗,而得雨田之神";评朱祖谋词云:"风度矜庄,格调高简";评郑文焯词云:"所著《冷红》《瘦碧》诸词,规抚石帚,即制一题、下一字,亦不率意。本朝词家虽多,若能研究音律,深明管弦声数之异同,上以考古燕乐之谱者,凌次仲外,此为仅见";评曹元忠词云:"所著《云瓿词》一卷,余尝序之,谓'机九张而泽鲜,丝一钩而络贵,岂陈思华胄,雅擅风华,抑吴女故都,能传哀怨'者也。"① 冒广生评价的都是常州派词家,且有些词家与他交往颇密,如周星誉是其七外祖,叶衍兰是其词学老师。冒广生主要评价了他们的词作风格与学词路径,评价较为精准,但是全是颂扬之词,未能客观评价各位词家之失。

二、叶恭绰词话研究

《遐庵词话》是今人对叶恭绰编纂《广箧中词》词作评语的辑录,共评论词家50人,以近现代词人为主,也有对清词的评论:

---

① 唐圭璋编《词话丛编》,北京:中华书局,2005年,第4665、4667、4671、4679、4690、4693、4710页。

> 清初词家,承明末余波,百家腾跃。虽其病为芜扩、为纤仄,而丧乱之余,家国文物之感,蕴发无端笑啼,非假其才思充沛者,复以分途奔放,各极所长。故清初诸家,实各具特色,不愧前茅,远胜乾嘉间之肤庸浅薄,陈陈相因者。因补录诸家之作,辄抯出以供论清词者之商榷焉。①

叶恭绰一方面指出清初词有"芜扩""纤杂"的弊病,同时也肯定了清初诸家"各极所长"的个性特色,并认为胜过乾嘉时期"肤庸浅薄,陈陈相因者"。清初词家有陈子龙与云间词派及"西泠十子"、曹尔堪与柳州词派、王士禛与广陵词坛、屈大均与岭南词人,再加上吴伟业、余怀、毛奇龄等人,确实可谓"百家腾跃"。由于刚刚经历明清之际的鼎革剧变,清初词坛弥漫着感伤的氛围,即"丧乱之语,家国文物之感,蕴发无端笑啼";而乾嘉时期的词坛,在经历繁荣之后,充满了"淫词""游词""冶词"三弊,的确无法与清初的"百家腾跃"相比。

《遐庵词话》评论词人兼及创作与词学理论,如评吴伯宛云:"伯宛校刊《双照楼宋元人词》,精密绝论,有功词苑。自为词不多,皆温雅可诵"②;评蔡桢云:"嵩云邃于词学,所作《词源疏证》,于音律剖析精微,多发前人未尽之意。自填词,亦当行出色,无愧作者。"③ 同时,对词人词法和师承关系也较为关注,如评沈泽棠,指出其词学朱彝尊与厉鹗;评林铁尊词,指出其得朱祖谋之"神髓";评赵尊岳,谓其能传蕙风先生衣钵。

《清代词学之摄影》是叶恭绰在国立暨南大学演讲时的讲稿。这份演讲稿主要谈其在编《清词抄》时对清词的一些认识,涉及三个问题:

第一,介绍清词人的地域分布与时段分布。地域上,清词人数量最多的前五个省份依次是江苏(2 009人)、浙江(1 248人)、安徽(200人)、广东

---

① 叶恭绰《遐庵词话》,张璋编《历代词话续编》,郑州:大象出版社,2005年,第603页。
② 叶恭绰《遐庵词话》,张璋编《历代词话续编》,郑州:大象出版社,2005年,第604页。
③ 叶恭绰《遐庵词话》,张璋编《历代词话续编》,郑州:大象出版社,2005年,第606页。

（159 人）、福建（78 人）、江西（71 人）①；时间上，道光朝词人最多，有 440 人，叶恭绰认为这是因为道光时期常州词派已经兴盛。

第二，探讨清词的特点。叶氏认为清词最主要的两个特点是"托体尊"和"审律严"，并认为清词有三变，即朱彝尊创立浙西词派，张惠言创立常州词派，王鹏运、况周颐创立临桂词派。这与张德瀛《词征》所说的"清词三变"②有所不同，张氏所指乃朱彝尊为一变、厉鹗为一变、张惠言为一变，浙派占了两次。而叶恭绰则认为常州词派占了三变中的两变。因为他们所处的时代不同，所以结论不同，但他们所指的"变"都是对词坛颓废的挽救。

第三，提出对词境的新认识。在"词境"概念上，叶恭绰认为应当在王国维提出的"情""景"的词境构成上再加一个"理"字，即"情""景""理"三者合一构成"词境"。"理"的加入可以看作思想潜意识的渗透，有常州词派的影子。

此外，叶恭绰论词文字还见于序跋与书信中，如叶恭绰《与黄渐磐书》云："词与诗文相同之点，即至要在有胸襟、意境。而以必须按律之故，修辞、造句，复有其特殊技术。然专工修辞、造句，未可即为佳词……然历代词家，学各家者纷纷，而能学苏、欧阳、大小晏者极少，此不止天资、学力关系，实胸襟、意境之不如。故为词必须从胸襟、意境着重，而技术又足以达之……以清真之法度，写东坡之胸襟、意境。于词之道，至矣，尽矣。"③叶氏论词重胸襟、意境，以这二点为写词之基础，而修辞、造句乃为技术，必须二者兼备，重视胸襟、意境乃是继承了传统"文以气为主"的观点。叶氏认为词的最高典范是"清真之法度，写东坡之胸襟、意境"，清真词与东坡词是形式与内容的完美结合，是写词"内外双修"。做到这一点，可以避免词之叫嚣、不合音律等诸多毛病，这是真知灼见。

---

① 叶恭绰《清代词学之摄影》，《暨南校刊》，1930 年第 67 期，第 30 页。
② 唐圭璋编《词话丛编》，北京：中华书局，2005 年，第 4184 页。
③ 谢永芳《叶恭绰词学年谱（上）》，《词学》第三十二辑，2014 年，第 272 页。

三、郭则沄词话研究

郭则沄著有《清词玉屑》十二卷，这既是一部词话，也是一部史料价值很高的笔记，内容十分丰富，包括清代政治、军事、风俗、词人事迹等。

《清词玉屑》中有许多对清代词家的评点，且较为公允，颇有见地，如评板桥词，既肯定"板桥于词家独辟畦畛"的开拓贡献，也指出"其学苏辛者，终病率直"[①]的缺点。对郑板桥词的评价向来有褒有贬，褒扬者如查礼夸其"风神豪迈，气势空灵，直逼古人"[②]；贬低者如朱庸斋"陈其年《湖海楼词》，人多谓其力学苏、辛，而学褚得薛，转似刘克庄。雄奇奔放，未免叫嚣，然笔力饱满，足以掩其弊也。驯至蒋士铨、郑燮辈，学之而得其皮毛，粗犷滑易，令人难以卒读，其年固不受其咎也"[③]。相比之下，郭则沄的评价较为公允。再如评王昶所辑《明词综》，先肯定他编词选之功，为后续者所不及，但接着又指出其缺点："惟是所辑《词综》，衡选过隘，颇有珠遗，论者撼之。又《明词综》采及元遗老梁寅、张肯，而陆冰修、周青士入国朝已数十年，犹列入明末，不无遗议，足见选政之难。"[④]郭则沄的评点可谓一针见血，指出了断代选集中身跨两朝者的归属问题。

除了对清代词家的评点外，《清词玉屑》中还有一些关于闽词的记载：

> 世之论词者，每谓闽音四声多舛，故工词者绝少。实不尽然，乡俗，幼学即究八音。八音者，别四声之上下，辨析尤密。先按察公里居时，与

[①] 郭则沄《清词玉屑》卷一，朱崇才编《词话丛编续编》，北京：人民文学出版社，2010年，第2527页。
[②] 孙克强《清人词话》，天津：南开大学出版社，2012年，第806页。
[③] 孙克强《清人词话》，天津：南开大学出版社，2012年，第812页。
[④] 郭则沄《清词玉屑》卷二，朱崇才编《词话丛编续编》，北京：人民文学出版社，2010年，第2569页。

里人结社酬唱，有"南社十子"之目，其中即多工词者。①

郭则沄这段话是针对丁绍仪而言的，因为丁氏在《听秋声馆词话》中说："闽语多鼻音，漳泉二郡尤甚。往往一东与八庚六麻互叶即去声字亦多作平，故词家绝少"②，即认为闽地方言由于多鼻音导致平仄不分，所以词人很少。但郭则沄认为，闽人从小就学习"八音"，而"八音"是能够分清四声的，并不乏词人。并举出许多实例：如"闽中聚红社"，评聚红社文樵词"劲气往来，落落自赏，词中之郊岛也"③；评现代词人王碧栖"学碧山玉田，为闽词别派"④；还指出闽地词风好学苏辛⑤。

另，《清词玉屑》中还有一些对女性词及现代词人创作的记载，如柳如是词、潘兰史词，况蕙风词、夏映庵词等。

四、周庆云《历代两浙词人小传》

周庆云《历代两浙词人小传》并不是严格意义上的词话，但是其中也有对词人与词作的评点，故在此略述之。

《历代两浙词人小传》于民国十一年（1922）刊行，由况周颐作序，朱祖谋作跋。周庆云在《历代两浙词人小传·自序》中说："因念吾浙自南宋以还，

---

① 郭则沄《清词玉屑》卷二，朱崇才编《词话丛编续编》，北京：人民文学出版社，2010年，第2562页。
② 唐圭璋编《词话丛编》，北京：中华书局，2005年，第2806页。
③ 郭则沄《清词玉屑》卷三，朱崇才编《词话丛编续编》，北京：人民文学出版社，2010年，第2590页。
④ 郭则沄《清词玉屑》卷六，朱崇才编《词话丛编续编》，北京：人民文学出版社，2010年，第2688页。
⑤ 郭则沄《清词玉屑》卷三"陈石遗序己舟《灯昏镜晓词》，谓闽人好学苏辛，第以龙川、龙洲为苏辛，所见独'大江东去''明月几时有''千古江山'三数阕耳。其'春事阑珊''冰肌玉骨'以及'宝钗分''斜阳烟柳'诸作，缠绵凄惋、虽晏秦周柳，无以过之者，曾未之见耶。余深服其论"，朱崇才编《词话丛编续编》卷四，2010年，第2611页。

词家辈出,大雅鳞萃,维桑与梓,必恭敬止。……既构历代两浙词人祠堂于庵之左隙,肃修祠典,复辑诸词人小传以寄伊人秋水之思。通州白君曾然首建此议,无锡王君蕴章助余搜采,因得早观厥成。"正是为了纪念历代两浙词家,周庆云采纳了白曾然①的建议,并在王蕴章的帮助下完成了此书。

(一) 从目录看浙江词史

卷一:唐,2人;南唐,1人。卷二:宋一,74人。卷三:宋二,78人。卷四:元,30人。卷五:明,50人。卷六:清一,100人。卷七:清二,57人。卷八:清三,94人。卷九:清四,61人。卷十:清五,66人。卷十一:清六,108人。卷十二:方外,宋,7人;元,4人;明,1人;清,5人。卷十三:闺阁上,宋,10人;元,1人;明,9人;清闺阁上,85人。卷十四:闺阁下,清下,59人。卷十五:宦游,唐,2人;宋,76人;明,1人;清,38人。卷十六:流寓,宋,14人;元,4人;清,9人。共1046人。

从目录数据来看,历代浙江词人有很多,其中还包括许多历史上的著名词人,如唐代的张志和、皇甫松;南唐的徐铉;宋代的钱惟演、林逋、周邦彦、叶梦得、陆游、高观国、姜夔、张炎、朱淑真、唐琬、李清照;清代曹溶、毛先舒、查慎行、郭麐等。尤其在宋代和清代浙江词最为繁荣,宋代浙江词的繁荣,与宋室南渡有很大关系:"词学托始于唐之开天,盛于北宋,极盛于南宋。当宋之世,若闽若赣,号称词苑多才,顾犹不逮两浙。何耶?盖自南渡,首都临安,湖山灵閟,风雅所兴,高孝右文,有宣政流风余韵。"② 清代则是浙江本土词人大放光彩的时代,《历代两浙词人》小传中共记载清代浙江词人逾600人,浙西词派在清代前中期的影响更是波及全国。

(二)《历代两浙词人小传》的特点

第一,参考资料的广征博引。周庆云撰写两浙词人小传,参考了大量的资料,包括词选、史志、笔记、词话等。词选如《阳春白雪》《绝妙好词笺》《明

---

① 白曾然,字中磊,北京通州人。
② 况周颐《历代两浙词人小传序》,周庆云《历代两浙词人小传》,杭州:浙江古籍出版社,2012年,第1页。

词综》《词综补》《明词综》《国朝词综》《国朝词综二集》《箧中词》等，史志如《宋史翼》《历代词人考略》《缙云县志》等，笔记如《耆旧续闻》《癸辛杂识》等，词话如《词源》《乐府指迷》等，还参考了王蕴章的《然脂余韵》与朱祖谋的《湖州词征》。这些丰富的参考资料保证了词人小传的成功。第二，叙述与评点的结合。周庆云撰写词人小传将词作介绍与对作品的评点相结合，如评叶梦得云："著有《石林词》一卷，味其词婉丽，绰有温李风。晚岁落其华而实之，能于简淡中时出雄杰，合处不减靖节、东坡之妙"①；评文天祥云："所传《百字令》《沁园春》诸词，黄钟大吕之音，非寻常名流杰作可同日语，浩然正气，充贯天地，盖自岳忠武王而后，一人而已"②；评曹言纯云："慢声朴老坚洁，自饶妩媚，非时下轻拢漫捻者所能学步。小令触绪生情，琐琐如道家常，深得古乐府神理"③。

---

① 周庆云《历代两浙词人小传》，杭州：浙江古籍出版社，2012年，第12页。
② 周庆云《历代两浙词人小传》，杭州：浙江古籍出版社，2012年，第401页。
③ 周庆云《历代两浙词人小传》，杭州：浙江古籍出版社，2012年，第204页。

第十二章
沤社与民国词学现代转型

民国是传统词学向现代词学转型时期，这种转型在民国前期就已经出现端倪，如现代报刊业与出版业的繁荣，使得词人们可以在报刊上发表词作并大量刊刻词集，加速了词学的传播；民国前期还出版了大量不同于传统词学批评的词学研究专著，谢无量《词学指南》和胡云翼《宋词研究》等词学研究著作的出版，标志着现代词学开始成型。沤社成立于民国中期，沤社词人词学成果也主要在民国时期完成，除了沤社词人龙榆生被誉为现代词学三大家之一外，沤社词人研究成果的群体特征也体现出由传统向现代演变的痕迹，其中编选词选、写作词话是传统词学研究，撰写词学论文说明了沤社词人词学研究已经由传统向现代过渡，而沤社词人在高校进行词学教学属于现代词学实践活动，从这些活动都可以窥见民国词学现代转型的痕迹。

第一节 民国前期词学概论

一、新文化运动与整理国故运动

辛亥革命虽然推翻了两千多年的封建帝制，建立了中华民国，但是中国社会并没有发生实质性的改变，甚至在某种程度上产生了倒退，袁世凯上台后一味地推行尊孔复古运动,继而演变为"洪宪帝制",1917年发生张勋复辟。历史潮流的倒退使提倡新思想的知识分子苦闷不已,他们感到如果不革除封建文化就无法改变中国现状,于是新文化运动轰轰烈烈地展开了。

新文化运动是1919年五四运动爆发前后由胡适、陈独秀、鲁迅、钱玄同、李大钊等一些受过西方教育(当时称为新式教育)的人发起的一次"反传统、反孔教、反文言"的思想文化革新、文学革命运动。新文化运动高举科学与民主的旗帜,其中一项重要的内容便是提倡白话,反对文言。新文化运动历史意义虽然巨大,但是"桐城谬种""选学妖孽"这些对旧文学彻底打倒的口号则显得过激。幸运的是,新文化运动对旧文学的冲击并未造成毁灭性的灾难,对于民国的学界冲击也不大:"按照主流派后来的描述,五四以后,新文化运动几乎是一路凯歌,因而近代学术史日益成为新派逐渐放大的历史。其实,在相当长的时期内,新派不仅不能包揽一切,如果从地域的分布情形看,还处于明显的劣势。至少到1920年代中期,南方主要仍然在老辈学人的笼罩之下。……更为重要的是,在许多地方,学术上的新旧冲突并不像北京那样激烈,老师宿儒与留学新进之间存在着某种和谐与默契。"[①] 当时有许多老辈学人都进入高等学府进行授业,如辜鸿铭入北大、陈衍入北大和厦门大学,朱师辙入辅仁大学,他们在高等学府里进行旧体文学的教学与研究工作,而新辈学人多从业于老辈学人,如龙榆生拜陈衍、朱祖谋为师,春音词社中陈匪石、庞树柏向朱祖谋求教,且这些新辈学人很多本身也来源于旧知识分子家庭,如著名学者陈寅恪是陈三立之子,这种新旧文化的家族渊源也使得旧体文学得以传承。

伴随着新文化运动的结束以及对此反省,整理国故运动便开展起来。1921年7月胡适在东南大学便作了《研究国故的方法》演讲,1923年正式提出"整理国故"的口号。他在《国学季刊》的发刊词中说:"我们理想中的国学研究,至少应该有一个系统:中国文化史:一、民族史;二、语言文字史;三、

---

① 桑兵《民国学界的老辈》,《历史研究》,2005年第6期。

经济史;四、政治史;五、国际交通史;六、思想文化史;七、宗教史;八、文艺史;九、风俗史;十、制度史。所以我们主张,应该分这样几个步骤;第一,用现在力所搜集考定的材料,因陋就简的先做各种专门史。第二,史之中,自然还可分子目。"① 颇有意思的是,当年领导新文化运动的是胡适,而如今提出整理国故运动的又是胡适,二者似乎是矛盾的,但实际上又是统一的。因为新文化运动并非推翻一切旧文学,而整理国故亦需要用现代科学的方法来重新研究我们的传统文化。胡适在《国学季刊》上的发刊词便是为国学研究设计了一个现代学术研究的框架。

在整理国故运动的号召下,国学研究中的古代文学研究兴盛了起来,② 且产生了一批以弘扬国学为宗旨的报刊,如 1923 年由北京大学创办的《国学季刊》,1923 年由上海国学研究所创办的《国学周刊》,1923 年由东南大学创办的《国学丛刊》,1926 年由厦门大学创办的《国学专刊》③。这些报刊的创立有力地推动了民国时期旧体文学的研究与传播。

二、民国前期词学发展

民国历时 37 年,虽然时间不长,但是对词学的发展却意义重大,词学研究在这一时期完成了从传统向现代的转变。笔者在这里尝试将民国词坛分为两期,1912—1930 为前期,1931—1949 为后期,以 1931 年为分界是因为朱祖谋在这一年去世,朱祖谋的去世标志着传统词学的终结。④ 民国前期词坛大致可以从报刊词作发表、词集刊刻、词学批评与词人结社四个方面来考察。

报刊词作发表。民国时期现代报刊业得到了迅速发展,许多报刊开始刊登

---

① 胡适《〈国学季刊〉发刊宣言》,《国立北京大学社会科学季刊》第一卷第 12 号,1923 年 3 月 14 日。
② 刘绍瑾《"整理国故"与中国古代文论研究的兴盛》,《学术论坛》,2001 年第 8 期。
③ 参见王重民、徐昌绪《国学论文索引》三编,北平:中华图书馆协会,1929 年。
④ 参见刘扬忠《二十世纪中国词学学术史纲(上篇)》,《暨南学报》,2000 年第 6 期。刘扬忠亦将 1931 年作为现代词学与传统词学的分界线。

词作。如《妇女时报》，1912 年刊词 4 首，1913 年刊词 6 首，1916 年刊词 8 首；《大同周报》，1913 年刊词 24 首；《超然》，1914 年刊词 9 首；《崇德公报》，1915 年刊词 19 首；《丙辰杂志》，1915 年刊词 27 首；《复旦》，1915 年刊词 9 首，1916 年刊词 10 首，1917 年刊词 31 首，1918 年刊词 41 首，1920 年刊词 8 首；《大中华杂志》，1916 年刊词 23 首；《东方杂志》，1916 年刊词 10 首，1917 年刊词 21 首，1918 年刊词 8 首；《春声》，1916 年刊词 18 首；《澄衷学报》，1917 年刊词 9 首，1919 年刊词 8 首；《春柳》，1919 年刊词 6 首；《持志年刊》，1926 年春刊词 11 首，1928 年刊词 14 首，1929 年刊词 20 首，1930 年刊词 16 首，1931 年刊词 12 首。[①]

这些词作的作者身份多样化，有遗民，如朱祖谋、郑文焯、况周颐、樊增祥、易顺鼎、张尔田；有大学教师，如陈匪石、龙榆生、邵瑞彭；有报界人士，如王蕴章。报刊刊登词作无疑扩大了词作的影响，缩短了词作的传播周期。

词集刊刻。民国前期词集刊刻也较为兴盛，包括刊刻前代词集与民国词集，民国刊刻的词集数量据统计："别集唐宋 100 种左右，元明 30 种左右，清代民国则有 1 000 种以上，总集历代 60 种左右，唐五代 20 种左右，宋元 30 种左右，明清迄民国 30 种左右。"[②] 宋元与明清迄民国这两个时段刊刻的总集的数量大致相同，但清代至民国这一时段刊刻的别集数量则远超越前代。另，有研究者对 1912 年至 1931 年出版的民国词人别集的数量做了统计：1912 年 7 本、1913 年 14 本、1914 年 21 本、1915 年 9 本、1916 年 11 本、1917 年 19 本、1918 年 7 本、1919 年 19 本、1920 年 16 本、1921 年 23 本、1922 年 11 本、1923 年 12 本、1924 年 18 本、1925 年 27 本、1926 年 18 本、1827 年 13 本、1928 年 17 本、1929 年 29 本、1930 年 26 本、1931 年 23 本。[③] 由此可以

---

① 参见周银婷《民国报刊与词学传播》附录《民国主要词人与刊登作品一览表》，华东师范大学硕士论文，2010 年。
② 傅宇斌《现代词学的建立：〈词学季刊〉与 20 世纪三、四十年代的词学》，北京：商务印书馆，2013 年，第 61 页。
③ 求洁《民国词集研究》，华东师范大学硕士论文，2010 年，第 4 页。

想见民国前期词坛创作的兴盛。

这一时期的词人主要是清代遗老词人群与南社词群,遗老词人群有郑文焯、朱祖谋、况周颐、刘语石、汪兆镛、樊增祥、易顺鼎等,南社词人群有庞树柏、邵瑞彭、陈匪石、高旭等。

词学批评。据《二十世纪词学报刊索引》统计,1912—1931年发表的词学批评数量分别为:1913年4篇、1915年6篇、1918年1篇、1920年1篇、1922年3篇、1923年12篇、1924年13篇、1925年8篇、1926年23篇、1927年25篇、1928年25篇、1929年40篇、1930年22篇、1931年53篇。这些词学批评,以词话、词集序跋和词学论文为主。词学研究对象以唐宋词与清词为主,唐宋词研究的多是知名词家,如温庭筠、李煜、苏东坡、辛弃疾、李清照、朱淑真等。清词领域则以研究纳兰性德居多。且这些词学研究范围较广,有声律之学、词人评传以及词史、年谱等。[①] 这一时期发表文章较多的有赵万里、储皖峰、任二北、龙榆生、夏承焘等。

除了在报刊上发表词学批评,在民国前期,也出现了大量的词学研究著作。如:

《词学指南》,谢无量著,上海中华书局1918年版,1935年10月再版。

《词学初桄》,吴莽汉编,上海朝记书局1920年铅印本。

《词韵中声》,洪汝仲辑,1925年侯庵馆石印本。

《词学赏识》,徐敬修编,1925年4月大东书局初版。

《中乐寻源》,童斐撰,上海商务印书馆1926年印行。

《宋词研究》,胡云翼著,上海中华书局1926年初版,巴蜀书社1989年重版。

---

① 如刘毓盘《词史》发表于1927年《东北大学周刊》第31、32、34、36、37、38、40、41、42、44、46期;陈思《辛稼轩先生年谱》发表于1930年《东北丛刊》第7、8期。

《清代词学概论》，徐珂著，上海大东书局1926年版。

《学词百法》，刘坡公，上海世界书局1928年版，上海古籍书店1982年影印。

《词学ABC》，胡云翼著，上海世界书局1930年版。

《词曲通义》，任中敏著，上海商务印书馆1931年版。

《词调溯源》，夏敬观著，上海商务印书馆1931年版。

《词史》，刘毓盘著，上海群众图书公司1931年版。

《词絜》，刘麟生编，上海世界书局1930年版。

《中国韵文通论》，陈钟凡著，上海书局1927年版。

《人间词话笺证》，靳德峻编，北京文化学社1928年版。

《周姜词》，叶绍钧选注，上海商务印书馆1929年"学生国学丛书"本，1930年"万有文库"本。

《词源疏证》，蔡桢疏证，金陵大学文化研究所1930年排印本。

《历代两浙词人小传》，周庆云撰，1922年乌程周氏梦坡室刻本。

《苏辛词》，叶绍钧选注，上海商务印书馆1927年"学生国学丛书"本，1929年"万有文库"本。

《李清照及其漱玉词》，胡云翼编，上海亚细亚书局1928年版"文学小丛书"本。

《辛稼轩年谱》，辛梅臣编，龙沐勋补订，1929年铅印本。

《稼轩词疏证》，梁启勋编，曼殊室1929年刻本，北京中国书店1980年影印。

《温飞卿及其词》，卢翼野编，上海会文堂1930年版。

《南唐二主诗词》，贺杨灵编校，上海光华书局1930年版。

《南唐二主全集》，管效先编，上海商务印书馆1930年版。

《李后主词》，戴景素辑注，上海商务印书馆1930年"万有文库"本。

《白石道人词笺平》，陈柱编，上海商务印书馆1930年版。

《辛弃疾的词》，胡云翼编，上海亚细亚书局1930年版。

《李清照》，傅东华著，上海商务印书馆 1931 年 4 月版。

《清照词》，张寿林编，上海新月书店 1931 年版。

这些研究著作涉及词韵、词谱、词史、词人生平与词作评点，这些著作的问世，标志着现代词学体系正在逐步建立。

以上是民国前期词学发展之一隅，如果从更全面的角度划分，则可以分为文献整理、词坛唱和与词学研究等，在这些方面成就大小，民国词学家是这样评价的："其成绩自当以整理部分之校刊方面为最大，制作部分（词社、词刻）次之，研究部分又次之。"① 而其中沤社成员的词学研究占据了重要部分。

第二节　沤社与民国词学现代转型

民国是词学研究由传统向现代词学转变的关键时期，然而其转变过程是一个渐进的过程，由多方力量参与，多种因素促成，词社在其中也起到了积极的作用。沤社词人的词学理论在词选编纂方面吸收了传统词选编纂的优点，体现了集大成的特点，也流露出现代意识；词话写作是对传统词学研究的继承之一，词学论文与研究专著的撰写则是真正意义上的现代词学研究；词学教育的开展则为现代词学研究人才的培养、现代词学最终确立提供了保障。

词选编纂的集大成

民国时期是词选编纂的繁荣时期，据曹辛华《民国宋词选本考论》② 和《民国时期清词选本考索》③ 统计，民国时期编纂与重刻的宋词选本达 180 种之多，而民国时期的各种清词选本共有 124 种。一些沤社词人也编纂了词选，

---

① 龙榆生《最近二十五年之词坛概况》，《词学》第三十三辑，华东师范大学出版社，2015 年 6 月。
② 曹辛华《民国宋词选本考论》，《宋代文学研究丛刊》第 15 期，台北：丽文文化公司，2008 年。
③ 曹辛华《民国时期清词选本考索》，《阅江学刊》，2009 年第 4 期。

这些词选几乎囊括了传统词选的主要特点。

第一，覆盖以往选本类型。选本类型包括有断代词选，名家词选与地域词选。断代词选有朱祖谋的《宋词三百首》《词莂》，龙榆生《近三百年名家词选》，叶恭绰《全清词钞》，林葆恒《词综补遗》；名家词选如龙榆生《唐宋名家词选》、黄孝纾《欧阳修词选译》、夏敬观选注《二晏词》、杨铁夫《清真词选笺释》与《吴梦窗词笺释》；地域词选有朱祖谋《国朝湖州词录》与《湖州词征》、林葆恒《闽词征》，周庆云《浔溪词征》。这些地域词选多是词人的乡邦文献，即杨柏岭先生所言"面对乡土词学信息，晚清民初亦由衷地鼓起一种使命感"①。

第二，词学文献的集大成。沤社词人编辑词选贡献一是所收词人较多，如叶恭绰的《全清词钞》与林葆恒的《词综补遗》。《全清词钞》是民国时期对清词的一项重大整理工程，共选词人3196人，词作8960首。《词综补遗》据林葆恒自言"得四千四百余人，词七千三百余首"，但又有研究者据《北京图书馆稿本钞本丛刊》进行重新统计，共得4800余人，词作8000余首②，比清代前三家词综（王昶《清词综》、黄燮清《清词综续编》、丁绍仪《清词综补》）多出1993位词人，562首词作。二是构成了完整的清词发展脉络，如《全清词钞》时间上以顺治元年（1644）至宣统三年（1911）为主体，兼及明代遗民王夫之、屈大均等人和晚清民国时期的朱祖谋、况周颐等人，其中第三十五卷至第四十卷收录的是由清入民国的词人，共计270余人，他们的词作可以说代表了民国词的最高水平。《词综补遗》同样考虑到了这一点。

第三，词选体现了作者的词史意识。词选不仅体现了编者的选词标准，断代词选还寓有作者的词史意识。叶恭绰编《全清词钞》共选词人3196人，词作8960首。该书不仅时间上以顺治元年（1644）至宣统三年（1911）为主体，而且兼及明代遗民王夫之、屈大均等人和晚清民国时期的朱祖谋、况周颐等

---

① 杨柏岭《乡邦之恋与晚清民初词学区域观念》，《江海学刊》，2004年第4期。
② 符樱《清词综系列研究》，武汉大学硕士论文，2004年，第16页。

人，因为明末词对清初词产生了影响，甚至决定了清初词坛的走向。而民国词则也深受清末词的影响，尤其是朱祖谋至1931年才去世，所以叶恭绰的这种编纂安排，体现了作者完整地构建"清词史"的意识。

最后，沤社词人编选的词选也体现了传统向现代过渡的演变。朱祖谋的《宋词三百首》可以称为传统词选的收官之作，其目的依旧是为了引导学词风气，推尊梦窗，即"开宗"与"尊体"①；而至龙榆生《唐宋名家词选》、杨铁夫《清真词选笺释》与《梦窗词选笺释》则开现代词选先河，其目的是普及词学文化，即龙榆生所说选词目的之二——"传人"②。此外，编排方式体现了一种新突破。而且，《词综补遗》收录女性词人多达721人③，并在编排上将男女词人混编，打破了历史上对女词人单独分卷的模式，将男女词人等同视之，体现了对女性词人的重视与尊重。如前所述，朱祖谋所编词选是沤社词人中最多的，为现代编辑词集的工作树立了良好的榜样④。

研究方式：词话撰写向词学论文衍化

沤社词人的词学研究既有传统的词话写作也有现代词学论文、专著的写作，前者如夏敬观《忍古楼词话》、赵尊岳《珍重阁词话》、冒广生《小三吾亭词话》、郭则沄《清词玉屑》，后者有龙榆生写的《填词与选调》《论词谱》《论平仄四声》等一系列文章。这种传统与现代并存的研究方式也体现在某个词人身上如王蕴章，著有《秋平云室词话》《梅魂菊影室词话》《词史厄谈》《词学》。

这些传统词话有着共同的特点：首先是以词存人，如郭则沄的《清词玉屑》、夏敬观《忍古楼词话》对于民国时期词学家资料的保存。郭则沄的《清词玉屑》十二卷，这既是一部词话，也是一部史料价值很高的笔记，内容十分丰富，包括清代政治、军事、风俗、词人事迹等。就词的记录而言，包括词人

---

① 龙榆生《选词标准论》，《龙榆生词学论文集》，上海：上海古籍出版社，2009年，第63页。
② 龙榆生《选词标准论》，《龙榆生词学论文集》，上海：上海古籍出版社，2009年，第63页。
③ 焦佳朝《唐宋湖州词研究》，苏州大学硕士论文，2009年，第17页。
④ 谢桃坊《中国词学史》，成都：巴蜀书社，2002年，第387页。

评点、词作鉴赏、词社活动记录等。《忍古楼词话》共记录了90位词人的生平资料及词作，这些词人大多数是民国词人，如郑文焯、张尔田、吴梅、廖恩焘、林鹍翔、叶恭绰、姚景之、赵尊岳、龙榆生、邵瑞彭、卢前等，有些词人资料甚少，《忍古楼词话》保留了基本的信息，对于研究现代词学有积极意义。这些词话都是典型的传统型词话，主要内容即对词人资料的记载和对词人词作的点评，尚未形成现代意义上的词学研究。

  沤社词人中现代词学论文与专著的撰写首推龙榆生，他的《研究词学之商榷》对建立现代词学这一学科有着极为重要的指导作用。他按照现代科学的分类标准，为词学设计了一个科学框架，把词学研究归纳为图谱之学、词乐之学、词韵之学、词史之学、校勘之学、声调之学、批评之学、目录之学八个门类。① 龙榆生一方面展开了对学科的宏观建构，另一方面积极对词学进行具体研究，如其中的分支"声调之学"的建设，他写了《填词与选调》《论词谱》《论平仄四声》等。而对于批评之学的建设，他先后写了《南唐二主词叙论》《东坡乐府综论》《清真词叙论》《苏门四学士词》等，这些论文侧重于具体词家的研讨。

  词学理论研究方面由传统向现代演变的痕迹，可以从以往研究者所说的传统与现代两个阵营中看出，② 这种演变也可以鲜明地体现在一个人的身上，如王蕴章。王蕴章作为报人，较其他人更多接触西方思想，而且本身旧学根底深厚，这样在词学研究中会呈现出传统与现代的结合。王蕴章《秋平云室词话》《梅魂菊影室词话》《词史卮谈》体现了旧词话的写作方式，而《词学》则鲜明地体现了现代学术著作的方式。《词学》分为六个部分：溯源第一；辨体第二；审音第三；正韵第四；论派第五；作法第六。这种部分的划分方法已经体现出了作者的逻辑思维，相较于以前传统词话零散的形式，反映出作者对词学的系

---

① 龙榆生《研究词学之商榷》，《词学季刊》第一卷第四号，1934年4月。
② 胡明《一百年来的词学研究：诠释与思考》（《文学遗产》，1998年第2期），将民国词坛的词学家分成两派：一派是以王国维、胡适、胡云翼、郑振铎等代表的"体制外"词派，另一派是以朱祖谋、夏敬观、汪东、陈洵、龙榆生为代表的体制内词派。

统认识。

王蕴章与龙榆生用现代学术研究方式来研究词学与民国时期内科学主义思潮的盛行是分不开的。这种科学主义思潮也对古代文学的研究产生了冲击，1919年朱希祖发表《整理中国最古书籍之方法论》一文，指出："我们中国古书中属于历史的、哲学的、文学的，以及各项政治、法律、礼教、风俗，与夫建筑、制造等事，皆当由今日以前的古书中抽寻出来，用科学的方法，立于客观地位整理整理，拿来与外国的学问比较比较，或供世人讲科学的材料。"梁启超《清代学术概论》一书亦表示："社会日复杂，应治之学日多。学者断不能如清儒之专研古典。而固有之遗产，又不可蔑弃，则将来必有一派学者焉，用最新的科学方法，将旧学分科整治，撷其粹，存其真，续清儒未竟之绪，而益加以精严。"梁启超正是用了科学之方法研究词学，其本人在中国词学现代化进程中才成为"一个过渡性人物"[1]。如果说王蕴章用科学的方法整理研究古代词话，那么龙榆生对词学进行了具体的分科则是重新建构了一种词学学科体系。龙榆生本人的词学研究也推动了现代词学的建立，沤社词人对学科研究的转变显然是受中国古代文论研究从"科学"到"学科"转变的影响。[2]

沤社词人的词学教育

民国时期的词学教育主要是在高等院校开展的。《词学季刊》曾刊登一则《南北各大学词学教授近讯》的消息：

> 南北各大学学词教授，据记者所知，南京中央大学为吴瞿安（梅）、汪旭初（东）、王简庵（易）三先生，广州中山大学为陈述叔（洵）先生，湖北武汉大学为刘洪度（永济）先生，北平北京大学为赵飞云（万里）先生，杭州浙江大学为储皖峰先生，之江大学为夏臞禅（承焘）先生，开封河南大学为邵次公（瑞彭）、蔡嵩云（桢）、卢冀野（前）三先生，四川重

---

[1] 朱惠国《中国近世词学思想研究》，上海：上海古籍出版社，2005年，第228页。
[2] 顾文豪《从集部之末到自成体系——科学主义思潮影响下古文论研究的转型考察》，《中国人民大学学报》，2015年第3期。

庆大学为周癸叔（岸登）先生，上海暨南大学为龙榆生（沐勋）、易大厂（韦斋）两先生。

在上述名单当中，受到朱祖谋点拨的有陈洵、刘永济、夏承焘、邵瑞彭、龙榆生。陈洵因为梦窗词的研究受到朱祖谋的赞赏而被推荐任中山大学词学教授，[①] 吴梅在与春音词社另一成员曹元忠的通信中也称朱祖谋为师，[②] 当时该社社员还有邵瑞彭、庞树柏、袁思亮、夏敬观、周庆云、潘飞声、白中磊、李孟符、陈方恪、叶楚伧、况蕙风、林葆恒、杨铁夫、林鹍翔、郭则沄、黄孝纾、邵瑞彭。[③] 在春音词社中，后来从事大学词学教育的还有王蕴章、陈方恪、黄孝纾。朱祖谋是民国前期词坛之领袖，用传统文人结社交游的方式指导了词学教授，其词学观念也间接通过词学教授影响到民国学校的词学教育。

王蕴章与陈方恪在正风文学院进行的词学教育活动。王蕴章曾担任正风文学院文学院院长，在他的邀请下，胡朴安、胡寄尘、朱香晚、姚明辉、钱基博、吕思勉、潘兰史、陈祖壬、陈彦通、孙公达等都曾到此任教。[④] 潘飞声（兰史）、陈方恪（彦通）、陈祖壬皆是沤社词人，其中王蕴章与陈方恪一起进行了词学教育。正风文学院曾经办有刊物《因社集》，刊登了王蕴章词作《忆旧游·题林琴南画西溪图》、陈方恪词作《八声甘州·吊雷峰塔并序》《渡江云·吴淞江滨邓氏草堂题画》《石湖仙·映庵属题郑叔问年丈手书词册》《汉宫春·为湖帆题仇实甫绘长门赋图卷》《水龙吟·白莲》等。[⑤]

对于学生而言，陈方恪的词学教育令人印象深刻：

后来先生将学词应用书籍名单给我们，唐五代只要《唐五代词选》就够了，单行本，李煜的，冯正中的较重要。宋代的选本中，《七家词选》

[①] 陈水云《朱祖谋与现代词学》，《文化与文学》2012年第1期。
[②] 陈益《云帆下的品味——江南人文手记》，上海：学林出版社，2013年，第87—88页。
[③] 王蕴章《春音余响》，《同声月刊》第一卷，第178页。
[④] 江蔚云《我在正风学院中文系读书的经历》，《中华读书报》，2015年4月1日15版。
[⑤] 潘梦秋《民国上海高校的旧体词教学研究》，华东师范大学硕士论文，2015年，第178页。

最完备，选者是戈载顺卿，他是讲究音律的人，其中七家之作可说篇篇都好，用字音律也符合，是初学的最佳选集。专集如二晏、周邦彦、贺铸、秦观、姜夔、史达祖、吴文英、周密、张炎、王沂孙的几家就够了，苏、辛词也可以读。《词林正韵》是填词必办的书，《词律》倒可以不办，说："你如填词时用某一调，对证一下，就不难看出某字必须用仄，某字必须平，某字可以平仄不论。逢到长调也是这样。长调有的要讲四声，把二家或三家同样字数调门仔细查对，然后下笔填这首词，就不会有舛误处了。所以说《词律》可以不买，是这个缘故。"又说："当今王、郑、朱、况四大家，他们填词对四声都很注意，有几位还要讲清浊阴阳平等。清代词人绝大多数是学南宋人的，学北宋的不多。周稚圭专学北宋，学得最好，《金梁梦月词》很著名，若能买到，这书可以看看。我说你们现在先把诗打好基础，然后再学填词。诗宜多读，晚唐诗取其风韵，好接近词句。宋张炎《词源》中谈到词中的辞藻可从李长吉、李义山、温飞卿三家诗中摘取。我说也可以取材于乐府诗，如果看到某家诗中的用字或用意极有新意，也可以随手摘录下来，运用到你所填词中去，较为生色。王院长的词是宗张玉田的，骈文还能有些六朝人气息。"他说不能勉强任何人必须学哪一派，随他们便，但千万不可庸俗。作诗像打油诗那样，词像道情那样，那是最低卑的了。[1]

陈方恪指导学生学词以简明为主，唐五代词推荐词选就 1 本，专集 2 家，宋代词人推荐二晏、周邦彦、贺铸、秦观、姜夔、史达祖、吴文英、周密、张炎、王沂孙几家。学诗是学词的基础，风韵、辞藻都可以借鉴。词要讲究四声，作词不可庸俗。

龙榆生从事国文教学是在 1924 年集美中学开始；1928 年 9 月至 1935 年 9 月，在上海国立暨南大学教授诗词；1932 年，在上海中国公学、正风文学院

---

[1] 江蔚云《我在正风学院中文系读书的经历》，《中华读书报》，2015 年 4 月 1 日 15 版。

教授诗词;1933年,在上海复旦大学教授诗词;1936年9月至1937年1月,每周六下午在苏州章氏讲习会为预备班教授两节诗词课;1937年,在上海光华大学教授诗词;1940年至1945年,在南京中央大学讲授国文、词选①。

  龙榆生从事词学教育,首先是鼓励学生诵读感受词之魅力;其次,鼓励学生进行创作:"往岁教授暨南大学,值危疑震撼之际,岌岌不可终日。乃日与从游诸子,以此学相渐摩,且相约为读词之会。其始至者不下四五十人,每当朝曦初上,宿雾未销,引吭高歌,齐声应和。窗外行人,为之驻足,亦有从而非笑之者,而吾辈意气自若也。吾语诸子,艰苦卓绝之精神,吾将以此觇之,词特寄吾意耳。已而朔风渐厉,严霜裂肤,其相守岁寒,共与冰雪相搏者,才十许人。予以犯寒,病逾月几殆,诸子日来相视,亲逾骨肉。予每晨虽未能躬往,而迄乎岁暮,曾未稍断诵声,予于是而益信人之非木石也"②;第三,培养学术研究人才,龙榆生曾记录,"予既编纂《东坡乐府笺》二卷,学者使之。诸生亦续有所作。其已成书者,有李勖之《饮水词笺》,朱衣之《词话四种会笺》"③。李勖《饮水词笺》由正中书局1937年出版,龙榆生为之作序。诸生杰出者还有周泳先《唐宋金元词钩沉》和朱居易《毛刻宋六十家词勘误》。中周泳先的著作对唐圭璋先生编辑《全宋词》起过帮助,唐先生说:"榆生从疆村老人治词,主编过《词学季刊》,我和他经常通信论词,对我编《全宋词》积极帮助。他的学生周泳先作《宋金元词钩沉》,朱居易作《六十家词勘误》,对我校辑宋词都有很大帮助。"④

  以上通过三个方面来探讨了沤社成员词学研究方式从传统向现代演变的痕迹,其中编选词选、写作词话是传统的词学研究,而词学论文的撰写,则说明了沤社词人词学研究已经由传统向现代过渡,而沤社词人的词学教育则是彻底的现代词学实践。民国词学研究由传统向现代演变,是由诸多因素促成的,沤

---

① 潘梦秋《民国上海高校的旧体词教学研究》,华东师范大学硕士论文,2015年,第81页。
② 龙沐勋《朱辅瘦石词序》,《制言》,1937年第44期。
③ 龙榆生《最近二十五年之词坛概况》,《创校廿五年成立四周年纪念论文集》,上海:国立暨南大学秘书处印务组,1931年,第16页。
④ 唐圭璋《我学词的经历》,《文史知识》,1985年第2期。

社词人从三个方面进行了参与,不同的成员起到了不同的作用。龙榆生被誉为现代词学三大家之一,其作用不言而喻,而其他沤社词人的作用亦不可小视,例如王蕴章身上体现了传统与现代并存的特点,在中国词学从传统向现代转型过程中作出过突出贡献。①

---

① 陈水云《中国词学的现代转型》,北京:社会科学文献出版社,2016年,第320页。

结语：
沤社在民国词坛的意义

沤社成立于1930年，这一年对于20世纪词学来说具有十分重要的意义。刘扬忠先生曾说过："1901年至1930年，为词学由传统向现代化转型的酝酿期……1931年到1949年，为现代词学初具规模、词学研究现代科学体系基本形成的时期。"[①] 沤社在这一时期成立，在推动中国词学由传统向现代转变的过程中起到了积极作用，社长朱祖谋完成了千年词学结穴的历史使命，而龙榆生创办《词学季刊》则推动了中国现代词学的建立，并促进了现代词学的传播与普及。[②]

沤社在民国词坛的重要意义主要表现在以下几个方面：

一、延续了民国文学社团的活动

沤社成立以前，部分沤社成员参加了宋诗派、淞社、春音词社、须社等社团，从某种意义上说，沤社是对民国前期诗词社团的延续。沤社解散以后，沤社的一些成员又相继成立了其他社团。如1935年林鹍翔、杨铁夫参加南京如社；同年，夏敬观、高毓浵、叶恭绰、杨玉衔、林葆恒、吴湖帆、赵尊岳、黄孝纾、龙沐勋等人在沪西康家桥夏敬观故宅成立声社；1937年郭则沄在北京

---

① 刘扬忠《二十世纪中国词学学术史论纲（上篇）》，《暨南学报》，2000年第6期。
② 参见朱惠国《中国近世词学思想研究》，上海：上海古籍出版社，2005年。

成立瓶花簃词社，社友包括夏仁虎、傅岳棻、陈宗藩、瞿宣颖、寿弥、黄君坦、杨秀先、黄舍等20余人，原沤社词人黄公渚也在其中，瓶花簃词社一直延续至1947年初；1939年6月龙榆生、冒广生、吴湖帆、林鹍翔、林葆恒等人又在夏敬观宅成立了午社。这些社团中，沤社、声社、午社"持续十余年，几乎将海内著名词人都联系起来，由于他们的努力，晚近词坛的创作又掀起了中衰后的复兴"。①

二、丰富了民国词作的内容

沤社词人大多有个人别集，如朱祖谋《彊村语业》、程颂万《美人长寿庵词》、冒广生《小三吾亭词》、吴湖帆《佞宋词痕》、龙榆生《忍寒词》、赵尊岳《珍重阁词》等。与沤社成员新老并存的年龄结构相应，他们各自的创作在内容风格上也都体现出了不同时代的差异，如朱祖谋词对晚清历史的记录，潘飞声词对欧洲风情的描绘，冒广生词对抗战时期灾难的记载等。这些都在很大程度上丰富了民国词的创作内容。沤社老、中、青三代词人创作也反映出了从19世纪六七十年代到20世纪60年代百年词创作发生的演变。

三、推动了民国词学的研究

前文已经分别探讨了沤社成员对倚声之学的研究、词选编选、词话理论三方面的成就。沤社成员的词学理论体现出了传统与现代的并存：从沤社成员对倚声之学的研究来说，沤社成员在对传统倚声之学研究的同时，由于受到新文化运动与新时代的影响，还开展了词体解放运动，冒广生、龙榆生力图从理论上破除四声对作词的束缚，龙榆生与叶恭绰等人还进行了新体乐歌运动。从词选编选的情况来说，朱祖谋的《宋词三百首》是传统词选的总结，他的选词目

---

① 陈谊《夏敬观词学研究述论稿》，《夏敬观年谱》，合肥：黄山书社，2007年，第294页。

的还是传统的"开宗",而龙榆生《唐宋名家词选》、杨铁夫《清真词选笺释》与《梦窗词选笺释》则开现代词选先河,起到了研究与普及的双重作用。从词话内容和写法来看,夏敬观《忍古楼词话》、冒广生《小三吾亭词话》、郭则沄《清词玉屑》仍然是传统词学的研究模式,而王蕴章《词学》、赵尊岳《填词丛话》的系统性与逻辑性已经具备了现代词学研究的某些特点。

四、促进了民国词学的传播

1933年4月,《词学季刊》在上海创刊,由沤社词人叶恭绰出资,龙榆生等人创办。《词学季刊》聚集了国内众多优秀的词学家,如夏敬观、冒广生、潘飞声、陈方恪、郭则沄、黄孝纾等,为他们的论文和作品提供了交流的平台。《词学季刊》的创办对于词学传播的作用是不可忽视的,它推动了现代词学的建立与词学的普及。后来,龙榆生又创办了《同声月刊》,对于40年代的词学发展也起到了积极作用。

综上所述,沤社词人在词学创作与词学研究方面都有着突出的成绩,他们不仅对民国词学的发展起到了重要作用,对新中国后的词学研究也产生了深远的影响。除了沤社以外,民国时期还有许多其他重要的词社,随着对民国词社研究的不断深入,民国词学的研究将会更加全面。

附录一：
沤社词人汇评

朱祖谋

陈锐《袌碧斋词话》："朱古微词，墨守一家之言，华实并茂，词场之宿将也。"

汪辟疆《光宣以来诗坛旁记》（《汪辟疆诗学论集》上册）："近岁居沪滨，词名益著。与散原老人诗，并推为诗词两大宗。又尝组沤社，一时词人，奉为盟主。"

汪辟疆《光宣诗坛点将录》（《汪辟疆诗学论集》上册）："古微襟期冲淡，尤工倚声，所刊《彊村词》，半塘老人谓为六百年来，真得梦窗神髓者也。晚际艰屯，忧时念乱，一托于词，实能兼二窗、碧山、白石诸家之胜，非一家所可限矣。所刊两宋词集，多人间未见之本。"

王国维《人间词话删稿》："近人词如《复堂词》之深婉，《彊村词》之隐秀，皆在半塘老人之上，彊村学梦窗而情味较梦窗反胜。盖有临川、庐陵之高华，而济以白石之疏越者。学人之词，斯为极则。然古人自然深妙处，尚未见及。"

蔡嵩云《柯亭词论》："彊村慢词，融合东坡、梦窗之长，而运以精思果力。学东坡取其雄而去其放；学梦窗学其密而去其晦。遂面目一变，自成一种风格，真善学古人者。集中各词，皆经千锤百炼而出，正如韩文杜律，无一字无来历。其词多性情语，辛亥以后，尤多故国之思。然较大鹤稍含蓄，殆如其为人。彊村小令亦极工，然鲜为当行者。微觉用力太多，故未能如初写黄庭，盖过犹不及也。"

夏敬观《忍寒词序》："侍郎蕴情高夐，含味醇厚，藻采芬溢，铸字造辞，莫不有来历，体涩而不滞，语深而不晦，晚亦颇取东坡以疏其气。"

吴梅《词学通论》："朱丈沤尹从半塘游，而专力梦窗，其所诣尤出夔笙之上。"

钱基博《现代中国文学史》："祖谋之词，初学吴文英，晚又肆力于苏轼、辛弃疾二家，而于轼词尤所嗜喜。……大抵寄绵密于藻丽，抒情感于比兴，而融诸家之长，声情益臻朴茂，清刚隽上，并世词家推领袖焉。"

王易《词曲史》："朱字古微……专宗梦窗，订律精微，遣词丽密，而托体高旷，行气清空，尤能一扫饾饤之弊。"

陈匪石《声执》："彊村在清光宣之际，即致力东坡，晚年所造，且有神合。"

冒广生《小三吾亭词话》："归安朱古微侍郎祖谋，中岁始填词，而风度矜庄，格调高简……古微词品不可及，人品尤不可及。"

叶恭绰《广箧中词》："彊村翁词，集清季词学之大成，公论翕然，无待扬榷。余意词之境界，前此已开拓殆尽，今兹欲求于声家特开领域，非别寻途径不可。故彊村翁或且为词学之一大结穴，开来启后，应有继起而负其责者。此今日论文学者所宜知者。"

龙榆生《彊村本事词序》："彊村四十始为词，时值朝政日非，外患日亟，左衽沉陆之惧忧生念乱之嗟，一于倚声发之。故先生之词，托兴深微，篇中咸有事在……若先生所处时势之艰危，视鹿潭犹有过之。读先生之词，又岂仅黍离麦秀之感而已！"

夏承焘《天风阁学词日记》："阅《彊村语业》，小令少性灵语，长调坚炼，未忘涂饰，梦窗派固如是也。"（1929年6月17日）"阅《彊村词》，偶有触发，成一小词，其茂密处终不能到。然小令亦非其所长也。"（6月18日）

陈兼与《读词枝语》："清末王幼遐、郑叔问、谭复堂、文芸阁、朱彊村、况夔笙诸大家词，皆学人与才人之词……朱彊村之作，亦无过其《鹧鸪天》一阕‘似水清尊照鬓华，尊前人易老天涯。酒肠芒角森如戟，吟笔冰霜冷不花。　　抛枕坐，卷书嗟，莫嫌啼煞后栖鸦。烟花红换人间世，山色青回梦里家。’”

朱庸斋《分春馆词话》第四十三则："清词至清季四家，词境始大焉。盖此四家者，穷毕生之力，深究词学，其生长之时代及生活，亦多可喜可愕、可歌可泣者，故为词亦远过前代。王于碧山、郑于白石、朱于梦窗、况于梅溪（王参以东坡、稼轩而能宏健深远，郑参以柳永而幽深高隽，朱参以清真而浓厚沉着，况参以贺铸而情致婉秀），皆有所得，功力同为宋以后所不能到，甚有突过宋人之处者。"第四十五则："清季四家词无论咏物抒情，俱紧密联系社会实际，反映当时家国之事。或慷慨激昂，或哀伤憔悴，怅触无端，皆有为而发。词至清末，眼界始大，感慨遂深，内容充实，运笔力求重，用意力求拙、取径力求大……朱祖谋学梦窗、清真……俱能得其神邃，而又形成自己之面目，学古人而不为古人所限，此乃清四家远胜于浙西、常州诸子之处。"第四十九则："朱彊村《声声慢词》盖伤珍妃而作。词云'鸣蜇颓堞，……'。"第五十则："彊村词笔调屈曲，寄意深邃，而其'气'之流溢较梦窗为显。到粤后，其词气势笔调始开朗，不局限于宋人范围，笔触广阔，意态郁勃，如《宴清都》词云'饯腊蛮村鼓……'此词学梦窗，然笔气起伏，浩瀚流转，多用名词，典丽秾密，有脉络，有中心，骎骎乎直驾梦窗之上。"第五十三则："彊村《夜飞鹊》词，慷慨言志，奔放中有郁勃之气。起笔极重，写出阔大境界。'大旗落日，照千山、劫墨成灰'二句，惊心动魄，收处有无限感慨。匪独一时无两，自稼轩以还，未见有此雄深高健之作。"第五十五则："彊村与蕙风适相反，其小令似不如长调。盖其早年之小令，虽用笔沉着秾厚，下字奇丽，千锤百炼，然失之伤气，亦乏情致。中年之小令学东坡，运密入疏，寓浓于淡，跌宕有致。晚年则由深入真，深意浅传，语淡而情苦，每有动人处。"第五十六则："清季四家词成就以彊村最为杰出。其词无闲淡之言，字面完整，法度严谨，笔势变化，善将内容形象地表现出来，虽微近于晦，然亦不难理解。其词每有寄托，如清末时多写庚子事件之痛，又语涉宫闱内幕，不能明写，故以曲折之手法表达之，却晦而不涩，颇受梦窗影响。内气潜转，名词虽密，亦能运用自如。辛亥以后，彊村对袁世凯称帝，对国内军阀动乱，哀鸿遍野，极为愤恨感慨。其晚年之作，遂渐趋疏朗，盖用东坡以疏其气，运密入疏，寓浓于淡故也。"第五十八则："清末四家为词皆有寄慨，然王鹏运、朱孝臧专寄于一时一事，每词皆可追寻其本事始末，故较为质实……"

闻野鹤《悃簃词话》(《词话丛编续编》第四册)第十八："近世词人，文云起如空山侠士，剑光晔晔。谭仲修如宦家闺秀，步履矜持。王鹜翁如海国珊瑚，不假磨琢。朱彊村如郭熙作画，五日一水，十日一石。樊身云如长安少年，流动有致。易实甫如关西大汉，时虑粗鄙，然其放浪之作，则又如思光危膝，不可无一，不可有二。"第二十五："近日词人，大别有二。归安朱沤尹先生以绝对骚才，葩藻艳发，奇丝采缕，发为异光。织辞之密，实宗君特。多能之士，竞相效承。华饰丰腴，迥非寒枯俭肠者所能效步矣。……"第三十六："鹓雏尝谓：'彊村先生词与散原诗，皆有挽澜移岳之神力'仆尝以为知言。先生词笔力横绝处，诚能推倒一时豪杰，拓开万古心胸。虽源出梦窗而纤词不滞，赋格高旷，盖直欲突过之矣。……"第五十："沤尹《尉迟杯》云：'危阑凭。看一点南去飘鸿影。秋声万叶霜干，天角阴云笼暝。孤衾夜拥，残烛飐、参差客愁醒。又争知、痛哭苍烟，野风独树吹定。应念北斗京华，空肠断、妖星战气犹凝。心死寒灰都无着，将恨与、哀筋乱迸。何时送、云帆海角，更偎倚、天涯泣断梗。问何时、杜曲吞声，紫荆吹老山径。'此首层层紧逼。又《念奴娇》云：'樵风溪馆，有吴鸥分席，闲缘潇洒。灭烛自携月影，来理茶瓜情话。罢笛鸿归，开帘萤入，一扇风无价。疏星出没，薄罗云意如画。知是天上秋期，红墙碧汉，隐隐飙轮驾。巧拙不关吾辈事，赢得清凉今夜。针缕闲情，幣花绮梦，老去慵描写。高梧摇露，远空仙羽来下。'题为'月下过叔问吴小城东墅，乃七夕也。归来始觉之'，此首尤极风趣，略录一二，以见豹斑。"第五十六："朱古微刻《彊村词》，以王半塘一书为弁，微特有别于酬酢之文，且见其膺服之重。书中言：'昨况夔笙渡江见访，出大集，共读之，以目空一世之况舍人，读至《梅州送春》《人境楼话旧》诸作，亦复降心低首已。

吾不能不畏之矣。夔笙素不满某某，尝与吾两人异趣。至公作则且以独步江东相推，非过誉也。'又云：'公词，庚辛之际，是一大界限。自辛丑夏与公别后，词境日趋于浑，气息亦益静，而格调之高简，词境之矜庄，不惟他人不能及，即视彊村己亥以前词，亦颇有天机人事之别。'又云：'自世之人知学梦窗，知尊梦窗，皆所谓但学兰亭面者。六百年来，得真髓者，非公更有谁耶？夔笙喜自诧，读大集竟浩然曰：此道作者固难知之者，并世能有几人？'书中并言刻集之体例分次，彊村悉从之。故按语有云：'予素不解倚声，岁丙申，重至京师，半塘翁时举词社，强邀同作。翁喜奖借后进，于予则绳检不少贷，微叩之，则曰：君于两宋途径，固未深涉，亦幸不睹明以后词耳。贻予《四印斋所刻词》十许家，复约校《梦窗四稿》，时时语以源流正变之故。旁皇求索为之，且三寒暑。则又曰可以视今人词矣。'统观两人所记，相知有在交情外者。故论词，半塘自是不逮彊村，然知彊村者，要推半塘为真。若以夔笙者，虽趋异途，犹能倾倒。所为知己知彼者，此也。"第六十八："沤尹《水龙吟》（挽麦孺博）云：'峨如千尺崩松，破空雷雨飞无地。京华游狭，山林栖遁，斯人憔悴。一瞑随尘，九州岛来日，了非吾事。正苍黄急劫，椎杵撒手，浑不解，茫茫意。　　也识彭殇一例，怆前尘、飙轮弹指。长城并马，沧溟击辑，穷秋万里。归卧荒江，中宵破梦，满怀清泪。更大招愁赋，湘累魂返，甚人间世。'又《还京乐》（赠庞檗子）云：'断魂事，说与残笺，倦墨结惆怅。念鬓羞尘镜，泪灰蜡炬，吹箫谁唱。记影娥池水，长条带月和烟荡。倩素手，扶醉唤取，柔波双桨。伫高楼望。剩狂花歧路，飞莺未惜，声声芳草又长。东风换绿林亭，暗梨云、赠梦来往。费销凝、是急雨弦声，明霞佩响。怨色西阑月，窥人昨夜薇帐。'二阕为沤尹近作。《水龙吟》如怒马冲风，有高唱江东之致，却又不流于放恣。《还京乐》则柔曼尽致，沈挚处又不脱廉悍本色。其妙处诚有不可言传者。"

施蛰存《花间新集》："彊村早年，政治文学，俱有英锐气。词格犹在晏、欧、周、秦之间。《庚子秋词》中数十阕，缠绵悱恻，耐人寻味。自后改辙二窗，多作慢词，蕴情设意，炼字排章，得神诣矣，已非生香真色。辛亥之后，以遗老自废，其词沉哀抑怨，作草间呻吟语，亦不可与蘋洲、玉田为比。彼有民族沦亡之痛，此则惓怀封建朝廷耳。"

万云骏《读彊村词》："彊村词宗尚梦窗，晚更肆力于苏轼、辛弃疾二家。此世所共知也。而罕知其致力于耆卿，大抵彊村虽以梦窗为主，而亦出入南北宋诸大家，得梦窗之秾丽而去其晦涩、取苏辛之雄放而汰其粗疏，似耆卿之缠绵而弃其俚俗而哀婉能艳琢炼能清则尤得梦窗之神髓者也。前人之讥梦窗词者，谓其饤饾獭祭，如七宝楼台拆碎后不成片段，此徒窥梦窗面目，而未曾深会其神味也，惟梦窗词亦时有晦涩难明处，彊村则去其短而取其长，此其所以能独冠一代也。""彊村词每多效耆卿者，即词牌亦一仍耆卿之旧，而以《安公子》《八声甘州》《雪梅香》《雨铃霖》皆近似，盖皆国变三四年前所作也。"

钱仲联《近百年词坛点将录》："天魁星呼保义宋江，朱祖谋。彊村领袖晚清民初词坛，世有定论。虽曰揭橥梦窗，实集天水词学大成，结一千年词史之局。《彊村丛书》之刊，整理校勘，厥功至伟，无待赘说。"

潘飞声

张尔田《芳菲堂词话》："兰史尝游柏林，毡裘绝域，声教不同。碧眼细腰，执经问字，亦从来文人未有之奇也。所著《说剑堂集》，意慕定庵，而无其发风动气，……词笔自是一代作手，求诸近代中，于纳兰公子性德为近。并世词家，如浙江张蕴梅太史，亦嫌气促，遑论其它。"

钱仲联《近百年词坛点将录》："地飞星八臂哪咤项充，潘飞声。兰史早年蜚声域外。《双双燕》追和人境庐罗浮，仙袂飘举，足与公度抗手，然《说剑堂词》才华艳发，与公度亦不尽同也。"

陈兼与《论近代词绝句》："词人牢落一扁舟，载酒江湖始欲愁。何似翠鬟双袖美，几回携梦上罗浮。"

汪辟疆《光宣以来诗坛旁记》："喜倚声，所为词多矣。曰《海山》、曰《花语》、曰《珠江低唱》、曰《长相思》。刊于粤；曰春明，刊于北都，世传弗广。兰史卒后，门弟子谭敬、汤安经纪其丧，就家取遗稿十六卷。叶恭绰又因其最者六十余阕附集后，总名曰《说剑堂集》，而吾乡夏敬观序之。"

邱炜爰《论粤东词绝句序》："吾友潘兰史喜为词，余读其集，知朱（竹垞）厉（樊榭）成（容若）郭（频伽）四先生以与苏辛。"

潘飞声《说剑堂文集》（续编）："《草色联吟序》：咏物之作，大家不废，以其源于比兴之旨。然必负瑰伟之才，穷幽渺之思，钩章棘句，物迎镂解，乃能动人清听。……余诗则凄激寒瘦又杂以尘嚣俚窳之言虽才有不同而身世之抑塞性情之偃悒亦可见矣。"

郭则沄《清词玉屑》（卷九）："潘兰史跌宕词场，颇耽声色。《香海别妓》（蝶恋花）有词'月识郎心，花也如侬面'之句，人喜诵之。居欧西柏林，碧眼细腰，多从问字。有女子名媚雅者，援琴为业，同心有凤鸾飘泊之感。兰史赋《诉衷情》词赠之云'楼回，人静，移玉镜。照银桄……'"

李佳《左庵词话》："岭南潘飞声，刊有《说剑堂词》，中《水龙吟》一阕，笔端饶有清气。"

毕倚虹《芳菲堂词话》（《词学季刊》第一卷4号）："兰史尝游柏林，毡裘绝域，声教不同，碧眼细腰，执经问字，亦从来文人未有之奇也。所著《说剑堂集》，意慕定庵，而无其发风动气。兰史妇梁佩琼亦能诗词，其断句如'花阴一抹香如水，柳色千行冷化烟'，'花前怕倚回阑望，红是相思绿是愁'，皆凄婉可诵。梁卒，兰史赋《长相思》词十六章，闻者掩涕。兰史词已梓者《海山词》《花语词》《珠江低唱》《长相思词》四种。词笔自是一代作手，求诸近代中，于纳兰公子性德为近。并世词家，如浙江张蕴梅太史，亦嫌气促，遑论其它？"

陶森甲《说剑堂词集·海山词序》："……近复出海山词一集见示，花辞焰发，琚谈色飞。玉田之疏，梦窗之密，柳永长亭之雨，髯苏大江之浪。包罗胸襟，奔赴腕底。间或惆怅明珰，流连翠被，指楼头之盼盼，索纸上之真真。搴杜芳洲，纫兰空谷，寤寐所接，仿佛其人。因而妙语珠穿，纵情绮合。美人香草，一例寓言；佛子秋波，三生禅悟。翳不乖乎宗旨，实连犿以无伤。使君不凡，吾党心折。时则青女晨妒，素妃夜愁。南窗偶开，北风如刺。拥衾不寐，阁笔欲焚。万感无聊，一杯独酌。纵览宏制，不期块垒之消……"

姚文栋序："予使太西，始识兰史于百林。年少翩翩，盛名鼎鼎。携镂玉雕琼之笔，作栈山航海之游。草草光阴，流连三载；花花世界，邂逅群仙。彚其诗词，分为两集。独开生面，妙写丽情。盖古来才人未有远游此地者，才人来百林自兰史始。读者艳其才，并艳其遇矣。"

兀鲁特部落承厚序："大词哀感顽艳，凄入心脾。所恨者厚尘务垒涌，不能以师事之。奈何。赐题画芙蓉一阕，尤洽鄙怀，意外之意，日来闷甚。正拟把酒朗诵数过，藉遣天涯幽绪耳。"

张德彝："海西万里外，不闻此调如广陵散矣。今读此编，激越清泠，纯乎天响，如鼓成连琴于山海间。令我移情久也。"

日本井上哲："此卷词清旷瑰丽，以冰雪之笔，写海山之景。琼岛瑶台，隐现纸上，令人目迷五色。古来词家所未有也。拜读拜服。"

唐圭璋《梦桐词话卷四·辩证》："番禺潘兰史词笔浓丽，与纳兰容若相近。世传其《蝶恋花·为银屏校书作》云：'客里云萍情绪乱。便道欢场，说梦应肠断。莫惜深杯珍重劝。银筝醉死银灯畔。同是天涯何所恋。月识郎心，花也如侬面。东去伯劳西飞燕。人生那得常相见。'此词缠绵婉转，一往情深。诚有白香山沦落江州之感。予尝和之云：'堤上千花如雪乱。心逐云飞，苦被山遮断。沉恨不须明月劝。泪珠自落红绵畔。虚掷今生无可恋。日守琼窗，忍负春风面。不及画梁双语燕。天涯何必长相见。'一时遣兴，亦何足以敌兰史之沉著。

桂林竹君："草窗风调梦窗词，情是三生杜牧之。如此华年如此笔，却来海外画蛾眉。新声传写遍蛮笺，镂玉镌琼字字妍。记唱寿楼春一曲，万花低首拜词仙。"

题词承厚敦伯《虞美人》："庾郎才调江郎笔。来继金荃集。新声传诵到欧西。处处冰弦檀板唱君词。　　多情小杜伤春惯。又感秋无限。漫夸薄幸遍扬州。千载天涯一样说风流。""离情每被柔情扰。梦影愁多少。三生绮债几时休。流水落花风雨一天愁。　　琵琶谁诉飘零客。旧曲翻新拍。相逢海国久知

君。可许卢仝从此拜韩门。"（题词）

日本金井雄飞卿："此乡未合老温柔。细按红牙教莫愁。却笑腰缠无十万，年年骑鹤上扬州。尊前休唱雨淋铃。旧曲天涯只怕听。为问珠江今夜月，水天闲话付樵青。　　不卷重帘夜听潮。绿天风雨太无聊。寒灯水阁潇潇夕，只有琴娘伴寂寥。歌舞欧西眼易青。冶游休说似浮萍。洋琴试按衷情曲，帘外蛮花解笑听。　　风流家世是潘郎。几度金针绣锦鸳。遮莫上人嗔破戒，海山新曲又催妆。扶桑有客识才名。同是江湖载酒行。剩得闲情一枝笔，也题黄绢拜先生。"（题词）

日本井上哲君迪："黄河词调世争传。玉貌风尘尚少年。爱向海山题艳曲，细腰人拜杜樊川。蛮娘能唱浪淘沙。合写羁愁付琵琶。一样伤春感零落，为君重诉二桥花（日本新桥柳桥花月为东京之冠）。"（题词）

周庆云

叶恭绰《广箧中词》："梦坡建两浙词人祠堂于西溪，复编《两浙词人小传》、《浔溪词征》，沆瀣流传，用意良美。所作亦清拔殊俗。"

程颂万

王鹏运《定巢集序》："清丽绵至，取径白石、梦窗、清真，直入温韦。"

钱仲联《近百年词坛点将录》："西山酒店菜园子张青，程颂万。宁乡十发居士，湘西才子，袁绪钦称其词'瑰丽谲诡，驱驾气势，劲出横贯，多而不竭'盖奇情壮采，不知胸中吞几云梦也。光绪辛卯，编《湘社集》词，作者七人，见一时风雅之盛。"

汪辟疆《光宣诗坛点将录》（《汪辟疆诗学论集》上册）："子大惊才绝艳，诗凡数变。《楚望阁诗》，得诸乐府为多，故才藻艳发。《石巢集》，则沉着矣。《鹿川田父集》，则坚苍矣。长篇短韵，出唐入宋，已非湖湘派所能囿也。"

谭献《复堂日记》："子大《鸥笑集》，填词婉密。《蛮语集》诗卷才思不匮，趋向亦正。"

谭献《复堂词话》："湘社词人，齐驱掉鞅，子大芳兰竟体，骚雅盼睞。"

张祖同《湘雨楼词话》："程君子大填词清丽绵婉，渊源家学，用笔尤尚中锋。"

朱祖谋《三程词钞题辞》（《三程词钞》）："三程词大抵导源《金荃》，振采天水，渊襟妙杼，跌宕奇逸。"

况周颐《美人长寿庵词题词》："十发先生美人长寿盦词，于宋人近清真、白石，其细密绵丽之作，又似梦窗。于国朝近朱锡鬯《载酒》《琴趣》两集，胜处兼而有之，清而不枯，艳而有骨。"

易顺鼎《美人长寿庵词题词》："昔迦陵陈先生早岁未尝专力为词，至乃哀然大集，精彩横溢，与纳兰、长芦相鼎足。由其读书多，故能金碧楼台，弹指涌见。今子大之于词亦然。特迦陵出之以恣肆，子大出之以秾挚，为少异耳。若夫尺度吻合，则更出迦陵一头地。昔人有言，词中求词，不如词外求词。子大闳识孤袍，用能别吾湘词派而定一尊。"

陈锐《袌碧斋词话》："程子大词，源于三十六体，粉气脂光，令人不可逼视。"

冒广生《小三吾亭词话》："宁乡程子大太守颂万著有《美人长寿庵词》，其自序云'运会陆沉，词流苦。'其忠爱绵恻掩抑零乱之语，极其至得，盖尝骤诗一等，直接离骚。……其词清而不枯，艳而有骨。张雨珊湘雨楼词话，谓为渊源家学，用笔尤尚中锋者也。"

叶恭绰《广箧中词》："子大少曰填词，与易五抗手而无其荒率。此选多晚年作，所谓文章老更成也。"

林鹍翔

朱祖谋《半樱词序》："铁尊微尚清远，……不蹈纤艳之失。"

夏承焘《半樱词序》："取径周（邦彦）吴（梦窗），不为周吴所囿。"

夏敬观《忍古楼词话》："香山杨铁夫玉衔，吴兴林铁铮鹍翔，皆沤尹侍郎之弟子。铁夫著有《抱香室词》，铁铮著有《半樱词》，造诣皆极精深，力避凡近。"

叶恭绰《广箧中词》："铁尊词深得彊村翁神髓，短调尤胜，可谓升堂入室。"

吴梅《霜厓词录》中《洞仙歌》（读林铁尊《半樱词》）："餐樱罢后，早群龙无首，万感沉冥付歌酒。记黄衫走马，红烛呼卢。长揖去，重访寄奴京口。　玉峰高处卧，商略琴樽，上客都为使君寿。倚枕睇中原，鼓角霜天，知衔泪看花能久。且共结江南岁寒盟，指落日山川，晓风杨柳。"

杨铁夫

杨氏自谓："盖梦窗之精华萃于此，余对梦窗之心得亦抉发无遗矣。"

夏敬观《忍古楼词话》誉其词学："造诣极精深，力避凡近。"

洪泽丞《抱香室词序》："自出手眼，浑灏流转，卓然成家。"

夏承焘《题〈抱香室词〉》："杨铁夫尝选古今三家词，前人主问途碧山，由觉翁入清真者，今可姚碧山而奉强翁。予叹为硕论。翌朝出此卷命读，神凝气敛，居然强翁法嗣。"

钱仲联《近百年词坛点将录》："地隐星白花蛇杨春，杨玉衔。铁夫升彊村之堂，为《梦窗词笺释》，再易其稿，曾勉余为序。《抱香词》步趋觉翁，镂台虽是装成，而乏七宝瑰丽。"

刘梦芙《冷翠轩词话》："铁夫专学梦窗，用力精勤，词中忧伤时局，颇有作意，非一味模拟涂泽。惟苦乏奇幻空灵之境，是才不足耳。"

冒广生

谭献《复堂日记续录》："展冒鹤亭词，爱其有得于幽忆凄断之音。"

叶恭绰《广箧中词》："鹤亭丈少学于先大父南学雪公，为词瓣香朱陈，中年以后博采众长，而才情横溢，时露本色。"

王易《词曲史》："小三吾亭词，情藻俱胜。"

汪辟疆《光宣诗坛点将录》（《汪辟疆诗学论集》上册）："地幽星病大虫薛

永，冒广生。鹤亭为周畇叔甥，诗境俊爽，清韵并茂。所谓何无忌酷似其舅也。晚年与闽赣诸家通声气，诗益苍秀。曾见其《后山诗注补笺》，向往所在，略可识矣。"

钱仲联《近百年词坛点将录》："天败星活阎罗阮小七，冒广生。鹤亭学人而又才士，博闻强识，并世无双。与陈三立、陈衍、朱祖谋等交往，而诗不为同光体，词不为彊村派，可谓独立不群。……"

刘梦芙《冷翠轩词话》："……其词豪婉兼容，不拘一格，更不受近世词坛学梦窗、清真风气熏染，自在游行，真力弥满，惟不免有粗率之句。不衫不履，虽风标洒脱，而有欠精严，厚味稍逊焉。"

夏敬观

朱祖谋称《映庵词序》："沈思孤迥，切情依黯，能于江西前哲，辟未逮之境。"

陈瑞《抱碧斋词话》："夏剑丞词，秀韵天成，似不经意而出，其锻炼仍俱苦心。"

叶恭绰《广箧中词》："剑丞平生所学，皆力辟径途，词尤颖异，三十后已卓然成家，今又二十余载矣。词坛尊宿，合继朱王，固不徒为江西社里人也。"

叶恭绰《题映庵同年填词图》（《遐庵汇稿》中编）："映庵习词卅载前，我年未冠相攻错映庵于光绪中叶初为词，曾作《莺啼序》诸词见商，时余年方十余，今忽忽卅余载矣。精金辟灌成大器，繁会和调竞天乐。王幼遐文道希陈伯沆况夔笙并驱驰，更伍彊村侪大鹤。置身不落汴宋后，况与朱厉争强弱。堂堂艺苑名久标，宛宛佳篇时有作。羯来沤社一追从近年在沪，同结沤社，愧类铅刀厕霜锷。回思卯岁谈艺日，才退心灰兴非昨。强从玉海荟瑛瑶余近辑《后箧中词》，又辑清一代词，敢侈玄扃探鐍钥。冷暖自知一杯水，佐使相资万金药。呜呼八表此何时，空共书丛啜糟粕。还君此卷有余情，胜过屠门矜大嚼。"

王易《词曲史》："夏敬观，字剑丞，新建人。诗宗宛陵，有《映庵词》，出入欧晏姜张之间。"

龙榆生《词学季刊》创刊号《词籍介绍》："夏剑丞先生，少负盛名，年三十许，即已刊行《映庵词》，归安朱彊村先生称其词：'沈思孤迥，切情依黯，能于江西前哲，辟未逮之境。'武陵陈伯弢先生又称其词：'奄有清真、梦窗之长。'钱塘张孟劬先生则谓：'近代学北宋词，能得真髓者，非映庵莫属。'"

钱仲联《近百年词坛点将录》："天威星双鞭呼延灼，夏敬观。剑丞诗词俱绝世，诗承散原，词继朱王之后，成为尊宿。孟劬称为词家之郑子尹，又谓其'取径自别'，'下笔能辣'，一言论定，见其偏胜独至之光价。"

陈兼与《近代论词绝句》："康家桥畔画叉钱，忍古楼头白石仙。酝酿酸风词意别，亦如诗喜傍梅边。""敬观休官后，曾筑上海康家桥，小有林木之胜，卖画自给。诗学后山、宛陵，词亦苦涩，别具一格。张尔田云：'述叔、映庵各有偏胜。'其说如是。"

洪汝闿

夏敬观《忍古楼词话》："歙县洪汝闿泽丞，余初于陈鹤柴席上相识，赠余以所著勺庐词，闻声相思久矣，一见倾倒，山谷诗所谓：'自吾得此诗，三日卧向壁。'余于久庐词，尤恨得读之晚也。顷年与结沤社，过从益密，复得时诵近词。丙寅元夕《六丑·用梦窗韵》云：'又铜街放晚，绣幕底金铺催掣。绮游凤城，珠尘随步灭。花下佳节。尚记西园夜，绀荷千蕊，映海山光揭。仙霞倒影晴空热。钿毂波回，重帘眼缬。星娥试妆琼阙。看鱼龙百戏，鳌驾过彻。年芳易歇。怅天涯鬓发。更访笼纱地，情事别。东风故恼嫛㜷。换当筵翠袖，踏歌罗袜。南楼宴柘枝凄绝。依前是、席上传素手，旧人新月。津桥畔、鹃泪啼雪任社鼓，送得愁蛾去，春灯恨结'。赋阶下碧桃《瑞龙吟·用清真韵》云：'桃泾路。三见梦蕊飞香，绛珠辞树。西池春色年年，翠尊醉倚，阑干胜处。漫延伫。无数上林纨绮，艳阳帘户。朱门几阅东风，谢堂旧燕，花间絮语。还诉玄都前事。海山人远，琼宫尘舞。仙侣避秦，归来台榭非故。裁绡晕碧，空赋伤春句。凭谁向江头照影，楼东回步。断梗随波去。浪吟又动崔郎恨绪。犹有残红缕。芳讯晚、魂销江南烟雨。瘦杨巷陌，一天愁絮。'……《河渎神》四首，其一云：'河上木兰祠。庙门雨打丰碑。野鸦衔肉上阶飞。社鼓春灯赛旗。匣中先辈三尺水。雷渊曾斩龙子。眼看白虹贯垒。薜萝匿笑山鬼。'其二云：'蒿里鬼称雄。神幡夜照虚空。五千貂锦化沙。更结盂兰法宫。海子河灯光似斗。一花一叶一藕。金粟礼魂归后。乱蝉咽露高柳。'其三云：'当户九张机。兰芝别母归时。人间天上总相违。孔雀东南自飞。道逢女巫花插首。水沉香喷金兽。明星荧荧渡口。河伯今夕娶妇。'其四云：'丛竹鹧鸪啼。望里黄陵九疑。秋风袅袅被江篱。日暮巫阳致词。湘水东流愁不息。大江戈舰蔽日。千古周郎赤壁。怒涛一夕头白。'诸词雄浑酝藉，兼而有之，洵倚声家之上乘也。"

林葆恒

夏敬观《忍古楼词话》："闽县林子有提学葆恒，亦字讱庵，文直公之子，沉潜书史，尤耽倚声。在天津时，招集朋辈作词作，迭为赓和。迩年来沪，复创沤社，为社中祭酒。己巳人日栖白顾宴集《玉烛新》云：'水生挑菜渚。东坡人日问欲寄题诗，草堂何处。旧时倦旅，迎年后、第一良宵尊俎。春生杖履。有谢傅襟期飘举。是夕螺江太傅在堂。看四座文采风流，应占德星同聚。觞余试被清愁，更拂墨分题，限香拈句。日华共赋。高吟罢。仿佛霓裳重谱。春幡漫舞。且点缀乡风荆楚。恁客梦飘落梅边，诗情更苦。'丰台芍药《忆旧游》云：'看金壶细叶，醉露欹红，无限芳菲。想阿钱仙去，剩香魂缥缈，幻作将离。日暄坠鬟慵整，迟暮怨斜晖。怅茧栗春酣，扬州路远，衰鬓成丝。透迤。草桥外，记万艳翻阶，一往寻诗。廿载沧桑恨，问冯庄花诗，强半烟霏。梦痕尚留婪尾，憔悴弄芳姿。叹沴水风流，空余赠虐逾往时。'六月三日与调伯芷升立之重游八里台《点绛唇》云：'打桨重来，系船柳岸浑忘暑。断霞明处。阁住黄昏雨。绀屋千荷，欲住何缘住。吴窑路。载花归去。新月林间露。'其二云：'落魄江湖，浪游载酒忘寒暑。芰荷深处。旧雨兼新雨。怅触前尘，十载京华住。金鳌路。料应重去。泪泫铜仙露。'《清平乐》云：'蕉廊凉话。好个初三夜。新规人沴欲下。一抹眉痕难画。地炉试热松明。晚风听取瓶笙。

拾得池莲堕瓣,趁他鱼眼初生。'词皆清声逸响,饶有韵味。"

叶恭绰《广箧中词》:"子有辑《闽词征》六卷,采集略备,己作亦足称后劲。"

郭则沄《词综补遗序》:"君以秦川之公子,为永嘉之流人,漂泊类于王尼,萧瑟同于庾信。曩尝与余共结须社、沤社,近又续举瓶社,皆主于词者也。家国之悲,郁乎莫语,而自托于填词。"

陈兼与《闽词谈屑》:"林讱庵(葆恒)勤于词学,关心乡献,著有《闽词征》六卷,在闽县叶小庚(申芗)《闽词钞》之后,仅有斯着,殊可贵也。书按年代编次,自宋徐昌图、杨亿起,至民国年轻一代,靡不网罗,末附闺媛,无虑数百家,颇为繁富。"

钱仲联《近百年词坛点将录》:"地藏星笑面虎朱富,林葆恒。子有为林则徐侄孙,《讱庵词》为八闽词后劲。所辑《闽词征》六卷,采集略备。家藏清代词家别集与总集颇为完整,叶遐庵编《全清词钞》得其赞助者多。"

叶恭绰

夏敬观《忍古楼词话》:"番禺叶玉甫恭绰,亦号遐庵,兰台先生之孙也。幼随父仲鸾太守于南昌官所,与余为总交。年十六即能词,萍乡文芸阁学士廷士极赞赏之。芸阁词宗苏、辛。玉甫尝谓余:'近代词学辛者尚有之,能近苏者惟芸阁一人耳。'余谓:'学辛得其豪放者易,得其秾丽者罕。苏则纯乎士大夫之吐属,豪而不纵,是清丽,非徒秾丽也。'玉甫之词,极近此派。"

钱仲联《近百年词坛点将录》:"天富星扑天雕李应,叶恭绰。遐庵词学世家,席丰履厚,又为北洋交通系政要,财力雄富,为并世词流所不及。编《全清词钞》,所收词人达三千一百九十六家,使有清一代词学之源流正变得以推寻,有功于艺苑者匪细。遐庵自为词亦工。间接闻谭献绪论,于彊村、蕙风、芸阁,均亲接其謦欬,其造诣极之深,非偶然也。"

陈永正《岭南文学史》:"叶恭绰除前述工诗之外,尤擅倚声。除继承家学之外,还得力于苏轼、贺铸和辛弃疾,豪放婉丽,兼而有之""叶词既有雄姿壮彩的一面，又有秾丽婉密的一面，可称一代作手。但词中应景应酬之作亦不少，……"

冒广生《遐庵词序》："番禺叶玉甫博雅嗜古，有名于时。其曾祖父莲裳先生、祖南雪先生，两世皆以词鸣。自其垂髫，渲染家学，即能为词。而所为又辄工。中岁从政，出而膺国家付托之巨，时或作辍。迨流寓江左，避兵香江，而所作乃精且多。新建夏映庵为选定，得如干首，颜曰《遐庵词稿》……裕甫平时常病词家缚于声病，逐末忘本，杂乎人而弥远乎天。欲求各地风谣，合之今乐，别为新体，以接《风》《骚》，中承乐府，后继词曲，旁绍五七言诗，而为群众抒情写实之用。此其识为甚伟，而兹事体大，非国家设大晟府，得美成者流相与扬扢，而徒恃一人手足之烈，则终无以观厥成。今兹所存之词，诚不足以尽其百一。"

夏敬观《遐庵词序》："余与君皆从萍乡文芸阁学士游，君为词最早，其词旨盖承先世莲裳、南雪两先生之绪，而多本之学士。晚年益洗绮罗香泽之态，浩歌逸思，恒杰出尘埃之外，而缠绵悱恻又微近东山。此甲稿所存，少作汰其泰半，多数十年来退居林下之什也。"

朱庸斋《分春馆词话》（卷三）："玉甫为吾粤晚近词家巨子，博雅嗜古，为词精且多，少作缠绵悱恻，迫近方回；晚年则一洗绮罗香泽之态，雄姿壮采，合贺、周、苏、辛为一手矣。"

郭则沄

夏敬观《忍古楼词话》："……词三卷，附于诗后，曰《潇梦》《镜波》《絮尘》。余尝谓南宋惟史邦卿梅溪词，为能炼铸精粹，上比清真，得其大雅；下方梦窗，不伤于涩。今能为梅溪词者，除况夔笙略似之外，厥惟啸麓。"

叶恭绰《广箧中词》："啸麓为词未五年，高者遂已火攻南宋，能者固不可测也。"

陈兼与《闽词谈屑》："蛰云三世仕浙，词品柔丽芳缛，有竹垞、樊榭之风。予咏《近代论词绝句》：'看山行遍浙东西，秋雪金风细品题。哀怨无端成独茧，春心漫托杜鹃啼。'似尚称其词心。""郭蛰云簪华世胄，少时掉鞅名坛，年甫三十，即使浙提学，旋授温处道。……蛰云自言其词胜于诗，顾多愁苦语，读之往往使人不欢，与其身世似不相称。在京都继聊园、趣园、秭园之后，主持蛰园词社，移居析津，又组织须社，颇有功于词坛。箧中有其咏雪呈辛庵《玉烛新》一首，未载于其《诗馀》及《独茧词》者。"

陈兼与《读词枝语》："郭蛰云多愁善感，所作之诗若词，几疑与其身世不甚相称。有《独茧词》，其《浣溪沙》二首云：'薄薄罗衣耐晚凉，研脂分泪写秋娘……''仿佛云屏隔世逢，断肠花外见春红……'此乃正其手录所著《红楼真梦》而作也。又将逝之前不久，作《浣溪沙》四首贻同社诸公，录二首云：'去日园林记梦痕，一寒恻恻罢芳樽，花前岂有未销魂。松色多情思款径，兰心终古悔当门，夕阳毕竟胜黄昏。''向道观空未是空，三生悟彻晓来钟，蓬洲宫阙万芙蓉。检点心经参慧树，安排野史翳芳丛，灵山有约会相逢。'生机顿尽，如闻天际鸾鹤之音，殆与社友作长别矣。"

钱仲联《近百年词坛点将录》："地异星白面郎君郑天寿，郭则云。啸麓闽海名家，《龙顾山房诗馀》，遐庵誉其为'高者火攻南宋'。"

王蕴章

沈轶刘、富寿荪《清词菁华》："蕴章学识渊博……其词酷近张炎，《醉太平》造语俊逸，《湘月》豪气未艾，笔锋转厉。"

钱仲联《近百年词坛点将录》："地乐星铁叫子乐和，王蕴章。金天翮《艺中九友歌》云：'大鹤沤尹双词仙，莼农后起少不廉。扬帆直挂南溟天……'又序称：'莼农《西神樵唱》数十首，庶几梅溪、草窗之遗，东南人士谈及莼农，无不知为梁溪王蕴章也。'莼农为南社初期眉目，方之几社词人，则云间三子之李蓼斋，得无身世相同。"

钱仲联《南社吟坛点将录》："天英星小李广花荣，王蕴章。南社词场射雕手，西神残客众俯首，高挹梅溪草窗袖。正风文学院开堂堂，头衔自署猢狲王，哀吟饭颗侪陈芳。五十人生走牛马，偃仰书城何为者？然脂余韵赖陶写。"

高旭《读王莼农词题寄二章》(《高旭集》卷六)："撅笛山阳恨未穷,十年萧瑟感秋风。不堪重理金荃谱,怨粉啼香句易工。""梨云小劫话来今,鸿影楼头抵死吟。解唤玉箫身再世,朱弦三叹有遗音。"

许国英《题莼农填词图》(《南社诗集》第四册)："铜琶铁板恣轩渠,滴粉搓酥雅不如。何似琅嬛能误入,读签九百识虞初。""名流风味忆归黄,点染梁溪胜剡溪。亲过西神岩下路,瓣香吹遍锦囊奚。""艳杀蓉湖贮好春,遗台老树亦精神。何当谱入红牙拍,十五珠喉捧醉人。""月泉春雨知何许,今我题襟又海南。绝似山阴逢逸少,引人修禊度春三。"

姚鹓雏《望江南》(《姚鹓雏文集(诗词卷)·苍雪词》卷三)："登楼客,花月占春江。书格簪花文艳锦,乌丝阑上谱新腔。秀韵故无双。"

吴湖帆

刘梦芙《冷翠轩词话》："湖帆为一代名画师,倚声一律度精严,辞情双美。前辈名家大都学殖深厚,文、艺兼通,今日治绘事成名者,则往往胸无点墨,题一二绝句皆不合乎仄,无非画匠耳。"

周退密序："小令祖述《花间》欧晏,长调则淹有两宋之长,而于耆卿、梅溪、白石、草窗为近。"

陈方恪

钱仲联《近百年词坛点将录》："地狂星独火星孔亮,陈方恪。彦通《鸾陂词》,绝世风神,多回肠荡气之作。二陆齐名,俊语似欲突过乃兄。"

章士钊《论近代诗家绝句》："享尽温柔尽可怜,闲情犹在旧蛮笺。依然一曲梁溪水,忍照琵琶过别船。"

潘益民《陈方恪年谱》记载:光绪二十三年,陈方恪十六岁,与衡恪随陈锐、夏敬观等父执去玄武湖赏荷,陈方恪也填《水龙吟·北湖田水阁咏白荷》:"紫鹨嘶遍芳洲",受到诸老称赞。陈锐许为"天赋词心,有少游之致。""先生词宗清真、白石,长调、小令逼似宋人,词坛早有高度评价。朱古微称其慢词

'情深意厚，功夫更胜于令。'"

陈石遗《石遗室诗话》称许其词："有名贵气。"

黄孝纾

夏敬观《忍古楼词话》评其词曰："其词怀抱珠玉，胎息骚雅。"

钱仲联《近百年词坛点将录》："地损星一枝花蔡庆，黄孝纾。匑庵诗词骈文，俱臻高诣。"

陈兼与《闽词谈屑》："黄公渚（孝纾）、君坦（孝平）、公孟（孝绰）三兄弟早年侨寓青岛，筑袖海楼读书，有江夏'三黄'之目。公孟早卒，公渚继亦谢世，三兄弟并工骈文及诗词，公渚尤著。今叶氏《全清词钞》，仅收公孟词，而未及公渚，不无遗憾。"

陈兼与《读词枝语》："黄公渚有真如张氏蓬园杜鹃盛开，榆生有看花之约，后期而往，零落尽矣，因赋《汉宫春》云：'残醉楼台，又行芳无处，啼老鹃声……'温婉芳邃，欲夺玉田、梅溪之席。高手毕竟不凡。匑庵词，散落殆尽，顷闻有人在都门觅得其乙稿一册，亦词林之佳音也。"

赵尊岳

夏敬观《忍古楼词话》："夔笙论词尤工，所著《蕙风词话》，精到处透过数层，宜叔雍能传其衣钵。"

龙榆生

夏敬观《风雨龙吟室词序》："其文章尔雅，词宗清真、梦窗，兼嗜苏、辛，盖其旨趣与侍郎默契，所取法为词家之上乘也。"

沈轶刘《繁霜榭词札》："民初四词家外，尚有三大名家，窃准汉末成例，拟为一龙。以夏承焘为龙头，钱仲联为龙腹，龙沐勋为龙尾。……龙词受砚于大家，广结众派，博采而沉瀣之，有意学苏，亦不至于望门却步。三人者，小令一时瑜亮。参天长鬣，掉鞅无惭。"

陈兼与《读词枝语》："龙榆生以词学教授南方各大学，编着各类词书，发行杂志，不少流传之作，今代之戈顺卿、万红友也。其《忍寒词》自是行家，行家之作，亦不定皆好。榆生杂学宋诸家，自谓喜东坡，如咏红棉《浪淘沙》云：'羞入绮罗丛，高干摩空。倚天照海醉颜红。脱尽江南儿女态，不嫁东风。

春事苦匆匆，心事谁同。贞姿一任火云烘。合向越王台下住，那辨雌雄。'意态骀荡，学东坡不足，比之文潜、无咎，或庶几焉。"

钱仲联《近百年词坛点将录》："地健星险道神郁保四，龙沐勋。'书林近刊倚声学，画手旧绘传灯图。须知彊村一遗老，托君此道如托孤。毋令雅音遂失坠，必有大力持柰于。黄九秦七未北面，田歌自昔非田夫。'此胡汉民《五叠杜韵寄赠榆生教授》诗句。'书林'句谓其创办《词学季刊》，'传灯图'谓《上彊村授砚图》也。"

刘梦芙《冷翠轩词话》："龙氏为现代以毕生精力治词之专家，与夏承焘、唐圭璋鼎峙三足。三十年代首创《词学季刊》，使百年来倚声末技，顿成显学，厥功甚伟。所著《唐宋名家词选》《近三百年名家词选》……为再版多次之畅销书，影响超过近当代学人所编各类词选，治词者案头必备。论著之外，创作亦极富，自云学词喜东坡，实则未达髯苏清雄超放之境，惟苍凉沉郁处，有似遗山。"

附录二：
沤社词人年表

1857 年（咸丰七年）
朱祖谋生，浙江湖州人。

1858 年（咸丰八年）
潘飞声生，广东番禺人。

1864 年（同治三年）
周庆云生，浙江湖州人。

1865 年（同治四年）
程颂万生，湖南宁乡人。

1869 年（同治八年）
洪汝闿生，安徽歙县人。

1871 年（同治十年）
林鹍翔生，浙江湖州人。

1872 年（同治十一年）

谢抡元生，浙江余姚人。林葆恒生，福建闽县人。杨玉衔生，中山人。姚景之生，吴兴人。

1873 年（同治十二年）
许崇熙生，湖南长沙人。冒广生生，江苏如皋人。

1875 年（光绪元年）
刘肇隅生，湖南湘潭人。夏敬观生，江西新建人。

1877 年（光绪三年）
高毓浵生，河北静海人。

1879 年（光绪五年）
10 月，陈良玉为潘飞声《花语词》作序。
袁思亮生，湖南湘潭人。

1881 年（光绪七年）
叶恭绰生，广东番禺人。

1882 年（光绪八年）
郭则沄生，福建侯官人。

1883 年（光绪九年）
梁鸿志生，福建长乐人。
萧馥常于西园为潘飞声《珠江低唱》作序。
冒广生十一岁，得《东鸥草堂词》，始习词章之学。

1885 年（光绪十一年）

王蕴章生，江苏无锡人。

1887 年（光绪十三年）

德意志教育部成立东方学院，聘潘飞声为广东教习，前往德国柏林教授南音（广东话），自此在德国教学三年作《海山词》记录其域外生活。

1890 年（光绪十六年）

徐桢立生，湖南长沙人。

1892 年（光绪十八年）

陈祖壬生，江西新城人。

冒广生与祖父从叶衍兰游，潘飞声与冒广生皆学词于叶衍兰主讲的越华书院。同年秋，叶衍兰招冒广生等游秋梦庵，观其手摹陈维崧《填词图》，冒广生作《水龙吟》，潘飞声作《扫花游》。

10 月，程颂万在海南刻行《十鞭词钞》。

1894 年（光绪二十年）

吴湖帆生，江苏吴县人。叶衍兰为冒广生《小三吾亭词》作序。叶恭绰向文廷式问学。

1895 年（光绪二十一年）

陈方恪生，湖南义宁人。

春，冒广生进京赴进士考，向王鹏运问词。夏，冒广生在杭州经外祖荐，始识谭献，其词稿得谭献称许；盛夏，访郑文焯于苏州。

叶恭绰学词王以慜。

1896 年（光绪二十二年）

彭醇士生，江西高安人。

朱祖谋在北京从王鹏运学词。叶恭绰学词于王梦湘。

1897 年（光绪二十三年）

冒广生拜谒俞樾于苏州。始识蒋春霖子蒋玉梭，论谈诗词。随外祖居福州期间，与张景祁过从。

1898 年（光绪二十四年）

赵尊岳生，江苏武进人。

朱祖谋入王鹏运咫村词社。冒广生始识陈衍。

1899 年（光绪二十五年）

朱祖谋、王鹏运合校《梦窗词》。江标将所藏《冒巢民手书菊饮试卷》赠冒广生，此后众词人为之题词、跋，绘制《水绘庵填词图》等延十余年。

1900 年（光绪二十六年）

黄孝纾生，福建闽县人。

夏敬观从文廷式游，始学词。朱祖谋与王鹏运等人困守北京，作《庚子秋词》。

程颂万刻《美人长寿庵词》。

冒广生《小三吾亭词》刊刻，收入《如皋冒氏丛书》。

1901 年（光绪二十七年）

叶恭绰肄业于京师大学堂。

1902 年（光绪二十八年）

龙沐勋生，江西万载人。

冒广生与朱祖谋结交。

黄遵宪赠潘飞声词一首，题为《双双燕·题兰史〈罗浮纪游图〉》。

1903年（光绪二十九年）

叶恭绰作《玉箔词》寄易实甫，受易氏称许。

1904年（光绪三十年）

重阳日，朱祖谋作《哨遍》纪念王鹏运。冬，朱祖谋校定《半塘定稿》《半塘剩稿》，刊刻《四印斋所刻词》。

丘逢甲为潘飞声《香海填词图》题跋，题为《题兰史〈香海填词图〉》二首。

陈方恪十四岁，随父亲陈散原居江宁，喜读阳春白雪、花间、草堂诸集，尤喜李后主。

1905年（光绪三十一年）

2月6日，潘飞声《在山泉诗话》开始在香港《华字日报》副刊《广智录》上连载。

冒广生与徐珂过从，徐珂问顾太清事，将之收入《近词丛话》。

朱祖谋《彊村词》三卷及《前集》一卷、《别集》一卷合刻行世。

1906年（光绪三十二年）

朱祖谋寓居苏州，与郑文焯、刘光珊岁寒相唱和。

叶恭绰经梁鼎芬介绍，在武昌两湖师范学堂任教。

11月，朱祖谋、陈诗、麦博孺、夏敬观等雅集，夏敬观有词纪之。

朱祖谋为夏敬观《映庵词》作序。

陈方恪随父执夏敬观、陈锐诸老去玄武湖赏荷，填《水龙吟》一阕，颇得诸老称许。

1907 年（光绪三十三年）
袁荣法生，袁思亮子，湖南湘潭人。
夏敬观《映庵词》首刊一卷，李瑞清题签，朱祖谋、陈锐作序。

1908 年（光绪三十四年）
冒广生《小三吾亭词话》刊载于《国粹学报》。
朱祖谋再校《梦窗四稿》刊行，为无著庵刻本。

1909 年（宣统元年）
春，潘飞声与冒广生交往频繁。
8 月，与陈蝶仙等同游杭州。
夏敬观任江苏巡抚左参议，与朱祖谋、郑文焯相唱和，郑文焯与夏敬观通书谈词。
是年，潘飞声《饮琼浆馆词》刊刻。

1910 年（宣统二年）
10 月 10 日，郑文焯致书夏敬观谈词，本年多次致书夏敬观。
朱祖谋笺注《东坡乐府》成。

1911 年（宣统三年）
是年，郑文焯致书夏敬观多次，如 2 月 3 日谈校清真词，2 月 11 日谈周、柳词，7 月 9 日致谈校订姜夔词。
潘飞声加入南社，积极参与南社社活动，胡寄尘、柳亚子、吴趼人、高天梅等交往甚笃。
秋，冒广生赴苏州访朱祖谋、郑文焯。夏敬观迁上海，与沈曾植为邻，相唱和。刊《映庵集》第三卷。

朱祖谋辑校《湖州词征》成。

1912 年

春，朱祖谋移居上海德裕里，与况周颐过从密切。夏，况周颐访冒广生于赛金花家，并作《莺啼序》。秋，周庆云在双清别墅办消寒社集，潘飞声、刘炳照、徐珂、潘飞声等 27 人与会。

9 月，夏敬观赴苏州寓听枫园，与朱祖谋、况周颐论词。

10 月 27 日，南社于上海愚园举行第七次雅集，沤社词人王蕴章与高燮、柳亚子选为编辑员。

朱祖谋辑《湖州词征》刊行。

是年，潘飞声与周庆云加入希社。

1913 年

程颂万在武汉刊定《定巢词集》。

周庆云在徐园举淞社，与会者 22 人。沤社词人潘飞声、程颂万、夏敬观、王蕴章先后与会淞社。夏敬观刊左夫人《缀芬阁词》，朱祖谋题签。诸宗元作序。

春，潘飞声与朱祖谋于沪上相遇。是年，与夏敬观相识。

林鹍翔向冯息庐、吴耐庵学习填词。

1914 年

10 月，梅兰芳来上海演出，郑孝胥、朱祖谋、况周颐等为座上客，吴昌硕作《香南雅集》，《申报》以"梅讯"作系列报道。

是年，周庆云开始填词。程颂万寄诗给况周颐。

1915 年

2 月成立春音词社，朱祖谋为社长，参与者有庞树柏、陈匪石、徐珂及沤社词人夏敬观、王蕴章、袁思亮、周庆云等。本年春音词社社集四次。

5月，顾麟士为朱祖谋绘《彊村填词图》，张尔田、沈修、孙德谦题记、郑孝胥、陈三立、夏敬观等题诗，冯煦、况周颐等题词。

5月，夏敬观作《纯飞馆词序》。

是年，王蕴章作《梅魂菊影室词话》。

1916年

冒广生社课于温州，当众称许夏承焘等为"永嘉七子"。

上巳，周庆云在愚园召集同人，潘飞声、缪荃孙等出席，周庆云作《满庭芳》词，同人多有和作。同年周庆云为同人填词，如徐乃昌、缪荃孙、庞树柏遗稿。

陈方恪在梁启超的推荐下任《大中华》杂志的编辑之职。

是年，徐自华有《题潘兰史〈江湖载酒图〉》（四章）。

是年，春音词社社集四次，最后一次为中秋贺朱祖谋六十寿辰，

1917年

朱祖谋辑《彊村丛书》初刻刊行。

周庆云刊行《甲乙消寒集》，是为甲寅、乙卯两年消寒社集之作。

9月，周庆云偕词春音词社同人至苏台登天平山看红叶，并作《霜叶飞》。

9月，陈方恪在上海参加袁思亮等招邀的赏月雅集。

是年，春音词社社集七次。周庆云辑《浔溪词征》刊刻。

1918年

2月，夏敬观与袁思亮午宴张元济家。

6月，陈方恪随父亲散原老人赴上海，月底与梁鸿志、夏敬观游杭州西湖。

9月，李绮青自北京来会冒广生，冒广生为其作《草间词序》。

冬，赵尊岳为梅兰芳来沪登台演出作《国香慢》词一首。

是年，邵瑞彭在杭州拜朱祖谋为师。

是年，春音社集两次，至此春音社集结束。

1919 年

冒广生作《满江红·京口怀古》十首。

闰七月，周庆云约朱祖谋、潘飞声、徐珂等词人作南湖游。八月，周庆云与潘飞声、徐珂、王蕴章等从惠山游至太湖。

林鹍翔经同乡姚劲秋结识况周颐、朱疆村并师事之。

是年，王蕴章《词学》由上海崇文书局刊行。

1920 年

上巳修禊，周庆云集沪上文人作淞社第四十五集。

3 月 23 日，赵尊岳得朱祖谋引见，前去拜谒况周颐，况周颐赠《织馀琐述》及旧作《香东漫笔》各一册。

因赵尊岳重刊况周颐所藏《蓼园词选》一书，5 月 2 日，况周颐为其作《蓼园词选序》。

胡朴安在上海与汪子实发起鸥社，每月雅集二次，潘飞声与王蕴章、徐珂入社。

蛰园吟社于年由郭曾炘、郭则沄父子主持成立于北京，社址为北京之蛰园，社友包括樊增祥、孙雄、傅增湘、靳志、关赓麟、三多、黄君坦、黄孝纾、杨寿枏等数十人，以击钵吟为主课，兼作诗钟，1928 年宣告结束。

是年，朱祖谋辑《湖州词征》《国朝湖州词录》，刘氏嘉业堂刊刻。

1921 年

2 月，赵尊岳正式跟随况周颐学习词学。

6 月，朱祖谋编《词莂》成，托名张尔田，收入清 15 家词 337 首。

林鹍翔任瓯社社长，社员有夏承焘、梅雨清等10人，有社集《瓯社词钞》。

10月，周庆云筑历代词人祠堂落成，并作《瑞鹤仙》《百字令》以记之。朱祖谋、夏敬观、徐珂均有词纪此事，王蕴章作记。

10月，赵尊岳向况周颐先生借《宋元三十一家词》并开始妙录。11月14日，赵尊岳抄录完《宋元三十一家词》并撰识语。

赵尊岳在西湖筑高梧轩，请顾麟士作《高梧轩填词图》，朱祖谋、况周颐、任道援、陈方恪等题词，陈三立、叶恭绰等题诗。

林鹍翔等《瓯社词钞》刊刻。

1922年

朱祖谋编选《宋词三百首》，与况周颐时相讨论。朱祖谋辑《彊村丛书》三校补刻。

周庆云刊刻《历代两浙词人小传》。

是年，赵尊岳《和小山词》一卷写成。

北京思辨社成立，社员有词人邵瑞彭、洪汝阊、孙人和等八人。

1923年

朱祖谋出资刊刻陈洵《海绡词》一卷。

是年，《庚子秋词》上海有正书局印行。

5月，赵尊岳请老师况周颐审定所作《和小山词》一书并作《和小山词序》。

1924年

春，冒广生应宜兴蒋兆兰之邀，吊陈维崧之墓。

3月底，冒广生来杭州晤夏敬观、陈散原。

8月赵尊岳为况周颐先生刊《蕙风词话》并撰跋。

初冬，周庆云酬和朱祖谋，效元好问宫体词赋《鹧鸪天》四首。

是年，朱祖谋选《宋词三百首》完成，况周颐为之序。朱祖谋《彊村语业》由托鹃楼刊刻。龙榆生任教集美中学，结识陈衍师事之。程颂万在武昌刊行《石巢诗集》《定巢词集》。

1925年

3月15日前，赵尊岳绘《高梧轩图》征集题词，况周颐为其题《百字令》一词。

5月22日后，赵尊岳为先生况周颐刊《蕙风词》并撰跋。

夏敬观编成《词调溯源》，谭延闿、冯煦等题夏敬观所藏《大鹤山人手书词卷》。

7月22日，郭则沄赴林葆恒约，坐客郑孝胥、罗叔蕴、傅增湘、周学渊、李直绳等。

10月4日，沪上文人集于华安高楼，举行重九登高会，到会者有20多人：朱祖谋、潘飞声、程颂万、夏敬观、袁思亮、黄孝纾都参加了这次雅集。

秋，夏敬观招诸子集映园，潘飞声有词纪事。

冬，谭篆青发起"聊园词社"，夏孙桐、汪曾武、向迪琮、洪汝闿、邵瑞彭、寿石工等与会。

汪曾武成立"趣园词社"，社员有郭则沄、俞陛云、夏孙桐等十人。

是年，陈方恪辑录以往词成《彦通词稿》。杨铁夫在上海拜朱祖谋为师。

1926年

陈方恪随散原老人居沪上，参加朱祖谋、王蕴章、夏敬观、冒广生、叶恭绰、潘飞声等人的雅集。

7月，夏敬观访郑孝胥，晤黄孝纾。

8月25日，赵尊岳恩师况周颐先生在上海病逝，享年六十六岁。赵尊岳为其筹办丧事。

1927 年

4 月，夏敬观赴李宣龚之约，与会有陈三立、郑孝胥、冒广生、朱祖谋、袁思亮、袁荣法等。

1928 年

夏，天津成立"须社"，林葆恒、郭则沄等 20 人入社，社课结集为《烟沽渔唱》。

龙榆生经陈衍介绍任教暨南大学，并在国立音乐院为易孺代授诗词课，始识夏敬观、郑孝胥，识朱祖谋并师事之。

叶恭绰请示教育部，改组北京大学国学研究馆，自任馆长，陆侃如、储皖峰入研究馆学习。

林鹍翔《半樱词》两卷刊印，陈宝琛、朱祖谋为词集题名，况周颐作序，陈训正、金蓉镜、周庆云、孙宝珩、况周颐、樊增祥、朱孝臧、冯煦、吴士鉴、冒广生题辞。

1929 年

1 月，张元济致信叶恭绰谈及《清词钞》。

朱祖谋荐陈洵出任中山大学文学院词学教授。

龙榆生升任暨南大学词学教授。10 月龙榆生主持张园雅集，陈三立、夏敬观、朱祖谋、黄孝纾等人合影。龙榆生撰《周清真词研究》由暨南大学出版发行。

冬，叶恭绰提议成立"清词钞编纂处"，沪上词人积极响应，其中有沤社词人潘飞声、冒广生、林葆恒、杨铁夫、龙榆生、陈方恪、夏敬观、黄孝纾，共推朱祖谋为总纂。

冬，赵尊岳回忆起与恩师况周颐学词之事撰写《凭西阁长短句·跋》。

是年，海上诗钟社集于晨风庐，先后入社的成员有朱祖谋、潘飞声、程颂万、冒广生、陈方恪、夏敬观、黄孝纾、王蕴章、袁思亮。这是沤社成立前，沤社词人在同一诗社的最大集会。

程颂万辑《三程词钞》刊刻，为父兄和己作。

陈方恪整理早年词作，汇成《𤩽香馆词草》。夏承焘与龙榆生结交，并有书信往来，讨论词学。

1930年

4月，叶恭绰序徐礼辅词集《渌水馀音》。

6月，叶恭绰在暨南大学作《清代词学之撮影》的学术报告。10月，叶恭绰刊印《淮海长短句》。

秋，陈方恪在沪上的无锡国专分馆任教，教授古典诗词，同时在暨南大学、持志学院兼课。

11月，夏承焘任教杭州之江大学，过上海必会龙榆生，讨论词学。

朱祖谋为周庆云删定《梦坡词存》，并作序。

冬，夏敬观、黄孝纾倡立沤社，成员29人，有《沤社词钞》刊印，前后集会20次，填词284首，关于具体社集，参看前文。

仲冬，袁思亮、陈祖壬访彊村，袁思亮有词《石湖仙》。

朱祖谋为叶恭绰淮海词两宋合印本。

12月，龙榆生作《清季四大词人》，翌年1月刊《暨南大学文学院集刊》。

1931年

暮春，叶恭绰游昆山，谒词人刘龙洲墓。

朱祖谋、夏孙桐应须社之邀，删改社集《烟沽渔唱》七卷。

龙榆生应萧友梅之邀，为国立音乐专科学校专任教员，二人联名在《乐艺》发表《歌社成立之宣言》，成员有叶恭绰、易孺、曹聚仁等。龙榆生《东坡乐府笺》成，夏敬观作序。

陈方恪应王蕴章之邀受聘于上海私立正风文学院，担任主讲诗词韵文的教授，直至1938年学校基本停办离职。

龙榆生《风雨龙吟室丛稿》，由暨南大学文学院出版。

夏敬观《二晏词选注》由商务印书馆刊行。

林葆恒辑《闽词征》刊刻行世，陈衍为之序。

朱祖谋卒于上海，年七十五。沤社活动由此转入低潮。

1932 年

2月—7月，龙榆生经王蕴章介绍，兼任中国公学及正风文学院教授，王蕴章任正风文学院院长。

3月，冒广生偕夏敬观、陈祖壬赴梁鸿志住所，观宋牧仲尺牍及梁蕉林寿诗册。

4月，夏敬观、易孺、吴梅、赵尊岳、夏承焘谋诸龙榆生筹办《词学季刊》，夏敬观开始撰写《忍古楼词话》。

7月冒广生赴上海，参加吴湖帆主持的词会，林鹍翔、廖恩焘等参加。

龙榆生在暨南大学创立读书会，本年撰成《苏辛词派之渊源流变》之上篇，《从旧体歌词之声韵组织推测新体乐歌应取之途径》发表。

叶恭绰刊梁鼎芬《款红楼词》一卷。

杨铁夫撰《清真词选笺释》《梦窗词选笺释》刊刻。

许崇熙有花甲之寿，陈方恪赋《鹧鸪天》贺之。

本年祁崑为林葆恒作《讱庵填词图》，林葆恒题《扬州慢》（文采清门）

程颂万卒，有《美人长寿庵词集》《鹿川词》，今人编《程颂万诗词集》

1933 年

3月，龙榆生作《论贺方回词质胡适之先生》，陈方恪对《适履》集词作进行删改，发表于《青鹤杂志》，以后多有词作在报刊发表。4月，《词学季刊》创刊，由民智书局出版发行。5月，吴梅有《与龙榆生言彊村逸事书》。

4—8月，《彊村遗书》陆续出版，共300部。叶恭绰、林葆恒、赵尊岳等15人资助。

夏，冒广生为林鹍翔点定《半樱词》。

8月，《沤社词钞》印行。

9、10月间（癸酉秋日），赵尊岳在北京写成《明词汇刻提要》并撰弁言。

11月，赵尊岳完成《蕙风词史》一书。

秋，龙榆生辑《大鹤山人词话》，撰《大鹤山人词集跋尾》《词体之演进》《选词标准论》等多篇论文。

龙榆生指导暨南大学学生成立"词学研究会"。

杨铁夫《考正梦窗词笺释》由无锡图书馆排印。

夏敬观《映庵词》一卷、续刻一卷，由康桥画社刊行。《忍古楼词话》开始由《词学季刊》刊载，1933年8月—1936年9月。

是年，刘肇隅《阏伽坛词》刊刻。周庆云卒。

1934年

1月，冒广生撰成《疢斋口业序》，刊于《词学季刊》。

2月，林葆恒寄冒广生新刊《沤社词钞》给唐圭璋等人。

3月，龙榆生游南京，偕唐圭璋游莫愁湖，唐圭璋赋《琵琶仙》纪之。

暮春，夏敬观、梁鸿志、黄孝纾、陈运彰、卢前访龙榆生。

郭则沄在北京城东举办蛰园词社，社友有汪曾武、寿石工、夏孙桐、朱师辙等。

夏，冒广生请吴湖帆绘《水绘庵填词图》，龙榆生请冒广生为暨南大学讲授词学。冒广生应陆光宇之聘，任广州勤勤大学客座教授。

夏，杨铁夫游西溪，月夜泛湖与夏承焘论词。

9月间，赵尊岳为吕景宪所撰书《纫佩轩词草》写成《纫佩轩词草序》。

龙榆生《研究词学之商榷》发表，《中国韵文史》《唐宋名家词选》印行。

林鹍翔《半樱词》一卷已刊，第二卷请吴梅商定。

杨铁夫《抱香词》刊印，还有《抱香室词集外稿》作于1926—1938年间，未公开印行，收入1976年杨铁夫子杨兆焘编《杨铁夫先生遗稿》。

黄孝纾作《木兰花慢》悼周庆云下世一周年。

潘飞声卒，年七十七。有《说剑堂集》（夏敬观作序）、《粤词雅》、《在山泉诗话》。

1935 年

1月，叶恭绰作《菉斐轩所刊词林要韵跋》。

3月，南京成立如社。沤社词人林鹍翔与会，其他社员有吴梅、唐圭璋、汪东、陈匪石、石凌汉等。龙榆生赴湖州道场山安葬朱彊村。

春，叶恭绰于沪书肆购得——卷词选，作《龚氏词断跋》。叶恭绰助赵尊岳借阅傅燮词《词觏》。

6月，上海成立声社，成员多为沤社旧人，如夏敬观、高毓浵、叶恭绰、杨铁夫、林葆恒、吴湖帆、陈方恪、赵尊岳、黄孝纾、龙榆生，其他如黄濬、卢前等。

端午日，赵尊岳从徐乃昌处得《休庵词》撰写跋语后并将之授梓。

7月，冒广生向邹鲁推荐龙榆生任中山大学词学教授。

腊日，赵尊岳为《古今词汇二编》撰写跋语。

叶恭绰编选《广箧中词》四卷，夏孙桐、夏敬观作序。

沤社词人袁思亮、陈祖壬与李国松一起拜陈散原为师。

冬，黄孝纾在湖州南浔刘承干嘉业堂整理古籍，作《渔家傲》。

许崇熙卒，《沧江诗文钞》八卷，内附《词钞》二卷。

1936 年

1月，龙榆生《东坡乐府笺》由商务印书馆出版，夏敬观、叶恭绰、夏承焘作序。2月，龙榆生在广州倡立夏声社。

春，郭则沄招同人赏蛰园牡丹。郭则沄《清词玉屑》二十一卷由郭氏蛰园刊行。

郭啸麓在北京倡立蛰园律社，黄孝纾、郭则沄、张伯驹等40余人加入，一直活动到 1947 年郭啸麓逝世。

6 月，叶恭绰序陈乃乾《清名家词》、朱居易《毛刻宋六十家词勘误》。

7 月，赵尊岳为唐圭璋所著《南唐二主词汇笺》作序。

9 月，龙榆生为周泳先作《唐宋金元词钩沉序》。

秋，黄孝纾登泰山作《乌夜啼》。

本年春，汤涤为林葆恒作《讱庵填词图》；夏，溥忻作《讱庵填词图》；冬，许昭作《讱庵填词图》。

林葆恒《集宋四家词联》刊刻。

1937 年

三月初三，郭则沄与汪曾武约友人夏敬观、林葆恒等樱园修禊。

5 月，龙榆生选注《唐五代宋词选》二册，上海商务印书馆出版。

7 月，郭则沄自天津迁居北平，参加"瓶花簃词社"，社友沤社词人黄孝纾，其他如夏仁虎、寿石工、黄君坦、杨秀先等 20 余人。

8 月 20 日，叶恭绰招龙榆生、夏承焘、冒广生在上海寓所纪念李后主千年忌日。

仲冬，夏敬观为龙榆生作《风雨龙吟室词序》。

是年，夏敬观为陈方恪绘《鸾陂草堂图》。朱祖谋等撰《讱庵填词图》刊刻。

是年，王蕴章《秋平云室词话》刊载于《云外朱楼集》正编，有上海中孚书局刊行。

1938 年

林鹍翔《半樱词续》两卷刊印，冒广生为词集题名，夏敬观、夏承焘作序，金兆蕃、洪汝闿、吴梅、向迪琮、蔡桢、陈世宜题辞。

2 月 10 日杨铁夫致信夏承焘，谈及《广箧中词》。

2 月 20 日，叶恭绰致信龙榆生探讨词学。春，叶恭绰在香港中文大学中文学会演讲《中国诗词曲之演变及将来》。

龙榆生、林葆恒招社集于渔光村林家，冒广生、夏敬观、林鹍翔、夏承焘与会。

9月，吴梅致书夏敬观，请其为《霜厓词录》作序。夏承焘自杭州拜会冒广生，畅谈词学。

冒广生校毕《六一词》《乐章集》《虚斋乐府》《金奁集》。

刘肇隅卒，有《守阙斋诗钞》《阒伽坛词》。

本年冬，陈曾寿为林葆恒作《叨庵填词图》。

是年，林葆恒《瀼溪渔唱》刊刻。

1939年

3月，夏承焘访冒广生探讨词学，陈方恪在南京与蔡哲夫、王蕴章雅集。饶宗颐接替杨铁夫助叶恭绰编《清词钞》。

4月，叶恭绰在岭南大学演讲《歌之建立》。

春，夏敬观设立贞元会，邀冒广生参加。夏，在夏敬观家成立午社，原沤社词人林葆恒、冒广生、吴湖帆、林鹍翔、龙榆生与廖恩涛、夏承焘、吕贞白等15人与会。本年午社多次社集，如6月25日、7月30日、9月24日在林葆恒家，8月20日、10月21日、12月20日再集。

郭则沄参加林修竹寓居天津举办的玉澜词社，有寇泰逢、查莲坡、杨寿枏、冯孝绰等。

冬，陈方恪选近年词作二十阕，集成《浩翠楼词》。

本年冒广生校毕《草堂诗馀》《花间集》。

夏敬观《映庵词》刊刻。吴湖帆《梅景书屋词集》刊刻。

是年，夏敬观与夏承焘多有书信往来讨论词学。

1940年

2月25日夜，仇埰于午社宴上谈《清词钞》。本年午社社集有1月2日、3

月31日、4月28日、6月2日、8月10日、9月15日、10月27日、12月15日。

8月,唐圭璋《全宋词》出版,夏敬观作序。

龙榆生在南京创办《同声月刊》。

延秋词社成立,社员有夏仁虎、郭则沄、黄孝纾、张伯驹等。

冒广生应章太炎夫人之邀,到太炎文学院教授词学。冬,冒广生始校《尊前集》。

林鹍翔卒,有《半樱词》《半樱词续》。夏敬观作《征召》悼之。

袁思亮卒,有《蘉庵文集》《蘉庵诗集》《冷红词》。

王蕴章《词史厄谈》刊载《同声月刊》。

1941年

1月,陈祖壬从上海寄来缅怀袁思亮的诗,陈方恪作答。

1月26日,午社社集于廖恩焘家,纪念东坡生日。3月22日、5月11日、6月14日、10月12日、10月26日、12月21日,午社社集。4月4日,午社同人为林葆恒祝七十寿。

5月,冒广生在《学林》第七期发表《四声钩沉》,批评当时词坛严守四声的做法,引起了夏敬观、夏承焘、龙榆生、吴庠等午社词人的讨论。7月,《同声月刊》刊张尔田《与龙榆生论四声书》《与龙榆生论词书》。8月,《同声月刊》刊登冒广生《新校〈云谣集杂曲子〉》,引发任二北和赵尊岳对于《云谣集》刊刻年代的争论。

日本诗人今关天彭来京,郭则沄于蛰园举宴,坐客有黄宾虹、瞿兑之、徐凌霄、黄孝平、黄孝纾等。

《午社词钞》在上海出版。

龙榆生《忍寒漫录》《论常州词派》《清词经眼录》等刊于《同声月刊》。

赵尊岳《珍重阁词话》(《填词丛话》前身)发表于《同声月刊》第一卷3、4、5、6、9号。

王蕴章《词学一隅》刊载于《民意月刊》。

1942年

4月3日，夏敬观与林葆恒、吴庠、吕传元、夏承焘在林葆恒家为仇埰、冒广生祝七十寿辰。此集为午社最后一集。

杨铁夫序己作《五厄词》，未公开印行，收入1976年杨铁夫子杨兆焘编《杨铁夫先生遗稿》。

词集乃是记录词人在抗战香港时的避难生活，可补抗战词史。

夏敬观撰成《词律拾遗补》二卷，《汇辑宋人词话》二卷，《蕙风词话诠评》由《同声月刊》刊载。

7月，冒广生赴南京，曾从龙榆生借高丽本《乐学规范》。本年冒广生作《知不足斋钞本词七种校记》《花间集校记》《倾杯考》《疢斋词论》等。

龙榆生撰《创制新体乐歌之途径》《陈海绡先生之词学》《如何建立中国诗歌之新体系》。

王蕴章卒，有《词学》《秋平云室词话》《梅魂菊影室词话》等。

是年，杨铁夫与朱庸斋结识。

1943年

4月，叶恭绰《遐庵词》甲稿付刊。冒广生为叶恭绰作《遐庵词稿序》。

叶恭绰与同人葬故人易孺夫妇于沪北联义山庄。

杨铁夫卒，有《抱香室词》《五厄词》《双树居词》《吴梦词笺释》《清真词选》。

秋，冒广生撰《东鳞西爪录》11月，冒广生撰成《淮海集笺长编》。

龙榆生辑校《重校集评云起轩词》《云起轩词补遗》《文芸阁先生词话》《云起轩词评校补编》，撰《莒蓨生涯过廿年》《忍寒居士自述》。夏敬观撰成《订正戈顺卿词林正韵》。

1944 年

6 月，冒广生撰成《新校中原音韵定格曲子》。

洪汝闿卒，有《勺庐词》，《丛书集成续编》第 20 册收其《果嬴转语记》附校记一卷。

龙榆生撰《宋词》，油印本一册。

1946 年

梁鸿志卒。

1947 年

6 月 6 日，陆维钊受叶恭绰之托致书夏承焘，请夏氏复审《清词钞》。

龙榆生始撰《倚声学》。

林葆恒纂成《词综补遗》一百卷。

夏敬观作《汪旭初梦秋词跋》。

郭则沄卒，编有《清词玉屑》。

1948 年

5 月 4 日，叶恭绰有《与刘伯端书》倡议粤省词人结社，8 月 14 日，黎国廉的倡议下，胡伯孝、张叔俦、黄咏雩、陈寂、朱庸斋、冯秋雪等人在叶恭寓所社集，拟结词社。

龙榆生《忍寒词》铅印出版，载夏敬观作《彊村受砚图》及序。10 月，龙榆生选《近三百年名家词选》毕。

1949 年

2 月 13 日，叶恭绰介绍朱庸斋到广州大学中文系任词学讲师，负责教授词史、专家词、词选等课程。

1950 年

1 月，陈方恪赴上海拜访冒广生。

8 月，张伯驹在北京创立庚寅词社，龙榆生、叶恭绰、汪曾武、黄孝平、夏仁虎等入社。

冒广生为汪东点定《梦秋词》，后由山东齐鲁书社出版。冒广生为吴湖帆作《佞宋词痕序》。

是年，李宣龚、汪辟疆、夏敬观、陈方恪、冒广生、汪东等为龙榆生题《哀江南图》。

1951 年

咫社成立于北京，发起人为关庚麟，社员有冒广生、夏敬观、许宝蘅、梁启勋、章士钊、叶恭绰、张伯驹、汪东、龙榆生等 63 人。

林葆恒卒，编有《词综补遗》等。

1952 年

徐桢立卒，有《宁远县志》《馀习庵稿》。

《清词钞》编成。

5 月，叶恭绰致函龙榆生谈设立民族音乐研究所等事。

6 月，叶恭绰序吴湖帆《佞宋词痕》。

夏，陈声聪为龙榆生撰《受砚图后序》并题诗。

1953 年

春，章士钊到南京访陈方恪，谈及陈方恪未刊词稿之事。秋，龙榆生寄诗给陈方恪。

夏敬观卒，有《忍古楼词话》等，龙榆生赋《鹧鸪天》悼之。

1954 年

叶恭绰序俞平伯词集。

8月，张东荪致函龙榆生谈辛弃疾词。

1955 年

春，吴湖帆为龙榆生绘《风雨龙吟室图》。龙榆生为文学古籍社校订《宋六十家长短句》。

11月，黄君坦有致函龙榆生，欲续况周颐《词人考略》一书。

叶恭绰《遐庵词赘稿》印于本年。

1956 年

1月，龙榆生完成《试论朱敦儒的樵歌》初稿。2月入京参加全国政协会议得见毛主席，赋《绛都春》词一首。3月，龙榆生重订《近三百年名家词选》。9月，复书谢吴则虞寄赠《花外集斠笺》并论碧山词。

高毓浤卒。

1957 年

叶恭绰1月31日致信龙榆生谈及《清词钞》出版之波折。

龙榆生本年发表《试谈辛弃疾词》《谈谈词的艺术特征》《宋词发展的几个阶段》。

夏，陈方恪与唐圭璋、胡小石等为汪辟疆庆祝七十寿辰。

1958 年

1月，陈方恪去《江海学刊》编辑部工作。

是年，黄孝纾《欧阳修词选译》由作家出版社出版。

1959 年

冒广生卒，有《小三吾亭词话》等。龙榆生赋《木兰花慢》悼念。

1961 年

5月2日，夏承焘探访叶恭绰谈及《清词钞》。

九月下旬至翌年一月，龙榆生在上海戏剧学院创作研究班授"倚声学"，讲稿即《唐宋词定格》。

1962 年

黄孝纾《劳山集》中词集油印面世。

7月，叶恭绰致函龙榆生谈词。11月，龙榆生《唐宋名家词选》《近三百年名家词选》由中华书局上海编辑所重新出版，撰《词学十讲》为上海戏剧学院授课讲义。

本年，施蛰存常与龙榆生交往，讨论词学。

1963 年

1月，叶圣陶与龙榆生通函，论《词学概论》如何写作及习作课事。春，龙榆生为黄孝纾《劳山集》题词。是年，赵尊岳将《惜阴堂汇刻明词》红字印本转托龙榆生收藏。

姚亶素卒，有《天醉楼词钞》。

1964 年

春，钱鸿英开始与龙榆生交往，以后频繁请教词学。

8月，夏承焘收到叶恭绰所寄梁启勋《词学衡鉴》。

黄孝纾卒，有《劳山集》。

1965 年

5月，龙榆生将黄孝纾所遗手写词稿寄存香港王则璐，请其代印。10月，龙榆生为张牧石作《梦边词序》。

赵尊岳卒,有《填词丛话》。

1966 年
龙榆生卒,今人辑有《龙榆生词学论文集》等。
陈祖壬卒。
陈方恪卒,今人编有《陈方恪诗词集》《陈方恪年谱》。

1968 年
吴湖帆卒,有《佞宋词痕》。叶恭绰卒,辑有《清词钞》。

1976 年
袁荣法卒,有《玄冰词》。

(本表参考、辑录沤社词人词集及学界学术年谱、年表:马兴荣《朱祖谋年谱》、周延祁《吴兴周梦坡先生年谱》、冒怀苏《冒鹤亭先生年谱》、陈谊《夏敬观年谱》、张晖《龙榆生先生年谱》、谢永芳《叶恭绰词学年谱》、顾音海《冒广生学术编年》、潘益民《陈方恪年谱》、李文约《朱庸斋先生年谱》、昝圣骞《晚清民国词人郭则沄研究》附录年谱简编、陈水云《中国词学的现代转型》附录《现代词学年表》、丁丽《潘飞声先生年谱》、彭异静《程颂万诗歌研究》所附初编年谱、郝文达《晚清民国词人赵尊岳研究》附录年谱。特此说明,一并致谢!)

后　记

从硕士到博士，我的研究领域一直是晚清至民国的词学。晚清至民国是我国历史上激烈动荡、灾难深重的时期，但是从学术研究而言，又是具有重要研究价值的时期。十几年前，晚清至民国的词学研究方兴，导师预言从事这一段词学研究，对学术发展将积极有益。通过毕业后至今的学术观察，也印证了当年硕导、博导的预测。本部书以博士论文为基础增改完成，所以该书的出版是博士阶段学术生涯的"谢幕"。与之相联，这十几年来的学术经历与生活体验如同电影放映一样历历在目。

学术的成长首先离不开老师们的谆谆教诲与热情帮助，这里有学术领路人沙先一老师、学术会议偶有见面的曹辛华教授，以及恩师朱惠国教授。沙老师不仅在读硕期间悉心指导我，在毕业及工作至今，一直关心我的学习。每有求助，都尽力为之。曹教授也热心提携后进，每次遇见，必当面鼓励数语。惠国师视学术为生命，不仅经常以此教导我们，也希望自己的孩子能够以学术为伴，但是"事与愿违"。记得在谈及他的孩子入职世界著名投行之时，周围人都表示祝贺，但是导师却不以为然，他感叹儿子的许多同学去世界名校深造，以做世界一流学者为目标，自己的孩子却未能免俗。惠国师于我不止学术上的教诲，还有生活上的关心，甚至是物质上的重要帮助。时至今日，毕业已经十年，业绩乏善可陈，每念及此，便觉愧疚，唯一可以欣慰的是，此书能够在三联出版，可以回报恩师栽培之万一。除我之外，朱老师对所有朱门弟子都是关怀备至，所以我们在导师背后更愿意称朱老师为"家长"，而不是"老板"。而老师对学生的关怀与帮助也是华师中文系的优良传统。

　　博士阶段学术与生活，除了导师，更多是与同门与同学朝夕相处，这让我十分难忘。欧阳明亮师兄与徐燕婷师姐是我们同门的榜样；王静师妹对我多有帮助，令我感激；胡永启师兄一直与我进行学术切磋，彼此鼓励。毕业之后，仍然与同门之间保持联系，延续着我们的情谊。同学之间，大家主要时间都在各自埋头看书写论文，但凡得空，便有几人相聚与某一寝室，喝黄酒、侃大山，举凡与学术、生活相关之话题，天南海北，侃侃而谈，热闹非凡。去年有同学撰写《泥石流博士养成记》回忆这段时光，大家看后，不胜感慨！

　　本书的选题背景，在开篇绪论中已有交代，本书选择教育部项目进行申报，则缘于博士论文答辩会上海师范大学曹旭教授的启发。此外，在教育部项目申报书的撰写与论证过程中，除了同门师友的鼎力支持外，也得到了北京大学廖可斌教授的点拨，湖州师范学院潘明福教授的悉心指导。本书与工作之地湖州有冥冥之缘，研究对象沤社社长朱祖谋与社员周庆云、林鹍翔皆是湖州先贤。

　　从学生时代到工作之后，从为人子到为人父，从学生到老师，角色虽不断转换，但无论身处哪一个阶段，家庭成员始终陪伴我，支持我。无论是年迈的父母，还是妻子、岳父母，都是我要感恩的人。

　　本书能够在三联书店出版，是笔者的幸事，感谢三联书店的编辑陈丽军老师，他为本书的出版付出了艰辛的劳动，敬业精神与严谨态度让我钦佩！